山海經神遊

刘荆洪 著

武汉出版社

(鄂)新登字 08 号
图书在版编目(CIP)数据
山海经神游/刘荆洪著. —武汉:武汉出版社,2011.12
ISBN 978-7-5430-6289-4
Ⅰ.①山… Ⅱ.①刘… Ⅲ.①科学幻想小说-中国-当代 Ⅳ.①I247.5
中国版本图书馆 CIP 数据核字(2011)第 190054 号

著　　者:刘荆洪
责任编辑:李　俊
封面设计:武汉新酷点
出　　版:武汉出版社
社　　址:武汉市江汉区新华下路 103 号　　邮　编:430015
电　　话:(027)85606403　85600625
http://www.whcbs.com　　E-mail:zbs@whcbs.com
印　　刷:武汉市福成启铭彩色印刷包装有限公司　　经　销:新华书店
开　　本:787mm×1092mm　1/16
印　　张:21.25　　字　数:490 千字　　插　页:2
版　　次:2011 年 12 月第 1 版　　2011 年 12 月第 1 次印刷
定　　价:38.80 元

内容简介

SHAN HAI JING SHEN YOU

NEI RONG JIAN JIE

《山海经》在中国号称“奇书”，全书不到三万一千字，但是，却记录了四十个邦国、五百五十座山、三百条水道以及人文地理、物种矿藏、奇禽怪兽与神话传说。随着时代的进步，曾经被称为异端的《山海经》开始受到国内外历史学家、地理学家、考古学家的重视。科幻神话长篇小说《山海经神游》将科幻与神话结合起来，以上古奇书《山海经》为背景，考古教授、神话博士、黎萍导游、女子保安、机器人王小钢、潘小虹组织“山海经神话考古体验游”活动，经历了各种艰难险阻，一边与蟒蛇猛兽进行搏斗，一边与珍禽异兽和谐相处，认识了上古时期的各种矿藏和植物，揭示了《山海经》的奥秘。

作品注重文学性、知识性、科普性、可读性。故事情节曲折，人物性格鲜明；构思新颖奇特，文笔生动晓畅；文化内涵丰富，历史视觉独到。

目录

一、引 子

搏斗怪兽

南海科学研究院的会议室里，坐着五个人。身材魁梧、国字脸的是南海科学研究院徐龙院长，五十来岁的模样，上身穿一件T恤衫，下穿一条蓝色长裤。

大额头、浓眉大眼的是南海旅行社李大平总经理，五十多岁的样子，身穿一套海南岛服。

脸庞方圆、眉头打皱的是南海科学研究院研究员兼南海旅行社总策划石小林博士，人称“神话博士”，五十多岁的样子，上身穿的是短袖衬衣，下身穿的是一条牛仔裤，不是太合体。

容貌清新、似水中莲花的，是南海旅行社副总经理黎萍，看不出她已经快五十岁了。她穿一套素色的连衣裙。

身体壮实、头发秃顶的，是江城大学考古研究所所长、山海经研究中心主任沈早晨教授。人称“考古教授”。他上身穿一件长袖白衬衣，一只袖子卷起，下穿一件褐色长裤，一只裤脚卷起。一看，就是一个不修边幅的学者。

他们五个人正面对着会议室墙上的一个屏幕。

徐龙院长说：“石博士、沈教授，你们给大家解读一下为什么要策划‘山海经神话考古体验游’活动。”

神话博士说：“‘山海经神话考古体验游’，是我与沈早晨教授一起策划的。为什么要策划这样一个活动，我想先给大家讲一个故事。”

——好多年以前，四位科学家对上古奇书《山海经》产生了极大的兴趣。他们中间，一位是地理学家，一位是地质学家，一位是生物学家，一位是考古学家。他们决定对《山海经》反映的矿藏、生物，包括植物、动物、人物进行考证。

几年里，他们生活在深山老林里，绘制了一部破译《山海经》的《山海经藏宝图》。其中，有金银矿藏与珍奇动物、植物的分布路径。由于劳累与病患的折磨，地质学家、地理学家、生物学家都相继去世。考古学家回到内地已经奄奄一息，他无法带回藏宝图。

有人推测，考古学家为了自己的安全，担心人类为了争夺藏宝图自相残杀。他将这《山海经藏宝图》留在一个大山神秘的山洞里。

以后，考古学家打算带着科学家去将《山海经藏宝图》取回。可是，他没有能够完成自己的使命，因病去世了，留下了一个千古谜团。

神话博士强调说："我认为，我们现在有了魔衣，有了高智能机器人，可以组织'山海经神话考古体验游'，进行《山海经藏宝图》的寻找。"

沈早晨说："千百年来，上古奇书《山海经》里的神话、历史、矿藏、人与动物，哪些是真，哪些是假，让人百思不解。鳄鱼头、鸟翅膀、蛇尾巴的，应该存在。后来发现的恐龙化石不就是证明吗？可是，一只眼睛、一只手、一只脚的动物呢？《山海经藏宝图》对我们认识上古社会有作用，值得寻找。"

徐龙院长首先表态："石博士、沈教授，你们的《山海经神话考古体验游策划方案》我看了，不错。我与李大平总经理商定，可以用南海科学研究院、南海旅行社的名义，与江城大学考古研究所共同组织'山海经神话考古体验游'。想让机器人王小钢、潘小虹也参与你们的行动，顺便试验一下它们巨大的能量。"

徐龙院长对着遥控器喊："机器人王小钢！"

屏幕上出现了一个英俊的男子，面带微笑。

徐龙院长继续对着遥控器喊："机器人潘小虹！"

屏幕上出现了一个漂亮的女子，明星气质。

沈早晨说："这是机器人吗？我的妈！完全与真人一样。"

徐龙院长对着遥控器说："王小钢、潘小虹：现在，请你们穿越时光隧道，目标是《山海经》里描写的上古时期。"

机器人王小钢、潘小虹，迅速打开身上的时光开关，腾空飞起，跨过高山，越过河流，穿越在彩色的时光隧道里，向远古时期飞去。忽然，屏幕上的天空，雷鸣电闪，一个个的炸雷，在他们头上迸发。黎萍惊呼："哎呀！糟糕。"

两个机器人在雷电中继续穿行，安然无恙。徐龙局长解说："机器人身上的骨骼是有韧性的碳素钢，身上的肌肉是强力硅胶，身上的皮肤是强力尼龙，身上的服装是强力化纤材料。而他们的大脑与心脏，既有人脑器官的移植，还有计算机芯片的配置。雷电对于他们无可奈何，反而，可以使机器人的太阳能装置不断地充电。"

屏幕上，一群奇特的野兽，出现在两个机器人面前：蛇头人身的，牛头人身的，人头蛇身的，九个头的鸟，九个头的蛇，光怪陆离，将两个机器人紧紧围住。

徐龙院长说："《山海经的文化寻踪》一书认为，今天的科学理性告诉人们，把与自己种族与民族不同的异类之人，看做是半人半兽，这完全是想象中的歪曲与变形之结果。但是，在科学理性尚未确立的年代，人们曾普遍相信人兽同类的神话是真实的。”

忽然，黎萍导游恐惧万分，大声惊叫：“快！快！赶快提醒他们逃啊。”

只见屏幕上，一只虎头人身的野兽，一只熊头人身的巨兽，同时向这两个青年男女机器人发动了猛烈的攻击。

男机器人王小钢变身为猛兽的形状。当那只怪兽狠狠地扑过来的时候，王小钢反扑过去，瞬间将怪兽掀翻。怪兽嗷嗷乱叫，赶快逃走了。

另一只巨兽张牙舞爪地扑向女机器人潘小虹。机器人潘小虹一个飞旋，变为巨兽模样。几下交锋，好似大熊的巨兽，鬼哭狼嚎，惊恐地逃开了。

徐龙院长笑着解释：“机器人刚才遇到的是上古时期的怪兽，《山海经》里多有描绘。机器人能够灵活地变身，与怪兽周旋，在进行攻击的时候，瞬间能够放出强烈的电流。刚才的怪兽，之所以逃窜，就是受到强烈电流的打击。”

李大平总经理补充说：“这是国家科研部门花费十年时间，设计制作的高智能机器人。这机器人，咬不死，摔不死，淹不死，刀砍不死，枪打不死，还具有人的情感、人的智慧，甚至有喜怒哀乐的情绪，懂得嫉妒与爱恋。”

神话博士、黎萍导游听了徐院长讲的话，太兴奋了。神话博士石小林多年来，一直为上古奇书《山海经》所感动。

导游黎萍呢？自从鹿仙女阿槟、猎手阿榔化为巨石后，她一直感到十分难过。这段时间，秀丽的眼睛一闭，就好像看见黎族猎手追赶美丽的花鹿，追了九天九夜，将花鹿追到了三亚海边的峭壁上。花鹿无路可逃，却变成了一个黎族少女。她最近陪着神话博士研究《山海经》，才将情绪调整过来。

神话博士与黎萍结了婚。他们在海南三亚购买了一套两室两厅的住房，并且购买了全套家具与电器。生活上应该无忧无虑。可是，神话博士是一个以神话研究为事业的人，而黎萍是一个以旅游事业为目标并且重情重义的人。一旦工作没有压力，他们反而觉得不快乐了。

今天，他们看见机器人穿越时空来到《山海经》描绘的上古社会的镜头，激动了。

李大平总经理说：“石博士、黎萍导游，除了徐龙院长派出的机器人王小钢、潘小虹，我还派杨扬、黄梅代表南海旅行社去参加这次活动。可以吗？”

神话博士悄声问李大平：“黄梅还是单身吗？”

李大平回答：“是的。她的男友黄哥据说与原来的老婆复婚了。”

黎萍说：“让她参加‘山海经神话考古体验活动’好！悲观情绪，可以得到转移。”

徐龙院长对沈早晨说：“我的大学同学，你认为江城大学能支持我们吗？”

沈早晨所长当场笑呵呵地表态：“这是好事。我相信，江城大学领导一定会支持。”

沈早晨给分管领导王大桥副校长打电话，介绍了南海科学研究院、南海旅行社与江城大学共同组织“山海经神话考古体验游”的意图。

王大桥副校长当场表态：“完全支持！江城大学可以提供部分科研经费，活动办公室建议设在江城大学研究院内。请徐龙院长、神话博士马上过来。”

徐龙院长接过手机，大声说：“王副校长，谢谢你对‘山海经神话考古体验游’的支持。”

李大平总经理马上也给南海宾馆董事长王公仆打电话：“王董事长，订一桌酒席。徐龙院长与我要给沈教授、神话博士一行饯行。”

然后，他们一起去了南海宾馆。酒桌上，气质儒雅、戴着玳瑁眼镜框的王公仆，端起酒杯表态：“你们进行‘山海经神话考古体验游’是大事，我愿意继续资助费用。预祝‘山海经神话考古体验游’马到成功。”

徐龙说：“石博士，我决定将两个高智能机器人配给你们，投入远古试验。它们的安全保密，责任重大。记住，这两个机器人只听你与沈早晨的指令。否则，会有麻烦的。另外，这次给你们三件魔衣、十件魔幻背心。这些魔衣、魔幻背心经过改进，六个纽扣，分别代替梦幻催眠功能开关、穿越时空功能开关、通讯功能开关、防护功能开关、旅行功能开关、隐身功能开关，还具有指定的指纹识别功能。为了安全，魔衣可以控制魔幻背心的使用。”

石博士说：“三件魔衣我与黎萍各用一件，沈教授使用一件。”

李大平说：“我有机会，也会偶尔参加你们组织的活动。主要工作，就指望石博士与黎萍导游了。”

忽然，神话博士说：“我们应该请国家安全部门的田长江工程师作为活动的安全指导。”

徐龙说：“我刚才给田工打电话了。他在国外参加一个活动，一个月后才能回来。他说，他支持石博士，与当初反对石博士的态度完全不同了。”

李大平也说：“田长江同志原来担心不法文物贩子利用石博士。后来，对石博士的人品理解了。”

石博士说：“我也理解田工的想法。我们成为了好朋友，经常打电话联系呢。”

李大平说：“徐龙院长，我去给他们订飞往武汉的机票，行吗？”

徐龙说：“不用了。因为机器人没有办法过安检一关。一来，他们身上的金属太多，还要带着电子武器；二来，他们没有办法办身份证；三来，我们要对外界保密他们的身份。我考虑了，要么，你们运用魔衣的旅行功能，自己飞往武汉。当然，太辛苦。要么，还是请空军帮忙，派军用飞机送你们到武汉，将魔衣、魔幻背心全部带上。”

神话博士说：“这样做，可以吗？”

徐龙说：“完全可以。两个机器人的试验，也属于国防科技项目，空军愿意支持。”

徐龙接着给海南空军部队打了电话。饭后，沈早晨教授、神话博士与黎萍导游告别了徐龙、李大平、王公仆。李大平开面包旅行车将沈教授、石博士一行送到军用机场。一会儿，黄梅、杨扬、机器人王小钢、潘小虹全到齐了。

两个小时后，沈教授、石博士、黎萍导游、杨扬、黄梅、机器人王小钢和潘小虹，来到了武汉某军用机场。他们下机后，直接由两辆军用新型越野车将他们送到了江城大学。

沈早晨一路上十分兴奋。山海经考古研究，一直没有实质性的突破。他是考古专家、山海经迷。当然，也是一个神话迷了。他与神话博士商量，竟然异想天开，将神话与考古体验结合起来，得到了支持，他怎么能够不高兴呢。

沈早晨连声说："我这次到海南参加活动策划，谢谢你们的热情款待。"

黎萍说："你与石小林是老同学，不用客气。"

他们到了江城大学。五十来岁的考古研究所副所长、生物学家、考古学者夏青教授看见了王小钢、潘小虹，问神话博士："这两个青年人，一个是帅哥，一个是美女，他们是你们的助手。"

神话博士说："他们不是真人。"

夏教授说："好哇！石博士，学着与我开玩笑了。他们不是真人，难道是真鬼？"

神话博士对两个机器人说："请介绍你们的身份。这是夏教授。"

机器人王小钢说："夏教授，你好！我是机器人王小钢，有什么事，请吩咐。"

机器人潘小虹说："神话博士、沈教授、夏教授、黎萍导游、黄梅、杨扬，你们好！机器人潘小虹向你们报到。有什么任务，请下达。"

夏教授说："我明白了。这是最新的智能机器人，简直是以假乱真！这样高级的机器人，怎么会在你们手里。"

神话博士说："这是徐龙院长为这次活动派出的两个机器人。徐龙院长还给我们配备了魔衣、魔幻背心呢。"

夏教授对沈早晨说："太好了！请你代我们研究所谢谢老同学徐龙院长的大力支持。"

神话博士说："我将'山海经神话考古体验游'的广告起草好了，想先在报纸上刊登，征集志愿者。"

沈教授说："好。马上安排刊登报纸广告。现在，我带你们去学校的招待所吧。"

江城大学招待所是一栋有五层的楼房。沈教授将他们送到五楼，吩咐服务员打开五间房，说："石小林，你与黎萍导游住一间双人间。黄梅、杨扬两位同志，你们每人一个单人间，机器人王小钢、潘小虹，也各住一个单人间吧。费用由研究所支出，不用你们管。老同学，别客套。"

神话博士握住沈教授的手说："谢谢研究所的支持，谢谢老同学的支持。"

沈早晨对石博士说："石小林，你到我家里去坐一下吧。"

神话博士对黎萍说："黎萍，你先洗澡休息，我去老同学家里。"

神话博士来到沈教授的家里。这是一个三室一厅的住房。他们在客厅里坐下，交谈起来，滔滔不绝。以前，石博士与沈教授读大学时住在一个宿舍里，两人无话不说。

比较起来，两个人相同的地方是，对事业很痴迷，对感情很真挚，在学术上造诣精深。

在工作上，神话博士石小林喜欢打一枪换一个地方。还有，石小林喜欢用创造性思维，在工作上标新立异，业绩突出。

而沈教授喜欢死守一个岗位。还有，沈早晨喜欢运用逻辑思维，在工作上十分严谨，成果丰硕。

在情感上，石小林对爱情有所研究。而考古教授沈早晨对爱情可以说是一窍不通。

在社会学方面，石小林自学了一点知识，却能够学以致用。沈早晨呢？拿了社会学学位，对社交却不能得心应手。

由于跳槽频繁，石小林虽有博士学位，却很长时间没有正式的工作岗位。至今，还没有一个响当当的教授职称。

沈早晨呢？一直在江城大学，博士学位、正教授，还是中层干部，考古研究所所长。

在住房方面，石博士的房子是他们自己买的。沈教授的房子是学校分的。两个人的妻子不在身边。所以，各自能够坦荡地说自己的婚姻生活。

沈教授说："人们说我是有名的《山海经》神话迷。说来话长，我研究古代女尸，偷偷把老婆的阴部与古代女尸的阴部进行比较。可我傻老婆沉不住气，她将我做的事情说出去了，出了我的洋相，丢死我的人了！"

神话博士知道了考古教授的这些"名人轶事"，笑得前仰后合。他说："好一个沈早晨呀，亏你做得出来，怎么能够用电脑将自己女人的隐秘之处与古代女尸进行比较呢？难怪有人称你为怪兽教授。"

女尸考古

江城大学考古研究所所长沈早晨教授，被人们称为"怪兽教授"、"《山海经》迷"。这说来话长。那天晚上，秃顶的沈早晨教授亲自在厨房炒鸡蛋饭。他的老婆贾小玲最喜欢吃丈夫炒的鸡蛋饭，香喷喷的。贾小玲胃口特好，吃饭的时候连头也不抬，只是不住气地咂嘴，不断地说："好吃！好吃！"

精力旺盛的妻子贾小玲对丈夫说："你几个月没碰我了。今天晚上，你写山海经神话考古论文再忙，也要抽个空碰碰我。坦率告诉你，如果再不搞，我就到外面去找一个情人。"

谁知，妻子刚说完，就"呵欠"连连，一下躺在长沙发上。沈早晨用劲推着妻子的身体："醒一醒。"

贾小玲纹丝不动。显然，她已经进入深睡之中。睡得就像前不久遇见的一个司机一样。

这个司机开着一辆哈飞面包车遇到红灯，车子在路口停下来了。绿灯亮了，面包车却纹丝不动。后面的车一个劲地按喇叭，可是，面包车还是稳如泰山。红灯亮了，绿灯亮了，面包车就像钉在那个地方。

警察接到几个司机的投诉电话了，发现司机趴在方向盘上睡得正香，还打着呼噜呢。警察拉开面包车驾驶室的门，用力推醒司机。司机下车了，歪歪倒倒站立不稳。警察将车开到路边。警察等司机清醒后，大声责问：你知道不知道，你在车上睡了半个小时，堵塞了交通。现在要对你进行处罚。

司机忙说，实在对不起，我接受处罚。我昨天白天忙了一整天，又打了一夜的麻将，太困了。

沈早晨看见老婆已经熟睡了，竟然兴奋得脸面泛红。原来，他在药铺买了安眠药，掺在给老婆吃的饭里面。安眠药起作用了，老婆进入了昏睡之中。他将身体苗条的妻子抱起来，放在床上，老婆没有知觉。他觉得老婆比那个司机睡得还要死。

沈早晨将贾小玲的衣服剥得一丝不挂，老婆的玉体暴露无遗。他第一次仔细地对老婆的身体进行审美，终于兴奋了，伏在老婆身上，发挥得淋漓尽致。完事后，自言自语："我还以为自己阳痿了，半年都不行。想不到，今天行了。"

他像欣赏工艺品文物一样，欣赏老婆漂亮的脸蛋，欣赏老婆苗条的玉体，忽然说："差点忘了做正经事。"

他拿出数码相机将贾小玲身上的乳房、阴部分别拍照，然后放在电脑上，与电脑复制的古代女尸照片的相关部位进行比较。

第二天早晨，贾小玲醒了。她说："我的衣服是被你脱光的？"

沈早晨点头。贾小玲摸一摸下身，说："你进我里面去了。"

沈早晨笑着点头。贾小玲说了一声："难怪。我昨天晚上做了一个怪梦，梦见一个男人与我在做爱，好逼真，很舒服。醒了，都不好意思回忆。原来是你在搞鬼呀！"

贾小玲看见了电脑上的照片，明白了丈夫在将自己的隐秘部位与古代女尸进行比较，十分气愤。贾小玲在江城大学读的是女子保安专业，身体素质好，相貌漂亮。她喜欢打斗，喜欢看福尔摩斯的侦探小说，还喜欢看日本的推理小说。她现在对丈夫的行为进行推理。她想，丈夫原来要自己脱光让他用相机拍照，还要与古代女尸做比较，自己非常忌讳，坚决不从。肯定是他在饭里掺了安眠药，让我睡着了。然后，他激动了，立竿见影，采取行动。夫妻之间的事，倒可以理解。但是，为什么偏要侵犯我的隐私，与女尸的照片进行比较呢？这多不吉利呀。

贾小玲越想越气。她对丈夫说："夫妻之间做不做爱，是你的权利。但是，你不能够不尊重我，对我的乳房、阴户进行拍照。更不能够用这照片去与古代女尸做比较呀。"

沈早晨说："我一直劝说你配合我进行比较研究，可你不让呀。于是，我才用了这不光彩的手段。真对不起你。"

贾小玲口气刻薄："我算倒了八辈子霉，嫁了你这样一个教授！你还研究什么《山海经》里的怪兽，我看你简直就是个怪兽。你忘记了，你在博物馆拍照女尸的阴部，差点挨打的事情？"

沈早晨的脸红一块白一块。他怎么会忘记呢。他与妻子去博物馆参观女尸，规定不准拍照。可是，他情不自禁地掏出了小巧的数码相机，偷偷摸摸地拍照，还照了女尸的阴部。结果，被一个保安发现了，被扭送到博物馆保卫部。好在博物馆长认识他，知道他是考古专家，想进行女尸比较研究，才将他放了回来。而他被抓进保卫部的消息，不胫而走，传为笑谈。他老婆越想越气，叫沈早晨怪兽教授。

神话博士石小林知道，在好多同学眼里，沈早晨在读大学的时候就与众不同，行为怪异。当时，沈早晨还在大学读书。他同时攻读历史学与社会学两个学位。不知道听谁说的，女人希望男人赞扬她漂亮。心血来潮，想在几位漂亮的女大学生身上进行社交试验，作为一篇社会学论文的论据。进食堂吃饭的时候，恰好本大学艺术学院三位女大学生坐在自己对面，准备吃饭。他很绅土地站起来，说了一句赞扬的话："你们几个长得好漂亮啰！我看了你们一眼，食欲也好些了。"

沈早晨说这话的时候，饭菜的香味，让他掉了口水。几位漂亮的女大学生听了他的话，不但没有高兴的意思，还吓得饭也不吃了，一个个拔腿就跑。

一位最漂亮的女大学生，临走的时候，甩下一句话："见鬼，遇到色狼、神经病了，真扫兴，没有胃口吃饭了。"

沈早晨神情尴尬，脸部红一阵白一阵，坐在那里发呆。一会儿，神话傻子来了。沈早晨马上问神话傻子："石小林，你对我说过，女人喜欢听别人赞扬她美，是吗？"

"是啊，我说过。"神话傻子说，神情诧异。

沈早晨说："我今天赞扬几个女同学，为什么她们吓得跑了，还说遇到了色狼、神经病。"

石小林莫名其妙地反问："怎么会这样？你是不是原来不认识她们？"

沈早晨说："是啊，我不认识她们。"

石小林恍然大悟："这就对了。对陌生人如此说话，别人肯定会骂你色狼，或者是神经病的。记住，以后遇到陌生的女人，不要轻易说别人漂亮。"

还有，沈早晨认识了大学外语系的一位叫王晴的女生。那个女生认为寝室里住六个同学，学习不安静，晚上，想在教室里学习。于是，王晴要求沈早晨在教室门口把守，不让其他同学进教室。每天晚上，只要王晴坐在那间教室里，沈早晨肯定就会守在教室门口。

有男同学想进教室，沈早晨将这些男同学劝走了。有女同学想进教室，沈早晨尽量要这些女同学另外去找教室，实在要进教室，也要保持安静。否则，就不让她们进去。结果，挨了一个男同学的骂。

石小林知道了，对沈早晨说："你何苦呢，每天晚上帮那个外语系的女大学生守教室门，又不是与她谈恋爱？"

沈早晨说："莫名其妙！为什么一定要谈恋爱呢？"

石小林说："那么，你每天晚上花费那么多时间帮她守门，值得吗？"

沈早晨说："我要锻炼我的执著，锻炼我的诚信。"

石小林问："别给我讲大道理。你是不是爱她？"

沈早晨说："我还没有想到去爱她。"

石小林说："你的想法有问题。既然没有恋爱关系，也没有想到去爱她，还去讲什么守信。"

沈早晨的爱情婚姻说起来，也颇为艰难曲折。沈早晨的家庭情况不算宽裕，父亲是区政府的科员，母亲是街道办事处的办事员，他有两个弟弟、一个妹妹。全家六口人。父母的收入不高，家庭经济十分困难。

相貌平常的沈早晨是老大，学习很用功，各科成绩在全校都是尖子。恢复高考的时候，他考取了大学中的名校。

个子不高，穿着普通，却不大整洁，没有值得女孩注意的地方。沈早晨一朝被蛇咬，十年怕井绳。他见了女人不敢说话，生怕哪句话不中听，让女人骂他流氓与神经病。他最怕别人这样去骂他。所以，他四十多岁，都没有人愿意与他谈恋爱。于是，发育正常的他，一旦想起女人来就很难受。

在同女人打交道的时候，沈早晨还有难以启齿的故事。有一次乘公共汽车，自己身边坐着一个摩登女郎，一头波浪一样的长发。随着车子的颠簸摆动，那女人的头部与他的肩膀一碰一碰，头发擦得他又舒服又难受。那女人好像眯着眼睛睡着了，头靠在他的肩膀上，头发上散发的香味，让他昏昏欲睡。那女人的手指，在他的裤裆部位"弹钢琴"。他感觉自己的隐秘部位在膨胀，他感觉血液凝固了。

正在不知所措，那女子突然下车，他恢复了正常，若有所失。他这天，坐车过了站。下车后，他还在一个劲地回味，等到他去商场买东西的时候，发现钱包已经在车上丢失了。他才想到，那女子是小偷。可是，奇怪，他就是一点不恨她，因为，他最初对女人的体验是从女小偷的套近乎开始的。自从在车上与小偷"奇遇"后，他迫不及待地开始委托同事、同学与朋友们帮他找女朋友。他说："我希望在事业上突飞猛进，还希望得到真正的爱情。"

石小林与沈早晨在各自的单位工作，很少见面。以后，石小林结婚了，沈早晨却一直是光棍。当同学聚会时，石小林知道了沈早晨的"车上奇遇"，便问沈早晨："见鬼，你怎么一点也不恨那个小偷。"

沈早晨悄声说："你不知道，那个女子弄得我激动地流了。"

石小林说："你的话，使我想起读过的一本杂志，上面有这么一个故事。"

——某山村，有个叫小美的女子结婚三年，肚子没有动静。这个女子有天去镇上想购买一点肥皂、食盐什么的，走在偏僻的山路上，引起了一个色狼的注意。

这个色狼就是本村一个四十多岁的单身汉。蒙面的单身汉将这媳妇拖进了路边的草丛中，强行脱下了女子的裤子。然后施暴，竟然弄出了血。单身汉饱餐一顿女色得到满足，心里却感到恐惧，慌慌张张地逃走了。

媳妇看见强奸犯身体的形态，知道是隔壁的王丑货。但是，她却笑眯眯地爬起来。来到镇上的司法所去，找到了相关的人，问："我想离婚，怎么办？"

工作人员问她："为什么一定要离婚呢？"

这个女子说："我今天才知道什么是性交。我原来的丈夫东西太小又硬不起来，我的里面，他从来都没有进去过。"

工作人员才知道这个女人刚才被强奸了。说："你应该告发那个强奸犯才对呀。"

这个女子说："我如果告这个男人，一辈子被人耻笑。再说，不是这个男人强奸，我一辈子都会守活寡。我只要求离婚，不打算告那个强奸犯。"

当时，沈早晨严肃地提出了一个问题："我想问你，婚姻与生殖器的大小有关吗？"

石小林说："有人调查过，生殖器大小与婚姻的幸福没有直接联系。但是，如果生殖器太小，就不正常了，婚姻也难得维持。"

沈早晨却还在回味石小林讲的故事，笑道："这不是有点荒唐吗？不告发强奸犯，却要和自己的丈夫离婚。”

石小林说：“我认为，你不管别人是否荒唐，一定要解决你的婚姻老大难问题。”

色情与恋爱

以后，石小林为了解决沈早晨的婚姻老大难问题，只要两个人见面，他都要继续开导他，什么是爱情？什么是色情？

沈早晨问：“我有一次遇到一位拉客女，要给我介绍女人。我当然绝不会同意。我想问，你遇到拉客女没有？你认为她们是不是女流氓。”

石小林说：“我遇到过拉客女。但是，我不以为拉客女都是女流氓。”

石小林谈到自己的一次采访经历。

——当年，我在《爱情》杂志社工作，总编给我下了一个任务，希望我去采访从事色情活动的拉客女与发廊妹。那是一个秋天，我到了樊城的火车站，路过一家发廊，有一年轻女子在喊：“先生，需要特殊服务吗？”

我看见那女子涂脂抹粉，笑得很诡秘的样子。知道那是卖淫的地方，不敢进去。当我快步离开时，你知道那些“发廊妹”怎么喊？她们喊：“先生，你的裤子跑脱了，屁股露出来了。”

想采访几个生活在低层、从事色情活动的“发廊妹”与拉客女，同妇联没有联系上，单刀直入去采访，又不敢。三天来，我没有任何进展啊！这天早上，我在火车站旁边的餐馆里吃早点，感觉背后有什么东西在动。一回头，一个尖嘴猴腮的人正站在背后。咦，地上丢的全是自己口袋里的东西，什么证件、名片夹、钢笔等等。呵，右边的西服口袋被刀片划破了。好在有的钱放在左边口袋里，钱没有完全被偷走。我捡起地上的东西，追出去时，早没有人影了。

我买了一张去武汉的车票，一看手表，不到十一点。离下午两点开车还有几个小时，到那里去呢？我刚才说了，想写一篇反映女性问题的报告文学，杂志社等我回去有事，我必须走。采访没完成，钱又丢了，真倒霉。我穿着破西服，无精打采地在广场上来回地走动。背后响起了一个老太婆的哭声：“钱包丢了，车票也丢了，我是么样回家啊！”

我转过身，发现围观的人不少，真给钱的没有。也不能怪大家感情冷漠，谁知道这个老太婆丢钱是真的，还是假的。这时候，一个高挑个子女子走过去说：“小偷真可恶，连老人也不放过。”她给了老太婆一张十元的票子。

她带了个头，有人开始给钱这太婆了。这女子走过来，她看着我的衣服：“咦，你的衣服被划破了。”

我苦笑：“好在偷去的钱不多，我还有钱买车票。对了，你怎么知道这老太婆真丢了钱。”

她说：“假的每天都会出来转，我认识。我想问先生，你需要住宿吗？”

我摇头。她又问：“你需要临时休息吗？”

我又摇头。她说：“听你的口音，好像是武汉人。是回武汉去吧？现在离开车时间还早呢，给你去找个小姐玩玩,或者陪你聊天。”

她的话提醒了我。我不是打算写一篇这样的作品吗?就找这个送上门来的女人采访。我有了兴趣,便对她说:“我们聊天吧。你拉个客多少钱,我给你就是了。我问你:为什么不做别的事情,偏要干拉客这一行?”

她警惕地问:“听你的口气,该不是记者吧?你真是记者,我就不敢讲了。免得你写出来,对我们干这一行不利。”

我当时表白:“我不问你的真名,也不给你拍照,你还怕什么。”

我见她还在犹豫,就继续套近乎说:“到了吃饭的时间,我先请你吃个便饭吧。边吃边聊。”

我们在一家小餐馆里坐下,服务员递过我一个菜单。她对我说:“我帮你少点几个菜,不要浪费。”

她又对老板说:“弄干净一点,小盘。”

我开始仔细观察她。她的脸黑红,一看是农村女子。身体修长,五官也端正。她穿的是一套褪了色的春装,洗得挺干净。里面的毛衣是劣等毛线打的,粗细不均匀。看得出来,她的日子过得不宽裕。她终于开口了。

——我不管你是不是记者,给你讲讲我的故事,不要你的钱,只是想让你为我们这种人反映一下,我们曾经是善良的。你看我的皮肤,看我的穿戴,再看我一双粗糙的手,就应该看出我是一个乡下人。

我今年三十多岁,结过婚,丈夫个子高大,有一米八,在我们乡下是个帅哥。我是在广东打工时认识他的。我们一个县里的人,在本地都无所谓,在外地一见面,觉得格外亲切。他第一次约我跳舞,我答应了。我喜欢英俊的男人。

他对我说,你在女子当中,个子是高的,相貌也漂亮,我与你是天上一对、地下一双。我听了他的奉承高兴极了,与他在舞池里跳了一圈又一圈。舞厅的灯光很暗,他将我抱得很紧,我也愿意与他贴紧。他不时亲吻我一口,弄得我浑身不自在,头发麻腿发软。后来,舞厅的灯光熄了,我与他摸黑坐在包厢里。他将我浑身摸遍了,我们就做了那个见不得人的事。

想到是他让我从一个姑娘变成了女人,我就开始依赖他了。每天下班,不是他去找我,就是我去找他。不要笑我的脸皮厚,一个女人真的爱上了一个男人,会变得很主动的。

不到一年,我们就结婚了。这时,我肚子中的孩子已经有好几个月了。我生的是一个女孩,他家里人不高兴,丈夫却不嫌弃,说他喜欢女儿,要我留在家里好好照料孩子。

开始,他几乎每个星期都要给我写信、打电话。以后的两年里,他连春节都没有回家,电话与信件也比以前少多了。世上没有不透风的墙。有一天,我的一个同乡告诉我说,你的男人在外面又找了一个女人。

我一听,心里毛焦火辣的,一气之下,将女儿给我母亲带,搭车赶到了广东。丈夫看见了我,又惊又喜,他对我毕竟是有感情的。他羞愧地说:对不住你和女儿。我一想,丈夫很英俊,长期一个人单身在外,常在河边走,难免不湿鞋,就原谅了他。我在广东住了两个多月,吃饭想呕吐,感觉到又怀上了他的孩子。想到家里还有一个三岁的孩子,就往家里赶。

我一回到家里,父亲一脸悲伤,母亲抱着我哭。原来,我的女儿掉进水塘淹死了。我活泼的女儿啊,妈妈永远听不到你的声音了。我好伤心,哭晕了几回。以后,为了新的生命,我强忍悲伤。

几个月后,我的第二个女儿生下来了。我带着女儿到婆家。婆婆嫌我光会生女的,骂我是个蠢猪。我受不了这个气,就与她吵。婆婆拿起一个锅铲,砸破了我的头,邻居送我到医院去缝了七针。你看,我额头上有个发亮的伤疤就是。我从医院出来后,带着孩子回了娘家。后来得知丈夫在广东进了监狱,被判了十五年的徒刑。他是为情人去与人斗殴,被他打的人终生残废,他当然应该受到严惩。看着家里经济拮据,我对妈妈说:我要外出打工,赚一笔钱,混出个人样子。

这时,乡下有个叔辈的张铁找到我,问我想不想外出打工。我说,好啊,我去。第二天早上,我们便坐上汽车,老张在车上挨着我坐。路上,我迷糊地睡着了,感觉到有双手在我的大腿上游动。一瞟,是老张不老实,我又不好翻脸,就往里躲。没有想到他的手还在不断地进犯,好不正经。

我们在北方一个县城下了车,住进了旅店,他要我进他的房里说话。谁知,他关上门对我动手动脚。我哀求他说,你是长辈,别这样。他厚颜无耻地说,你丈夫为情人打架坐牢去了,你何必守空房呢!我坚决不从。他说,今天老实告诉你,山区有人要我给她弄个媳妇,你识相点,就让我享受。不识相的话,我就将你顶了。

我经常看报,知道拐卖妇女儿童是有罪的,就对他讲,你不要做犯法的事。他奸笑着说,胀死大胆,饿死小胆,怕什么。他扑过来,喊叫,我就是要你,你敢不依。今天,你出来了,敢不听我的摆布。

我听了,好不恐怖。我晓得,要是来硬的,会吃亏的,干脆与他来软的。张铁抱我的时候,就让他抱。他张开大嘴吻我的时候,也不敢躲避。我们双双倒在床上,他一个晚上折磨了我好几次。最后,他筋疲力尽地睡着了。我当时恨不得找个剪子捅死他,但怕我力气小,杀不死他,反而被他杀了。还有女儿靠我养呢。再说,我将他杀死了,就得像丈夫一样坐牢,或者是抵命。我想了,还是走为上策。我穿好衣服,装着上厕所,溜出了饭店。慌忙在路上拦了一个汽车,吓得连报警的电话都忘了打。车来到樊城,我就在这里待下了,住在一个店名为"冬生饭店"的旅社里。

记得刚开始,我没有找到工作,连住宿的钱也没有了。大额头眯眼睛的旅店老板要赶我走。他说,这里不是慈善机构,你要么走人,我也不要你的钱了。你要么就到火车站去帮我拉客,住宿费免了,还可以按比例提成。如果嫌钱少了,你也可以接客嘛。

神话博士听了,说:"冬生饭店的经理是不是王冬生,听几个记者说过此人,他是武汉人,为人奸诈。"拉客女点点头,继续讲她的遭遇。我已经三十二了,年纪不小了,丈夫对不住我,而我却要对女儿负责。更不能够丢爹妈的脸。我同意拉客不接客。可我打错了算盘,虽然拉客为主,是很难完全不接客的。

一天下午,有个五十多岁的胖子刚出火车站。我迎上去问,需要住店么?有小姐提供服务。那个胖子色迷地望着我说,有你这么好看么?我说,肯定比我漂亮。他说,我不要别人,就要你。我听了有点生气,但做这行得忍气吞声。他特精,进旅店时,一边看招牌,一边看房价。接着他将我叫到一边，冷笑：你看起来好像是刚出道的，我就要你了。

我不答应，他表示走人。老板虎着脸看着我。我想，不答应吧，他走了，老板怪我，那么我也得走。好不容易找了一个落脚的地方，又没有了。我硬着头皮答应了。那个胖子最后要了一个单间，将房钱交了。然后我同胖子进了房。这胖子先丢给我三百元。他说，你如果弄得我舒服，还可以加费。我缺的是钱，就将钱扎在身上，同这胖子上了床。他将灯点着，还将我身上的衣服脱得光光的。看来，这人是个老嫖客，不然胆子没有这么大。这胖子不知哪来的力气，整整折腾了我一夜，弄得我昏昏沉沉的。第二天早上，我醒来的时候，胖子不见踪影了。

我马上看口袋，里面的钱没有了。我骂了一声，狗东西。我去找老板问，那胖子走了吗？老板眯着眼睛嬉笑说，走了。怎么？你没收钱，尽了义务！那不亏了。

我像吃了一个蟑螂，难受了好久。以后，我一心拉客，不轻易接客。虽然拉客的收入很少，但比接客受的侮辱要少。

一天中午，也是这个时候，有个五十多岁的瘦个子男人单独一人在场地上转悠。我对他说，需不需要临时休息，可以找个小姐陪你玩玩。他说，安全吗？我说，放心。他说，我会看像，你是个老实人，我干脆就要你吧。

我听了，哭笑不得。我说那里有比我年轻的，找她们吧，我负责你的安全。他同意了，跟着我走，边走边摸口袋说，糟糕，我身上的钱丢了，剩下的钱不多了。原来，他将钱分几个口袋放，有一个口袋里的几百元钱没有了。我说，没关系，我对老板说一声，要他少收你几个钱。

他说，算了，我丢了钱，没心思去了。喂，你很像我死去的妻子，干脆陪我谈心吧，我可以给你小费的。我想了一下，同意了，我们站在广场中间谈话。在谈话中我知道他姓柯，在武汉一家公司当业务经理。他原来的妻了是高中的同学，死于绝症。他后来找了一个女人结婚。这女人是个印刷厂的业务员，几年来将他的钱骗走了不少，最后跟情人跑到广东一带了。他心里很苦闷，想发泄一下。现在他手头的钱不多了，同我谈话似乎也是一种发泄的方式。

同病相怜。我看这个经理是个可怜的男人，就耐心地安慰他。劝他找个善良的女性，不要一味追求相貌。不知不觉，谈了一个多小时。他坚持要请我吃饭，说与我谈得很投缘，心里也舒服多了。

我们在一家小店吃饭时，两个越谈越投机。他对我说，你以后找一个情投意合的人结婚，年纪大点也没关系，只要对你真心就好。你以后去做点小本生意，拉客不是一件好事。

我听了很感动，从来没人对我这样关心、这么尊重。我心里有了一种冲动，主动与他到一家旅店去“临时休息”，做了那个事。我找到了一种与自己丈夫做那事的快感。这回，我没有开口要钱，我愿意与这个经理交朋友。还有，我长期没有与自己的男人在一起做那个事，生理上也需要发泄一下。那个经理满足了，说了好多感激的话。最后，硬塞给了我两百元钱。

前几年，我死心塌地等我的丈夫从监狱回来。自从与柯经理交谈，又做了那个事后，我等待丈夫的信念动摇了。我想，一个女人长期这样下去，守得住吗？等他出来的时候，我也不年轻了，何况很难说他不会再去寻花问柳。

要在以前，我是不会对你说这样的话的。如今，在外面闯荡了几个月，胆子变大了。我好久没有看到自己的女儿和父母了，心里很想念他们。但是，没有足够的钱，我不愿意马上回家。我现在一定要想办法多挣一点钱，以后带回家去。

我一面想赚钱，一面又不想做坑蒙拐骗的事。于是，我有时去接济比我更穷的人，有时又去骗一些好色的男人上钩。你如果今天同我到旅店去了，身上的钱是不够花的。

为了孩子，为了自己，我准备与丈夫离婚。我要找一个年纪大点，但对我真心的男人做丈夫。一旦有了做小生意的本钱，我就从良了。我要对得住今后的丈夫。说起来你不相信，我渴望得到一种真正的爱情，不是为钱财。真心不二，真的爱情是神圣的。

这拉客女子终于讲完了故事，我给了她一百元钱，她坚决不要。她说我已经请她吃饭了。我了解到，她上过高中，语文成绩是班上的尖子。她喜欢文学，喜欢读一些爱情名著。她做梦都想读大学，可是，父母都在乡下种田，家境不宽裕，考大学的机会让给了弟弟。她给我讲叙自己的经历时，眼睛里转动着泪光，额头上的疤痕泛红发亮。我看着她那秀气的脸面，我想，如果不是因为那个不争气的丈夫，如果不是因为那个色狼乡亲，她绝对不会沦落从事害人的勾当。她受到了坏男人的玩弄，并没有因此痛恨所有的男人。她曾经是个好女人，由于她的良心没有泯灭，所以痛苦伴随着她。

我希望，她今天已经走出了生活的阴暗面，重新做人，重新获得新的爱情。我不知道这个女子的名字，因为有人来喊她走，我才知道她姓黄。我递给她一张名片，对她说道，你以后有什么困难，可以给我打电话。

沈早晨听神话博士讲故事，眼眶红了，似乎闪着泪光。显然，为人善良的沈早晨被感动了。沈早晨问："你以后见过她吗？"

神话博士摇摇头，说："没有。这个女子，她住的冬生饭店的经理叫王冬生，武汉人。"

沈教授说："如果有机会，我与你都应该帮帮这个女人。"

神话博士说："个人问题不要拖了。最怕高的不成，低的不就，浪费了时间。"

沈教授说："对了。我们考古研究所的欧阳旭对女人很有经验。我找他帮忙，你看行不行？"

神话博士说："可以啊。有一次你请我到餐馆吃饭，欧阳旭作陪。通过饭桌上的交谈，我认为他既在女性问题上很有经验，也是个热心快肠的人。"

第二天上午，沈早晨找到欧阳旭说："欧阳兄，求你在婚姻问题上给我帮个忙。"

欧阳旭拍拍沈早晨的肩膀说："老沈，你是我的领导。你的婚姻之事，就是我的婚姻之事，放心吧。"

欧阳旭回到家里，他对自己的老婆徐菊花说："你给我们研究所的沈所长介绍一个女人吧。我在婚姻上给他帮忙，我这个副研究员以后评职称，他会给我帮忙的。"

欧阳旭的老婆徐菊花在一家医院当护士长，她给沈早晨介绍了一个护士。这是一个四十来岁的老姑娘。

当天，尖嘴猴腮的欧阳旭找到了沈早晨："我让老婆给你找了一个大姑娘，今天晚上，你们见面。”

沈早晨满面喜色。他说：“欧阳旭兄，我怎样感谢你呢！改日请你们夫妻喝酒。”

欧阳旭说：“我们都是五十岁的人了，你是教授、研究员，我还是副研究员，有什么课题，关照我一下，好评职称呀。”

沈早晨答应了。即使欧阳旭不给他介绍女朋友，他作为所长，也会帮忙让欧阳旭参加《山海经考古》课题组的。

那晚，一轮明月，悬挂在空中。沈早晨盯着欧阳旭、徐菊花带来的女人，发现她白胖的脸，颇有风韵，便傻傻地望着那女人嘿嘿地笑。

女子说：“我叫王玉霞，从乡下来的，读过医学护理专科。我进医院做护士，你是大学的教授，你不嫌弃我吗？”

沈早晨摇头，“嘿嘿。月亮好亮。”

王玉霞问：“沈老师，你为什么盯着我不眨眼。”

沈早晨笑嘻嘻：“嘿嘿。月亮好亮。”

王玉霞开始怀疑沈早晨的精神是不是正常的了。她向他告辞。沈早晨问：“嘿嘿，我们什么时候再见面？”

沈早晨说完，向前凑上去，想与那个女子握手。王玉霞紧张地连连后退，说：“电话联系。”

王玉霞说完，一阵快步，离开了沈早晨。以后的情景就不用细说了。王玉霞找到护士长徐菊花，说：“护士长，那个沈教授好像神经不正常。是不是做学问做出毛病来了。”

徐菊花以护士长的身份，劝王玉霞：“这个教授是我丈夫的上司，你给我一点面子，再给他一个机会吧。”

徐菊花给他们两人买了两张电影票，星期天晚上的。这天下午，欧阳旭请沈早晨到家里吃饭，以便面授机宜。他让老婆做了一盘青椒肉丝，一盘花生米，一盘回锅肉，还来了一瓶白云边大曲。

欧阳旭说：“老沈，我们同年，在年龄上，你是我的哥。在事业上，你是我的榜样。但是，爱情上，你应该是我的徒弟。我当初将你弟妹弄到手，煞费苦心。”

——别看我欧阳旭其貌不扬，谈女朋友还是很有一套办法。我当初发誓要找一个佳人。我住的房子是个临街道的二层木楼房，楼下常有女孩子走过，一个漂亮女子引起了我的注意。我观察，她每天早晨大约七点钟，就要从一个小巷子里穿出来，然后路过我家门口。我自从发现这个女子后，睡觉做梦都想她，有一次还做了性梦。我怎样才能够认识她将她弄到手呢？终于想起了一个办法。那个时候，我有一辆飞鸽牌加重自行车，我在她快出巷子的时候，对准那个巷子冲过去。

车速很快，一下将她撞倒在地。我送她进我家不远的医院。医生问，小徐，你怎么了？医生认识她。一打听，原来她是这个医院的护士。医生说她的肋骨被我撞折了一根。她躺在病床上，我十分耐心地照料她。当时，我大学刚毕业，留校当助教，下了课就去陪她。

由于我每天请假去照顾她，这个时候，徐菊花觉得我是一个有责任感的好男人。我发挥口才出众的特长，经常讲点小笑话给徐菊花听。她呢，常忍俊不禁。后来，徐菊华愿意与我多接触了。这是万里长征第一步。

徐菊花喜欢游泳，但是水性不好。黄昏时刻，徐菊花带着几个护士同我到汉水边去学游泳。我暗暗踩水，对徐菊花说，这边不深，过来。徐菊花走过去，一脚踩不到底，人整个沉了下去。如果她有准备，至少不会惊慌，可以划几米远。主要是没有准备，一下灌了几口水，慌慌张张地喊救命。

我马上游过去，从徐菊花背后将她抱住，我似有意似无意，用手扶着徐菊花的乳房，将她救上了岸。这个时候，徐菊花非常感激我的救命之恩，又觉得自己的身体第一次被一个男人摸了，说不出是什么滋味。反正，徐菊花愿意与我一起聊天、谈话、散步了。以后的故事，我不用讲了，我与徐菊花，将生米煮成了熟饭，她成了我的老婆。

沈早晨说："欧阳兄，你既然是情场老手，你说一说，我该怎么办吧？"

欧阳旭说："沈兄，你想办法摸她的手。"

沈早晨傻乎乎地问："别卖关子，你说怎么摸吧。"

欧阳旭说："你们坐在一起看电影时，你将一袋瓜子放在她的手上，你去摸瓜子的时候，顺便摸她的手。如果，她不反感，你继续摸。摸手的时间越长，你们的感情升温越快。"

"稀奇，摸手与感情升温有什么联系？"沈早晨傻乎乎地说。

欧阳旭说："这你就不懂了。你看过法国作家司汤达的长篇小说《红与黑》没有？于连勾引市长夫人，就是从摸手开始。我在医院看望徐菊花，也是摸手摸出了感情的。"

沈早晨听了欧阳旭的恋爱经验，自叹不如。他按照欧阳旭的策划，买了一包瓜子，进了电影院。王玉霞也来了，他们坐在最后一排，这样，有点小动作，别人不容易发现。他们看的电影是《天仙配》，两人各有各的心思，于是，都心不在焉的样子。

王玉霞心想，应付一下。不然，对不住自己的顶头上司。

沈早晨心想，机不可失，时不再来，抓住最后一个机会。他将瓜子放在王玉霞手上，拿出两粒慢慢地磕，一个塑料袋装垃圾。爱情的使命太沉重，使他的手颤抖着，几次想伸出去，最终，畏畏缩缩地收回了。手机震动了一下，短信来了，他打开一看，是欧阳旭发来的短信："摸手的感觉如何？"

沈早晨心想："我还没有来得及摸呢！"

终于，他壮起胆子伸出了手，摸了王玉霞的手一把。天啦！女人的手这么细腻，一阵舒服的感觉传遍了全身。他太兴奋，手在一个劲地发抖，不慎将王玉霞手中的瓜子打掉了。他想，糟糕，想摸也摸不成了。

好不容易等到电影散场，沈早晨垂头丧气地走出电影院。王玉霞轻松地叹了一口气，冷淡地向沈教授打个招呼，拦下一辆的士。她说："你走吧，我自己坐车回家去了。"

沈教授说："我来付钱。"

王玉霞护士说:“不用了。”

她坐着的士扬长而去。沈早晨第二天上班,刚上大楼的楼梯,欧阳旭看见他霉头霉脑地样子,便说:“沈教授啊,你昨天摸手的体会如何?”

沈早晨说:“我把瓜子打翻了。”

欧阳旭说:“你这人太滑稽了,摸手能够把瓜子打翻。”

再说欧阳旭回家与徐菊花商量。徐菊花说:“这个沈教授在爱情上太愚钝,他摸手竟然将王玉霞的手背划了几个指甲印。王玉霞说他太恶心了。我看,你干脆将你表妹介绍给他。”

欧阳旭说:“我表妹瞧得上他吗?”

徐菊华说:“你表妹虽然漂亮,性格有点倔强,在婚姻上不顺利。好歹沈早晨是个博士后、教授,我想,你表妹会愿意的。”

欧阳旭说:“也对呀!我表妹的婚姻不顺,找这样的憨厚教授男人,婚姻还可靠一点。”

第二天,欧阳旭在研究所办公室对沈早晨说:“我在西安工作的表妹想调回武汉。她年轻漂亮,还喜欢收藏古董,最喜欢读神话故事。我认为你们很般配。”

沈教授说:“感谢你再次为我帮忙!我与你表妹什么时候见面?”

欧阳旭反问:“你看呢?”

沈教授说:“全国有个考古学术会议在西安召开,我们一起去吧。”

女子保安

几天后,沈早晨与欧阳旭到西安参加考古学术会议。散会后,欧阳旭邀请沈教授一起上街去文物商店淘古董,顺便与自己的表妹见面。他们来到一家店铺。欧阳旭给自己表妹打电话,一个漂亮女子来到了商店,说:“表哥,想死你了。”

沈教授一听那娇滴滴的声音,不敢正视地偏过头,故意低头左顾右盼,装模作样在看文物。沈教授开始看茶具是三心二意。忽然,他的眼睛开始发直,原来,他盯住了一个油亮的宜兴紫砂壶。他问:“多少钱?”

店主说:“二百元。”

沈教授连价也不还,就将紫砂壶买了。

欧阳旭悄悄说:“一把旧壶二百元,贵了。”

沈教授低声说:“你不懂,这是清朝的古董。”

欧阳旭手一摆,说:“沈教授,来认识一下,这是我的表妹,她叫贾小玲。”

贾小玲的声音像银铃:“沈教授,我看你是行家。我父亲想买一个紫砂壶,你能够帮我买一个吗?”

沈教授回答很干脆:“这里没有好的了。”

“我虽然在茶社工作,但是,我总不知道什么紫砂壶好。”贾小玲有点套近乎的意思,说:“你是古董专家,能够给我讲一讲吗?"

沈教授当着店主与欧阳旭的面,滔滔不绝地对欧阳旭的表妹贾小玲讲起来:

——上乘的紫砂壶,外观上应注重壶的把、盖、肩腹与壶身整体,比例协调。讲究四个字:第一个是"泥"字。泥是紫砂壶的基本制作原料,也只有用宜兴紫砂泥做出的壶,才具有使用、收藏价值。紫砂壶的保味功能,在于紫砂泥独有的双透气孔结构。这种结构,使紫砂壶装茶水,能较长时间不变质。

第二个字是"形"字。紫砂壶的"形"千变万化,经历数代工艺师的精心构思,如今的紫砂壶已是"方非一式,圆不一相"。不过,考虑到茶文化所推崇的"超世脱俗"宗旨,外形古雅、朴实的紫砂壶是购买首选。

第三个字是"款"字。这是指壶上的铭文、图案等。主要考虑两点:其一是铭文和图案的作者是谁?其二是欣赏这些图案的内涵。

第四个字是"工"字。这是指紫砂壶的制作工序。一把好的紫砂壶,需要经过数十道工序才能完成。只有每道工序都严格把关,才能使紫砂壶外形新颖,款式别致,使用舒适。

对于古壶来说,市面上有两种造假方法。一是擦皮鞋油,将泥料的表面做旧,像人手经常摸的样子。二是用强酸腐蚀做旧,看上去有古旧感。三是将紫砂壶涂上白水泥,再用水去泡,做成出土效果。新壶的造假,或模仿名家印章雕刻,或臆造名家款式。

沈早晨还说:"鉴定紫砂壶的真伪,一是从亮色上看。真正的紫砂壶体重、色紫,因为长期为人手抚摩,上面呈现出鲜润的光亮。而新制的紫砂壶,一般说来质地都比较疏松,颜色偏黄,有光亮的少,无光亮的多。即使有光亮,也是用白蜡打磨上去的。再从文字上看,旧壶的款都是用阳文,字体极为工整。新壶如果用阳文,字体因为摹仿或显呆板,或笔画长短粗细不一。如果是用旧壶加刻新款,则所刻文字为阴文。"

欧阳旭悄声对沈早晨说:"要你来谈恋爱,不是上课的。"

他们准备出门,沈教授的提包忘了拿,有一个青年光头将他的包提上了,掉头就跑。贾小玲眼尖,冲上去抓住那个光头的手臂:"还沈教授的提包!"

那个光头不让拿,飞起一脚,贾小玲来个水底捞月的动作,用手抓住那男的脚,接着,使劲一推,来个顺水推舟。那男的像个草包一样摔了下去,摔了个仰面朝天。贾小玲弯腰硬生生地将提包给夺了回来。接着,贾小玲主动地与他并排走在一起。

沈教授说:"刚才你的身手敏捷,动作精彩,那个男的一下被你制服了。"

欧阳旭自豪地说:"我表妹在茶楼当女子保安。她在江城大学读的就是女子保安专业。"

贾小玲一笑,露出脸上的酒窝。沈教授无话找话:"小妹原来是女保安。你原来从来就没有提过,你们是什么亲戚?"

贾小玲介绍自己:"表哥欧阳旭的妈妈是我妈妈的姐姐。"

沈教授笑了。他递了一张名片给女子:"我叫沈早晨,与你表哥是同事,也是朋友。"

贾小玲看见沈教授胸前的出席证说:"沈教授,你好!我打算回武汉找工作,请多关照。"

沈教授的话开始多起来:“我的同学在旅游局当领导,可以介绍你去一家宾馆工作。”

贾小玲笑了:“那好,我早就不想在茶楼干了。我去辞职,明天也同你们一起回武汉。”

欧阳旭说:“我还有点业务没有办完。这样,你们先坐火车回去吧。”

欧阳旭说完,将沈教授拉在一边:“为了给你制造谈恋爱的机会,我故意让你们坐火车回武汉。你可要善于抓住机会哟。我呆一天,再坐飞机回武汉。”

接着,欧阳旭又将表妹拉到一边,说:“你已经离婚了,找个没有结过婚的男人不容易,何况是个博士后、正教授。你要珍惜。尤其是,沈教授是知名的古董专家,收藏古董容易发财。”

表妹说:“表哥,我会把握机会的。我不知道,他给我找工作有把握吗?”

欧阳旭说:“应该没有问题。他实在没有办法,你表哥去替你找工作。”

沈早晨与贾小玲一起去一家餐厅吃了一份快餐。沈早晨要结账,贾小玲动作快,将费用付了。他们然后一起去买火车票,一起登上火车的硬卧铺车厢。他们是面对面的下铺,睡不着,就面对面坐着轻声谈天。

贾小玲仰起漂亮的脸蛋,对沈教授说:“我最愿意同教授一起谈话。”

沈教授笑了,似无意似有意,说出一声:“真是有缘。”

沈教授正在读《山海经神话》,读累了,放在台子上。贾小玲接过书来一看,说:“咦,这是《山海经神话》,我喜欢读这样的小说。”

他们在交谈时,双方既热情,又颇谨慎。沈教授想发起爱情的进攻,又怕受挫折。他暗暗叹气:“一朝被蛇咬,十年怕井绳。”贾小玲想抓住这个高级知识分子,又怕对方嫌自己轻浮。谈起神话,双方没有拘束了。贾小玲说:“好多地方的人,都知道九头鸟是湖北人的代称。我表哥说,九头鸟是一个仙鸟。”

沈教授说:“九头鸟就是神鸟,原名‘鬼车’,长有十个脖子、九个头。据说,它的第十个头是被猎手射掉的。那个没有头的脖子,不断地滴血。”

贾小玲说:“《山海经》里的神仙名字真怪,听说还有一个叫穷奇的。”

沈教授回答:“‘穷奇’是《山海经》中抑善扬恶的恶神,它大如牛,外形像虎,披有刺猬的毛皮,长有翅膀。穷奇的叫声像狗,靠吃人为生。据说穷奇经常飞到打架的现场,将有理的一方鼻子咬掉;如果有人犯下恶行,穷奇会捕捉野兽送给他,并且鼓励他多做坏事。古人也把那种不重情意、远君子近小人的人称为穷奇。”

他们从《封神榜》中的人物谈到神仙世界,又从神仙世界谈到现实社会。忽然,贾小玲装模作样地问:“沈教授,你的夫人呢?”

沈教授说:“谈过几次女朋友,都谈黄了。所以,我现在还是光棍。你的丈夫在哪里工作?”

贾小玲说:“我们既然离婚了,就不想去谈他。”

沈教授试探地问:“不打算重新和好,再回到他身边?”

贾小玲说:“沈教授,还是告诉你吧。我的丈夫在司法部门工作,由于我们性格合不来,每天一小吵,三天一大吵,实在受不了,就分开了。你读了钱钟书的《围城》没有?没结婚盼望结婚,结了就后悔。好不容易打破围城,我不会与他和好,不会妥协的。我现在与父母住在一起。”

沈教授小声问:“你为什么要给你父亲买紫砂壶?”

贾小玲笑着答:“我与丈夫打架时,将父亲用的紫砂壶不小心打碎了。那是一把清代紫砂壶。”

沈教授慷慨地说:“既然如此,我将刚才买的紫砂壶送给你吧。”

贾小玲忙说:“不行!这怎么好意思呢?”

沈教授十分坚决表示:“别讲客气,你刚才帮了我。我想问你,你为什么不愿意在茶楼干。”

贾小玲回答:“说起来,我在茶楼当女子保安,实际上成了服务员。社会上的各种人物都在那里出现,应酬太累。”

沈教授问:“你为什么想与我们教授交朋友。”

贾小玲又笑着说:“我羡慕教授,想向教授请教学问。以后,我想经常给你打电话,行吗?”

沈教授忙说:“欢迎,我也愿意与你成为朋友。”

贾小玲试探的口吻:“表哥是希望我们两个生活在一起,不知道有没有缘分。”

沈早晨已经有饥不择食的感觉了。他坦率地回答:“我当然愿意与你一起生活。”

贾小玲是个结过婚的女人,丈夫罗景润是一家律师事务所的所长。读书的时候,罗景润的成绩是全校的尖子。他从一所著名政法大学毕业后,成为了律师。他有一天,读了著名作家徐迟的报告文学《哥德巴赫猜想》。这篇报告文学写的是数学家陈景润的故事,他连续看了三遍。心想:陈景润能够成为大数学家,我罗景润当不了数学家,也要成为大律师。他成天钻研案例,冷落了贾小玲。而身体健康的贾小玲躺在床上,就想夫妻之间的房事。

可是,丈夫两个多月,居然没有一点动静。他在客厅兼书房里,正在进行案例逻辑推理。好不容易上了床,贾小玲将他的手夺过来,放在自己的胸部。可是,丈夫的手毫不留情地移开了。贾小玲又羞又气,半夜都没有睡着觉。

有一天,贾小玲知道罗景润外面有个法律专业的实习生情人,于是,那天晚上,贾小玲将丈夫的手再次夺过来,放在自己的阴部。这次,丈夫的手照旧毫不留情地移开了。贾小玲破口大骂:“你以为我不知道,秀才××假斯文。”

去他娘的,飞起一脚,将罗景润蹬到了床下。如果,罗景润当时发火,贾小玲反而好受一点。可是,罗景润一言不发,从地上爬起来,在沙发上睡了起来。这一下,贾小玲更为气恼。于是,贾小玲提出与罗景润离婚。父亲在客厅里让两夫妻坐在自己对面。他说:“法律以事实为准绳。贾小玲,你是原告,你谈,你为什么要离婚。”

贾小玲说:“爸爸,这是在家里,不是在法院里。你怎么搞的,是职业病吧?”

贾小玲的父亲贾根红,从部队转业回到地方,在一个区法院当院长,妈妈蔡彩云则在财政局当干部。贾小玲在家里,除了听妈妈谈一些枯燥的数字外,就是听父亲拿法官的腔调教训人。贾小玲与罗景润离婚了,经同学介绍,去西安一个茶楼当上女子保安。女子保安是个时髦的职业,给人的印象,没有男子保安那样张扬,甚至有点温馨。一些大老板,到茶楼喝茶,喜欢漂亮的女子保安作陪,既可以亲近一些女色,还可以提防地痞流氓来闹事。所以,有的茶楼,有的宾馆,愿意请女子保安。

贾小玲的性格，像个男人一样仗义豪爽。什么原因？与贾小玲死去的姐姐有关。武汉有个文具厂，厂长雷鹏的老婆在乡下，长期分居。贾小玲的姐姐贾小娟在武汉一家剧团当演员。文化大革命，剧团解散了，贾小娟由于是扮演才子佳人的演员，受到冲击，被当做牛鬼蛇神下放到这家文具厂。不知道厂长是怎样将她骗到手上的。雷鹏表态，等到有机会，就与她成婚。一天，他们正在"云雨"，造反派听见风声，使劲地撞门。厂长到底是男子汉，大吼一声："慌什么，老子还没有干完呢？"

造反派将门撞开了，还没有来得及系好裤子的厂长，被抓走了，挨了造反派一顿打。赤裸裸的贾小娟脸皮薄，几天后，上吊自杀了。贾根红那个时候在法院靠边站，对女儿的悲剧，无可奈何。贾小玲闹到文具厂，要找这些造反派说理，反而被人嘲笑、羞辱了一通。

回来后，贾小玲性格变了，像个男儿一样。她说："我可不能够学我姐姐，不敢爱也不敢恨。"

所以，贾小玲敢于结婚，也敢于离婚，还敢于与沈早晨经常通电话约会，准备再婚。他们或看电影，或散步，或在餐厅聚餐。一来二去，感情直线上升。

沈教授与贾小玲相邀去咸宁温泉，双双到温泉河边去游泳。沈早晨发现贾小玲眼睛里满怀柔情，心里涌起一股暖流。他们双双来到桥上，不远的绿山，与夕阳、晚霞，构成了一幅美丽的画卷。贾小玲的脸上布满红晕。她说："我真想与你在这个地方呆上一辈子。"

沈早晨心里很激动，但是不知道如何回答是好。他们肩并肩地到山上宾馆里住下。贾小玲说她要洗澡，要求沈早晨留在自己的房间里，理由是害怕有人进来。贾小玲洗澡的时候，卫生间的门，忽然露出了一条门缝。里面的水雾，争先恐后地往房间里涌来，还带来了一阵阵使人感觉眩晕的香味，好像是女人身体上发出的香味。

一直渴望女性，却没有结婚经验的考古博士，有了一种莫名其妙的兴奋。但是，他被一种恐惧压住。他按捺住冲动，急急忙忙夹着开始发硬的生命之根逃走了。他担心，自己不是逃得快，做出见不得人的事情，就不好下台了。

休息了一个晚上，两人约好去地区剧院看电影。这个时候，沈早晨的胆子大了不少，至少在贾小玲陪同自己看电影的时候，敢于悄悄地用手拐碰了一下贾小玲的乳房。当然，他表面上装得若无其事。贾小玲心里有数，心旌摇荡。

他们坐车的时候，贾小玲经常借口路途陡峭，总是往沈早晨身上倒。而沈早晨呢，紧紧抓住贾小玲的手，而贾小玲则让沈早晨抓住自己的手。游玩了两天，沈早晨累了，他正在房间里睡觉。贾小玲怒气冲冲地闯进沈早晨住的房间，说："沈早晨，你还是不是一个男人？摸了我，让我魂不守舍，可你却伪装君子，装模作样。"

沈早晨明白了，一把抱住贾小玲。他太激动，还没有进去，就流出来了。贾小玲红着脸，骂了沈早晨一声："你真他妈的没有用！"

沈早晨一听，气急了，将贾小玲按在床上，狠狠地在她身上发泄，她哼叫起来。事后，她对沈早晨说："今天你才像个男人。告诉你，不准离开我！否则，我跳江死给你看。"

沈早晨一听，暗暗叫苦，刚才在床上的英雄气概，跑得无影无踪了。记得，沈早晨与贾小玲刚结婚，劲头很足。他们出去旅游，走一处干一处。在张家界寻宝未果，他们住在旅社里，将床板弄得塌了下去，双双落在地上。

可是，自从沈早晨迷上了寻找古墓考古，钻研《山海经神话》，贾小玲感觉沈早晨失掉了男人的刚性。贾小玲呢？从热烈的婚姻生活中，希望丈夫能够尽量快一点解决自己的工作问题。沈早晨这次记起对妻子的承诺。他没有别的办法，只能够求助于自己在旅游局工作的同学。

二、山海经迷

保安妻子

沈早晨邀请省旅游局当处长的同学李波罗吃饭。沈早晨点头哈腰，大腹便便的李波罗摇头晃脑，两人喝了一瓶茅台。最后，半醉半醒的处长同学，信誓旦旦地表示："你老沈的事，就是我的事。"

后来，李波罗说的是醉话，很义气，却不中听："哥的事，包在我身上。哥结婚，等于是兄弟结婚。哥的老婆，等于就是兄弟的老婆。哥老婆的工作，就是兄弟老婆的工作。"

沈早晨尽管听得不舒服，但是，朋友喝醉酒能够怪他吗？李波罗处长回到家里，给江城宾馆总经理打了一个电话。然后，约定第二天，亲自与沈早晨共同送贾小玲进了这家四星级宾馆，当上女子保安队长。

贾小玲走马上任，凭着姣好的相貌，苗条的身材与一身功夫，受到女子保安们的拥戴。她们之间关系熟了，无话不谈。

江城宾馆常务副总经理王冬生其貌不扬，大额头，眯眼睛，却是个色狼。他在女子更衣室里安装了监控器。这种监控器在灯具上，不容易被发现。还有窃听器，也是安装在灯具上的。这样，王冬生在办公室里，可以尽兴地欣赏各位女子保安的身体曲线，还可以听她们谈的悄悄话。

漂亮的王晓雪来自警察学校，喜欢搔头弄姿；活泼的李小塔来自公安学院，喜欢叽叽喳喳；副队长刘菲来自一所高校的保安专业，谈起男女间的房事，大胆得让人瞠目结舌、面红耳赤。

贾小玲呢，白白净净的脸面，一笑两个酒窝。一双会说话的大眼睛，楚楚动人。说起话来，声音银铃一样好听，还富有节奏感。苗条的身体，有曲线美。尤其是一双秀腿丽脚，穿高跟凉鞋，走起路来，婀娜多姿。王冬生想起一个美学家的名言："女人的美感点在脚上。"

贾小玲说："我喜欢探险。丈夫老沈对我很好，他带我去古墓考古，我们差点掉在山洞里出不来呢。”

王冬生听了，心里一震。他喜欢贩卖文物，他很关注沈早晨等考古学家的举动。他的眼睛盯着贾小玲。贾小玲接着说：“当然，我丈夫什么都好，就是钻研起学问来，一连几个月都不碰我。于是，我实在受不了，就讽刺他。一天，他要去赶火车了，被我讽刺急了，临出发前，突然脱下裤子要做夫妻的事，弄得我哭笑不得。”

女子保安王晓雪、李小塔听了，咯咯笑个不停。刘菲还做了个用手摸的样子。王冬生心里痒痒的。他说：“我一定要将这女子保安队长弄到手。”

王冬生副总经理走进了保安室。他色迷迷地对贾小玲说：“怎么，沈教授放着你这样年轻漂亮的老婆几个月不动一下，不是浪费了资源！我看他考古研究神话，走火入魔了。”

王冬生习惯与女子保安开些玩笑。这回，他一边说，一边对贾小玲目不斜视，还伸手去摸了一把贾小玲的手。贾小玲感觉，这副总经理的手上是不是有点魔力，怎么摸得心里痒酥酥的。当然，她也不习惯让人这样摸，觉得有损自己的尊严。

有一天，在保安室里，几个女子保安在议论国庆节到哪里去玩。刘菲说：“领导上安排我值班，我哪里也去不了。”

王晓雪喜欢园林。她最近看了介绍苏州园林的电视。她说：“我想去苏州园林，体验什么是人法地，地法天，天法道，道法自然。中国园林分皇家园林与私家园林。园林与古典戏剧有关，三五步走遍天下，六七人雄如万师。”

李小塔学过画画。她说：“中国园林，有中国画的特点，而中国画注重散点透视。西方画注重焦点透视。中国画长卷《清明上河图》，边看边走，有人在画中走、人在画中游的感觉。”

刘菲说：“我喜欢爬山，有时间，我打算去一些名山大川转一转。”

她的话打动了贾小玲，因为自己的丈夫就对她说过，为了文物考古，为了探寻神话，准备去各大名山走一走。贾小玲说：“我迟早要到黄山去一趟的。”

李小塔说：“如果你丈夫不让你去呢？”

贾小玲说：“我找个情人陪我一道去。”

女人们的笑声时起彼伏。王冬生在办公室里，通过监控器看得清清楚楚，听得明明白白。女子保安放肆的议论，贾小玲的性感，让王冬生脸上露出一丝不容易觉察的冷笑。

王冬生打电话，将贾小玲召进饭店的常务副总经理办公室。王冬生见到贾小玲身体苗条、皮肤白皙、容貌姣好，尤其是一双穿着高跟皮凉鞋的脚，白白的，小巧玲珑，叫他忍不住想入非非。

王冬生咽下一口唾沫，声音有磁性：“我想培养一个旅游部经理，你是合适的人选。我想带你到黄山去旅游考察。”

贾小玲没有表态，她总觉得这总经理色迷迷的，不愿意与他一起旅游。再说，贾小玲爱自己的丈夫，毕竟自己的丈夫是考古学家、大学资深研究员、教授，让自己的虚荣心得到满足。当然，由于丈夫是考古专家，事业心太强，很长一段时间里，他的主要精力都是用在考古上。时间长了，被冷落的老婆感到不满，也是可以理解的。

王冬生阴阳怪气地说:“你可以暂时不表态,回去想一下,再回答我。保安队是保卫处下属机构,而旅游部是保卫处同级单位。你担任旅游部经理,会加工资的。我今天请你吃饭,可以吗?”

贾小玲笑眯眯地说:“今晚,我有事情。以后,如果您要请,就请全体保安。”

王冬生心里是说不出的滋味,自己当年在樊城开旅社“冬生饭店”,已经玩弄了不少各种各样的女子,这一个女子是什么材料做的,荤素都不吃呢?听说她喜欢同她丈夫一样研究《山海经》,难道读《山海经》走火入魔。我自己也要去看看,这《山海经》到底是怎样一部奇书。

贾小玲蹬蹬地走后,王冬生拨通办公室的电话:“请给我借两本《山海经》的书。”

考古丈夫

江城大学学报编辑部与江城大学考古研究所、山海经研究中心同一个大楼,高个子学报主编马克,头发油光水滑,一套黑色西服,衬衣打着领带,穿戴考究。他是学中文的,文学水平造诣却不深,偏喜欢舞文弄墨,做点古典诗词、对联、顺口溜。

马克说:“《山海经》号称上古奇书,奥秘无穷。沈教授大概是走火入魔吧,考古竟要与《山海经》的神话联在一起。”

沈教授很大度地扭转话题:“马大主编,你约我写的考古论文,我已经发到学报的邮箱了。”

马克笑哈哈:“哎呀呀,真是乌鸦飞入鹭鸶群,雪里送炭;凤凰立在鸳鸯畔,锦上添花。”

考古研究所的副研究员欧阳旭听见了,尖嘴猴腮的他,慢条斯理地说:“马主编,你是赞扬呢?还是讽刺呢?说是赞扬,怎么能够将乌鸦作比喻;说是讽刺吧,你又将沈早晨教授比为凤凰。只怕是掉毛的凤凰不如鸡。”

通过他们之间短短的对话,不难发现,沈教授是一个不修边幅的学者。马主编是一个喜欢舞文弄墨进行卖弄的人。至于欧阳旭副研究员,则是一个反应灵敏又刁钻古怪的人。欧阳旭对自己的表妹夫,有时也毫不客气。

考古专家沈早晨的穿戴,从来就不修边幅。上班,他身穿一套皱皱巴巴的蓝色西服,裤脚一个挽起来,一个放下去,显得一个裤脚高,一个裤脚低。他的脚上,总爱穿着一双绿色的解放鞋,给人的印象,很朴素,却有几分滑稽。

说起沈早晨教授不修边幅,例子不胜枚举。有一次,沈教授出席省社科联组织的一个学术会议,遇到了兄弟大学的几位教授,都是读博士时的同学。他们是坐小轿车来的。有的是单位派的车,有的是私家车。

他们下午吃完饭,主动发问:“老沈,你们考古研究所没有派小车?我们送你回家吧!”

沈早晨说:“不用了,我去搭公共汽车吧。”

他们生拉硬拽,让沈早晨上了一辆灰色的现代悦动轿车,将沈早晨送回家。沈教授住在专家楼三楼,三室一厅。进了家门,沈教授安排大家在客厅里坐下,给每人沏了一杯龙井茶。

他们边喝茶边听沈教授谈女尸考古、谈《山海经》考古。感到时间不早了,对沈教授说,我们告辞吧。沈教授坚持送他们下楼。他在身上套了一件西服，却忘了穿长西裤，自己也在街上溜达起来。竟然，上身穿着衬衣，歪带领带，外面套着一件西服，下面呢，却是一条短裤。给人的印象不伦不类，引起好多人的围观，远远地将目光掷过来，好像在看一个精神病人。

有一个老太婆眼睛不好使，大声说了一句："这个男的有毛病，上身穿着西服，下身怎么不穿裤子呢？"

有几个街坊听了，"嘿嘿"地笑。贾小玲也知道沈早晨的这些故事。她看见神话博士是沈早晨的同学，就忍不住向神话博士与黎萍导游吐苦水。原来，有天，贾小玲回到家里，发现紧身裤子后面有黏糊糊的东西。一摸，有点腥味，知道是男人的东西。忍不住骂了起来。坐在沙发上聚精会神地阅读《山海经》的丈夫，看了老婆一眼，说："又怎么生气了？"

贾小玲仰起漂亮的脸蛋说："今天，我坐公共汽车，是哪个王八蛋将精液射在我的屁股上了。"

正在研读《山海经》的沈教授纠正说："你说错了，正确的说法是射在你的裤子后面了。你又没有脱裤子，怎么射在你的屁股上了呢？"

贾小玲好看的眼睛瞪得大大的。她大声说："老沈，你莫阴阳怪气的，臭男人将精液射在你老婆的裤子上，你就一点不生气。"

沈早晨慢条斯理地说："我一来不知道生气的具体目标，因为我不知道是哪个男人干的。二来我也理解这样的男人，多半是欲火太旺的单身汉干的。如果我没有结婚，说不定也会这样想，只是缺乏这样干的胆量。不是射在对方的裤子上，而是流在自己的裤裆里。"

看见贾小玲生气了，沈早晨说："贾小玲，你不是喜欢《山海经》吗？我来给你讲一讲吧。"

贾小玲叹口气："好吧，你讲。"

沈早晨说："《山海经》全书现存十八篇，据说原共二十二篇 ，约 三万一千 字。《藏山经》五篇、《海外经》四篇、《海内经》五篇、《大荒经》四篇。全书内容，以藏山经五篇和海外经四篇作为一组；海内经四篇作为一组；而大荒经五篇以及海内经一篇又作为一组。每组的组织结构，自具首尾，前后贯穿，有纲有目。五藏山经的一组，依南、西、北、东、中的方位次序分篇，每篇又分若干节，前一节和后一节又用有关联的语句相承接，使篇节间的关系表现得非常清楚。《山经》主要记载山川地理，动植物和矿物等的分布情况。"

贾小玲不愿意去想不愉快的事情了，她听丈夫讲述《山海经》，对《山海经》也有兴趣。但是，她很快就遇到了审美疲劳，马上打断沈早晨的背诵："老沈，我们宾馆的那个副经理王冬生太下流了，那样的眼神，色狼一样，还来摸我的手。"

沈早晨连头也不抬一下："《山海经》中的《海外经》主要记载海外各国的奇异风貌；《海内经》主要记载海内的神奇事物；《大荒经》主要记载了与黄帝、女娲和大禹等有关的许多重要神话资料。该书按照地区不按时间把这些事物一一记录。所记事物大部分由南开始，然后向西，再向北，最后到达大陆中部。"

贾小玲嗲声嗲气地说："喂，听见没有？你怎么不像男人，他那样色迷迷的眼神盯着你老婆，还动手动脚的摸你老婆的手。你听了一点都不气。"

老沈一听，眼神怪怪地说："莫名其妙！看一眼又能够咋地，摸手又摸不坏。"

贾小玲针锋相对地说："要是让他弄了我呢。"

老沈慢条斯理地故意气老婆，说了一句："不会的。就是弄了，也不至于要人的命。"

贾小玲用命令的口吻说："我现在需要弄了。我们夫妻，你好像半年都没有碰我。"

老沈唉声叹气地说："我真希望有人来代替我呢。"

贾小玲冷笑一声，说："你真是一个考古疯子，神话精神病。"

老沈不理她了。最近，他压力很大，学校领导同意考古研究所与南海科学研究院、南海旅行社共同举行山海经神话考古体验游，但是，怎样挑选合适的自愿者呢？用怎样的步骤来进行神话考古体验游呢？怎样寻找《山海经》里描述的矿产宝藏？怎样寻找那些已经不复存在的植物、动物？他边读书边思考。

靓丽的妻子，打开了录放机，随着音乐的起伏，在客厅里的将水蛇般的腰扭来扭去，说："老公，来呀，陪我跳个贴面舞。"

老沈无动于衷。妻子叹口气也坐在沙发上，开始继续发牢骚。沈教授忽然想起神话博士的建议，顺着《山海经》里的南山经、西山经、北山经、东山经的方向，目标是寻找《山海经藏宝图》，将考古研究与神话搜集结合起来，将游览名山与欣赏名山的传说结合起来，这样组织山海经神话考古体验游，一定会受到社会的欢迎。

想到这里，沈早晨高兴地对老婆说："学校同意我们组织'山海经神话考古体验游'活动，我也想让你参加，好吗？当然，你要接受考试。"

贾小玲的脸色由阴转晴，高兴得叫起来："好哇！考试的内容是什么，给我透露一下。"

老沈说："试题与山有关，你先回答，中国的世界级名山有哪几个？"

贾小玲说："中国的名山众多，'匡庐奇秀甲天下'著称的江西庐山，一向以其俊秀的英姿、绚丽的风采吸引着全世界的游客流连忘返，更有以'黄山归来不看岳'闻名的安徽黄山名气最大，享有"世界级名山"的声誉。"

沈教授问："你知道什么是五岳？"

贾小玲说："五岳是道教崇奉的中国五大名山的总称。道教认为每岳都有岳神，东岳泰山岳神'齐天王'，南岳衡山岳神'司天王'，西岳华山岳神'金天王'，北岳恒山岳神'安天王'，中岳嵩山岳神'中天王'，各领仙宫玉女几万人治理其地。"

沈教授问："四大道教名山是哪几个？"

贾小玲回答："湖北武当山、江西龙虎山、安徽齐云山、四川青城山。江西省贵溪县西南的龙虎山，传说第一代天师张道陵，炼九转神丹于此，得道后入蜀，其孙张鲁在巴蜀传其道。道教有十大洞天、七十二福地。"

沈教授问："请回答四大佛教名山？"

贾小玲流畅回答："相传山西五台山曾是文殊菩萨的道场，四川峨眉山曾是普贤菩萨的道场，浙江普陀山曾是观音菩萨的道场，安徽九华山曾是地藏菩萨的道场，故称之为'佛教四大名山'，明代就有‘金五台、银普陀、铜峨眉、铁九华’之说。”

沈教授有点惊讶地问：“你在大学不是学的保安吗，怎么知道这些？”

贾小玲回答：“我在大学学的是保安。但是，我担心以后找工作不容易，又选修了部分旅游专业的课程。还有，我在西安茶楼既当保安，还要根据客人需要当导游。经理要求我们拿导游证，组织我们学习过相关知识。”

沈教授感叹地说：“西安古都到底是旅游大市。小玲，我以为可以让你参加这次‘山海经神话考古体验游’。”

贾小玲笑道：“好哇，谢谢老公。”

单身贵族

星期天的上午，沈早晨教授、神话博士、黎萍导游赶到“山海经神话考古体验游活动”办公室。报纸上刊登广告后，报名者有五十多人，他们都是《山海经》迷。沈教授与神话博士反复筛选，挑选出四个“山海经神话考古体验游”志愿者。

他们比较符合条件：一是大专以上的文化程度；二是对《山海经》有兴趣；三是属于守法公民；四是身体素质比较好；五是单身、家庭无牵挂。这四个志愿者，两个是单身女子，两个是单身男子。他们四人是熟人。

名叫田幻想的男子五十多岁，个子不高，一米六 的样子，方脸庞，远看，浓眉大眼；近看，视力不佳。他说：“我自己推荐自己，这叫毛遂自荐。我是地质大学地质勘探专业硕士，在地质勘察部门工作。现在，我已经退休。我认为进行《山海经》神话考古体验游，能够圆我一个光棍的爱情梦。我由于从小喜欢读小说，尤其是喜欢读神话故事，什么《山海经》《西游记》《封神榜》，不注意保护视力。这样，眼睛越来越近视。而我又不喜欢戴眼镜，看什么，眼睛都要眯成一条缝。于是，我常将鸭子看成鸡子。有一天，两条狗一上一下在交媾，我看不清，还以为是两个狗子在打架。”

田幻想的话引起大家哈哈笑。田幻想，胆大，性情直率，有什么说什么，就是不喜欢转弯抹角。没有一分钱，敢昂首阔步去五星级宾馆问房价，问完房价，脸色不红，拔腿就走。有人说，肯定是近视，对旁人的眼光看不见，也就无所畏惧了。他总想找个女人做老婆，对人说自己的条件不高，只要能够蹲着拉尿就行。由于他在地质队工作，虽然是个技术人才，却常年奔波在外。加上，他的脾气古怪，喜欢攀登冒险，野外考察冒险，愿意与他谈恋爱的不多。而他经过婚姻介绍所介绍，接触了几个未婚女性。要么，他瞧得起的女人，别人却瞧不起他。而相中他的女人，他觉得不是人品不理想，就是外貌难看，又看不上。高不成低不就。他与一个女人还同居了一年，最终，那女人攀了高枝，他还是打光棍。

田幻想对方艳红很有好感。有人说他饥不择食。一个被人遗弃的女人，结过几次婚，还值得这样地去追求？谁知却挨了他一顿骂。他说什么，你骂我打我都可以，就是不能够骂我心中的白雪公主。有一天，田瞎子去找方艳红打扑克，看见一个女子很像方艳红，就盯着眼睛瞄。那女子的男朋友用眼睛横着看他，而他居然没有察觉，竟然去拍那女人的肩膀。结果，那男人出手了。田瞎子脸上挨了重重的一拳。略会武术的田瞎子明白了，飞起一腿，将那男子一脚踢到沟里。田幻想的父亲是一名钳工，喜欢武术。田幻想跟着父亲，学习了一点防身用的武术。

名叫龙小宏的男子志愿者，五十多岁，学历是大学本科，新闻专业。他头顶的头发虽然稀稀拉拉，五官却端正。他喜欢探险，还喜欢面红耳赤地吹牛皮。于是，被人们称为龙吹吹。他在报社当过多年的摄影记者，也有人称他为龙记者。这龙吹吹的本事是摄影水平高，是中国摄影家协会会员，出版过摄影专集。他喜欢拍摄自然风光，对人体艺术拍摄也有研究。有胖女人找他给照裸体相。他说，这样的身材影响了摄影艺术。他坦率地说，给女人照裸体相，不能够睡女人。否则，名声坏了，别人不但不找你，还会告你一下，你就吃不了兜着走。

有人说，龙小宏之所以给女性照裸体相，不随便乱搞男女关系，是因为阳痿，只能够看不能够做。据说，他满足不了老婆的需要。所以，他那当列车员的老婆，身体又好，坚决与他协议离婚了，与肥头大耳的列车厨师敲上去了。最近，龙小宏同田瞎子一样，对《山海经》感兴趣，尤其是对神话十分有兴趣。他说，进行"山海经神话考古体验游"，我们可以周游全国的名山大川。

名叫王丽君的女子，四十多岁的样子，身材苗条，容貌端正，眉毛往上扬，给人的印象是笑相。她是大学专科学历，既有会计证，还有导游证。现在，她在一家旅行社挂职当导游。因为她喜欢《山海经》的神话故事，对旅游很有兴趣，故报名参加"山海经神话考古体验游"。她这个人，性格很有特点，成天叽叽喳喳，有人叫她王雀。是啊，往往她人没有进门，叽叽喳喳的声音就进了门。她虽然不反对别人叫她王雀，但更愿意人家喊她丽君，因为她最喜欢听邓丽君的情歌，她最崇拜的歌星是邓丽君。

王丽君胆了大得吓人又小得出奇。比方说，她带着游客，碰见流氓拔出刀子勒索钱财，她敢于冲上去保护游客。这是她见义勇为、胆大仗义的表现。可是，她在饭店房间里面发现了一只小老鼠，居然吓得惊叫着往外跑，从二楼的楼梯上滚下来。好在，那是性格温和的木头楼梯，如果是性格倔强的水泥楼梯，就一定摔得很惨。

王丽君大方又小气。她见朋友们谁结婚，只要通知了她，哪怕她身上仅有一百元，也要送礼。朋友在一起聚会，她会张罗着请客，表现实在是大方。可是，她在春节的时候，遇到上门来玩的亲戚，抱着不大的小孩，其他人给小孩压岁钱，她装着没有看见。你不能够说这不是小气。

王丽君还有一个特点，多情又仗义，温柔又豪爽。说她多情，她的丈夫与第三者同居后，与她离婚了。王丽君也与一个建筑包工头有一腿，十年来始终不渝。这就是多情。后来，包工头没有钱了，实行战略撤退。有人提醒她，包工头耽误了你的黄金岁月，去敲诈一把。她自认倒霉，不去扯皮。人们以为这是仗义。至于说她温柔，那是她对待人很细心，成天一脸笑，很少发脾气。如果说她豪爽，在聚会的时候，男子如果与她一起碰杯，你喝多少，她喝多少，宁可伤胃，不伤感情。

徐娘半老的中年女子方艳红，是烹饪专业毕业，大专学历，四十多岁的样子，皮肤白皙，人称其为贵妇。她在一家酒楼当副经理。她是王丽君的中学同学，她的前夫张克武是一个皮鞋厂管销售的副厂长，认识了一个年轻漂亮的女业务员，便与她离婚了，他们共同的儿子判给了父亲。

以后，方艳红认识了几个男子，有的是经人介绍的，有的是婚姻介绍所介绍的，还遇见了婚托。所谓婚托，就是一个同时与几个单身男女假恋爱的异性。或者是帮婚姻介绍所骗钱，或者是给自己骗钱。

方艳红痴情，一旦与哪个男人好上了，不会主动地抛弃男人，却往往被男人抛弃了。每当这个时候，她首先痛哭流涕。接着，采取报复行动。比方说，一次同学聚会，她与某棉纺厂当采购员的男同学汪山生遇上了，得知汪山生是个离了婚的男人。他们先是一起唱情歌——“十五的月亮”。接着，一起跳贴面舞。结果，越贴越近，相见恨晚，干柴遇到烈火。如胶似漆，打着试婚的旗帜，同居了。

她这个人生活上十分马虎。比方，两人做爱的卫生纸，随便往地上一扔。汪山生原来的老婆，最讲卫生，地脏了，可以用抹布在地上擦。有时，一个地要擦一到两个小时。汪山生受了原来老婆的影响，对不卫生的习惯，横竖看不顺眼。一天，方红艳洗澡，三角裤、袜子随手一扔，塞住了下水道的咽喉。水流不通，卫生间积水。楼下漏水，有人找上门来，“当当”敲门。进来一个干瘦的老头，大发脾气：“你家的下水道塞了，将我家的木地板都打湿了。”

汪山生赔了一百个小心，还赔偿了一百块钱，让老头子消气走了。汪山生埋怨方艳红，你真不像是个女人。这么脏、这么马虎，将什么东西掉到下水道去了。

方红艳最怕别人说她不像个女人，马上回击：你不像个男人，像个阴阳人。江山生不理睬她，打电话通知管道工上门服务。疏通管道的师傅来了，掏出了一个短裤头，一只棉纱袜。于是，汪山生讽刺方艳红，你还以为自己真是贵妇呢，我不像个男人，你就去找个真男人去。谁找你做老婆，八辈子都倒霉。汪山生从此晚上不回家。方红艳当然不依不饶，一不做二不休，将汪山生家的一桶油、一捆布啊，拿回了家，还要汪山生赔一千元名誉损失费。汪山生赔偿了一千元，对她说，我要那捆棉布。

方红艳冷笑一声，那布你是偷的厂里的。你如果找我要，那么，我就告到你的厂里，说你是小偷。方艳红故意刁难江山生，其实是为了重归于好。谁知道，事与愿违。汪山生一听，更死了心。他发誓，这一辈子宁可打光棍，也不能够要这样的女人。她越想越伤心，痛哭了一夜，她心里实在苦闷。她说，我怎么不能够与一个男人白头偕老呢？

他们四个人都是单身贵族。由于他们已经退休，或者是病退，或者是内退，便在一起上老年大学。课程有神话、考古等内容。他们一起上课，一起打牌，一起聚餐，一起聊天。后来，日久生情。田幻想开始追求方艳红，方艳红却暗恋龙小宏，而龙小宏钟情王丽君，而王丽君却相中田幻想。

方艳红为什么不中意田幻想，偏偏中意龙小宏。说起来，有个原因。方艳红当餐馆副经理时，有个城管部门的李主任经常过来吃饭写白条，不给钱。龙小宏经常去吃饭，找到那个主任。那个主任一看，这是江城晚报著名记者龙小宏，就把账结了。

另外，方艳红喜欢照相，龙小宏则给她们餐馆的同事照了些照片。方艳红觉得，有这样的记者做丈夫，多好。她开始恋上了龙小宏。

而田幻想呢？是龙小宏做的介绍人，可是方艳红第一眼就看不中。她认为这个人经常将古典文学、考古文化挂在嘴边。两个狗子分明是在交媾，他说什么——两只狗子在打架。真不知道，是眼睛不好，还是有点傻。

方艳红十分聪明，知道龙小宏喜欢王丽君，就请龙小宏给自己照了不少裸体像。她将这些裸体像给王丽君看。

至于龙小宏为什么对王丽君有爱慕之心，说起来很简单，他们是邻居。龙小宏比王丽君大八岁，从小，他就看上了王丽君，托人去约王丽君看电影。王丽君嫌龙小宏年龄太大，没有答应。一天，龙小宏进街道上的男公共厕所去小便。由于尿来得太急，他边进厕所边解裤子掏出东西，拉开一个厕所门，准备拉尿。没有想到，一个女人在里面。他吓得尿了出来，一半尿撒在自己的长裤子上，一半差一点尿到女人的头上。这个女人就是王丽君，她正在一个档位上蹲着。王丽君只能够怪自己跑错厕所了。

事后，王丽君没有什么感觉。龙小宏当天晚上梦见自己背着王丽君上山，用手指去抠破了王丽君的裤裆。虽然他觉得难以启齿，但是，他总觉得与王丽君有夫妻的缘分。这次，他之所以参加"山海经神话考古体验游"，一来是对于《山海经》里的山水感兴趣，二来想与王丽君发展感情。

龙小宏为什么讨厌田幻想，不想与方艳红走近？而去与王丽君套近乎？也有个原因。他本来与田幻想都是住在汉正街上的邻居，看见田幻想一直是单身，就给田幻想介绍个女子。没有想到，方艳红这个独身女人不要田幻想，偏偏要龙小宏。这也罢了。龙小宏喜欢王丽君，喜欢听王丽君唱歌。因此，他就怠慢了方艳红。王丽君呢？她一开始对龙小宏颇有好感，对于龙小宏的追求，有所回应。听说龙小宏给方艳红连裸体像都照了，认为他们之间的关系太暧昧。所以，她从此就不再对龙小宏有好感。王丽君为了躲避龙小宏，与田幻想接触频繁。龙小宏觉得田幻想不够朋友，夺朋友之爱。

田幻想为什么喜欢方艳红？首先，他是同情方艳红的婚姻遭遇凄惨。方艳红待男人很痴情，但是，总被人辜负。尤其是有一天，他带着朋友上江城餐馆吃饭，结账时，发现自己的钱包被小偷偷走，无钱付账。如果让朋友们付，而这些朋友马上就要到外地去，实在没有面子。他提出，能够赊个账吗？服务员不同意，是方艳红帮忙结的账。当天晚上，田幻想第一次做的与女人亲吻的梦，这个女人就是方艳红。从此，他对方艳红情有独钟。

沈教授兼上他们的课程，所以，沈教授这次就点了他们的鸳鸯谱。

沈早晨教授说："《山海经》是上古社会第一奇书，学习《山海经》，可以了解上古社会的历史、地理、文化、交通、民俗、神话等。今天，神话博士研究员石小林主持测试。"

神话博士说，《山海经》分为《山经》与《海经》。我今天给大家出一道考题，请田幻想、龙小宏、王丽君、方艳红学员各讲一个反映名山的神话故事。一个人讲的时候，其余人都要穿上魔幻背心，打开梦幻开关。

田幻想起来发言了。他说："我想讲一个《武当财神》。"

龙小宏、王丽君、方艳红接过黎萍导游递过来的魔幻背心。穿上后，由神话博士用遥控器同时打开了他们身上魔幻背心的梦幻开关。

三、神话测验

武当财神

——武当山有座财神庙。庙的周围，有石马鞍、石桌子、石椅子、石印把和石鸭子窝等等。传说，它们过去都是银的、金的。古时候，这里来了一个叫赵公明的老头。

王丽君说："这个赵公明，是不是大名鼎鼎的财神呀？"

方艳红说："不像。你看他这个穷酸相，不管刮风下雨，天天提个旧竹篮，到处捡破烂，乞讨残汤剩饭。"

龙小宏说："他这个人是有点奇怪，自己舍不得吃，舍不得喝，穿得破破烂烂，却养着一条无精打采的黑狗和一只不下蛋的麻鸭子。"

王丽君指着一只黑狗和一只麻鸭子说："这两个小动物看主人穷，也很俭省。狗一天只吃一口饭，鸭子一天只吃一撮谷。奇怪的是，它两个从来不屙屎，也不跑不叫；从早到晚，乖乖地瞪着眼睛守大门。"

一个穿戴富丽堂皇的钱员外来了。方艳红说："看到没有，这才是财神。"

一位老太婆说："这是钱员外，他家大业大，花钱像流水，吃不完的饭菜，往沟里倒；半旧的衣服，往垃圾堆上扔。赵公明好心劝他莫作孽，要省吃俭用。他倒把好心当成驴肝肺，说赵公明是'狗咬老鼠——多管闲事。'"

王丽君说："来了！来了！赵公明正在捡钱员外扔的衣服呢。他捡这么多，穿得完吗？"

一位中年男子走过来说："赵公明将衣服洗干净，发给我们这帮穷哥们穿。"

王丽君说："哎呀呀，赵公明怎么能够在缸里捡剩饭呢？吃了不要打吊针？"

方艳红说："我们跟着他的后面，看他是不是自己吃？"

他们几个悄悄地跟着赵公明。发现，赵公明将一篮子剩饭拿回家，倒在破瓦盆里，两个小动物，黑狗与麻鸭一个劲地吃。龙小宏与王丽君打赌："这狗与鸭特别能够吃，恐怕不是一般的狗与鸭了。"

他们观察，赵公明把他倒的饭菜挑回去喂赖皮黑狗和麻鸭子。黑狗和麻鸭子也怪，钱员外倒一盆，它们吃一盆；倒一桶，它们吃一桶。

一天早晨，太阳特别亮，天上挂满五彩云，山花儿全开啦，满山遍野香得醉人。忽然，麻鸭子"嘎嘎"叫，生了十个金蛋蛋；大黑狗"汪汪"咬，屙了十个银锭锭。从此，天天照常，从不间断。

赵公明还是舍不得吃，舍不得喝，却把金银分给穷人，叫他们安家立业，好好过日子。可是，金蛋蛋、银锭锭还是越来越多，用不完，没地方放。赵公明把它们铸成马鞍、桌子、椅子等等。这时候赵公明依然舍不得吃，舍不得喝，天天提着篮子拾破烂。

钱员外坐吃山空，一步步把万贯家产荡光卖尽了。只好也去讨米要饭。一天，他在半路上遇到了赵公明，心里惭愧，躲不开，只好去躬身作揖，道："赵老爷，您有那么多金银财宝，该坐享清福了，怎么还拾破烂呢？"

赵公明说："南海大，是一滴滴水汇的；粮仓多，是一粒粒谷子积的。我的黑狗子和麻鸭子，是吃了你的残汤剩饭，才生金屙银的。希望你以后能勤俭过日子。"

赵公明说完，便掏出了一些金银送他，叫他重新安家立业，说道："常将有时思无时，细水长流光景好啊！"

龙小宏说："赵公明太坦诚，而这个钱员外，可能会下杀手。"

王丽君说："我看不会，赵公明关照他，又没有得罪他。"

哪知钱员外本性不改，拿着赵公明给的金银，还是酒馆进肉馆出，没多久，就又成了穷光蛋啦。狗急跳墙，他乘夜深，点燃一把火，烧着了赵公明的茅屋。龙小宏与田幻想都急得喊："赵公明，有人放火。"

钱员外喊道："谁喊也没有用，烧死你这个赵公明，烧不毁的金桌、银椅，留下来全成了我姓钱的。"

赵公明好像听不见，钱员外还在得意地喊叫："烧死你这个赵公明。"

山风大，火势猛，转眼间茅屋就成了灰烬。可是赵公明却未被烧死。麻鸭子变成一只金凤凰，载着赵公明升天了。黑狗变成了一匹大黑虎，扑出来，咬死了钱员外。这时，赵公明屋里的东西猛一暗，都由金的变成了石头的，再不怕贪财的人来打它们的主意了。后来，赵公明成了财神爷，可还是舍不得原来住的穷地方，人们就地给他修起了一座庙，就是武当山现存的"财神庙"。

龙小宏、王丽君、方艳红一个个回到了现实社会。龙小宏还在津津有味地回味："我们刚才进入的幻觉世界，怎么这么逼真呢？"

黎萍说："魔幻背心具有幻觉功能，可以进行梦幻的催眠。"

神话博士则说："这个神话围绕武当山，告诉我们，要勤俭持家，行善积德。"

沈早晨说："说到武当山的道教文化，我想起了青城山，这也是道教名山。历代道家在这里修炼的就有东汉张陵、张衡、张鲁祖孙三人，以及晋朝范长生、隋朝赵昱、唐朝杜光庭等。道教在青城山发展一千八百多年之久，道教遗迹和传说积层深厚。其中，有关道教张天师的遗迹就有'掷笔槽'、'试剑石'、'读书台'、'天师池'、'天师洞'、'丹井'等；此外，还有三十六座山峰和一百零八个山景，都充满着道教色彩的传承。"

龙小宏说："我到井冈山去拍照片，听说《井冈山的传说》有点意思。"

神话博士吩咐："田幻想、王丽君、方艳红，你们三个穿上魔幻背心，我用遥控器打开你们三位的魔幻背心的梦幻开关。"

井冈传说

——每个山都有个神话传说作为山的来历。以井冈山为例。很早以前，在一片寸草不生的芦山秃岭下，有一个村庄，住着百十户人家，全靠种田糊口度日，生活异常贫困。有一天，来了个二十多岁的年轻人，看着这片光秃秃的山岭，摇着头说："真可惜，这么一块好山岭！怎么不种上树木呢？"

田幻想说："我去过井冈山，郁郁葱葱的。怎么，这个山是光秃秃的？"

王丽君问那个年轻人："这个山为什么寸草不生？"

青年人说："我问过族长，山上缺水，他们派了许多人上山找水脉挖井，但就是找不到水脉、挖不出井水来。我听老辈人讲，以前这里可是山清水秀，林木茂盛。但是有一天，突然下起了倾盆大雨。咆哮的雨水，围着这片山淹了几十天，结果，花草树木都被淹死了，山上的飞禽走兽也绝了种。从此，周围下雨，唯独这块山岭，未降过半滴雨。"

方艳红不解地说："哦，还有这种事？"

这时，老年的族长来了。青年人上前说："我不信挖不出井来。老爷爷，我叫掘井，祖祖辈辈挖井为生。我帮你们上山找水脉挖井。"

族长高兴地说："太好了！我代表全村人感谢你，请吧，掘井师傅。"

掘井就在村里住了下来。第二天，掘井带着二十多个身强力壮的小伙子上山找水脉。他们每天从太阳未出山忙到红日沉西边，寻了一天又一天。结果，没找到水脉。小伙子一个个打退堂鼓走了，只剩下掘井一个人。

几个中年汉子跑过来，对掘井说："你这个人是个骗子吧？怎么寻了这么多天，也没挖出一口井来呢？今后，我们不能够供你吃饭了，你滚吧！"

方艳红气急败坏地说："掘井师傅任劳任怨，就是为了村民们有水喝，你们怎么能够这样对待掘井师傅呢？"

年迈的族长来了："你们知不知道，村民很苦，你们就别管闲事了吧。你这个年轻人，也别折腾了，你回家去吧！"

看见掘井在落泪，王丽君安慰掘井说："大家不了解你，别难过。"

掘井说："我如果找不到水脉，挖不出井水来，就死在这块山岭上。"

方艳红说："我知道这个故事，掘井他风里来，雨里去，不管是炎热的酷暑，还是刺骨的寒冬，从不间断。在山上找了三年零三个月，依然没找到一条水脉，依然没有挖出一口井来。"

有一天中午，太阳像一轮火球，晒得掘井大汗淋漓，昏厥过去了。

方艳红对王丽君说："我们将掘井抬在棚子底下。"

谁知道，掘井醒过来后，又来到阳光下的山坡上要继续干。这时，来了一个拄拐杖的叫花子，说："小伙子，别找了，这座山底下没水脉。"

掘井说："我不信，我不找到水脉，不挖出井来，不使这片荒山秃岭长出树木，我就葬身在这里。"

叫花子面露微笑，点点头说："世上难得有你这么有志气的好青年。好吧，我助你一臂之力。"

说完，用竹拐杖往地上一戳，瞬间，满山遍野，溪水潺潺；又一戳，立刻，绿草茵茵，鲜花朵朵；再一戳，马上，茂林修竹，拔地而起。掘井知道遇上了相助的神仙，倒地便拜："谢谢您老人家。"

神仙扶起掘井说："不用谢，不用谢。"

掘井问："老人家，你怎么知道山底下没水脉呢？"

神仙说："很久以前，天宫有个雨神，见这里风景优美，就下凡到这里来游玩观光。谁知，这山林豺狼虎豹特别多，雨神被虎狼咬得伤痕累累。他气坏了，回天宫后，就给这片山下了几十天的倾盆大雨，把整座山的猛兽都淹死了，并切断山底下的水脉，不给这片山下半滴雨，叫这座山永远光秃秃的，寸草不长。"

掘井说："这雨神的胸怀也太狭窄了！这么一报复，可害苦了这里的百姓呀！"

神仙说："是呀，雨神当时一时气愤所致。后来，有个年轻人为解除百姓疾苦，发愤要使这片荒山秃岭长出树木的精神感动了雨神，于是，赶来补救自己的过错。"

掘井恍然大悟，说："哦？你就是那位雨神呀！"

雨神说："对！我就是那位雨神。为了让这片山岭永远青翠欲滴，我要接通下面的水脉。"说完，把竹拐杖插入地底，雨神随着一阵清风不见了。从此，这片山岭披上了郁郁葱葱的绿装，这里的老百姓也过上了富足的生活。老百姓为了纪念掘井师傅坚忍不拔、百折不挠的精神，以"掘井"的"井"字打头，把这片山岭叫做"井冈山"。

神话博士笑道："不错，这是一个反映名山井冈山来源的神话。名山是神话传说最多的地方，从三皇五帝、君王大臣到民间的凡夫俗子，都留下了或喜、或悲、或怒、或怨的美丽传说，名山也因此而充满了灵性；而历代名人留下的诗词题赋，则更增加了这些名山的文化底蕴，留给我们的是无尽的遐想。"

沈早晨说："中国历史上，有许多重大事件发生在一些 山岳上。于是，这些山上铭刻着动人的史迹，打上了文化史的烙印，令人景仰。如反映大禹疏导九江的庐山汉阳峰禹王崖、浙江绍兴会稽山，因禹王的遗迹而驰名。杭州的吴山、胥山，因春秋吴国伍子胥以忠谏而死，浮尸江中，立祠山上而名满天下。苏州的虎丘山、教场山，分别与吴王阖闾的一系列事迹和孙武子教场训练女兵等事迹相关而得名。辽宁的凤凰山主峰箭眼峰、马蹄窝等著名景物，都和唐太宗征辽的历史事迹密切相关。”

王丽君不慌不忙地站起来说，“道教文化博大精深，传说很多，我现在讲一个武当山的《吊钟掉钟》的故事吧。”

吊钟掉钟

——从前，有个张员外，良田千顷，骡马成群，一辈子吃不完，用不尽。张员外没有儿子，只有一个独生女儿。这张小姐生在糖罐里，住在福窝里，是张员外的命根子。那年，张小姐得了个怪病：脸皮黄，身子瘦，白天吃不下饭，夜里睡不着觉，嘴里一个劲地胡说八道。张员外没法子，在十字路口张出招贴：有人看好小姐的病，要黄金给黄金，要白银给白银，要珍珠给珍珠，万贯家财任意挑。

有天，门前走来个化缘道人。他身背一把七星宝剑，肩挎一个黄色包袱，自称是武当山来的，口口声声要见张小姐。张员外见这道人有些来历，就迎到后堂，请道人给小姐看病。道人一不摸脉，二不用药，只是用指头指着她的眉头，说道：“回来，回来！”

小姐的病立刻就完全好了。张员外感激道人，端出一盘银子，道人不要；端出一盘黄金，道人不收；又要献出百亩良田、百匹好马，道人也都不接受。张员外急了，问：“老神仙，这不要，那不收，你究竟想要什么呢？”

田幻想说：“他想要宝贝钟。”

果然，道人说：“我只要你那两口大钟。”

张员外舍不得了。原来这两口钟，一口叫金钟，一口叫玉钟，响声清脆，震荡云霄，千里以外，尚有余音。钟上铸有二龙戏珠、丹凤朝阳、八仙过海，无不栩栩如生，是张员外的传家珍宝。张员外说：“老神仙，你就要别的吧，这两口钟我不能给你。”

龙小宏说：“张员外，你不是说过，万贯家财任意挑吗？怎么能够变卦呢。”

张员外说：“这是我的传家宝，我不给就是不给。”

这道士就是真武祖师。当时，武当山的九宫、九观、三十六庵堂、七十二岩庙刚修好，各种宝贝应有尽有，就是缺少两口大钟。他见张员外食言不肯给，很生气，向钟上吐口唾沫，愤愤地走了。

真武祖师的一口唾沫，使两口钟成了神钟。夜里，玉钟对金钟说：“张员外忘恩负义！哥哥，在他家没有好处，我们走吧。”

金钟说：“好啊！武当山是仙山，正好落脚。”

金钟和玉钟趁着更深夜静，神不知鬼不觉地飞呀，飞呀，飞过一重山，飞过一道河。渐渐的，玉钟觉得累了，飞得慢起来，落在哥哥后面。金钟不时扭身招呼妹妹：“你飞不动了，我来搀扶着你吧！”

玉钟怕误了哥哥的行程，谢绝了他的帮助：“哥哥，你快飞吧，我会跟上来的。”

眼看天快亮了。天亮以前飞不到武当山，就会落到半路。金钟好不焦急，只好拼命赶路，终于。在天亮之前，落在天柱峰太和宫旁的山垭上。玉钟因为年轻力单，越掉越远，飞到武当山下的官山河口，便听到了晨鸡报晓。鸡子一叫，它再也飞不动了，一头扎下河底，形成一个无底深潭，人们就叫它“掉钟潭”。

神话博士说：“这个神话围绕武当山，很有意义。我国各地名山，几乎都因有美丽的传说而形成美丽的山岳文化。几千年来，中国的儒家、佛教、道教受“政教合一”的支配，涌向大小山岳，纷纷选择洞天福地，处处开辟祭坛道场，广建宫、观、寺、庙、庵、堂、殿、阁、楼、塔、亭、台，开岩凿洞，摩崖造像；中国众多的山岳，纷纷创建成官民信仰和崇拜的圣地。与此同时，还有许多名胜史迹和古代文人名士的游山经历和诗文推崇密不可分。”

沈早晨说：“来到武当山这个道教名山，容易想起崂山。崂山自古以来被称为‘神仙之宅，灵异之府’，更具有道教山岳的代表性。早在秦皇汉武时代，崂山就是觅仙求神和寻找长生不死药的所在。宋元以来，这里成了道教名山。这里不仅建有太清宫，而且还有众多道家在此修道。如著名道士刘若拙、邱处机、刘志坚、李志明、孙紫阳、张三丰等，在这里留下了他们许多修道讲道的遗迹。像‘邱祖坟’、‘混元石’、‘白龙洞’、‘仙人桥’、‘玉女盆’、‘金液泉’、‘聚仙台’、‘仙人髻’、‘飞来石’、‘明霞洞’、‘圣小泉’等遗迹，都有奇异的道教色彩。密集的道教风物群构成了崂山大约三百里方圆的道教文化分布圈。”

穿戴时尚的贾小玲来了，她说：“天上的仙女喜欢峨眉山，我讲峨眉山流传的神话传说《天门枯叶》。”

天门枯叶

——大家看过《山海经》里描述的《女娲补天》吗？话说女娲炼石补天的时候，有一块石头从炉里滚了出来。那石头从天上往下掉，一直落到峨眉山上。从此，峨眉山就有了一块又高又大的石头，直插天穹。因为这块天门石上通南天门，下通峨眉山，所以想到人间就可跨出南天门，踏上天门石，不经过天梯，就能到峨眉山了。天宫里那些天兵、天将、仙女、神童，听说峨眉山风光秀丽，就时常经过天门石，偷偷跑到峨眉山来游玩。

龙小宏对王丽君、方艳红、田幻想说：“我真想也从天门石上南天门去玩一下呢。”贾小铃没有理睬，继续讲她的故事。

这年三月初三，王母娘娘要大办蟠桃盛会，庆祝寿诞。各路神仙，来祝寿赴宴，王母娘娘命太白金星带着仙女们到蟠桃园去采摘蟠桃。太白金星把仙女们招到一起，清点人数时，发现少了守蟠桃园的两个仙女。一查问，才知道她们是从天门石私自去了峨眉山。只得回禀王母娘娘：“启禀圣母，小神奉命带众仙女前去采摘蟠桃，可是守桃园的两个仙女没有到。经查问，原来，她们从南天门外的天门石私自到人间去了。”

王母娘娘一听，十分恼怒：“这石头也生得古怪，不偏不斜，正好立在南天门外，替那些凡念未消、不守仙规的人，搭了一道私下凡间的便桥。此石不除，天宫不得安宁。”

她立即把巨灵神叫到跟前吩咐说："守桃园的两个仙女，经天门石私下凡间，命你速将她们两个捉回来，不得有误。"

巨灵神领命，立即驾起云头，来到峨眉山捉拿两仙女。却说两仙女来到峨眉山后，赏不完的奇花异草，游不完的翠谷幽泉。这天，两人正在观赏那秀美景色，忽见天上飘来一团白云，云头上站着一人，金盔金甲，手执开山大斧。

田幻想见了，对两仙女说："有人来抓你们了。"

两仙女仔细一看，正是巨灵神。她们知道这一定是来捉她们了，吓得慌了手脚，便急忙变成两棵桐树，躲在树林中。巨灵神来到山上，到处寻不见两仙女，却见在前面的一片茂密树林中，显眼地长着两棵开着白花的珙桐树。洁白的花瓣，就像仙女们腰上的飘带，在微风中摇动。

巨灵神想：这么大的一片树林，为什么只有两棵珙桐树？准是两个仙女变的。他从身上掏出紫金锁，想去锁珙桐树。两仙女一见巨灵神要锁她们，知道露了马脚。又急忙变成两只画眉，展翅飞上蓝天。巨灵神想：画眉最喜欢在树林里唱歌，这两只为什么偏要飞上天空去呢？巨灵神马上变成一只岩鹰，紧紧追赶画眉鸟。

两仙女明白巨灵神发现了她们，一面逃一面商量：这次一定要变一个巨灵神认不出的东西，才能逃脱。她们连忙从天空中飞下来，落在一堆枯枝败叶中。因为她们已经有了一个很妙的主意，变成两只蝴蝶，翅膀的颜色要枯黄，有叶脉、叶蒂，两翅合拢，与树上的枯叶一模一样，落在枯枝上，以假乱真。

龙小宏说："两个仙女真的不见了呢。"

田幻想说："太好了，巨灵神发现不了她们了。"

果然，巨灵神找遍全山，也没有找到她们。巨灵神找不到仙女，只好回天宫向王母娘娘复命。王母娘娘又对巨灵神说："两仙女私下凡间，拒不回返天宫，罪恶深重。现在我命你斩断天门石，断绝她们的归路，永远不许这两个孽障再回天宫。"

巨灵神领旨后，驾着云头，来到天门石旁。他手举巨斧，对着天门石顶砍去，只听一声响，山崩地裂，天门石被砍去了大半截。接着又是两斧，把巨石从当中劈开来。天石门变成了两块，当中出现了一条道路。因为天门石被斩断，两仙女再也不能回返天宫，她们就永远变成了两只枯叶蝶，飞翔在峨眉山的翠树绿叶之中。

神话博士一听哈哈大笑："这个故事说明峨眉山之高，石头能够进入天宫。也说明，人间也有比天堂更美好的地方。不然，为什么仙女甘愿来到人间呢。"

方艳红说话慢条斯理："我国的好多神话故事与《山海经》有关。吴刚是家喻户晓的神话人物，《山海经》就有他的记载，现在，我来讲一讲《吴刚伐桂》的故事。"

吴刚伐桂

——《吴刚伐桂》是《山海经》中的一个故事。吴刚又叫吴权，是西河人。炎帝之孙伯陵，趁吴刚离家三年学仙道，和吴刚的妻子私通，还生下了三个孩子。吴刚学完归来，发现家里多出三个孩子，勃然大怒，找到伯陵大打出手。因出手太重，伯陵一命归西了。

王丽君说："这属于过失杀人，没有死罪。活罪难逃。"

田幻想说："是啊，这伯陵是太阳神炎帝的孙子，他被打死，炎帝能答应吗？"

果然，炎帝将吴刚流放到月球，给了一个砍树的差事。月桂高达五百丈，吴刚砍啊，砍啊，从冬天砍到夏天，足足砍了半年，眼看快要将树砍光，玉帝却派乌鸦来捣乱，"唰"的一声，把吴刚挂在树上的上衣叼去了。吴刚马上放下斧头，去追乌鸦。衣服追回后，吴刚回到树旁一看，只见被砍下的所有枝叶又生到树上去了。或者，每当吴刚快要砍光大树的时候，乌鸦就站在树上"哇哇"大叫，吴刚只要停下斧头，望它一眼，大树便会重新长出枝叶。或者，每砍一斧，斧起而树的创伤就马上愈合。因此，吴刚在月亮上常年伐桂，始终砍不倒这棵树。

神话博士说："幽默的是，天庭并没有给吴刚上镣铐，相反，为了显示宽大，还赠送了他一把锋利无比、削铁如泥的斧头。可是，当吴刚锋利的斧头砍到桂花树的一刹那，突然间变得锈迹斑斑，迟钝无比。苦役的内容，大体上和他的希腊同胞西绪福斯差不多，他必须去完成一项永无止境的工作。而吴刚的妻子对丈夫的遭遇亦感到内疚，命她的三个儿子飞上月亮，陪伴吴刚，一个变成蟾蜍，一个变成兔，一个变成了蛇。这个故事，在《山海经》中可以找到源头。"

山岳文化

夏青教授说："中国的山岳，确实拥有鲜明多样的宗教信仰文化特色。古人云：'山不在高，有仙则名'，是把山岳与神佛崇拜密切结合起来的具体写照。中国历史上的宗教和全国大小名山广结佛缘和仙缘，寺庙宫观依山而建，山因有名寺、名观而更加迷人，寺庙因建于名山而扬名四海。可以认定，中国的山岳数以千万计，在几千年的岁月沿流中，几乎都成了历代传统宗教信仰的圣地；中国的深山险峰，都留下了珍贵的宗教遗迹。有关这一方面突出的文化特色，不能不引起中国民俗文化研究的高度重视。"

沈教授说："受儒家礼教支配的皇朝公祭的五岳，分布在五个方位，山形各异，东岳泰山如坐，南岳衡山如飞，西岳华山如立，北岳恒山如行，中岳嵩山如卧。其中独尊泰山为五岳之长，产生了皇家封禅泰山的重大政治文化史实。"

神话博士说："据《大宋高僧传》记载：从释迦牟尼逝世后到弥勒佛出世之前，天下由地藏菩萨普度众生，新罗国王族金乔觉在唐玄宗时来中国九华山修行。传说他正是地藏菩萨降临在九华山上显灵，于是，这里才成为地藏王菩萨的道场，产生了一系列佛教遗迹。如九华山神光岭上的'肉身塔'，正是显示金乔觉修行到九十九岁圆寂时，全身柔软，面貌如生，成为地藏菩萨化身，才把菩萨肉身安葬入塔的明证；僧众尊称此塔为'肉身宝殿'。"

沈教授说："早在开辟佛教名山道场的同时，佛教开凿了云冈石窟、龙门石窟、大足石窟、敦煌石窟等多处佛教摩崖造像。又因为佛教信仰的教义在于脱离凡尘，讲求修身养性，所以，山林净地便成为最理想的所在，于是，才有了‘天下名山僧占多’的说法。像号称天下禅林‘四绝’的南京栖霞寺、山东灵岩寺、湖北玉泉寺、浙江国清寺，就是占据了栖霞山、玉符山、玉泉山和天台山四大名山而扬名的。”

黎萍说：“事实上，也并不是佛教独占名山。早在佛教传入中国之前，道教的前身各路方士已经占据了十大洞天、三十六小洞天、七十二福地了。依据道教经典《道藏》中所载唐代道家杜光庭著《洞天福地岳渎名山记》的说法，四川的青城山，陕西的华山，广东的罗浮山，江苏的茅山，山西与河南交界的王屋山，浙江的委羽山、括苍山、赤城山，还有西洞庭山和西北的西城山，就是先后被道教开辟的十大洞天。与此同时，还把遍布全国的另外一百零八座名山迹，列为道家修炼圣地或是道家向往的修炼圣地。道教十分讲求修炼养生，还创建了龙虎山、终南山、崂山、武当山等许多道教名山。”

田幻想说：“《山海经》虽然给我们留下很多绮丽的神话故事，其实，它还是一本地理的书。只是，书中的山名，以后有所变动，比如，洞庭山以后改为君山，毛泽东主席的故乡韶山在《山海经》中称为龟山。辽宁的千山，是指《山海经》中的辽山，也有人说是乾山。沧海桑田，变化万千，我们可以了解一下大自然的变迁。”

神话博士说：“大家都可以对《山海经》进行探讨。下面，我请两个机器人给大家介绍名山文化。”

机器人王小钢说：“先生们，女士们，大家好，机器人王小钢给你们介绍名山文化。”

——中国的名山众多，数不胜数，雄、奇、灵、秀，各具特色。中国的名山首推五岳，泰山之雄伟、华山之险峻、衡山之烟云、恒山之奇崛、嵩山之萃秀，百态千姿，各怀绝景。而黄山更以奇松、怪石、云海、温泉闻名中外。

中国的名山，历来就是佛家、道家崇敬之地，因而也成就了以佛、道名扬天下的多座名山。所谓佛教的“金五台、银普陀、铜峨眉、铁九华”，所谓道教的“武当山、青城山、龙虎山、齐云山”等。

人们在游览了这些仙山之后，似乎也沾上了一些仙风道骨，飘飘欲飞。国家先后两批公布的四十二座旅游名山，除上述“黄庐”、“五岳”、“四佛”、“四道”已包括在内的名山外，其余二十八座分别是：辽宁千山、江苏钟山、浙江雁荡山、安徽天柱山、福建武夷山、山东崂山、陕西骊山、河南鸡公山、四川缙云山、甘肃麦积山、新疆天山、江西井冈山、广西花山、河北苍岩山、江苏天台山、浙江天台山、安徽琅琊山、福建清源山、福建万石山、福建太姥山、江西三清山、湖北大洪山、湖南武陵山、广东西樵山、广东丹霞山、四川贡嘎山、四川金佛山、云南玉龙雪山。

田幻想对龙小宏说：“这么帅的男子汉，这么流畅的口才，丰富的知识面，分明是一位博士，哪里是什么机器人。”

机器人潘小虹说：“先生们，女士们，大家好，机器人潘小虹给你们介绍名山文化。”

——孔子曾经赞叹过“登泰山而小天下”；汉武帝登泰山惊叹过“高矣、极矣、大矣、特矣、壮矣、赫矣、骇矣、惑矣”，支持了泰山成为“五岳之尊”。

唐代大诗人李白“五岳寻仙不辞远，一生爱入名山游”的经历，使他的诗中的山岳，都成了后代文人墨客景仰的名山。

如庐山青莲寺和九叠坪，就是因李白（号青莲）曾隐居于此并作《山谣》赞颂九叠屏风而得名。庐山花径也因白居易游览此山，见桃花盛开，赋诗题石“花径”而得名。

庐山招隐泉，因唐代陆羽曾品饮此泉，并赞为“天下第六泉”而闻名遐迩。庐山众多的摩崖石刻题字，也因出自颜真卿、米芾、苏东坡、黄庭坚、朱熹、王阳明等历代名家之手而扬名四海。

安徽滁县的琅琊山，因宋代大文豪欧阳修的一篇《醉翁亭记》而名声大振。同样，苏东坡泛舟夜游石钟山，写成名文《石钟山记》，而使此山成为名山。

明末大旅游家徐霞客曾在他的游记中盛赞说：“五岳归来不看山，黄山归来不看岳”。于是，黄山被后人誉为中国第一奇美之山，享誉全球。

历史上的名人、名诗、名文与山岳结缘，成为提高山岳文化品位的重要因素。山岳文化，根植于中国文化的坚实根基和优良传统，是十分宝贵的文化资源。

龙小宏十分感慨地说：“这么英俊的男子，这么漂亮的女子，一点都不像机器人。我敢说，我有三十年的摄影的经历，很少见到这样标致的帅哥、美女。”

神话博士听见了议论。他说：“刚才给大家讲话的，真是高智能机器人。这次，这两个机器人参加我们组织的‘山海经神话考古体验游’活动，除了要寻找《山海经藏宝图》外，还要游览天下名山，寻找名山的神话传说，并进行考古体验。”

沈教授说：“今天参加‘山海经神话考古体验游自愿者’测试的五位同志，合格。但是，配置魔幻背心，必须是合法公民，请每个人报出自己的身份证号码，按上指纹，机器人王小钢、潘小虹负责检查。审定合格，就发放魔幻背心。为了国家安全起见，魔幻背心运用，要根据指认的手印启动。”

田幻想、龙小宏、王丽君、方艳红、贾小玲分别报出身份证号码，机器人检查合格，留下手印，神话博士、沈教授、黎萍负责发放魔幻背心。

资深导游黎萍说：“田幻想、龙小宏、王丽君、方艳红、贾小玲，给你们一人一件魔幻背心。这些魔幻背心经过改进，具有幻觉功能、穿越时空功能、通讯功能、防护功能、旅行功能，还有指定的手印使用功能。”

神话博士接着讲：“所谓魔幻背心的梦幻功能，一旦打开，有催眠功能。四海五湖，尽在梦中所见。旅行功能，能够让你上天飞翔，还能在海底遨游。穿越时光功能，可以让你穿越到上古时期，与恐龙见上一面。通讯功能，让你们可以与世界范围内的通话。只是比起魔衣，防护功能没有那么强大。”

沈教授还说：“怎么进行‘山海经神话考古体验游’呢？是坐汽车呢，还是坐火车，甚至坐轮船，我们一直没有拿定主意。”

夏青教授说：“我们希望得到魔衣与魔幻背心。没有想到徐龙院长给我们送来了，实在太好了。”

神话博士说：“‘山海经神话考古体验游’受到广泛的关注，启动仪式就在江城大学举行。”

启动仪式

依山傍水的江城大学，彩旗飘扬。“山海经神话考古体验游”启动仪式，正在举行。参加大会的有本校学生与教师，还有来自全国各地的专家。其中，有历史学家、考古学家、地理学家、生物学家、神话学家、旅游学专家、文艺理论家等。徐龙院长、李大平总经理、旅行社导游黄梅、杨扬都参加了启动仪式。

已经秃顶的考古专家沈早晨教授，作为山海经研究中心主任，主持启动仪式。他说：“《山海经》在我国浩如烟海的文化典籍中，是独一无二的奇书。说它奇，奇在它涵盖了上古地理、天文、历史、神话、气象、动物、植物、矿藏等内容，对于我们研究上古社会颇有作用。而其中，塑造的英雄神话，故事短小，意义非凡，至今还感动着我们中华民族后裔。”

江城大学王大桥副校长比五十多岁的沈教授小两岁。这位博士后出身的校领导，很尊重资深教授沈早晨、夏青教授、神话博士。他说：“石博士、沈教授、夏教授组织‘山海经神话考古体验游’活动，寻找《山海经藏宝图》，对于中国的考古研究、神话研究与旅游文化的开发，具有重要的现实意义，我预祝同志们的活动圆满成功。”

最后，徐龙院长讲话。他说：“我们这次进行《山海经》神话考古体验游，要寻找《山海经藏宝图》是否存在，要考察上古时期群山的宝藏，要考察生物包括动物植物的变化，要试验我们的高智能机器人的相关能力，还有试验魔幻背心的功能。你们要注意安全，保守秘密，防止不法分子钻空子，搞阴谋。”

沈教授最后嘱咐：“刚才王副校长的讲话，徐龙院长的讲话，我们一定要认真听取。我宣布，‘山海经神话考古体验游’启动仪式结束。”

神话博士说：“盘古是《山海经》中的神话人物，我国历史传说中开天辟地的祖先，故有‘自从盘古开天地，三皇五帝夏商周。’的说法。他以自己的生命演化出生机勃勃的大千世界，为千秋万代的后人景仰。我想，我们组织‘山海经神话考古体验游’，很有意义。现在，请大家进演播厅观看动画片《盘古开天辟地》。”

画外音随着屏幕的画面：“远古的时候，没有天也没有地，到处是混混沌沌的漆黑一团。可就在这黑暗之中经过了一万八千年，却孕育出了一个力大无穷的神，他的名字叫盘古。”

屏幕上：盘古醒来睁开眼一看，什么也看不见，于是拿起一把神斧，怒喊着向四周猛劈过去。那轻而清的东西都向上飘去，形成了天；重而浊的东西向下沉去，形成了地。盘古站在天地中间，不让天地重合在一起。天每日都在增高，地每日都在增厚，盘古也随着增高。这样又过了一万八千年，天变得极高，地变得极厚，可是盘古也累倒了，再也没有起来。

盘古的头化做了高山，四肢化成了擎天之柱，眼睛变成太阳和月亮，血液变成了江河，毛发肌肤都变成了花草，呼吸变成了风，喊声变成了雷，泪水变成了甘霖雨露滋润着大地。盘古创造了天地，又把一切都献给了天地，让世界变得丰富多彩，盘古成为了最伟大的神。

画外音:盘古斧是传说中的上古时期十大神器之一。此斧拥有分天开地,穿越太虚之力,威力不下轩辕剑。泌阳盘古山,位于河南省泌阳县(驻马店市)南三十里。传说此山就是当年的盘古开天辟地、繁衍人类、造化万物的地方。

屏幕上:山势巍峨,高耸入云。山石嶙峋,林木苍郁。古庙幽静,景色宜人。乳白云雾,山峦飘荡。层层薄纱,覆盖着悠远的神话传说。盘古古庙,盘古庙会,闻名四方。大山周围,诸多有关盘古人文景观,广泛分布,灵迹甚多。《三五历纪》记载:大禹同伯益民治水,在开挖徙骇河时建盘古庙,立殿堂,纪念盘古。

画外音:远在魏晋南北朝时代,海南一带,就有追葬盘古氏之魂的"墓地"。特别是当时作为壮族聚居之地的桂林,竟立有盘古氏的庙宇,人们为之"祝祀"。可见盘古在古代壮族人民的心目中,很受崇奉。古籍文献也有记载,如"昔盘古氏之死也,头为四岳,目为日月,脂膏为江海,毛发为草木"。桂西一带,今天还在民间流传着《盘古开天辟地歌》:

盘古开天地,造山坡河流,划舟来住人,造海来蓄水。

盘古开天地,分山地平原,开辟三岔路,四处有路通。

盘古开天地,造日月星辰,因为有盘古,人才得光明。

神话博士说:这首歌中的盘古已被神化,具有超人的神奇力量,为人类开辟天地,并带来光明。我们从古籍记载和口头流传,可看出远古神话在流传中演进的痕迹。

刚看完了动画片,国家安全部门的田长江给神话博士打来手机,一来对启动的"山海经神话考古体验游"活动,表示祝贺;二是提醒,《山海经》的相关行动已经受到社会广泛的关注,包括犯罪分子的关注,请注意安全。

四、醉翁之意

狼狈为奸

江城晚报社广告部主任李英豪来到江城宾馆，进了副总经理办公室，见到大额头眯眼睛的王冬生。李英豪说："王总，我想借五万元钱买房子。"

王冬生说："原来借你的五万元钱，你拿去赌博了。你这次借钱，是不是为了还赌债。"

李英豪说："我真是买房子用。老婆拿了大部分，我拿不出钱不好交代。"

王冬生说："尽管我们是朋友，但是，你的钱我不敢借，因为你没有办法还我的钱。"

李英豪说："告诉你一个信息吧。我的朋友沈早晨、石小林他们正在寻找《山海经藏宝图》。你感兴趣吗？"

王冬生一听，眼睛发亮，说："你真有办法帮我，我愿意送你十万元。走，我们去餐馆喝两杯，商量一下《山海经藏宝图》的问题。"

王冬生与李英豪找到一家餐厅。王冬生点了一盘农家小炒肉，一盘孜然牛肉，一盘西红柿炒蛋，要了半斤装的一瓶泸州大曲。王冬生端起酒杯，说："刚才，兄弟我说的话别在意，我这个人虽然赚了一些钱，那是年经时，做投机生意赚的钱。我现在可能是年纪大了，有老婆孩子，变得有点贪生怕死。"

李英豪说："你别假正经。现在贪官这么多，你不是其中一个吗？"

王冬生说："我们这家酒店虽然是四星级宾馆，却是股份制体制，董事长是民营企业老板。总经理与副总经理，都是在给董事长打工，称不上打工皇帝。所以，我虽然是常务副总经理，有职无权。想贪污，没有机会贪啊！"

李英豪说："你自己不是开了一家舞厅吗？"

王冬生说："竞争激烈。你知道，我有几个情人，开销也大。所以，日子也不好过。之所以我对《山海经藏宝图》感兴趣，是因为境外有老板找过我，想高价收买《山海经藏宝图》。”

李英豪一字一板地说：“我看，我们要想得到《山海经藏宝图》，必须在贾小玲身上下功夫，参与沈早晨、石小林他们组织的‘山海经神话考古体验游’活动，”

王冬生叹气说：“贾小玲，现在担任江城宾馆的女子保安队长。我想将这个女人弄上手，就是狗咬刺猬，无处下口。”

李英豪态度自信，说道：“我有办法。我们曾经是邻居，还谈过恋爱。后来，我主动抛弃了她。”

王冬生说：“那么，你就先下手试一试。让她上钩后，方便控制沈早晨。”

李英豪说：“我如果没有办法控制她，你就想办法让她上当。”

王冬生急切地说：“赶快行动吧。”

李英豪小声说：“我来给沈早晨、石小林分别打电话，你等着我的消息吧。”

神话博士将田工的电话内容告诉了沈早晨。引起了沈早晨的深思。沈早晨此刻接到一个电话，对神话博士说：“我的中学同学李英豪打来的。”

神话博士问：“我也认识李英豪，他找你有什么事情吗？”

沈早晨说：“他说想到我们家里来玩一玩。”

神话博士说：“看来，与‘山海经神话考古体验游’有关。”

沈早晨说：“我不知道。”

神话博士说：“真是这样，我们就要警惕了。”

沈早晨说：“你在‘南海神话’里周游了一趟，警惕性蛮高。”

神话博士说：“不。当年我差点被陷进了一个文物盗窃大案，所以，以后变得谨慎了。”

沈早晨说：“你说的是与你同居的女子洪兰吧？她的弟弟洪林偷盗文物的大案，全国闻名。我知道，好在那女人的弟弟洪林被抓住，所盗窃的文物全部收缴，并查明你无关。不然，差点让你把牢底坐穿。”

有天，李英豪带着一个女人来到了考古研究所会议室。沈早晨对夏青教授介绍说：“夏教授，这是我的朋友李英豪，师范大学毕业，是个有名的诗人，出版了两本诗集。现在在一家报社工作。”

李英豪补充说：“夏教授，经常听沈教授谈到你，说你是生物学家，又是考古专家，古典文学功底很深。我是沈教授的中学同学，现任江城晚报社广告部主任。这是我的准老婆黄云仙，在卫生院当护士。”

沈早晨悄悄打量他的同学，五官端庄，身材修长，眼睛炯炯有神，穿一件灰色休闲上衣，下穿一条牛仔裤，脚蹬一双休闲皮鞋。跟他进门的女子，身材苗条，相貌平常，皮肤白皙。沈早晨便问：“英豪，你的老婆我认识，不是我们的中学同学漆林吗。怎么换了？你不是在一所师范专科学院当教师吗？什么时候调到报社去了？”

李英豪叹气：“离婚了。现在与这个同居。当教书匠很累，又没有权利。现在，我当记者也觉得辛苦，还是想回学校当教师。能够进你们学校吗？”

沈早晨说：“你如果是博士学位、教授职称，我可以推荐。今天，我邀请你到我家里去玩。”

李英豪说："听说你负责组织'山海经神话考古体验游'，我想参加，为创作《山海经》的动画片打基础。"

沈早晨说："我表示欢迎。我去同神话博士商量一下，再答复你，好吗？"

李英豪与沈早晨同年，他们读中学时，关系很亲密。那时候，有人欺负沈早晨，喊他"精神病。"是李英豪为他打抱不平。李英豪走进沈教授住的三室一厅，很是感慨："你们学校的专家教授楼，待遇比我们单位好。"

贾小玲进门了，一身墨绿的旗袍。李英豪说："小玲呀，一直听老兄夸你，没有想到，这么多年了，你还是那样年轻，那么光彩照人。"

沈早晨颇有几分得意，贾小玲十分热情。沈早晨说："我们一起去餐馆吃饭。吃完后，晚上，我们一起去江滩公园散步。"

他们吃完饭，一起散步。沈教授为了不冷落李英豪的准妻子黄云仙，就同她肩并肩一起说话，而李英豪则与贾小玲在一起肩并肩地散步说话。不知是有意，还是无意，李英豪有几次故意用肩部轻轻碰着贾小玲的胸部。

贾小玲没有躲闪。于是，李英豪心猿意马。晚上，他们住在沈早晨家里。沈早晨两口子住一间，李英豪与黄云仙住一间，还有一间永远关着门的书房。住了四天，李英豪白天带着他的女朋友出去玩，晚上回来睡觉。回来早了，一起到食堂吃饭，或者在家里吃饭。非常随便。

黄云仙接到卫生院一个电话，催她先回去。本来，李英豪想陪她一路走。只是，他希望沈早晨能够帮助自己联系工作调动之事，所以留了下来。有天，沈早晨出去开会，晚上一点后才能够回家，他打了一个电话给贾小玲。

贾小玲坐在沙发上与李英豪一起谈天。李英豪有点想入非非。一来，他与贾小玲曾经是恋人，现在，李英豪心里的邪念，死灰复燃。二来他们一起散步，肩膀撞击贾小玲胸部，她居然没有躲闪，李英豪更加胆大妄为。

李英豪说："我喜欢你这样漂亮的女人。可是，就是没有福气。"

他们面对面坐着谈话。李英豪说："邻居的李三平的哥哥二平，你认识吗？"

贾小玲说："当然认识，毕竟是邻居。"

李英豪说："二平由于失恋，得了精神病。那个时候，手机还没有普及，他就经常拿一个玩具手机装模作样地打电话。有一天，他在公共汽车上用玩具手机打电话。同车上的一个女孩求他，我有急事，想借用你的手机用一分钟。二平开始说，不借。那个女子差点急得哭了，说，我父亲住医院，我想告诉他，我晚一点才能够到，求求你，借我用一下。二平将手机递给这女子。女子接过手机才发现，这是一个根本不能够打电话的玩具，哭笑不得地将玩具还给了二平。"

他们就这样越谈越投机，身穿短裙的贾小玲问："英豪，你不想在报社工作了，想到江城大学。想来的人多了，门槛也高了，要求是博士。当然，老沈说，大学强调学位未必是好事，容易将有真才实学的人才拒之门外。"

贾小玲说话时，忽然无意间张开了两腿，居然让李英豪发现里面一条窄窄的半透明三角裤。

本来，贾小玲在晚上习惯穿短裙穿半透明三角裤。平时，对丈夫从来不回避。可今天，恰好碰见一个色胆包天的色狼。李英豪提出，我们一起喝点咖啡。贾小玲说："我去倒吧。"

咖啡到来，李英豪乘机拿出一包药粉。这是一种无色的性药，倒在贾小玲的杯子里。贾小玲无意中一回头，看见了李英豪的小动作，便说："英豪，我的发卡掉在地上了。"

英豪低头去帮忙拣的时候，贾小玲把杯子换了。英豪递上了发卡，对贾小玲说："喝啊！"

贾小玲说："好哇，我们一起举杯。"

两个人都喝下去了。英豪弄不清是十分激动还是十分难受，忍不住用手去摸自己的下面，硬邦邦的了。他好像发现，贾小玲似乎张开了双腿，里面的春光一览无余。

李英豪起身，走到贾小玲身边，去拍贾小玲的肩膀；然后，去揉贾小玲的奶子。贾小玲推开了李英豪的手。没有料到，这李英豪厚颜无耻，竟然掀起贾小玲的裙子，要脱贾小玲透明的三角裤时，贾小玲忍无可忍，扬手一耳光，接着，飞起一脚，将李英豪踢倒在地。李英豪爬起来，马上又打了自己一耳光，说："我真是条狗，请你原谅。"

贾小玲流着说不清的眼泪，说："又是邻居，又是朋友，还是老沈的同学，希望你以后好自为之。否则，出了丑，说出去，别人笑话。你走吧，我不想见到你。我想问你，你有自己同居的女人，为什么还这样。"

李英豪说："我太爱你了！我今天晚上不能够在这里住了，我怕沉不住气，被沈早晨发现了。"

贾小玲原谅了他。大武汉，说大也大，说小也小。李英豪与贾小玲两家不仅是邻居，而且，李英豪的爸爸，是区财政局局长，贾小玲的妈妈，是区财政局办公室副主任。李英豪的妈妈，是区法院里的审判员，贾小玲的爸爸是区法院院长。

还有，贾小玲同李英豪谈过恋爱，他们正打得火热，李英豪却禁不住另一个女同学家庭背景的诱惑。他为了以后好找工作攀高枝，因为那个女同学的父亲是市局的领导。贾小玲恨透了这个使自己失恋的男人。现在，李英豪反过来想占自己的便宜，没门。当保安的女子，不是这么容易让色狼得逞的。

李英豪正准备出门，沈教授回家了。沈教授说："李英豪，还在这里休息一个晚上吧。老同学，不用客气。何况你与贾小玲是邻居。"

李英豪低着头，强装着笑脸："刚才接到一个电话了，有个记者朋友在宾馆等我。"

沈教授说："你的脸上怎么有肿块，摔了的。"

贾小玲若无其事地帮助他圆场："英豪刚才洗澡，摔了一跤。"

李英豪狼狈不堪地走了。

沈教授问贾小玲："我们马上要去《山海经·西山经》的目标，你想去吗？"

贾小玲说："行啊。"

沈教授问："贾小玲，你好像身体不舒服？"

贾小玲摇头，心里却想，这李英豪怎么会变得像流氓一样了？也许，他是爱自己的。毕竟与自己是邻居，初恋情人。自己打他好像下手太重了一些，双方的父母都很熟悉，以后怎样见面呢？

死皮赖脸

李英豪见到王冬生说："倒霉，那个贾小玲性格太倔，拳脚太厉害。"

王冬生说："你不能打退堂鼓。女人反抗，说不定是对你的情感的试探。"

李英豪说："王总，我们通过文化活动认识多年。但是，我今天发现你很固执，为什么一定要在一个女流之辈面前碰得头破血流呢？"

王冬生说："你是学文学的，你知道吗？最近，我读了几遍《山海经》，虽然看得不是太懂，也明白了一些道理。人们都说《山海经》是上古奇书，是有道理的。高智能机器人王小钢、潘小虹的情报，魔衣、魔幻背心的情报，《山海经》里的神话，都有商业价值。尤其是《山海经藏宝图》，有境外老板更感兴趣。怎样获取这些，必须利用贾小玲。"

李英豪说："你说的话，我都懂，你以为我是单纯的文人吗？你不知道，我也开过公司。后来，国际金融危机，亏损倒闭了，借你的钱，也亏进去了。"

王冬生用试探的口气说："穿着魔衣去上古时期，找到相柳、穷奇，将他们弄到现代社会。可以去抢博物馆，可以去抢珠宝行。"

李英豪说："如果是寻找《山海经藏宝图》，我愿意帮忙。如果是抢博物馆，抢银行珠宝店，或者去参与贩毒，要知道，那是死罪。我不敢去干，我是干部子女，起码的觉悟是有的。"

王冬生说："我也知道分寸的，请放心。你还是继续去试一试与贾小玲的恋爱吧，毕竟你们原来谈过恋爱。"

李英豪终于死皮赖脸地再给贾小玲打手机："贾小玲吗？我们是青梅竹马的朋友，原谅我吧。实在对不住了。但是，确实是因为爱你。现在，我有工作事情想请你帮忙。"

贾小玲终于答应了，说："行吧，就在你说的地方见面。"

一个酒吧里的茶座，黑咕隆咚的，坐着一男一女两个人。女的就是贾小玲，男的是李英豪。李英豪对小玲说："我现在向你道歉。我之所以看中了你，一来是因为你现在还是那么漂亮。二来发现我的同学沈早晨作为你的丈夫，是个考古的事业狂，《山海经》迷，你们的婚姻不和谐。"

李英豪毕竟曾经在一家婚姻杂志社当过记者、编辑，对男女之间的婚姻很有经验。他知道赞扬女人是接近女人的最好武器。他虽然强迫贾小玲做爱，被贾小玲一脚踢倒。但是，他没想改邪归正，反过来，暗下决心，非把她弄到手不可。他请贾小玲吃饭，继续谈起自己的情感故事。

——我的婚姻不顺利，原因是志不同道不合。当年，我离开你与我的同学漆林结婚，她的父亲就是不愿意给我帮忙。漆林呢，摆干部子女的架子，谁叫她父亲的职务比我父亲高。这女子脾气不好，总是讥笑我的生殖器太小。弄得我与她做爱都没有兴趣，后来，分开了。

那年，我去采访一个县长的时候，县政府第一招待所免费给我安排了最好的房间。一个名叫朱丽的服务员，负责打扫我的房间。县政府还提供了一部小车，每天准时开来接我。一天，我给饭店几个服务员照相，给朱丽多照了两张照片。后来发现，整个饭店里，她是美人儿。这照片没有给她。我期盼得到新的爱情,用新的爱情来启发我已经枯竭的创作灵感。

以后,我常去这宾馆,发现朱丽已经结婚。她身边有一个才几岁的小男孩,我马上与这个小孩套近乎。这样,可以加深他母亲对我的好感。果然,朱丽对我说:缘分,我的儿子喜欢你。她对我说。当时我到他们饭店住的时候,她负责打扫我的房间。一走进我的房间,她的心就要狂跳。朱丽还告诉我,有人给她介绍对象,她坚决不要,她单身到江城晚报社去找过我。

县委黄书记要收她做干女儿,她答应了。有一天晚上,她值班,县委黄书记从她背后抱住了她。她的喊叫,惊动了几个保卫人员。大家一来,黄书记有几分尴尬。事后,不甘心失败的黄书记对她说:我实在喜欢你,想调你到县委接待办去。她坚决拒绝了。最后,她与一个男子结婚了,但是婚后一直不幸福。他经常赌博,还经常为鸡毛蒜皮的事来打她。

她想离婚。可是,母亲说,嫁鸡随鸡,你不要离婚。否则,我们不认你。我从她的眼睛里,读懂她的心,被她的心打动了。我们走在公园的路上,她的小孩一会要买糖,一会要看动物。我都能够依孩子的。我认为,要是准备爱上这个女子,首先要接受这个孩子。

我回到饭店里,翻来覆去就是睡不着,我是不是爱上朱丽了呢?我与她的丈夫朱春生见面。我一看,朱春生是个英俊的小伙子,从单位辞职出来,想做点小生意。我答应,请朱春生为一家发电厂做了一单春节福利——木耳与香菇。我的亲戚是江城发电厂里管后勤的副厂长。

那天晚上,朱春生联系物品去了,我与朱丽在一起谈话。我的手碰了她一下,她有一种触电的感觉。我们不知道怎么滚在一起了,她的叫声使我激动了。在家里,老婆一直说我的东西太小,使我有一种羞愧感。现在,我变成真正的男人了。我庆幸离开了我工作的杂志社。不然,哪有时间,专门出差到外地去追求爱情。

以后,我每个月都要去这个县城。我在那里投资开店,让朱春生连接做成功几笔小生意,赚了几万元。以后,商店亏损了,我还是在那里租了一间房。为了与朱丽见一面,我忙得不亦乐乎,每个月都要抽点时间去县城看她一眼,这一眼代价很大。在火车上一来一去要坐上十多个小时,还得花费一些钱来付房租付生活费。我就这样坚持了五年,却一点也不觉得劳累,我渴望爱情,我认为为了爱情,要能够吃苦耐劳。

有一天,朱丽打电话给我说:她的男人发现了我们的行踪,劝我不要再去。我退了房子,两千元买的家具全给了房东。以后,我还去了几次县城,都是在旅社与朱丽见的面。这种环境,心情很不好。于是,我再也不去了,我们一连几年都没有见面。但是,相思的痛苦实在难受。有人对我说,你真是他妈的傻瓜,这么多年,都是为了一个县城女人,四处奔波,将报社的工作耽误了,别人没有为你去离婚,也没有为你付出什么。我辩论说,她说爱我,可以为我去死。

有一天,我这么想:如果有钱,我会将对朱丽的感情维持到死,哪怕我们不可能结婚也没有关系。只是我手上的钱越来越紧张,怎么办?有人给我介绍了新的女人,我好长时间都不能够接受。就是因为忘不了朱丽。

当然,有时也想得挺生气。我去县城的时候,朱丽要么陪她妈妈看病,要么去学校接儿子,要么给家里人做饭。她善良、热情,每天有做不完的事。她想做一个善良的人,将她的感情用在她所有的亲人朋友身上。比方说，父母弟妹儿子丈夫同学。我真的理解朱丽，但是，无法再像原来这样爱她。因为，我为见她，我与亲人朋友都很少有时间来往。为了见她，在时间上有冲突，我则不参加报社的会议。

如果问我当初为什么对朱丽那么痴迷，那时，因为我爱她的善良，爱她的美丽，爱她做爱时的投入，爱她对我的一片真情。可是，曾经真挚的爱情为什么会消失？我想，是因为时间与空间的作用，是因为没有像爱护眼睛一样爱护爱情。

我现在只是悄悄地离开朱丽。不想告诉她，我对她已经失望，已经没有爱的激情。当我不可能再爱她的时候，我想将曾经有过的爱，作为她与我的一种回忆，一种美的回忆，就像是童年的回忆一样。

贾小玲被李英豪的爱情故事打动了。她说："想不到你李英豪，还有感情真挚的时候。"

她也开始谈自己的故事了。她说，我原来离过婚，你一定知道。后来，我与沈教授结婚有几年了。当时，五十岁的他，不知道是什么原因，一直没有结过婚。我表哥将沈早晨介绍给我。那个时候，我与自己的丈夫离婚几年了。结婚几年后，不知道怎么回事，老沈像个老头一样，总是打不起精神来。他在房间里总是摆弄一些看起来恶心的宝贝，我让他把书房锁上。因为，看了就憋气，什么铜钱呀，骨头化石呀，老鼠化石呀，还有一只古代小脚女人的花鞋。他都当宝贝供着，说这是清朝的文物。我与他结婚，有时觉得满足，有时有点后悔。

后来，不愉快的事情发生了。他竟然在饭里面掺上迷药，等我睡着后，再来弄我，弄完后，拿尺来量我的身体的各个部位，与古代的女人进行比较，说是什么进化比较研究。弄得挺恐怖的。尤其是，他不知道从那里弄来女人的鞋、女人的衣服，让我来试穿。我觉得恶心。他说：这不是从墓里面挖出来的，而是请师傅照着古书里面的图片尺寸做的。他说什么，让我穿着，让他找一找古代美女的感觉。我气得骂他说：你他妈的真是没事干，简直是考古的疯子。他却在那里傻笑，看见那傻笑的样子，我觉得可怕，担心他真是神经了。

两个人越谈越投机，李英豪趁机将没有防范的贾小玲一把拥在怀里，贾小玲使劲挣扎说："你千万别逼迫我。"

李英豪强行亲吻，结果两人的嘴唇对在一起了，贾小玲的头脑一片空白。片刻，贾小玲才清醒过来。忽然，李英豪一声惨叫，原来，李英豪将自己的舌头伸进贾小玲的嘴里，贾小玲一用劲咬，李英豪的舌头出血了。李英豪狼狈不堪，正好，他接到一个电话，里面是王冬生的声音。李英豪乘机下台，谎称："我得赶快走了，报社领导等我回去开会。"

李英豪狼狈地离开了贾小玲，他要与王冬生商量，下一步棋怎么走？

居心叵测

李英豪见到王冬生的时候，还捂着自己的嘴。他狼狈不堪地说："小妮子，太倔强，还是不肯就范，反而将我的舌头也咬破了。"

王冬生一看李英豪捂着嘴，狼狈的样子，忍不住哈哈大笑起来。

李英豪说："王冬生，你还有心思幸灾乐祸。现在，轮到你王冬生出马了。"

王冬生这才停止发笑，赶快给贾小玲打电话，约贾小玲在宾馆副总经理办公室见面。王冬生回到办公室，招呼贾小玲坐在皮沙发上，然后，他面对着贾小玲坐下。他说："我现在想请你担任旅游部经理，不知道你同意吗？"

王冬生说完，倒了两杯咖啡，自己端起一杯，要贾小玲也喝点。贾小玲正干渴十分，一口喝了。她想，这是喝的什么，这么可口。我从来没有这样的感觉，怎么这么困呢，眼皮子这么沉重？马上，贾小玲迷迷糊糊地睡着了。王冬生的大手，摸贾小玲的小手，然后，摸她的胸部，摸她的下面。贾小玲竟然没有一点反抗。王冬生脱下贾小玲的裤子，阴户暴露无遗，王冬生掏出微型数码相机先拍脸面，接着拍了几张下身。他感觉自己下面已经勃起，正准备脱下自己的裤子。这时，手机响了。王冬生一看，是董事长打的，要他赶快去一趟。他只得起身，离开了马上就要被他占有的女人。

当王冬生回来的时候，已经清醒过来的贾小玲板起脸发问："你是不是将我的裤子脱了。"

王冬生嬉皮笑脸地说："是的，只是没有来得及做爱。但是，却来得及给你拍了照片。"

贾小玲一听，火冒三丈，当时，一下站起身，上前，对着王冬生"啪啪"两耳光；接着，飞起一脚，将王冬生踹倒在地上。

王冬生从地上爬了起来，点燃一支中华牌香烟，吸了一口，慢慢地吐出烟圈："沈早晨是个名人，他的老婆被人照了阴部，报社的那些爱管闲事的记者，肯定是笔下生花了。"

贾小玲恶狠狠地骂了一句："真是下流无耻。"

王冬生说："下流也好，无耻也好，我们可以协商一个好办法。一是你让我这下流的人得到你的肉体，因为，我爱你。二是你协助我参与考古教授的考古活动，我需要他帮助我弄到珍贵的文物。否则，我将你的光彩照片挂在网上。"

贾小玲心想，事到如今，只有用它个缓兵之计。厉声说："告诉你，如果你想要与我发生男女关系，是白日做梦。至于，你想让沈早晨帮助你弄文物，我迟早会给你提供机遇。"

王冬生阴阳怪气地说："魔衣在家里放着吧，什么时候弄来用用？对了，老沈是文物专家，他有什么文物要卖，说一声。"

贾小玲冷淡地说："魔衣不在家里。就是在家里，也无法使用，这是要对指纹的。"

王冬生说："好，不争了。什么时候，请沈教授来一趟，我有几件文物想请他鉴定真假。"

贾小玲冷笑说："哼，你想玩弄他的老婆，还想玩弄他的头脑。"

王冬生故作镇静地说："说得这么难听！放心，只要合作愉快，我会将照片毁掉。"

贾小玲岔开话题："王经理，我想问你，文物弄过来哪里销售。"

王冬生坦然说道："真是的，还怕没有销路，放心吧。我今天晚上带你去一个地方见识一下。"

贾小玲说："我不想去那种地方。"

回到家里，贾小玲在床上翻来翻去睡不着。她想，自己为什么这么倒霉。第一个男人，不像夫妻，他们毫不客气地分开了。第二个男人，心地善良，却一心迷在《山海经》的神话考古上，在生理上无法满足她。

这个时候，她初恋的诗人出现了。如果，他不是太性急，她有可能上他的圈套。最后，自己明知道王冬生是个色狼，却没有提防，喝了他的迷药，让自己的私处被拍照。现在，自己被他钳制了。她想，唯一的悔过办法是稳住王冬生，支持自己的丈夫沈早晨。因为，他与神话博士担负"山海经神话考古体验游"的历史重任。

再说，王冬生与李英豪见面了。李英豪看见王冬生的表情很复杂，似乎喜悦，似乎不满，就说："王总，你到底成功了没有？"

王冬生说："这回，皮肉生意没有做成，谈不上成功。但是，我将她下面的春光拍下来了。她怕我将照片挂在网上传播，被迫听我们指挥。不过，她越是固执，我想占有她的兴趣越强。我玩的女人已经有一个排了，我就不相信搞不定她。"

李英豪说："我建议你不要蛮干，而是要智取。"

王冬生按照李英豪的策划，拨通了贾小玲的电话："贾小玲，我代表宾馆同意派你参加'山海经神话考古体验游'。我也想作为志愿者参加活动，需要费用，我可以赞助。"

贾小玲在电话里冷冷地说道："可以。我给老沈说一声，再回话吧。"

李英豪说："不要性急。要知道，性急吃不了热汤圆。我有一个设想。你是贾小玲的上司，我呢？是贾小玲的老邻居，也曾经是恋人。我还是沈早晨的中学同学。我想，我们是否利用这些条件，打进去，成为'山海经神话考古体验游'的志愿者。"

王冬生说："对！我们要打进去，还要想办法找到上古凶神穷奇与相柳。"

李英豪说："根据《山海经》记载，相柳是共工的部下，属于上古凶神，长着人的九个脑袋，大蛇的身体，巨大无比。他食人无数，还喜欢吃土，一次就能吃下九座小山；它吐出的东西，会形成水泽，气味儿令人恶心，苦涩难闻，即使是野兽，都无法在附近停留。这样的凶神，你找到他，不怕他吃了你。"

王冬生说："告诉你吧，境外朋友给了我一些迷魂药丸。我们能够将穷奇与相柳变成现代人——我们的朋友。当沈早晨、石小林找到《山海经藏宝图》，我们再通过穷奇与相柳的手，害死他们，夺回我们需要的东西。"

李英豪说："我担心。相柳是上古社会最大的凶神，他不会轻易听从我们的控制。"

王冬生说："我当然有办法利用这个凶神。抢在大禹诛杀相柳之前，让相柳吃下几颗药丸，他就能够变化成现代人的模样。最终，让相柳受我们控制，与我们一起去考察。等拿到《山海经藏宝图》，给相柳一颗解药，相柳就会恢复原型。巨大无比的相柳，是个吃人不眨眼的恶魔，就能够将沈早晨、神话博士全部搞掉。这样，我们就会神不知鬼不觉地得到《藏宝图》与相关资料，发大财啰！"

李英豪说："太残忍了，你不怕犯死罪？你为什么一定要利用相柳害死他们呢？"

王冬生说："我们只有利用相柳、穷奇这样的凶神置神话博士、沈早晨于死地，才能够人不知鬼不觉地成为暴发户。李英豪说:“我们赶快给沈早晨打电话呀!”

牛高马大的王冬生连连点头。他曾在部队当过文艺兵,能唱会拉琴,因为作风问题受了处分,转业到地方。自己曾开过旅社“冬生饭店”,他在樊城火车站附近,又因涉嫌组织卖淫而受罚。他的长处是经营上有一套,现应聘到四星级宾馆当副总经理。

五、上古历险

蛇山猿猴

江城大学考古研究所会议室里，徐龙院长、沈早晨教授、夏青教授、神话博士、李大平总经理、黎萍导游、杨扬、黄梅几个人，正在商量“山海经神话考古体验游”活动如何展开。

沈早晨说：“差点忘了，我要推荐两个志愿者。一个是江城宾馆副总经理王冬生，一个是江城晚报社广告部主任、诗人李英豪。他们都找过我与石博士。”

李大平说：“沈教授，你了解他们吗？”

神话博士插话了：“李英豪从小就认识贾小玲，与沈早晨是中学同学，很有事业心。王冬生呢？是贾小玲单位的领导。这次支持我们进行‘山海经神话考古体验游’，还提供了一些赞助。”

徐龙院长轻声对沈教授、神话博士说：“我与田长江商量了，如果，将他们拒之门外，他们还是会进行非法活动。不如让他们参加，我们一个人给他们一件魔幻背心。千万，不要给魔衣，魔衣使用者容易制服魔幻背心使用者。另外，两个机器人主要听石博士、沈教授的指挥。这样，我们就留有余地。”

神话博士说：“如果他们有违法的企图，这是不是叫做引蛇出洞。”

李大平说：“可以这么说。”

徐龙院长说：“我们今天对《山海经》进行神话考古，很有意义，但是难度很大。首先，上古时期的地理变化很大，有的山，今天也许成为海底世界；有的海呢，也许成为了大山。上古时期的生物也在发生变化。比方说，恐龙就从地球上消失了。还有，上古时期的气候，也发生了变化。这样，我们今天寻找《山海经藏宝图》，进行考古、考察的难度就太大了。”

神话博士说：“《山海经》描述的南部山地为热带和亚热带气候，森林茂密，动植物种类繁多，动物有白猿、犀牛、大象、大蛇、巨蟒、凤凰、孔雀、鹰、熊、虎、豹、狼，植物有稻米、白菅、辛丹（楠木），这与今天中国西南地区南部之热带雨林和亚热带常绿阔叶林环境、气候和动植物种类相似。”

沈早晨教授说：“我建议按照《山海经》的地理位置去进行《山海经藏宝图》的寻找，进行神话考古体验，考察山川宝藏，考察上古植物、动物、神话。总之，考察的线路按照《山海经》的结构布局。接着，还要去今天的五岳名山、佛教四大名山、道教四大名山、其他名山去寻找《山海经藏宝图》。因为，这些名山也是《山海经》里的名山。”

神话博士说：“我们先进行‘南山经神游’吧。”

徐龙院长说：“我认为可行，开始行动吧。”

神话博士说：“谢谢徐龙院长、李大平经理的支持，我们开始‘南山经一号行动’。”

神话博士、黎萍导游、考古教授、贾小玲、田幻想、龙小宏、王丽君、方艳红、黄梅、杨扬、机器人王小钢和潘小虹等来到江城大学考古研究所会议室里。

神话博士说：“我们分为ABC三个小组，分别去‘南山经一号目标’、‘南山经二号目标’、‘南山经三号目标’。我、黎萍、机器人王小钢、潘小虹为A组；沈教授、贾小玲、杨扬、黄梅为B组；王丽君、田幻想、方艳红、龙小宏为C组。王冬生、李英豪因单位事物，这次活动不参加。”

沈教授说：“我用白话文解释《山海经·南山经》，C组成员，各自打开魔幻背心上的梦幻开关，自动进入催眠状态。”

首先，考古教授朗读了《山海经·南山经》里的第一段：“南山经之首，曰鹊山。其首曰招摇之山，临于西海之上。多桂，多金、玉。有草焉，其状如韭而青华，其名曰祝余，食之不饥。有木焉，其状如榖而黑理，其华四照。其名曰迷榖，佩之不迷。有兽焉，其状如禺而白耳，伏行人走，其名曰狌狌，食之善走。”

此刻，神话博士吩咐王丽君、方艳红、田幻想、龙小宏打开魔幻背心的梦幻开关，催眠术开始了，王丽君他们几个马上就进入了上古时期的梦境之中。

他们看见一座山。不知道这个山的名字，就问一个在山下休息的人。那人告诉他们：“这是堂庭山。”

王丽君说：“难怪这么累的，我们走了三百里！”

田幻想说：“魔幻背心的梦幻功能，可以使我们日行千里。”

他们看见，这山上，树木茂密，树与树之间，一些白色的猿猴，在那里蹦上蹦下。田幻想问：“这山上的树是什么树呢？”

没有提防，王丽君吓了一大跳。一个猿猴竟然开口说话了：“你们知道吗？这是棪木树。”

王丽君问这个猿猴：“你这猿猴，还会说人话。”

这猿猴说：“我原来是人呢，后来变成了这个样子。”

方艳红说：“哎呀，人还会变成猿猴呀。”

龙小宏说：“猿猴是我们的祖先，我们就是从猿猴变成人的。至于人能够变成猿猴，这是返祖现象。”

田幻想问：“猴神仙，我们想问你，听说过《山海经》与《山海经藏宝图》没有？”

那猿猴说："没有听说过，不知道什么《山海经》，也不知道什么是《山海经藏宝图》。"

他们看见，这个猿猴与一般猿猴还真不一样，穿着一个背心，脖子上挂着一个很亮的石头项链。

龙小宏的眼睛很亮："这不是水晶石吗？"

田幻想说："对了。这个山上有水晶石，还有丰富的黄金。"

果然，他们看见有人下山了，背着一个背包。他们上前去问："你们是在开采什么？"

那个人打量了他们一下，背起包包，撒开腿子跑了。他们疑惑不解，相互探讨："这几个人为什么见了我们就跑了呢？"

那只老猿猴发话了："他们以为你们是强盗呢。因为他们被抢劫过，所以害怕你们。"

王丽君说："喂，你们看，前面有一个布包丢在路上。这是那几个人掉下来的。"

他们上前去捡，打开一看，妈呀！好多金矿石，还有水晶石。

喜欢贪便宜的方艳红，快乐地叫起来："我们发财了。"

方艳红提着布包，与龙小宏并排前行。他们顺着山路往前走，活泼的白色猿猴，一直在他们面前跳来跳去。龙小宏这个时候，叫了一声"蛇"，撒腿就跑。田幻想眼睛瞟了方艳红一眼，说："方艳红，小心毒蛇。"

方艳红低头一看，手中的布包，蛇的头探了出来。原来，上古人喜欢蛇，身上，包裹里都有蛇。估计上古人身上有什么药材，蛇一般是不咬上古人的。刚才，这蛇钻进了珠宝堆里睡着了，所以，方艳红没有发现。他们在路上一走一颠，蛇苏醒了，伸出了头来。方艳红吓得呆住了。眼看蛇的头对准方艳红的手臂，田幻想一个箭步，伸手将方艳红手中的布包夺过来，顺手像扔皮球一样扔进了路边的草丛中。

方艳红埋怨龙小宏怕事，对田幻想临危不惧来保护自己，心存感激。他们有惊无险，总算顺利地离开了这森林茂密的山，盛产水晶石并蕴藏着丰富黄金矿的山。

他们刚才与那老猿猴交谈，得知，再往东三百八十里，有座山叫做猨翼之山。看来，他们面前的山正是猨翼山。他们正准备上山去，有个人拦住了他们，说了好半天，他们才明白。这山上，毒蛇多如牛毛，人不能够上去。

田幻想说："打开魔幻背心的隐身功能开关，我们可以观察怪兽，而怪兽看不见我们。王丽君与方艳红留在山下，我们几个上去。"

龙小宏说："这样可以。女人看见了蛇呀什么的，总是很害怕。"

他们轻巧地上山了。果然，看见了这一辈子没有见过的东西。两个头的蛇，一个头两个蛇身的蛇，遇到一口小水潭，里面的鱼，有点像青蛙。三条腿子的动物，像野猪，又有点像狼。神话博士叹道："这么多怪异野兽，可惜，没有照相机。"

龙小宏一听，掏出了他的小巧的数码相机，拍了几张照片。

田幻想大叫："这水中生长着的鱼，这么怪模怪样的，我们还没见过呢。"

地上的白玉，闪闪发光，但是，没有办法去捡，上面有很多蝮蛇。山上的树，也是五花八门的。

有的树，像一把扇子，上面攀满了各种各样的蛇。

田幻想见多识广，一点也不害怕，这与他多年的勘探生活有关。因为他勘探曾经去过蛇岛。所以，眼前的蛇只是样子奇怪一点，也不值得害怕。他说："很多奇怪的蛇，很多奇怪的树木，如果能够搬进我们的野生动物园，是很受孩子们喜欢的。"

他们正在议论，听见一个女子说话的声音："将怪蛇怪兽运送到你们那里，好啊。"

他们到处找这说话的女子，一条大蟒蛇来到他们面前。方艳红吓得直往后退，王丽君一下躲在田幻想背后，直打哆嗦。这蟒蛇的声音沙哑却温柔："别怕。我是女娲的亲戚，我的名字叫女娥。"

他们仔细一看，这蟒蛇与女娲一样，人头蛇身。他们十分崇拜女娲。这下，心里才平静了下来。王丽君问："女娥，我们想寻找《山海经藏宝图》，你听说过没有？"

女娥告诉他们说："没有见过。你们去其他山找一找看看，再往东三百七十里，是杻阳山。山南面盛产黄金，山北面盛产白银。"

他们来到了这座山。当然，这里的金矿、银矿他们是无法弄走的。他们忽然听见有人在唱歌。这歌声虽然听不懂，但是，委婉动听。他们到处寻找唱歌的人。就是找不到，却看见了山中有一种野兽，形状像马，却长着白色的头，身上的斑纹像老虎，而尾巴却是红色的。他们发现，这歌声就是眼前的怪兽发出来的。

忽然，田幻想明白了。他说："吼叫的声音像人唱歌，名称是鹿蜀。人穿戴上它的毛皮，就可以多子多孙。"

方艳红说："再往东三百里，是柢山。"

王丽君说："这山真怪，山间多水流，却没有花草树木。"

方艳红说："那是一头牛吧。怎么长着蛇的尾巴，并且有翅膀？"

王丽君说："这是一种鱼，名称是鯥，冬天蛰伏，夏天复苏。形状像牛，喜欢栖息在山坡上。"

正在这时，这个动物叫了，而鸣叫的声音像犁牛。于是，方艳红说："田幻想，你来评说吧，到底是鱼，还是牛？刚才它的叫声与牛一样。"

田幻想说话了："这是鱼类，其翅膀长在胁骨上，吃了它的肉，就能使人不患痈肿疾病。我们再往东走四百里，是亶爰山。"

他们来到这山底。发现，这山陡峭，难以攀登。山水流淌，没有花草树木。他们打开旅行功能，捷足先登。忽然，方艳红惊讶地叫喊："快来看！这动物很怪，形状像野猫，却长着像人一样的长头发。"

田幻想说："它名叫类，一身具有雄雌两种性器官。就是既有阴茎，又有阴道。"

龙小宏开始恶作剧了，说："这种动物有两种性器官，不需要着伴侣，自己可以跟自己搞么。田幻想，你要是这样该多好。"

王丽君爱护田幻想，批评龙小宏："狗嘴吐不出象牙。龙吹吹，你怎么嘴里没有正经话。"

龙小宏见心中的偶像护着田幻想，心里酸溜溜的。

可是，田幻想在方艳红面前故意不领王丽君的情："多话。龙小宏是开玩笑的。"

田幻想不与王丽君走近，是为了追求方艳红。

龙小宏说："吃了类的肉，就会使人不产生妒忌心。"

王丽君用开玩笑的口吻说："龙小宏，这种肉你应该吃一点。"

几个人明白了王丽君说话的含义，笑了。这龙小宏非等闲之辈，居然一点都不生气，还说："真吃了这种肉，也好，免得眼睛里总是看见田瞎子不顺眼。"

王丽君表扬了龙小宏，说："龙小宏的性格随和。"

田幻想提醒："再往东三百里，是基山。山南阳面盛产玉石，山北阴面有很多奇怪的树木。"

他们到了基山，看见了形状像羊的一种野兽。还是方艳红先发问："这是什么动物，像羊子，却长着九条尾巴和四只耳朵。"

田幻想说："你没有注意，它的眼睛也长在背上，名称是猼訑，人穿戴上它的毛皮就会不产生恐惧心。"

龙小宏嘻嘻哈哈地说："你们两个女子戴上了它的皮毛，胆量就大了，刚才就敢与我们一起上山了。"

王丽君介绍："山中还有一种禽鸟，形状像鸡却长着三个脑袋、六只眼睛、六只脚、三只翅膀，名称是尚付。"

王丽君的话语刚落，田幻想说："我看见了。"

田幻想说："吃了它的肉，就会使人不感到瞌睡。"

龙小宏大声说："新郎与新娘新婚之夜吃了，搞一晚上都不晓得累。"

工丽君气愤地说："龙小宏，如果是你们几个男的，怎么说邪话都可以。毕竟还有我们几个女子，请文明一点。"

王丽君性格泼辣，与各种各样的人有接触，与龙小宏这摄影记者打起嘴巴官司来，不甘示弱。

王丽君说："听人说，再往东三百里，是青丘山。山南阳面盛产玉石，山北阴面多出产青雘。"

他们走在山路上，发现面前的一种野兽，形状像狐狸，却长着九条尾巴。方艳红说："这个动物很可爱，我去跟它说两句话。"

方艳红、王丽君两个人走上前去，这九尾狐居然发出吼叫的声音，与婴儿啼哭相似。冷不防，它张开血盆大嘴，朝着方艳红冲过来。龙小宏见了，一下吓得目瞪口呆。眼看九尾狐就要一口将方艳红吞下去。田幻想已经绕到这野兽的背后，拼命抓住了它的尾巴。当时，在场者无不惊慌失措。他们叫的叫，哭的哭，喊的喊。

龙小宏面色发白，他的头部好像有点红肿。现在，他提起那情景，也感到后怕。方艳红呢？对田幻想有了进一步的好感。在九尾狐进攻她的时候，如果不是田幻想挺身而出，方艳红差点被怪兽吃了。

田幻想说："刚才的九尾狐，据说吃了它的肉，就能使人不中妖邪毒气。"

他们正走在山路上，听见两个女人你一句，我一句地在对骂。这两个女人的声音，一个低沉，一个高昂,很容易分出。他们心想,谁在山里面吵架呢?他们到处寻找,发现一棵大树,树枝上有只禽鸟,树顶上也有只鸟,它们的形状像斑鸠,声音是从树上传来的,分明是它们两个鸟在叫骂。

王丽君说:“山中的这种鸟,鸣叫的声音如同人在互相斥骂,名称是灌灌。把它的羽毛插在身上,使人不迷惑。”

方艳红说:“英水从这座山发源,然后向南流入即翼泽。泽中有很多赤鱬,形状像普通的鱼,却有一副人的面孔。发出的声音如同鸳鸯鸟在叫,吃了它的肉就能使人不生疥疮。再往东三百五十里,是箕尾山。”

田幻想说:“山的尾端坐落于东海岸边,沙石很多。”

王丽君说:“汸淯水从这座山发源,然后向南流入水,水中多产白色玉石。”

田幻想说:“鹊山山系之首尾,从招摇山起,直到箕尾山止,一共是十座山,途经二千九百五十里。”

他们眼前来了一只怪兽,鸟的身子,龙的头。王丽君说:“这是山神。”

他们发现,有人把畜禽和璋一起埋入地下,祀神的米用稻米,用白茅草来做神的坐席。田幻想解释:“这是在准备祭祀山神的典礼。”

他们正在商量《山海经藏宝图》怎样找,山神发话了:“你们是想寻找《山海经藏宝图》吧?我听说是四个科学家绘制的,只是没有见过。你们可以去下一列山系寻找,向山神打听。”

田幻想问:“下一步,我们应该怎样走?”

山神说:“西边临近流黄酆氏国和流黄辛氏国。在山上,向北可以望见一山,向东可以望见长右山。英水从这座山发源,向西南流入赤水。”

龙小宏、田幻想、王丽君、方艳红等几个人向山神鞠躬。

他们告别了山神。龙小宏说:“想不到,山神能够说话。”

轮到田幻想奚落龙小宏了:“你还读过大学,当过摄影记者,连山神会说人话都不知道!”

龙小宏没有反驳,有了生死的经历,他似乎成熟了许多。

怪兽见闻

沈教授带着B组成员贾小玲、杨扬、黄梅,打开魔幻背心的梦幻功能,来到南方第二列山系的首座山——柜山。贾小玲指着脚下的水沟说:“水中有很多白色玉石,还有很多粟粒般大小的丹砂。”

他们走在山路上,迎面来了一种野兽。黄梅说:“这种野兽我没有见过。你说它是猪吧,长着一双鸡爪。”

忽然,贾小玲向它扔下一颗小石头,这形状像普通小猪的动物,发出了狗叫的声音。杨扬说:“我想起来了,这种动物名叫狸力,哪个地方出现狸力,哪里就一定会有繁多的水土工程。”

贾小玲表示疑惑:“这种动物与水利工程还有什么联系呢?”

杨扬指着前面说："那里有一群人。"

他们仔细一看，一群人正在挑土修筑堤坝。走在路上，沈早晨感觉到谁在拍自己的肩膀，他扭头一看，忍不住笑了。说："你们看，我这个人还挺逗人喜欢呢，连鸟儿都在我肩膀上了。"

沈早晨没有想到，这形状像鹞鹰的鸟忽然一下飞走了，啼叫的声音如同痹鸣。

杨扬说："这种鸟，名叫鴸，古代神话传说鴸是帝尧的儿子丹朱变的。哪个地方出现鴸，哪里就一定会有众多的文士被流放。"

这回，他们仔细观看四面八方。沈早晨说："那里有一群人，好似被士兵看守着。"

沈早晨说完，带着杨扬、贾小玲、黄梅走过去。那里面的一个书生模样的人在抗议："我们写文章有什么错吗。为什么要把我们抓起来，流放到这个荒山野岭。"

贾小玲这个时候对沈教授说："我们去求当兵的放了他们吧。"

杨扬已经走到那几个士兵面前，说："我看这些文人够可怜的，求你们放了他们。"

那个高个士兵说："少废话，小心将你们几个也抓起来。"

矮个子士兵说："服从命令是军人的天职，你要放他们，去对那个军官说吧。"

矮个子指着一个军官，小声说："不过，小心一点，这个军官很好色。"

沈早晨说："历史的真实谁也无法改变，我们去说，顶多是良心上得到安慰，没有什么作用的。"

黄梅问："请问军哥，你听说过《山海经藏宝图》没有？下一步，我们应该怎样走？"

矮个子士兵说："我听说过，为了寻找《山海经藏宝图》，死了人。我劝你们别用生命冒险了。下一步路，从柜山往东南四百五十里，是长右山，没有花草树木，但有很多水。"

他们穿越到长右山，见到猿猴一样的野兽，田幻想说："形状像猿猴，却长着四只耳朵。"

贾小玲说："这种野兽名叫长右。"

他们正说着，有人呻吟的声音。他们正在寻找呻吟的地方。忽然，山上冲下一股洪水，汹涌直下。好在他们穿的是魔衣，或者是魔幻背心。他们同树枝一样，在水上漂浮。他们终于靠近了一块山地，洪水已经退下去了。沈早晨颇有感慨："难怪有人说，长右叫的声音，如同人在呻吟一样。任何郡县，一出现长右，就会发生大水灾。"

黄梅说："再往东三百四十里，是尧光山。山南阳面多产玉石，山北阴面多产金。"

黄梅说完，看见有人向他们这边走过来，走得越来越近。贾小玲说："我发现，这不是人，浑身长的是猪那样的鬣毛。"

沈早晨说："糟糕，这种野兽名称是猾裹。冬季蛰伏在洞穴中，叫声如同砍木头时发出的响声。哪个地方出现猾裹，那里就会有繁重的徭役。"

杨扬说："我们得赶快离开这个地方。"

可惜，迟了，他们被一群士兵包围了。

他们准备打开魔衣、魔幻背心上的防护功能，已经来不及了。这些士兵来得太迅速。他们被抓去挑土，修筑一个什么王的陵墓。他们劳累了一整天。晚上，他们被集中关押在一个棚子里。

沈早晨对杨扬悄声说："我们晚上拿出酒来，将把守我们的士兵们灌醉。然后，在院子里悄悄打开旅行功能逃走。不然,我们会被他们的弓箭射中。”

晚上,沈教授掏出了香喷喷的酒水。士兵们过来讨酒水喝。这酒里就有迷幻药,士兵们喝了,一个个地醉倒在地上。只见,沈早晨一个手势,他们打开了旅行功能,一个个从关押犯人的院子飞了出去。

他们边飞,边听杨扬介绍:“再往东三百五十里,是羽山。山下到处流水,山上经常下雨,没有花草树木,蝮蛇很多。”

西游记中的孙悟空一个筋斗十万八千里,他们穿越的速度,也是瞬息百里。他们往东穿越三百七十里,是瞿父之山。山上没有花草树木,但有丰富的金属矿物和玉石。他们再往东穿越四百里,来到句余山。山上没有花草树木,但有丰富的金属矿物和玉石。再往东穿越五百里,来到浮玉山。

沈早晨说:“我感觉要拉肚子了。找个山停一下吧。”

他们全部人员开始降落。沈早晨蹲在地上刚拉完大便,还没有来得及穿裤子,发现一只野兽向他们这边冲过来。沈早晨提起裤子就跑。杨扬、黄梅、贾小玲也惊恐万状,说道:天啦!我们遇见老虎了,怎么办?

沈早晨说:“我来对付它吧。”

沈早晨打开了魔衣的护卫功能。一只老虎冲了上来。向沈早晨扑去,一闪身,让老虎扑了一个空。老虎继续扑了过来,沈早晨用双手对准老虎猛地一推,瞬间,飞沙走石,发出强烈的电流。结果,老虎的头部,被强大的电流击中。老虎一愣,哀声叫唤着,撒腿跑了。沈教授说:“你们看,这野兽,形状像老虎,却长着牛的尾巴,发出的叫声和狗一样,名称是彘。是能吃人的。好在我穿的是魔衣,护卫功能强大。”

杨扬说:“苕水从这座山的北麓发源,向北流入具区泽。它里面生长着很多鮆鱼。再往东穿越五百里,是成山,呈现四方形,像三层土坛。山上盛产金属矿物和玉石,山下多产青雘。这座山是一条小河的发源地,向南流入虖勺水,水中有丰富的黄金砂。”

黄梅接着说:“再往东穿越五百里,是会稽山,呈现四方形。山上有丰富的金属矿物和玉石,山下盛产晶莹透亮的砆石。勺水从这座山发源,然后向南流入湨水。”

贾小玲拿出《山海经》,边看边说:“再往东穿越五百里,是夷山。山上没有花草树木,到处是细沙石子。湨水从这座山发源,然后向南流入列涂水。再往东穿越五百里,是仆勾山。山上有丰富的金属矿物和玉石,山下有茂密的花草树木,但没有禽鸟野兽,也没有水。再往东五百里,是咸阴山,没有花草树木,也没有水。”

他们几个来到了洵山。山南阳面盛产金属矿物,山北阴面多出产玉石。

沈早晨说:“这山上有一种像羊的怪兽,据说没有嘴巴不能够吃饭喝水。”

忽然,他们遇见了一种野兽,形状像普通的羊,却没有嘴巴。

杨扬说:“我明白了。这种动物不吃东西,也能活着而不死,名字很怪,叫䍺。像个羊字加患字。我们到洵山了。山中有洵水从这座山发源,然后向南流入阏泽,水中有很多紫色螺。”

他们再往东穿越四百里，路过虖勺山。山上到处是梓树和楠木树，山下生长许多牡荆树和枸杞树。滂水从这座山发源，然后向东流入大海。

他们再往东穿越五百里，路过区吴山。山上没有花草树木，到处是沙子石头。鹿水从这座山发源，然后向南流入滂水。

他们再往东穿越五百里，路过鹿吴山。山上没有花草树木，但有丰富的金属矿物和玉石。泽更水从这座山发源，然后向南流入滂水。

他们飞行了一段时间，从空中下到地面。龙小宏看见水中有一种野兽，正在吃一个淹死的人。

贾小玲介绍："这个野兽，名称蛊雕，形状像普通的雕鹰，却头上长角，发出的声音如同婴儿啼哭，是能吃人的。"

黄梅说："《山海经》里面的世界又新奇又恐怖。"

他们再往东穿越五百里，是座漆吴山。山中没有花草树木，多出产可以用作棋子的博石，不产玉石。

坐上巨蟒

神话博士、黎萍导游、机器人王小钢和潘小虹来到南山三号目标——南方第三列山系的头一座山——天虞山。山下到处是水，一般人不能上去。从天虞山往东穿越五百里，是座祷过山。山上盛产金属矿物和玉石，山下到处是犀、兕，还有很多大象。

他们来到这山，两头犀牛朝神话博士走过来；接着，两头大象也却径自向这边走过去；神话博士、黎萍的面前，却飞来一种禽鸟，形状像䴔，却是白色的脑袋，长着三只脚，人一样的脸，名称是瞿如。它的鸣叫声，就是自身名称的读音。

神话博士说："泿水从这座山发源，然后向南流入大海。水中有一种虎蛟，形状像普通鱼的身子，却拖着一条蛇的尾巴，脑袋如同鸳鸯鸟的头。吃了它的肉，就能使人不生痈肿疾病，还可以治愈痔疮。"

黎萍说："再往东穿越五百里，是座丹穴山。山上盛产金属矿物和玉石。丹水从这座山发源，然后向南流入渤海。"

神话博士、黎萍导游、机器人王小钢和潘小虹等恋恋不舍地告别了山上可爱的动物。他们来到了丹穴山。他们刚上山，来了几只凤凰鸟，形状像普通的鸡，但是，全身上下是五彩羽毛。黎萍导游介绍："这凤凰的头上的花纹是'德'字的形状。"

王小钢说："我看见了，这凤凰的翅膀上的花纹是'義'字的形状。"

潘小虹说："背部的花纹是'礼'字的形状。"

黎萍说："胸部的花纹是'仁'字的形状，腹部的花纹是'信'字的形状。"

神话博士说："这种叫做凤凰的鸟，吃喝很自然从容，常常是自个儿边唱边舞，一出现天下就会太平。"

神话博士话音刚落，一群山民载歌载舞地出现在他们面前，问寒问暖。然后，将各种水果递给他们几个吃。神话博士、黎萍导游有说有笑地接过水果就吃，黎萍导游诚恳地表示感谢。神话博士说："这个地方，使我们感受到太平盛世的和谐氛围。"

一位山民问："你们来这里，是不是想找《山海经藏宝图》呀？"

黎萍说："真是奇怪，你们怎么知道呢？"

另一位山民说："有人已经来过，他们也在打听《山海经藏宝图》呢。"

还有一个山民主动地说："你们还是去别的山系去找吧。"

他们再往东穿越五百里，是座发爽山。没有花草树木，到处流水，有很多白色的猿猴。泛水从这座山发源，然后向南流入渤海。他们再往东穿越四百里，便到了旄山的尾端。此处的南面有一峡谷，叫做育遗，生长着许多奇怪的鸟，南风就是从这里吹出来的。他们再往东穿越四百里，便到了非山的顶部。山上盛产金属矿物和玉石，没有水，山下到处是蝮蛇。

神话博士说："再往东五百里，是座阳夹山。没有花草树木，到处流水。再往东五百里，是座灌湘山，山上到处是树木，但没有花草；山中有许多奇怪的禽鸟，却没有野兽。"

黎萍说："是啊。正因为没有其他野兽，鸟禽才能够兴旺发达。再往东五百里，是座鸡山。山上有丰富的金属矿物，山下盛产丹雘。"

神话博士建议去一下这个山，他们几个从空中下来。黎萍导游说："黑水从这座山发源，然后向南流入大海。"

他们发现，这水中有一种鱼，形状像鲫鱼，却长着猪毛。黎萍说："这鱼发出声音如同小猪叫。它一出现，天下大旱。"

他们继续往前面行走，果然发现一些农民携儿带女，在沿途乞讨。神话博士说："天下大旱，闹灾荒年，老百姓怎么活！"

黎萍说："我们再往东穿越四百里，是座令丘山。没有花草树木，到处是野火。山的南边有一峡谷，叫做中谷，东北风就是从这里吹出来的。山中有一种禽鸟，形状像猫头鹰，却长着一副人脸和四只眼睛，而且有耳朵，名称是颙。它发出的叫声，就是自身名称的读音。一出现，天下就会大旱。"

神话博士说："我们不想去那座山了，看见大旱之年，老百姓受苦，我们心里也觉得痛苦。"

黎萍说："我们再往东穿越三百七十里，是座仑者山，山上有丰富的金属矿物和玉石，山下盛产青雘。山中有一种树木，形状像一般的构树，却是红色的纹理，枝干流出的汁液似漆，味道是甜的。人吃了它，不感到饥饿，可以解除忧愁，还可以用它把玉石染得鲜红。"

神话博士说："再往东穿越五百八十里，是座禺稾山。山中有很多奇怪的野兽，我们去看看。"

他们飞到山顶，想坐，没有石头坐。正好，发现地上倒着一颗很粗很长的大树，就坐在树身上休息。片刻，他们发现，树身有弹性，还在慢慢地往山下移动。忽然，魔衣发出报警声，机器人王小钢提醒说："这是巨蟒，刚才它睡着了，现在它已经醒了。"

黎萍视力好，她也发现是巨蟒："石小林，赶快起来，我们是坐在巨蟒身上。"

他们看见，溜下山坡的大蟒蛇，碗口般粗。他们发现山坡上还有好多大大小小的蛇。那条大蟒刚才确实是睡着了，几个人的重量将它压醒了。大蟒发现有人坐在它的身上，扭转头来。这头上的眼睛，比灯笼还大。神话博士、黎萍导游已经吓得傻傻的。机器人王小钢、潘小虹一个劲地叫唤："危险，我们赶快走吧！"

黎萍与神话博士交换了一下眼色，说："我们打开旅行开关。"

这个时候，大蟒蛇张开血盆大嘴，向他们冲过来。神话博士、黎萍导游、机器人王小钢和潘小虹已经腾空飞起，让巨蟒扑了一个空。

他们再往东穿越五百八十里，来到南禺山。山上盛产金属矿物和玉石，山下到处流水，景色十分优美。他们禁不住诱惑，从空中落山坡上。一个洞穴出现在他们面前。这是什么洞呢？正在猜想之时，一个老人出现了。神话博士问："老大爷，这是什么洞？水流进去不出来么？"

老大爷说："这是神仙洞，春天，水汩汩流入洞穴。夏天，水源源流出洞穴。冬天，则闭塞不通。佐水从这座山发源，然后向东南流入大海，佐水流经的地方，有凤凰和鹓雏栖息。"

神话博士说："谢谢老大爷。我想打听一下，你听说过《山海经藏宝图》吗？"

老大爷说："我替你叫山神出来问一问。诸山山神都是龙的身子人的脸面。祭祀山神全部是用一条白色的狗作供品祈祷，祀神用的是稻米。"

山神出来了，人的头龙的身子。山神问："你们叫我，是想问《山海经藏宝图》吗？"

神话博士说："到底是山神！我们还没有开口，你就知道了。"

山神说："这些山都没有你们说的《山海经藏宝图》。你们去下一个山系看看。"

黎萍说："谢谢山神。"

神话博士说："我们走完南方第三列山系，一共十四座山，六千五百三十里。"

六、西岳华山

华山传说

神话博士、黎萍导游、考古教授、贾小玲、夏青教授、机器人王小钢和潘小虹、田幻想、王丽君、龙小宏、方艳红、杨扬、黄梅他们这次没有分组，一起来到陕西省东部巍峨秀丽的华山。

考古教授说："《山海经·西山经》里提到的华山、太华山、小华山，是指今天陕西华阴县内的华山。华山，古称'西岳'，是我国著名的五岳之一，素有'天下奇险第一山'之称。华山位于陕西省华阴市境内，秦、晋、豫黄河金三角交汇处。南接秦岭，北瞰黄渭，扼大西北进出中原之门户。"

神话博士说："西岳华山，旷世独尊，堪称中华民族历史文明的象征。华山尊严，华山神奇，华山亘古充满无穷的奥秘。数千年来，关于华山的神话传说，层出不穷，浪漫风格，诡异离奇；理念引喻，深刻含蓄；文学魅力，风姿独具；出神入化，引人入胜。名山作为神话传说的载体，神仙作为华山形象的依托，华山神话，形成独具一格的传奇文化。"

田幻想说："华山系一块完整硕大的花冈岩体构成，其历史衍化可追溯至二十七亿年前。《山海经》载：'太华之山，削成而四方，其高五千仞，其广十里。'主峰有三：南峰'落雁'，东峰'朝阳'，西峰'莲花'，三峰鼎峙，'势飞白云外，影倒黄河里'，人称'天外三峰'。其中，南峰为太华极顶，海拔二千一百六十米。"

神话博士说："华山神话与中华民族"天人合一"的自然观念相吻合。华山是道家名山，道教文化，色彩浓郁；华山是文化名山，文化内涵，精深博大。华山神话，题材丰富；审美文化，异彩纷呈。或开拓洪荒，或移山导河，或恢弘豪壮，或柔情似水，或佳期如梦，或意境凄美。"

黎萍导游说："华山传说故事，计利天下者有之，不辞死难者有之，立意崇高者有之，悲悯苍生者有之，伐挞陋顽者有之，惊世惕俗者有之。其中，不乏中华民族文化的不朽经典，裨益后世。例如，家喻户晓的《宝莲灯》，充满诗情的《吹箫引凤》，异想天开的《巨灵擗山》，无一不闪烁着民族精神的灵光。”

夏青教授说：“云台、玉女二峰相辅于侧，三十六小峰，罗列于前，虎踞龙盘，气象森森，文人谓之西京王气之所系。华山景区，如梦如幻，神话传说，浪漫诡丽。真可谓：‘一洞一世界，一石一传奇。’华山神话是华山文化的重要组成部分，是中华民族宝贵的文化遗产。”

神话博士说：“我想请王丽君、田幻想你们说一说，华山神话有几种类型？”

王丽君当过导游，带游客游过华山，而田幻想读过华山神话。他们两人商量了片刻，由王丽君先说：“华山神话有两种类型，一是反映天人合一的大自然观念的。典型的故事如《炼江石》《女娲补天》等。二是歌颂坚忍不拔的人的本质力量。典型的故事如《夸父追日》、《贺祖凿洞》等。”

田幻想接着说：“第一种华山神话，反映了先民们朴素的自然观念，具有强烈的浪漫色彩，同时也反映了人们对改造生存环境的期待和愿望，融合着抽象的民族英雄主义精神，是华山神话中最有艺术魅力的部分。第二种华山神话，是民族精神借助于艺术形象的写照，是华山神话中思想性较强的部分。”

夏青教授补充说：“华山的神话褒扬叛逆、追求个性解放。这类故事以《劈山救母》最有代表性。它是人们不畏暴虐、追求个性解放的精神写照，具有强烈的个性反叛精神，其明显的思想倾向，最能引起人们的情感共鸣。华山的神话有礼赞舍生取义殉道精神的。这类故事如《白龙涧的传说》《明道人饲虎》等。它具有壮烈的悲剧色彩，是崇高人性的赞歌。对于时代革命精神的弘扬，亦有一定的借鉴意义。”

王丽君放开了思路，说：“华山神话注重诠释赏善罚恶的传统道义。这类故事如《炼江石》《黄雀衔环》《大鸟奔丧》等。它从传统的视角，宣扬了人间正道，是对善为的精神安抚，对恶行的愤慨鞭挞。”

神话博士说：“华山的神话题材丰富，具有多元化思想特点，但推崇真善美，弘扬人的本质力量是其最主要的精神内核。华山神话有讴歌男女纯真爱情的。这类故事以《吹箫引凤》最有代表性。它以爱情为纽带，沟通了人神之间的隔膜，是对人间爱情价值的积极肯定。华山神话还有警示人们私欲杂念的。这类故事以《回心石》最具代表性。它以诚信，阐释了作为社会人的道德原则，具有抽象的社会示教意义。”

沈教授说：“我们是从‘山海经神话考古体验游’活动来认识华山的。我忘记了提醒大家，有些华山故事，例如，《夸父追日》《女娲补天》，是《山海经》里的神话传说，这又可以说明，华山与《山海经》的联系。”

夏青说：“华山神话故事还反映人们不满现实追求理想的愿望。这类故事如《壶公传》、《高蓬头游仙枕》、《王遥竹匣》、《毛女洞》等，它反映了当时人们对苛政不满的社会心态，并为自己勾画出了一个为求得精神解脱的理想王国。在华山故事里，有的故事是可以找到道家文化的根。例如，《劈山救母》来自《宝莲灯》。我给你们讲述《劈山救母》，请大家打开魔幻背心的梦幻功能。”

夏青教授讲述《劈山救母》的故事，田幻想、龙小宏、王丽君、方艳红他们几个打开了魔幻背心的梦幻开关。

劈山救母

田幻想、龙小宏、王丽君、方艳红他们来到华山山腰，走进面前的圣母庙，一尊美艳绝伦的三圣母的塑像跃入眼帘。他们打开魔幻背心的梦幻功能，竟然见到了古人刘彦昌。这个书生，满头大汗。他往长安赶考，路过潼关时，看见巍峨的华山，顿生游玩之念，登上了山腰。田幻想上前问："刘彦昌，你好！"

书生奇怪地反问："你是谁？你怎么知道我的名字？"

王丽君说："我们都看过《劈山救母》的故事，谁不知道大名鼎鼎的刘彦昌。"

书生说："怪了，什么《劈山救母》，我没有听说过呀。对了，你们是什么人呀？"

田幻想说："我们是现代人。说白一点，就是你的子子孙孙的朋友。"

书生说："我还没有结婚，连对象也没有，哪里来的子孙？你们找错人了。"

龙小宏说："你不相信，马上会有一个仙女会来找你的。你的桃花运来了。"

书生说："你们说的话，像是神话。"

忽然，美丽的塑像闪闪发光，刘彦昌如痴如呆地站立在那里一动也不动。

方艳红说："古人真是傻，看见一个塑像能够这样痴情，如果看见我们这样的美女，命都没有了。"

田幻想说："故事说，刘彦昌看见塑像，一见钟情，顿生爱慕之心，还在墙壁上题诗一首，以表寸心。"

田幻想刚说完，只见刘彦昌掏出毛笔，挥毫题诗。可能是由于旅途劳累，他题完诗后，竟然倚着香案睡着了。

龙小宏说："我们赶快上山吧，还有那么高呢。"

可是，怎样也叫不醒刘彦昌。田幻想说："我们赶快躲起来，三圣母马上就要来了。"

他们躲了才几分钟，漂亮的三圣母巡山来到庙里。她看见不由感叹万分："好诗，好诗！是谁写的。"

龙小宏看见这女子这么美丽，心想，我可以将这个美女照下来，以后发表在某杂志封面上，该有多好。马上奔了出去，笑着对三圣母说："这墙上的诗句，是我写的。"

田幻想说："不是他写的，而是这个睡觉的书生刘彦昌写的。"

龙小宏一听，十分恼火。他说："你这人怎么不讲一点朋友感情！我去追求这个女子，关你的屁事。"

三圣母发现了他们，主动说："你们别争吵了，我知道这诗是书生写的。"

说完，三圣母不觉勾起一片凡心。她见刘彦昌衣衫单薄，就脱下身上披的红纱，盖在他的身上。朦胧中，刘彦昌觉得浑身温暖，醒来一看，身上盖着红纱；再一看，美丽的三圣母就在眼前。他又惊又喜，目瞪口呆。仙女们来了，她们看出了三圣母和刘彦昌的心意，又说又笑，把他们拥到一起。田幻想建议:"我们摆酒祝贺吧。"

龙小宏挖苦说:"你这人喜欢管闲事。"

田幻想说:"我知道你很生气,你认为我坏了你的事。你知道不知道,他们有夫妻的情缘,你何必插一杠子。"

龙小宏死要面子地苦笑:"你别瞎说,我根本没有非分之想。"

王丽君为了岔开龙小宏的不高兴情绪,说:"你们知道不知道,我们今天的女孩子,是喜欢孙悟空呢,还是喜欢唐僧、猪八戒?"

龙小宏说:"这还用问。现在的女孩不喜欢唐僧,认为他太正经,太虚伪。不喜欢孙悟空,认为他是长不大的小男孩。最喜欢猪八戒,认为他对于高小姐特别痴情,讲义气,为了朋友两肋插刀,而为了女人呢,他则可插朋友两刀。"

方艳红说:"现在,中央电视台播放的动画片《天上掉下个猪八戒》,就是猪八戒受欢迎的例子。"

仙女们要为他们举行婚礼,邀请田幻想几个一起参加。他们在一起喝酒庆贺,笑声、歌声、喊声,惊天动地。有个奸细报告了三圣母的哥哥二郎神。他十分气愤,带着哮天犬和天兵,赶到圣母庙。他不是来庆贺助兴,而是来闹场。二郎神大骂三圣母不知羞耻,居然到人间偷情,私自和凡人结婚。

二郎神指挥天兵,喊道:"赶快将这个男人抓起来。"

天兵蜂拥而上,要把刘彦昌抓走。三圣母见势不妙,连忙上前阻拦。二郎神大发雷霆,横加斥责:"你犯了弥天大罪,我也要将你抓起来治罪。"

二郎神命令天兵抓三圣母。危急之中,三圣母急忙亮出她的法宝——宝莲灯。威力无比的宝莲灯,金光四射,二郎神与天兵们,被强大的光亮照得东倒西歪。他们无可奈何,一个个丢盔弃甲,慌忙逃窜。

田幻想、龙小宏等在一边喊叫:"快滚,快滚。"

他们等二郎神走了,载歌载舞,欢庆胜利。后来,三圣母生下一个男孩,他们夫妇二人真是高兴极了。好心的霹雳大仙,得知消息后前来探望,还给孩子起了个名字叫沉香。仙女们和山里的孔雀、梅花鹿、小白兔、喜鹊和白猿也赶来祝贺。

田幻想、龙小宏、王丽君、方艳红等也来参加祝贺。王丽君还唱了一首情歌,三圣母与刘彦昌都说好听,还说从来没有听过这歌曲呢。

大家又唱又跳,又喊又叫,祝贺沉香的诞生。谁也没有注意,哮天犬接受二郎神的命令,偷偷溜到三圣母的家里,偷走了宝莲灯。当时,三圣母觉得心里发慌,赶快去找宝莲灯,发现宝莲灯已经被人偷走了,大惊失色:"糟糕!有人偷走了宝莲灯,大祸临头了。"

众人一听,无不心惊肉跳。果然,三圣母抬起头来,看见远处飘来一片黄云,二郎神又来了!

三圣母说:"二郎神来了,我们赶快离开。"

三圣母说完,连忙和刘彦昌抱起沉香。一家人刚要逃出大门,二郎神杀气腾腾地赶到门前。

田幻想大义凛然地说："二郎神，看在你兄妹的情义上，不要动刀动枪。"

二郎神对着田幻想吼道："哪里来的野种，少管闲事。不然，我取你性命。"

田幻想不敢吱声了。龙小宏小声嘀咕说："我们现代人，还怕古人么？"

三圣母也求二郎神："放过我们吧。"

六亲不认的二郎神，举枪就刺。三圣母只好举起宝剑，与二郎神大战起来。

二郎神见难以打败三圣母，命令哮天犬："快，拿出宝莲灯来。"

哮天犬举起宝莲灯，对着三圣母一照。三圣母顿时脸色苍白，浑身像散了架似的，软弱无力。二郎神抓住三圣母，将她压在华山下面。哮天犬恶狠狠地举起沉香，要向山崖下摔去，王丽君赶紧上前，抱住了哮天犬的腿子。

哮天犬还没有来得及将沉香摔出去，霹雳大仙赶来了。他用拂尘一挥，哮天犬浑身遭到电击似地，口鼻歪斜，马上丢下沉香，夺路而逃。霹雳大仙又用拂尘轻扫了一下昏倒在地的刘彦昌，抱起沉香，飘然而去。

刘彦昌醒来不见了妻子和儿子，心痛欲裂。他高声呼喊着，发誓要找回三圣母和沉香。田幻想、龙小宏、王丽君、方艳红等围在一起，劝慰刘彦昌。

二郎神又气势汹汹地杀回来了，抓走了刘彦昌。田幻想与龙小宏去抵挡，二郎神举起大刀向田幻想与龙小宏劈来。龙小宏吓得抱起头。田幻想呢？眼睛一闭，头一歪，心想：这回死定了。

他们发现，刀子没有落下来。眼睛一睁，二郎神消失了，他们没有死，却回到了现代社会。原来，正在讲故事的夏青教授听见梦幻中的田幻想忽然惊慌失措地喊叫，马上停止了讲述，让他们摆脱了梦幻。

王丽君与方艳红催促夏青教授："夏教授，快讲呀。"

夏教授开始讲起来，田幻想、龙小宏、王丽君、方艳红继续进入了幻觉中。他们分明看见个子高大的沉香，急急忙忙地向前赶路。忽然，一只斑斓猛虎向他扑来。沉香三拳两脚，将猛虎打倒在地。奇怪的是，老虎竟然变成了一只面虎。沉香肚子正饿，一口气把面虎吞下肚去，顿时感到力大无比，迈开双腿，大步流星，向前赶去。

正走着，一条飞龙又向沉香飞来，他挥拳搏斗，将飞龙抓到了手里。突然，一道亮光闪过，飞龙变成了一把宝斧，沉香心里高兴极了。大笑道："飞龙助我宝斧，正好劈山救母。"

这时，霹雳大仙在云中说了话："要战胜二郎神，必须先把宝莲灯找回来。"

沉香记住了师父的话，朝天拜了三拜，直奔华山而去。沉香来到圣母庙里，看见一个人正在圣母像前献花，那人身边也带着一截儿红纱。沉香断定，这人就是自己的父亲，连忙拿出红纱前去相认。刘彦昌激动地大喊一声："沉香，我的儿子！"

刘彦昌抱住沉香痛哭。他听说沉香是来搭救母亲的，心中十分高兴，就指着华山的高峰告诉沉香："你母亲就压在那里。"

这时，梅花鹿、白猿、孔雀、小白兔受霹雳大仙之托，都跑来帮助沉香。白猿对沉香说："你在山前和二郎神开战，我趁机盗出宝莲灯，一定能把你的母亲救出来。"

沉香找到二郎神，求他放出母亲。二郎神仍然不念甥舅的情分，举刀就砍。沉香忍无可忍，举斧回杀，刀来斧往，直打得天昏地暗。关心沉香的梅花鹿、白猿、孔雀都来助战，白猿找回了宝莲灯。二郎神抵挡不住，只好带着哮天犬逃跑了。

沉香呼喊着妈妈，举起神斧，向华山山峰砍去，只听"轰隆"一声，山峰被劈成两半。如果你有机会爬到华山西峰峰顶的翠云宫前，一定会找到一块很大的石头，石头旁边有一条大裂缝。据说，那就是沉香劈山救母的地方。

三圣母满面笑容地出现在鲜花丛中。她见到了丈夫和儿子，悲喜交加，激动万分。这时，华山上百鸟齐鸣，百花盛开，大家都来祝贺沉香取得的胜利，祝贺他们一家人终得团圆。沉香对王丽君、方艳红等说："谢谢你们，有什么事情要我们帮忙吗？"

龙小宏说："我们想寻找《山海经藏宝图》，不知道在什么地方？"

沉香说："你们可以去老君犁沟找一找。"

神话博士说："华山的神话传说很多，与山势的险峻有关系的是《老君犁沟》，华山一带流传的民谣：'千尺幢、百尺峡、老君犁沟往上爬'。我给大家讲述一下这个神话传说。"

沈教授说："刚才夏教授讲了，现在轮到石博士讲故事了。大家注意，打开梦幻功能开关。"

老君犁沟

随着神话博士的讲述，田幻想、龙小宏、王丽君、方艳红等几个都打开了梦幻开关，进入了幻觉中。他们几个分明看见陡峭的华山。龙小宏说："喂，这华山不一样，太险峻了。"

田幻想说："这是古代的华山。我们今天见的华山，道路经过改造修建，当然不一样。"

他们看见沿途都是逃荒讨饭的。原来，这一年，华阴一带大旱，禾苗枯死，颗粒无收。他们随着一群扛着锄头的农民来到北峰下。有个农民告诉他们说，华山脚下有一个黑心的财主知道佃户们交不起租子，就耍了个花招，说是要给华山上修路，募捐钱财。财主骗来了许多银钱后，高兴极了。他把大部分银钱留给了自己，只拿出很少一点，强迫交不起租子的佃户和长工们，在北峰下边那段石坡上修路。

田幻想、龙小宏仰起头一看，天哪！光溜溜的石坡，像刀削斧劈一样，连脚都站不住，咋修路？但不修路，财主岂能罢休。长工与佃户，只能硬着头皮，开呀，凿呀。坡陡石硬，难免这个碰伤了腿，那个砸破了头；这个跌得晕死，那个命丧悬崖。怨气凝聚，直冲云霄。田幻想读过《老君犁沟》的故事，他对农民们说："你们歇息一下，会有仙人来帮助你们开路的。"

有农民问："你们是什么人？你们怎么知道？"

田幻想说："神话故事书里面这么写的。"

财主带着狗腿子来了："你们胆大包天，还敢怠工？"

狠心的财主，命令狗腿子狠狠抽打路边坐着的一个农民，打得那个农民皮开肉绽。这时，老君骑着青牛，正好路过华山，被那股怨气挡住了去路。他睁眼一看，原来是财主与狗腿子作恶。

神通广大的老君乃是玄元教主，看到开路的人这样苦楚，就变化成一老者，来到他们中间，一把夺下狗腿子的皮鞭，对财主说："你难道不怕报应吗？"

财主说："老东西，少管闲事。"

龙小宏对财主喊道："你睁开狗眼看看，我们是谁？我们是新中国的儿女。"

田幻想说："你没有看见这些老百姓累的累死，摔的摔死。"

财主与狗腿子看见众人围了上来，怕犯众怒，悄悄向山下溜去。

田幻想说："我读过一篇神话传说，知道太上老君要来帮助你们修路。"

老者笑着说："你们是什么地方来的客人，读的什么神话传说，知道太上老君会来修路？我以为太上老君没有本事。"

龙小宏说："太上老君是大神仙。你没有见过，当然不知道他的本事。"

那位老者又说："又没有红包，没有贿赂，太上老君是不会给你们帮忙的？"

田幻想说："不许你诬蔑我们心中的偶像，太上老君是好神仙，最喜欢帮助老百姓。"

太上老君哈哈一笑，遂将如意柄一吹，变成一张铁犁。然后，再向空中一吹。霎时，云雾弥漫，风吼雷鸣，山摇地动。吓得田幻想面如土色，吓得龙小宏抱头鼠窜。而那些开路的佃户和长工，急忙躲藏起来。只见老君驾一头青牛，拉着铁犁，朝着光石坡犁开了。

这时，有个修道士，正在北峰上石洞中静坐。忽见天色骤变，还听得阵阵吆牛声。他坐不住了，疾步走出洞来，随着察看。只见云雾中，有一位须发皆白的老道，一手扶犁，一手执着鞭，吆着青牛，顺着石坡向下犁。正在下山的财主，听见山上有巨大的响声，以为山崩地裂，吓得屁滚尿流地往山下跑，结果摔得头破血流。

这位修道士见此情景，不由得愣在那里，一直看着那老道犁到"群仙观"上边，才停住犁。然后，将犁卸下，挂在北峰后的石崖上。修道士本想叩见这位老道人，但老道士身在云雾中，没法对话。过了一会儿，云开雾散，修道士跑近一看，一条新开的"犁沟"出现在眼前。看着看着，忽然他醒悟了，这驾上青牛开石坡的老道士，不就是太上老君吗？

这时，那些修路的佃户、长工们，也从躲藏的地方走了出来。大家一看，都惊喜若狂地趴在路上，一个劲地朝天磕头，感谢搭救他们的神仙。后来，他们听到北峰上那位修道士说，是太上老君帮助他们开的。于是是佃户们就在聚仙台上开了一个石洞，起名叫"犹龙洞"，取孔子赞叹老子"岂犹龙乎"之意，把老君供奉起来，逢年过节，来到洞内祭祀老君。从那时起，石坡上的犁沟就叫作"老君犁沟"了。

神话博士说："如今我们看到卧牛台上的那个"卧牛石"，就是当年老君的青牛，我们去问问它吧。"

他们来到卧牛石旁边，田幻想发问："你是老君的青牛变的吧，你知道《山海经藏宝图》吗？"

这石头被风一吹，发出声音："玉峰，女峰"。

黎萍导游说："华山有个玉女峰。你们知道这个玉女峰的来历吗？我给你们讲一讲这个故事吧。田幻想、龙小宏、王丽君、方艳红，你们几个不要关梦幻开关吧！"

吹箫引凤

黎萍导游给大家讲《吹箫引凤》的故事。她说，华山有五峰，中峰名为“玉女峰”。为什么叫玉女峰呢？这里有一个美妙动人的故事。

——传说春秋前期，已成就霸业的秦穆公，一天正与朝臣们商议强国之事。忽然，有邻国一使者持璞玉进见。穆公接璞在手，一看，是块形如卵大如瓜的稀罕之物，润莹莹，翠滴滴，心中十分喜欢。秦穆公招来一名玉匠，当众剖开，取出一块宝玉，晶莹透亮、色泽翠润、荧光四射，让群臣大饱眼福。

正在这时，一宫女兴冲冲地跑来报喜说，三娘娘生下一女孩。盼望女儿的穆公一听，哈哈大笑，一面传旨设宴款待来使及群臣，一面兴冲冲地回到后宫。

穆公还没有走进后宫，就听见女儿的哭叫声。他来到娘娘的床边一看，是一个又白又胖的小公主，心里快乐极了。可是，这位刚来秦宫的小公主哭个不停，喂奶也不行，哄也哄不住。秦穆公无可奈何，贴出告示，恳求良医。田幻想与龙小宏看了告示，还没来得及商量，田幻想一把揭下告示，龙小宏来不及制止，马上有士兵上前，将他们带进了王宫。

田幻想在前面走，龙小宏跟着后面反复埋怨：“你完全是猴子打伞——充人。腰里别条死老鼠——冒充打猎的。你没有学过医，就敢于揭告示，让我们被他们抓起来，可就惨死了。”

田幻想说：“废话，我自有主意。”

田幻想见到秦穆公，拜了三拜。有人说：“你应该跪拜。”

田幻想说：“我腿脚不好，一跪就犯病。”

秦穆公虽然不悦，但是，想到女儿哭个不停就心疼，只得忍耐。田幻想说：“你女儿喜欢宝玉，如果弄来宝玉给她看，定能不哭。”

秦穆公命宦官：“将刚才得到的宝玉送进来。”

说也奇怪，公主一见到宝玉，哭声一下就止住了。一对圆溜溜的眼睛，盯着美玉的荧光不放。秦穆公把宝玉收起，公主又“哇”的一声哭了。田幻想说：“公主离不开宝玉。”

穆公见女儿离不开宝玉，就叫人把玉悬在室中，并吩咐室中宫女，小心看护公主与宝玉。东去春来，不觉就是一年，公主满周岁了，宫廷摆宴，款待来祝贺的朝臣亲友。按秦人习俗，孩子在这天是要“抓岁儿”的。什么是抓岁儿？就是把文房四宝、闺房脂粉、珠宝玉器，一一摆在孩子面前，让她随意抓取。

这种玩法，据说可以测验小孩长大后的志向爱好。比方说，小孩喜欢算盘，长大以后是经商人才。小孩喜欢抓武器，长大以后是当军官的料。小孩喜欢笔墨，将来一定是个文人墨客。谁知这位千金，对面前五光十色的什物，拂而不取，单抓那碧光莹莹的美玉。穆公看到女儿对美玉玩来玩去，爱不释手，就笑呵呵的对皇后说：“就给她取名叫弄玉吧！”

花开花落，春去春来，弄玉公主十多岁时，琴棋书画，无所不能。可她性格孤僻，厌恶宫廷那套琐碎且束缚人的礼仪。她喜欢独自呆在幽室里，操笛吹笙。穆公见她十分喜欢吹笙，就把那块美玉雕成一架“碧玉笙”给她。公主自从有了碧玉笙，专心致志，笙不离手，曲不离口。到二八十六岁时，能吹出百鸟欢鸣的叫声，能奏出各种美妙动听的曲音。高者，直上云霄；低者，直沉湖底。尤其，她能够吹得凤凰起舞，百鸟欢鸣。

弄玉长到十七岁时，秀美娴静，闻名天下，引来各国王子，向她求婚。一天到晚，秦宫门前，车水马龙，络绎不绝。穆公明智，尊重女儿意愿，否决“父母之命，媒妁之言”那一套礼教，主张公主自己选择人生。公主说：“不求富贵，不嫌贫贱，但求志同道合。”

可是，多少求婚的人，都没有被公主选中。穆公又遣人到全国各地去寻访，还贴出告示，要招贤婿。田幻想与龙小宏又来到这里。他们揭了告示，直接往王宫而去。见到秦穆公，他们说：“我们上次见过公主的面。”

秦穆公想起来了，这就是上次给女儿治疗哭泣毛病的先生。秦穆公非常客气地说：“你们请坐，不用跪拜。”

田幻想说：“弄玉公主喜欢啥样的丈夫，别人心里是没有底的，你女儿自己心中可有数哩。”

秦穆公说：“她希望遇到一个音乐奇才？”

田幻想反问：“大王，您怎么知道？”

秦穆公说：“我看见来的青年，相貌堂堂的，她看不中；武艺超群的，她也看不中；文采飞扬的，她还是看不中；家财万贯的，她依然看不中；只剩下音乐之人了。”

事实如此，弄玉一个人吹奏的日子久了，就觉着没意思。她想：若能遇上个合奏合唱的后生，她就嫁给他。要不，就独身过一辈子。虽然弄玉的想法没有对父亲直说，但是，父亲依然心中有数。田幻想已经读过《吹箫引凤》的神话传说，他知道事情的来龙去脉。他说：“您听说过《吹箫引凤》的神话传说吗？你女儿要找的丈夫是个音乐天才。他们的爱情故事，虽经百般挫折，但终究要结良缘。”

秦穆公说：“吹箫引凤？好哇！先生真有先见之明，能够先知先觉，莫不是仙人？”

龙吹吹沉不住气了，他说的话，让旁边的奸臣惊慌失措。他说的什么：“公主要找的丈夫是萧史。”

东周有个叫萧史的太史令，从小死了父母，家里很穷。他却十分聪慧，勤奋好学，在邻居与老师的资助下，长大成人。才华横溢的萧史，为人坦荡正直，当了太史令，秉公办事，从不随波逐流，更不惧怕权贵。面对奸臣贼子恶迹，敢于直书大王。奸臣贼子对他恨之入骨。有一奸臣王三打着为王上寻找古董的旗号，到一富商手中，将一上好古董——《二龙戏珠》的玉雕收缴，说：“我要奉献大王。”

结果，王三没有将《二龙戏珠》交给大王，而是化为己用。萧史知道后，谴责地说：“王丞相，你这样做，王上知道了，就会对你治罪。”

这个奸臣害怕萧史告状，将《二龙戏珠》交给大王。他与一伙奸臣商量，合伙整治萧史。他们对大王说：“这是萧史从一富商手上弄来的，说是奉献给大王，最后，想化为己有。我们今天将其拿来,献给大王。"

正直的臣子孟明,看中萧史的才华与人品,在大王面前帮萧史说话:"现在,《二龙戏珠》在你们手里,再说你们没有当场擒拿萧史,怎么能够给他治罪!"

秦穆公刚开始听信谗言,后来,觉得孟明讲的也有道理,才没有将萧史治罪。又有奸臣在大王耳边细语:"大王,暂时不治罪也好,放长线钓大鱼,看他萧史还有没有其他古董。"

秦穆公点头,吩咐下官,将萧史暗中监视起来。孟明悄悄到萧史家探望,萧史赶忙上前迎接:"谢谢孟大人救命之恩。"

萧史正要跪拜,孟明一把扶他起来:"不要多礼。"

他悄悄对萧忠说:"你多次得罪奸臣贼子,我担心他们不会善罢甘休。以后,大王也许听信谗言拿你治罪,你躲起来吧。"

萧史弃官出逃,逃到虢县磻溪张家塬边落了脚。他在这里栽桑种麻,农闲还编修国史,耕作读书完了,就吹箫自寻乐趣。他的箫也是玉凿的,叫"紫玉箫"。这箫通身透明光润,声音透人心肺,百里以内的人,都能听到。

再说,秦穆公果然下令捉拿萧史,没有想到萧史已经潜逃。今天,秦穆公听田幻想说自己的爱女喜欢上了音乐奇才萧史,想到他是逃犯,正想捉拿此人,怎么能够让他来当乘龙快婿。秦穆公没有同意田幻想的意见。

一天夜里,长空如洗,明月皎皎,弄玉公主遣侍女设香坛,赏月后,身依朱栏,吹奏起《凤凰鸣》的曲子来。夜静更寂,箫音清婉;如柳如丝,飘出宫墙,如人间仙乐。忽然,一阵袅袅的曲音,和着自己的箫声,如怨如慕,如泣如诉,声声激越,从空而来。起初,她还以为是自己所奏回音,仔细一听,分明是东方天际飘忽而下的洞箫声。

于是,公主特意吹奏了一曲《凤求凰》,然后,步回楼阁,似睡非睡地进入了梦乡。朦胧中,她静立窗前,遥望星空。忽然,只见东南方,天门大开,五光十色,照亮楼台,一个眉清目秀的少年男子,身跨彩凤,翩翩而来。他手持玉箫,其声徐徐,如习习春风,如汩汩小溪。弄玉公主,心神荡然,有腾云驾雾之感。

少年曰:"我居于华山明星崖,因有夙缘,才应曲而来。"

少年说毕,乘风飘然而去。弄玉公主从梦中惊醒,定睛一看,什么也没有。她不由得伤心落泪。就在这时,东南方向传来箫声,十分动听,又分外熟悉,与梦中仙人吹的一模一样。弄玉急忙跑到院子里。这时,夜空月明似镜。箫音忽而低沉,忽而高昂,势如高山流水,声若珠落玉盘。弄玉按捺不住,进屋取出玉箫,往着东南方,再吹了一支《凤凰求贤曲》。

萧史在磻溪吹了一阵箫,正要回去休息,忽听见悦耳的笙声,从渭河北岸传来。他心里说,这是雍城里的高手吹的,那笙音喜中有忧,好似征友。音调绵绵,应该是一位志气高洁的女性。萧史忍不住再吹一支《求凤曲》,刚吹完,那面的笙声又合过来了。意思是说,她听了《求凤曲》很满意,想和他交个朋友。就这样。两人吹来吹去,直到鸡叫天明,两人各自回屋躺下,却都睡不着。

弄玉想:"我若能和吹箫的年轻人结为夫妻,这一辈子就心满意足了。可是,不知他在啥地方？”

想着想着，不久就就病倒了。宫女春梅把公主的心事与实情告诉秦穆公。秦穆公一听，与田幻想说的话不谋而合。他想方设法，招来田幻想、龙小宏商议对策。田幻想说：“孟明与萧史有交情。我建议大王派大臣孟明去查访。”

孟明来到华山幽谷，询问一位樵夫：“你认识一位吹箫的青年吗？”

那樵夫说：“有一青年隐者，于中峰明星崖，结庐独居，每日下山沽酒。其人善品箫，箫音所达数百里，听者忘返。”

孟明攀藤越岭来到明星崖，到处寻找，终于见到萧史，孟明说：“萧史啊，我第一次来，你不在家。第二次来，你故意避开了。第三次才见到了你。”

萧史一见是孟明，马上说：“真对不起孟大人。我只听村人说，有朝廷大官来找我，以为那帮奸臣，在找我的麻烦，让我提心吊胆，东躲西藏。真不知道是您大人亲自来看我。”

孟明一看萧史，虽是道家打扮，却依旧一表人才，说话走路，都像个仙子，心里十分喜欢。他说：“秦穆公的公主弄玉你听说过吗？她才貌双全，到了谈婚论嫁的时间，谁也看不中，一定要找一个志同道合之人，才肯出嫁。她听了你的箫声后，魂不守舍。”

萧史惊叹：“哎呀！我道是谁，能够将笙吹奏得出神入化。原来是公主呀。”

孟明笑着说道：“现在，我想请你到秦宫去见穆公。好吗？”

萧史哀求：“孟大人呀，求你放过我吧。我过清净的日子已经习惯了。”

孟明喊道：“你这人怎么变得不仁不义。”

萧史反问：“孟大人，我怎么变得不仁不义了？”

孟明一想，计上心来。他说：“《求凤曲》是你吹的吧，现在，公主听了你的曲子日渐憔悴，你一点责任都没有吗？”

萧史说：“我见不得那帮害群之马。现在，我为了公主，豁出去了。但是，有言在先，我见一见公主就走。”

孟明答应了。他想，我就是怕你不去。只要你去了，我就有办法了。说实在的，自从两人吹奏《凤凰求贤曲》与《求凤曲》后，萧史也一直思念对方。何况，知道公主为爱情还生病了，更得去看望公主。两人骑马，离开了张家塬，来到雍城。

八月十五那天，萧史来到秦宫。秦穆公见萧史眉目清秀，举止潇洒，虽然出逃亡多年，看不出落魄之相，反而风韵更加高雅，十分欢喜，就以上宾之礼待之。而躲在帷幔后的公主弄玉，一看萧史和梦中的仙人一模一样，心中不由得一阵喜悦。秦穆公心里很高兴：“我女儿喜欢听你吹箫，说你是音乐奇才。你能够给我吹一段曲子吗？”

萧史说：“大王不是想捉拿我吗？”

秦穆公听见他说话这么直率，哭笑不得。还是孟明解围：“那是误会，误会。”

于是，穆公招来百官，要求萧史吹箫让大臣欣赏。萧史从袖中取出紫玉箫，在殿堂中从容吹奏。仙乐在空，袅袅不绝；赤龙彩凤，跳跃殿柱；彩云飘绕，凤翔鹤鸣。穆公也听得手舞足蹈，众大臣也不约而同齐赞："仙乐！仙乐！"

秦穆公高兴地对萧史说："爱女弄玉，颇通音律，希望丈夫为善箫者。你的箫声，纵横天地间，又让爱女梦中相见，天生姻缘。今天八月十五，月圆于天，人和于地。"

秦穆公当众将公主许配萧史，一片欢呼声。几个奸臣见了，目瞪口呆，浑身不自在，却不敢声张。秦穆公八月十五给二人办了婚礼，还封萧史为中大夫，让他住到公主的凤楼上，继续编史修志。

他们结婚那一天，神话博士、沈早晨、夏青、黎萍、田幻想、龙小宏、王丽君、方艳红都来了。王丽君高兴地唱了几曲，荡漾着欢庆的气氛，热闹非凡。婚礼过后，他们在宫女的陪同下，参观了宫殿里的各个地方，龙小宏掏出数码照相机，一个地方一个地方地拍摄。

秦穆公说："这是什么宝贝，我能用珠宝与你换吗？"

龙小宏说："这是数码照相机。在我们现代社会，家家户户都有。只是，在你这个时代没有用，没有办法给它充电。"

沈早晨、夏青、神话博士与田幻想等几位现代人，竟然能够与古代社会环境零距离接触，十分高兴。但是，他们穿的魔幻背心需要电能，他们带来的电池又不够用，必须回到现代社会去。那个叫王三的奸臣是个色鬼，竟然看中了王丽君。刚才，王丽君的歌声让他如痴如醉。他对秦穆公说："大王，我想让王丽君留在宫里玩几天。"

王丽君说："我们必须回去。我们的魔幻背心上的电能如果消耗完了，我们就回不去了。"

王三说："大王，让我去陪她们找洞天钥匙，好吗？"

秦穆公说："你陪她们把洞天钥匙找到了，就立即回来。不然，你与你的家人的性命不保。"

秦穆公看见自己的女儿女婿情投意合，龙颜大悦。他送了好多珠宝给沈早晨、夏青等人。他们几个回到了现实社会。王丽君问："我不知道萧史与公主怎么样了？"

田幻想说："根据记载，萧史与弄玉他们小夫妻俩在雍城度过了很美满的蜜月。他俩觉得王宫大院，城高池深，与尘世隔绝，还不如山乡僻野静谧。于是穆公就遂了他们的心愿，在萧史住的张家塬边，另修了一座凤楼，让他俩居住。这座凤楼前面有个高台，名叫凤台。后人叫做凤女台、凤凰台。

公主住到凤楼后，首先废除了晨昏定省、主尊奴卑的日常俗套，并对宫女们说："在我这里，不必拘泥。"

公主还对萧史说："这人间富贵，三餐美味，我压根儿不需要。我所要的是志同道合，人生乐趣。我愿意与你同甘共苦。"

萧史和弄玉在宫楼成天吹奏和音，修身养性。渐渐地，萧史不食人间米粒，有时只饮几杯水酒，精神却比以前饱满。弄玉也学到"辟谷"的方子。慢慢地也不吃饭菜了。从此，两人逍遥自在，共享琴瑟之乐。两人笙箫合奏，常常引来凤凰落在宫楼的东边，红颜色的龙盘在凤楼的西边。

萧史和公主深居凤楼，相敬如宾，寻曲觅谱，互传技艺，倒也悠闲。每到星夜，他俩都要把悠扬的箫声，送出宫墙，人间一乐，不觉就是数月。一天晚上，奏完箫后，萧史对公主说："我很怀念华山那幽静的生活。”公主回答：“我随夫君去华山吧。”

萧史听了，非常满意。他们就决定同去华山，过那超脱世俗的宁静生活。公主提出要在第二天告别父王、母后和宫中姐妹。而萧史却说：“既为神仙，就不能儿女情长，无牵无挂的走了。”

公主思虑片刻，依然答应他了。半年后的一个月夜，俩人修道成功，国史也修定了，萧史就乘上红色的龙，弄玉坐上彩色的凤，东去华山。走时吹着箫，那声音在渭河岸边萦响了好些天。后来为了纪念箫史和弄玉，后人就在宫楼那里修了个凤女祠。

传说，萧史、弄玉到了华山中峰，仍是夜夜把笙、箫声送入太空。他们的笙、箫声常引来凤凰落于石上，合鸣。弄玉、萧史不辞而别离开秦宫后，穆公和皇后十分思念女儿，便派人追至中峰，可是怎么也寻不到，原来他们已去了仙界。穆公便让人在明星崖下建祠纪念。从此，人们把中峰叫“玉女峰”。

后来，人们又修建了“引凤亭”。如今，玉女峰上仍有玉女的遗迹。如：玉女洗头盆，盆中清水溶溶，冬不结冰，夏不污腐。此外，还有玉女梳妆台、玉女洞。萧史洞西边有一窟，名龙窟。据说，每当萧史吹起箫来，神龙便卧在这里静听。玉女峰虽不如天外三峰之高险，景致却极优雅，历代留下的摩崖题刻很多。如“双手擎天”、“揪剑吉祥”、“砥柱中天”等石刻，笔力雄劲，龙飞凤舞。

再说，神话博士、沈教授、夏青、黎萍、田幻想、龙小宏、王丽君、方艳红带着王三等告别肖史与弄玉。

弄玉说：“你们听说过华山洞天钥匙的传说吗？能够找到洞天钥匙，也许你们可以找到《山海经藏宝图》。王三，你带着她们去找吧。”

神话博士说：“我给你们讲一讲《洞天钥匙》的故事，王丽君、方艳红、田幻想、龙小宏，你们可以打开梦幻开关。”

洞天钥匙

神话博士对天下名山有研究，对华山神话尤其感兴趣。他说：“王三，你带队去寻找洞天钥匙。我们商量了，王丽君、方艳红、田幻想、龙小宏陪同你去。”

王三虽然有点不高兴，但是，他还是接受了这种安排。他们四个穿上魔幻背心。王丽君手拉着王三进入时光隧道，进入了故事发生的年代。王三说：“大凡天下有三十六个大洞天，七十二个小洞天。华山乃太极总仙洞天。但山上的大洞、小洞、深洞、浅洞，确实为数不少，到底哪个是洞天的门？谁也认不出来；就是认出来，也不能进去；而进去后，也就出不来了。”

田幻想问：“谁能够找到那个门？”王三说：“不是有仙根仙体、修行得道的神人，谁也找不到。最终，有一个叫马真一的道士，他发誓要找到这把洞天钥匙。”

田幻想、方艳红说：“我们去见他吧。”

王三、王丽君交换了一下眼色，说：“我们也一起去吧。”

他们到处打听，知道华山上确实住了一位名叫马真一的道士。他们见到马真一道士。八十余岁的马道士，面如童子。这老人奇怪地问："你们是怎么来的？除了这位外，你们不是我们这个时代的人。"

田幻想心里说，果然厉害。方艳红说："我们确实不是这个时代的人，是现代人。"

王丽君说："我们给他一袋五香牛肉干吧。"

王三对王丽君说："他好善乐施，道行很深，聪颖诙谐，不伤生食肉，避忌五谷，只吃黄精。"

果然，他笑道："贫道不吃肉，谢谢施主。"

田幻想对方艳红说："我是近视眼，你有胃溃疡，我们求他治疗一下。"

马道士确实能治病，不论远近，病人只需报告姓名，一治即愈，不必亲见病者。可是，马道士说："古人给现代人治病，第一次，没有经验体会，不知道行不行？"

他用手做了几个手势，田幻想的眼睛有所感觉，好像亮了许多。而方艳红觉得胃肠在运动，觉得轻松了不少。

马道士问："你们是不是想打听洞天钥匙的事情啊？"

王三点头。马道士说："我一有闲暇，便在华山上跑来跑去，到处寻找洞天。一连好多年，两手空空。"

王丽君说："我们一起来想办法吧。"

这天夜里，马道士请王三、田幻想、龙小宏睡在男房里，王丽君、方艳红睡在女室里。田幻想正在睡梦中，只见来了一位童颜鹤发、手执拂尘的道者，对他说道："要找洞天，直向北边，红白都有，钩刀齐全。"

第二天一大早，吃早餐时，田幻想问龙小宏："我做了一个梦，你做梦了吗？"

田幻想说了，龙小宏觉得很惊讶，我们怎么做的梦一样呢。

谁知道，王丽君、方艳红也做了一个相同的梦。于是，田幻想说："马道长，您好！我们几个昨天都做了一个梦，很奇怪。"

而马道士不仅做了一个相同的梦，还收到了童颜鹤发、手执拂尘的道者的纸条。道者留了一个小纸条，飘然而去。马道士说罢，用手一摸，纸条还在身边。亮出来让王三、田幻想、龙小宏、方艳红、王丽君来看。只见上边写道："巍哉太华山，道高如青天；门户千千万，玄妙在那边。"

田幻想领悟到这是找洞天钥匙的隐语，但这些话到底指的是什么地方？问谁去？都不得而知。龙小宏问："道长，您知道这纸条上的意思吗？"

马道士说："我翻来覆去地琢磨了一夜，没有想出结果。我想，反正神仙指点，就照着去做。到时候自有道理。"

最后，他们几个人，下定北上的决心，非找到洞天钥匙不可。第二天马道士背上竹筐，拿上铁铲、钵盂就朝北走去。王三、王丽君、田幻想、龙小宏、方艳红紧随其后。这天，他们来到蒲城县城内。街市上，有药铺、饭馆、布店。马道士沿家看去，直是摇头。后来，他看到一家卖肉的铺子，里边挂着偌大的几块肥猪肉，红的血红，白的雪白，十分显眼。骤然悟道："莫非就是它？"

马道士再细看看，挂肉的钩子，剁肉的砍刀，都在一块放着。他心里默念着："要找洞天，直上北边，红白都有，钩刀齐全。"

听着马道士念着，田幻想随着马道士的眼神，看看肉铺，心头一阵高兴："找到方向了。"他不由得快步向肉铺走去。马道士一把将他抓住："这么大的县城，肉铺子不知有多少处？到底是哪一家？我们需要谨慎判断，免得闹出笑话，有误大事。"

于是，田幻想、方艳红随着马道士不停步地跑完整个县城街道。找来找去，发现一家肉铺向里，瞧瞧买肉的人，寥寥无几。生意很是萧条。但开铺的一男一女，不着急，显得格外坦然。他打问了一下，才知道这个男的姓张，女的姓何。田幻想对方艳红说："可能是这家。"

只见马道士徐步来到肉铺的台阶上，一股肉腥气，熏得他头晕眼花。他默声祷告，便拄着铁铲，拿着钵盂，声音不高不低，不快不慢，颇有节奏地大声念道："巍哉太华山，道高如青天，门户千千万，玄妙在那边。"

一遍二遍三遍……起初，人们以为这个化缘的道人在作诗，都围拢过来，熙熙攘攘地把个肉铺挤得水泄不通。可是，一晌、二晌，马真一照样如此循环不停、反反复复地念着，围听的人一个个厌烦地走开。田幻想与王丽君看着肉铺的两个主人，无动于衷，若无其事，连肉能卖否，也不在乎。日落天黑，到了掌灯时分，主人毫不理睬马真一，照常上板落锁，把他关在了门外。田幻想说："我们去住店吧？"

马真一说："我们不能够去，不受千遍苦，难得成真人"

他就一步不挪地睡在他站着的台阶上。田幻想、龙小宏与方艳红，睡在对面的一家商铺里的木板上，进行观察。到了半夜，田幻想感觉一阵狂风陡起，有地动山摇之势，房屋的门窗在发抖。狂风过后，猛然跳出一只猛虎，张着血口，向方艳红扑来。田幻想一把抱住方艳红。龙小宏、方艳红都吓得闭上了眼睛。老虎马上转换目标，对准王丽君扑去。王丽君尖叫一声，王三乘机将王丽君搂在怀里，并且亲吻了她。只见老虎改变方向，向马真一扑去。马真一不慌不忙，拿起铁铲掷了过去，只听那虎哀声叫了一下，远远逃去。田幻想与方艳红走上前去，想安慰马真一。马真一静心说道："也许，这是对我的考验吧。"

他们几个，再也没有睡意，静坐着。

方艳红问："田幻想，谢谢你又保护了我。奇怪，为什么你一抱我，老虎就跑了呢？"

田幻想说："可能我抱住你，老虎认为晦气。"

王丽君悄声对王三说："老虎为什么扑我？发现你吻我，老虎马上改变了方向。几年都没有男人吻了，你一吻，现在，心里还慌呢。"

王三说："你离老虎近，扑你很正常。看见我吻你，老虎可能觉得倒霉，就改变了方向。"

第二天，铺门一开，马真一站起来照样念着，还是没有什么动静。可是，到了晚上，浓云密布，骤然变冷，大有暴雨即将来临之势。他蜷曲在原地上，忽听"嗖"的一声，飞来一条大蟒，舌尖吐着烈火，"噗噗"向他射来，他随手拿起钵盂，奋力打退了大蟒。

第三天，马道士更加虔诚地念着。他边念边不时用眼睛瞅着主人。只听男主人对女主人说：

“此人有意思。”

田幻想发现两个主人脸上有点和悦之色，悄悄地对龙小宏说：“我们看见希望了。”

男主人这一微妙的表示，马道士也看在眼里，他高兴万分。到了晚上，既没有风也没有云，却来了一个身高丈余、腰比树干还要粗壮的巨人，青面獠牙，两眼射出炯炯的蓝光。王丽君害怕地搂着王三，而这巨人，却没有理睬他们，反而逼视着马道士。马道士一看，便顺手从墙角抓来一把污泥涂在脸上，与巨人对视起来。过了一刻工夫，巨人看看没有办法，便垂头丧气地走退了。

东方既白，霞光万道，各个店铺，相继开门。这家肉铺，也照常开门。马道士站起来，还没有来得及念隐语，男主人便走了出来，让他到里边叙话。他赶忙进门，打躬问好。两位主人对门外说：“你们两位远道的客人，也请一坐。”

等到他们五人坐下，女主人端来茶点，让他们享用。一会，男主人开口了：“道者求道，贵在心得，不怕不给，只怕不要。洞天钥匙只有你能得到，可是你得吃肉，才能给你。不吃是不能给的。”

说罢便从里面端来四碗又肥又腻的大肉，满满地摆了一桌子。方艳红与田幻想说：“我们来吃吧。”

两位主人说：“你们与我们到另外一张桌子上去吃饭，这几碗肉必须由马道士吃。”

马道士看了又看，将一双筷子，拿起，放下，放下，又拿起。一阵肉腥味，熏得他头晕目眩，阵阵恶心。有心不吃，大事难成，硬是吃下去，就是开斋，有损道规。想来想去，还是吃吧！他硬着头皮，闭着眼睛，吃了一碗又一碗。说也奇，听也怪，这肉看起来腻，闻起来熏，吃起来却清香出奇，犹如仙果。你道那真的是肉？它原来是用灵芝做的菜。他一口气吃完了四碗大肉。末了，主人又加了一盘最肥的肉，他也吃完了。这是一盘换骨灵丹。马道士吃完之后，顿觉身体轻爽，大有飘然之感，倒身便拜说道：“大仙度我，实为万幸！请问仙讳，以便朝夕供奉。”

男的说：“我乃是张果老，她便是何仙姑。”

张果老说：“我们一起去华山吧。”

于是，张果老、何仙姑、马道士带着田幻想、王丽君一起驾起祥云，来到华山。

张果老给马道士一块晶亮洁白的小方石，指着西峰北边的大石壁说道：“你们去吧！拿着钥匙，打开洞天。”

田幻想说：“马道士，你去打开天门，让我们找一找《山海经藏宝图》。”

马道士打开天门，王丽君、方艳红、龙小宏、田幻想、王三没有找到《山海经藏宝图》，但是，却大开眼界，他们看见了天下的崇山峻岭。王三觉得自己完成了任务，再不回去，大王会发火的，就要与王丽君告别，恋恋不舍的样子。王三走后，王丽君说：“我觉得这个奸臣还懂得儿女私情呢？”

田幻想说：“我想问你，贪官懂得儿女私情，结果呢，照样贪污受贿赂。奸臣懂得儿女私情，结果呢，照样是奸臣行为。”田幻想、王丽君、方艳红、龙小宏打开魔幻背心的穿越时空功能开关，回到现实社会。

考古教授、神话博士将黎萍、贾小玲、机器人王小钢和潘小虹、王冬生、李英豪等召集在一起。考古教授说:“我们刚才去了《山海经 · 西山经》里提到的华山、太华山、小华山,今天陕西华阴县内的华山,没有发现藏宝图,我们现在去其他山脉试一试。”

七、西山行动

西山体验

神话博士说："《山海经》描述的西部山川，开始是属于亚热带气候，植物以松树、箭竹、漆树、榛木等为主，动物以牛、羊、猫头鹰、白雉、麝、犀牛、虎和豹子等为多。在西北方三百里，还有一座名为申首的雪山，好似滇西临沧地区、大理州、保山地区和怒江州的环境。然而再往西的《大荒西经》之地，这不正好是云南的腾冲、瑞丽、耿马和缅甸的邦隆一带的自然环境吗？"

机器人王小钢说："关于犀牛，据史料记载，在远古时代，中国的西南地区是最重要的野生印度犀的栖息地，中国境内的最后一只犀牛，于一九四五年被猎杀在云南西双版纳。"

黎萍一听，发表了自己的看法："实在是太可惜了！人类的生态意识应该强化。"

沈教授说："我们去探寻《山海经·西山经》，是要冒一点风险的。"

机器人王小钢带着王冬生、神话博士带着李英豪率先起飞，飞进了彩色的时光隧道。机器人潘小虹拉着黎萍导游的手，小组其余人跟着后面，紧追不舍。

神话博士、黎萍导游夫妻俩今天手牵手地在山上走，十分浪漫。平时，神话博士怕人笑话，在大街上，从来不敢牵着妻子的手。忽然，贾小玲发现，山上的树木大多是牡荆树和枸杞树。这枸杞有一个特点，可以壮阳。贾小玲对沈教授说："你想喝点白酒么？"

考古教授、神话博士他们自己带了馒头、香肠之类，给了王冬生、李英豪一些食品。机器人是不需要的。于是，他们就找了一个山洞坐下来。

考古教授边吃香肠，边喝水，边喝一点白酒。他心头涌起一种暖流，就对贾小玲说："我们铺块塑料布，在山洞里铺上，我想睡一下。"

贾小玲马上拿出塑料布，铺在宽敞的洞里。这洞是石头构成的，非常干净，不担心什么爬虫，看来，这个洞穴应该是上古人最好的宿舍了。两个机器人坐在洞口，担任保卫工作，就是蟒蛇、老虎来了也不用怕。

神话博士与黎萍也是条件反射，最近，太劳累了。他们干脆在这个大洞里的另一边，也铺上胶布，穿着特制的睡衣睡着了。

贾小玲兴奋的叫声，将王冬生、李英豪叫醒了。王冬生与李英豪面面相觑，心里说不出是个什么滋味。

神话博士与黎萍导游没有睡着，他们听见贾小玲的叫声，扭头一看，发现考古教授正伏在贾小玲身上呢。神话博士明白了，笑着嘀咕了一声："夫妻在家里不做爱，倒要跑在荒山野岭来做爱，真是怪兽教授。"

两个机器人听见了声音，看了一眼，莫名其妙地笑了。

一会儿，沈教授、神话博士都不睡觉了，几个人围在一起谈天。沈教授看见神话博士的笑怪怪的，就说："老同学，笑话我么？为了研究《山海经》，几个月都没有过夫妻生活了。刚才，喝了点药酒就冲动了。"

神话博士很聪明："你们的酒里是不是放了这山上野生的枸杞。"

贾小玲承认了。神话博士说："野生枸杞壮阳啊。"

黎萍说："小林，小声一点。这大声音谈壮阳，不怕难为情。"

黎萍与神话博士是夫妻，所以，他们之间说话，用不着客套。

黎萍接着介绍了这座山。她说："山中的野兽大多是牦牛，山北阴面盛产磐石，山南阳面盛产瑻琈玉。山中有许多赤鷩鸟，饲养它就可以辟火。山中还有一种叫做萆荔的草，形状像乌韭，但生长在石头上面，攀缘树木而生长，人吃了它就能治愈心痛病。"

再往西八十里，是符禺山，山南阳面盛产铜，山北阴面盛产铁。黎萍对神话博士说："山上有一种树木，名称是文茎，结的果实像枣子，可以用来治疗耳聋。我认为，可以采集一点，给你母亲去吃。听说你母亲耳朵不大灵敏。"

神话博士说："八十岁的人了，耳朵当然没有年轻时候灵敏。上次我到家里，给你打电话，说话的声音不大，竟然被我母亲听到了。她说，你是在给黎萍打电话吗？"

黎萍说："我的父母听我介绍了一下，他们也打听了一下海南的朋友，对你印象还不错。只是建议举行个简单的结婚仪式。"

神话博士说："我们已经有结婚证了，法律上的夫妻了。至于结婚仪式这样的形式，我看，免了吧，这么大的年纪，又不是第一次结婚，不好意思啊。"

黎萍说："你说得有道理。但是，我以为，庆贺'山海经神话考古体验游'圆满结束的时候，请两桌客，简单地举行个仪式，还是很有意义的。"

神话博士说："你这个建议，我赞成，简单朴素的婚礼应提倡。现在，人们怕结婚，太铺张，有对青年结婚，婚庆的小车排了几里路！"

黎萍导游发现，他们两个谈话的时候，两个机器人也在亲密地交谈。神话博士说："王小钢、潘小虹，你们过来，介绍一下我们要去的几座山。"

黎萍导游说："你想了解一下机器人对于《山海经》的认识？"

王小钢说："神话博士、黎萍导游：你们好！你们面前山中生长的草大多是条草，形状与葵菜相似，但开的是红色花朵，而结的是黄色果实。果实的样子像婴儿的舌头，吃了它就可使人不迷惑。符禺水从这座山发源，然后向北流入渭水。山中的野兽大多是葱聋，形状像普通的羊，却长有红色的鬣毛。山中的禽鸟大多是鴖鸟，形状像一般的翠鸟，却是红色的嘴巴。饲养它可以辟火。"

潘小虹说："神话博士、黎萍导游：你们好！机器人潘小虹很高兴地为你们两口子服务。再往西六十里，是座石脆山。山上的树，大多是棕树和楠木树。而草大多是条草，形状与韭菜相似，开的是白色花朵，而结的是黑色果实。人吃了这种果实，就可以治愈疥疮。山南面盛产㻬琈玉，山北面盛产铜。灌水从这座山发源，然后向北流入禺水。这条水里有硫黄和赭黄，将这种水涂洒在牛马的身上，就能使牛马健壮不生病。"

神话博士笑了："机器人认为我们是两口子。"

黎萍导游说："我们打了结婚证，在他们眼里，当然是两口子。即使没有结婚证，男女两人同居，是事实婚姻，在机器人看来，还是两口子。"

王小钢说："再往西七十里，是座英山。山上到处是杻树和橿树，山北阴面盛产铁，而山南阳面盛产黄金。禺水从这座山发源，向北流入招水。水中有很多鲜鱼，形状像一般的鳖，发出的声音如同羊叫。山南面还生长有很多箭竹，野兽大多是㸲牛、羬羊。山中有一种禽鸟，形状像一般的鹌鹑鸟，是黄身子红嘴巴，名称是肥遗。人吃了它的肉就能治愈麻风病，还能杀死体内寄生虫。"

天亮了，他们打开魔衣魔幻背心的旅行功能开关，自由自在地像鸟儿一样飞翔在空中。

神话博士说："再往西五十二里，是座竹山。山上到处是高大的树木，山北面盛产铁。山中有一种草，名称是黄雚，形状像樗树，但叶子像麻叶，开白色的花朵而结红色的果实。果实外表的颜色像赭色，用它洗浴就可治愈疥疮，又可以治疗浮肿病。"

神话博士说话，不担心他们几个听不见。因为，他们打开旅行功能开关的时候，通讯功能开关已经自动地打开了，使他们能够自由自在地散步，自由自在地谈话。

竹水从这座山发源，向北流入渭水。竹水的北岸有很多的小竹丛，还有许多青色的玉石。丹水也发源于这座山，向东南流入洛水。水中多出产水晶石，又有很多人鱼。山中有一种野兽，形状像小猪却长着白色的毛，如簪子粗细而尖端呈黑色，名称是豪彘。

他们穿越一百二十里，来到浮山。他们眼前，到处是盼木，长着枳树一样的叶子却没有刺。山中有一种草，名称是熏草，叶子像麻叶却长着方方的茎干，开红色的花朵而结黑色的果实，气味像蘼芜，把它插在身上就可以治疗麻风病。往西七十里，路过羭次山。黎萍说："漆水发源于此，向北流入渭水。"

他们看见，山上有茂密的棫树和橿树，山下有茂密的小竹丛。山北阴面有丰富的赤铜，在阳光下闪闪发光。神话博士说："这是赤铜，古人可以用其来做镜子。"

山南阳面有丰富的婴垣玉，黎萍导游说："这个山上宝贝多呀！"

王冬生忽然想起了抽烟。他点着一支烟，神话博士也要了一支烟点着。忽然，王冬生惊叫了一声。他嘴上的烟头,被一颗石子打掉了。神话博士也叫了一声,他手上的香烟,也被一颗石子打熄了。

他们到处张望,是谁在进行恶作剧呢?他们终于发现了目标,一种形状像猿猴的野兽,伸出很长双臂,左右开弓,两块石子,同时击中了两只麻雀。

黎萍导游说:"这野兽名叫䍺。擅长投掷。"

忽然,一个人的面孔出现在沈教授面前,吓得他一大跳。仔细一看,这种人面孔的动物,原来是山中的一种禽鸟,形状像一般的猫头鹰,只有一只脚,叫做橐。

突然,天空雷鸣电闪。神话博士感觉到雷声就在头顶。他还没有来得及吩咐打开护卫开关,忽然发现,雷声离自己的身体又远了起来,自己顿时不再感觉雷声可怕。黎萍发现了,自己的后脖子里插着一根鸟的羽毛。她仔细观察,每个人都有一根。这羽毛,就是刚才的野兽从地上捡起来的,然后,准确地插在每个人的身上。

神话博士明白了。他说:"这羽毛插在身上,就使人不怕打雷。"

他们向投掷羽毛的野兽友好地招了一下手,然后,几个人往前飞去。他们往西穿越了一百五十里,路过时山。山上光秃,完全是一个石头山。逐水从这座山发源,向北流入渭水。河水闪亮,那是水晶石在发光。他们往西穿越一百七十里,路过南山,到处是粟粒大小的丹砂。丹水从这座山发源,向北流入渭水。山中猛兽成群,大多是猛豹。树上歇满了布谷鸟。他们往西穿越一百八十里,路过大时山。山上,构树和栎树林立;山下,杻树和橿树成林。山北面,银矿石密布;山南面,白玉石成片。涔水从这座山发源,向北滔滔流入渭水。清水也从这座山发源,却向南浩浩注入汉水。

他们再往西穿越三百二十里,经过冢山。汉水发源于此,然后向东南流入沔水;䍺水也发源于此,向北流入汤水。神话博士建议:"我们下去休息一下吧。"

他们来到这个山上,四下张望,桃枝竹葱茏,钩端竹茂盛。三五成群的犀牛,还有兕、熊、罴,层出不穷。贾小玲说:"我感觉好似到了动物园一样!奇怪,动物怎么能够与人类友好相处?"

黎萍导游也说:"是啊,禽鸟也多,尤其是白翰和赤鷩,成群结队。"

"山中有一种草,叶子长得像蕙草叶,茎干却像桔梗,开黑色花朵但不结果实,名称是蓇蓉。"机器人王小钢接着说:"吃了它就会使人不生育孩子。"

神话博士说:"老沈呀,夫妻之间不想生孩子,上避孕环太麻烦了。吃了这草,多方便!"

沈早晨一听,哈哈大笑。贾小玲说:"有什么好笑的。"

贾小玲悄声对黎萍说:"沈早晨看来是个事业狂。我呢?有一个孩子,在原来丈夫那里。我现在年纪大了,也不想再生育了。我想弄个果实来吃呢。"

黎萍说:"我也一样。神话博士原来有个儿子。我呢,也有个儿子。但是,我不会去吃这样的果实。我们是通过时光隧道来到上古社会的。我们对这里的植物不是太了解,万一吃出什么毛病来,不好办。"

沈早晨说:"这也是。我们在考察的过程中,有个三长两短,看个病都不大方便。"

贾小玲掏出一本《山海经·西山经》，边看边讲："我们再往西走三百五十里，有座天帝山。山上是茂密的棕树和楠木树，山下主要生长茅草和蕙草。山中有一种野兽，形状像普通的狗，名称是溪边，人坐卧时，铺垫上溪边兽的皮，就不会中妖邪毒气。"

神话博士说："山中还有一种禽鸟，形状像一般的鹌鹑，但长着黑色的花纹和红色的颈毛，名叫栎。据说，人吃了它的肉，可以治愈痔疮。"

黎萍说："山中还有一种草，形状像葵菜，散发出和蘼芜一样的气味，名称是杜衡。给马插戴上它，就可以使马跑得很快，而人吃了它，就可以治愈脖子上的赘瘤病。"

王冬生参加了这次活动，主要是想探寻上古时期的古董、文物，包括金银珠宝。听了他们的议论，觉得十分新奇。

机器人王小钢说："我们往西南再走三百八十里，有座皋涂山。蔷水发源于此，向西流入诸资水。涂水也发源于此，向南流入集获水。"

眼前，山南面到处是粟粒大小的丹砂。神话博士说："山北阴面盛产银、黄金，山上到处是桂树。"

李英豪说："我们去看看金银矿吧。"

王冬生看见了一个洞穴。他说："这里面有没有《山海经藏宝图》呢？"

他拿起一根树枝去探索，忽然，他喊叫起来："妈呀，洞里怎么有好多的死老鼠！"

贾小玲一听，紧张了，说："我最怕死老鼠。这些老鼠是怎么死的，是蛇咬伤的，还是饿死的。"

神话博士向机器人潘小虹咨询："潘小虹，这些老鼠是怎么死的？"

机器人潘小虹两眼发出蓝光，停顿了几秒钟，说："老鼠是中毒死的。山中有一种白色的石头，名称是礜，老鼠一沾上，即刻中毒死亡。山中又有一种草，形状像藁茇，叶子像葵菜的叶子，背面是红色的，名叫无条。老鼠挨上后，也会被毒死。"

王冬生正在低头观看，面前忽然伸出了一双干枯的手。王冬生抬头一看，吓了一大跳。面前站着一只形状像鹿的野兽，白色的尾巴，马一样的脚蹄、人一样的手，而又有四只角，名称是玃如。接着，他发现地上还有两只人的脚印。再抬头，这是一种禽鸟，形状像鹞鹰，却长着人一样的脚，名称是数斯。王冬生对神话博士说："我真是大开眼界了。"

神话博士说："听说吃了它的肉，也能治愈人脖子上的赘瘤病。"

潘小虹说："再往西一百八十里，是座黄山，到处是郁郁葱葱的竹丛。盼水从这座山发源，向西流入赤水。水中有很多玉石。"

贾小玲说："我们去山上看看吧。"

他们登上了这座山，迎面走来一种野兽，形状像牛，却长着苍黑色的皮毛，眼睛很大。贾小玲问："这是什么动物呢？"

有谁接着话说："这是什么动物呢？"

考古教授忽然听见背后有人说话的声音，紧张地问："你们是谁？"

有谁接着说："你们是谁？"

考古教授说:“我们是来进行‘山海经神话考古体验游的’。”

贾小玲说:“简单地说,就是‘山海经神游’。”

谁的声音发出:“我们是来进行‘山海经神话考古体验游的’。”

“简单地说,就是‘山海经神游’。”

考古教授说:“这是谁在学我们说话?”

他们抬头,在树上找,终于发现了,树枝上有一种禽鸟,形状像一般的猫头鹰,却长着青色的羽毛和红色的嘴,露出像人一样的舌头,能学人说话,名叫鹦鹉。

他们忍不住笑起来,这个鹦鹉也学着他们,发出笑声。

他们再往西飞二百里,神话博士、黎萍导游和机器人王小钢、潘小虹来到翠山。只见,漫山遍野都是茂密的棕树和楠木树,山下到处是竹丛。神话博士说:“上古社会,生态环境还有这么美丽的地方!”

黎萍说:“这个山可是一个宝山,山南面盛产黄金、玉。”

他们来到山北面,只见牦牛、羚羊、麝,成群结队。山中的禽鸟大多是鸓鸟,形状像一般的喜鹊,却长着红黑色羽毛和两个脑袋、四只脚。

黎萍导游说:“这样的鸟我还真没有见过。”

机器人王小钢说:“人养着它可以辟火。”

考古教授说:“再往西二百五十里,是座山,它坐落在西海边上。山上没有花草树木,却有很多玉石。凄水从这座山发源,向西流入大海。水中有许多彩石、黄金,还有很多粟粒大小的丹砂。我们走完西方第一列山系,一共十九座山,途经二千九百五十七里。”

神话博士说:“华山神是诸山神的宗主,祭祀华山山神的典礼,用猪、牛、羊齐全的三牲作祭品。羭山神是神奇威灵的,祭祀羭山山神用烛火,斋戒一百天后,用一百只毛色纯正的牲畜,随一百块瑜埋入地下,再烫上一百樽美酒,祀神的玉器用一百块玉珪和一百块玉璧。祭祀其余十七座山山神的典礼相同,都是用一只完整的羊作祭品。所谓的烛,就是用百草制作的火把,但未烧成灰的时候,而祀神的席,是用各种颜色图案装饰的白茅草席。”

沈教授说:“我建议,先沿着《山海经·西山经》的路线走,然后,我们到现代社会去,挑一些《山海经》介绍过的名山,多花点时间,探寻《山海经藏宝图》的行踪。”

王冬生悄声对李英豪说:“我们必须找到相柳,他是水神共工的部下。我们可以通过发洪水的地方找到相柳。”

人虎大战

考古教授、神话博士、黎萍、贾小玲、机器人王小钢和潘小虹、李英豪、王冬生他们一起向西前进。

机器人王小钢说:“西方第二列山系最大的危险是老虎。首座山,叫做钤山,山上盛产铜,山下盛产玉，山中的树大多是杻树和橿树。”

潘小虹说：“向西二百里，是座泰冒山。山南面多出产金，山北面多出产铁。洛水从这座山发源，向东流入黄河。水中有很多藻玉，还有很多白色的水蛇。”

他们往西飞进一百七十里，路过数历山。只见黄金矿闪烁，山中的树木，大多是杻树和橿树，鹦鹉类禽鸟，叽叽喳喳。考古教授说：“楚水从这座山发源，然后向南流入渭水，水中有很多白色的珍珠。”

他们再往西北飞五十里，遇到高山，丰富的白银在山上银辉闪闪，山下一遍青碧、雄黄。山中，棕树林立，小竹丛繁茂。泾水从这座山发源，然后向东流入渭水，水中有很多磬石、青碧。

机器人王小钢、潘小虹、贾小玲、沈早晨、王冬生他们刚登上了女床山，寒风呼啸。他们正在盘山道上艰难地行进，突然，响起阵阵惊雷般的虎啸。他们战战兢兢地四处观望，发现迎面来了几只老虎。机器人王小钢、潘小虹摆出了大战一场的姿势。神话博士说：“老虎群来了，我们赶快打开旅行开关，由机器人掩护我们撤退。”

他们手脚忙乱，竟然没能马上打开旅行开关。王冬生呢？吓得瘫痪在地，说不出话来。贾小玲上前将他一把拽起，转身往山下跑，连滚带爬，狼狈不堪。

潘小虹用电子手枪去射击一只冲在最前的老虎，擦伤了老虎的皮。这下，老虎兽性骤然狂发，动作凌厉强悍，咆哮数声，向潘小虹蹿去。潘小虹灵活一闪身，老虎扑了一个空。接着，潘小虹对着老虎的屁股飞起一脚，老虎受到突然的打击，狂怒地蹦起了两米高。

机器人王小钢躲在大树后，双眼紧紧盯着不远处的老虎，右手握着电子手枪，瞄准扑上来的老虎。老虎仰起硕大的头颅，似乎隐隐闻到了危险的气息。

突然，老虎猛地朝王小钢藏身的那棵人树冲去。千钧一发之际，随着“呯”的一声，王小钢的电子手枪发射麻醉弹，正中老虎的颈部。

此时，老虎发觉了王小钢的威胁，怒火万丈，庞大的身躯，“嗖嗖”朝王小钢的方向继续窜去，虎口大张。可王小钢到底是高智能机器人，没有丝毫紧张，反而举枪连续射击。随着三声清脆的响声，麻醉弹一颗颗射进老虎的头部，张牙舞爪的老虎，扑倒在地上。麻醉有效。

贾小玲恐惧地惊叫起来，没有料到，又有几只老虎已经冲上来了。两个机器人摆好了阵势。神话博士等已经飞上了空中，老虎一只只伏在地上，一个劲地叫。但是，声音温柔了许多。机器人王小钢走到老虎跟前，抚摸了一下老虎的头。

潘小虹翻译了老虎叫声的含义：“这些老虎是兽中之王，从来没有遇到过强敌，刚才被打败，尤其是麻醉枪弹击中老虎的头颈，老虎认输愿与人类交朋友。这是人与动物的和谐，人与大自然的和谐。”

事后，沈教授对王冬生说：“女床山的山南面多出产黄铜，山北面多出产石涅。山中的野兽以老虎、豹子、犀牛和兕居多。山里还有一种禽鸟，形状像野鸡却长着色彩斑斓的羽毛，名称是鸾鸟。它一出现，天下就会安宁。我们刚才没有见到鸾鸟，否则，就不会有机器人与老虎豹子的恶斗。”

机器人王小钢说：“再往西二百里，是座龙首山。山南面盛产黄金，山北面盛产铁。苕水从这座山发源，向东南流入泾水，水中有很多美玉。”

潘小虹说：“再往西二百里，是座鹿台山，山上多出产白玉，山下多出产银，山中的野兽以㸲牛、羬羊、白豪居多。山中有一种禽鸟，形状像普通的雄鸡，却长着人一样的脸面，名称是凫徯，它的叫声就是自身名称的读音。我们看见这种禽鸟了，说明天下开始有了战争。”

黄帝战蚩尤

考古教授、神话博士同黎萍、贾小玲、机器人王小钢和潘小虹、李英豪、王冬生继续前行。

沈教授说：“据说，蚩尤生性残暴好战，他有八十一个兄弟，都是能说人话的野兽，一个个铜头铁额，用石头铁块当饭吃。蚩尤原来臣属于黄帝。可是，蚩尤在庐山脚下发现了铜矿，他们把这些铜制成了剑、矛、戟、盾等兵器，军威大振。蚩尤联合了风伯、雨师和夸父部族的人，气势汹汹地来向黄帝挑战。”

神话博士、沈教授他们通过梦幻功能，看见黄帝亲自带兵出征，与蚩尤对阵。黄帝先派大将应龙出战。应龙能飞，能从口中喷水。它一上阵，就飞上天空，居高临下地向蚩尤阵中喷水。刹那间，大水汹涌，波涛直向蚩尤冲去。黄帝生性爱民，不想战伐，一直想劝蚩尤休战。可是蚩尤不听劝告，屡犯边界。

神话博士对黄帝劝道：“你若失去了天下，蚩尤掌管了天下，你的臣民就要受苦了。你若姑息蚩尤，那就是养虎为患了。现在他不行仁义，一味侵犯，你只有惩罚不义！”

蚩尤忙命风伯雨师上阵。风伯和雨师，一个刮起满天狂风，一个把应龙喷的水收集起来，反过来两人又施出神威，刮风下雨，把狂风暴雨向黄帝阵中打去。应龙只会喷水，不会收水，结果，黄帝大败而归。皇帝后悔自己没听神话博士的劝告。

不久，黄帝整顿军队，重振军威，再次与蚩尤对阵。黄帝一马当先，领兵冲入蚩尤阵中。蚩尤这次施展法术，喷烟吐雾，把黄帝和他的军队团团罩住。

黄帝的军队辨不清方向，看不清敌人，被围困在烟雾中，杀不出重围。就在这危急关头，黄帝灵机一动，猛然抬头看到了天上的北斗星，斗柄转动而斗头始终不动。他便根据这个原理发明了指南车，辨别出方向，黄帝这才带领军队冲出了重围。

这样，黄帝和蚩尤一来二去打了七十一仗，结果是黄帝胜少败多，黄帝心中非常焦虑不安。这一天，黄帝苦苦思索打败蚩尤的方法，不知不觉昏然睡去，梦见九天玄女交给他一部兵书，说：“带回去把兵符熟记在心，战必克敌！”

九天玄女说罢，飘然而去。黄帝醒后，发现手中果真有一本《阳符经》。打开一看，只见上面画着几个象形文字“天一在前，太乙在后。”

黄帝顿然醒悟，于是按照玄女兵法设九阵，置八门，阵内布置三奇六仪，制阴阳二遁，演习变化，名叫“天一遁甲”阵。

黄帝演练熟悉，重新率兵与蚩尤决战。为了振奋军威，黄帝决定用军鼓来鼓舞士气。他打听到东海中有一座流波山，山上住着一头兽，叫“夔”，它吼叫的声音就像打雷一样。黄帝派人把夔捉来，把它的皮剥下来做鼓面，声音震天响。黄帝又派人将雷泽中的雷兽捉来，从它身上抽出一根最大的骨头当鼓槌。传说这夔牛鼓一敲，能震响五百里，连敲几下，能连震三千八百里。黄帝又用牛皮做了八十面鼓，使得军威大振。

为了彻底打败蚩尤，黄帝特意招来女儿女魃助战。女魃是个旱神，专会收云息雨。平时住在遥远的昆仑山上。黄帝布好阵容，再次跟蚩尤决战。两军对阵，黄帝下令擂起战鼓，那八十面牛皮鼓和夔牛皮鼓一响，声音震天动地。

黄帝的兵听到鼓声，勇气倍增；蚩尤的兵听见鼓声，丧魂失魄。蚩尤看见自己要败，便和他的八十一个兄弟施起神威，凶悍勇猛地杀上前来。两军杀在一起，直杀得山摇地动，日抖星坠，难解难分。

黄帝见蚩尤确实不好对付，就令应龙喷水。应龙张开巨口，江河般的水流从上至下喷射而出，蚩尤没有防备，被冲了个人仰马翻。他也急令风伯雨师掀起狂风暴雨，向黄帝阵中打去，只见地面上洪水暴涨，波浪滔天，有翻江倒海之势。

这时，女魃上阵了。她施起神法，刹那间，放射出滚滚的热浪。她走到哪里，哪里就烈日当头，风停雨消，风平浪静。

风伯和雨师无计可施，慌忙败走了。黄帝率军追上前去，大杀一阵，蚩尤大败而逃。蚩尤的头跟铜铸的一样硬，以铁石为饭，还能在空中飞行，在悬崖峭壁上如走平地，黄帝怎么也捉不住他。追到冀州中部时，黄帝灵感突现，命人把夔牛皮鼓使劲连擂九下。这一下，蚩尤顿时魂丧魄散，不能行走，被黄帝捉住了。

黄帝命人给蚩尤戴上枷梏，将他斩首。黄帝害怕蚩尤死后还作怪，便把他的身和首埋在了两个地方。蚩尤死之后，他身上的枷梏才被取下来抛掷在荒山上，变成了一片枫树林，那每一片枫叶，都是蚩尤枷梏上的斑斑血迹。

黄帝打败蚩尤后，诸侯都尊奉他为天子，这就是轩辕黄帝。轩辕黄帝带领百姓，开垦农田，定居中原，奠定了华夏民族的根基。将鄗县正式更名为炎陵县。

对于轩辕黄帝部落的发展迁徙，何光岳认为今陕北黄陵县境内的桥山上，是第二代轩辕黄帝的陵墓；河南新郑是第八代轩辕黄帝生长、建都，统一万国的地方；河北涿鹿则是黄帝、炎帝共同打败蚩尤的地方。

今天，炎帝、黄帝在全国许多地方留下了遗迹。同时，华夏大地众多民族都尊崇炎黄为祖先，建庙立祠，世代祭祀，这是顺理成章的。目前，海外有七千多万华侨、华人、华裔，他们寻根问祖，也都以自己是炎黄子孙为荣。

吃人鸟

机器人王小钢接着介绍：“往西南穿越二百里，是座鸟危山。山南面多磐石，山北面到处是檀树和构树，山中生长着很多女肠草。鸟危水从这座山发源，向西流入赤水，水中有许多粟粒大小的丹砂。”

潘小虹说：“再往西穿越四百里，是座小次山。山上盛产白玉，山下盛产黄铜。山中有一种野兽，形状像普通的猿猴，但头是白色的、脚是红色的，名为朱厌，它一出现，就会大起战事。”

王小钢说：“再往西穿越三百里，是座大次山，山南面多出产垩土，山北面多出产碧玉，山中的野兽以㸲牛、羚羊居多。再往西四百里，是座熏吴山，山上没有花草树木，而有丰富的金属矿物和玉石。”

机器人潘小虹接着介绍：“再往西穿越四百里，是厎阳山。山中的树木大多是水松树、楠木树、樟树，而野兽大多是犀牛、兕、老虎、犳、㸲牛。”

王小钢与潘小虹轮番介绍山的传说。

王小钢说：“从厎阳山往西穿越二百五十里，是众兽山，山上遍布㻬琈玉，山下到处是檀树和构树，有丰富的黄金，山中的野兽以犀牛、兕居多。”

潘小虹说：“从众兽山往西穿越五百里，是皇人山。山上有丰富的金属矿物和玉石，山下有丰富的石青、雄黄。皇水从这座山发源，向西流入赤水。水中有很多粟粒大小的丹砂。”

王小钢说：“再往西穿越三百里，是中皇山。山上多出产黄金，山下长满了蕙草、棠梨树。再往西穿越三百五十里，是座西皇山。山南面多出产金，山北面多出产铁。山中的野兽以麋、鹿、麢牛居多。”

贾小玲说：“我觉得我们飞得很累的了，能够下去休息一下么？”

机器人潘小虹说：“这里虽然没有老虎、豹子等猛兽，还是存在一定的危险，我建议不下去。”

贾小玲说出了不好意思开口明说的话：“我憋得太久了，实在坚持不住了。让我下去解手吧。”

考古教授帮着妻子说话了。他说：“我们有魔衣、魔幻背心的保护功能，还有机器人保驾护航，如果没有老虎等猛兽，也可以下去休息片刻。怕什么？”

神话博士与黎萍导游也不好说什么，因为，他们不知道具体是什么危险。

他们再往西穿越三百五十里，见到一座山。这是莱山。他们在山上坐在石头凳上休息。贾小玲找了一个隐蔽的地方蹲了下去。考古教授猛然发现，地上有动物的骸骨。他掏出随身带的放大镜仔细观看了一阵说：“这里有人的骨头。贾小玲，你方便完了吗，我们得赶快走，这里真有危险。”

机器人潘小虹说：“这里有吃人鸟。”

正说着，他们发现，山中的檀树和构树林中，飞出了一种大鸟，密密麻麻，一下让天空变得昏暗无光。沈教授、神话博士等的魔衣、魔幻背心发出了叫声。紧接着，这些鸟俯冲下来，机器人王小钢、潘小虹两个机器人开始反击，神话博士、黎萍导游、贾小玲全打开了魔衣、魔幻背心的防护功能。

只有王冬生因为拉肚子，还蹲在洼地里没有起来，一只鸟俯冲下来，在他的屁股上狠狠地啄了一大口，掉了一块肉，王冬生疼得惨叫了一声。好在机器人王小钢冲上去，挡住了接着俯冲下来的禽鸟，护住了王冬生。这群禽鸟，大概发现今天面临的敌人十分强大，悄然撤退了。

事后，神话博士说："刚才袭击我们的是有名的杀人鸟——罗罗鸟。这是喜欢吃人的凶鸟。猎人害怕老虎的凶猛，更害怕这种鸟的凶猛与狡猾。"

机器人王小钢介绍："西方第二列山系，一共十七座山，途经四千一百四十里。其中，十座山的山神，都是人的面孔马的身子。还有七座山的山神，都是人的面孔牛的身子。四只脚和一条臂，扶着拐杖行走的，这就是所谓的飞兽之神。祭祀这七位山神，用猪、羊作祭品，将其放在白茅草席上。另外那十位山神，祭祀的典礼，用一只公鸡，祭祀神时不用米作祭品；公鸡的颜色要杂而不必纯一。"

神话博士说："我们来祭祀这几位山神吧！让山神出来，我们再来打听《山海经藏宝图》。"

王冬生对李英豪说："在上古社会很危险，我们必须找到穷奇与相柳，让它们来为我们服务。"

山神出来了，见到神话博士一行，大声说："你们是打听《山海经藏宝图》吧？可以去下一列山系。"

收服相柳

机器人王小钢和潘小虹、神话博士、黎萍导游、沈早晨、贾小玲来到崇吾山。这是西方第三列山系之首。此山雄居于黄河的南岸，站在山上，向北眺望，可以望见冢遂山；向南展望，可以望见䍃泽；向西远视，可以望见天帝的搏兽山；向东瞭望，可以望见蠕渊。

机器人王小钢介绍说："山中有一种树木，圆圆的叶子白色的花萼，红色的花朵上有黑色的纹理，结的果实与枳实相似，吃了它就能使人多子多孙。"

贾小玲嘻嘻哈哈地说："现在实行计划生育，我们不需要多子多孙了。"

沈早晨说："你知道什么？吃了可以增加性欲。"

贾小玲听了，轻声对沈早晨说："我认为你需要吃这种果实。"

贾小玲的话音刚落，一个西红柿一样的水果，扔在她的头上，是那样准确。贾小玲一看，东西是猿猴一样的野兽丢的。考古教授说："小玲。看来，你的声音太大，引起了这野兽的不满。"

贾小玲笑了："这动物喜欢管闲事。"

没有料到，她的头上又挨了打，好在果子不大。

机器人王小钢解释："这种野兽，形状像猿猴，而臂上却有斑纹，有豹子一样的尾巴而擅长投掷，名称是举父。"

忽然，黎萍说："这是一只什么鸟？只有一只翅膀，一只眼睛。"

考古教授说："这种禽鸟名叫蛮蛮，形状像一般的野鸭子，一只翅膀和一只眼睛，要两只鸟合起来才能飞翔。它一出现，天下就会发生水灾。"

神话博士插话："也就是说，将要发生大水的时候，蛮蛮就出现了。"

沈教授建议："我们继续赶路吧。不然，等下举父发现我们妨碍它们的环境，用石头来打我们,那么我们就会头破血流了。"

机器人王小钢、潘小虹和神话博士、黎萍导游、贾小玲一听,赶快起航。他们往西北穿越三百里,途经长沙山。泚水从这里发源,向北流入泑水。山上没有花草树木,多的是石青、雄黄。他们再往北穿越三百七十里,是座不周山。这是黄河源头的地方。那源头之水,喷涌而出,发出震耳欲聋的响声。

神话博士说:"这里有一种特别珍贵的果树,结出的果实与桃子很相似,叶子却很像枣树叶,开着黄色的花朵,而花萼却是红红的。吃了它,就能使人解除烦恼忧愁。"

贾小玲说:"我来吃一个,看看高兴不高兴。"

贾小玲吃了这像桃子一样的东西,情绪一下变得特别兴奋。她居然给大家表演起拉丁舞来,她将机器人王小钢作为舞伴邀请。好在,山顶上有一块很大的平地。

他们再往西北穿越四百二十里,登上密山。山上到处是丹木,红红的茎干上长着圆圆的叶子,开黄色的花朵而结红色的果实,味道是甜的,人吃了它就不感觉饥饿。丹水从这座山发源,向西流入稷泽。水中有很多白色玉石。这里有玉膏。玉膏从源头涌出时,一片沸沸腾腾的景象。黄帝常常服食这种玉膏。这里还出产一种黑色玉石。用这涌出的玉膏,去浇灌丹木,丹木再经过五年的生长,便会开出光艳美丽的五色花朵,结下味道香甜的五色果实。

机器人潘小虹说:"黄帝于是就采撷峚山中玉石的精华,而投种在钟山向阳的南面。后来便生出瑾和瑜这类美玉,坚硬而精密,润厚而有光泽。五种颜色的符彩,一同散发出来相互辉映,那就有刚有柔而非常和美。无论是天神还是地鬼,都来服食享用;君子佩带它,能抵御妖邪不祥之气的侵袭。"

黎萍说:"从峚山到钟山,长四百六十里,其间全部是水泽。在这里生长着许许多多奇怪的禽鸟、怪异的野兽、神奇的鱼类,都是些罕见的怪物。"

王冬生对李英豪说:"我们故意走在最后,进入水泽看看。"

李英豪看到了一条巨蛇,身子有几十里路长,九个头巨大无比。便说:"王经理,这是不是相柳?"

王冬生说:"正是。他有九个头,一个头能够吞进一座小山。我们想办法与他对话。"

他们飞到相柳身边。王冬生对相柳说:"相柳,你是不是在与大禹为敌。"

相柳说:"你们是谁?你们怎么知道?"

李英豪说:"大禹正在调遣各路天神诛杀你。我们想帮你一下,让你变化一下。大禹找不到你,而你容易找到大禹。那么,你就能够打败大禹了。"

相柳这个时候,已经被大禹打得晕头转向。一听这话,就说:"什么办法?快说。不然,我死之前,将你们吞到肚子里垫底。"

王冬生拿出了一包药丸,说:"你只要先变小,然后吞下这包药丸,就能够变得与我们现代人一样,大禹与天神就认不出你了。"

正在这时,杀声震天。这是大禹带着天神杀过来了。相柳无路可走,迅速变小,然后将一包药丸一口吞入。开始,它觉得十分难受,肚子里好似翻江倒海一样。不到两分钟,浑身清爽。相柳一下变成了现代人的模样。

一会儿,大禹带着天神过来来了。他们看见了王冬生、李英豪问:"你们看见一条九头大蛇没有?"

李英豪说:"没有哇!就我们三个。顺便问一问大禹大人,您知道《山海经藏宝图》吗?"

大禹说:"听说过,只是从来没有见过。"

大禹看样子很信任他们,带着天神走了。相柳解脱了。

李英豪说:"相柳,你喜欢吃什么,我带你到现代社会去享受。"

王冬生也说:"是啊,我们让你到现代社会去吃山珍海味。"

再说,李英豪、王冬生与相柳一起来到沈早晨面前。

沈早晨问:"你们到哪里去了,我们正在寻找你们呢。这人是谁。"

王冬生说:"这是一个现代人,他不知道怎么回事,转悠到了上古时期。想回去,也没有办法,我们将他救了。"

神话博士问:"先生,你叫什么名字。"

那人回答:"我大名叫柳相,小名叫相柳。"

沈早晨说:"柳相,相柳,好熟悉。对了,我想起了。相柳,这不是上古时期一凶神的名字吗?"

那人回答:"我不知道,爹妈起的。"

相柳对答如流。要知道,相柳十分狡猾,他曾经养了六百多名门客,对这些门客非常和气。一来,他修炼还没有到家。二来,他想把门客养肥。后来,他的修炼称得上炉火纯青,神通广大,门客也养得油光水滑了。相柳在大禹剿杀他走投无路时,原形毕露,将手下的门客全部吞下肚子中。不久,他就遇到了王冬生、李英豪。

神话博士悄声对沈早晨说:"安全部田工打电话说过,我们要对王冬生、李英豪警惕一点。"沈早晨回答说:"别小题大做。"

天神陆吾

机器人王小钢和潘小虹、神话博士、黎萍导游、沈早晨、贾小玲、李英豪、王冬生等再往西北穿越四百二十里,路过钟山。钟山山神的儿子叫做鼓。鼓的形貌是人的脸面而龙的身子。他曾和钦丕神联手在昆仑山南面杀死天神葆江。天帝因此将鼓与钦丕诛杀在钟山东面的一个地方。

神话博士他们来到山上。一只形状像普通的雕鹰,却长有黑色的斑纹和白色的脑袋,红色的嘴巴和老虎一样的爪子,发出的声音如同晨鹄鸣叫。一只形状像一般的鹞鹰,长着红色的脚和直直的嘴,身上是黄色的斑纹,而头却是白色的,发出的声音,与鸿鹄的鸣叫很相似。

神话博士说:"我们面前的鸟,像雕鹰的叫大鹗,据说是钦丕化变的,一出现就有大的战争;像一般的鹞鹰的为鵕鸟,据说是鼓变的。它在哪个地方出现,哪里就会有旱灾。"

黎萍说:"生前做坏事,死后变成恶鸟,还要做坏事!"

他们再往西穿越一百八十里，是座泰器山，观水从这里发源，向西流入流沙。这观水中有很多文鳐鱼，形状像鲤鱼，长着鱼的身子和鸟的翅膀。浑身是苍白的斑纹，却是白脑袋和红嘴巴，常常在西海行走，在东海畅游，在夜间飞行。它发出的声音，如同鸾鸡鸟啼叫。肉味是酸中带甜，人吃了它的肉，就可治好癫狂病。它一出现，天下就会五谷丰登。

他们再往西穿越三百二十里，是座槐江山。丘时水从这座山发源，然后向北流入泑水。水中有许多螺，山上蕴藏着丰富的石青、雄黄，还有很多的琅玕、黄金、玉石。山南面到处是粟粒大小的丹砂，而山北阴面多产带符彩的黄金白银。

这槐江山，确实可以说是天帝悬在半空的园圃，由天神英招主管着。天神英招的形状是马的身子人的面孔，身上长有老虎的斑纹和禽鸟的翅膀。英招巡行四海而传布天帝的旨命，发出的声音，如同用辘轳抽水。

在山上向南可以望见昆仑山，那里火光熊熊，气势恢宏。向西可以望见大泽，那里有后稷的墓地。大泽中有很多玉石。大泽的南面，有许多榣木，而在它上面又有若木。大泽的背北面，是神仙槐鬼离仑居住的地方，也是鹰鹯等飞禽的栖息地。

神话博士说："向东可以望见高高的桓山，有穷鬼居住在那里，各自分类聚集于一起。这里，大水下泻，清清冷冷而汩汩流淌。"

考古教授说："有位天神住在山中，他的形状像牛，却长着八只脚、两个脑袋，并拖着一条马的尾巴。其啼叫声，如同人在吹奏乐器时薄膜发出的声音。他在哪个地方出现，哪里就有战争。"

机器人潘小虹说："往西南四百里的昆仑山，是天帝在下界的都邑，天神陆吾主管它。陆吾的形貌是老虎的身子，人的面孔，长着老虎的爪子，却有九条尾巴。"

神话博士说："《山海经》中有一段古文：'昆仑之丘，是实惟帝之下都。神陆吾司之'。我给大家解释一下。"

——陆吾长着九条尾巴的虎身，顶着一颗拥有锐利目光的人头，它的职责是管理天之九部和天帝园圃的时节。根据郭璞的注解，我们可以清楚地看到，陆吾的神格高，负责掌管天界九个区域，即所谓天之九部，就是整个上层宇宙。天帝的苑圃、悬圃的时令与节气，也归他管，堪称是天帝的大管家。

神话博士正说到这里，他们看见一群野兽，前呼后拥，好像有什么大人物要过来。沈早晨说："陆吾来了。"

他们正在东张西望，有一个人头蛇身的怪兽问："你们是什么人，来到了我昆仑山，还敢挡住陆吾总管的路。"

沈早晨、神话博士一行，不知道说什么才好。巨神陆吾的旁边有一只六头怪鸟，厉声说："快说，你们是什么人。不说老实话，我让'土蝼'来吃你们。"

神话博士发现，陆吾的周围，环绕着一些神异的精灵，后面跟随着蛟龙、大蛇、豹子等。其中有一群名叫"土蝼"的神兽，它像羊而长着四只角，它却不吃草而喜欢吃人。

黎萍说："我们是现代人，看了《山海经》，特地来此神游，想拜见陆吾大人。"

刚才说过，陆吾具有人类敏锐的目光。他盯住沈早晨、神话博士看了一眼，就说："考古教授、神话博士，你们到昆仑山有什么事情吗？"

神话博士解释说："我们想通过您大人的支持，寻找《山海经藏宝图》。"

喜欢听奉承话的陆吾，马上吩咐："你们只要不是妖孽，我就可以支持你们寻找《山海经藏宝图》。猴秘书，你与猪参谋帮我接待他们，介绍一下山上的情况。"

陆吾说完，大摇大摆地走了。一只猴头人身的动物，一只人头猪身的动物赶快上前来，带着神话博士一行满山游览。

猴秘书指着一群名叫钦原的神鸟说："它像蜂一样蜇人，但大如鸳鸯。被它一蜇，任何鸟兽都会死去，任何乔木都必枯萎。"

接着，猪参谋又指着一种名叫沙棠的果子说："类似李子而无核，人吃了它，可以漂洋过海，踏水不溺。"

猴秘书说："昆仑山的西边，有神异的凤凰、鸾鸟。它们头上戴着蛇，脚下踩着蛇，胸部还盘踞着赤蛇。昆仑山的北边有珠树、文玉树、琪树、不死树等神异植物。昆仑山的东边，有一大群希望能攀爬天梯以此沟通神人的巫师。比如巫彭、巫抵、巫阳、巫履、巫凡、巫相等等。他们互相环绕在一起，每个人手中都握着不死之药，希望能抗拒凡人的死亡，祈求复活。"

猪参谋说："陆吾长得太神奇，特大的身躯十分雄壮，足有九十九只老虎那么大。他又有九个头颅，却长得很像人。他的体态怪异，像虎长着虎尾，本是黄帝都城昆仑丘的守卫，他把自己化装成老虎的样子，这样便可以获得老虎的威严和力量。它是掌管帝之下都的第一天神，立在昆仑山上遥望东方，十分威严，只是听不得奉承话，对手下的生灵和植物包庇纵容。"

猴秘书说："像那些有着六个头的树鸟，以及蛟龙、大蛇、豹子、土缕、钦原、凤凰、鸾鸟、赤蛇以及珠树、文玉树、琪树、不死树等神异植物，不管它们如何折腾捣乱，只要不出天之九部外边惹是生非，陆吾这个天帝的大管家，便统统不予理睬。好在陆吾神办事谨慎，小错不遮不盖，故被称作开明兽。"

神话博士问："猴哥，我们想打听一下，你知道《山海经藏宝图》吗？"

猴子说："我听说过，却没有见过。建议你们去问一问西王母娘娘的手下。"

神话博士在与猴子的交谈中知道了，陆吾这个天帝的部下，是整个上层宇宙大管家，掌管"帝之下都"，还兼管"天之九部"。他能够尽职尽责，不论是哪路神仙、妖魔鬼怪，谁要是触犯了天之九部的规矩，或不经心的违反了上层宇宙的律法，它便毫不客气采取行动，或驱逐出境，或依法查办。一旦天帝与恶神、魔怪发生争斗，陆吾护卫天之九部，责无旁贷。

陆吾和天帝之子北海龙神禺疆交情最好，并和北海龙神禺疆的九个儿子交上了朋友。陆吾神的龙子朋友，一个名叫蒲牢，最喜欢叫，后世的人常将它刻在钟钮上。一个名叫囚牛，最喜欢音乐，后世的人便将它的形状刻在琴上。一个名叫蚩吻，最喜欢水，所以后世的人便将它的形状刻在桥梁上。一个名叫嘲风，最喜欢冒险，所以后世的人便将它的形状刻在碑碣上。一个名叫霸下，最喜欢负重，所以后世的人便将它的形状刻在狱门上。一个名叫狻猊，最喜欢坐，所以后世的人便将它的形状刻在庙中之神座上。还有一种名叫睚眦，最喜欢杀戮，所以后世的人便将它的形状刻在刀柄上。九个龙子的形状、性格不尽相同。所以有一句话，叫“龙生九子，各个不同。”

天之九部是一个大社会，每时每刻都有事情发生。有好事，也有坏事，千变万幻的事，千奇百怪的事。陆吾这个天帝的大管家，司空见惯，能够以不变应万变；身经百战，立下的战功数不胜数。例如，在当年征伐共工的战役，就立下不朽战功。大禹是由虬龙变化而成的，他接父亲鲧的班，立下志愿，要完成父亲未尽的治水事业。也许，天帝对自己降下洪水惩罚人类的做法有所悔悟，或许被鲧禹父子不屈不挠的精神所感动。天帝不仅将天庭的息壤送给了大禹，而且还应大禹请求，派“应龙”、“陆吾”做大禹治理洪水的助手。

大禹接受天帝任命到下界治水，水神共工不买账。共工自恃是奉天帝旨意呼风唤雨，耀武扬威，根本不把大禹放在眼里。共工誓与大禹比个高低，他奋起神威，挟洪水淹至“空桑”，即现在的山东曲阜。当时，整个中原，汪洋一片。大禹调动应龙、陆吾两位大神，与水神共工交战。传说陆吾与共工大战，屡败屡战，为大禹争取了时间。

大禹发出号令，在“茅山”会聚群神，共同商讨征伐共工大计。自此茅山也就改名“会稽山”了，即所谓“会聚计议”的意思。诸神接令后，不敢怠慢，都如期赴会，只有巨神“防风氏”姗姗来迟。

大禹怪他不听号令，便把防风氏斩首示众，借以整肃纪律，威令诸神。

神话博士说：“《山海经·海内西经》曰：‘昆仑之墟方八百里高万仞……有九门，门有开明兽守之……开明兽身大类虎，而九首皆人面。东向立昆仑上。’昆仑山守护神，在人们的印象中是天界守门的，神格低下。《山海经》说巨大的昆仑山，有九道门，守门的就是开明兽，它们身体像巨大的老虎，有九个头并且长着人脸，表情肃穆，始终瞪大眼睛，环视昆仑，不让异常生物进入昆仑，保护了昆仑的和平安宁。《竹书纪年》则称开明兽是服侍西王母的灵兽，拥有洞察万物预卜未来的能力。每当西王母和东王公出巡，开明兽就在前引导，甚至亲自为主人驱动花车，因此得到了西王母的喜爱。在古籍记载中，开明兽是守护黄帝昆仑仙境的一只异兽。”

沈教授说：“《山海经·西次三经》：‘西南四百里曰昆仑之丘，神陆吾司之。其神，状虎身而九尾，人面而虎爪。是神也，司天之九部及帝之囿时。’中国历史学家袁珂据此认为，开明兽的正体，就是陆吾，是一个具有很大权力的天神，后世有人将其看作是神格较低的神兽，甚而安排它去给西王母和东王公之类的神仙当拉车的。实际上是门缝里看人。”

潘小虹说：“一九九二年，在淮北市时村发现汉画像石，画面有神武罗与陆吾戏龙的形象。神武罗两只乳房露出衣外，下肢为龙蛇身、虎豹尾盘坐于地，手若虎爪，两手似随着舞动的龙打拍子。她左边的龙翻滚于地，右边的龙翘尾回首。神武罗据考证，她便是屈原作品中描写的山鬼形象。画像右边神陆吾，虎身人面，伴随着龙的跳动而雀跃。”

神话博士说：“神陆吾是开明兽的别名，《山海经·海内西经》云：‘昆仑南渊深三百仞，开明兽身大类虎，而九首，皆人面，东向昆仑上。’《山海经·大荒西经》曰：‘昆仑之丘，有神——人面虎身，文尾，皆白处之。’”

黎萍还说：“人首兽身的神武罗及陆吾造型，虽不可与埃及的人首狮身巨型石雕同日而言，但毕竟是一千多年前，中国雕刻家的辛勤创造。”

黎萍看见一只羊对着自己走过来，她亲切地迎接了上去。贾小玲也兴奋地迎上前去。潘小虹很快拦在了她们前面。忽然，这只羊张开了嘴巴，却露出了狼一样的牙齿。对着潘小虹张开大口。潘小虹一脚将这羊一样的野兽踢得翻了一个跟头。贾小玲、黎萍看得明明白白，觉得这野兽太可怕。对于潘小虹的见义勇为，表示感谢。

机器人潘小虹说：“这种野兽，形状像普通的羊，却长着四只角，名称是土蝼，是能吃人的。”

忽然，天空一下变得十分昏暗，来了一群凶猛的禽鸟。首先，向机器人王小钢、潘小虹发起了攻击，接着，又向神话博士、沈早晨、贾小玲、黎萍导游扑去。好在她们打开了魔衣、魔幻背心上的护卫功能，这种鸟没有办法啄到他们身上。最终，被机器人强大的电流击溃。

考古教授说：“这种鸟，形状像一般的蜜蜂，大小与鸳鸯差不多，名称是钦原。这种钦原鸟刺螫其他鸟兽，会使它们死去。刺螫树木，就会使树木枯死。”

神话博士说：“山中还有另一种禽鸟，名称是鹑鸟，它主管天帝日常生活中的各种器用服饰。山中又有一种树木，形状像普通的棠梨树，却开着黄色的花朵并结出红色的果实，味道像李子却没有核，名称是沙棠，可以用来辟水，人吃了它就能漂浮不沉。”

黎萍说：“我们穿的是魔衣、魔幻背心，可以涉水不沉，用不着吃这种果实。”

猪参谋说：“黄河水从这座山发源，向南流而东转注入无达山。赤水也发源于这座山，然后向东南流入汜天水。洋水也发源于这座山，然后向西南流入丑涂水。黑水也发源于这座山，然后向西流到大杅山。这座山中有许多奇怪的鸟兽。”

猴秘书说：“再往西三百七十里，是座乐游山。桃水从这座山发源，向西流入稷泽。这里到处有白色玉石。水中还有很多怪鱼，形状像普通的蛇却长着四只脚，是能吃鱼类的。往西行四百里水路，就是流沙，再行二百里便到嬴母山。山上到处是玉石，山下到处是青石而没有水。天神长乘主管这里，他是天的九德之气所生。这个天神的形貌像人却长着犳的尾巴。你们可以去问一下他，见到《山海经藏宝图》没有？”

神话博士、沈教授他们告辞了猪参谋、猴秘书，离开了上古时期的昆仑山。

西王母娘

神话博士、黎萍导游、沈早晨、贾小玲、机器人王小钢和潘小虹、李英豪、王冬生等再往西穿越三百五十里，是座玉山。这是西王母居住的地方。

考古教授说：“《山海经·西山经》记载，共工曾经在玉山中的一个洞穴中，见到一个长着豹子尾巴、老虎獠牙的人，号称自己叫金元圣母，手下有三只青鸟，是负责掌管刑罚和灾疫的天神。这个金元圣母，就是西王母了。”

神话博士说：“民间传说，王母娘娘就住在玉山之巅的瑶池旁。玉山，就是天下山川之祖的昆仑山。西王母的来历非凡。传说混沌初开，天地初分，元始天王与太元圣母阴阳两气生成了两位大神,一位是由东华至阳之气化生的木公,又称为东王公;另一位是由西华至妙之气化生的金母,又称西王母。

机器人王小钢参加了议论:“东王公居于蓬莱仙岛,西王母居于昆仑瑶池。天上天下三界十方的男女仙人,都由这两位大神管辖。西王母就是负责掌管天下女仙的大神。西王母与东王公定期开会,根据仙人们的修行程度和品行道行,商定天下仙人的等级座次。可见,西王母在仙界的权力和势力非同小可。”

黎萍插话说:“当然,这与西王母善于公关活动有联系。她负责掌管蟠桃,那是能让人长生不老的仙果。西王母出于公关的需要,每年自己过生日的时候,要在昆仑瑶池举办一场蟠桃盛会,邀请天下各路神仙来吃桃子,贺其生日,好一个笼络各路神仙的公关活动方式。”

沈教授颇有感触地说:“传说周穆公与西王母有一段情缘,我想不通的是《山海经》中描绘的西王母,豹子尾巴、老虎獠牙,周穆公敢爱她吗?”

神话博士说:“我发现,西王母随着修行的提高,外貌也发生了巨大的变化,就像我们今天的演员整容一样,光彩照人,于是才有了西王母和周穆公的故事。周穆公当了五十多年的人间帝王,人间荣华富贵大概享受够了。所以,开着豪华马车去献殷勤、泡女神,给西王母送上了价值不菲的礼物,在瑶池的宫殿中过了三天神仙生活。”

黎萍说:“估计西王母也看上了周穆公,所以才不断的诱惑周穆公放弃人间权位,修仙炼道,好与西王母做神仙眷侣。可惜的是,周穆公明显眷恋人间大于女神。他说:‘我是人间帝王,我的任务是治理百姓,使他们安居乐业,到了那时候我才好和你相会,共修仙道。’”

神话博士接着说:“周穆公拿着人间帝王的使命来搪塞西王母,可怜的西王母在这种情况下,和凡间陷入爱情的普通女子并无区别,答应了周穆公,等了这个男子三年。周穆公却三年没有踏上昆仑山半步,西王母终于等不及了。你既然摆大男人的架势不来见我,我就亲自来见你吧,谁叫我爱上了一个不爱回家的人呢?西王母抛下女神的自尊去了大周国,只为与负心男子相会。周穆公在宫廷盛宴招待西王母,对一起修仙的事装糊涂。西王母作为一个女人,脸皮总不能太厚要求周穆公修仙呀,只得无可奈何地率众女仙回到了昆仑,闷闷不乐,得了相思病。”

贾小玲问:“石博士,你说得有鼻子有眼睛的,不会是你编的吧。西王母娘娘也这样痴情。”

因为神话博士与沈教授是同学,又是多年的朋友,所以,贾小玲与神话博士说话就没有顾忌。

石博士说:“贾小玲、潘小虹、黎萍,你们三人打开魔幻背心的梦幻开关吧。”

她们三人朝着西部方向飞翔,总算见到了正在生气的西王母娘娘。

贾小玲、黎萍看见了大名鼎鼎的西王母娘。而西王母娘也看见了她们。

贾小玲快人快语地说:“西王母啊,您何必为负心汉周穆公伤心呢!”

西王母娘说:“请别伤害我心中的白马王子,我们再强大,也是女性,也是弱者。喜欢心爱的男性是心理与生理的需要。你们找我有什么事吗?”

机器人潘小虹只得说:“拜见西王母娘娘,我们想打听《山海经藏宝图》。”

西王母娘娘说:“我没有见过《山海经藏宝图》,不过闲着很无聊,我可以陪同你们去寻找。”

黎萍问：“我想请教西王母娘，据说山中有一种野兽，形状像普通的狗，却长着豹子的斑纹，头上的角与牛角相似，名叫狡，发出的声音如同狗叫，在哪个国家出现，就会使哪个国家五谷丰登。山中还有一种禽鸟，形状像野鸡却通身是红色，名称是胜遇，是能吃鱼类的，发出的声音如同鹿在鸣叫，在哪个国家出现，就会使哪个国家发生水灾。这是真的吗？”

潘小虹说：“西王母娘，黎萍说的这些动物，真的可以预告凶兆与吉兆吗？”

西王母娘说：“信则有，不信则无。”

他们跟着流星一样快捷的西王母往西四百八十里，路过轩辕山，这里没有花草树木。有很多粟粒大小的丹砂，还有很多石青、雄黄。往西穿越三百里，路过积石山，山下有一个石门，黄河水漫过石门向西南流去。往西穿越二百里，是座长留山，天神白帝少昊居住在这里。山中的野兽都是花尾巴，而禽鸟都是花脑袋。山上盛产彩色花纹的玉石。它实是员神磈氏的宫殿。

西王母说：“向西再穿越二百八十里，途经章莪之山。山上没有花草树木，到处是瑶、碧一类的美玉。山里常常出现十分怪异的物象。山中有一种野兽，形状像赤豹，长着五条尾巴和一只角，发出的声音，如同敲击石头的响声，名称是狰。”

贾小玲说：“山中还有一种禽鸟，形状像一般的鹤，一只脚，红色的斑纹和青色的身子，一张白嘴巴，名称毕方。它鸣叫的声音就是自身名称的读音。在哪个地方出现，哪里就会发生怪火。”

黎萍说：“再往西三百里，是阴山。浊浴水从这座山发源，然后向南流入蕃泽。水中有很多五彩斑斓的贝壳。山中有一种野兽，形状像野猫，却是白脑袋，名为天狗。它发出的叫声与“猫猫”的读音相似，人饲养它可以辟凶邪之气。”

机器人潘小虹说：“再往西二百里，是符惕山。山上到处是棕树和楠木树。山下有丰富的金属矿物和玉石。一个叫江疑的神居住于此。这座符惕山，常常落下怪异之雨，风和云也从这里兴起。”

西王母说：“真奇怪，你们现代人，怎么对上古山系这么熟悉？”

贾小玲回答：“我们是现代人，读了《山海经》，知道了您与这里的山系。”

西王母说：“你们以后有机会，送我一本《山海经》行么？”

贾小玲回答：“西王母，完全可以。”

黎萍说：“再往西穿越二百二十里，是座三危山，三青鸟栖息在这里。这座三危山，方圆百里。山上有一种形状像牛的野兽，长着白色的身子和四只角，身上的硬毛又长又密，好像披着蓑衣，是能吃人的。山中还有一种禽鸟，一个脑袋却有三个身子，名称鸱。”

跟着西王母，他们瞬间向西穿越一百九十里，路过骢山，天神耆童居住在这里。他发出的声音常常像是敲钟击磬的响声。山下到处是一堆一堆的蛇。西王母顺手捞了两条蛇挂在身上，又抓了两条，要送个贾小玲，贾小玲吓得直摆手。

西王母说：“真奇怪，蛇是最好的东西，你们居然怕。算了，我就不送给你们了。”

西王母说得没有错，上古人类，缺医少药，蛇全身都是宝。正因为如此，上古人才有对蛇的崇拜。

西王母带着他们再往西穿越三百五十里，是座天山。山上有丰富的金属矿物和玉石。英水从这座山发源，然后向西南流入汤谷。山里住着一个叫帝江的神仙，形貌像黄色口袋，长着六只脚和四只翅膀，发出的精光火红。看见西王母来了，赶快向她鞠躬。

西王母带着他们再往西穿越二百九十是座泑山。天神蓐收居住在这里，也向西王母鞠躬。山南面盛产瑾、瑜一类美玉，可用作颈饰。山北面到处是石青、雄黄。站在这座山上，向西可以望见太阳落山的情景，那种气象，雄浑感人，由天神红光主管。

西王母带着他们往西穿越一百里水路，便到了翼望山。山上没有花草树木，到处是金属矿物和玉石。他们正在山上找到一块石头板坐下来歇息。忽然，听到了一种奇怪的声音，是那么巨大，赛过狮子老虎豹子豺狼等猛兽。这是什么动物的声音呢？他们正在四处寻找，一种形状像野猫的野兽跑过来，边跑边喊。见了西王母后，不敢喊叫了。

他们走近一看，这野兽太奇怪了，只长着一只眼睛，却有三条尾巴，名叫讙，根据《山海经》介绍，它发出的声音，能赛过一百种动物的鸣叫，饲养它可以辟凶邪之气。人吃了它的肉，就能治好黄疸病。山中还有一种禽鸟，形状像普通的乌鸦，却长着三个脑袋、六条尾巴，并且喜欢嬉笑。据说吃了它的肉就能使人不做噩梦，还可以辟凶邪之气。

西王母说话了："西方第三列山系，共二十三座山，六千七百四十四里。诸山山神的形貌，羊的身子人的面孔。祭祀山神的典礼，是把祀神的一块吉玉埋入地下，祀神的米用稷米。"

山神们都出来了，一个个地排成队，毕恭毕敬地问："西王母，您有什么事情吩咐小神办吗？"

西王母说："这些现代人是我的朋友，他们来寻找《山海经藏宝图》的。你们知道应该怎样找吗？"

山神回答："回西王母，应该去下一个山系寻找。"

黎萍告别西王母娘时说："谢谢您陪我们寻找《山海经藏宝图》。有什么需要我们帮您吗？"

西王母娘说："以后，有什么信息，我会告诉你们的。你们如果有机会碰见周穆王，就说我西王母娘永远爱他。"

贾小玲一路上很有感慨："想不到，这西王母娘这么痴情。我们现代人应该学习西王母，对爱情忠诚一点。"

神话博士说："神话本来都是现实生活的反映，是人们理想的寄托。爱情是人类不可缺少的高级感情。古人用神话来表现西王母娘娘的爱情，可以理解。我们启程吧。"

单手鬼怪

再说杨扬、黄梅、王丽君、方艳红、龙小宏、田幻想他们来到西方第四列山系之首座山——阴山。山上生长着茂密的构树，但没有石头。这里的草以莼菜、蕃草居多。阴水从这座山发源，向西流入洛水。他们往北穿越五十里，是座劳山。这里有茂盛的紫草。弱水从这座山发源，然后向西流入洛水。

杨扬说："往西穿越五十里，是座罢父山。洱水从这里发源，然后向西流入洛水。水中多出产紫色美石、碧色玉石。"

他们往北穿越一百七十里，是座申山。山上是茂密的构树和柞树，山下是茂密的杻树和橿树，山南面还有丰富的金属矿物和玉石。区水从这座山发源，然后向东流入黄河。

他们往北穿越二百里，是座鸟山。山上到处是桑树，山下到处是构树，山北面盛产铁，而山南面盛产玉石。辱水从这座山发源，然后向东流入黄河。又北二十里，曰上申之山，上无草木，而多硌石。

他们再往北穿越二十里，是座上申山。山上没有花草树木，但到处是大石头。山上是茂密的榛树和楛树，野兽以白鹿居多。山里最多的禽鸟是当扈鸟，形状像普通的野鸡，却用髯毛当翅膀来奋起高飞。吃了它的肉，就能使人不眨眼睛。汤水从这座山发源，向东流入黄河。

他们再往北穿越八十里，是座诸次山。诸次水从这座山发源，然后向东流入黄河。这座诸次山，到处生长着树木，却不生长花草，也没有禽鸟野兽栖居，但有许多蛇聚集在山中。再往北穿越一百八十里，是座号山。山里的树木大多是漆树、棕树，而草以白芷草、虉草、芎草居多。山中还盛产汵石。端水从这座山发源，然后向东流入黄河。

黄梅说："再往北二百二十里，是座盂山。山北面盛产铁，山南面盛产铜。山中的野兽大多是白色的狼和白色的虎，禽鸟也大多是白色的野鸡和白色的翠鸟。生水从这座山发源，然后向东流入黄河。"

他们往西飞行二百五十里，路过白於山。山上是茂密的松树和柏树，山下是茂密的栎树和檀树，山中的野兽大多是野牛、羬羊，而禽鸟以猫头鹰之类的居多。洛水发源于这座山的南面，然后向东流入渭水；夹水发源于这座山的北面，向东流入生水。

他们往西北穿越三百里，路过申首山。没有花草树木，而冬季夏季都有积雪。申水从这座山上发源，潜流到山下。水中有很多白色玉石。再往西行进五十五里，是座泾谷山。泾水从这座山发源，向东南流入渭水。这里多出产白银和白玉。

他们再往西穿越一百二十里，是座刚山。到处是茂密的漆树，多出产美玉。刚水从这座山发源，向北流入渭水。这里有很多音同傀的鬼怪，形状是人的面孔。野兽的身子，长着一只脚一只手，发出的声音像人呻吟。

黄梅说："我画了这么多年的人物画，可就是没有画一只脚一只手的人与兽。"

杨扬说："确实太奇怪了，一只脚怎么能够站稳走路。"

黄梅、杨扬正在担心这野兽怎么走路，它们将黄梅、杨扬等围在一起，将他们的手拉住，在他们面前一跳一跳。接着，他们放开手。没有想到，两个这样的动物，相互手牵手地合作，就变成两只脚了，跑起来，比人还要快得多。

黄梅拦到这样的两个怪物，问："你们听说过《山海经藏宝图》没有？"

两个单手鬼怪摇摇头："我们不知道什么是《山海经藏宝图》。我们陪你们去找吧。"

单手鬼怪陪同他们再往西穿越了二百里，便到了刚山的尾端。洛水就发源于此，然后向北流入黄河。

他们忽然听见了狗的叫声。方艳红最怕狗，她被狗咬过，打了几天的免疫针。一朝被狗咬，见狗心发慌。她到处寻找狗的时候，发现了眼前的一个动物，被称为蛮蛮兽，形状像普通的老鼠，却长着甲鱼的脑袋。就是他，发出的声音如同狗叫。

方艳红哭笑不得，说："狗叫的声音，就是这像老鼠一样的怪兽发出来的。"

杨扬说："再往西三百五十里，是座英鞮山。山上生长着茂密的漆树，山下蕴藏着丰富的金属矿物和玉石，禽鸟野兽都是白色的。"

黄梅说："太美了。我们下去看一下吧！"

单手鬼怪陪同他们几个来到这山上。杨扬说："涴水从这座山发源，然后向北流入陵羊泽。水里有很多冉遗鱼，长着鱼的身子、蛇的头和六只脚。"

王丽君说："喂，你们看，眼睛长长的，像马耳朵。据说，吃了它的肉，就能使人睡觉不做噩梦，也可以辟凶邪之气。"

方艳红说："王丽君，你怎么知道的。"

王丽君说："《山海经》是这么写的。"

方艳红说："怎么，读了几天《山海经》，就开始卖弄了。"

不知道怎的，方艳红发现王丽君对田幻想亲近的样子，心里就不舒服起来，有意说话找岔子。她心里想，莫不是真爱上了田幻想。

田幻想好像没有察觉。他说："我们再往西穿越三百里，是座中曲山。我们去看一看吧。"

单手鬼怪陪同他们来到这山。田幻想说："这是一个宝山，山南阳面盛产玉石，山北阴面盛产雄黄、白玉和金属矿物。"

田幻想的话刚说完，就看见一只老虎向他们这边奔过来。田幻想打开魔幻背心上的护卫功能，做好了搏斗的准备。但是，迟了，老虎看见了田幻想的意图，先向他扑了下去。田幻想有点紧张了，龙小宏等也为田幻想捏了一把汗。正在千钧一发之际，有击鼓的声音响起。他们发现，老虎慌慌张张的，好像在逃避什么，拼命向山上跑去。

后来才看明白，一种形状像马的野兽，白身子、黑尾巴，一只角，老虎的牙齿和爪子，发出的声音，如同击鼓的响声。很快，这野兽冲了过来，追老虎去了。杨扬看明白了，说："这种野兽名叫驳，是能吃老虎和豹子的，饲养它可以辟兵器。"

王丽君说："山中还有一种树木，形状像棠梨，但叶子是圆的，并结红色的果实，果实像木瓜大小，名称櫰木，人吃了它就能增添气力。"

方艳红指着地上的一个梨子一样的果实说："这是不是呀？"

王丽君看了一眼，说："正是。"

王丽君、方艳红一个人吃了一个，忽然感觉到好像力量无穷。王丽君说："我们可以试一试自己的力气。"

王丽君想去抱田幻想，这田幻想有意回避了一下。方艳红轻轻一使劲，把田幻想抱起来转了一个圈。王丽君呢，尴尬得不好下台，就一把将龙小宏举了起来，像当年举起自己的孩子似的。

黄梅看见了，眉头一皱，转过身去，她似乎对龙小宏有好感。

方艳红说："我们成为大力士了。"

田幻想说："暂时会这样，也就是说，今天你是大力士。"

方艳红说："经常吃，我们经常就有力气。"

杨扬说："再往西穿越二百六十里，是邽山。山上有一种野兽，形状像一般的牛，但全身长着刺猬毛，名称是穷奇。发出的声音如同狗叫，是能吃人的。蒙水从这座山发源，向南流入洋水，水中有很多黄贝；还有一种蠃鱼，长着鱼的身子却有鸟的翅膀，发出的声音像鸳鸯鸣叫。它在哪个地方出现，哪里就会有水灾。"

黄梅说："再往西穿越二百二十里，是鸟鼠同穴山。山上有很多白色的虎、洁白的玉。渭水从这座山发源，然后向东流入黄河。水中生长着许多鳋鱼，形状像一般的鳣鱼。在哪个地方出没哪里就会有大战发生。"

方艳红说："滥水从鸟鼠同穴山的西面发源，向西流入汉水。水中有很多鮆鱼，形状像反转过来的桃，但长着鸟的脑袋，鱼一样的鳍和尾巴，叫声就像敲击磬石发出的响声，能吐出珠玉。"

王丽君说："西南穿越三百六十里，是崦嵫山。山上生长着茂密的丹树，叶子像构树叶，结出的果实像瓜大小，红色的花萼却带着黑色的斑纹。人吃了它就可以治愈黄疸病，还可以辟火。"

方艳红提议："我们到这座山上去看一看吧。"

杨扬附和："好哇。"

单手鬼怪陪同他们来到山上，发现山南面，乌龟排上一行。走在最前面的一个乌龟发出一阵阵的声音。龙小宏说："乌龟喊的声音，好比我们部队前进时喊的口令：'一二一'"。

大家忍不住笑了。而山北阴面到处是玉石。苕水从这座山发源，然后向西流入大海。水中有很多磨石。他们几个漫山遍野地逛，一种野兽走过来，人的面孔、马的身子、鸟的翅膀、蛇的尾巴。

田幻想说："这个野兽名称是孰湖，很喜欢把人抱着举起。"

田幻想的话音刚落，他被一只母孰湖举起。龙小宏也被一只母孰湖举起，杨扬、黄梅、王丽君、方艳红则被来的一群公孰湖举起。一会，孰湖将他们都放了下来，离开了他们。走的时候，态度很友好，让王丽君、方艳红、杨扬、黄梅兴奋万分，田幻想、龙小宏也笑嘻嘻的。龙小宏说："动物也懂得异性相吸，真是太有趣了。"

田幻想说："山中还有一种禽鸟，形状像一般的猫头鹰而长着人的面孔，蜼一样的身子却拖着一条狗尾巴，它发出的叫声就是自己的名字。在哪个地方出现，哪里就会有大旱灾。"

方艳红说："我们真不愿意见到这类凶禽。"

杨扬对几个单手鬼怪说："我们感谢你们的陪同，再见吧。有机会，带你们到现代社会去转一下。"

田幻想说："西方第四列山系，一共十九座山，三千六百八十里。祭祀诸山山神的典礼，都是用一只白色鸡献祭，祀神的米用稻米，拿白茅草来做神的坐席。

杨扬忽然问："不知道神话博士、沈教授在干什么？另外，李英豪、王冬生他们几个到什么地方去了呢？"

黄梅说："是啊，不知道沈教授、神话博士找到他们的下落没有。"

杨扬说："我们回到现代社会，要去嵩山体验。"

八、中岳嵩山

嵩山来历

机器人王小钢、潘小虹和神话博士、黎萍导游、沈早晨、贾小玲、田幻想、龙小宏、王丽君、方艳红、杨扬、黄梅来到嵩山。神话博士问:“老沈,李英豪他们给你打了电话吗?”

“没有。他们三个下落不明。”考古教授回答。

“他们三个好像有什么不可告人的目的。”神话博士说。

“不提他们了。”黎萍建议:“我们今天每人说一段嵩山如何。好比嵩山论剑。”

考古教授说:“黄河被中华儿女称为母亲河,嵩山也理所当然地被称为父亲山。其实,古人赋予嵩山的名称,蕴含着父亲山的秘密。嵩山,夏禹前称嵩高、崇高,商汤时称崇高,西周时称岳山。《郑州古今史要》中有这样一段话:‘鲧是尧舜时居住在嵩高山下的夏部落首领,故又称崇伯鲧。’这说明,尧舜时嵩山已称‘崇高’。《国语·周语》也说:‘昔夏之兴也,降融于崇山。’意为夏朝兴起于崇(嵩)山。”

龙小宏说:“夏商先民为什么要把嵩山称为‘嵩高山’和‘崇高山’呢?‘嵩’字的结构反映了先人的男性生殖崇拜和对嵩山的崇拜。据《唐汉解字·汉字与日月天地》:‘甲骨文的‘嵩’字与‘京’字同源,在京的左上方添加一个表示精液高抛的图形。”

王丽君一直认为龙小宏好色,这次抓到了把柄,说:“你说话总爱说点歪的。”

机器人王小钢接过龙小宏的话说:“金文和小篆在演变的过程中,将此形上部逐渐讹化为‘山’字,下部则承接了甲骨文第二款的‘高’字。‘高’原本指男性生殖器的勃起和精液的高耸。这里‘山、高’会意,表示高耸和挺拔的山峰。’‘嵩’字的本义是精液的高耸,但此义久已湮失,只在后期的‘耸、尸、从’等字中保留了它的语音。”

龙小宏得意地摇头晃脑,王丽君没有做声了。

贾小玲悄声对沈早晨说："我真不敢相信这是机器人，对男性生殖器也有研究。"

沈早晨说："不是告诉你了吗？这机器人是高智能机器人，学者人脑的移植，还有计算机的芯片配置，他的头脑像一个微型图书馆。"

贾小玲问："什么？学者的大脑移植？我听不明白。"

神话博士说："贾小玲，告诉你一个秘密吧。王小钢的头脑是一个遭遇车祸的著名学者头脑的移植，这个中年学者临终之前，留下遗嘱，希望用他的器官进行科学实验。潘小虹是一个死于心脏病的女科学家的头脑移植。这个女科学家也留下遗嘱，她的器官可以用为机器人的实验。"

"车祸灾难，不堪回首。我继续介绍嵩山吧。"王小钢好像对那场灾难还有所记忆，说。

"俗话说：华山如立，嵩山如卧。嵩山不是以山峰的高耸和挺拔作为特点。由此也可以看出，称嵩山为'嵩'，绝非单因其峭拔，关键还是因为先人对他赋予了男根的崇拜信仰。所以，'嵩'字是嵩山专有的，与人的主观情愫密不可分的，颇具宗教色彩、宗教意义的，仅仅与嵩山对应的名词。不像泰山的'泰'和华山的'华'，有如'泰然处之'、'雍容华贵'这样的社会生活层面的多种意思。因为'嵩'字的'指男性生殖器的勃起和精液的高耸'的本意，随着文明的发展，对性的忌讳慢慢湮失了。嵩山人坦荡地告诉人们：嵩山是华夏人的文明之根、文化之根，我们世世代代都要记住神圣的父亲山。"

潘小虹解说："嵩山是五岳中的中岳，位于河南省西部，地处河南省登封市西北面。一九八二年，嵩山以河南嵩山风景名胜区的名义，被国务院批准列入第一批国家级风景名胜区名单。二〇〇四年二月十三日，被联合国教科文组织地学部评选为'世界地质公园'。二〇〇七年五月八日，登封市嵩山少林景区成为国家5A级旅游景区。"

沈教授说："嵩山总面积四百五十平方公里，东依省会郑州，西临古都洛阳，北临黄河，南靠颍水。由太室山和少室山组成，最高峰(峻极峰)一千四百九十一米。东西绵延约六十余千米。古名为外方、嵩高、崇高。五代后称中岳嵩山，与泰山、华山、恒山、衡山共称五岳。"

机器人王小钢说："中岳嵩山，包括太室山和少室山，因其邻近洛水和古都洛阳，故在五岳中地位较高。所以很早就获得历代统治者尊崇。为五岳中始封五帝者。《中岳嵩山太室石闻铭》载：嵩高神君，岱气最纯。春生万物，肤寸起云。并天四海，莫不蒙思。圣朝肃敬，众庶所尊。"

博学多才的神话博士接着说："关于'崇'字，这是一个会意兼形声字。小篆的'崇'字从山从宗。'宗'的本义为祖庙，引申后又指直系男性祖先，即祖宗之义。这里'山、宗'会意，表示山系或群山中那座最高大、最秀美的主峰。《说文解字》释为'崇，嵬高也。'即最古老、最高大之山。对中岳的信仰，比其他的四岳为早。《山海经·中山经》云：'苦山、少室、太室、皆冢也。其神皆神面而三首，其余属皆东身人面也。'嵩山东为太室，西为少室。可知嵩山之神的形象，曾是半人半兽，正是人类早期所造之神，在形象上的显著特点之一。"

沈早晨也谈兴正浓："武则天加封洛水之神，'又以嵩山与洛水接近，因改嵩山为神岳'，授天中王，并为登庙。唐玄宗时，改封中岳神为中天王。宋真宗时封为中天崇圣帝。元时加封为中天大宁崇圣帝。中岳嵩山被称为五岳之尊、万山之祖。嵩山西起龙门，东至郑州，长一百二十公里，绵亘于黄河南岸，自西而东由万安山、紫云山、大苦山、当阳山、少室山、太室山、五指岭(浮戏山)等组成。"

田幻想说："主体太室山、少室山位于登封市境内，太室山主峰峻极峰海拔一千四百九十五米，少室山主峰连天峰海拔一千五百一十二米。嵩山位居天中，有'中华民族的文化圣山'、'中华民族的父亲山'、'东方的奥林匹斯圣山'等赞誉。禅宗祖庭，道教洞天，儒学圣地，武林盟主，天地之中，五世同堂，齐集嵩山。因此，我们只能以仰视的角度来审视嵩山。"

龙小宏说："田幻想，我们是听教授说，还是听你说呢？"

龙小宏只要有机会，就讽刺田幻想。他认为王丽君刚才挖苦自己，完全的田幻想的挑拨。

黎萍也参加了谈论："佛门称最高境界为境界般若，说它是一种大智慧的境界。世俗中，人们向往和追求的最高境界称崇高。英国美学家科林伍德曾说：'山的美就是崇高'，境界般若也罢，崇高也罢，都是人的本质力量的外化和创造，是一种富有高尚情操和深邃智慧内涵的，并具有震撼力的美感。很久以前，嵩山叫崇高山；嵩山所在的登封，曾被汉武帝封为'崇高邑'。把嵩山的'嵩'字拆开，是山高；把崇高的'崇'字拆开，是山宗。如俄国美学家车尔尼雪夫斯基所说：'一件事物，较之与它相比的一切事物要巨大的多，那便是崇高。'"

黄梅开始说话了："由此看来，被称山之宗，应该无与伦比。崇高是一种意象，为文人士大夫所追求和标榜。嵩山是崇高境界的具象。在古人看来，只有嵩山能承载崇高的意象，它不仅具有美的震撼力，还饱含着深邃的大智慧。佛教在此落迹，道教在此发端，儒教在此光大，三教魂灵与模山范水天人合一。石涛强调临摹山水要'无间于外，无息于内'，主张为画者，应无间隔，与大自然亲近。作画时，要超越功利的羁绊，蕴息内心，畅神达性，以至物我两忘。"

龙吹吹也闲不住了。他说："山水摄影亦如此。春山，烟云苍茫；夏山，嘉木苍翠；秋山，明净苍凉；冬山，峭岩苍古。嵩山风流，尽在一个'苍'字。苍苍莽莽，此乃中国画所推崇的至高境界。摄影者企望的意境亦如此。反映嵩山的苍古，有雨，有雾，有霜，有雪，才能觅得真形。雨使浮云升焉；雾让烟岚起焉；霜叫山形现焉；雪催风骨出焉。于雨雾霜雪之时登山拍摄景观，能拍下有神韵的佳作！"

黄梅开始对龙小宏刮目相看了："而神韵因观者方位的不同，而境界各异。北宋山水画大师、河阳温县人郭熙在《林泉高致》一书中说：'山有三远：自山下而仰山巅谓之高远，自山前而窥山后谓之深远，自近山而望远山谓之平远。高远之色清明，深远之色重晦，平远之色有明有晦。高远之势突兀，深远之意重叠，平远者之意冲融而缥缥缈缈。'所以，临摩嵩山苍古崇高之意，必于仰俯之间，于最生动之时定格。"

谈到美术与摄影，田幻想一时插不上话。他看见龙吹吹颇为得意的样子，也有点无可奈何。机器人王小钢说："古人诗文有'嵩少'的称谓，是专以太室山为嵩山，少室山则称本名。其说源于晋郭璞注《山海经》，《魏书·地形志》遵其说。而《汉书·地理志》和郦道元《水经注》则说，嵩高有太室山、少室山，合而言之为嵩高，分而言之为二室。查考文献，历代帝王登封祭祀的中岳嵩山，皆在太室。"

田幻想终于找到说话的角度了。他说："明代散文家袁宏道云：'嵩如眠龙，可谓善状'。在嵩阳书院附近遥望太室，山形凝重，如长城障天；远近齐高，无低昂之态。深而探之，岩壑各异；奇木纷繁，阴晴朝暮；风烟雨雪，其变无常。及登绝顶，峰岭纷出；环顾四方，脉络分明。南多悬岩，北多峻阪，东多断峤，西多重障。抬望眼，千重远山，霞举云矗，澄明空日，海阔天空，天之为高，地之为下。"

黎萍说话了："明朝大旅行家徐霞客一生登山无数，敢于攀登别人没有攀过的山路。有一次，他从山上掉进激流里，人差点被水淹死。可是，他以后照样跋山涉水。他在《游嵩山日记》中写道：登顶太室后，问下山的道。山人说，正路从万岁峰到山下有二十里。若从峡谷上悬溜而下，可省其半，不过路极险峻。"

田幻想说："徐霞客喜出望外，人说太室有奇无险，倒要看看奇险与否。他拄着手杖，身体贴着岩石，在荆棘丛中钻行。即而从石峡中蹴溜直下，头上夹崖逼天，峰顶雾滴如雨。崖势愈险，陡峭到欲行不能，欲止也不能。一峡穷尽，复转一峡，景色也越来越壮观。下山后，他于法王寺回望嵩门以上，只见峡中有云气出没，于是感叹道：那就是我所下之峡，'安知身自此中来也！'严冬之时，惊出徐氏一身冷汗。这就是太室山，远望平实澹冶，深入其境，方知其飞扬跋扈。所以，古人云：太室胜在山上。"

神话博士说："南瞻少室，山肩如削，如铜墙铁壁。北望少室，峰峦层叠，似千叶舒萼。群峰飘缈，千仞壁立！袁宏道云：少室奇秀，可远观而不可近看。故少室胜在山下。"

黄梅说："少室山有三十六峰，峰峰犀利插天。惟北峰望洛、御砦可登。于望洛峰巅西瞰，古都洛阳历历在目。古时嵩洛一体，因之得名。雨后初晴，极目河洛，北望太行、王屋，南瞻三涂、汝海。黄河东注，颍水西来，烟岚从山涧中升腾，如坠五里雾中；白云在半空中飘逸，信手可摘。如此胜境，可惜登临者甚少！"

龙小宏说："到底是画家，你说得真美。我听摄影界朋友说过，少室其余诸峰，只能于山之西面，绕山半绝壁而行，上悬危岩，不知天高，下临深谷，不知地厚。十步形异，百步态殊。"

田幻想说："《山海经》说：'少室之山，其上多玉。'唐人李颀诗云：'少室众峰几峰别，一峰晴见一峰雪。'少室晴雪是站在少林寺方丈室前看到的景色，为嵩少八景之一。所谓雪，其实是山上的玉石，阳光照射，银光闪烁。元人杨奂咏少室诗曰：'森若削寒玉'，森、削、寒、玉四字，传少室之神。"

黎萍说："少室除山形与太室迥异外，林泉之茂，也为太室所不及。史载少室山有舞水歌山在群峰内，说的是凌厉山形似舞、潺湲水声似歌。《山海经》曰：'少室之山有水焉，其状如杨。'"

田幻想说，王维题诗："瀑布杉松常带雨，夕阳苍翠忽成岚"，锁定了少室山千年锦绣。《诗经·大雅·嵩高》赞嵩山曰："嵩高维岳，峻极于天。"

考古教授沈早晨说："嵩山地区是河出图洛出书和伏羲创制八卦之地，还是炎黄祖庭、夏商周三代之都，在距今约五千年之前，黄帝诞生在轩辕丘，中华文明的第一缕曙光，在嵩山喷薄而出。数百年过去，中国历史上第一个王国——夏朝耸立在嵩山之巅，有了城市、大型礼仪性建筑、青铜器、文字等文明要素，逐渐形成了以嵩山和黄河“牵手”的中原文明。”

黎萍导游说：“少林寺的得名，一说因坐落于少室山清幽的茂林中；一说佛教称寺院为‘丛林’，意为僧众共住一处，丛集为林。印度佛寺称‘阿兰若’，其本义亦为树林。不论何说，少林寺的称谓均与少室山的树林有关。如今少林寺声名远播，世人趋之若鹜，也是缘分使然。”

最后，是神话博士小结：“少室山是真禅山，如《坛经》所言：‘日月星宿，山河大地，泉源溪涧，草木丛林，恶人善人，恶法善法，天堂地狱，一切大海，须弥诸山，总在空中。’今天各位，嵩山论剑，各有特色。我们来谈谈嵩山的传说故事。我先讲《追赶达摩》吧。方艳红、田幻想、龙小宏，你们打开魔幻背心上的梦幻开关。”

龙小宏说：“没有王丽君参与，我暂时不打开梦幻开关。”

王丽君说：“我参加不参加与你何干，当记者的，脸厚。”

黎萍补充：“王丽君，你也打开吧。”

追赶达摩

——传说达摩是天竺国香至王的第三个儿子，自幼拜第二十七代佛祖般若多罗为师。

有一天，达摩向他的师傅求教说：“我得到佛法以后，应到何地传化？”

般若多罗说：“你应该去震旦——中国。”

又说：“你到震旦以后，不要住在南方。那里的君主喜好功业，不能领悟佛理。”

达摩遵照师父的嘱咐，备好行李，驾起扁舟，乘风破浪，漂洋过海。历时三年，饱受磨难，历经艰难，来到中国。达摩到中国以后，广州刺史得知此事，急忙禀报金陵，梁武帝王立即派使臣把达摩接到南京，为其接风洗尘，宾客相待。

武帝是一个佛教信徒，主张自我解脱。达摩是禅宗大乘派，主张面壁静坐，普度众生。由于他们的主张不同，每谈论起佛事，二人总是话不投机。这时，达摩感到南京不是久留之地，于是告辞，渡江北上。

龙小宏忍不住插话：“达摩心想，此地不留爷，自有留爷处。”

王丽君哼了一声，说：“狗嘴里吐不出象牙！达摩这样的高僧被你糟蹋了。”

心里一度向着龙小宏的方艳红，虽然后来与龙小宏生疏了。这个时候，又有点护着龙小宏，岔开他们的争论，说：“别争了，我们同达摩一起去一个地方吧。”

他们来到南京雨花台。河南省荥阳县人神光高僧，正在南京雨花台讲经说法。围观听讲的人是里三层，外三层，水泄不通。

当地群众称：“神光讲经，委婉动听，地生金莲，顽石点头。”

达摩离开梁武帝北上，路过雨花台。见到神光在那里讲经说法，他就顺便挤在人群中，侧耳倾听。时而点点头，时而摇摇头。点头表示赞同神光讲的观点，摇头表示反对神光讲的观点。神光在讲解中，发现达摩常摇头，认为这是对自己大不尊，便责问达摩：“你是谁？为什么听我讲经要摇头？”

达摩不语，主动让步，离开雨花台，渡江北上去了。达摩去后，神光还在打听，这摇头的人是谁。

有一听众告诉神光说：“他是印度高僧菩提达摩，精通佛法，学识渊博。”

神光听了以后，感到惭愧之极。师父到了跟前，自己刚才太没礼貌了。于是他就赶快追达摩，想给师父赔礼道歉。达摩在前边走，神光在后面紧追，一直追到长江岸。达摩急着过江，停立江岸，只见水域茫茫，既没有桥，又没有船，连个人影也不见。

方艳红说：“糟糕，达摩怎么过江呢？”

达摩十分镇定。果然，天无绝人之路。达摩突然发现，岸边不远的地方，坐着一个老太太，身边放了一捆苇草，看样子好像也是在等船过江。达摩暗自盘算：这位偌大的年纪，为何孤苦伶仃，无人护送照料？也罢！只好向她老人家求助了。于是他迈步走上前去，恭恭敬敬地向老人施了一礼，说道：“老菩萨，我要过江，怎奈无船，请您老人家化棵芦苇给我，以便代步。”

方艳红说：“一根芦苇，怎么渡江啊。”

田幻想说：“放心吧，达摩大师可以过江的。”

老人抬起头来，仔细地端详达摩。见他两只突鼓的眼睛炯炯有神，满脸络腮胡子，卷曲盘旋，身材魁梧，举止坦然，形象端壮，仪表非凡。老人暗自点头称许，随顺手抽出一根芦苇给达摩。达摩双手接过芦苇，向老人告谢而去。及至江边，他把芦苇放在江面上，只见一朵芦苇花，昂首高扬，五片芦叶，平展伸开，达摩双脚踏于芦苇之上，飘飘然渡过了长江。

神光不顾疲劳，尾追达摩，赶到江边。他看到达摩一苇渡江，就气急败坏地跑到老人面前，不问青红皂白，抱起老人身边一捆芦苇。刷的一声，扔到水中，双脚跳上芦苇捆子，匆忙过江。谁知这捆芦苇不但不向前行进，反而很快沉入水中。神光见势不妙，急忙像青蛙一样乱跳上岸，险些溺入水中。神光带着浑身泥水，冲向老人，厉声责问：“你给他一根芦苇就渡过江，我拿你一捆芦苇为什么还过不去呢？”

老人从容不迫地答道：“化我芦苇，助人有份；抢我芦苇，物各有缘；无缘无故，岂能相助？”

王丽君说：“那个老神仙说的是什么意思。”

方艳红说：“达摩对神仙客气，有神仙帮助。神光对神仙不客气，神仙不愿意帮助他。”

田幻想说：“看来，这个老人是神仙。我去问一问。”

田幻想说罢，上前去给老人鞠躬，说：“老神仙，我们想打听《山海经藏宝图》，希望能够给我们一个启示。”

老人说：“无就是有，有就是无。”

老人转瞬间悠然不见，江面浩瀚，空无一人。这时，神光才知道刚才遇到的这个老人是神仙，神仙帮助达摩，而不肯帮助自己。他自知有失，惭叹不已，懊悔而归。

达摩过江以后，手持禅杖，信步而行，见山朝拜，遇寺坐禅。北魏孝昌三年（公元五二七年）到达嵩山少林寺。达摩看到这里群山环抱，树林茂密，山色秀丽，环境清幽，佛业兴旺。达摩心想，好一片难得的佛门净土。于是，他就把少林寺作为传教的道场，广集僧徒，普传禅宗。此后，达摩成为中国佛教禅宗的开山人，少林寺则被称为中国佛教禅宗的摇篮。现在，少林寺碑廊里还有《达摩一苇渡江》的图像石碑。

沈早晨说："我也来说说东都大法王寺吧。对于人世间而言，再没有比佛更好性情的了。佛的最显著特点是修养好和脾气好。迎佛迎到家，你要我来，我招之即来。送佛送到西，你让我走，我飘然而去。充分显示了好聚好散的心态。"

大法王寺

——东汉明帝，于夜深人静，梦见了金色的神人。神人在宫里面像金色的鸟儿飞来飞去。这一晚，明帝的梦境，通体透明。第二天，明帝上朝，让臣子们分析他的梦境。一个名叫郭毅的大臣说："这金色的神人，就是西方的佛。"

明帝一听，毅然决定，派人前往印度寻求佛法。跟随汉朝大使从印度回来的是摄摩腾和竺法兰，带回一大批佛经佛像。印度僧人和佛经佛像，均由白马驮来，这是一个传奇。白马不辞劳苦，千里迢迢，从一个古老国度把佛教带到中国，让佛教在另一片古老的土地生根发芽。汉明帝决定在洛阳西雍门外建白马寺，供二人译经。白马寺是中国有史以来的第一座佛寺。唐朝诗僧灵澈有诗曰："经来白马寺，僧到赤乌年。"

三年间的一天，正在白马寺敲着木鱼的摄摩腾、竺法兰，忽然抬起头来。他们望见，东南方有高山耸峙，烟云出于其间。于是奏请明帝，希望另寻清静之地，再造僧刹。高僧一行有缘踏上了嵩岳福地。

太室山南麓，山间谷地狭长，生风林壑，流泉有声。东面两峰，如门并立，人谓嵩门。每逢中秋，山民焚香，暮色静坐，以待月出。一轮明月，冉冉升起，嵩门银光，泻于空谷。"嵩门待月"，乃嵩岳第一胜境。

二位高僧，佛心始动，全面策划，督促实施。面南岭，建经台；倚北阜，筑讲堂；傍危峰，搭方丈；临浚流，立僧房。寺成于东汉永平十四年，即公元七十一年。汉明帝敕名"东都大法王寺"，晚了白马寺三年，成为中国第二座佛教寺院。

摄摩腾、竺法兰于这座中土宝刹"对千年之乔木，纳万代之芬芳"，神思静虑，译经布道。继永平十一年他们在白马寺完成中国第一部汉译佛经《四十二章经》后，又于嵩山大法王寺陆续译出几种小乘佛教的早期经典。汉明帝笃信佛教，大法王寺建成后，由于嵩山地处京畿，往来方便，明帝及随从官员多次亲临道场，听经拜佛。明帝还下令，新任命的官员，不论职位高低，都必须到大法王寺听经学法后方可上任。

佛教犹如一粒从印度飘来的种子，首先在嵩洛之间扎下了根。东汉末年，大乘佛教传入嵩洛。"乘"是乘载，小乘佛教说的是自我解脱，大乘佛教讲的是普度众生。除了目的有差异，修行的方式上，大乘也比较简便。随着大乘佛经传入，佛教的影响开始波及民间。嵩洛间出了中国佛教史上第一个正式受戒出家的汉族僧人，他就是朱士行。

出生于嵩山南麓颍川的朱士行，在嵩洛出家之后，以弘传佛教大法为己任，专心于佛教理论的研究。当时风行的大乘经典尚质简约，很多观点实际上没有讲清楚。因此，他“誓志捐身，远求大本”，于魏甘露五年从嵩洛出发，开始他的西行壮举。

在于阗，朱士行抄取了九十品《般若经》梵文本，于西晋太康三年，遣弟子弗如檀等十人护送经卷回洛阳。十年之后，由精通梵汉两语的天竺僧人竺叔兰和学识渊博的西域僧人无罗叉两人译出，称《放光般若经》，共二十卷。

沈旱晨说：“当《放光般若经》在汉地大为风行之时，朱士行仍在于阗。最后，以八十岁高龄为求法而客死他乡。《梁高僧传》说他死时有异相，火化后，‘薪尽火灭，尸犹能全’，后念诵咒语，骨架才散碎，其弟子们聚骨造塔以供养。北魏太和二十年，即公元四九六年，少室山北麓五乳峰下，寂静的山林中矗立起一座寺院，这便是日后声名显赫的少林寺。少林寺是北魏孝文帝元宏为安顿印度僧人跋陀落迹传教而兴建的。但少林寺名扬天下，却缘于另一位印度高僧菩提达摩与他的弟子神光。”

神话博士问：“老沈，你好像对嵩山一带非常熟悉。”

沈旱晨说：“我的祖先是河南人。我父亲以后到了武汉，于是，我就落户武汉了。我再给你们讲神光拜师达摩吧。田幻想、龙小宏、王丽君、方艳红你们不要关掉梦幻开关，杨扬、黄梅，你们两个可以打开梦幻开关。”

拜师达摩

——少林寺落成三十多年后，即北魏孝昌三年，菩提达摩不辞艰辛，从南天竺国渡海来到东土，在中华大地上开始了禅宗的传播。人们说起禅宗时，佛教文化，源于印度，在中国发扬光大。而禅宗，是独具中国特色的佛教宗派，文化渊源在嵩山，少林寺故被誉为“禅宗祖庭”。

王丽君看见，达摩首先到达金陵，一月之后，来到永宁寺。九级浮屠，金盘炫日，光照云表；宝铎含风，响出天外；歌咏赞叹，实是神功。

杨扬说：“达摩周游列国，见多识广。”

龙小宏说：“达摩口唱南无，合掌赞美不停。”

田幻想说：“这达摩已经将心许与嵩洛。”

王丽君说：“离开永宁寺，达摩来到几十里外的嵩山少林寺，落迹于此，终日面壁。追根溯源，漫长等待。”

田幻想说：“名僧神光，听说达摩大师住在少林寺，于是前往拜谒。”

方艳红说：“神光当时一时狂妄，现在追悔莫及了。”

达摩面壁端坐，不置可否。神光没有气馁。他暗自思忖：“古人求道，无不历尽艰难险阻，忍常人所不能忍。古人尚且如此，我有何德何能？”

时至寒冬，夜幕降临，漫天大雪，纷纷扬扬。神光仍在寺外，站立不动。天明积雪，没过双膝。达摩这时才开口问道："你久立雪中，所求何事？"

神光泪流满面说道："只愿师父慈悲，为我传道。"

方艳红说："我估计达摩不会轻易认这徒弟。"

田幻想说："是啊。达摩听过神光讲经，为其所长点头，为其所短摇头，神光曾经有所恼怒。现在，他担心神光一时冲动，难以持久，略有迟疑。"

黄梅说："神光明白达摩心思，右手拿出刀子，砍断左臂，置于达摩面前。达摩为神光的决心所感动，于是收留了他，并为他取名慧可。少林寺内的立雪亭，便是为纪念慧可断臂求法的事迹而建。"

杨扬说："达摩禅师以四卷《楞伽经》授予慧可，慧可就是日后禅宗在东土的第二代祖师。自此，禅宗在中国有了传法世系。禅宗在其诞生地印度没有成宗，却在传入嵩洛后，成为中国佛教延绵不断的主流宗派。"

黄梅自从婚姻受到打击后，热心佛教，她对佛教有所研究。她说："禅宗流传久远的重要原因之一，是其教义和修行方法的简易性。教内传法的过程中，难免会产生教条化、形式化的弊端，只重考据文字，而不重把握精神，会丧失教义的灵魂。针对这种偏颇的倾向，禅宗提出了'教外别传，不立文字，直指人心、见性成佛'的宗旨。所谓'教外别传'，是指在教典以外，别有一种教义的传授方法。禅宗的简易性，便体现在'见性成佛'的主张上。"

杨扬虽然是社会学硕士，由于担任导游工作，经常接触宗教旅游，对佛教也比较熟悉。她说："禅是'静虑'，佛教称安静地深思为禅定。达摩提出一种新的禅定方法，否定了印度佛教那一套修行的阶梯层次和累世修行。认为，人人都具有佛性，也就是'本性'；还认为，人人都先天地具有成佛的智慧，也就是'菩提'。主张，人人都能够通过觉悟佛性而成为佛，尽管何时豁然大悟难以料定。众生之所以未能成佛，是因为对自身的本性没有觉悟。一旦'拨开迷雾见青天'，明心见性，自性就是佛，把佛变为举目常见的平常人。"

黄梅说："禅宗传到唐代，六祖惠能提出顿悟的主张，连坐禅也免了，认为顿悟并不要求离开现实生活，'举足下足，长在道场，是心是情，同归性海'，'提水斫柴无非妙道'，在日常劳动生活中都可以顿悟成佛。"

田幻想最羡慕少林功夫。他说："少林功夫起源于僧人的日常生活。相传跋陀的弟子慧光十二岁时，能在井栏上反踢毽子五百下。在井栏上踢毽子是很危险的，功夫不到家就可能跌落井中。少林功夫的许多招式，都是僧人们根据日常劳作——挑水、扫地、打柴、烧火等动作，加工提炼而成的。最高深的功夫，其实也是最普通的功夫。"

沈教授发现田幻想、龙小宏等从梦幻中觉醒过来，开始顺着田幻想的话题谈少林寺功夫。他说，被誉为少林功夫之源的《易筋经》，记载的就是一种疏通人体经脉从而强筋壮骨的功夫。菩提达摩采用壁观的方法参禅，长期静坐，困倦是难免的，要时常起来活动筋骨。相传达摩走后，少林僧人在洞中发现了一个铁盒，盒上没有锁，却打不开。聪明的僧人用火一烤，铁盒便开了，原来铁盒被蜡封住，以防水汽侵蚀。铁盒中有两部书，一本是《易筋经》，另一本叫《洗髓经》，都是用梵文写的。

沈教授接着说："当时，少林寺里真正懂梵文的只有二祖慧可。慧可把《易筋经》留在少林，自己拿着《洗髓经》去云游天下。寺中也有一些对梵文一知半解的僧人，你翻他译，依法修炼，以致后来少林功夫多如牛毛。后来，有位僧人带着《易筋经》去峨眉山，见到了天竺僧人般刺密谛。"

神话博士说："在般刺密谛的帮助下，《易筋经》才有了中文版。慧可云游归来，带回了他自己翻译的《洗髓经》。大家两相比较，才发现《易筋经》和《洗髓经》原来是一体的。自《易筋经》问世，少林僧人坐禅与习武已是密不可分了。"

沈早晨说："唐初，少林寺已拥有一支勇猛善战的僧兵队伍。武德年间，少林寺僧因助唐王李世民平定王世充。李唐立国后，特许少林寺演练僧兵，可自立营盘。还规定，少林寺和尚不戒酒肉。"

神话博士说："我们可以去少林寺高僧那里受点启发，也许对我们进行'山海经神话考古体验游'有所帮助。"

不戒酒肉

——少林寺和尚不戒酒肉，俗称"五荤和尚"。以后各朝代相沿成习。元朝初年，少林寺方丈富裕曾被武功盖世的元世祖忽必烈封为晋国公。

嵩岳山林天生与佛有缘。隋文帝开皇二十年，即公元六百年，一代高僧玄奘于嵩山北麓缑氏镇陈河村悄然出生。隋唐时期，中国佛教宗派纷纷创立，标新立异。玄奘遍学佛教传入中国的各家经论，发现了诸家之间的意见。这种分歧争论"凡数百年，率土怀疑，莫有匠决"。玄奘要来决断。他选择的也是朱士行西行求法的道路，想到印度求取《瑜伽师地论》来统一诸家异说。

玄奘长途跋涉历尽艰辛，终于到达印度的佛学中心，钻研五年，精通五十部经论。唐贞观十九年，即公元六四五年，玄奘回到长安。夹道相迎者数十万，争相目睹唐僧风采。此后，玄奘历时十九年，共翻译佛经七十五部，一千三百三十一卷。并完成地理学巨著《大唐西域记》。嵩山的少林寺敬重玄奘。

少林寺在唐朝初年就扬名海内。少林寺和尚十三人，当李世民征战王世充遇到险阻，他们挺身而出，助战解围，立下汗马功劳。唐太宗李世民感谢昙宗和尚，封其为大将军，并鼓励少林寺和尚练僧兵，开杀戒，吃酒肉。

庙内有一块《唐太宗赐少林寺主教碑》，是历史的记载。由于有朝廷的大力支持，少林寺发展迅猛，一度成为名扬中外的大佛寺，有"天下第一名刹"的美称。宋代，少林武术进一步发展，少林寺僧人多达二千余名。明朝，少林寺到达鼎盛时期，从清朝开始衰落。

黄梅这个时候插话说："我去过少林寺塔林。其在少林寺西约三百米的山脚下，这是唐以来少林寺历代住持僧的葬地，共二百五十余座。少林寺塔林是我国最大的塔林，塔的大小不等，形状各异，大都有雕刻和题记，反映了各个时代的建筑风格，是研究我国古代砖石建筑和雕刻艺术的宝库。少林寺内还保存了不少珍贵的文物。山门门额上悬挂的“少林寺”匾额，是清康熙皇帝亲笔题写的。山门后大甬道和东西小马道，旁立有碑碣数十通，称为少林寺碑林。其中有两通碑刻，是留学我国的日本禅僧撰写的。”

黎萍说：“黄梅还画了不少少林寺的素描呢。王冬生还想让黄梅为他们宾馆画一幅少林寺的油画。黄梅的油画得过全国油画展的铜奖。”

沈早晨点点头，问黄梅：“你最崇拜的画家是哪一位？”

黄梅说：“齐白石、徐悲鸿。”

沈早晨问：“有人想收藏名画家徐悲鸿的作品，有人担心他的油画《八骏图》是流水线画出来的。是吗？”

黄梅说：“流水线画画是指一群画家合作，有的专门画马腿，有的专门画马头，有的专门画山石，有的专门画树木。徐悲鸿大画家一个人完成一幅画，这不叫流水线画画。当然，大画家的作品价值高，出现假冒作品，另当别论。中国古画考古，沈教授，你熟悉吗？”

沈早晨说：“我有所研究。”

黄梅说：“以后，你教一教我吧，我对古画鉴赏很有兴趣。”

黎萍说：“我们下一个目标是穿越《山海经·北山经》。”

神话博士对沈早晨说：“我们以后可能要留神王冬生、李英豪、相柳，他们有点神秘兮兮的样子。好像有不可告人的目的。”

考古教授还是那句口头禅：“一朝被蛇咬，十年怕井绳。”

九、北上寻宝

珍禽怪兽

沈早晨与神话博士正在寻找相柳、王冬生、李英豪的时候，他们出现了，却是四个人，多了一个穷奇。沈早晨悄声对神话博士说："这个陌生人怎么叫穷奇，这可是上古时期的一个凶神的名字。"

神话博士轻声对沈教授说："我让两个机器人盯住他们。"

沈教授点头，然后大声说："《山海经・北山经》里有几个系列。我想，我们分开进行考古体验游，进展要快一些。石博士、黎萍带着机器人王小钢、潘小虹和王冬生、李英豪等去第一列山系。我与贾小玲、黄梅、杨扬、王丽君、田幻想、方艳红、龙小宏、相柳、穷奇去第二列山系。"

神话博士、黎萍导游和机器人王小钢、潘小虹等组成的山海经神话考古体验游小组出发了。他们穿上了魔衣与魔幻背心，飞越过北方第一列山系之首座山。

机器人王小钢说："这山叫做单狐山，有茂密的桤木树，也有茂盛的华草。逢水从这座山发源，然后向西流入泑水。水中有很多紫石、文石。再往北二百五十里，是座求如山。山上蕴藏着丰富的铜，山下有丰富的玉石，但没有花草树木。滑水从这座山发源，然后向西流去。水中有很多滑鱼，形状像一般的鳝鱼，却是红色的脊背，发出的声音，像人支支吾吾的话语。吃了它的肉，就能治好人的疣赘病。水中还生长着很多水马，形状与一般的马相似，但前腿上长有花纹，并拖着一条牛尾巴，发出的声音像人呼喊。再往北三百里，是座带山。山上盛产玉石，山下盛产青石碧玉。"

黎萍建议："我们去看一下吧。"

他们来到山上，发现山中有一种野兽，形状像普通的马，长的一只角，有如粗硬的磨石。

神话博士说："据说，人饲养它可以辟火。"

黎萍看见树上有个禽鸟，形状像普通的乌鸦，浑身带着红色斑纹的五彩羽毛。她兴奋地说：

"这种鸟名叫鹌，自身有雌雄二种性器官。吃了它的肉，就能使人不患痈疽病。"

神话博士一听，若有所思："《山海经》中这类似的鸟很多，是不是与上古人类的性神秘观念有关。"

黎萍与神话博士是夫妻了，说话顾忌不多。黎萍说："是啊。炎帝不是自己母亲与父亲所生，而是母亲梦见了什么龙呀，感应受孕。这就是神秘性观念的反映。"

神话博士转移了话题："彭水从这座山发源，然后向西流入芘湖，水中有很多儵鱼。其形状像鸡却长着红色的羽毛，还长着三条尾巴、六只脚、四只眼睛，它的叫声与喜鹊的鸣叫相似。吃了它的肉，就能使人无忧无虑。"

黎萍说："我当了多年导游，可惜就是没有见过这样的鱼，居然有鸡子一样的羽毛、动物一样的脚，还能够发出喜鹊的叫声。这对于鱼类是不可能的事。神奇的是，吃了它的肉可以无忧无虑。"

神话博士说："这鱼的味道不知如何？我想吃鱼了。"

黎萍说："我们没有炊具，如果看见山民，就委托他们加工。"

他们飞翔起来，机器人王小钢报告："往北四百里，是谯明山。谯明水从这座山发源，向西流入黄河。水中生长着很多何罗鱼，长着一个脑袋却有十个身子，发出的声音像狗叫，人吃了它的肉就可以治愈痈肿病。山中有一种兽，形状像豪猪却长着柔软的红毛，叫声如同用辘轳抽水的响声，名称是孟槐，人饲养它可以辟凶邪之气。这座谯明山，没有花草树木，到处是石青、雄黄。"

机器人潘小虹报告："往北三百五十里，是座涿光山。嚻水从这座山发源，然后向西流入黄河。水中生长着很多鳛鳛鱼，形状像一般的喜鹊，却长有十只翅膀，鳞甲全长在羽翅的尖端，发出的声音与喜鹊的鸣叫相似。人饲养它可以辟火。人吃了它的肉，就能治好黄疸病。山上到处是松树和柏树，而山下到处是棕树和橿树。山中的野兽以羚羊居多，禽鸟以蕃鸟居多。"

神话博士说："往北三百八十里，是虢山。山上是茂密的漆树，山下是茂密的梧桐树和椐树。山南阳面盛产玉石，山北阴面盛产铁。伊水从这座山发源，向西流入黄河。山中的野兽以橐驼最多，而禽鸟大多是寓鸟，形状与一般的老鼠相似，却长着鸟一样的翅膀，发出的声音像羊叫。人饲养它可以辟兵器。再往北四百里，便到了虢山的尾端，山上到处是美玉而没有石头。鱼水从这里发源，向西流入黄河。水中有很多花纹斑斓的贝。"

王冬生问："石博士，你怎么知道得这么清楚？"

神话博士说："《山海经》里写得明明白白。《山海经》对山之间的距离反映也准确。往北二百里，是丹熏山。山上有茂密的臭椿树和柏树，在众草中以野韭菜和野薤菜最多，还盛产丹臒。熏水从这座山发源，然后向西流入棠水。山中有一种野兽，形状像一般的老鼠，却长着兔子的脑袋和麋鹿的耳朵，发出的声音如狗嗥叫。它用尾巴飞行，名称是耳鼠。人吃了它的肉，就不会生膨胀病，还可以预防百毒。"

机器人潘小虹说："丹熏山往北二百八十里，是座石者山。山上没有花草树木，但到处是瑶、碧之类的美玉。泚水从这座山发源，向西流入黄河。山中有一种野兽，形状像普通的豹子，却长着花额头和白身子，名为孟极。善于伏身隐藏。它叫的声音，便是自身名称的读音。"

神话博士他们在飞翔。黎萍说："我累了，我们下去休息一下吧！"

他们往北一百一十里，来到边春山。他们到了这个山上，忽然觉得特别高兴。你看，漫山遍野都是野葱、葵菜、韭菜，还有野桃树、李树，郁郁葱葱。

神话博士说："杠水从这座山发源，然后向西流入泑泽。"

他们听见有人在嬉笑。走过去一看，原来是一种像猿猴的野兽，身上满是花纹，特别喜欢嬉笑。可是，等到神话博士走过去时，动物一个个闭上眼睛，像睡着了一样。神话博士说："这野兽名叫幽鴳，一看见人就假装睡着。它叫的声音，便是自身名称的读音。"

可是，等到神话博士、机器人王小钢和潘小虹走在前面，黎萍掉在后面时，一个野兽不安分了。它睁开眼睛嬉笑，好快的动作，一把掀起了黎萍的连衣裙。正好两个机器人走过来，他们的手一指，一股电流打得这野兽哀叫，撒腿就跑，溜上了一棵大树。

黎萍已经吓得傻了，半天说不出话。神话博士与黎萍你看我，我看你，神话博士忍不住笑了。黎萍责怪："你还有没有同情心？还笑得出来呢！"

王冬生说："如果真剥下了，神话博士肯定笑不起来。"

突然，一个猴子把尿从树枝上淋了下来，正好淋到了王冬生头发稀疏的头顶上。这回，轮到黎萍哈哈大笑了。

李英豪说："这叫做善有善报，恶有恶报。"

王冬生说："怎么是善有善报，恶有恶报？"

李英豪说："你刚才说的那句话不礼貌。"

王冬生明白，这是李英豪故意讨好神话博士、黎萍导游。他一点也不生气，这是战略的需要。

神话博士说："我们继续往前进吧。"

他们打开魔衣、魔幻背心上的旅行开关。机器人王小钢说："往北二百里，是座蔓联山。山上无花草。一种像猿猴却长着鬣毛的野兽，名叫足訾，它扬起牛一样的尾巴、长满花纹的双臂、马一样的蹄子，一见人就呼叫。它叫的声音便是自身名称的读音。山中有一种禽鸟，栖息成群，飞行结队，尾巴与雌野鸡相似，名叫䴔。它的叫声，是自身名称的读音。吃它的肉，据说能治好风痹病。"

他们往北穿越一百八十里，是单张山。山上没有花草树木。有一种野兽，人首牛耳，一个眼睛，名曰诸犍。喜欢吼叫。其身如豹而尾长得出奇，行走时就用嘴衔着尾巴，卧睡时就将尾巴盘蜷起来。山中又有一种禽鸟，形状像普通的野鸡，却长着花纹脑袋、白色翅膀、黄色脚，名称白。人吃了它的肉，能治好咽喉疼痛的病，还可以治愈疯癫病。栎水从这座山发源，然后向南流入杠水。

他们往北穿越三百二十里，是灌题山。山上是茂密的臭椿树和柘树，山下到处是流沙，还有磨石。山中有一种野兽，形状像普通的牛，却拖着一条白色的尾巴。发出的声音，如同人在高声呼唤，名为那父。山中还有一种禽鸟，形状像一般的雌野鸡，却长着人的面孔，一看见人就跳跃，名为竦斯。它叫的声音便是自身名称的读音。匠韩水从这座山发源，然后向西流入泑泽，水中有很多磁铁石。

他们往北穿越二百里，来到潘侯山。山上是茂密的松树和柏树，山下是茂密的榛树和楛树，山南阳面蕴藏着丰富的玉石，山北阴面蕴藏着丰富的铁。山中有一种野兽，形状像一般的牛，但四肢关节上都有长长的毛，名为牦牛。边水从这座山发源，然后向南流入栎泽。

他们从潘侯山往北穿越二百三十里，来到小咸山。没有花草树木，冬天和夏天都有积雪。往北二百八十里，是座大咸山，没有花草树木，山下盛产玉石。这座大咸山，呈现四方形，人不能攀登上去。山中有一种长蛇，身上的毛与猪脖子上的硬毛相似，发出的声音，像是人在敲击木梆子。

他们从小咸山往北穿越三百二十里，来到敦薨山。山上，棕树、楠木树，十分茂密；山下，大片紫草，十分茂盛。敦薨水从这座山发源，然后向西流入泑泽。这泑泽位于昆仑山东北角，是黄河的源头。水中有很多赤鲑。那里的野兽以兕、牦牛最多，而禽大多是布谷鸟。

他们往北穿越二百里，来到少咸山。山上没有花草树木，到处是青石碧玉。山中有一种野兽，牛的形状，红色的身子，人的面孔，名为窫窳。发出的声音，如同婴儿啼哭，是能吃人的。敦水从这座山发源，向东流入雁门水。水中生长着很多怪鱼，人吃了它的肉，就会中毒而死。"

他们从少咸山往北穿越二百里，来到狱法山。瀤泽水从这座山发源，然后向东北流入泰泽。水中生长着很多鱼，形状像一般的鲤鱼，却长着鸡爪子。人吃了它的肉，就能治好赘瘤病。山中还有一种野兽，形状像普通的狗，却长着人的面孔。擅长投掷，看见人，就爱嬉笑，走起路来，像刮风一样。它一出现，天下就会起大风。

他们往北穿越二百里，来到北岳山。山上到处是枳树酸枣树和檀、柘一类的树木。山中有一种野兽，形状像一般的牛，却长着四只角、人的眼睛、猪的耳朵，名称是诸怀，发出的声音如同大雁鸣叫，是能吃人的。诸怀水从这座山发源，然后向西流入嚻水，水中有很多鮨鱼，长着鱼的身子、狗的脑袋，发出的声音像婴儿啼哭。人吃了它的肉，就能治愈疯狂病。"

机器人潘小虹说："往北一百八十里，是浑夕山。山上没有花草树木，盛产铜和玉石。嚻水从这座山发源，然后向西北流入大海。这里有一种长着一个头两个身子的蛇，名称是肥遗。在哪个国家出现，哪个国家就会发生大旱灾。"

机器人王小钢说："往北五十里，是北单山。山上没有花草树木，却生长着茂盛的野葱和野韭菜。再往北一百里，是座罴差山，没有花草树木，却有很多小个头的野马。"

机器人潘小虹说："往北一百八十里，是座北鲜山。这里有很多小个头的野马。鲜水从这里发源，然后向西北流入涂吾水。"

机器人王小钢说："再往北一百七十里，是座堤山，有许多小个头的野马。山中有一种野兽，形状像一般的豹子，脑袋上有花纹，名称是狕。堤水从这座山发源，然后向东流入泰泽。水中有很多龙和龟。"

神话博士说："我们走完了北方第一列山系，一共二十五座山，五千四百九十里。这里的诸山山神都是人的面孔蛇的身子。祭祀山神，把毛物中用作祭品的一只公鸡和一头猪埋入地下，在祀神的玉器中用一块玉珪，只是埋入地下而不需要用米来祭祀。住在诸山北面的人，都生吃未经火烤的食物。我建议我们一边祭祀山神。王小钢，请发挥你的千里眼的作用，替我们叫来山神。”

神话博士们准备好祭祀的食物。王小钢的眼睛里发出蓝色的光芒，发现了几个山神的踪迹。王小钢带着神话博士去与山神见面了。

山神一见面，就知道了神话博士的意图，说：“我们这列山系没有《山海经藏宝图》，你们可以去北方第二列山系找找。”

鱼蛇好斗

沈早晨、贾小玲、杨扬、黄梅、王丽君、田幻想、方艳红、龙小宏、穷奇、相柳来到北方第二列山系之首座山管涔山。此山坐落在黄河的东岸，山的首端枕着汾水。山上虽然没有高大的树木，但花花草草十分茂盛。来到山下，遍野玉石。绵绵不绝的汾水，从这座山发源起步，然后向西流入黄河。

他们再往北穿越二百五十里，路过少阳山。这是一座宝山。山上，玉石成堆；山下，赤银遍地。酸水从这座山发源，然后大步向东跨入汾水。优良的赭石，布满河流。

他们再往北跨了五十里，经过县雍山。山上玉石，蕴藏丰富；山下铜矿，星罗棋布。山中野兽，山驴成群，麋鹿结对；白色野鸡与白翰鸟，来往穿梭。晋水从这座山发源，然后向东南注入汾水。水中鱼儿，时起时伏。喜欢钓鱼的田幻想，一边观看，一边兴高采烈地说：“这河水的鱼真多。其中，游得最欢的是鮆鱼。据说，吃了它的肉，可以治疗身上的狐臭。”

开始，大家都离相柳远一点，因为他身上有一种味道，颇为难闻。这时，相柳发现一条大鮆鱼跃起，便一把抓住，躲在旁边，三下五去二，将这鱼生吞活剥地吃了。这下，相柳身上的异味没有了。人们想起刚才田幻想的评价：“这种鱼，吃了，可以治疗狐臭。”

忽然，一只鱼儿跃起，露出红色的鳞甲，发出的声音如同人的斥责声“滚开”。

陪同田幻想观看的王丽君、方艳红都吓了一大跳。龙小宏看见他们几个很害怕的样子，却哈哈笑了起来。突然，一条鱼从水里跃起，尾巴打了一下龙小宏的脸部，发出的声音十分响亮：“你也滚开。”

这次轮到王丽君、田幻想一起笑了，龙小宏的脸部白一阵红一阵，哭笑不得。方艳红说：“别幸灾乐祸了。”

这个时候，沈早晨、贾小玲、黄梅走了过来。当他们听说鱼会骂人，还会打人，觉得十分惊讶。

忽然，沈早晨发现，随着穷奇的手势，水中的鱼儿不时跃起，沈早晨明白了，刚才是穷奇在捣鬼。沈早晨开始怀疑相柳、穷奇的来历。黄梅看见龙小宏满脸水珠，掏出她的小手帕，给龙小宏擦脸。手帕上的香气，让龙小宏眯上了眼睛。他从眼睛缝里注意到，眼前的黄梅，身材苗条，五官棱角分明，颇有气质，很有韵味。龙小宏想：这个女子，可以从不同角度去拍摄，不乏漂亮，气质难得。当他知道，黄梅是中国美术家协会会员的时候，顿时对她又增加了几分钦佩。

黄梅呢？她早就知道龙小宏是中国摄影家协会会员，在地方上曾举办个人摄影展，出版过摄影专集。对龙小宏有了亲近的意识。

龙小宏读过《山海经》，他知道前进的方向。便他说：“再往北穿越二百里，是座狐岐山。这座山上，没有花草树木，青石碧玉，却漫山遍野。胜水从这座山发源，然后向东北流入汾水。水中有很多苍玉。”

田幻想不甘示弱地说：“再往北三百五十里，是座白沙山，方圆三百里大小，到处是沙子，没有花草树木，禽鸟野兽绝迹。鲔水从这座山的山顶发源，潜流山下，水中多有白玉。”

黄梅开口了。她说：“再往北四百里，是座尔是山，没有花草树木，也没有水。再往北三百八十里，是座狂山，没有花草树木。这座狂山。冬天和夏天都有雪。狂水从这座山发源，然后向西流入浮水。水流之中，不乏上品玉石。再往北三百八十里，是座诸余山。山上，铜矿玉石，蕴藏丰富。山下，松树柏树，茂密成林。这座山是诸余水的发源地，东流入旄水。”

黄梅解说，抑扬顿挫，使人们感受到山水的诗情画意。田幻想发现，龙小宏与黄梅，好似相见恨晚的朋友。田幻想说不清自己是什么心情，他既高兴又伤悲。高兴的是，龙小宏主动疏远了王丽君、方艳红。那么，王丽君也好，方艳红也好，最终，有一个是属于自己的了。因为，强有力的竞争者，自动退出。悲伤的是，这个黄梅毕竟是个女画家，很优秀的女子，为什么不对我这个地矿硕士表示好感，偏对龙吹吹表示好感呢？

田幻想为了掩饰自己的不愉快，说：“再往北三百五十里，是座墩头山。山上无花草树木，却有丰富的金属矿物和晶莹玉石。旄水从这座山发源，然后向东流入邛泽。”

田幻想的话音刚落，忽然听见有人在背后叫喊。他左顾右盼，没有看到人。田幻想说：“见到鬼了！刚才分明听见有人在呼唤。”

只见一群马一样的野兽奔跑过来，扬起的尾巴，更像牛尾，整个身体，白得耀眼，一只角高高举起。真说不清这是什么野兽，既像牛，更像马。

田幻想说：“奇怪！身子与头像马，尾巴像牛，满身白色，一只独角，发出的声音，如同人呼唤。”

贾小玲说：“再往北三百五十里，是座钩吾山。山上盛产玉石，山下盛产铜。我们去山上看看吧。”

贾小玲、沈教授站在山上，东张西望。龙小宏与黄梅在一起亲热的谈话。田幻想装着若无其事地与王丽君、方艳红说笑话。田幻想发现，王丽君对于黄梅颇显不满，轻声对方艳红说：“好像没有见过男人似的，馋得像猫子，将龙小宏当个宝。”

方艳红呢？原来她是在追求龙小宏的，自然对黄梅也有意见：“难怪，一个是画家，一个是摄影家，半斤八两，门当户对。”

田幻想听了她们的议论，就在旁边傻笑。这个时候，一只形状像羊的野兽过来了，仰起的是人的面孔。龙小宏惊讶地叫起来：“见鬼了，这怪物怎么没有眼睛呢？”

沈早晨说：“有哇，它的眼睛长在腋窝下。”

王丽君、方艳红想上前去瞧个仔细，这怪兽竟然张开了大嘴，露出了满嘴的老虎牙。沈教授说："小心，它会吃人的。"

沈早晨话音刚落，这野兽扑了上去，吓得王丽君、方艳红嗷嗷直叫。保安专业的贾小玲神色不惊，摆出一副架势，然后，飞起一脚，将这野兽踢得哀叫。当然，魔幻背心上的护卫功能起了作用。

沈教授说："这种野兽，和人一样的指甲，发出的声音如同婴儿哭啼，名称是饕餮。食人，贪恋美食，是怪兽中的美食家。"

田幻想说："根据《山海经》介绍，往北三百里，是座北嚻山，没有石头。山南阳面多出产碧玉，山北阴面多出产玉石。山中有一种野兽，形状像一般的老虎，却长着白色身子狗脑袋，马的尾巴如猪脖子上的硬毛。山中还有一种禽鸟，形状像一般的乌鸦，却长着人的面孔，它在夜里飞行，而在白天隐伏。吃了它的肉，就能使人不中暑。涔水从这座山发源，然后向东流入邛泽。"

沈教授介绍说："再往北三百五十里，是座梁渠山，不生长花草树木，蕴藏丰富的金属矿物和玉石。脩水从这座山发源，然后向东流入雁门水。山中的野兽，大多是居暨兽，形状奇特，浑身红毛，声音发出，如同猪叫。山中还有一种禽鸟，形状像夸父，长着四只翅膀、一只眼睛、狗一样的尾巴，名称是嚻，它的叫声与喜鹊的鸣叫相似，人吃了它的肉，就可以止住肚子痛，还可以治好腹泻病。"

方艳红说："再往北四百里，是座姑灌山，没有花草树木。在这座姑灌山上，冬天夏天都有雪。"

贾小玲说："再往北三百八十里，是座湖灌山。山南阳面，盛产白玉；山北阴面，盛产碧玉。小型野马，不时出现。湖灌水从这座山发源，然后向东流入大海。水中鳝鱼成把抓。山里生长着一种树木，柳树的叶子，红色纹理，十分醒目。"他们再往北行进五百里水路，然后经过三百里流沙，便到了洹山。山上蕴藏着丰富的金属矿物和玉石。山中生长着一种三桑树。这种树都不长枝条，树干高达一百仞。山上还生长着果树，有桃子树、梨子树、苹果树。

山下，到处爬的是蛇，两个蛇头一个蛇身的，两个蛇身共一个蛇头的，各种各样的怪蛇，让人眼花缭乱。一只小鸟在树枝上东张西望，它没有意识到马上到来的危险。一条灰蛇，一条花蛇。同时瞄准了小鸟。最终，花蛇动作敏捷，抢先吞下小鸟。灰蛇，个大，动作稍微迟缓，没有抢到小鸟。干脆将这吞小鸟的花蛇，一并吞下。一会儿，灰蛇将吞掉的花蛇吐出，小鸟当然被灰蛇吞食。

王丽君说："再往北三百里，是座敦题山。这里不长花草树木，但蕴藏有丰富的金矿物和玉石。这座山座落在北海的岸边。"

方艳红议论："《山海经》里的奇怪野兽实在多，乌鸦居然有人的面孔！莫不是人变的？"

正说着，一只人面乌鸦飞过来说："我们是人与动物的统一体。你们是在寻找《山海经藏宝图》吗？你们可以到北方第三列山系去看看。"

沈早晨说："总计北方第二列山系之首尾，自管涔山起到敦题山止，一共十七座山，行程五千六百九十里。诸山山神都是蛇的身子人的面孔。祭祀山神时，把毛物中用作祭品的一只公鸡、一头猪一起埋入地下；在祀神的玉器中用一块玉璧和一块玉珪，一起投向山中，而不用米祀神。"

天马行空

夏青教授、沈早晨教授、贾小玲、杨扬、黄梅、王丽君、田幻想、方艳红、龙小宏等来到北方第三列山系之首座山，叫做太行山。太行山的首端叫归山。他们一看，山上或银光闪烁，或金光闪亮。沈早晨激动得东张西望，对夏青教授说："这山上到处都是金属矿物和玉石，山下还出产丰富的碧玉。"

正说着，有一种形状像普通羚羊的野兽奔过来，四只角在头顶伸出，马尾巴高高扬起。到了人的面前，亮出鸡爪子，在贾小玲面前，旋转起舞，发出的叫声很有节奏，就是自身名称的读音。

贾小玲看见这动物，也跟着起舞。人与动物齐舞的场面，让"山海经神话考古体验游"小组的同志们也跟着又唱又跳。山中，飞起像一般喜鹊的禽鸟，白身子、红尾巴、六只脚，十分惊觉，它发出的叫声就是自身名称的读音。

沈教授他们离开了这个热闹的山岭。再往东北飞行二百里，登上了龙侯山。这里，尽是石头和矿藏，就是没有草木。决水从这座山发源，然后向东流入黄河。

夏青教授说："《山海经藏宝图》中应该有这一带山脉吧。这里有丰富的金属矿物和玉石。"

忽然，他们在河边听见了婴儿哭啼的声音。当过妈妈的贾小玲、王丽君、方艳红三个女性激动了。

贾小玲说："这里好像有人抱着婴儿呢？"

方艳红说："是啊。婴儿的哭声又可爱又可怜的。"

他们到处寻找，发现有很多像人头鱼的动物，四只脚，或在河水里游动，或在石头上爬行。

王丽君说："原来这婴儿的哭声是这人鱼发出的。这人鱼的形状，有点像我们今天的娃娃鱼。发出的声音像婴儿。吃了它的肉，就能使人不得疯癫病。"

田幻想说："从龙侯山往东北二百里，是马成山。山上多出产有纹理的美石。山北阴面，有丰富的金属矿物和玉石。"

贾小玲一听有美玉，就说："我们下去转一下吧。"

沈早晨带着小组的同志下到山上。忽然，方艳红惊叫起来。原来是一群野兽冲过来，形状像普通的白狗，却长着黑脑袋。

方艳红以为是变种的狼，大声惊叫。田幻想主动站在方艳红的身边，做出拼死保护她的架势来。沈教授嘱咐大家打开护卫功能。他认为，在这个山上，不要让什么动物咬伤。因为，到医院去治疗，太不方便。他们正在恐惧之中，没有想到，这些野兽走近了，发现面前有人，全部腾空飞起。

贾小玲想起来了："呵，这就是大名鼎鼎的天马。它的叫声，就是自身名称的读音。"

田幻想说："山里还有一种禽鸟，形状像一般的乌鸦，却长着白色的脑袋，青色的身子、黄色的足爪，名称鹝鹝。它的叫声便是自身名称的读音。吃了它的肉，使人不感觉饥饿，还可以医治老年健忘症。”

沈早晨插话说：“这说明，上古人也有犯老年健忘症的。”

贾小玲说：“我们再往东北穿越七十里，是咸山。山上盛产玉石，山下盛产铜。到处是松树和柏树。在所生长的草中，以紫草最多。条菅水从这座山发源，然后向西南流入长泽。水中多出产器酸。这种器酸，三年才能收成一次。吃了它，就能治愈人的麻风病。”

田幻想说：“沈教授，是不是上古时期也有人患麻风病的？”

沈教授点头说：“可以这么说。”

王丽君说：“我们从咸山往东北穿越二百里，是天池山。山上没有花草树木，到处是带有花纹的美石。山中有一种野兽，形状像兔子，却长着老鼠的头，借助它背上的毛飞行，人称飞鼠。渑水从这座山发源，然后潜流到山下。水中有很多黄色垩土。”

方艳红说：“我们从天池山往东穿越三百里，是堪称宝山的阳山。山上玉石，丰富多彩；山下金铜，星罗棋布。有一种野兽，形状像普通的牛，红色的尾巴，脖子上的肉瘤，像斗的形状，名叫领胡，发出的叫声，便是自身名称的读音。人吃了它的肉，就能治愈癫狂症。”

王丽君说：“沈教授，这说明癫狂病也是上古人的常见病吧？”

沈教授答话：“也反映上古时期缺医少药。”

田幻想说：“山中还有一种禽鸟，形状像雌性野鸡，而羽毛上有五彩斑斓的花纹。这种鸟一身兼有雄雌二种性器官，名叫象蛇。它发出的叫声，便是自身名称的读音。”

龙小宏说“老田，你说的这鸟，具有二性器官。如果我有了这样的性器官，就可以同时与男性、女性发生关系了。”

王丽君说：“我说，龙小宏，你这么大的喉咙说性关系，不晓得害臊？”

方艳红说：“你真是个色魔，搞了女人还想搞男人。”

龙小宏却得意地傻笑，他的目的达到了。他说这话，不就是想让几个女子注意么。

田幻想继续讲述：“留水从这座山发源，然后向南流入黄河。有一种形状像一般的鲫鱼，长着鱼的头猪的身子。人吃了它的肉，可以治愈呕吐。”

龙小宏说：“我们再往东穿越三百五十里，是贲闻山。山上盛产苍玉，山下盛产黄色垩土，也有许多涅石。再往北一百里，是座王屋山，这里到处是石头。”

田幻想说：“我们再往东北穿越三百里，是教山。山上有丰富的玉石而没有石头。教水从这座山发源，向西流入黄河，这条河水到了冬季干枯而在夏季流水，确实可说是干河。教水的河道中有两座小山，方圆各三百里，名称是发丸山。小山上蕴藏着金属矿物和玉石。”

龙小宏说：“我们再往南穿越三百里，是景山。在山上向南可以望见盐贩泽，向北可以望见少泽。山上生长着茂密的丛草，这里的草，以秦椒最多。山北阴面多出产赭石，山南阳面多出产玉石。”

王丽君说：“我看见了，这山里有一种禽鸟，形状像蛇，却长有四只翅膀、六只眼睛、三只脚，名称是酸与。它发出的叫声，便是自身名称的读音。在哪个地方出现，哪里就会发生使人惊恐的事情。”

黄梅说：“沈教授，这是不是反映上古时期的社会也不安定。”

沈教授说：“也可以反映上古人类对和谐的愿望与追求。”

田幻想说：“我们往东南穿越三百二十里，是座孟门山。山上蕴藏有丰富的苍玉，还盛产金属矿物；山下到处是黄色垩土，还有许多涅石。”

龙小宏说：“我们再往东南穿越三百二十里，是座平山。平水从这座山的顶上发源，然后潜流到山下。水中有很多优良玉石。”

黄梅说：“我们到了平山，往东二百里，是京山。呀，我看见了，这山盛产美玉，到处有漆树，遍山是竹林。在这座山的阳面出产黄铜，山的阴面出产黑色磨石。高水从这座山发源，向南流入黄河。”

黄梅说完，忍不住掏出数码相机，拍摄了几张照片。说：“我回去后，要以这山为背景，画几幅山的油画。”

田幻想说：“再往东二百里，是虫尾山。山上有丰富的金属矿物和玉石，山下到处是竹丛，还有很多青石碧玉。丹水从这座山发源，向南流入黄河。薄水也从这座山发源，向东南流入黄泽。”

沈早晨说：“到了虫尾山，再往东三百里，是彭𣲖山。山上不生长花草树木，有丰富的金属矿物和玉石山下到处流水。蚤林水从这座山发源，向东南流入黄河。肥水也从这座山发源，然后向南流入床水。水中有很多叫做肥遗的蛇。”

贾小玲说：“再往东一百八十里，是小侯山。明漳水从这座山发源，向南流入黄泽。山中有一种禽鸟，形状像乌鸦，却有白色斑纹，名称鸪。吃了它的肉，就能使人的眼睛明亮而不昏花。”

龙小宏说：“再往东三百七十里，是泰头山。共水从这座山发源，向南流入虖池水。山上有丰富的金属矿物和玉石，山下到处是小竹丛。”

田幻想说：“再往东北二百里，是轩辕山。山上多出产铜，山下到处是竹子。山中有一种禽鸟，形状是一般的猫头鹰，却长着白脑袋，名称是黄鸟，发出的叫声便是它自身名称的读音。吃了它的肉，就能使人不生嫉妒心。

王丽君说：“龙小宏呀，你吃了以后，就不会嫉妒田幻想了。”

王丽君喜欢田幻想，只要有机会，就帮着田幻想说话。这话太唐突，龙小宏听后，哭笑不得。

沈教授笑了，说：“嫉妒之心，人皆有之，今古一样。”

我们知道，这沈教授曾经在大学学过社会学。

方艳红说：“再往北二百里，是谒戾山。山上到处是松树和柏树，还蕴藏着金属矿物和玉石。沁水从这座山发源，向南流入黄河。在这座山的东面有一片树林，叫做丹林。丹林水便从这里发源，向南流入黄河。婴侯水也从这里发源，向北流入汜水。”

贾小玲说：“往东三百里，是沮洳山。不生长花草树木，有金属矿物和玉石。濝水从这座山发源，向南流入黄河。再往北三百里，是神囷山。山上是带有花纹的漂亮石头，山下有白蛇，还有飞虫。黄水从这座山发源，然后向东流入洹水。滏水也从这座山发源，向东流入欧水。”

他们到了沮洳山，再往北穿越二百里，路过发鸠山。山上生长着茂密的柘树。山中有一种禽鸟，形状像一般的乌鸦，却长着花脑袋、白嘴巴、红足爪，名称是精卫。它发出的叫声就是自身名称的读音。精卫鸟原是炎帝的小女儿，名叫女娃。女娃到东海游玩，淹死在东海里没有返回，就变成了精卫鸟，常常衔着西山的石子，用来填塞东海。漳水从这座山发源，向东流入黄河。沈早晨说：“我们走完了这段路，再来谈精卫填海的故事，好吗？”

王丽君说：“我们往东北穿越一百二十里，是座少山。山上出产金属矿物和玉石，山下出产铜。清漳水从这座山发源，向东流入浊漳水。再往东北二百里，是座锡山。山上有丰富的玉石，山下出产磨石。牛首水从这座山发源，然后向东流入滏水。”

田幻想说：“到了锡山，再往北二百里，是座景山。山上出产优良玉石。景水从这座山发源，向东南流入海泽。再往北一百里，是题首山。这里出产玉石，也有许多石头，但没有水。”

龙小宏不甘示弱，说：“题首山往北一百里，是座绣山。山上有玉石、青色碧玉，山中的树木大多是田栒树，而草以芍药、芎 最多。洧水从这座山发源，然后向东流入黄河，水中有鳠鱼和黾蛙。”

田幻想说：“再往北一百二十里，是座松山。阳水从这座山发源，向东北流入黄河。”

王丽君说：“从松山往北一百二十里，是敦与山。山上不生长花草树木，却蕴藏有金属矿物和玉石。溹水从敦与山的南面山脚流出，然后向东流入泰陆水；泜水从敦与山的北面山脚流出，然后向东流入彭水；槐水也从这座山发源，然后向东流入泜泽。”

龙小宏说：“再往北一百七十里，是柘山。山南阳面出产金属矿物和玉石，山北阴面出产铁。历聚水从这座山发源，然后向北流入洧水。”

黄梅说：“从柘山往北三百里，是维龙山。山上出产碧玉。山南阳面有金，山北阴面有铁。肥水从这座山发源，然后向东流入皋泽。水中有很多高耸的大石头。敞铁水也从这座山发源，然后向北流入大泽。

方艳红看见黄梅跟龙小宏这么紧，不想沉默了。她说：“再往北一百八十里，是座白马山。山南阳面有很多石头和玉石，山北阴面有丰富的铁，还出产黄铜。木马水从这座山发源，然后向东北流入虖沱水。”

王丽君说：“再往北二百里，是空桑山。没有花草树木，冬天夏天都有雪。空桑水从这座山发源，向东流入虖沱水。”

龙小宏说：“我们再往北穿越三百里，是泰戏山。不生长花草树木，到处有金属矿物和玉石。山中有一种野兽，形状像普通的羊，却长着一只角，一只眼睛，长在耳朵的背后。虖沱水从这座山发源，然后向东流入溇水。液女水发源于这座山的南面，向南流入沁水。”

黄梅说：“从泰戏山往北三百里，是石山。山中有丰富的金属矿物和玉石。濩濩水从这座山发源，然后向东流入虖沱水；鲜于水也从这座山发源，然后向南流入虖沱水。”

方艳红说：“再往北二百里，是童戎山。皋涂水从这座山发源，然后向东流入溇液水。”

王丽君说："再往北三百里，是高是山。滋水从这座山发源，然后向南流入虖沱水。山中的树木大多是棕树，草大多是条草。滱水也从这座山发源，然后向东流入黄河。"

方艳红说："从高是山往北三百里，是陆山，有很多优良玉石。再往北二百里，是座沂山。般水从这座山发源，然后向东流入黄河。"

黄梅看看她们两个女性是故意与自己作对，就干脆不依不饶："往北一百二十里，是座燕山，出产很多的婴石。燕水从这座山发源，向东流入黄河。"

沈教授建议说："我们再往北穿越五百里山路，又穿越五百里水路，便到了饶山。我们在山上歇息一下，好吗？"

他们发现，这座山没有花草树木，到处是瑶、碧一类的美玉。山中的野兽，大多是被称为沙漠之舟的骆驼，而禽鸟大多是鹠鹛鸟。历虢水从这座山发源，然后向东流入黄河，水中有师鱼，举手可抓。河边有人脸色发乌地死在那里。旁边是半边鱼。沈教授蹬下去仔细观看了一下，说："显然，这人吃了这鱼的肉，中毒而死。"

黄梅问："夏教授，这里的骆驼与鸟类会不会吃这鱼呢？"

夏教授说："根据生物学的知识，这里的动物都不会吃师鱼的。否则，就不会有这么多的骆驼存在。"

龙小宏是个喜欢打破沙锅问到底的人。他发问："万一有的鱼类想吃这有毒的师鱼，怎么办？"

夏教授说："师鱼有毒，它可以保护自己不轻易被人捕杀，被动物吞食。但是，肯定有的鱼能够吃掉师鱼，而不至于中毒。"

黄梅明白了："这种鱼就是师鱼的天敌了。"

田幻想说："根据《山海经》记载，再往北四百里，是乾山，没有花草树木。山南阳面蕴藏着金属矿物和玉石，山北阴面蕴藏着铁，但没有水流。山中有一种野兽，形状像普通的牛却长着三只脚，名称是獂。它发出的叫声便是自身名称的读音。"

贾小玲说："再往北五百里，是伦山。伦水从这座山发源，然后向东流入黄河。山中有一种野兽，形状像麋鹿，肛门却长在尾巴上面，名称是罴九。"

黄梅说："五百里以外，有碣石山。绳水从这座山发源，然后向东流入黄河。水中有很多蒲夷鱼。这座山上出产玉石，山下还有很多青石、碧玉。"

贾小玲说："碣石山往北行五百里水路，便到了雁门山。这里没有花草树木。再往北行四百里水路，便到了泰泽。在泰泽中屹立着一座山，叫做帝都山，方圆二百里，不生长花草树木，有金属矿物和玉石。"

黄梅说："帝都山往北五百里，是錞于毋逢山。从山上向北可以望见鸡号山，从那里吹出的风很强劲。从錞于毋逢山向西可以望见幽都山，浴水从那里流出。这座幽都山中有一种大蛇，红色的脑袋。白色的身子，发出的声音如同牛叫。在哪个地方出现，哪里就会有大旱灾。"

夏青教授说："从动植物种类及其分布看，在《北山经》记载的可识别的二十二属植物和十三属动物中，除橐驼一种外，其余的均与今天横断山三江并流区分布的种属相同。而且，分布于山脉南部的动植物以云南北亚热带和温带的物种一致，植物如桤木、棕榈、漆树、臭椿、葵、桃、李、榛、楛木、芍药和动物飞鼠等，它们分布的海拔上限一般在二千八百米；而分布于山脉北段的动植物如茈草、秦椒、箭竹、枸子、牦牛、秃鹫和罴、棕熊等，则为寒温性和高寒性物种，多分布在海拔三千米以上的高山带。”

考古教授说：“《北山经》在描述第一条山脉时写道：‘有兽焉，其状如牛，而四节生毛，或曰旄牛’。这无疑指的是今天所说的牦牛。《辞海》写道：‘牦牛亦称‘犛牛’、‘氂牛’、‘旄牛’、‘髦牛’……原产亚洲中部山地；在中国主要分布于青海、西藏及其邻近海拔三千米以上的高寒地区。’”

夏青教授说：“据史料记载，今天的滇川藏交界带，在东汉（公元二五——二二〇年）时期属于‘越嶲牦牛地’，这里的民族以牧业为主，饲养牦牛和犏牛。因而在横断山脉，农牧民随季节垂直迁移牧场和食用酥油奶茶的生活习俗，延续至今。今天到云南的游客，也只有到滇西北高寒藏地区，才能看到牦牛和犏牛。”

考古教授说：“至于《北山经》多处提到的‘飞鼠’，就是动物志所说的鼯鼠，历来被当作是滇西北高原的土特产而载入史书。”

夏青教授说：“《北山经》提到的分布于第三条山脉的四只脚的‘人鱼’，至今被当地人称为娃娃鱼、四脚鱼和雪鱼，动物学家称之为山溪鲵，分布在滇西北香格里拉县海拔三千至四千米的高山溪流中，是民族传统药用动物。”

沈教授说：“《北山经》所写的三列山系分布的‘松柏’，指的是构成今滇西北横断山三江并流区大面积森林植被的松科和柏科树种，如长苞冷杉、油麦吊云杉、高山松、云南松、华山松、大果红杉（落叶松）、滇藏方枝柏、高山柏、干香柏和侧柏等。”

沈教授进行小结：“总计北方第三列山系之首尾，自太行山起到无逢山止，一共四十六座山，途经一万二千三百五十里。其中有二十座山山神的形状都是马一样的身子而和人一样的面孔。祭祀这些山神，都是把用作祭品的藻和茝之类的香草埋入地下。另外十四座山山神的形状是猪一样的身子却佩戴着玉制饰品。祭祀这些山神，都用祀神的玉器，不埋入地下。还有十座山山神的形状都是猪一样的身子，却长着八只脚和蛇一样的尾巴。祭祀这些山神，用一块玉璧祭祀后埋入地下。总共四十四个山神，都要用精米来祭祀。参加这项祭祀活动的人，都生吃未经火烤的食物。

话刚说完，忽见山神主动出现在他们面前，问：“你们是在寻找《山海经藏宝图》吧？”

龙小宏快人快语，说：“山神怎么知道？我们正是寻找《山海经藏宝图》啊。”

山神说：“你们可以去下一个山系看看。”

沈教授说：“我想给大家讲讲《山海经》里的神话传说《精卫填海》。田幻想，你记得那段古文吗？”

田幻想说：“《山海经》记载：发鸠之山，其上多柘木。有鸟焉，其状如乌，文首、白喙、赤足，名曰精卫，其鸣自詨。是炎帝之少女，名曰女娃。女娃游于东海，溺而不返，故为精卫。常衔西山之木石,以堙于东海。”

沈教授说:“我开始给大家讲故事了。请打开魔幻背心上的梦幻开关,你们去会见精卫鸟。”

精卫填海

——话说发鸠山上,像桑树一样的木头真多。忽然,一只小鸟从树上的巢里飞出,像乌鸦,头上有花纹,红的脚爪,人们叫它精卫鸟。传说精卫鸟是炎帝的小女儿女娃,在东海游玩被淹死,宁死不屈,冤魂变成精卫鸟,发誓衔木石填大海。几千年来,《精卫填海》为什么一直为广大群众所喜爱？这里面到底是一种什么样的神秘的审美力量。”

方艳红说:“女娃据说淹死的时候不到十六岁,难道她的父母不陪同她吗？”

田幻想说:“女娃的父亲炎帝,工作忙碌无暇顾及女娃。女娃的父亲炎帝与黄帝是华夏族的始祖。相传炎帝的母亲,一日游华阳,被神龙绕身,感应而孕,生下炎帝。传说炎帝人身牛首,头上有角,比我们今天的神童还要神奇,三天能说话,五天能走路,三年能够种庄稼。为让百姓得以丰食足衣,他教百姓耕作;为让百姓不受疾病之苦,他尝遍百草,曾经一日中毒七十次。”

沈教授说:“自他以后,中国进入农耕社会。炎帝敢为人先的创造精神,坚忍不拔的进取精神,使华夏民族在与自然和社会的斗争中,摆脱愚昧和野蛮,获得了高度的团结和统一。夏朝以前,国家还没有形成,那时候的帝王,远不如后来帝王那么阔气,享有许多特权。用我们今天的话来说,炎帝纯粹是人民的好公仆,只有尽义务的份儿。炎帝成天为老百姓奔忙,他没有时间照顾自己的女娃。而女娃的妈妈也忙于家务,也无暇顾及自己的小女儿。”

方艳红说:“女娃的父母忙碌,难道她的姐姐不陪同她吗？”

田幻想解释说:“女娃的大姐无名少女火焚成仙,无暇照顾小妹。女娃的大姐没有名字,人称无名少女。她后来追随仙人赤松子升仙而去了。这个赤松子,炎帝时候他做掌雨的官,即雨师,常常服食一种叫做“水玉”——就是水晶的宝贵药物,并用熊熊烈烈的猛火磨炼自己,终于脱胎换骨,成了仙人。无名少女,羡慕成仙,对赤松子一往情深,但赤松子为了修仙成道,一度将她拒之门外。赤松子成仙后,无名少女追随到他那里。赤松子已经成仙,有点无聊,儿女私情,对他不仅没有妨害,反而带来了无穷的乐趣。无名少女也经过了一番服食水玉、焚烧身体的磨炼,最终,成为与赤松子一样的仙人,跟随赤松子云游四海。大姐一心想成仙,根本没有时间照顾小妹。”

田幻想读过相关《山海经》的书,接着说:“女娃的二姐赤帝女火焚成仙无心照应小妹。她看见大姐成仙,也希望得道成仙。于是,到了正月初一这天,在南阳宣山上,她衔了些小树枝来,在一棵大树上作巢,劳累半月,正月十五完工。”

沈教授提醒大家打开梦幻开关。大家打开梦幻背心后,眼里出现了一棵腰围五丈、高约百丈的大桑树。一个年轻的少女在桑树上搭建鸟巢。

龙小宏指着这大树说:“这是《山海经·中次十经》所记的宣山的‘帝女之桑’。”

鸟巢很大,少女呆在里面,一会儿,一个牛头人身的神仙来了,对着树上的鸟巢喊话:“女儿,你快下来。”

田幻想解说：“这就是炎帝，女娃的父亲。”

炎帝看见了龙小宏、田幻想、王丽君、方艳红他们，亲切地问道：“你们是什么人？”

田幻想说：“您是我们的祖先，而我们是你的子子孙孙的朋友。”

炎帝：“我的子孙朋友，为什么今天来了？”

田幻想解释：“我们是通过时光隧道走过来的。”

炎帝说：“我真的不明白了，你们想来干什么？”

田幻想心里想：现代科技，古人是没有办法明白的。便说：“我们想来寻找《山海经藏宝图》。”

炎帝说：“似乎听说过，但是，我没有见过。”

再说那女子不肯下来，对她的父亲不理不睬。她的形体在发生变化，渐渐化做白鹊的形状。但是，仍然保持女人的相貌。炎帝见状，十分悲恸，千方百计，想让女儿下来，女儿执意不从。父亲无可奈何，命人在桑树下面点燃柴火。

龙小宏上前干预：“炎帝呀，不能够用火！一是怕引起森林火灾，二是千万别伤害了你的女儿。”

炎帝说：“我只是用烟火迫胁女儿，让她重返地面。”

炎帝执意命令人点燃了火堆。这火焰一下冲上了大树的鸟巢。哪知年轻的姑娘，反而借助烈火，蜕化了血肉之躯，化为一道青烟，升上了天空，得道成仙了。

田幻想继续介绍女娃的三姐说：“女娃的三姐，名字叫做瑶姬。她自幼身体不好，根本顾不上自己的妹妹。但是，她执著的追求幸福、自由的生活。遗憾的是，瑶姬正值青春妙龄，美貌和才智引起一恶魔的歹念，但是，未能夺走她的贞操，恶魔残酷地结束了她年轻的生命。天帝对此十分恼怒，对恶魔严惩不贷，册封瑶姬做了巫山神女。”

大家眼前出现了巫山神女的形象。接着，一个活泼可爱的女童出现在大家面前。她一会儿游泳，一会儿划船，一会儿冲浪。她游泳时，将男孩远远地甩到了身后，她划船时，也是冲在一群船的前面。这个小女孩分明就是炎帝的女儿女娃。

炎帝看见女娃上岸了，便对女娃说：“你这野孩子，怎么与男孩一样的个性！成天不梳妆打扮。”

女娃看见了神话博士他们几个，便问父亲：“他们是什么人呀？穿戴与我们完全不一样。”

炎帝说：“我也弄不明白了，这些人说是我的子孙。”

女娃又问：“父亲，为什么邻居八岁的小弟弟还是躺在床上不起床。”

炎帝说：“这是得了软骨病啊。”

女娃问：“有没有治理的办法呢？”

炎帝回答：“治理的办法是有的。壮骨草可以治这种病。”

田幻想说：“我认识壮骨草，因为我的邻居是中医。”

于是，田幻想几个陪同女娃开始跋山涉水，女娃指着一棵植物说：“这就是壮骨草。”女娃采下草，来到了小孩的家，对小孩的父亲说：“叔叔，你将壮骨草熬汤给小孩喝。”

小孩的父亲说：“这壮骨草是你从山上采来的，真是要好好的感谢你啊！”

女娃一笑走了。她要去村里找小朋友玩。路上，她看到一个青年把小孩子当马骑。小孩都累得爬下了，哭爹喊娘，青年还不肯罢休。女娃走过去，指着青年的脑门怒斥道："你这个人太不知羞耻，欺负小孩子算什么本事！有本事，去打老虎呀。"

青年从小孩背上跳下来，摇头晃脑地将女娃上下一打量。见是个小姑娘，生得秀气文弱，根本不把她放在眼里。他冲着女娃冷笑说："小丫头，你敢管我的闲事！你知道我是谁吗？告诉你，我是海龙王的儿子。你是什么东西，竟敢来管我！"

女娃说："我不管你是谁。你是龙王的儿子，又有什么了不起。我还是炎帝的女儿呢。以后你少到陆地上撒野，小心我抽你的筋。"

龙太子说："我先让你知道我的厉害。"

说着动手就打。王丽君吓得尖叫，方艳红也说："你们两个男的上去帮忙劝阻呀。"

田幻想说："放心，女娃从小跟着父亲上山打猎，手脚灵活，力气也大。"

果然，女娃见对方蛮横无理，闪身躲开对方的拳头，飞起一腿，将龙太子踢个仰面朝天。龙太子站起来，不肯服输，挥拳又打，被女娃当胸一拳，打个嘴啃地。龙太子爬起来还要冲过来打架。这个时候，方艳红叫起来："男人打小女孩，有什么本事。"

龙太子见打不过女娃，还有这么多人护着女娃，只好灰溜溜地逃回大海。一日清晨，风和日丽，女娃对父亲说："我要驾船出海。"

父亲炎帝劝她："要注意安全，不要远行。天有不测风云，人有旦夕祸福。"

田幻想说："这回女娃遭殃了，死定了。"

方艳红问："田幻想，你为什么知道女娃一定会死？"

田幻想说：《精卫填海》的故事不就是这样写的么。

方艳红说："我们既然来了，难道见死不救吗？"

方艳红听见了考古教授的声音："历史的真实，谁也无法改变。"

方艳红对女娃说："我们一起上你的船吧。"

还是考古教授的声音："女娃的船只能上她一个人，这是冲浪用的船。"

女娃单纯。她说："我不相信碧波荡漾的大海会翻脸。你们放心吧。"

女娃驾着小船，尽兴遨游东海。海风吹拂，海浪起伏，女娃乘坐的小舟越漂越远。年轻单纯的女孩，陶醉在蓝色的梦境里，哪知道世道险恶。陶醉在蓝色的梦境里。霎时间，平静的大海像千万匹奔腾的野马，微笑的太阳被乌云挡住，海风像钢鞭一样无情，海浪像鲨鱼一样凶猛。

原来，龙太子发现了女娃的船，张牙舞爪地对她说："那天在陆地上，让你捡了便宜，今天，你还敢跑到我家门前，赶快磕头认罪。不然，我让你葬身大海。"

女娃倔强地说："我没有罪，凭什么磕头。"

龙太子一听，立即掀起狂风恶浪。女娃性格顽强，凭着高超技艺，劈波斩浪，与龙王的儿子周旋。她以为龙王的儿子虽然会惩罚她，还不至于将自己置于死地。没有想到，海涛更加汹涌。又饿又渴的女娃，终于筋疲力尽。小舟被巨浪的牙齿咬成了碎片，女娃被大海的旋涡拖向死亡的深渊。

女孩真诚的呼叫十分凄惨："老天啊，你真的容忍恶龙兴风作浪吗？真的要我毁灭于大海吗？真的要让我与慈祥的父亲永别吗？"

星星们听了，难过地闭上了眼睛，它们不忍目睹惨剧。天地大海一片黑暗，好比给女娃披上了巨大的黑纱。神话博士的眼眶红了，考古教授的眼眶里热泪滚动，方艳红哭出了声，

沈教授继续给大家讲述。

——几天过后，女娃的冤魂化成一只小鸟，从海域破浪而出，花头颅、白嘴壳、红脚爪，样子有点儿像乌鸦，它发出的声音像"精卫。"人们喊她精卫鸟，称她是女娃不屈灵魂的化身。精卫鸟是不屈精神的化身，栖身于布满拓木林的发鸠山上，天天从发鸠山衔小石子或者小树枝，展翅高飞，直至东海，把石子或树枝投下去。日复一日，年复一年，不管是赤日炎炎，还是狂风呼啸，不死鸟精卫回翔在波涛汹涌、浩瀚无垠的大海上空，投下颗颗碎石、根根断枝。

恼怒的东海龙王掀起百丈浪涛说："你为什么要往东海扔石头树枝？"

精卫鸟发出啼鸣："因为你的儿子无情夺走了我年轻的生命，现在我要填平东海！"

东海用轰隆隆的大笑声来掩饰自己的窘态："你真是一只小傻鸟！你难道不知道，你就是填一千年，一万年，也填不平东海呀！"

不死鸟精卫悲啸着："我要一千万年、一万万年地填下去。"

精卫鸟说完，从大海到发鸠山再到东海，循环往复，衔石投石，永无休止。它不间断地叫着"精卫、精卫"的口号，所向披靡地冲刺；它发誓以锲而不舍的精神，要填平浩浩荡荡的东海。

精卫填海具有美学价值。小小的精卫鸟，居然敢于去跟浩瀚无边的大海作对，而且前仆后继，不肯罢休，这种敢于向恶势力抗争的精神，实在令人钦佩。

炎帝来到大海边，他对着苍天呼喊："精卫鸣兮，天地动容！山木翠兮，人为鱼虫！娇女不能言兮，父至悲痛！海何以不平兮，波涛汹涌！愿子孙后代兮，勿入海中！愿吾民族兮，永以大陆为荣！"

人们也赞扬精卫，钦佩精卫，同情精卫。有的叫它"冤禽"，用我们今天的话来说，就是有冤案的鸟。有的叫它"誓鸟"，用我们今天的话来说，就是立下誓言的鸟。有的叫它"志鸟"，用我们今天的话来说，就是有雄心壮志的鸟。因为它是炎帝的女儿，又叫它"帝女雀"，用我们今天的话来说，就是帝王女儿化身的小鸟。后来，人们为了纪念它，还在东海边上立了个石碑，刻上"精卫誓水处"。

夏青教授说："《精卫填海》的神话，千百年来，引得人们赞颂不已。精卫填海是中华民族一则悲壮的神话，有一种震撼人心的美感。精卫鸟以渺小的身体，敢于对无比强大的大海发起攻击，其悲剧感构建为悲剧美。一只渺小的生物，显示出人性的单纯、人性的坚强，显示出人性对于死神的仇恨，以及对生命的热爱。故事虽然短小，但是，包含的意义对于发展中的人类却十分重大。"

田幻想十分感慨地说："晋代大诗人陶渊明十分喜欢《山海经》，曾赋诗十三首赞美《山海经》。

当他读了《精卫填海》的故事后，心灵为精卫不屈不挠的精神所震撼，字里行间，激情满腔地赞叹：‘精卫衔微木，将以填沧海，刑天舞干戚，猛志固常在！’”

杨扬说：“孔子在《论语·子路》里有‘知其不可而为之’。孔子相信，精卫已升华为中华民族不屈的象征。诸葛亮大概也受了精卫的影响，在《后出师表》中发出，‘鞠躬尽瘁，死而后已’的豪言壮语。”

黄梅插了一句：“鲁迅先生的《希望》一文‘用这希望的盾，抗拒那空虚中的暗夜的袭来，虽然盾后面也依然是空虚中的暗夜’，反映中华民族无数志士为理想而在无望之中前仆后继、死不旋踵。他们都是精卫精神的继承者和体现者。马克思对神话做过很精彩的阐释：‘任何神话都是用想象和借助想象以征服自然力，支配自然力，把自然力加以形象化；因而，随着这些自然力的实际被支配，神话也就消失了。’”

沈教授说：“神话依靠丰富的想象力来表现美感。古代人经过长远的时间，糅合了丰富的想象力，也许原先只是东海边上所常见的海鸟口衔树枝的景象，附丽在女娃淹死大海的传说之上。在人类遭受的灾难中，死亡是一种冷酷的事实。在无穷无尽的时间与空间中，人被局限在狭小的世界之中。而人类又要借助神话来超越时间、空间，张扬精卫不屈的呼唤。它使人类在感受悲剧的同时，深深感受伟大的生命是永远无止境的，只要坚持一种意志，坚持一个誓愿。敢于坚持，就是生命的本质。”

黄梅说：“精卫这种对命运不屈不挠的斗争精神，是中华民族精神的重要组成部分。中华民族虽然屡遭坎坷，但最终能够顽强生存，不断发展，与精卫、愚公的这种顽强奋斗精神，是分不开的！虽然，东海确实巨大无比，精卫鸟是无能为力的。但是，精卫鸟填海的决心非常撼动人心。人类在发展过程中，强调天人合一的观念，这是人类最早的生态意识。在强大的大自然面前，人类所具有的力量十分渺小。人类要改造大自然，要保护大自然，要战胜大自然，还得顺应大自然。”

沈教授说：“今天，在人们眼里，或许精卫鸟是荒谬的角色，做的徒劳无益的傻事，甚至是破坏生态环境的傻事。但是，我们可以想象，一只逆风飞翔的海鸟，衔着小石子与树枝，投入波涛汹涌的大海中，一阵猛浪，树枝被大浪卷走，而海鸟继续挣扎奋飞。这个画面实际上是中华民族几千年来与大自然和社会抗争的画面。这是悲剧美给我们带来的启示，这是悲剧美给我们带来的浪漫主义的想象。《精卫填海》用死来反映崇高的理想追求，让人们对精卫鸟的不凡举动产生由衷的敬仰。反映的悲剧美、崇高美、真善美，影响人类发展的意义，是不可忽略的。”

黄梅一听，带头鼓掌，大家一片掌声过后，贾小铃笑道：“老沈像给学生上课一样。”

沈早晨自嘲的叹气说：“职业习惯。”

十、蓬莱传奇

蓬莱仙岛

这次没有分小组，神话博士与考古教授带大家来到蓬莱。蓬莱岛，即蓬莱山。相传，很早以前，渤海中有三座神山，其上物色皆白，黄金白银为宫阙，珠玕之树皆丛生，华实皆有滋味，吃了能长生不老。秦始皇统一六国后，为求大秦江山永固、个人长生不老，便慕名来到这里寻找神山，求长生不死药。他站在海边，眺望大海，只见海天尽头，一片红光浮动，便问随驾的方士，那是什么？方士回答："那就是仙岛。"

秦始皇大喜，又问仙岛叫什么名。方士一时无法应答，忽见海中有水草漂浮，灵机一动，便以草名"蓬莱"做了回答。"蓬莱"者，"蓬草蒿莱"也。据说，蓬莱这个神山名就是这样来的。

实际上，早在秦始皇之前，"蓬莱"作为海上神山的名字就已经传开了。成书于战国时代的《山海经·海内北经》中就有"蓬莱山在海中"之句；《列子·汤问》亦有"渤海之东有五山焉，一曰岱兴，二曰员峤，三曰方壶，四曰瀛洲，五曰蓬莱"的记载。可见，秦始皇并不享有神山"蓬莱"的发明权。

神话博士说，"蓬莱"作为地名(而不是神山名)，最早有文字可考的见于唐代杜佑的《通典》："汉武帝于此望海中蓬莱山，因筑城以为名。"

沈教授说，汉武帝确曾于元光二年东巡至蓬莱，说他望神山不遇，筑一座小城命名为"蓬莱"，聊以自慰。这说法似乎可信：一是至今未见汉代以前的典籍中有"蓬莱"作为地名出现的；二是据清代《蓬莱县志》载，蓬莱旧城鼓楼的前身，为古城东门，名"望仙"，为汉武帝登临望海处。

神话博士说，蓬莱山又名"九仙山"，位于福建尤溪县坂面乡山面村，距县城三十五公里，海拔一千二百八十八米，峰顶面积达二千多平方米，是尤溪最高的山峰之一。岩凿百栏曲径峰回，峰顶立有观音佛祖像，建于唐贞观年间。蓬莱山不仅是尤溪建县前最早开发的名胜景点和宗教信士活动场所，而且是三明市最优美的旅游自然景区之一。

区内山峦奇特，山势雄壮；峰峦峭拔，怪石嵯峨；流泉飞瀑，鬼斧神工；茂林修竹，古木参天；奇花异草，山明水秀。山上有金鲫池、石棋盘、黑白二石子、炼丹灶、白鹤洞等胜景。同时，洞窟幽深，岩壑雄峙；峡谷险绝，山泉潺潺；苍松翠柏，水光山色，景致宜人。相传山巅有仙人来往，并可闻鼓乐声。

蓬莱山盛夏不暑，严冬不寒，天高气爽，平均气温 18℃，日出日落之景，尤为壮观。山上幽雅壮丽的景致，令游人流连忘返。并有傍山公路蜿蜒而至。《山海经》里提到的蓬莱，就是八仙过海故事发生的地方。

神话博士与考古教授为了让大家轻松一下，决定带着大家去看八仙过海景区。他们打开旅行功能，很快来到八仙过海景区。其坐落在山东蓬莱市北黄海之滨，是胶东半岛独具特色的风景名胜区。八仙过海景区又名八仙渡、八仙过海口，与丹崖山、蓬莱阁、长山列岛隔海相望，游览面积五万五千平方米，主要景点近四十处。周围海域天高水阔，景色壮观。春夏之交，常有海市蜃楼出现，奇景虚幻缥缈，美不胜收。

景区如同横卧在海上的宝葫芦，维妙维肖。景点错落有致，分布其间。主中轴线上有：八仙坊、八仙桥、仙源楼、八仙壁、望瀛楼、八仙祠、会仙阁、颐心亭、仙人桥、拜仙坛。景区以道教文化和蓬莱神话为背景，以八仙传说为主题，突出大海仙山的创意，集古典建筑与艺术园林于一体，内涵丰富，意境深远，观览性极强。是休闲、度假、体验“神仙”意境、观海览胜的绝佳之处。

沈早晨对大家说：“古代传说蓬莱、方丈、瀛洲为海上三仙山。史籍记载，秦始皇、汉武帝都曾为寻求长生不老的仙药来过这里。该景区是黄海之滨一颗璀璨的明珠，是烟台黄金旅游线上观景览胜的绝佳去处。”

蓬莱阁古建筑群分布在蓬莱城区西北的丹崖山上，由弥陀寺、龙王宫、天后宫、蓬莱阁、三清殿、吕祖殿六部分组成。蓬莱阁高居山巅，下临大海，水汽弥漫，云烟缭绕，形成虚无缥缈的气氛，故素有“仙境”之称。蓬莱阁位于烟台市西，坐落在蓬莱城北面的丹崖山上，与黄鹤楼、岳阳楼、滕王阁并称全国四大名楼。蓬莱，因有海市蜃楼，历史上曾是秦、汉之君巡视的地方；之后，八仙过海的传说又长久地依附在这里，遂被历代文人墨客视为仙境。

蓬莱阁下方有结构精美、造型奇特的仙人桥，那是神话中八仙过海的地方。阁内布局奇巧，浑然成体；层层叠叠，错落有致。各亭殿内楹联碑文琳琅满目。蓬莱阁主阁是一座双层木结构建筑，丹窗朱户，飞檐列瓦，雕梁画栋，古朴壮观。登上主阁，凭栏四顾，云雾缠绕，亭楼殿阁时映时现，使人超凡出世之感油然而生。

高达四十二米、气势磅礴的会仙阁，荟萃了道教最有代表性的七十二位神仙。会仙阁四面有门，四面有联。其北门楹联出自欧阳中石笔下：常称香港通海客；且看蓬莱会神仙。

由水上四层、水下两层组成的望瀛楼，是一座雕梁画栋、古朴典雅的楼阁。所谓“望瀛”，即在蓬莱仙岛这座琼楼之上眺望瀛洲。望瀛楼水上部分展示的是丰富的仙文化，其一二层南北面均有楹联点缀。联语昭示人们，海市蜃楼的景象转瞬即逝，美好的人生稍纵即逝，不要被功名利禄所困扰，要保护自然，亲近自然，在青山绿水中颐养天年，延年益寿。

以仙文化的源头立意命名的仙源楼，大门两侧的内外楹柱上悬挂着两副楹联。其一为：鉴性明心通净化；参天悟道会清凉。这是当代著名书法家欧阳中石所题。“鉴性明心”，审察性格，表明心迹，“参天悟道”，探究并领会天道。上下联分别落脚在“净化”、“清凉”上，一“净”一“清”，合为“清净”，即不烦扰。其二为当代著名红学家冯其庸所题：看空中楼阁；游海上仙山。“空中楼阁”，空中所见的楼台观阁，即海市蜃楼。“海上仙山”，海上所现的神仙住所，比喻八仙过海景区。蓬莱自古以来有“人间仙境”的美誉，海市蜃楼是蓬莱最富有神秘色彩的景观。这一“看”一“游”，彰显了八仙过海景区的魅力。

黎萍说：登蓬莱阁可观八景——“仙阁凌空”、“狮洞烟云”、“渔梁歌钓”、“日出扶桑”、“晚潮新月”、“神山现市”、“万里澄波”、“万斛珠玑”。另蓬莱城东十五公里处有“铜井金波”、“漏天滴润”两景，合称“蓬莱十景”。

“八仙过海”景点是九十年代建成的，历史沧桑感或建筑的年代感，包括景点的历史沉淀，还无法与蓬莱阁相比拟。但作为蓬莱阁这个大景点范围内的“八仙传说”，反映了现在人们对乐善好施的八仙的热爱。

八仙过海

沈早晨说：“八仙过海是最脍炙人口的故事之一。传说，有一天，八仙要到东海去游蓬莱岛。本来，腾云驾雾，一眨眼就可到。可是吕纯阳偏偏别出心裁，提出要乘船过海，观赏海景。他拿来铁拐李的拐杖，往海里一抛，喝声“变”，顿时变成一艘宽敞、漂亮的大龙船，八位大仙坐船观景，喝酒斗歌，好不热闹。我们现在打开魔衣与魔幻背心上的时空穿越功能吧。”

神话博士、黎萍导游、田幻想、方艳红等穿上魔衣、魔幻背心在时空中穿梭，来到八仙过海的那个时代，正好遇到八仙坐在船上。田幻想读了一系列八仙的故事，见多识广，他对八仙中的铁拐李说：“铁拐李，你们会遇到麻烦的。”

八仙中的铁拐李说：“少管闲事！你是何人？”

八仙忽然看见神话博士一行人站在波涛之上。忍不住交头接耳，何仙姑问：“朋友，你们是何人？”

黎萍说：“我们是现代人，最崇拜你们八仙，特来看看你们。”

何仙姑说：“看样子，你们是好人。不过，我想问一下，你们怎么知道，我们会遇到麻烦？”

方艳红说：“老田，听我劝，你别管了。我们当观众就行。”

田幻想不听劝告，直言说：“你们不相信？龙宫里有条花鳞恶龙，是龙王的第七个儿子，称为‘花龙太子’，他是一条好色的龙。”

船上八仙，不肯相信。张果老说：“你可能不知道我们法力无边，别说他是龙太子，就是龙王爷也奈何我们不得。”

田幻想说："我是现代人，看了《八仙过海》的故事，很佩服你们。可是，你们能够躲过去的祸害，何必要去招惹呢？"

曹国舅说："你是一个凡人，能够知道神仙们的事情？我就不相信。"

八仙一意孤行。没有想到，龙宫里真有条花鳞恶龙。这天，恶龙闲得没事，在水晶宫外游荡，忽闻海面上有仙乐之声，便寻声而去，猛见一条雕花龙船，内坐七位奇形怪状的大仙，其中有个妙龄女郎，桃脸杏腮，楚楚动人。花龙太子见此仙姿，魂魄俱消，早忘了师傅南极仙翁的忠告，忘了母亲的训导，想入非非，似魔似痴的迷上何仙姑了。

穿着魔幻背心的田瞎子喜欢管闲事。他来到恶龙的身边，对龙太子说："龙太子，我劝你一句，上面的八仙个个本事高强，你别去惹是生非。"

花鳞恶龙发脾气了："小心我砸烂你的头。你不说，我说不定还放过了这美女。你说了，我偏要拼个你死我活。"

于是，平静的海面突然掀起一个浪头，将雕花龙船打翻了。铁拐李失了拐杖，龙小宏提醒："快，你的拐杖在那里。"

铁拐李说："到底在哪里呀！我怎么没有看见。"

神话博士说："你赶快抱紧你的葫芦吧。"

铁拐李赶紧抱紧葫芦，才没有被恶龙卷起的大浪沉到海底。他说："哎呀！我幸亏抱着个葫芦。"

这时，汉钟离见铁拐李抱住葫芦，自己赶紧打开蒲扇垫在脚底，一下子，腾在海浪之上。张果老还在迟疑，田幻想上去推了一把，让他翻身爬上毛驴背。龙小宏说："你们各人抓住自己的法器。"

蓝采和听了，赶紧攀住了花篮边；韩湘子马上放下仙笛当坐骑；曹国舅脚踏巧板飞上浪尖；吕纯阳骂了龙小宏一句："少管闲事。"他没有采取行动，被卷进海浪里。到底是仙人，他从水中钻了出来，却呛了几口海水。

花龙太子拦路抢亲，把何仙姑抢到龙宫里去了。七仙在大海上空叫骂。花龙太子催动虾兵蟹将，掀起漫海大潮，向七仙扑来。汉钟离挺着大肚子，飘飘然降落潮头，轻轻扇动蒲扇。只听"呜…忽…"一声，一阵狂风掀起万丈巨浪，虾兵蟹将都煽到九霄云外去了，吓得四大天王连忙关了南天门。花龙太子见汉钟离破了它的阵势，忙把脸一抹，喝声"变"，海里突然窜出一倏巨鲸，张开闸门似的大口来吞汉钟离。

只见铁拐李向海中一招手，它的那根拐杖"唰"地窜出海面。铁拐李拿在手中，一杖打下去，不料打在一堆软肉里。原来，巨鲸已变成一只大章鱼，拐杖被章鱼的手脚缠住了。要不是蓝采和的花篮罩下来，铁拐李早被章鱼吸到肚皮里去了。原来这巨鲸和章鱼都是花龙太子变的。这时，花龙见花篮当头罩来，慌忙化作一条海蛇，向东逃窜。张果老一拍手，叫驴撒蹄追赶。眼看就要追上，不料毛驴被蟹精咬住脚蹄，一声狂叫，把张果老抛下驴背。幸亏曹国舅眼疾手快，救起张果老，打死了蟹精。

过后，玉皇大帝出面，请来了观世音菩萨，龙王爷逼着花龙太子还回了何仙姑。这一下，八仙的声名大振。

沈教授说："八仙过海的故事，老百姓喜欢听，是因为现实社会中的一些贪官或者黑道人物太霸道。所以，他们希望有八仙这样的好神仙来惩恶扬善。我们从这里得到了一些善的启示。"

再说八仙见到了王丽君等。何仙姑说："应该怎样谢谢你们呢？"

方艳红说："我们正在探寻《山海经藏宝图》，你们听说了没有？"

张果老说："我们一起去三清山看一看吧。"

三清八仙

八仙认准了田瞎子、神话博士一行，要与他们交朋友。神话博士说："《八仙过海》的故事家喻户晓，你们能够与我们交朋友，太荣幸了。"

张果老说："你们现代人怎么这么聪明。我们想到现代社会去看一看。"

田幻想说："可以。我们随时会来找你们的。"

铁拐李说："你们进行'山海经神话考古体验游'，遇到困难没有？"

方艳红毕恭毕敬地对何仙姑说："我们进行'山海经神话考古体验游'，其中一个主要任务是寻找《山海经藏宝图》，好像找不到方向。你看，我们应该怎么办？"

何仙姑的声音很亲切："有志者事竟成。"

再说何仙姑、张果老带着方艳红一行遇到曹国舅，曹国舅跳下大白马，一扬手中的云板，说："上次过海，你们的法宝只在柔软的海水里显神通，要是到坚不可摧的高山石壁去，那就只有看我的大白马喽。"

童颜鹤发的张果老倒骑着毛驴，手执一根凤毛，从鼻子里哼了一声："你的大白马能胜过我的小毛驴？"

韩湘子却从彩凤背上跳下来，扬着手中的玉箫，哈哈大笑说："大白马小毛驴算什么？要是到山上去，岂能强过我的彩凤？"

这一下，就像水珠落油锅，八仙"噼里啪啦"地吵起来了，大家都说自己的法术高强。

汉钟离恼火了，用蒲扇尽力一扇，把大家扇得七颠八倒。他大喝一声："别争了，我们都去比试一下。"

大家定了神，都同意去比试。蓝采和问："到哪座山上去比呢？"

有说去泰山的，有说去庐山的，有说去黄山的，还有说去昆仑山的。正相持不下，南海观音路过，大家就请观音娘娘给拿个主意。观音点头说："好。既然众位仙友这样看重我，我就给你们出个主意。我先不说山名，只为此山题副对联，让你们猜猜。你们该去的地方是：'清绝尘嚣天下无双福地，高凌云汉江南第一仙峰。'"

观音话音一落，他们就七嘴八舌地猜起来。有说是庐山，有说是武夷山。观音都摇头。只有铁拐李还在那里从葫芦里倒酒喝，不做声。其实，他晓得。他要等大家猜个够才说出来。观音见他一声不吭，就问："铁拐仙，你怎么不做声？"

铁拐李见问，说："那地方，我常去哩。它不就是三清山嘛。"

观音点头称是。大家听说是三清山，高兴极了。于是就决定到三清山去比法，请观音做公证人。他们约定每人先做一件好事，然后穿过山峰，到岩洞会合，看谁先到。

何仙姑说："我们重新比试功夫，可以邀请王丽君、方艳红、田幻想、龙小宏做裁判。"

韩湘子骑着彩凤吹着洞箫，飞到三清山南麓的二桥墩附近。那些鸟儿们听到悠扬的箫声，都飞来朝拜彩凤。韩湘子一点数，还有老鹰没到。一问，鸟儿们都说不知道。只有乌鸦吞吞吐吐想说什么。

韩湘子用洞箫指着乌鸦说："你说实话！"

乌鸦无奈，只得照实说道："老鹰正在追捕一只兔子。"

韩湘子立即骑着彩凤飞到空中，看到老鹰正捉住兔子，兔子哀叫着。韩湘子吹起洞箫，老鹰大吃一惊，爪一松，兔子掉到地上。那时，老鹰满身羽毛漂亮，非常骄傲。韩湘子吹起洞箫，招来百鸟，拔掉老鹰身上漂亮的羽毛，换上灰色羽毛。

田幻想说："难怪，老鹰现在身上的毛是灰不溜秋的。"

韩湘子抱起吓得发呆的兔子，在它脚上安上利爪，告诉它要打三穴，安家落户，躲避灾难。自那以后，兔子会打地洞了。

韩湘子当年吹箫招百鸟的地方，后人叫它"百鸟朝凤"。韩湘子救了兔子，惩罚了老鹰，已花去了很长时间。他怕比赛输了，心里很着急，用洞箫撞击山峰。山峰摇晃了一下，"哗啦"一声，裂开一道口子。韩湘子骑着彩凤，从峡谷中飞了过去。

再说蓝采和提着花篮，一个跟斗翻出了三清山，来到一个村庄，听见了婴儿的啼哭声。一问，才知道这地方年轻的妈妈都被倭寇抓去了，婴儿没有奶吃，饿得"呱呱"直哭。于是，蓝采和叫老人们用箩筐把婴儿装起来，放在大门外的屋檐下，他便用花篮把娃娃们一个个吊上去，用甘露喂养他们。蓝采和在王丽君的催促下，喂完婴儿后，就提篮回山了。

蓝采和乘着花篮，腾云驾雾，飞上三清山尖。由于心急，飞得太快，不小心被玉京峰顶剐了一下，花篮中的花抖落了不少。蓝采和也顾不上捡拾，乘着花篮飞往西麓的分水，又横穿山峰，飞向岩洞。因此，现在三清山上奇花异草特别多。

且说汉钟离手摇大蒲扇，踏山跨谷离开大家后，来到一个村庄，看见一片火光，熊熊大火就要烧毁这个村庄。他急了，用蒲扇一扇，没想到火借风势，烧得更旺。他焦躁起来，用力连扇几扇，扇来一阵暴雨，终于把大火浇灭了。可是由于扇得太猛，狂风暴雨把河上的一条大船刮翻了，船上三十六人全部落水。以致后来船家不让三十六人同乘一船。

当时翻了船，不会游水的人已经被河水卷走了。哭喊声、呼救声响成一片。汉钟离朝河上一看，"糟糕，好心又做了坏事！"

方艳红说："赶快救人要紧。"

汉钟离立即按下云头下河救人。他把蒲扇丢下水去，蒲扇立即变成一只小船，飘浮到落水人跟前，把落水人救上来。小船太小，一次只能救几个人。眼看好些人都要被水冲走。幸亏何仙姑路过这里，见汉钟离正忙不迭地在河里捞人，就把荷花放下水去，帮他打捞。

汉钟离和何仙姑救完了人后，就各自去游山了。汉钟离慌不择路，来到吊桥，被一座大山挡住去路。他把薄扇用力一扇，大山摇晃了一下。第二扇大山开裂了。第三扇大山“哗啦”一声塌开一个大口子。据说就是现在的风门，汉钟离从风门上去，脚踏峰尖，跨过山涧，赶去和众仙会合。

何仙姑调动山涧溪水，放下荷花，穿流而过。吕洞宾喝了些酒，已有几分醉意，正在踌躇，不知往哪儿去做件好事，忽然听见大声哀叫。他寻声而去，见一条大蟒蛇正咬住一个大蛤蟆。吕洞宾抽出宝剑，把蟒蛇一斩两截。巨蟒嘴一张，蛤蟆就逃出来了。吕洞宾拿出仙丹，在蛤蟆伤口擦了两下，蛤蟆就好了，站在大石壁上翘首望天，千百年来一直这样望着。人们叫它“蛤蟆望天”。

吕洞宾救了蛤蟆后，就去游山了。他想：“莫急，他们哪有我快。”于是他慢吞吞来到玉京峰，用利剑劈开山峰，穿谷而过。据说玉京和蓬莱原是一峰，是吕洞宾用剑劈后，才形成一条深谷，变为两峰。

却说铁拐李从葫芦中看到一只大金丝猫追赶一只大老鼠。发现人间老鼠就要绝种了，就用拐杖一戳，地上戳了一个很深的大窟窿，说：“你何不上爬屋顶，下钻地洞呢？”

那老鼠听说，立即从窟窿里钻进地下去了。金丝猫围着洞口转圈圈，却抓不着它，只得悻悻地走开了。据说早先老鼠不会爬高钻地，自从受了铁拐李的点化，就会上爬屋顶，下钻地洞，再也消灭不完了。金丝猫抓不到老鼠，气愤极了，就爬到三清山的梯云岭，想上天告御状，它上不了天，气得变成了三清山梯云岭上的金猫峰。铁拐李这么一折腾，费了不少时光。他背起葫芦，来到三清山西麓的上横塘，用葫芦叩开山峰，穿谷而过。

张果老倒骑毛驴，优哉游哉地走着。忽然听见“哗哗”的大水声。原来是汉钟离为灭大火扇来的大雨，使河水暴涨。凶猛的洪水冲开了堤坝，淹没了村庄和庄稼。人们哭爹喊娘，呼天叫地。他从袋子里摸出造山的太古石，丢了下去，立即化成一座大山，把洪水拦住了。他又倒骑毛驴，踢开一条山道。他就沿着山道飞驰而过。

曹国舅骑着大白马，腾云驾雾，离开众人。忽听一处人叫马嘶。大白马循声飞去。近前一看，一个猎人正与妖怪浴血奋战。忽然，一支利箭射中猎人，妖怪冲将过去。就在这千钧一发之际，曹国舅跳下大白马，一拍马屁股，白马飞将过去，踢死妖怪，救起了猎人。曹国舅又骑上大白马，腾云驾雾，来到三清山东麓。至今那条山岭的石级上还留有一个深深的马蹄印。那座岭也因而得名马岭，岭脚下的村庄叫马岭底。

再说何仙姑要让王丽君、方艳红、田幻想、龙小宏来做裁判，没有想到，缺少两个人。田幻想对王丽君说：“龙小宏与方艳红怎么失踪了。”

八仙各显神通，破石劈山，跃巅穿峰，将三清山造化得风景独好。后人就把八仙斗法游山会合的岩洞叫作“八仙洞”。

神话博士说：“我们去八仙洞去看一眼吧。看看龙小宏与方艳红是不是在那里。看看《山海经藏宝图》是不是在那里？”

神话博士一行没有见到龙小宏与方艳红，也没有见到《山海经藏宝图》。

独角龙

原来，方艳红虽然对田幻想的印象一天比一天好。但是，她更喜欢龙吹吹，这是多年的夙愿。她要龙小宏陪自己去一个山洞。他经常在方艳红的餐馆吃饭，不好意思回绝。他想邀请王丽君同去，王丽君要田幻想去，否则，她就不肯去。这时候，方艳红眼眶红了，流出了眼泪。

田幻想想陪方艳红进洞，可是，他正在与沈教授、神话博士对着《山海经》商量考察体验路径，实在走不开。于是，王丽君不进洞了，龙小宏与方艳红走进了一个山洞，钻了进去，他们希望在洞里能够发现《山海经藏宝图》。

没有想到，进了洞，发现里面有几个岔口，他们转来转去找不到洞口。等他们从洞中出来时，神话博士、沈教授他们已经不在了。他们很是着急，虽然有魔幻背心，却对魔幻背心的通讯功能不会使用。而手机，也没有讯号。

龙小宏说："方艳红，今天我跟着你走，算是倒了霉，你的手机呢。"

方艳红说："你还像不像个男人，只会埋怨女人。我们已经穿越时空到这里，手机没有讯号了。"

龙小宏问："我们前面有个村庄，去问个路吧。找个地方吃点饭，我饿了。"

他们看见，村后有一座百米高的山，一位村民愁眉苦脸地唉声叹气。

方艳红上前说："大爷，干吗这么着急？"

"你们没有看见这是狮子山的'独角龙洞'。"

龙吹吹说："我知道这个故事。这个村子后面的山叫狮子山，山南有个天然古洞，当地群众统称其'独角龙洞'。传说，这洞里住着一条独角龙，十分凶恶残暴，还经常变成美男子，半夜三更闯进民宅作怪。这独角龙原来是东海龙王的小儿子，长得很丑，却又特别喜欢寻花问柳，水族中一些长得漂亮的鱼姑、虾姑，见了他都怕得要死。后来，他觉得水族中已找不到中意的姑娘了，就来到上张家村这个地方，变成一个白面书生，到处戏弄姑娘。"

龙吹吹与方艳红看到山脚下有个包子店，便进店歇歇脚，想买几个包子填填肚。他们掏出人民币，卖包子的是一个妇人，她说："你们的钱怎么与我们不一样呢？我不要。"

这个时候，进来了一位眉清目秀的店老二，他说："你们的钱给我换，用我的钱给你们买包子吧。"

他们两个吃了包子，好像特别兴奋，竟然打起瞌睡来。这饭店后面有旅店。方艳红说："给我们开间房行吗？"

店老二说："行啊。女的一间，男的一间吧。"就将他们带了进去。龙吹吹凭当记者多年的直觉，发现这个店小二不同寻常。所以，大家吃包子的时候，他将馅子吐了出来。虽然，他迷糊了一下，马上就清醒了。他知道这个故事，这包子店是个姓李的寡妇开的。李寡妇年纪三十多岁，上无公婆，下无子女，独个靠卖包子过光阴。独角龙见她长得十分标致，就每天来店里买包子吃，一面吃包子,一面和李寡妇搭话。这样天长日久,李寡妇就被勾引上了,成了独角龙的姘头。独角龙也不愿意回龙宫去了,就在狮子山南边找了个山洞,白天进洞睡大觉,夜里溜进村来与李寡妇鬼混。后来,李寡妇慢慢年老色衰了,独角龙开始冷落她,就到村里另找新欢。

他发现,店小二已经蹑手蹑脚地进了隔壁的房间。这房屋都是木板隔的,龙吹吹掏出身上的瑞士军刀。将板壁掏了一个小眼。妈呀!这方艳红正好裸体。他熟悉这身体,因为,他给方艳红拍摄过裸体照片。正在欣赏,没有想到那个店小二,赤裸着身体,往方艳红身上扑去。龙摄影不顾三七二十一,使劲地擂起房间的板壁来。

方艳红惊醒了,赶快将被子扯过来。店小二忽然摇身一变,成为一个黑怪物。方艳红这才发现,她大声喊:"救命!救命!"

龙吹吹坏了独角龙的好事,独眼龙怎么能够善罢甘休,将他们锁在山洞里。这山洞中有一个大铁门。忽然,龙吹吹发现门开了,推进来一个更为漂亮的年轻女子。这女子的名字叫赵娇娇,她是路过上张家村。人累了,肚子也饿了,就进店来买包子充饥。正巧碰上独角龙也在店里。

独角龙见娇娇年轻又漂亮,口涎拖得三尺长。他摇身一变,变成店小二模样,替李寡妇送出一笼热的包子,暗中把一包迷魂药撒进包子里。娇娇肚子饿得咕咕叫,抓来就吃,一会儿工夫,一笼包子吃得精光,可是人也迷迷糊糊睡着了。独角龙好不欢喜,抱起娇娇就走,送到山洞里。

独角龙现出本相,眉开眼笑地对着娇娇吹了一口凉风,喊着:"姑娘醒醒,姑娘醒醒!"

娇娇有一身好武艺,在江湖上走南闯北,专行侠义之事。她走了一天的路,刚才疲倦地睡着了。娇娇被风一吹,打了个呵欠,睁开双目一看,四周黑不隆咚,当面站着一个黑怪物。她知道自己上了当,便厉声问道:"你是什么东西?胆敢作弄本姑娘!"

独角龙见姑娘醒来,嬉皮笑脸地上前说道:"姑娘别怕,我是东海龙王的七太子。你我今生有缘。姑娘进我洞府,有享不尽的荣华富贵!"

娇娇毕竟是个闯过江湖、见过世面的女侠,听了这怪物的话,心里虽害怕,表面却十分镇静。她想,既然身陷魔窟,想一下子脱身也不可能。虽然自己学得一身武艺,且有祖传金镖带在身上。可是,这怪物满身铁鳞铁甲,金镖也难破它的皮肉。眼下只有慢慢寻找机会,制服恶龙。于是对独角龙说道:

"龙爷呀龙爷,你是龙仙,我是凡人,怎么能配婚?要是让老龙王知道了,说你违犯龙宫规矩,岂不害你受罪吗?"

独角龙一听,气呼呼地说:"天上的七仙女也不怕违犯天规,敢与凡间董永婚配。我龙七太子就不能娶个凡间女子做老婆吗?"

娇娇又说:"龙爷呀龙爷,可惜你全身上下穿着铁鳞铁甲,没一点肉皮见着,想成婚也难呀!"

独角龙一听姑娘心动了,高兴得手舞足蹈地说:"这有何难!只要我把喉咙底下三片龙鳞揭下来,就可变成凡夫肉身的美男子。刚才我在包子店里给你送包子,你不是见过了吗?"

"噢,刚才那送包子的店小二,就是你龙爷变的?倒是蛮英俊的。"娇娇按着又嗲声嗲气地说:"龙爷呀,你真有那么大本领吗?我还是不大相信。老话讲,口说无凭,眼见是实。你有真本事,再变给我看看！”

“你还不相信？那我就当场变给你看！”独角龙边说边举起爪来，揭去喉咙底下的那三片龙鳞。娇娇见独角龙对自己毫无戒心，当他伸长头颈揭去龙鳞的时候，娇娇迅即飞出一支金镖，不偏不倚，正刺中独角龙的七寸咽喉。独角龙一声长啸，两颗龙眼乌珠像猪尿泡那样凸了出来，龙尾巴在石洞里“哐当”、“哐当”一阵乱甩，便一命呜呼了。

娇娇杀死了独角龙，为民除了害，人们都很感激她。“娇娇智斩独角龙”的故事，在当地民间流传下来。

方艳红对龙小宏说：“龙吹吹，你太自私了！自己将肉馅吐了，却不提醒我，差点让那恶龙强奸了。”

龙吹吹不正面回答，却在唉声叹气：“哎呀，怎么回去呢？”

方艳红说：“你真不像个男人，太不冷静。赵娇娇杀了恶龙，我们也就可以放心大胆地跑了，我们掌握魔幻背心的穿越时空功能，一定能够回到现代社会的。”

龙小宏一笑：“不好意思。心里紧张，就忘记了我们有魔幻背心。”

脱险归来

几天以后，一个星期天，考古教授在家休息。龙摄影、王丽君、田幻想、方艳红四个去沈教授家，想邀请他们老两口一起聚餐。王丽君、田幻想异口同声地说：“沈教授，我们想请你与神话博士一起吃个饭，庆贺龙小宏、方艳红脱险归来。”

考古教授马上打电话给神话博士、黎萍导游。很快，神话博士与黎泙导游来了。他们都为龙小宏、方艳红归来感到惊讶，要龙小宏讲讲他们是如何回来的。

龙小宏说：“我们为了探寻《山海经藏宝图》，进了一个山洞，里面有很多岔口，我们就出不来了。等到我们花费好长的时间，钻出洞时，发现你们已经走远了。结果，遇到独角龙，打死了独角龙，才能打开魔幻背心的穿越时空功能，回到了现代社会。”

神话博士明白了，有了魔幻背心，只要会操作，是不容易丢失的。他们一起去了一家餐馆，要了一个包厢，点了一大桌子菜，有红烧肉、酸辣鸡丁、芙蓉鲫鱼、风情羊柳、黔味大虾、麻辣狗肉、杂瓣海参。

龙小宏当记者前在轮船上当厨师，善于烹饪，懂得湘菜的做法。湖北人喜欢吃湖南菜。他说：“湘菜是以湘江流域、洞庭湖地区和湘西山区等地方菜发展而成。湘江流域的菜以长沙、衡阳、湘潭为中心，是湖南菜的主要代表。制作精细，用料广泛，品种繁多。其特色是油多、色浓，讲究实惠。在品味上注重香酥、酸辣、软嫩。湘西菜擅长香酸辣，具有浓郁的山乡风味。湘菜历史悠久，早在汉朝就已经形成菜系，烹调技艺已有相当高的水平。”

方艳红开口了：“我真是服了，你这个龙小宏真是能够吹，难怪人们叫你龙吹吹。”

方艳红通过这次与龙小宏陷入独角龙的山洞后，觉得他不是自想象中的男子汉，远远抵不上田幻想。心想，我以前追求你，你心里只有王丽君，你今天来追求我，还看我要不要呢。

沈教授对烹饪也有所研究。他说："唐宋以后，由于长沙曾是封建王朝政治、经济、文化的重要城市，因而湘菜系发展很快，形成了一套以炖、焖、煨、烧、炒、熘、煎、熏、腊等烹饪技术，成为我国著名的地方风味之一。湘菜是由湘江流域、洞庭湖区和湘西山区三种地方风味为主组成。湘江流域的菜以长沙、衡阳、湘潭为中心。它的特点：用料广泛、制作精细、品种繁多；口味上注重香鲜、酸辣、软嫩，在制作上以煨、炖腊、蒸、炒诸法见称。"

沈教授总是不忘考古的本行。他说："在长沙市郊马王堆出土的西汉墓中，不仅发现有鱼、猪、牛等遗骨，而且还有酱、醋以及腌制的果菜遗物。"

贾小玲正吃得上劲，听沈教授将菜肴与考古的遗物挂钩，说："吃饭时谈什么死尸，真是扫兴。"

吃完饭，龙摄影几个请神话博士谈谈神话的意义。这时候，贾小玲的手机响了，她一看号码，赶快出了餐厅包厢。她说："我今天在家里有事情。"

对方的声音是王冬生的："你如果不来，别怪我将你的照片挂在网络上供人们欣赏。"

贾小玲无可奈何："好吧，等着我。我就来。"

贾小玲娇滴滴地对沈教授说："老公，经理在商场找我有事。"

沈教授开玩笑说："是那个色迷迷地看你的副经理，还摸你的手。你去干吗？"

沈教授的话，让在座的听了一愣。王丽君想，这个教授也是，什么话也舍得说！难道不知道，家丑不向外扬。

贾小玲说："我给你说过，他是宾馆常务副总经理了，我是他的部下，他吩咐的工作我能够不做么，你怎么还提那些陈芝麻烂谷子！他现在对我可尊重了。"

沈教授说："开个玩笑，何必当真呢。你去吧，我们聊天。"

神话博士喝了一口水，开始眉飞色舞地讲起来："各国的神话都在一定的程度上反映出了各国民族的特性，中国的神话也不例外。自然，也在好些地方反映出了中华民族的特性。分析我国《山海经》中的英雄神话，如像《夸父追日》《女娲补天》《精卫填海》《鲧禹治水》等所记述的事迹看，我们的民族，毋庸自愧地说，诚然是一个博大坚忍、自强不息、富于希望的民族。

黎萍说，神话里祖先们伟大的立人立己的精神，实在是值得作为后代子孙的我们很好地去学习，去发扬的。研究神话，就能了解民族性的根源，这对于我们社会主义的建设事业，当然也还是有帮助的。"

神话博士说："现代社会，男女都一样。男人在事业上成功，可以得到真正的爱情。而女人在事业上成功了，同样也能够得到真正的爱情。反过来，有的男人想靠自己的相貌年轻，去得到成功的老女人的欢心，减少人生奋斗的历程，往往是得不偿失。还有的女人呢？嫁给年老体衰的男人，希望等男人死后获得全部财产。这种骗婚的行为，也不是人生的龙门。"

打击骗婚

神话博士当过《爱情》杂志的记者，他对骗婚有一定研究。他谈起此话题来滔滔不绝。

——犯罪嫌疑人利用合法的婚姻为幌子，来骗取合法的婚姻登记，这是诈骗犯罪中的一种比较特殊的案件。当前，诈骗者的目标，主要集中在老年人和贫困人群的婚姻上，诈骗案件呈上升态势。骗婚与婚骗，其词义相同。婚姻诈骗，简称婚骗，是以婚姻为诱饵诈骗钱财，俗称“放鸽子”，是最常见的婚姻诈骗形式。

然而现在，婚姻诈骗已经演变成利用真实身份和证件，进行合法登记结婚的新型诈骗。这种行为叫人防不胜防。基于骗婚是合法婚姻的定性，在现行婚姻法及其司法解释的框架内处理，只能通过离婚的途径。“骗婚”的主要形式，当事人往往采取合理合法的形式，不顾及他人的切身利益，来骗取自身经济的提升。在这部分骗婚的人群中，男性不多，主要是女性。

男性骗婚。多为自身经济条件差，年轻，相貌出众而且具有非凡的气质。其选择的主要是生活比较富裕、年岁比较大、离异、单身和有子女的女性对象，通过正式的法律程序获得国家认可的婚姻手续。他们并不在乎女方的容貌和年龄，目的只是财产。

男婚骗子当把女方的财产骗到手之后，就会很快提出离婚，从而获得合法婚姻下的巨额经济财富补偿。或者说，他们在结婚之前，就已经与原未婚妻订好了攻守同盟，一旦得手便会与原女友再次组建家庭。还有一种是，在获得妻子的同意之后，制造合法的假离婚，对另一女性实施“骗婚”，以获取丰厚的财产。男性骗婚是骗财又骗色，同时还可以依据女方的社会地位获得一定的社会发展筹码，缩短其人生的奋斗历程。

另一方面，对于老龄妇女实施高年龄段骗婚，其年龄之差在三十岁左右。结婚后一旦女方死亡，他就会获得巨额财产的合法继承权，使女方的儿女无法得到法律上的援助。按中国的现行婚姻法，夫妻双方财产的第一继承人是具有合法夫妻关系的任何一方，第二顺序继承人才是双方的子女和父母。根据中国社会发展阶段的不同，国家的法律制度应该与时俱进，做一些适当的调整。应规定再婚夫妻双方的婚前财产另一方不得继承，只有婚后的财产才能继承。婚前的财产必须由双方的儿女继承。只有这样，社会才会和谐，使婚前的儿女权益得到公正的保障

女性骗婚。在我国现阶段，女性的骗婚现象非常严重，很多导致儿女对家庭财产的纠纷案件层出不穷。然而，就一般来说，人到老年，失去了人生伴侣，就会感觉到孤独与无助，即便有儿女依偎在身旁，也缺少了另一份情感。生活中的诸多不便，带来的是人到晚年的寂寞和孤独，但愿半路夫妻情意缠绵相伴终生。但现实生活，中不尽如人意的事情太多，太复杂。在比较贫困的地区，由于经济发展落后，家境贫寒，有的农村妇女无意或有意地走上犯罪的道路。以蒙骗的手法实施婚姻诈骗，对被骗者扬言自己是独身或者离异、丈夫已故等，来获得他人的同情。往往是以保姆的身份或不领取结婚证与他人同居，以最为恶劣和卑鄙的手段来骗取别人的钱财。其中，包括利用合法的手段来诱骗老年人实施财产转移。因为人到老年，病态缠身，神智欠佳，又

伴有老年性痴呆症等因素，所以虚假的“合法”的婚姻诈骗才会得手。

在社会中，曾经出现过由于再婚而引发的不道德行为：有一位七十岁左右的老人，身边只有一位女儿，老伴已故。一直想再婚，并通过朋友的介绍成婚。一年后病重，临终时将家中的所有财产以遗书的形式送给了再婚的老伴，并嘱托说：“在我死前，想见一下我唯一的亲生女儿，你给她打电话叫她回来。”

过后，他的老伴说：“我给她打了电话，可一直打不通，也找不到她。”

病重的老人又说：“那你就告知公安局派出所，让公安局帮忙找。”

最终，老人在临死前也没有能够见他的女儿一眼。一天，他的女儿想回家看望自己的父亲，一进家门就觉得气氛不对，一眼就看到了父亲的遗像。这突如其来的事态，让她真的不敢相信自己可爱的父亲已经故去。于是，她就问继母：“我父亲啥时死的？你为什么不告诉我？”

继母竟然说：“我就是不告诉你！让我打电话，我不打。让我给公安局打电话，我也不打。气死你！”她还说：“你给我滚出去！家里的财产都是我的了，你那死鬼的父亲把财产都给我了。你走吧！”

女孩含着眼泪离开了自己居住多年的家，再也没能见到自己的亲生父亲。和谐社会的建立，应以人为本，严厉杜绝以骗婚手段来危害社会。维护老年人和儿女的基本权利，确保社会的和谐稳定才是应关注的主要问题。由于现行婚姻法不完善，才导致因老年人再婚后财产的分割问题而引发的家庭纠纷；同时，也使那些为了私利而侵害他人家庭的现象不断发生。

可恨的骗婚不知害了多少个幸福美满的家庭，不知骗了多少善良的老人。合情合法的老年人再婚会得到双方儿女支持，而那些违背道德良心的骗婚，不知给下一代人和社会带来了多少不幸。我们呼唤着社会的良知和法律的完善，让我们的人生更加美好，生活更加绚丽多彩。

方艳红说：“对了。你说的那个案例里的女人，我好像认识，她叫徐冬芝，是我邻居的亲戚，我听我邻居讲过这件事，我还知道那个恶女人住在哪里。”

田幻想说：“我们想请请何仙姑去教训她一下，如何？因为，那个老人的全部财产被她夺走了，自己唯一的女儿什么都没有。”在座的均表赞同。

方艳红与田幻想进入时光隧道，穿越了一段时期，他们停在一个大海边。

方艳红对着天空高喊：“何仙姑，你在哪里？”

方艳红见何仙姑来了，快人快语，将一个女人骗婚的故事讲了一遍。

何仙姑说：“我们八仙可以加入你们的‘神话考古体验游’吗？”

神话博士说：“怎么不可以。”

何仙姑说：“谢谢你们对我们的信任。这样，我们八仙有两人有自己的事情，我与吕洞宾两个参加吧。”

何仙姑唤来吕洞宾，随着方艳红、田幻想来到武汉的某一个小区。

吕洞宾说：“这个城市怎么这么大呀？”

方艳红说：“这是全国的特大城市。”

何仙姑说："那是什么东西，怎么跑起来比马还快？"

方艳红说："这是我们现代人发明的汽车。"

他们拦了两辆出租车，全部坐了上去。不久，来到了那个小区的一栋宿舍的二楼。

方艳红说："我与黎萍先陪何仙姑进去。"说完，她敲了那家的门。门开了。徐冬芝正在咳嗽。她对方艳红说："是方艳红呀！我的老毛病犯了！"

方艳红说："你做善事，病就会好了，你看，谁来了。"

徐冬芝说："怎么有点面熟，不过，这服装怎么和演戏里面的一样？"

黎萍说："这是何仙姑。"

徐冬芝虽然恶，但是，她却崇拜何仙姑。她说："你真是何仙姑？你怎么来到这现代社会。"

方艳红说："是我们通过时光隧道将她请来的。还有吕洞宾。"

徐冬芝说："吕洞宾人呢？"

一个老男人走了过来："吕洞宾来不了，让我来了。"

徐冬芝哎呀呀一声："你是人还是鬼，康大为。求你别来缠我，好不好。"

原来，吕洞宾变身为徐冬芝的丈夫康大为。何仙姑说："我可以让你不咳嗽，也可以让你丈夫不再纠缠你。但是，你总要留一点你丈夫的财产给他女儿呀。"

徐冬芝坦白说："老公，你留下的两套两室一厅的住房，我拿一套给你女儿吧。"

吕洞宾说："你将住房证给我吧！"

徐冬芝将住房证给了吕洞宾，只见吕洞宾将住房证递给何仙姑说："何仙姑，拜托你去给我的女儿吧，虽然这个女人与我结婚是为了骗婚，我也不想追究了。我先走了。"

吕洞宾化为一阵清风走了。徐冬芝脸已经吓得发白，眼看，就要倒下去。何仙姑上前扶住她，往她嘴里塞了一颗药丸。这个恶女人的眼光变得慈祥起来。她对方艳红说："以后，我就是我继女的亲生母亲。你们遇见她，就叫她来玩。我懂得了，人生在世，吃喝玩乐还不行，必须多做善事。"

何仙姑、黎萍、方艳红告辞了徐冬芝。临行前，何仙姑问："还咳嗽吗？还胸闷吗？"

徐冬芝说："不咳嗽了，心里很舒畅了，也不觉得胸闷了。"

方艳红说："我想起了毛泽东主席说的'惩前毖后，治病救人。'"

神话博士说："我们下一步开始东进。"

十一、东进上古

跋山涉水

神话博士说："老沈，这样吧。我与黎萍带着机器人王小钢、潘小虹和李英豪、王冬生、相柳去东方第一列山系。你带着贾小玲、杨扬、黄梅、王丽君、田幻想、方艳红、龙小宏去东方第二列山系。"

神话博士、黎萍导游等组成的'山海经神话考古体验游'小组出发了。他们来到东方第一列山系之首樕螽山，北面与乾昧山相邻。食水从这座山发源，然后向东北流入大海。水中有很多鳙鱼，形状像犁牛，发出的声音如同猪叫。

他们往南穿行三百里，来到藟山，山上有玉，山下有金。湖水从这座山发源，向东流入食水，水中有很多蝌蚪。他们再往南穿行三百里，是座栒状山。山上有丰富的金属矿物和玉石，山下有丰富的青石碧玉。山中有一种野兽，形状像一般的狗，却长着六只脚，名称是从从，它发出的叫声便是自身名称的读音。山中有一种禽鸟，形状像普通的鸡，却长着老鼠一样的尾巴。它在哪个地方出现，哪里就会有大旱灾。水从这座山发源，然后向北流入湖水。水中有很多箴鱼，形状像儵鱼，嘴巴像长针。人吃了它的肉，就不会染上瘟疫病。

他们再往南穿越三百里，来到勃垒山，没有花草树木，也没有水。再往南三百里，来到番条山，没有花草树木，到处是沙子。减水从这座山发源，向北流入大海，水中有很多鳡鱼。再往南四百里，来到姑儿山。山上有茂密的漆树，山下有茂密的桑树、柘树。姑儿水从这座山发源，向北流入大海，水中有很多鳡鱼。

黎萍导游说："姑儿山往南四百里，是高氏山。山上盛产玉石，山下盛产箴石。诸绳水从这座山发源，向东流入湖泽，水中有许多金属矿物和玉石。"

机器人王小钢说："高氏山往南三百里，是岳山。山上有茂密的桑树，山下有茂密的臭椿树。

泺水从这座山发源，向东流入湖泽。水中有许多金属矿物和玉石。”

神话博士说：“岳山往南三百里，是犲山。山上不生长花草树木，山下到处流水，水中有很多鱼。山中有一种野兽，形状像猿猴，却长着一身猪毛，发出的声音如同人呼叫。它一出现，天下就会发生水灾。”

机器人潘小虹说：“犲山往南三百里，是独山。山上有丰富的金属矿物和玉石，山下多的是美观漂亮的石头。末涂水从这座山发源，然后向东南流入沔水。水中有很多怪鱼，形状与黄蛇相似，长着鱼一样的鳍，出入水中时闪闪发光。它在哪个地方出现哪里就会有大旱灾。”

黎萍说：“独山往南三百里，是泰山。山上盛产玉，山下盛产金。山中有一种野兽，形状与一般的猪相似，而体内却有珠子，名称是狪狪，它发出的叫声便是自身名称的读音。环水从这座山发源，向东流入汶水。水中水晶石星罗棋布。”

机器人王小钢说：“泰山往南三百里，是竹山，坐落于汶水边上。这座山没有花草树木，到处是瑶、碧一类的玉石。激水从竹山发源，然后向东南流入娶檀水。水中很多紫色螺。”

神话博士说：“总计，东方第一列山系，一共十二座山，途经三千六百里。诸山山神的形貌都是人的身子龙的头。祭祀山神，在毛物中用一只狗作为祭品来祭祀，祷告时要用鱼。”

神话博士让王小钢寻找到龙头人身的山神。他问：“山神，您听说过《山海经藏宝图》吗？”

山神说：“你们去东方第二列山系去找一找吧。”

沈早晨、贾小玲、杨扬、黄梅、王丽君、田幻想、方艳红、龙小宏等来到第二列山系。

沈早晨说：“卷四《东山经》篇幅甚少，但也写到：‘又南四百里，曰姑儿之山。其上多漆，其下多以桑柘……又南水行八百里，曰岐山，其木多桃李，其兽多虎。’”

杨扬说：“这些描述也与中国西南之坏境相似。综上所述，数千年前的古人所记载的地理环境、动植物种类及其分布特征，与今天中国西南地区，特别是云南的地理环境、动植物种类及其分布特征是何等的相似，而且物种名称和区系划分也与现代相吻合。”

沈早晨说：“从《山海经》北部地理环境看，有山川相间、南北走向且北高南低的三条并列的山系。各山系之北段有海拔高于五千米以上终年积雪的雪山，有代表青藏高原和横断山脉典型物种的牦牛。这种集牦牛、雪山和三条南北走向的山脉为一体的，在整个中国只有滇藏川交界的横断山三江并流区。从《山海经》西部和南部地理环境看，西有“投物辄然”的火山群，西南处在正立无影的北回归线上，南部有大象、白猿、大蟒、犀牛、楠木等热带和亚热带生物物种，这与今天的云贵高原环境一致。”

黄梅说：“从动植物区系上看，《南山经》和《西山经》展现的是热带和亚热带环境，分布的多为热带和亚热带物种；而《北山经》描述的是亚热带常绿阔叶林植被区，以及向青藏高原高寒植物区过渡的地带，分布的多为温性和寒温性动植物。”

考古教授说：“数千年前，《山海经》编著者的地理知识和生物学知识能达到如此水平，真是耐人寻味。难怪会有人怀疑此书是否为外星人所为。”

他们来到第二列山系之首座山为空桑山。北面临近食水，在山上向东可以望见沮吴，向南可以望见沙陵，向西可以望见滑泽。山中有一种野兽，名称軨軨，牛的形状，却有老虎一样的斑纹。发出的声音，如同人在呻吟，是自身名称的读音。它一出现，天下就会发生水灾。再往南六百里，是座曹夕山。山下到处是构树，却没有水流，还有许多禽鸟野兽。

他们从曹夕山往西南穿越四百里，途经峄皋山。山上有丰富的金属矿物和玉石，山下有丰富的白垩土。峄皋水从这座山发源，向东流入激女水。水中有很多大蛤和小蚌。再往南穿越五百里水路，经过三百里流沙，便到了葛山的尾端。这里没有花草树木，到处是粗细磨石。再往南穿越三百八十里，就是葛山的首端，这里没有花草树木。澧水从此发源，向东流入余泽。水中有很多珠蟞鱼，形状像动物的一叶肺器官却有四只眼睛，还有六只脚，而且能吐珠子。这种珠蟞鱼的肉味是酸中带甜，人吃了它就不会染上瘟疫病。

他们再往南穿越三百八十里，登上余峨山。山上有茂密的梓树和楠木树，山下有茂密的牡荆树和枸杞树。杂余水从这座山发源，向东流入黄水。山中有一种野兽，形状像一般的兔子。

龙小宏说："再往南三百里，是杜父山，不生长花草树木，到处流水。再往南三百里，是耿山，没有花草树木，到处是水晶石，还有很多大蛇。山中有一种野兽，形状像狐狸却长着鱼鳍，名称朱獳，发出的叫声，是它自身名称的读音。在哪个国家出现，哪个国家里就会发生恐怖事件。"

王丽君说："耿山往南三百里，是卢其山。花草树木不生，沙子石头遍地。沙水从这座山发源，向南流入涔水。水中鹈鹕鸟成群，形状像鸳鸯，却长着人一样的脚，发出的叫声，是它自身名称的读音，在哪个国家出现，就会有水土工程的劳役。"

杨扬说："卢其山往南三百八十里，是姑射山，没有花草树木，到处流水。再往南行三百里水路，经过一百里流沙，是北姑射山，没有花草树木，到处是石头。再往南三百里，是座南姑射山，没有花草树木，到处流水。再往南三百里，是座碧山，没有花草树木，有许多大蛇。还盛产碧玉、水晶石。"

黄梅说："碧山往南五百里，是缑氏山，不生长花草树木，有丰富的金属矿物和玉石。原水从这座山发源，向东流入沙泽。再往南三百里，是姑逢山。没有花草树木，有丰富的金属矿物和玉石。山中有一种野兽，名称獙獙，狐狸的形状，却有翅膀，发出的声音，如同大雁鸣叫。它一出现，天下就会发生大旱灾。"

方艳红说："姑逢山往南五百里，是凫丽山，山上有丰富的金属矿物和玉石，山下盛产箴石。山中有一种野兽，狐狸的形状，却有九条尾巴、九个脑袋、虎一样的爪子，发出的声音如同婴儿啼哭，却是能吃人的猛兽。"

杨扬说："凫丽山往南五百里，从䃌山上向东可以望见湖泽。山中有一种野兽，马的形状，却长着羊一样的眼睛、四只角、牛一样的尾巴。发出的声音如同狗叫，名称峳峳。它在哪个国家出现，哪个国家里就会有很多奸猾的政客。山中还有一种禽鸟，形状像野鸭子，却长着老鼠一样的尾巴，擅长攀登树木，名称是絜钩。在哪个国家出现，哪个国家就会发生瘟疫病。"

方艳红说："这个山系的野兽太可怕了，要么带来瘟疫，要么带来战争，我们赶快离开吧！"

王丽君心里向着田幻想，一看见方艳红，就有不舒服的感觉，挖苦的语言脱口而出："既然害怕,何必来呢?”

方艳红的嘴巴很利索:“害怕是女人的天性。你难道不害怕?如果真不害怕,你就不是真女人。”

方艳红还准备说几句更难听的话,龙小宏、田幻想不知道帮谁为好,呆在那里。还是女子保安贾小玲反应快。她说:“我们正在完成特殊的任务,都是兄弟姐妹,别争了。”

沈早晨说:“总计,东方第二列山系,一共十七座山,途经六千六百四十里。诸山山神的形貌,都是野兽的身子人的面孔,而且头上戴着觡角。祭祀山神,在毛物中用一只鸡献祭,在祀神的玉器中用一块玉璧献祭后埋入地下。”

沈早晨问:“山神能够出来吗?”

人头兽身的山神出来迎接说:“有什么事吗?”

沈教授说:“我们想寻找《山海经藏宝图》。”

山神说:“果然不出所料。你们去东方第三列山系看一看吧。”

人蛇大战

神话博士与黎萍带着机器人王小钢、潘小虹走完第一列山系,又和方艳红、王丽君、田幻想、龙小宏等第二列山系考察体验小组成员,组成新的小组到东方第三列山系之首座山,叫做尸胡山。山上有丰富的金属矿物和玉石,山下有茂密的酸枣树。山中有一种野兽,形状像麋鹿却长着鱼一样的眼睛,名称是妴胡,它发出的叫声便是自身名称的读音。

王小钢说:“我们再往南行八百里水路,是岐山,山中的树木大多是桃树和李树,而野兽大多是老虎。再往南行五百里水路,是诸钩山,没有花草树木,到处是沙子石头。这座山,方圆一百里,有很多寐鱼。”

潘小虹说:“我们再往南行七百里水路,是中父山,没有花草树木,到处是沙子。再往东行一千里水路,是座胡射山,没有花草树木,到处是沙子石头。再往南行七百里水路,可到孟子山,山中的树木大多是梓树和桐树,还生长着茂密的桃树和李树。山中的草大多是菌蒲,山中的野兽大多是麋、鹿。这座山,方圆一百里。有条河水从山上流出,名称碧阳。水中生长着很多鳣鱼和鲔鱼。”

黎萍他们往南行五百里水路,经过流沙五百里,登临跂踵山,方圆二百里,没有花草树木,有大蛇,山上有丰富的玉石。这里有一水潭,方圆四十里,都在喷涌泉水,名称是深泽。水中有很多蠵龟。

田幻想一到了这个地方,说:“我下去游一下。”

人们还没有来得及制止,田幻想、龙小宏已经跳到了水中。看见这水潭里的水那么清亮,方艳红也穿上游泳衣跳到了水里。接着,方艳红喊救命,一条碗口大的蟒蛇将她缠住。龙小宏他看见了蟒蛇就紧张,赶紧爬起来,脸色发白。他有一次到山区拍摄照片,亲眼看见,一条眼睛王蛇,咬伤了一个山民与一个摄影记者。不久,山民死了,摄影记者救了过来。这个摄影记者是他的同事。

田幻想在野外工作时，经常见到蛇，胆子比龙小宏大得多。他游上前，举起一把铁锹砍那蟒蛇的头，这蟒蛇反过来放弃了方艳红，缠住了田幻想，将田幻想拖到水中。神话博士感到惊慌的时候，机器人王小钢、潘小虹扑进水潭。只见浪涛翻滚，一会儿，田幻想浮了上来，那条蟒蛇也浮上了水面。只是，这条大蟒已经死了，显然是被两个机器人给掐死的。

方艳红脸色吓得苍白，她不断地向机器人王小钢、潘小虹表示感谢，却没有谢谢田幻想。

神话博士说："你应该谢谢田幻想舍身救人啊。"

方艳红说："我们是一家人，不用谢了。"

方艳红巧妙地表达了她对田幻想的爱意。路上，方艳红始终跟在田幻想的后面，她对龙小宏不理不睬的。其实，这也好理解，田幻想此刻在方艳红的心目中是真正的男子汉，是顶天立地的男子汉，自己的性命就是田幻想以死相救的。

黎萍说："水中还生长着一种鱼，形状像一般的鲤鱼，却有六只脚和鸟一样的尾巴，名称是鮯鮯鱼，发出的叫声便是它自身名称的读音。再往南行九百里水路，是座踇隅山，山上有茂密的花草树木，有丰富的金属矿物和玉石，还有许多赭石。山中有一种野兽，形状像一般的牛却长着马一样的尾巴，名称是精精，它发出的叫声便是自身名称的读音。"

王丽君说："再往南行五百里水路，经过三百里流沙，便到了无皋山。从山上向南可以望见幼海，向东可以望见榑木。这里不生长花草树木，到处刮大风。这座山，方圆一百里。"

总计东方第三列山系之首尾，自尸胡山起到无皋山止，一共九座山，途经六千九百里。诸山山神的形貌都是人的身子却长着羊角。祭祀山神，在毛物中用一只公羊作祭品，祀神的米用黄米。

神话博士说："这些山神，一出现就会起大风、下大雨、发大水而损坏庄稼。我们不用叫他们出来了。"

神话博士、黎萍导游、机器人王小钢和潘小虹、方艳红、王丽君、田幻想、龙小宏等来到第四列山系之首座山，叫做北号山，屹立在北海边上。山中有一种树木，形状像普通的杨树，开红色花朵，果实与枣子相似，但没有核，味道是酸中带甜，吃了它就能使人不患疟疾病。食水从这座山发源，然后向东北流入大海。山中有一种形状像狼的野兽，红脑袋，老鼠眼睛，发出的声音，如同小猪叫，名叫猲狚，喜欢吃人。山中还有一种禽鸟，形状像普通的鸡，却长着白脑袋，老虎一样的爪子，名称是鬿雀，也是能吃人的。

神话博士说："再往南三百里，是座旄山，没有花草树木。苍体水从这座山发源，然后向西流入展水，水中生长着很多鱃鱼，形状像鲤鱼而头长得很大，吃了它的肉就能使人皮肤上不生瘊子。"

田幻想说："再往南三百二十里，是座东始山，山上多出产苍玉。山中有一种树木，形状像一般的杨树却有红色纹理，树干中的液汁与血相似，不结果实，名称是芑。把液汁涂在马身上，就可使马驯服。"

龙小宏说："泚水从这座山发源，然后向东北流入大海，水中有许多美丽的贝，还有很多茈鱼，形状像一般的鲫鱼，却长着一个脑袋和十个身子，它的气味与蘼芜草相似。田幻想呀，你吃了它就不放屁。"

王丽君说:"龙小宏呀,你能不能够正经一点?"

龙小宏说:"《山海经》里真是这样说的。"

方艳红说:"《山海经》里能够提到田幻想吗?你还在狡辩。"

龙小宏说:"说我们当记者的会说,还是开餐馆的会说。"

田幻想说:"我佩服方艳红,她开餐馆确实厉害,谁是夫妻?谁是情人?都在餐馆里来吃饭,我们认不出,她一眼就能够认出。"

方艳红说:"这还不简单吗?夫妻到餐馆吃饭,节俭得多,一个菜可以两个人一起吃。而情人,铺张的多,两个人,可以点上十个菜。"

龙小宏说:"再往东南三百里,是女烝山,山上没有花草树木。石膏水从这座山发源,然后向西流入鬲水。水中有很多薄鱼,形状像一般的鳝鱼却长着一只眼睛,发出的声音如同人在呕吐,它一出现,天下就会发生大旱灾。"

田幻想说:"再往东南二百里,是钦山。山中有丰富的金属矿物和玉石,却没有石头。师水从这座山发源,然后向北流入皋泽。水中有很多鱃鱼,还有很多色彩斑斓的贝。山中有一种野兽,形状像小猪,却长着大獠牙,名叫当康,它发出的叫声,就是自身名称的读音。它一出现,天下就要大丰收。"

王丽君说:"钦山往东南二百里,是子桐山。子桐水从这座山发源,然后向西流入余如泽。水中生长着很多怪鱼,形状与一般的鱼相似,却长着禽鸟翅膀。出入水中时,闪闪发光。发出的声音,如同鸳鸯鸣叫,它一出现,天下就会发生大旱灾。"

龙小宏说:"再往东北二百里,是剡山,有丰富的金属矿物和玉石。山中有一种野兽,形状像猪,却是人的面孔,黄色的身子,长着红色尾巴,名叫合窳。发出的声音,如同婴儿啼哭。这种合窳兽,是吃人的,也吃虫和蛇。它一出现,天下就会发生水灾。"

方艳红说:"再往东二百里,是太山。山上有丰富的金属矿物和玉石、茂密的女桢树。山中有一种野兽,形状像一般的牛,却是白脑袋,长着一只眼睛和蛇一样的尾巴,名叫蜚。它行经有水的地方水就干涸,行经有草的地方草就枯死,一出现天下就会发生大瘟疫。钩水从这座山发源,然后向北流入劳水。水中有很多鱃鱼。"

神话博士说:"东方第四列山系,一共八座山,行程一千七百二十里。整个里程,总共四十六座山,行程一万八千八百六十里。《山海经》里多次提到祝融。提到祝融,不能不提衡山。我们去衡山一游吧。"

山神主动出来了,说:"我知道你们想寻找什么,你们可以去衡山的祝融峰看一看。"

十二、衡山传奇

南岳衡山

神话博士、黄梅、夏青教授、黎萍、李大平、杨扬、田幻想、龙小宏、王丽君、方艳红与机器人王小刚、潘小虹一行人来到衡山。南岳衡山为中国五岳名山之一，主峰坐落在湖南省衡阳市境内，七十二群峰，层峦叠嶂，气势磅礴。素以五岳独秀、宗教圣地、文明奥区、中华寿岳著称于世。现为国家级重点风景名胜区、全国文明风景旅游区示范点和国家5A级旅游区。由于气候条件较其他四岳为好，茂林修竹，终年翠绿；奇花异草，四时飘香；自然景色，十分秀丽，因而又有"南岳独秀"的美称。

黄梅说："清人魏源在《衡岳吟》中说：'恒山如行，岱山如坐，华山如立，嵩山如卧，唯有南岳独如飞。'这是对衡山的赞美。衡山的烟云可与黄山媲美。人游山上，云雾升起，转眼之间，清晰可见的一座座山峰，被团团烟雾笼罩，渐渐隐形。游人自已，有腾云驾雾之感。青烟白气，缕缕团团，荡于胸前，流于指隙，伸手可捉，两手空空。突然，清风拂面。风过处，浓雾消散，天空由灰而白，由浊而清，远处山峰，清晰可辨。"

神话博士说："衡山雄伟，山势起伏，七十二峰，绵延数百公里。其中，祝融、天柱、芙蓉、紫盖、石禀五座，最负盛名。祝融峰，衡山最高峰，海拔一千二百九十米。有诗曰：'祝融峰之高，方广寺之深，藏经殿之秀，水帘洞之奇。'"

黎萍说："南岳衡山风景区内古木参天，自然景观和人文景观并举，历来是人们旅游、休闲、避暑胜地。景区自然植物一千二百多种，九处原始森林，其中珍贵树种一百五十多种，有东晋时代的银杏，明代的古松，世界罕见的绒毛皂荚，富有神话色彩的摇钱树、连理枝。祝融峰、水帘洞、方广寺、藏经殿、以其高、奇、深、秀，自古赞誉为南岳四绝。南岳衡山四季景色宜人，春赏奇花、夏观云海、秋望日出、冬赏雪景，更是令人心旷神怡，流连忘返。"

李大平说:“南岳衡山,佛、道教同居一山,共存一庙之特色,为中国名山一绝。在中国佛、道教史上,南岳衡山佛、道教占有重要的地位,尤其在日本和东南亚地区乃至世界都有很大的影响。早在西周期间,道教就在南岳衡山开辟洞天福地,至唐代出现十大丛林、八百茅庵之盛况。两教具教义经典,并最终形成了佛道同尊共荣的特色。随着党的宗教政策逐步落实,南岳衡山佛道两教筹集八千多万元,先后修复被‘文革’破坏的寺观宫殿十余处,增加藏经十万余册。”

神话博士说:“南岳衡山,寿文化源远流长。《星经》载:南岳衡山对应星宿二十八宿之轸星。轸星主管人间苍生寿命,南岳故名寿岳。宋徽宗在南岳御题寿岳巨型石刻,现仍存于南岳金简峰皇帝岩。康熙皇帝亲撰的《重修南岳庙碑记》首句即为:南岳为天南巨镇,上应北斗玉衡,亦名寿岳,再度御定南岳为寿岳。历代史志也常以比寿之山、主寿之山等敬称历代南岳衡山。《辞源》释寿岳即南岳衡山,南岳衡山因而誉称中华寿岳。”

黎萍说:“南岳之秀,在于无山不绿,无山不树。林深树多,光听听树的名字,也够动人了:金钱松、红豆杉、伯乐树、银鹊树、香果、白檀、青铜以及常绿的香樟、神奇的梭罗、火红的枫林、古老的藤萝。据统计,南岳现有的风景林等各种植物,有一千七百多种。这是几十代人的血汗结晶,其中许多是奇珍异宝。福严寺的银杏,相传受戒于六朝时的慧思禅师,树龄至少也有一千四百多年,树身三个大人合抱亦不能围拢。”

黄梅说:“藏经殿后的白玉兰,亦有四五百年的历史,至今仍然逢春开花,香飘满山。半山亭的古松,三四百岁的年龄。上封寺后的原始森林,许多树都是老态龙钟,弯腰曲背,遍身青苔,望不见纹路。乍一看去,它们长得拳曲不张,冠盖不整,盘根错节,相互依偎,恍如严寒中一群衣衫破败的老人,相拥取暖,令人怜悯而无俊俏风华的赞叹。但在这高山风口上,它们千百年如一日,在‘风刀霜剑严相逼’之中,彼此抱得铁紧,你搀我扶,有的甚至同根所生,枝同连理,不仅独秀,而且情深。”

李大平感慨地说:“我到过几次衡山,总觉得玩不够。南岳如果只是这些树木呈现的秀色,那还不足以在天下名山中如此令人瞩目。这种秀色只是它的外在之美,而秀中有‘绝’,才是它的深远内涵。人们把南岳的胜景概括为‘南岳八绝’,即‘祝融峰之高,藏经殿之秀,方广寺之深,磨镜台之幽,水帘洞之奇,大禹碑之古,南岳庙之雄,会仙桥之险。’正因为‘南岳八绝’的出类拔萃,才使它赢得‘五岳独秀’那当之无愧的美称。”

火神祝融

神话博士、夏青教授、李大平、黄梅、黎萍、杨扬、机器人王小钢和潘小虹、田幻想、王丽君、龙小宏、方艳红等人一起登上衡山祝融巅峰。

祝融峰海拔一千三百米,烟云烘托,群峰起伏。登临直上:北面洞庭,烟波渺渺。南面如障,群峰罗列。东面湘江,逶迤玉带。西面雪峰,银涛翻腾。万千景象,尽收眼底。登衡山必登祝融峰。

黎萍导游来过衡山，对祝融峰十分熟悉。她开始解说："正如古人曰：'不登祝融，不足以知其高。'祝融峰高峻雄伟，衡山烟云美妙，引得唐代文学家韩愈赋诗赞叹：'祝融万丈拔地起，欲见不见轻烟里。'"

神话博士说："《山海经》里多次提到祝融。这祝融是我国人民长期以来广泛祭祀的火神。祝融峰传说是祝融游息之地，峰上有祝融殿，为明代所建。月夜，登临祝融峰西边的望月台，赏月美景，才可以领悟什么是别有风味。清晨，站上祝融峰的观日台，观赏日出，才能够体会什么是人间奇景。"

在科学文化落后的年代里，人们对火的认识还仅仅是表面的，认为火很神秘，主宰火的是神，祝融是神话传说中的火神。自燧人氏发明钻木取火以后，即由祝融保存火种。祝融用火为人们造福，所以，后人把他尊为火神，每年都要进行隆重的祭祀，以表达人们对祝融的感激和纪念。我给你们讲一讲祝融的传说吧。田幻想、龙小宏、方艳红、王丽君你们几个可以打开梦幻功能开关。"

神话博士开始讲起祝融的故事。

——祝融小时候的名字叫做黎，是一个氏族首领的儿子，红脸膛，威武魁伟，聪明伶俐。不过生性火爆，遇到不顺心的事，火冒三丈。那时候，隧人发明钻木取火，还不大会保存火和利用火。但黎特别喜欢跟火亲近。所以，十几岁就成了管火的能手。火到了他的手里，只要不是长途转递，就能长期保存下来。黎会用火烧菜、煮饭，还会用火取暖、照明、驱逐野兽、赶跑蚊虫。这些本领，在那个时候是了不得的事。所以，大家都很敬重他。

有一年，黄帝带着夏部落的群民，由南向北转移。中途忽然遇到暴雨，山洪暴发，遍地是水，大人小孩被雨水浇得像落汤鸡。黎负责管理火种，他随身带的火种，也被暴雨扑灭了。人们又冷又饿，孩子们哭 叫不停。黄帝命令大家在一个大石洞里暂住下来，等待天晴之后再走。谁知，老天好像故意与人们作对，一连几天，雨一直不停地下着。人们住在山上石洞里饥寒难忍。但因失去了火种，无法生火做饭取暖。饿得实在支持不住了，大人便开始吃生肉，老人和小孩也只得用冷水泡蘑菇吃。

通过时光隧道赶来的王丽君看见了，对田幻想说："你吸烟的打火机呢？"

田幻想一摸，打火机还在，可是，无论如何打不着火，原来是气体没有了。

只见黎在那里焦急地用钻木取火的方法取火，可是带来的木柴全是湿的，钻了很长时间，也未钻出火星。田幻想说："我看了书的，黎就是祝融。"

龙小宏上去问："你就是火神吗？你知道《山海经藏宝图》吗？"

黎生气地顶了一句："别说风凉话，我不是火神。我也不知道《山海经藏宝图》。"

眼看天黑了，毫无效果，黎累得满头大汗。他一气之下，便把手里的钻头狠狠地扔出去。不料，钻头碰击在石洞的岩石上，溅出一片火星。田幻想见状，说："哟，有火星发出来了。"

黎这时松了一口气，转忧为喜。他忘记了疲劳，找来好多岩块，用力互相碰击，只见火星不断飞溅 。可是，怎样才能使火星燃烧呢?这又成了一个难题。黄帝走过来对黎说："你不要太急，从石头上能击出火星，这就是很大的成功。下一步怎么办，需要多找些人来共同商量。"

黄帝的这番鼓励，使黎信心倍增。他找来几个人一同想办法，田幻想、龙小宏、王丽君、方艳红都参加了。大家你一言我一语，说个不停。田幻想说："石头碰击，如果有点棉花、汽油就好了。"

龙小宏听了，奚落他："废话，这里有棉花、有汽油吗？你怎么不说多发一点打火机呢。"这时，有个叫常先的说了声："有办法了！"

他把自己缠腰的腰围解下来，用劲撕开，从中掏出一团花絮，对祝融说："你把这些芦花絮放在石头下面，再击石取火。"

黎按他的建议把芦花絮摆好，再击石，火星溅落的越来越多，点燃芦花絮的声音越来越大，祝融用口轻轻一吹，随着一股浓烟蹿出了火苗。取火成功了！有了火，人们就有了生存的希望。石洞里的大人小孩无不欢呼跳跃。黄帝专门为黎举行了庆功会，给他记了大功，并封他为"火正"，说："黎呀，我来给你取个大名吧，就叫祝融好了，祝就是永远，融就是光明，愿你永远给人间带来光明。"

黎听了非常高兴，连忙磕头致谢。从此，大家就改叫他祝融了。黄帝在位时，南方有个氏族首领名叫蚩尤，经常侵扰中原，弄得中原人惊慌失措。黄帝号令中原的人联合起来，委派祝融和几个将领带着队伍，去讨伐蚩尤。

祝融见蚩尤的部下都披兽皮，又献上一计，教士兵每个人打火把，四处放火，烧得蚩尤的部队丢盔弃甲，溃不成军。祝融由于发明了火攻的战法，立了大功，黄帝重重封赏了他，他成了黄帝主要的大臣。

黄帝的部队凯旋归来时，路过云梦泽南边的一群大山。黄帝把祝融叫到跟前，语重心长地问道："祝融，你知道这叫什么山吗？"

祝融答道："这不是衡山吗？"

黄帝又问："你知道这山的来历吗?"

祝融又答道："上古时候，天地一片混沌，像个鸡蛋。盘古氏开天辟地，才有了生灵。他活了一万八千年，死后躺在中原大地之上，头部朝东，变成泰山；脚趾在西，变成华山；腹部凸起，变成嵩山；右手朝北，变成恒山；左手朝南，就变成了眼前的衡山。"

刚刚说完，黄帝紧接着又问："为什么要叫衡山？"

祝融马上答道："此山横亘云梦与九嶷之间，像一杆秤，可以称出天地的轻重，衡量帝王道德的高下，所以名叫衡山。"

黄帝见他对答如流，非常高兴，笑呵呵地说："好哇！你这么熟悉南方事务，我要对你委以重任！"

但黄帝并不说出是什么重任。队伍在衡山驻扎下来。黄帝登上最高峰，接受南方各个部落的朝拜。许多氏族首领汇集在一起，谈笑风生。祝融一时兴起，奏起了黄帝自己编的曲子—《咸池之乐》，黄帝的妃子嫘祖也踏着拍子，跳起舞来。大家见了，载歌载舞，都围着黄帝跳了起来。跳了个痛快以后，黄帝叫大家静下来，说："我就位以来，平榆罔，杀蚩尤，制订历法，发明文字，创造音律，编定医书，又有嫘祖育蚕治丝，定衣裳之制。现在天下一统，我要奠定五岳：东岳泰山，西岳华山，南岳衡山，北岳恒山，中岳嵩山。从今以后，火正祝融镇守南岳。”

祝融这时才知道，这就是黄帝说的“委以重任”。黄帝带着大部队走了以后，祝融被留在衡山，正式管理南方事务。他住在衡山的最高峰上，经常巡视各处的百姓。他看到这里的百姓经常吃生东西，就指导他们取火，教他们把东西烧熟再吃。他看到这里的百姓晚上都在黑暗中摸来摸去，就告诉他们使用火松明。他看到这里瘴气重、蚊虫多，百姓经常生病，就告诉他们点火熏烟，驱赶蚊虫和瘴气。百姓们都很尊敬他，每年八月秋收以后，就成群结队来朝拜他。

大家异口同声说：“祝融啊，我们这里人丁兴旺，鸡鸭成群，五谷丰登。你给我们带来了这么多的好处。我们感谢你，我们要尊你为帝了。你以火施化，火是赤色。我们就叫你赤帝吧！”

从此，祝融就被大家尊为赤帝了。田幻想、龙小宏、王丽君、方艳红等也跟着人们一起鼓掌。火神很高兴地对龙小宏、王丽君说：“你们问我《山海经藏宝图》是吗？”

龙小宏说：“是啊，我们问过您的。”

祝融说：“我没听说过，你们可以去中山方向寻找。”

火神祝融的传说，带有神话色彩，但它反映了人类同火灾作斗争的一种希冀，寄希望于火神能给人们带来更多的光明和幸福，驱除邪恶，消灾免祸。然而，要真正预防火灾，避免火灾给人类带来的危害，祭神求佛是无济于事的。只有依靠科学，依靠人类的智慧战胜火灾。今天，人类对火已有了科学的认识，再不用祈求火神保护了。但火神祝融以火造福人类的形象，却将作为美好的传说继续流传下去。

神话博士与夏青教授几个来了，他们讨论起来，夏青教授说：“《山海经·海内经》一书中关于祝融的出生作了以下叙述：‘炎帝之妻，赤水之子听沃，生炎居，炎居生节并，节并生戏器，戏器生祝融’。由此可见，祝融系炎帝的第五代玄玄孙。怎么成了黄帝的部下呢？”

神话博士说：“另据《海内经》中又称：黄帝生昌意，昌意生韩流，韩流生颛顼。《大荒西经》则补叙为：‘颛顼生老童，老童生祝融’。这样一说，祝融又成了黄帝之后了。”

夏青教授说：“不过，上古时期黄帝、炎帝本是同根同族，所以，传说中的祝融时而是炎帝之孙，时而又是黄帝的后代，也就不奇怪了。”

神话博士说：“那么，祝融又是一副什么模样呢？《山海经·海外南经》中说：‘南方祝融，兽身人面，乘两龙。’”

机器人王小钢发话了：“《山海经·大荒北经》：‘西北海之外，赤水之北，有章尾山。有神，人面蛇身而赤，直目正乘，其瞑乃晦，其视乃明，不食不寝不息，风雨是谒。是烛九阴，是谓烛龙。’屈原的《天问》中就有‘日安不到烛龙何照’的句子。这则故事可能反映的正是祝融氏开创人类在房内用火的事实。‘烛’字与‘祝’同音，‘龙’字读音则与‘融’相近，‘烛龙’可以视为‘祝融’的谐音词，或同名异写之词。烛龙的形象就是黑夜里亮着火光的房子。远古时期，人口稀少，人们的住房也比较分散，每当黑夜降临，人类的居住区完全隐藏在黑暗之中，只有一个个透着闪闪火光的房门凝视着行人，背后是无边无际的黑夜，如长龙一般。只要把这个形象放大，就变成了‘其瞑乃晦，其视乃明’的烛龙了。”

黄梅说："传说祝融是中国帝王。他以火施化，号为赤帝。相传祝融是音乐家，经常在高山上弹奏，乐曲悠扬动听，感人肺腑。黎民百姓听了，精神振奋，情绪高昂。祝融死后，葬在南岳衡山之阳。后人为了纪念他，就把南岳最高峰称为祝融峰。"

杨扬说："我听到的传说是：黄帝南巡，不辨方向，于是请'祝融辨乎南方'。据说衡阳的南岳，最先是由祝融辨出来的，他因此担任了司徒的职务。后来，祝融被封楚地，成为楚国人的始祖。今衡阳南岳祝融峰顶还有一座祝融殿，殿后岩石上建有石栏杆，可以凭栏眺望北山的风光。"

夏青教授说："我听到的传说是：尧帝时期，洪水滔天，黎民百姓生活于水深火热之中。尧帝下令大禹的父亲鲧去治理洪水，可是九年过去了，毫无成效。后来，鲧知道天上有一种称为'息壤'的宝物，只要用一点投向大地，马上就会生长起来，积成山，堆成堤，于是鲧想办法到天上偷了息壤到人间。用它堵塞洪水，大地终于渐渐看不见洪水踪迹了。但是，天帝知道息壤被窃，就派火神祝融下凡，在羽山地方把鲧杀死，并夺回余下的息壤。天帝还命祝融监视人间治水，命他掌管一方水的大权。由于祝融属南方之神，所以就合水火为一神，兼任南海之神了。还有一说，应该是传说五：水神共工与火神祝融交战，被祝融打败。从此，祝融成为水火之神。"

祝融与共工

田幻想说："是啊，祝融因为教会人类使用火，人们对祝融非常崇拜。但水神共工看不顺眼，心想：世界万物离不开水，为什么人类只崇拜祝融，而不崇拜自己。他越想越气，于是集四湖五海之水冲向昆仑山，把昆仑山上的圣火浇灭，顿时全天下漆黑一片。祝融得知，非常愤怒，骑上火龙，与共工大战起来。水终是往低处流，洪水从昆仑山上落下来，祝融乘机发起进攻，把共工烧得焦头烂额。共公输得不顺气，一气之下撞向不周山。谁知不周山是天柱，天柱给撞断了，天塌下来，给天下万物带来灾难。于是就引来女娲补天的故事。按今天的话来说，这是女娲补天的前传。"

——关于祝融与共工的矛盾，还有一种说法。水神共工是炎帝的后裔，与黄帝家族矛盾重重。帝颛顼接掌天下统治权后，毫不顾惜人类，同时也用强权压制天神。以至天上人间，怨声载道。阴险的共工见时机成熟，纠集心怀不满的天神，决心推翻帝颛顼的统治，夺取主宰天下的神位。

诸神反叛，拥戴共工，组建军队，突袭京都。帝颛顼闻变，一面点燃七十二座烽火台，召四方诸侯，疾速支援；一面，亲自挂帅，带着兵马前去迎战。

战斗十分酷烈，两股人马，上天入地，激烈厮杀。帝颛顼的部众越杀越多，人形虎尾的泰逢驾万道祥光。龙头人身的计蒙挟疾风骤雨，两个蜂窝脑袋的骄虫领毒蜂毒蝎；共工的部众，越杀越少，柜比的脖子被砍得只剩一层皮，王子夜的双手双脚全被砍断。

共工辗转杀到西北方的不周山下，身边仅剩十三骑。他举目望去，奇崛突兀的不周山，顶天立地，挡住了去路。他知道，此山其实是一根撑天的巨柱，是帝颛顼维持宇宙统治的主要凭借之一。身后,喊杀声、劝降声接连传来,天罗地网已经布成。

共工在绝望中发出了愤怒的呐喊。他一个狮子甩头,朝不周山拼命撞去,只听得“轰隆隆”一阵巨响,那撑天拄地的不周山竟被他拦腰撞断,横塌下来。

天柱折断,整个宇宙随之改观:西北的天穹失去撑持而向下倾斜,使拴系在北方天顶的太阳、月亮和星星,身不由己地挣脱束缚,朝低斜的西天滑去,解除了当时人们所遭受的白昼永远是白昼,黑夜永远是黑夜的困苦。另一方面,东南大地塌陷下去,成就了我们今天所看见的西北高、东南低的地势,和江河东流、百川归海的情景。

本来,南岳衡山这块天眼看也要垮下来了,这块地也一晃一晃的就要翻过去了。老百姓一个个抱着大树,攀着岩石,痛哭流涕。祝融连忙使出自己的全身本领,像个大柱子一样撑住这个地方,天才没有垮,山才没有塌。唐朝有个诗人,特意写了这件事:“东南地益卑,维岳资柱石。前当祝融居,上拂朱鸟翮。”

后来,还有一个诗人也写道:“地涌一峰秀,高撑南楚天。”祝融在南岳山上活到一百多岁才死去。百姓把他埋在南岳山的一座山峰上,并把这个山峰命名赤帝峰。他住过的最高峰,大家就一直叫做祝融峰。在祝融峰顶上,百姓们修建了一座祝融殿,永远纪念着他的功德。

神话博士这时若有所思地说:“祝融氏是神农氏时代,或是早在伏羲氏时代出现的一个以善于取火管火用火而闻名的部落,并逐渐迁移到南方生活,对中华先民用火技术的发展作出了突出贡献。到五帝时代,‘祝融’又因此被用作官职名称。其实,更准确地讲,应该是一个行业名称。”

夏青教授说:“在现代人看来,用火是一项很简单的技术,但在远古时期,用火并不简单。甘肃省天水市秦安县大地湾遗址考古发现,在距今约八千年的四座房址内出土有红烧土块、陶器及最早的彩陶制品,说明当时的人们已经取火用火。”

神话博士说:“在仰韶早期的一百五十六座房址中,均出现了圆形和瓢形灶炕,并有保存火种的火种罐。这说明,中华先民很早就掌握了人工取火、保管火种和用火技术。但由于早期的房屋离不开草木建筑材料,一旦失火,危害极其严重。所以早期的中华先民还没有在房内用火的习惯,只有进一步了解火的性质,掌握了更加全面的用火技术以后,才敢于在房内用火。发展提高用火技术正是祝融氏部落的传统。”

夏青教授说:“大家见过北方的灶炕没有?室内靠近门道处,有一口径为一点一二米的圆形灶坑,接近门道处有一地穴开一直径零点三米的通风洞直通入灶坑内,并在对准通风洞的另一壁开一直径为零点二五米、深零点三一米的洞穴,内置一夹砂粗红陶罐,作为存火种之用。门道由三级台阶组成,绕灶坑两侧可直通入室内。”

田幻想说:“如此设置灶坑,作用有三:一是利于防止野兽侵袭。当时周围是原始大森林,野兽出没,对人威胁很大。晚上人们休息入睡后,野兽出没。当它来到房屋门口,见到一大堆火就会被吓跑了。二是门口通风,并且灶坑置有通风洞,火不仅容易燃烧,而且火势旺。三是门口有火,能够防止冬天冷空气入内,不但房内温度高,而且暖和。”

神话博士说:“由此可见,灶坑相当复杂,在当时是房屋建筑中重要的组成部分。有了它,房屋才成为人们温暖的家。发展如此复杂的灶坑设施，并不是一朝一夕就能完成的，这应该就是祝融氏事迹广为流传的原因所在。也就是说，祝融氏还有一个贡献，使住房变成了温暖的家。”

方艳红说：“我现在明白了，祝融这个《山海经》神话传说中的古帝，以火施化，号赤帝，后人尊为火神。他住在昆仑山的光明宫，为人类传下火种，教人类用火方法。可是，我不明白，祝融是火神，怎样兼任海神的呢？”

李大平简略回答说：“古人认为，南方属火，火又是光明的象征，火之本在水，故祝融合水火为一神。关于南海神是祝融的说法，最早见于唐朝韩愈所写《南海神庙碑记》。我想让机器人潘小虹来回答这个问题。”

楚楚动人的机器人潘小虹说话了：“先生们、女士们，大家好！我现在谈谈南海神庙与祝融。祝融为什么做了南海神呢？现有的文字资料记载，无不以韩愈碑所言为依据，似无更早资料佐证。这可能与三国两晋至隋唐间长江中游（即楚地）居民南徙岭南有关。移民们来到一个新城，面对海上变幻莫测的波涛，糅合岭南先民们已有的海神信仰，幻想着冥冥中有一位海神在主宰海事的同时，希望这位海神就是长期以来保护自己的老祖宗祝融。因为祝融本来就受黄帝命有司南之职。南海在楚地的南方，自然也应该归这位老祖宗管领了。”

夏青教授说：“南海神主要是隋唐以后受到特别推崇，这有三个方面的原因。一是岭南社会经济的发展，随着人民的南迁增多，受中原文化的影响越来越大，荆楚属民对南方始祖祝融的崇拜，影响到了广东沿海一带。二是由于西汉开辟的陆上丝绸之路因中原战事频繁，政权分割而受阻，推动了广东沿海海上丝绸之路的开辟与发展，海上贸易为广州地区的经济繁荣提供了条件。海事活动的增多，推动了封建政权对南海地区的重视及民间对南海神崇拜影响的扩大。三是韩愈的《南海神庙碑记》明确指出‘南海神次最贵’，此碑成为人们考证南海神庙最原始的资料之一，被中央和地方统治者多次引用，民间传诵甚广，使南海神崇拜活动历久不衰；同时，后来的苏东坡、汤显祖、陈献章等著名文士的游历及题刻，也为南海神庙影响的扩大起到了推动作用。”

神话博士对夏教授说：“祝融为什么要说《山海经藏宝图》在中山呢。”

李大平回答：“我以为，祝融原来没有听说过《山海经藏宝图》，说《山海经藏宝图》在中山只是自己的一种猜想。”

十三、挺进中山

薄山食疗

几天后，沈早晨教授与神话博士交换了一下意见，决定，再将人员重新组合。沈早晨、贾小玲、王丽君、方艳红、田幻想、龙小宏为A组，神话博士、黎萍导游、杨扬、黄梅、机器人王小钢和潘小虹为B组。

沈早晨带的A组通过时光隧道，来到中山第一列山系：薄山山系之首座山，叫做甘枣山。共水从这座山发源，然后向西流入黄河。山上有茂密的杻树。山下有一种草，葵菜一样的茎干杏树一样的叶子，开黄色的花朵而结带荚的果实，名称是箨。人吃了它可以治愈眼睛昏花。山中还有一种野兽，形状像鼣鼠而额头上有花纹。吃了它的肉，就能治好人脖子上的赘瘤。

沈教授说："甘枣山往东二十里，是历儿山。山上有茂密的橿树和枥树。这种树木，茎干是方形的而叶子是圆形的，开黄色花而花瓣上有绒毛，果实像楝树结的果实，人服用它可以增强记忆而不忘事。"

田幻想说："根据魔幻背心上的旅行功能里程表显示，古人对山的位置测量很准。"

沈教授说："本来，《山海经》是地理方面的书，山的距离很准确，是起码的要求。"

王丽君说："再往东十五里，是座渠猪山，山上有茂盛的竹子。渠猪水从这座山发源，然后向南流入黄河。水中有很多豪鱼，形状像一般的鲔鱼，但长着红嘴巴和带羽毛的红尾巴。人吃了它的肉，就能治愈白癣病。"

方艳红说："这种鱼有了羽毛，应该会飞吧？"

沈教授说："羽毛如果是在尾巴上，可以飞一段距离的低空，不可能飞很高的。"

贾小玲问："为什么呢？"

沈教授说："飞得高，必须有翅膀，真能够飞，就不是鱼是鸟了。"

沈教授正在说话，一条豪鱼从水里飞上了空中，沈教授一下蒙了。

贾小玲得意了："上古时期的生物与我们今天的不一样。"

谁知，豪鱼没有飞好远，还是落到了水里。

王丽君说话了："蝙蝠不是鸟，但是它能够飞，只是低空飞行罢了。这种鱼也是低空飞行，不能飞到陆地上去。"

方艳红说："这种鱼应该叫做飞鱼。"

沈教授说："往东三十五里，是葱聋山。山中有许多又深又长的峡谷，到处是白垩土，还有黑垩土、青垩土、黄垩土。再往东十五里，是涹山，山上有丰富的黄铜，山北面盛产铁。"

王丽君说："又往东七十里，是脱扈山。我们到这个山停顿一下吧。"

他们一行人在这个山开始喝矿泉水，吃点心。方艳红指着一种草说："形状像葵菜的叶子，开的是红花，结的是带荚的果实。"

王丽君说："果实的荚像棕树的果荚，名称是植楮。可以用它治愈精神抑郁症，而服食它就能使人不做噩梦。"

王丽君拿出自己的布包，装了一些果实在包里。她对贾小玲悄声说："方艳红失恋的次数多，经常做噩梦。你劝她吃一点这果子，试一试。"

贾小玲问："你为什么不直接给她吃？"

王丽君说："方艳红对龙小宏有春风，而龙小宏对她却无春雨。方艳红以为是我在作梗。"

沈教授说："我们启程吧。"

田幻想说："再往东二十里，是金星山。山中有很多天婴，形状与龙骨相似，可以用来医治痤疮。再往东七十里，是泰威山。山中有一道峡谷叫做枭谷，那里盛产铁。泰威山往东十五里，为橿谷山，山中有丰富的黄铜。再往东一百二十里，是吴林山，山中生长着茂盛的兰草。"

贾小玲问沈教授："田幻想为什么说得这么准？"

沈早晨说："《山海经》里面写得明明白白。"

田幻想说："吴林山往北三十里，是牛首山。我们下去呆一下。"

沈教授、贾小玲、王丽君、方艳红、龙小宏、田幻想等从空中下到山顶。沈教授惊呼："这是什么山，一下来，心情怎么变得这么愉快。"

方艳红说："是啊，这些天，我由于兴奋，睡不着觉，精神不振。现在，豁然开朗。"

王丽君也说："怪了，我的精神感到这么愉快。田幻想，请帮忙查一下，是什么原因。"

贾小玲问："老田，你能够查出原因么？"

田幻想面对着一种草，说道："这是鬼草，叶子像葵菜叶，却是红色茎干，开的花像禾苗吐穗时的花絮，服食它就能使人无忧无虑。在长满这种草的山上，鼻子嗅到它的芳香，也能够使精神振奋。"

这一下，贾小玲、王丽君、方艳红都说："如果山上有宿舍，我们真想在这里住几天呢。"

沈教授说："劳水从这座山发源，然后向西流入潏水。水中有很多飞鱼，形状像一般的鲫鱼，人吃了它的肉，就能治愈痔疮和痢疾。”

贾小玲建议：“我们干脆步行下山吧。”

他们沿着山道，往山下走去。看见一道道山泉，顺着山沟，往下流淌。水中不时飞起一种鱼，像鲫鱼一样的形状。

沈教授说：“我最近肚子有点疼。我想吃点这种鱼，也许会好起来。”

贾小玲说：“我们拣上几条，然后，到山下找个农户帮忙我们做一下吧。”

他们在水沟里捉了几条大鱼，装在随身带来的塑料袋子里。来到山下，真的发现有农户的房子，他们找到了农民。山里的农民十分热情，邀请他们都来吃饭。这种鱼做好了，大家吃了，无不赞美。

沈教授高兴地对贾小玲说：“我现在感觉肚子很舒服了。想不到，上古时期还有这么多天然的好东西吃。”

贾小玲说：“神农尝百草的故事，不就是在找好东西吃吗？”

王丽君说：“再往北四十里，是座霍山。这里到处是茂密的构树。”

方艳红说：“山中有一种野兽形状像野猫，白尾巴，脖子上有鬃毛，名称是朏朏。人饲养它，就可以消除忧愁。”

龙小宏说：“我们这些单身汉，不为打光棍发愁。”

王丽君刚说：“下岗姐妹也不用为工作发愁。”

他们再往北穿越五十二里，看见了合谷山。这里到处是薝棘。合谷山往北穿越三十五里，是阴山，多的是粗磨石、色彩斑斓的漂亮石头。少水从这座山发源。山中有茂密的雕棠树，叶子像榆树叶，却呈四方形。结的果实像红豆，服食它就能治愈人的耳聋病。

他们从阴山往东四百里，是座鼓镫山，有丰富的黄铜。山中有一种草，名称是荣草，叶子与柳树叶相似，根茎与鸡蛋相似，人吃了它就能治愈风痹病。

沈教授说：“薄山山系，一共十五座山，途经六千六百七十里。历儿山，是诸山的宗主，祭祀宗主山山神，在毛物中用猪、牛、羊齐全的三牲作祭品，再悬挂上吉玉献祭。祭祀其余十三座山的山神，在毛物中用一只羊作祭品，再悬挂上祀神玉器中的藻珪献祭，祭礼完毕把它埋入地下而不用米祀神。所谓藻珪，就是藻玉，下端呈长方形而上端有尖角，中间有穿孔并加上金饰物。”

龙小宏说：“看来，这个山神是懂得审美的。因为，他喜欢人们用玉石、金银来献祭。”

大概是山神也喜欢听奉承话，听见了龙小宏的赞美，立即出现了。他说：“欢迎你们，远道的客人。”

田幻想说：“祝融要我们来这里寻找《山海经藏宝图》。”

山神说：“祝融可是大人物呀！但是，我这里的山没有你说的那个藏宝图，你去下一列山系看一看。刚才有四个人来问过《山海经藏宝图》。”

沈教授说：“看来，王冬生、李英豪他们在与我们比高低。”

野兽哭泣

神话博士、黎萍导游、黄梅、杨扬、机器人王小钢和潘小虹为B组。他们来到中山第二列山系济山山系之首座山，叫做辉诸山，山上有茂密的桑树。山中的野兽大多是山驴和麋鹿，而禽鸟大多是鹖鸟。他们再往西南穿越二百里，是发视山。山上有丰富的金属矿物和玉石，山下多出产磨石。即鱼水从这座山发源，然后向西流入伊水。发视山往西穿越三百里，是豪山。山上有丰富的金属矿物和玉石，而没有花草树木。

黎萍导游说："再往西三百里，是座鲜山，有丰富的金属矿物和玉石，但不生长花草树木。"

神话博士说："这个山上有许多怪蛇，我们去看一下吧。"

黎萍导游说："好吧。我们下去看一下。"

他们下降到鲜山上。机器人王小钢说："鲜水河从这座山发源，然后向北流入伊水。"

杨扬说："喂，水中有很多蛇。"

黎萍说："这种蛇是一种水蛇，名叫鸣蛇。"

黄梅说："真怪，形状像一般的蛇，却长着四只翅膀！"

神话博士说："还有更怪的呢。鸣蛇一叫，如同敲磬的声音。鸣蛇在哪个地方出现，哪里就会发生大旱灾。"

杨扬说："我们分析一下，到底是什么原因。"

黎萍说："太神秘了，说不透原因。"

神话博士说："天下出现大旱，鸣蛇在水里能够感觉到不舒服，就会爬出水面，发出那种惊恐的叫声。接着，天下就出现了旱情。我以为，不是因为鸣蛇出现才发生旱灾。而是因为要出现旱灾，鸣蛇才到处抛头露面，进行呼吁。"

机器人潘小虹说话了："我们再往西三百里，是阳山，到处是石头，没有花草树木。阳水从这座山发源，然后向北流入伊水。这个山与刚才的山有点类似，不长草木。"

黄梅说："不一样。这水中的蛇形状就不一样！"

杨杨反驳："怎么不一样，不也是蛇么。"

黄梅解释："当然不一样，一是这蛇的形状不同，人的面孔却长着豺一样的身子，有禽鸟的翅膀却像蛇一样地爬行，发出的声音如同人在呵斥。二是这种蛇出现在人们眼前，不是告诉人们这里会出现旱灾，而是告诉人们，这里会发生水害。"

杨扬忍不住了。她问："这是什么蛇？为什么它一出现，就会出现水灾，而不是旱灾呢！"

神话博士解释："这个水蛇叫化蛇。但是，它们不怕干旱，而是怕涝。所以，化蛇一出，就是快发生涝灾了。"

神话博士与黎萍导游在前面行，机器人王小钢与潘小虹断后。就是说，他们走在最后面。他们大约往西走了二百里，见到一座山。王丽君问："黎萍导游，这是什么山？"

黎萍说："根据《山海经·中山经》记载，这应该是座昆吾山，使人联想起昆仑山。这山上有丰富的赤铜。"

杨扬笑着说："昆吾山，这名字怪怪的。咦！有谁在哭，这么伤心。我们去看看吧，好劝一劝。"

嚎啕大哭的声音越来越近。黎萍说："好，我们去看一看。"

正说着，几只动物朝着他们奔过来。一边跑，一边发出大哭的声音。

黄梅说："真奇怪，野兽的喊声竟像嚎啕大哭的声音！"

黄梅站在路中央，拦住了这些野兽的道路。这是一群像猪却长着角的野兽，见了人，低着头，就用角去冲撞。黄梅躲闪不及，眼看就要被这野兽顶破肚皮，竟吓傻了。黎萍、杨扬都紧张地闭上了眼睛。

说时迟，那时快。只见机器人潘小虹一下冲过去，将黄梅挡住了。那些野兽，接二连三地撞在潘小虹的身上。一个一个地被反弹了几米远。

当然，由于潘小虹替黄梅挡住了野兽的攻击，黄梅丝毫没有受伤，只是受了点惊吓罢了。潘小虹呢，更是毫发无损。

潘小虹说："这种野兽，名叫蠪蚳。吃了它的肉，就会使人不做噩梦。但是，被它撞了，难免不伤筋动骨。"

神话博士开玩笑地说："真是精彩！机器人美女勇救画家美女。"

黄梅对神话博士、黎萍说："我对于潘小虹真是太感谢了。他如果不是一个女机器人，而是一个男人，我担心会爱上他了。"

黎萍笑道："说明现在英雄救美女的行为太少了。"

机器人潘小虹一直在山上寻找什么，没有注意他们的谈话。杨扬却忍不住插话了："还是黄梅了不起，想什么就说什么。"

杨扬心想，她现在还没有男朋友。如果能够与一个敢于英雄救美女的男子恋爱，结婚，真是幸福。可是这种想法，她对谁都不敢说。

机器人潘小虹说："先生们，女士们，你们好！再往西一百二十里，是葌山。葌水从这座山发源，然后向北流入伊水。山上盛产金属矿物和玉石，山下盛产石青、雄黄。山中有一种树木，形状像棠梨树而叶子是红色的，名称是芒草，能够毒死鱼。葌山往西一百五十里，是独苏山，这里没有花草树木而到处是水流。"

他们往西又穿越了二百里，看见了一座石头闪烁光亮的山。神话博士建议："这山是蔓渠山，山上有丰富的金属矿物和玉石，山下到处是小竹丛。我们下去歇歇脚吧。"

他们来到这座小山。发现，山上的石头缝里泉水汩汩流淌。沈早晨说："伊水从这座山发源，然后向东流入洛水。"

他们坐在岩石上，用手去摸那石头缝里流出的泉水，凉爽得很。黄梅还忍不住用手去捧了一把水，洗了一把脸。忽然，杨扬听见了什么。她说："好像有婴儿在一个劲地啼哭。"

黄梅说："我们去找一找看。"

杨扬、黄梅一前一后，手拉手地在山路上边走边寻。忽然，哭声停止，迎面走来了一个人。杨扬正准备打招呼。黄梅说："慢点。这个人很怪，竟然是老虎的身子。"

那野兽张开嘴，发出婴儿啼哭的声音。黎萍说："原来是这野兽在叫，声音怎么像哭呢？上古时期，有些事真叫人感到莫名其妙！"

机器人潘小虹过来了，说："你们小心。这是马腹，形状是人一样的面孔虎一样的身子，是能吃人的。"杨扬、黄梅一听，赶快往后躲，但是，来不及了，一前一后，她们被几个这样的怪兽拦住了去路。杨扬摆出了拼命的架势，黄梅打开了身上的防护功能。只见一个怪兽冲了上来。机器人王小钢迎了上去。那叫马腹的野兽张开了大嘴，一口咬住了王小钢的手臂，只听见一声惨叫。那马腹被电流击中，掉头便跑。另外几个马腹冲上去，被王小钢、潘小虹打退。

神话博士说："我们的机器人英雄，太厉害了。"

正在这时，一个人面鸟身的动物来到她们面前。机器人潘小虹摆出了架势。沈教授拦住了潘小虹，说："这是山神。"

王小钢也补充了一句："潘小虹，这是山神。"

山神发话了："欢迎你们。你们真是英雄啊！连马腹这样的怪兽，见了你们都落荒而逃。"

神话博士与山神攀谈起来："你们一共有几位山神。"

山神回答："济山山系，一共九座山，途经一千六百七十里。归我们九个山神统辖。"

神话博士说："我们今天到这里，应该祭神才对。"

山神一听，说："谢谢各位。你们是想打听《山海经藏宝图》吧？去下一个山系看一看吧。"

山神隐身不见了。方艳红说："九个山神都是这个样子。"

神话博士说："对。诸山山神的形状都是人的面孔鸟的身子。"

杨扬说："应该怎样祭神。"

黄梅说："祭祀这里的山神要用毛物作祭品，再用一块吉玉，把这些投向山谷，而不用米祀神。"

事后，黄梅问："石博士，今天，潘小虹为什么没有弄清山神的身份，差点动手了。"

神话博士说："人脑有惯性思维的时候，电脑也一样。与马腹交锋打花了眼，认为山神也是马腹一样的凶兽。"

机器人潘小虹听了议论，主动地说："十分抱歉，真是杀红了眼，差点要对山神动手。"

黄梅听了，有点不好意思了。本来，潘小虹对她有相救之恩，现在，她却去议论潘小虹。当然，她没有想到，机器人的听觉反应这么灵敏。

兴风作浪

沈早晨、贾小玲、王丽君、方艳红、田幻想、龙小宏为A组，完成了对中山第一列山考察之后，又来到中山第三系列山系。第一座山叫做敖岸山。山南面多出产㻬琈玉，山北面多出产赭石、黄金。天神熏池住在这里。贾小玲一听到有美玉、黄金，执意要下去看一看。他们一行人便来到这座山上，站在山项向北眺望。

龙小宏对田幻想说：“《山海经藏宝图》如果真在这个山系，就好了。”

沈早晨没有听清他们的议论，说：“你们看，前面就是黄河。”

他们的眼睛越过葱郁的丛林，看见了奔腾的黄河。一只只形状像白鹿却长着四只角的野兽，出现在他们面前。

沈教授问：“小玲，你知道为什么黄河的水现在这么急吗？”

贾小玲摇摇头。沈教授说：“我们面前的动物名叫夫诸，在哪个地方出现，哪个地方就会发生水灾。”

贾小玲说：“我明白了，夫诸这样的野兽出现了，所以，洪水泛滥，黄河水流汹涌。”

沈教授说：“再往东十里，是座青要山，确实是天帝的密都。”

他们一行人登上青要山，向北眺望，黄河的弯曲处，近在咫尺。畛水从这座山发源，然后向北流入黄河。一只只的野鹅，展翅腾飞。有几只野鹅飞到他们的面前，王丽君、方艳红与贾小玲走上前去，这几只野鹅一点也不害怕，居然在他们身边转来转去。

考古教授说：“上古时期，这些飞禽不怕人，因为，很少有人去枪杀它们。”

田幻想说：“看来，我们要学习古人的生态意识。”

从青要山向南可以望见墠渚，是大禹的父亲鲧变化成为黄熊的地方。这里有很多蜗牛、蒲卢。他们正在东张西望地欣赏自然风光，忽然背后响起了一个声音：“欢迎你们，亲爱的客人！”

他们一扭头，面前的人，浓眉大眼，两眼炯炯有神，浑身长着豹子一样的斑纹。他介绍自己说：“我是山神武罗，掌管这不大的地方。你们是哪里来的神仙？”

贾小玲笑了：“山神，您看我们哪里像神仙？”

王丽君说：“我们是现代人，通过时光隧道来考察的。”

山神的形貌是细小的腰身，洁白的牙齿，而且耳朵上穿挂着金银环，发出的声音像玉石碰击作响。他说：“我不知道什么是现代人，只知道你们几个美女应该是仙女，他们几个应该是仙子。我刚才发现你们飞翔的速度很快，普通老百姓是不可能从天空来到我们这个山上的。”

贾小玲悄声对考古教授说：“这座青要山，适宜女子居住，看来与这个山神有关。”

考古教授说：“根据《山海经》介绍，山中有一种禽鸟，名称是鴢，形状像野鸭子，青色的身子却是浅红色的眼睛，深红色的尾巴。吃了它的肉，就能使人多生孩子。我想，这可能是适于女子居住的原因。”

方艳红插言：“山中生长着一种草，形状像兰草，却是四方形的茎干黄色的花朵、红色的果实，根部像藁本的根，名称是荀草。女子服用它，就能使人的肤色洁白漂亮。”

贾小玲说：“可惜这种草我们不能够带走。”

王丽君：“等我们将这草带回去的时候，草就枯萎了。”

沈教授：“再往东十里，是座騩山。山上盛产味道甜美的枣子，山北阴面还盛产瑻琈玉。正回水从这座山发源，然后向北流入黄河。”

贾小玲说:“我们可以去这座山上逗留一下。”

他们来到鶡山,看见山上有一个不大的水塘,水中鱼儿自由自在地嬉戏。沈教授指着水塘里的鱼说:“这成群结队的是飞鱼,形状像小猪,浑身是红色斑纹。吃了它的肉,就能使人不怕打雷,还可以辟兵器。”

龙小宏说:“我们想办法弄几条吃吧?”

贾小玲说:“这里没有地方做啊。”

田幻想说,山腰有个小棚子,里面应该有炊具。他上前,弯下腰,看准一条鱼,一手快速地伸下去,抓起一条鱼,让贾小玲用塑料袋子装上。喜欢钓鱼的田幻想继续用手来抓,也有落空的时候,但是,不一会,他已经抓了八条,每条都有半斤以上的分量。

沈教授他们找到了山腰的小棚子,里面住着一位山民。他热情地招呼神话博士几个进了棚子。然后,拿出刀子,将鱼肚破开,掏出里面的内脏,然后洗净。黎萍、贾小玲几个协助山民,做了一大盘鱼,还炒了两盘青菜,煮了大锅米饭。大家坐在那里,吃完饭。贾小玲拿出旅行包中的食品,送给了这位憨厚的山民,他们告辞了山民,打开魔衣、魔幻背心上的旅行开关,飞上了天空。

沈教授说:“再往东四十里,是宜苏山。山上有丰富的金属矿物和玉石,山下有繁茂的蔓荆。滽滽水从这座山流出,然后向北流入黄河。水中有很多黄色的贝。”

贾小玲说:“再往东二十里,是和山。山上不生长花草树木,而到处是瑶、碧一类的美玉,确实是黄河中的九条水源所汇聚的地方。”

他们来到了这座山,一看山路盘旋,回转了五层。一个老人浑身闪闪发光地出现在他们面前:“你们是何方妖孽,敢来此山!”

沈教授说:“我们不是妖孽,是现代人。”

这个老人不由分说,手一挥,几十只箭向他们飞来,这些箭没有射到他们身上。老人发话了:“你们不是妖孽是什么?连箭都射不到你们身上。”

沈教授说:“这位老人,您是吉神泰逢?”

老人问:“你怎么知道我的名字。”

考古教授说:“我们读了《山海经》,才知道您的。知道您还能够兴起风云。”

老人说:“我的箭都无法射到你们身上,说明,你们不是妖孽,就是神仙。”

沈教授说:“喂,我们刚才吃的鱼,还真能避刀枪。”

贾小玲说:“小心!这个山神还有一条老虎一样的尾巴,说明他还具有老虎一样的力量。”

山神说:“整个山系,一共五座山,途经四百四十里。我这座山不大,但是,确实是一座宝山,有九条水从这里发源,然后汇合起来向北流入黄河。水中有很多苍玉。”

沈教授发话了:“山神主管这座山,您喜欢住在萯山向阳的南面,出入时都有闪光。”

贾小玲说:“我们准备祭祀诸山山神。”

山神说:“好哇,你们有什么需要我帮助吗?”

方艳红说:“我们正在寻找《山海经藏宝图》。”

山神说："你们去下个山系看一看吧。"

一只猴子不知道什么时候，出现在他们面前，说："泰逢、熏池、武罗三位神都是把一只公羊劈开来祭祀，祀神的玉器要用吉玉。其余二位山神，是用一只公鸡献祭后埋入地下。祀神的米用稻米。"

方艳红说："我们到哪里去弄公羊呢？"

龙小宏说："田幻想，我与你去捉吧。"

不一会，龙小宏与田幻想抬来了一只公羊。他们将公羊劈开，找来一块干净的石头。猴子说："你们可以走了，等下我去通知山神过来享受。"

龙小宏说："这个猴子好似山神的秘书呢。"

三过中山

神话博士、黎萍导游、杨扬、黄梅、机器人王小钢和潘小虹组成的B组，来到中山第四列山系——厘山山系，首座山叫做鹿蹄山。山上盛产玉，山下盛产金。甘水从这座山发源，然后向北流入洛水。水中有很多泠石。往西穿越五十里，是座扶猪山，山上到处是礝石。山中有一种野兽，形状像貉却长着人的眼睛。虢水从这座山发源，然后向北流入洛水。水中有很多礝石。

机器人潘小虹说："再往西一百二十里，是厘山。山南面有很多玉石，山北面有茂密的茜草。山中有一种野兽，形状像一般的牛，全身青黑色，发出的声音如同婴儿啼哭，是能吃人的，名称是犀渠。滽滽水从这座山发源，然后向南流入伊水。这里还有一种野兽，形状像獳犬，全身有鳞甲，长在鳞甲间的毛像猪鬃一样。"

机器人王小钢说："我们再往西二百里，是箕尾山，有茂密的构树，盛产涂石，山上还有许多㻬琈玉。"

机器人潘小虹说："我们再往西二百五十里，是柄山，山上盛产玉，山下盛产铜。滔雕水从这座山发源，然后向北流入洛水。山中有许多羬羊。山中还有一种树木，形状像臭椿树，叶子像梧桐叶，结出带荚的果实，名称是茇，是能毒死鱼的。"

机器人王小钢说："柄山往西穿越二百里，是白边山。山上有丰富的金属矿物和玉石，山下盛产石青、雄黄。再往西二百里，是熊耳山，山上是茂密的漆树，山下是林立的棕树。浮濠水从这座山发源，然后向西流入洛水。水中有很多水晶石，还有很多人鱼。山中有一种草，形状像苏草而开红花，名称是葶苎，是能毒死鱼的。"

杨扬对黄梅说："《山海经》描述的地方还真是宝山呢！"

他们往西穿越三百里，路过牡山。看到漫山遍野都是色彩斑斓的石头，看见山下遍地都是竹箭、竹梅之类的竹丛。成群的羬羊在奔跑，成群的赤鷩在飞翔。

他们往西穿越三百五十里，路过谨举山。雒水从这座山发源，然后向东北流入玄扈水。玄扈山中生有很多马肠这样的怪物。在谨举山与玄扈山之间，夹着一条洛水。

机器人王小钢说："厘山山系，一共九座山，途经一千六百七十里。诸山山神的形貌都是人的面孔而兽的身子。祭祀山神：在毛物中用一只白色鸡献祭，祀神不用米，用彩色帛把鸡包裹起来。"

山神出来了。说："我们这里没有见到《山海经藏宝图》，你们去下一个山系碰碰运气吧。"

神话博士、黎萍导游、杨扬、黄梅、机器人王小钢和潘小虹来到了中央第五列山系——薄山山系。首座山叫做苟林山，见不到花草树木，到处是奇形怪状的石头。

机器人潘小虹说："往东穿越三百里，是首山。山北面有茂密的构树、柞树，山南面盛产㻬琈玉，这里的树木以槐树居多。这座山的北面有一峡谷，叫做机谷。峡谷里有许多鸟，形状像猫头鹰，却长着三只眼睛，还有耳朵，发出的声音如同鹿鸣叫。人吃了它的肉，就会治好湿气病。"

他们往东穿越三百里，路过一座不出名的山县劚山，山上没有花草树木，漫山遍野是色彩斑斓的石头。往东穿越三百里，路过葱聋山。往东北穿越五百里，路过条谷山，漫山遍野，多是槐树、桐树、芍药、门冬草。往北十里，路过超山，山北面遍地苍玉。往东穿越五百里，路过成侯山，櫄树茂密。往东穿越五百里，路过朝歌山，山谷尽是优良垩土。往东穿越五百里，到达槐山，山谷里金、锡丰富。

黄梅对杨扬说："这么多的矿藏，这次来得值得呀。"

他们飞往东十里，路过历山，多有槐树，玉石闪亮。往东十里，路过尸山，遍地苍玉，野兽以麖居多。尸水从这座山发源，向南流入洛水。往东十里，路过良余山，茂密的构树和柞树，山上没有石头。余水从良余山北麓流出，然后向北流入黄河；乳水从良余山南麓流出，然后向东南流入洛水。往东南十里，路过蛊尾山，满眼是粗磨石、黄铜。龙余水从这座山发源，然后向东南流入洛水。往东北二十里，路过升山，构树、柞树、酸枣树林立，山药、惠草、寇脱草茂盛。黄酸水从这座山发源，然后向北流入黄河。水中有很多璇玉。往东二十里，是阳虚山，盛产金。阳虚山临近玄扈水。

总计，薄山山系，一共十六座山，途经二千九百八十二里。升山，是诸山的宗主。祭祀升山山神的典礼，在毛物中用猪、牛、羊齐全的三牲作祭品，祀神的玉器要用吉玉。首山，是神灵显应的大山，祭祀首山山神用稻米、整只黑色皮毛的猪、牛、羊、美酒；手持盾牌起舞，摆上鼓并敲击应和；祀神的玉器用一块玉璧。尸水，是上通到天的，要用肥壮的牲畜作祭品献祭；用一只黑狗作祭品供在上面，用一只母鸡作祭品供在下面，杀一只母羊，献上血。祀神的玉器要用吉玉，并用彩色帛包装祭品，请神享用。

人头兽身的山神出来了，说的是同样的话："我们这里没有《山海经藏宝图》，有几个人来问过。你们去下一个山系碰碰运气吧。"

沈教授、贾小玲、王丽君、方艳红、田幻想、龙小宏来到中央第六列山系——缟羝山山系。首座山叫做平逢山。从平逢山上向南可以望见伊水和洛水，向东可以望见谷城山。这座山不生长花草树木，没有水，到处是沙子石头。山中有一山神，形貌像人却长着两个脑袋，叫做骄虫，是所有螫虫的首领，也确实是各种蜜蜂聚集做巢的地方。

沈教授说："祭祀这位山神很简便，用一只公鸡作祭品，在祈祷后放掉而不杀。"

龙小宏说："这样的官在我们今天看来是清官。"

王丽君说："往西十里，是座缟羝山，见不到花草树木的影子，却有丰富的金属矿物和玉石。"

沈教授说："再往西十里，是座廆山，交觞水从这座山的南麓流出，然后向南流入洛水；俞随水从这座山的北麓流出，然后向北流入谷水。"

田幻想说："据说，这山上盛产玉石。山中有一种禽鸟，形状像野鸡，拖着一条长长的尾巴，身上通红如火，却是青色嘴巴。它发出的叫声，便是自身名称的读音。吃了它的肉，能使人不做噩梦。"

方艳红说："太好了。我常做噩梦，有时梦见了毒蛇，太可怕了。"

王丽君说："再往西三十里，是座瞻诸山。山南面盛产金属矿物，山北面盛产带有花纹的漂亮石头。这座山发源的水流向东南注入洛水；少水从这座山的北麓流出，然后向东流入谷水。"

方艳红说："再往西三十里，是座娄涿山，没有花草树木，有丰富的金属矿物和玉石。瞻水从这座山的南麓流出，然后向东流入洛水；陂水从这座山的北麓流出，然后向北流入谷水，水中有很多紫颜色的石头、带有花纹的漂亮石头。"

王丽君说："再往西四十里，是座白石山。惠水从白石山的南麓流出，然后向南流入洛水。水中有很多水晶石。涧水从白石山的北麓流出，向西北流入谷水。水中有很多画眉石、黑丹砂。"

方艳红说："再往西五十里，是座谷山，山上是构树茂密，山下是桑树成林。爽水从这座山发源，然后向西北流入谷水。水中有很多孔雀石。"

王丽君说："再往西七十二里，是密山，山南面盛产玉，山北面盛产铁。豪水从这座山发源，然后向南流入洛水。水中有很多旋龟，形状像鸟一样的头、鳖一样的尾巴，发出的声音好像劈木头声。这座山不生长花草树木。"

方艳红说："再往西穿越一百里，是长石山，不长花草树木，有丰富的金属矿物和玉石。这座山的西面有一道峡谷，叫做共谷，生长许多竹子。共水从这座山发源，向西南流入洛水。水中很多产鸣石。"

王丽君说："再往西穿越一百四十里，是傅山，寸草不生，到处是瑶、碧之类的美玉。厌染水从这座山的南麓流出，然后向南流入洛水。水中有很多人鱼。这座山的西面有一片树林，叫做墦冢。谷水从这里流出，然后向东南流入洛水。水中有很多珚玉。"

田幻想说："再往西穿越五十里，是橐山，山中的树木大多是臭椿树。山南面有丰富的金属矿物和玉石，山北面有丰富的铁，还有茂密的萧草。橐水从这座山发源，然后向北流入黄河。水中有很多脩辟鱼，形状像一般的蛙却长着白色嘴巴，发出的声音如同鹞鹰鸣叫。人吃了它的肉，就能治愈白癣病。"

龙小宏说："往西穿越九十里，是常烝山，没有花草树木，有多种颜色的垩土。潐水从这座山发源，然后向东北流入黄河。水中有很多苍玉。菑水也从这座山发源，然后向北流入黄河。"

田幻想说："再往西穿越九十里，是夸父山，山中的树木以棕树和楠木树最多，还有茂盛的小竹丛。山中的野兽，以野牛、羬羊最多，而禽鸟以赤鷩最多。山南面盛产玉，山北面盛产铁。这座山北面有一片树林，叫做桃林，方圆三百里。林子里有很多马。湖水从这座山发源，然后向北流入黄河。水中多出产珚玉。”

沈教授说：“再往西穿越九十里，是阳华山。山南面有丰富的金属矿物和玉石，山北面盛产石青、雄黄，山中的草以山药最多，还有茂密的苦辛草，形状像楸木，结的果实像瓜，味道酸中带甜。人服食它就能治愈疟疾。杨水从这座山发源，然后向西南流入洛水。水中有很多人鱼。门水也从这座山发源，然后向东北流入黄河。水中有很多黑色磨石。姑水从阳华山北麓流出，然后向东流入门水。姑水两岸山间有丰富的铜。”

田幻想说：“缟羝山山系，一共十四座山，途经七百九十里。有大山岳在这一山系中，在每年六月祭祀它，一如祭祀其他山岳的方法，那么天下就会安宁。”

山神出来了，说：“有几个人来问过，你们去千山看看，《山海经藏宝图》也许在那里呢。”

十四、千山来历莲花

千山来历

沈教授说："有的名山，在《山海经》中有记载，有的名山，其神话传说源自《山海经》，因此，我们有必要去各大名山进行神话考古体验游，并寻找《山海经藏宝图》。"

夏青教授建议到千山去，于是，神话博士、沈教授、夏青教授、欧阳旭副研究员、马克主编、黎萍导游、王丽君、方艳红、田幻想、龙小宏、黄梅、杨扬等一起来到了千山。田幻想说，如果该河"水出辽山"只能是水出《千山》（乾山）。该河确系千山天柱峰脚下青云观东所出，可知辽即乾即千，水出《千山》即"水出辽山"。《水经注》中的辽山即千山。千山似乎是《山海经》中的《乾山》。千山之辽即辽河之辽。由于"水出辽山"，故可知鞍山市南沙河即《小辽水》。

夏青教授在东北一所大学读的博士，经常上千山游玩，对于千山十分熟悉。夏青教授说，东北明珠，峻岭千山，位于辽宁省鞍山市东南，为长白山支脉，主峰高七百零八米，总面积七十二平方公里。山峰总数为九百九十九座，其数近千，故名"千山"，又名"积翠山"。古往今来，一直是吸引众多游人的胜境，为国家重点风景名胜区。夏青教授的大学同学陈工是鞍山钢铁公司的工程师。得知老同学来了，也陪着他们一起到千山游玩，介绍千山风物，如数家珍。

神话博士对千山比较熟。他说："千山南临渤海，北接长白；群峰拔地，万笏朝天；峰秀花盛，石峭松奇；佛高庙古，谷幽林深。景点密集，步移景异，以奇峰、岩松、古庙、梨花组成四大景观。千山特色，玲珑剔透。按自然地形划分为北部、中部、南部、西部四个景区。包括二十个小景区和二百二十八处风景点，分布在几条沟谷内。景色秀丽，四季各异，是集寺庙、园林于一山的风景旅游胜地。盛夏时节，这里气候极为凉爽，空气特别清新，到千山避暑度假，绝对是游客的明智选择。"

龙小宏的外号叫龙摄影，他拿出佳能数码相机，拍摄千山。他说："千山，也叫'千顶山'、'千华山’、‘千朵莲花山’。千山‘无峰不奇，无石不峭，无庙不古，无处不幽’。我的东北摄影界朋友说，千山，一年四季，气象万千。春天，花香袭来，梨花遍谷；夏天，郁郁葱葱，松涛阵阵；秋天，金黄飞虹，红叶漫山；冬天，松柏挺拔，银装素裹。”

黄梅说：“千山，自然景观与人文景观融为一体，‘临山已谛金钟响，入庙先闻玉炉香’。千山有寺、观、宫、庙、庵等二十余处，或高耸于险峰峭壁之上，或依偎于群山环抱之中，显于坦荡向阳坡上，隐于古松怪石之阴。正如清初镇国公爱新觉罗高塞在诗中描写的那样：‘梵宇起中天，香岩响碧泉。虚堂清晓露，幽壑静鸣蝉。迩引螺峰翠，松含像巅烟。寺以峰为屏，山借寺为显。’”

别看黄梅学的是美术，她对古典诗词也很爱好。黄梅还说，除庙宇外，还有无数洞、塔、亭、碑，也是千山人文景观的重要组成部分。仙人台，又名观音峰，为千山风景区最高峰。仙人台峰奇、地险，峰头似蛇背，长二十余米，宽十米。峰头西端，撅起一巨大石柱，呈四棱形，高七米，直径约二十米，由东稍向北倾斜，状如鹅头，故俗称鹅头峰。西南北三面均为峭壁深渊，唯东一面可行。

夏青教授说：“明朝初年，在峰顶大兴土木，将半球峰顶变成一平台，修建成仙人台。上面基石上刻有棋盘，周围安放八仙和南极寿星的石雕坐像，布陈为庆寿，弈棋行图。鹅头下峭壁上，有一佛龛，内浮雕一尊半身观音菩萨像。佛龛之上横刻“仙人台”三个篆字，系清光绪举人徐景涛所题。鹅头峰原名华表柱。登山眺望，古松参天，诸峰千姿；怪石嶙峋，峭壁泻涛；古洞宝塔，云烟缭绕；湖光山色，相映成趣；无限风光，尽收眼底。”

研究过千山古迹的欧阳旭说：“千山形成于约六千万年前的新生代。大约三十亿年前，这里还是一片太古时代的海洋。后经历太古时代早期、晚期地质事件和两次古老花冈岩的侵入，使火山岩系产生变质作用和褶皱断裂。又约在白垩纪早期，这里地壳隆起，由太古海洋变成古陆地。后又由燕山运动所产生的断裂构造，使上覆压力降低，炽热的岩浆上升，侵位于地壳深部，结晶为花冈岩。此后地壳不断上升，使上覆层消失，花冈岩裸露于表面，呈现出层峦叠嶂、奇峰林立、坡陡谷窄的山貌特征。”

沈早晨的知识面宽，他认为考古就应该有广博的知识面。他说：“千山为中粗粒花冈岩，容易风化剥蚀，由初期海拔千米以上，经过几千万年的风雨凋磨，降低到千米以下。但风化层岩石松散，含有水分。为松树和其他植物生长提供了自然条件。千山为温带季风气候，无霜期长达一百五十四天，年均降水量七百二十九毫米，雨量充足。山中植物品种繁多，包括梨花、稠李花、杏花、天女木兰花、丁香白花、接骨木花等类植物。”

马克不甘示弱，他看过千山的资料，找到了一个话题的切入点。他说：“田幻想，你们几个知道千山的来历吗？千山古时叫积翠山，后根据晋代诗人陶潜的《搜神后记》中一则“辽东人丁令威到灵虚山学道千年后化鹤归故土落在华表柱上”的传说，改积翠山为华表山。清代时又出现千顶山、千华山、千朵莲花山等名称，均以‘千’字冠顶。”

神话博士说：“文人墨客笔下的千山，自然美不胜收。千百年来生活在千山山麓下的劳动人民，也为这座座美丽的山峰创造出许多动人的传说，与妙美的诗文相映成趣。你们可以打开魔幻背心上的梦幻开关仔细看看。”

千朵莲花

千山也有千朵莲花山的美称。关于这个名字，民间流传着一个神话传说。相传在上古时代，辽东地区还是一片汪洋大海，叫做太子海。太子海里有座富饶的岛屿，叫做积翠岛。岛上一座叫做积翠山的高山中，居住着一位美丽善良的仙子———积翠仙子。她能呼风唤雨，保佑这一带年年风调雨顺，五谷丰登。

沈早晨、贾小玲、王丽君、方艳红等打开魔幻背心上的梦幻开关。他们马上来到积翠岛，却看见一帮虾兵蟹将上岸掳掠民财。老百姓敢怒不敢言。一打听，一个老渔民说：“从东海来了一条双尾恶龙，它是东海龙王敖广的侄子敖来。因为它平日就不守规矩，爱兴风作浪，在水族中的口碑就不好。一日敖来途经积翠岛，为岛上美丽的风景所吸引，于是就在太子海中定居了。这样一来，岛上的百姓可就遭殃了。敖来不时带领着一帮虾兵蟹将上岸来掳掠民财，或是吞食岛上居民。黎民百姓苦不堪言。”沈早晨说：“难道容许这恶龙无法无天吗？”

老渔民说：“除非是让积翠仙子来制伏他们。”

沈早晨带着贾小玲等往积翠山去寻找积翠仙子。本性善良的积翠仙子接待他们，十分热情，但是，她表示：“我不愿意和东海龙王结怨。不是怕事，而是担心给老百姓带来更大的灾祸。”

王丽君快人快语：“难道我们就让敖来兴风作浪吗！”

积翠仙子说：“立即处死恶龙敖来很容易。但是，结下了冤仇，还是老百姓吃亏啊。”

方艳红追问：“有什么办法吗？”

积翠仙子说：“当然有。需要你们配合我行动。”

积翠仙子想出一条整治恶龙敖来的方法：用金莲花挡住恶龙上岸。但是制作金莲花的原料需要采用日月精华。于是积翠仙子不顾触犯天条，上天偷取了太阳月亮的金丝线，私自采收了九天的锦云，不分昼夜的绣出朵朵金莲花。积翠仙子让王丽君、方艳红、贾小玲将这千朵莲花沿着海岸的边缘排列起来，最后又编织了一条金链子，将莲花串联起来。

敖来带着虾兵蟹将又来进犯。只见这千朵莲花光芒万丈，照得敖来头晕眼花，虽然几次翻起滔天巨浪，带领鱼虾小将进攻积翠岛，都被金光挡了回来。岛上又恢复了往日的平静安宁。沈教授、王丽君、贾小玲、方艳红与岛屿上的渔民，看了这样的情景，快乐得手舞足蹈。再说，敖来几次攻岛不成，心中十分恼怒，知道是积翠仙子坏了他的好事，十分嫉恨仙子。但他知道仙子神通广大，不敢轻易冒犯。左思右想，想出盗取金莲花的主意。

一天，敖来派出自己有最“能耐”的鲤鱼精偷金莲花。趁着夜色，鲤鱼精摸到岸边，去搬金莲花。但是，千朵莲花连在一起，费了九牛二虎的力气也纹丝不动。鲤鱼精只好用兵器冲着金链条砍下来，只听得一声巨响，山摇地动，惊醒了岛上的居民和积翠仙子。人们拿起刀枪棍棒，纷纷赶往海边。鲤鱼精深知不是大家的对手，掉头扛着金莲花，驾起狂风没命似的向海上逃去。王丽君说："不能够让这鲤鱼精跑了！"

说时迟，那时快。积翠仙子拎起手中宝剑，向鲤鱼精后背掷去。一声惨叫，鲤鱼精跌到地上，化成一堆怪石。至今千山中会寺前，还遗留着"宝剑刺鱼"的奇石景观，相传就是那个时候留下的。那朵被偷去的金莲花在狂风吹动下，飘飘摇摇向南方飞去，坠落在大连海湾的一个池中。这个地方原来没有莲花，名字也不是飞莲池，从金莲花跌落后，这里年年莲花盛开，人们就叫它飞莲池了。

王丽君为积翠仙子杀了鲤鱼精感到高兴，贾小玲却为积翠仙子的前途担忧。因为，他们知道，东海龙王不会善罢甘休。果然，恶龙敖来见积翠仙子开了杀戒，十分害怕。它便恶人先告状，跑去东海，向叔父东海龙王诬告积翠仙子偷取日月精华，抢夺九天锦绣，杀害众多水族。东海龙王一听大怒，立即从海上飞奔在云中，要去上奏玉皇大帝。

王丽君、贾小玲也穿着魔幻背心打开旅行功能跟了上去。她们听见龙王在玉帝那里告状，也要上去辨认。玉帝老儿糊涂至极，拍板将她们两个赶了出来，还不问缘由，派出天兵天将。等到王丽君、贾小玲赶回来时，天兵天将已经捉走了积翠仙子。

沈早晨说，临走时，积翠仙子还是念念不忘人间百姓的疾苦。她在空中念动咒语，让金莲花化作山峰，填平了太子海，敖来没有了栖身之所，悻悻地离开了。岛上的居民听到积翠仙子被抓走，纷纷出来哭诉。积翠仙子没有了，只有地留下的九百九十九座山峰，正以飞快的速度增长，不一会儿，就填满了整个太子海。

岛上的居民爬上山峰，挥泪目送仙子远去，日夜呼喊着仙子的名字。一年一年过去了，呼唤声化作阵阵松涛声，回响在千山万岭；泪水化成条条小溪，流淌在深山峡谷中。后来，人们为纪念这位善良勇敢的仙子，便把金莲花化作的山峰称作千朵莲花山。

据传说，积翠仙子还经常回来看望故乡和居民的后代。直到今天，在明月当空的夜晚，爬上千山的峰顶，还能看见积翠仙子绣织莲花时美丽的身影呢！

千山龙泉

神话博士说："我们在欣赏山的形态美时，听到这么一个故事，寄予在山的形状上，我们得到了一种有教育意义的启迪，同样，有美的感受。《山海经》仅三万一千字，为什么被称为上古奇书？正是因为，《山海经》中的神话传说，善于借助山水的形态，传递一种文化内涵与思想精神，具有强烈的教育意义。我想请陈工给我们讲一个关于龙泉茶苦的故事。"

陈工程师带着沈教授、神话博士一行来到龙泉寺，他开始讲了起来。王丽君、田幻想、龙小宏、方艳红等主动打开魔幻背心上的梦幻开关。

——千山，山多，水也多。山有多高，水有多深。个个山峰有水，座座寺院有泉，但却数龙泉寺的水最好。当地人传说，龙泉寺的水是从龙嘴里吐出来的。龙泉寺的水泡出的茶，也最好喝。关于龙泉寺的茶水，还有一个故事。相传，千山很早就成为佛道之山。佛道各家占着奇峰异岭，修缮自家的寺院。每年上山烧香拜佛、寻医讨药、游山观景的人数也数不清。于是每家寺院都开了茶水客栈，为游人防暑驱寒，用收来的薄利，修缮神佛的金身。

龙泉寺开的茶水客栈，凭借着龙泉水和一把壶，引来无数游人。

田幻想说："这把茶壶的历史已经没人能说清楚，只知道它又脏又破，不知道用了第几代人，这茶壶终于传到龙泉寺师徒二人手中。"

师傅勤俭节约，每天带着徒弟，天不亮就上山砍柴，回到寺院便诵经念佛，烧水做饭，煮茶卖水。

龙小宏见了，说："这比起我当摄影记者的时候，还要劳累！"

有一天，年岁已迈的师父自知不久人世，就把徒弟叫到跟前说："徒儿，师父活不了几天了，你要好好经营这座茶栈，切不可起贪心。师父给你留下茶壶一把，这是寺院的传世之宝，没有茶叶也能沏出茶水。以后你就用它修缮寺院，维持生计吧！"

王丽君说："用一把茶壶来维持生计，够可怜的了。"

果然，没有几天，老和尚就去世了。小和尚哭着安葬完师父。他还是每天砍柴烧水，读经念佛，一天到晚忙个不停。一天，客栈来了位南方客人，向小和尚要了一碗茶水，有滋有味地品起茶来。这人喝了一碗又一碗，越喝越爱喝。不禁问："小师傅，你这茶是用什么水冲的？"

"用龙泉水冲的，施主。"小和尚答道。

"这冲茶水的壶用了几年光景了？"客人问。

"师父说是本寺的传世之物。"小和尚答。

南方游客好奇，伸手拿过来仔细端详，一边小声嘟囔："真是一把好壶哇！"

南方游客接着问："小师傅，你多大了？"

小和尚回答："十七岁了。"

南方人叹了口气，说："这么小的年纪，靠卖茶水维持，什么时候能成佛。依我看，你还是早点还俗吧。"

小和尚连忙摇头，"还俗可不行，我得用这茶壶卖水赚钱。修寺院，这是师父临终的遗愿。"

南方人看小和尚提到钱，非常高兴地说："这么办，我给你五十两银子，把茶壶卖给我。"

方艳红说："五十两，还少了一点。"

南方人说："你是哪里来的游客，多管闲事。这样吧，我多加五两。"

小和尚看看手里的破茶壶，心想："师父让我保护好这壶，也就是让我拿它来换些钱。何况用这些钱能买好多茶壶。"

于是，小和尚就答应了。南方客人约好明天一早钱到拿壶。晚上，小和尚收拾停当，准备睡觉，忽然看见茶壶在月光下一闪一闪。小和尚纳闷，这么一把破壶怎么能值那么多钱，把它擦亮些，兴许能卖更多钱呢！想到这里，小和尚提着茶壶来到龙泉口边，借着月色，擦起来。

田幻想说："擦不得！"

王丽君说："你们单身男子就是脏，怎么擦不得！应该擦。"

小和尚说："是啊，太脏了，应该擦。"

他先擦壶面，这把多年的旧壶放出光亮。再擦壶内，只见壶里淌出浓浓的茶汁，流到龙泉水中，茶香也慢慢随着龙泉水飘远了。第二天一早，南方客人拿着银子过来，小和尚乐呵呵地把铮亮的茶壶拿出来。南方人一见大声叹息："宝贝完了！"

小和尚纳闷："什么宝贝完了？"

南方人说："小师傅，这把壶不擦是宝贝，擦掉茶垢就完了。实话对你说，这把世代相传的茶壶，壶里已经挂上茶苦，有了它不用茶叶也能泡出好茶。"

王丽君说："还是田幻想说的对，擦不得。"

小和尚后悔莫及。从此以后，他又开始辛勤劳作，苦心经营起茶栈，积攒茶苦了。据说好多年过去了，茶苦再没有人见过，不过龙泉寺的茶水一天天好喝起来。

考古教授听了这个故事，很有兴趣，大发感慨："一个好端端的茶壶文物，给破坏了！"

田幻想建议："沈教授，你是考古教授，给我们讲讲青铜文物的鉴别。好吗？"

沈教授说："可以，我想给你们讲一讲文物的鉴别，一是鉴别真赝，二是鉴别优劣，三是鉴定价值。它是建立在鉴定真伪、鉴别优劣的基础上，对文物价值进行评判。至于作品的价值又包含许多方面，如欣赏价值、文物价值、历史价值、经济价值等。鉴别文物要学会查锈观色，真铜锈的颜色自然坚固；假色锈浮、粗松。一般假锈色用沸碱水刷，即可露出破绽。还可用舌尖舔、鼻子闻，有化学药品异味的，必为假锈。

"有的仿器为了显示铭文，所作锈色多避开铭文。有些铭文是在仿器上后刻的，所以铭文部位无锈或少锈。仿器铭文笔画的底部无锈，而真器原有的铭文有锈。商周铜器铸造时，精细的花纹是在外范上刻的。铭文是特制一块范板嵌人器底的，所以器物铸成后，细纹与铭文大多是口窄底宽。而后代仿制直接在蜡型上均已刻好，纹道则口宽底窄，这是鉴定的重要一点。青铜器锈斑，底子是年久氧化而成。故锈质坚硬，分层次，有断面，底子晴亮，这是铜质的呈现。假锈假底则相反，铸花上窄下宽。留有铸瘤及碎裂必真，铸铭留有范痕，原来氧化层未动者必真。

"元明清瓷器如何鉴定？仿制古陶瓷，往往得其形似而失其神采，能效其隽秀，未必能学其古拙。因为一件器物的创作，与当时人们的生活习惯、审美标准以及技术条件都有密切的关系。一般的陶瓷器在纹饰、胎釉等方面均能体现各时代的特色，但造型在这方面表现得更为突出。所以，若能善于识别其形状和神态，就可以在鉴定工作中掌握一种比较可靠的方法。"

"谚语有：'先看形，后看花，拿在手里看底下，紧睁眼，慢开口，铭文要细察，铜质、锈斑、底子是关卡。'先看形，就是先看器物的造型，因不同时代的器物均各有其造型特征；后看花，即观察花纹，每个时代的器物都有它的主要纹饰，且和造型相辅相成；拿在手里看底下，即细看底下所留范线、网线、铸疣、垫片和铸补等；紧睁眼，慢开口，即先看后说，经过分析比较，然后加以判断。"

陈工程师佩服地说："老同学，你真不愧是考古专家。我现在要回单位了，以后再联系吧。"陈工走了。神话博士建议："先走完中山系列，然后去浙江普陀山、山西五台山、四川峨眉山、安徽九华山并称为中国佛教的四大名山，是观世音菩萨教化众生的道场。我们去看一看有没有《山海经藏宝图》的踪迹。"

十五、再进中山

姑瑶之山

王丽君、方艳红、田幻想、龙小宏、黄梅、杨扬为一组，他们来到中山第七列山系苦山山系之首座山，叫做休与山。

田幻想说："往东三百里，是鼓钟山，神仙天帝台正是在此演奏钟鼓之乐而宴会诸位天神的。山中有一种草，方形的茎干上开着黄色花朵，圆形的叶子重叠为三层，名称是焉酸，可以用来解毒。山上多出产粗磨石，山下多出产细磨石。"

王丽君说："鼓钟山往东二百里，我看见了姑瑶山。山上有一种瑶草，传说是炎帝的女儿瑶姬变的。这个瑶姬是炎帝小女儿女娃的三姐。女娃后来成为精卫鸟的故事，众所周知。瑶姬第一次死于魔鬼之手，天帝封她做了巫山神女。"

黄梅说："大禹治水时，在三峡受到阻碍。瑶姬带领十二位仙女前往相助，挡住魔王的飞沙走石，赐给大禹一把开山神斧，凿通了三峡。最终，因为劳累过度夭亡。少女的精魂不死，飘到姑瑶之山，变为瑶草。叶子都是一层一层的，花儿是黄色的，果实与菟丝子的果实相似。女子服用了它，越发显得漂亮而讨人喜爱。天帝念瑶姬功绩，以后又封瑶姬到巫山去作了云雨之神。"

方艳红说："往东二十里，我看见了苦山。山中有一种野兽，名称是山膏，形状像普通的小猪，身上红得如同丹火，喜欢骂人。山上有一种树木，名称是黄棘，黄色花而圆叶子，果实与兰草的果实相似。女人服用了它，就不生育孩子。"

龙小宏接住方艳红的话说："女人生了一个孩子后，不想再生育，可以吃这种果实。这种果实应该叫计划生育果。"

方艳红继续说："山中又有一种草，圆圆的叶子而没有茎干，开红色花却不结果实，名称是无条。服用了它就能使人的脖子不长肉瘤。"

龙小宏说："从苦山往东二十七里，是堵山。神人天愚住在这里，所以这座山上时常刮起怪风，下起怪雨。山上生长着一种树木，名称是天楄，方方的茎干而像葵菜形状。服用了它，就能使人吃饭不噎住。"

他们再往东穿越五十二里，来到放皋山。明水从这座山发源，向南流入伊水。水中有很多苍玉。山中有一种树木，叶子与槐树叶相似，开黄色花却不结果实，名称是蒙木。服用了它，就能使人不糊涂。山中有一种野兽，形状像蜜蜂，长着分叉的尾巴和倒转的舌头，喜欢呼叫，名称是文文。"

他们再往东穿越五十里，来到大𦳣山，盛产㻬琈玉，还有许多麋玉。山中有一种草，叶子与榆树叶相似，方方的茎干上长满刺，名称是牛伤。根茎上有青色斑纹，服用了它，就能使人不得昏厥病，还能辟兵器。狂水从这座山的南麓流出，向西南流入伊水。水中有很多长着三只脚的龟。吃了它的肉，就能使人不生大病，还能消除痈肿。

他们再往东穿越七十里，来到半石山。山上长着一种草，高一丈多，一出土就结子实，红色叶子红色花，开花后不结子实，名称是嘉荣。服用它就能使人不畏惧霹雳雷响。来需水从半石山南麓流出，然后向西流入伊水。水中生长着很多怪鱼，浑身长满黑色斑纹，形状像普通的鲫鱼。人吃了它的肉，不感觉瞌睡。合水从半石山北麓流出，然后向北流入洛水。水中生长着很多鱼，形状像一般的鳜鱼，隐居水底洞穴，浑身青色斑纹却拖着一条红尾巴。人吃了它的肉，就不患痈肿病，还可以治好瘘疮。

他们再往东穿越五十里，进入少室山，各种花草树木丛集像圆的谷仓。山上有一种树木，名称是帝休，叶子的形状与杨树叶相似，树枝相互交叉着伸向四方，开黄色花结黑色果实。服用了它就能使人心平气和，不恼怒。少室山上有丰富的玉石，山下有丰富的铁。休水从这座山发源，然后向北流入洛水。水中有很多怪鱼，形状像猕猴却有长长的像公鸡一样的爪子，白白的足趾而相对着。人吃了它的肉，就没了疑心病，还能辟兵器。

王丽君说："再往东三十里，是座泰室山。山上有一种树木，叶子的形状像梨树叶，却有红色纹理，名称是栯木。人服用了它就没了嫉妒心。山中还有一种草，形状像苍术或白术，开白色花结黑色果实，果实的光泽就像野葡萄，名称是䔄草。服用了，它就能使人的眼睛明亮不昏花。山上还有很多漂亮的石头。"

龙小宏说："泰室山往北三十里，我看见了讲山。山上盛产玉石，有很多的柘树和柏树。山中有一种树木，名称是帝屋，叶子的形状与花椒树叶相似，长着倒钩刺而结红色果实，可以辟凶邪之气。"

田幻想说："再往北三十里，我看见了婴梁山。山上盛产苍玉，而苍玉都附着在黑色石头上面。再往东三十里，是座浮戏山。山中生长着一种树木，叶子的形状像臭椿树叶而结红色果实，名称是亢木。人吃了它可以驱虫辟邪。汜水从这座山发源，然后向北流入黄河。在浮戏山的东面有一道峡谷，因里面有很多蛇而取名叫蛇谷。峡谷上面还多产细辛。"

方艳红说："浮戏山往东四十里，是少陉山。山中有一种草，名称是䓘草，叶子形状与葵菜叶相似，又是红色的茎干白色的花，果实很像野葡萄。服食了它，就能使人增长智慧而不笨拙。器难水从这座山发源，然后向北流入役水。”

王丽君说：“少陉山往东南十里，可见到太山。山里有一种草，名称是梨，叶子的形状像蒿草叶而开红色花，可以用来治疗痈疽。太水从这座山的南麓流出，然后向东南流入役水；承水从这座山的北麓流出，然后向东北流入役水。再往东二十里，是末山，山上到处是黄金。末水从这座山发源，向北流入役水。”

田幻想说：“末山往东二十五里，是役山，山上有丰富的白银和铁。役水从这座山发源，向北流入黄河。再往东三十五里，是敏山。山上生长着一种树木，形状与牡荆相似，开白色花朵而结红色果实，名称是葪柏。吃了它的果实，就能使人不怕寒冷。敏山南面还盛产㻬琈玉。”

方艳红说：“再往东三十里，是座大騩山。山北面有丰富的铁、优质玉石、青色垩土。山中有一种草，形状像蓍草却长着绒毛，开青色花而结白色果实，名称是蒗。人服食了它就能延年益寿，还可以医治肠胃上的各种疾病。”

杨扬说：“苦山山系，一共十九座山，路程一千一百八十四里。其中有十六座山的山神，形貌都是猪的身子而人的面孔。祭祀这些山神，在毛物中用一只纯色的羊献祭，祀神的玉器用一块藻玉而在祭祀后埋入地下。苦山、少室山、太室山都是诸山的宗主。祭祀这三座山的山神，在毛物中用猪、牛、羊齐全的三牲作祭品，在祀神的玉器中用吉玉。”

山神陆陆续续地出现了。三个山神的形貌，人的面孔，却长着三个脑袋。另外那十六座山的山神都是猪的身子，人的面孔。

山神们说：“你们不是在寻找《山海经藏宝图》吗。刚有四个人来问过。”

杨扬对田幻想说：“王冬生、李英豪他们真是与我们对抗上了。”

满山矿藏

王丽君、方艳红、田幻想、龙小宏、黄梅、杨扬这一组，他们又来到中山第八列山系。

中央第八列山系荆山山系之首座山，叫做景山，山上有丰富的金属矿物和玉石。树木以柞树和檀树最多。淮水从这座山发源，向东南流入江水，水中有很多粟粒大小的丹砂，还生长着许多有彩色斑纹的鱼。

方艳红说：“往东北一百里，是荆山。”

他们来到山上，发现山北面有丰富的铁，山南面有富足的黄金。他们正在观看。一只豹子冲了过来，吓得王丽君脸色大变，豹子却一溜烟地跑了。她觉得奇怪，怎么，豹子见了人不咬，反过来自顾自地跑了呢。后来，发现，两只老虎一前一后向豹子冲去。这才明白了是怎么回事。

田幻想说：“我们刚才侥幸，两种猛兽争斗，我们才避免受到伤害。现在，我们应该赶快撤离这里。因为，山中生长着许多犛牛，还有众多的豹子和老虎。”

王丽君补充说：“这里的树木以松树和柏树最多，这里的花草以丛生的小竹子最多，还有许多的橘子树和柚子树。漳水从这座山发源,然后向东南流入淮水,水中盛产黄金,并生长着很多鲨鱼。山中的野兽以山驴和麋鹿最多。”

田幻想说:“荆山往东北一百五十里,是骄山。山上有丰富的玉石,山下有丰富的青雘。这里的树木,以松树和柏树居多,到处是桃枝和钩端一类的丛生小竹子。在这座山中,住着一个形貌像人而长着羊一样的角,虎一样的爪子的兽,常常在淮水和漳水的深渊里畅游,出入时都有闪光。”

方艳红说:“骄山往东北一百二十里,是女几山。山上盛产玉石,山下盛产黄金。山中的野兽以豹子和老虎最多,还有许许多多的山驴、麋鹿、麖、麂。这里的禽鸟最多,还有很多的长尾巴野鸡和鸩鸟。”

他们从女几山往东北穿越二百里。到了宜诸山。山上多出产金属矿物和玉石,山下多出产青雘。洈水从这座山发源,然后向南流入漳水。水中有很多白色玉石。再往东北二百里,是座纶山。在山中茂密的丛林中,多的是梓树、楠木树,又有很多丛生的桃枝竹,还有许多的柤树、栗子树、橘子树、柚子树,这里的野兽以山驴、麈、羚羊最多。”

他们从宜诸山往东穿越二百里,到了陆鄃山。山下盛产瑊玏玉,山下盛产各种颜色的垩土。树木以杻树和橿树居多。再往东一百三十里,到了光山。山上到处有碧玉,山下到处流水。神仙计蒙居住在这座山里,形貌是人的身子而龙的头,常常在漳水的深处畅游,出入时一定有旋风急雨相伴随。

方艳红说:“再往东一百五十里,登临岐山。山南面多出产黄金,山北面多出产白色珉石。山上有丰富的金属矿物和玉石,山下有丰富的青雘。这里的树木,以臭椿树居多。神仙涉䵲就住在这座山里,形貌是人的身子,方形面孔,有三只脚。”

他们从岐山往东穿越一百三十里,登上铜山。山上有丰富的金、银、铁。树木以构树、柞树、柤树、栗子树、橘子树、柚子树最多,野兽多是长着豹子斑纹的犳。

他们再往东北穿越一百里,来到美山。山中的野兽以兕、野牛最多,又有很多山驴、麈,还有许多野猪、鹿。山上多出产金,山下多出产青雘。“

方艳红说:“美山往东北一百里,来到大尧山。在山里的树木中以松树和柏树居多,又有众多的梓树和桑树,还有许多机木树中这里的草大多是丛生的小竹子,而野兽以豹子、老虎、羚羊最多。”

王丽君说:“再往东北三百里,我看见了灵山。山上有丰富的金属矿物和玉石,山下盛产青雘。这里的树木大多是桃树、李树、梅树、杏树。”

龙小宏说:“灵山往东北七十里,我看见了龙山。山上到处是寄生树,还盛产碧玉,山下有丰富的红色锡土,而草大多是桃枝、钩端之类的小竹丛。”

田幻想说:“从龙山往东南五十里,我看见了衡山,山上有许多寄生树、构树、柞树,还盛产黄色垩土、白色垩土。再往东南七十里,是石山。山上多出产金,山下有丰富的青雘,还有许多寄生树。”

王丽君说:“石山往南一百二十里,我看见了若山。山上多出产瑊玏玉和赭石,也有很多封石。到处长着寄生树，还生长着许许多多的柘树。再往东南一百二十里，是座奍山，有很多漂亮的石头，到处生长着柘树。”

他们再往东南穿越一百五十里，是玉山，山上有丰富的金属矿物和玉石，山下有丰富的碧玉、铁。树木以柏树居多。再往东南七十里，是讙山，山上的树木大多是檀树，还盛产封石，又多出产白色锡土。郁水从这座山顶上发源，潜流到山下。水中有很多磨石。

他们再往东北穿越一百五十里，是仁举山。这里的树木以构树和柞树居多。山南面有丰富的黄金，山北面多出产赭石，再往东五十里，是座师每山，山南面多出产磨石，山北面多出产青雘。山中的树木以柏树居多，又有很多檀树，还生长着大量柘树，而草中大多是丛生的小竹子。

龙小宏说：“再往东南二百里，是座琴鼓山、这里的树木大多是构树、柞树、椒树、柘树，山上多出产白色珉石，山下多出产洗石。这里的野兽以野猪、鹿最多，还有许多白色犀牛，而禽鸟大多是鸩鸟。”

田幻想说：“荆山山系，一共二十三座山，路程二千八百九十里。祭祀山神，在毛物中用一只公鸡祭祀后埋入地下，并用一块藻圭献祭，祀神的米用稻米。骄山，是诸山之宗主。祭祀骄山山神，用进献的美酒和猪、羊来祭祀而后埋入地下，在祀神的玉器中用一块玉璧。”

这里的诸山山神就在树上，鸟的身子人的面孔。龙小宏仰起头问：“山神，你们知道《山海经藏宝图》吗？”山神说出的话语是：“刚才有人问过了，这里没有《山海经藏宝图》，你们去下一个山系吧。”

虎蟒决斗

王丽君、方艳红、田幻想、龙小宏、黄梅、杨扬他们这一组，来到中山第九列山系之首座山，叫做女几山。山上多出产石涅。树木以杻树、橿树居多，而花草以野菊、苍术或白术居多。洛水从这座山发源，向东流入长江。山里到处有雄黄，野兽以老虎、豹子最多。

他们打开了隐身功能，全部躲在树上。忽然，他们看见一只凶猛的老虎与一条巨蟒展开了搏斗，老虎的头被巨蟒缠住，老虎终于挣开了，咬伤了巨蟒的尾巴。

巨蟒逃到一个水塘里，潜伏起来。老虎还在塘边把守。最后，老虎攀上一个歪斜的大树。这个大树的树枝在水塘的上空。老虎上去后，观望着水面。忽然，粗大的树枝断了，老虎掉进了水塘。

照理讲，老虎虽然是陆地上的猛兽，也完全可以从不大的水域游上岸的。无奈，它今天誓与巨蟒为敌，而巨蟒在水中可以大显身手。

事实上，老虎掉进水里，正想往岸上游，巨蟒出击了，将老虎往水底拖。老虎与蟒在水中大战了数回合。

最后，老虎不敌，被淹个半死，被巨蟒吞进腹中。而临死前老虎最后的挣扎，让巨蟒肚腹破开，最后也痛苦地爬了上来，陈尸岸边。

龙小宏说:“我今天终于见到了电影里面才能够见到的场面,惊心动魄,激烈壮观。”

田幻想说:“这是生态的悲剧。你还有心思去赞美。”

龙小宏说:“我说,田幻想,你是不是吃错了药哇,这怎么是生态的悲剧呢?”

田幻想说:“老虎是国家一级保护动物吧,那条大蟒呢,至少是国家二级动物吧。竟然在决斗中同归于尽,是不是悲剧啊?”

王丽君说:“我们再往东北穿越三百里,是岷山。长江从岷山发源,向东北流入大海,水中生长着许多优良的龟,还有许多鼍。”

方艳红说:“我看见了,山上有丰富的金属矿物和玉石,山下盛产白色珉石。山中的树木以梅树和海棠树最多,而野兽以犀牛和大象最多,还有大量的夔牛。这里的禽鸟大多是白翰鸟和赤鷩鸟。《西游》记中的孙悟空,一个筋斗十万八千里。他们穿越的速度,也是瞬息百里。”

龙小宏说:“我们从崌山往东北穿越一百四十里,是崍山。江水从这座山发源,向东流入长江。山南面盛产黄金,山北面到处有麋鹿和麈,这里的树木大多是檀树和柘树,而花草大多是野薤菜和野韭菜,还有许多白芷和寇脱。”

田幻想说:“我们从崍山往东穿越一百五十里,是崌山。江水从这座山发源,向东流入长江,水中生长着许多怪蛇,还有很多怪鱼。这里的树木以楢树和杻树居多,还有很多梅树与梓树,而野兽以夔牛、羚羊、犀牛、兕最多。山中有一种禽鸟,形状像一般的猫头鹰,却是红色的身子白色的脑袋,名称是窃脂。人饲养它可以辟火。”

他们从崌山往东穿越三百里,是高梁山。山上盛产垩土,山下盛产磨石。这里的草木大多是桃枝竹和钩端竹。山中生长着一种草,形状像葵菜却是红色的花朵、带荚的果实、白色的花萼。给马吃了它,能使马跑得快。”

他们从高梁山往穿越东四百里,是座蛇山。山上多出产黄金,山下多出产垩土。这里的树木以栒树最多,还有许多豫章树,而花草以嘉荣、细辛最多。山中有一种野兽,形状像一般的狐狸,却长着白尾巴和长耳朵,名为狼。在哪个国家出现,哪个国家就会有战争。”

王丽君说:“我们再往穿越东五百里,是鬲山。山南面盛产金,山北面盛产白色珉石。蒲鸏水从这座山发源,然后向东流入长江。水中有很多白色玉石。山中的野兽以犀牛、大象、熊、罴最多,还有许多猿猴、长尾猿。”

田幻想说:“我们刚才经过的山,矿藏丰富还不说,还有许多珍奇动物。例如,老虎就是这样的珍奇动物。”

他们再往东北三百里,来到隅阳山。山上有丰富的金属矿物和玉石,山下有丰富的青雘。这里的树木大多是梓树和桑树,而草大多是紫草。徐水从这座山发源,向东流入长江。水中有许多粟粒大小的丹砂。

他们再往东穿越二百五十里,来到岐山。山上有丰富的白银,山下有丰富的铁。这里的树木以梅树和梓树居多,还有许多杻树和楢树。减水从这座山发源,向东南流入长江。

他们从岐山往东三百里,来到勾檷山。山上盛产玉石,山下盛产黄金。这里的树木大多是栎树和柘树，而花草大多是芍药。

他们再往东穿越一百五十里，来到风雨山。山上多出产白银，山下多出产石涅。这里的树木以椒树和椫树居多，杨树也不少。宣余水从这座山发源，向东流入长江。水中有很多水蛇。山里的野兽以山驴和麋鹿最多，还有许多的麈、豹子、老虎。

他们从风雨山往东穿越二百里，来到玉山。山南面多出产铜，山北面多出产黄金。这里的树木以豫章树、楢树、杻树最多，而野兽以野猪、鹿、羚羊最多，禽鸟大多是鸩鸟。

他们从玉山往东穿越一百五十里，来到熊山。山中有一洞，是熊的巢穴，也时常有神人出入。洞穴一般是夏季开启而冬季关闭。就是这个洞穴，如果冬季开启，就一定发生战争。山上多出产白色玉石，山下多出产白银。山里的树木以臭椿树和柳树居多，而花草以寇脱草最多见。

他们从熊山往东穿越一百四十里，来到𩿨山。山南面盛产美玉黄金，山北面盛产铁。这里的草木以桃枝竹、牡荆树、枸杞树最多。

王丽君说："我们从𩿨山往东穿越二百里，是座葛山。山上多出产黄金，山下多出产瑊石。这里的树木以柤树、栗子树、橘子树、柚子树、楢树、杻树居多，而野兽以羚羊居多，花草大多是嘉荣。"

方艳红说："我们从葛山往东穿越一百七十里，是贾超山。山南面多出产黄色垩土，山北面多出产精美赭石。这里的树木大多是柤树、栗子树、橘子树、柚子树，山中的草以龙须草最多。"

田幻想说："我们走完岷山山系，一共十六座山，路程三千五百里。祭祀这些山神，在毛物中用一只公鸡作祭品埋入地下，祀神的米用稻米。文山、风雨山、𩿨山，是诸山的宗主。祭祀这几座山的山神，进献美酒，用猪、羊作祭品，在祀神的玉器中用一块吉玉。熊山，是诸山的首领。祭祀这个山神，进献美酒，用猪、牛、羊齐全的三牲作祭品，在祀神的玉器中用一块玉璧。山神手拿盾牌舞蹈，为了禳除战争灾祸；祈求福祥，就穿戴礼服并手持美玉舞蹈。"

山神出现在他们面前。诸山山神的形貌，都是马的身子，龙的脑袋。山神们问："你们在寻找什么，需要我们帮忙吗？"

龙小宏说："我们想寻找《山海经藏宝图》？"

山神回答说："寻找《山海经藏宝图》的事情，我们帮不上忙。刚才有人来问过，你们去下一个山系找一找吧。"

王丽君、方艳红、田幻想、龙小宏、黄梅、杨扬，来到中山第十列山系。

生物世界

田幻想看着面前光秃秃的山，说道，这是中山第十列山系之首座山，叫做首阳山。山上有丰富的金属矿物和玉石，看不到花草树木。从首阳山往西五十里，来到虎尾山。树木以花椒树、椐树最多，到处有封石。山南面有黄金，山北面有丰富的铁。再往西南五十里，是座繁缋山。树木大多是楢树和杻树，而草木大多是桃枝、钩端之类的小竹丛。再往西南二十里，是座勇石山，不生长花草树木，有丰富的白银，到处流水。

他们从勇石山往西穿越二十里，登临复州山。树木以檀树居多。山南面有丰富的黄金。龙小宏问："那是什么鸟，像猫头鹰，却长着一只爪子和猪一样的尾巴。"田幻想："这是跂踵。它在哪个国家出现，哪个国家就会发生大瘟疫。"

他们再往西三十里，来到楮山。生长着茂密的寄生树，到处是花椒树、椐树，柘树也不少，还有大量的垩土。

他们从楮山往西二十里，来到又原山。山南面有丰富的青雘，山北面有丰富的铁。禽鸟以八哥最多。再往西五十里，来到涿山。树木大多是构树、柞树、杻树，山南面多出产瑶琈玉。

他们再往西七十里，来到丙山。树木大多是梓树、檀树，还有很多弞杻树。

首阳山山系，一共九座山，途经二百六十七里。祭祀山神，在毛物中用一只公鸡献祭后埋入地下，祀神的米用五种粮米。堵山，是诸山的宗主。祭祀这个山神，用猪、羊二牲作祭品，进献美酒来祭祀，在玉器中用一块玉璧，祀神后埋入地下。騩山，是诸山的首领，祭祀騩山山神要进献美酒，用猪、牛、羊齐全的三牲作祭品；让女巫师和男祝师二人一起跳舞，在玉器中用一块玉璧来祭祀。

诸山山神的形貌都是龙的身子人的面孔。都说："你们去下一个山系看一看，也许能够找到你们要寻找的东西。"

王丽君、方艳红、田幻想、龙小宏、黄梅、杨扬，来到中山第十一列山系。

中山第十一列山系荆山山系之首座山，叫做翼望山。湍水从这座山发源，向东流入济水；贶水也从这座山发源，向东南流入汉水。水中有很多蛟。山上到处是松树和柏树，山下有茂密的漆树和梓树。山南面多出产黄金，山北面多出产珉石。

田幻想说："我们再往东北穿越一百五十里，来到朝歌山。山水向东南流入荥水，水中生长着很多人鱼。这种鱼，人的头，鱼的身，会发出娃娃的叫声。"他们穿过茂密的梓树、楠木材，羚羊在身边擦肩而过，还有麋鹿，成群结队。

他们发现山沟里有死鱼，田幻想看了《山海经》，说，这是因为山中有一种草，名称是莽草，能够毒死鱼的，看来，鱼就是被这草毒死的。

龙小宏说："我们再往东南穿越二百里，路过帝囷山。"山南面有丰富的瑀琈玉，山北面有丰富的铁。帝囷水从这座山顶上发源，潜流到山下，看见水流中飞起一群群蛇，发出一种可怕的声音。其中，一条蛇还落在龙小宏的背上。龙小宏吓得闭上了眼睛。田幻想发现，这些飞蛇长着四只翅膀，号称鸣蛇。

方艳红说："我们从帝囷山往东南穿越五十里，路过视山。山上到处是野韭菜。山中有一口井，叫做天井，夏天有水，冬天枯竭。山上有茂密的桑树，还有丰富的优良垩土、金属矿物、玉石。"

王丽君说："我们从视山往东南穿越二百里，是座前山。这里的树木以槠树居多，还有不少的柏树。山南面盛产金，山北面盛产赭石。"

方艳红说："我们从前山往东南穿越三百里，来到丰山。山上有一群形状像猿猴的野兽，红眼睛、红嘴巴、黄色的身子，名称是雍和。"

田幻想说："雍和在哪个国家出现，哪个国家就会发生大恐怖。"

方艳红说："这是什么原因呢？"

田幻想说："地震即将发生的时候，老鼠与蛇都出了洞，说明动物很敏感地预测到地震的前兆。雍和的出现是什么原因，这是一个科学之谜。神仙耕父住在这座山里，常常在清凉的水中畅游，出入时都有闪光。他在哪个国家出现，哪个国家就要衰败。这座山还有九口钟，它们都应和霜的降落而鸣响。山上有丰富的金，山下有茂密的构树、柞树、杻树、橿树。"

他们再往东北八百里，来到兔床山。山南面有丰富的铁。山里的树木以槠树和芧树最多，而花草以鸡谷草最多，它的根茎像鸡蛋似的，味道是酸中带甜，服食它是对人的身体有益的。

他们再往东六十里，来到皮山。有大量的垩土，还有大量的赭石。树木大多是松树和柏树。再往东六十里，是瑶碧山。树木以梓树和楠木树最多，山北阴面盛产青雘，山南面盛产白银。山中有一种禽鸟，形状像一般的野鸡，常吃蜚虫，名称是鸩。

他们从瑶碧山往东四十里，来到支离山。淯水从这座山发源，向南流入汉水。山中有一种禽鸟，名称是婴勺，形状像普通的喜鹊，却长着红眼睛、红嘴巴、白色的身子，尾巴与酒勺的形状相似，它发出的叫声便是自身名称的读音。山中还有很多牛、羬羊。再往东北五十里，是座祑山。山上有茂密的松树、柏树、榿树、桓树。

他们从祑山往西北穿越一百里，是座堇理山，山上有茂密的松树柏树，还有很多优良的梓树。山北阴面多出产青雘，并且有丰富的金。野兽以豹子和老虎最多。山中有一种禽鸟，形状像一般的喜鹊，却是青色的身子白色的嘴巴，白色的眼睛白色的尾巴，名称是青耕，人饲养它可以辟瘟疫，它发出的叫声便是自身名称的读音。

他们从堇理山往东南穿越三十里，来到依轱山。山上有茂密的杻树和橿树，柤树也不少。山中有一种野兽，形状像普通的狗，长着老虎一样的爪子而身上又有鳞甲，名称是獜，擅长跳跃腾扑。吃了它的肉就能使人不患风痹病。

他们再往东南穿越三十五里，是座即谷山。山上多出产优良玉石。有很多黑豹，还有不少的山驴和麈，羚羊也很多。山南阳面盛产珉石，山北阴面盛产青雘。再往东南四十里，是鸡山。山上到处是优良梓树，还有茂密的桑树，而花草以野韭菜为最多。

他们从鸡山往东南穿越五十里，到达高前山。山上有一条溪水，非常冰凉而又特别清澈，是神仙帝台所用过的浆水，饮用了它，就能使人不患心痛病。山上有丰富的金，山下有丰富的赭石。再往东南三十里，到了游戏山。这里有茂密的杻树、橿树、构树，还有丰富的玉石，封石也很多。

他们从游戏山往东南穿越三十五里，登临从山。山上到处是松树和柏树，山下有茂密的竹丛。从水由这座山顶上发源，潜流到山下。水中有很多三足鳖，长着叉开的尾巴。吃了它的肉，能使人不患疑心病。再往东南三十里，是座婴硜山，山上到处是松树、柏树，山下有茂密的梓树、櫄树。

他们再往东南三十里，到达毕山。帝苑水从这座山发源，向东北流入瀙水。水中多出产水晶石，还有很多蛟。山上有丰富的瑇瑁玉。再往东南二十里，是座乐马山。山中有一种野兽，形状像一般的刺猬，全身赤红如丹火。它在哪个国家出现，哪个国家里就会发生大瘟疫。

他们从乐马山往东南二十五里，登临葴山。瀙水从这座山发源，向东南流入汝水。水中有很多人鱼，又有很多蛟，还有很多的颉。再往东四十里，是座婴山，山下有丰富的青雘，山上有丰富的金属矿物和玉石。再往东三十里，是座虎首山。有茂密的柤树、椆树、椐树。

他们从虎首山往东二十里，来到婴侯山，山上多出产封石，山下多出产红色锡土。再往东五十里，是座大孰山。杀水从这座山发源，向东北流入瀙水，沿岸到处是白色垩土。再往东四十里，是座卑山，山上有茂密的桃树、李树、柤树、梓树，还有很多紫藤树。

他们从卑山往东穿越三十里，走进倚帝山。山上有丰富的玉石，山下有丰富的金。山中有一种野兽，形状像鼣鼠，长着白耳朵白嘴巴，名称是狙如。它在哪个国家出现，哪个国家里就会发生大战争。再往东三十里，是座鲵山。鲵水从这座山顶上发源，潜流到山下，山上有很多优良垩土。丰富的金，山下有丰富的青雘。

他们从倚帝山往东穿越三十里，走进雅山。澧水从这座山发源，向东流入瀙水，水中有很多大鱼。山上有茂密的优良桑树，山下有茂密的柤树和黄金。再往东五十里，是座宣山。沦水从这座山发源，向东南流入瀙水。水中有很多蛟。山上有一种桑树，树干合抱有五十尺粗细，红色的纹理，树枝交叉伸向四方，树叶方圆有一尺多。黄色的花朵、青色的花萼，名称是帝女桑。

他们再往东四十五里，来到衡山。山上盛产青雘，还有茂密的桑树。禽鸟以八哥最多。再往东四十里，是丰山。山上多出产封石。树木大多是桑树，还有大量的羊桃，形状像一般的桃树，方方的茎干，用它可以医治人的皮肤肿胀病。再往东七十里，是妪山，山上盛产优良玉石，山下有黄金。花草以鸡谷草最为繁盛。

他们再往东三十里，来到鲜山。树木以楢树、杻树、柤树最多，花草以蔷薇最多。山南阳面有丰富的金，山北阴面有丰富的铁。山中有一种野兽，名称是即，形状像膜犬，长着红嘴巴、红眼睛、白尾巴，在哪个地方出现，哪里就会有火灾。

他们再往东三十里，来到章山。山南阳面多出产金，山北阴面多出产漂亮的石头。皋水从这座山发源，向东流入澧水。水中有许多脃石。再往东二十五里，是座大支山。山南阳面有黄金，这里的树木大多是构树和柞树，但不生长草。再往东五十里，是座区吴山。树木以柤树为最繁盛。再往东五十里，是座声匈山。山上有茂密的构树，到处是玉石和封石。

他们再往东五十里，到达大騩山。山南阳面多出产黄金，山北阴面多出产细磨石。再往东十里，是座踵臼山，不生长花草树木。再往东北七十里，是座历石山。山上的树木以牡荆和枸杞最多，山南阳面盛产黄金，山北阴面盛产细磨石。山中有一种野兽，形状像野猫，却长着白色的脑袋老虎一样的爪子，名称是梁渠。它在哪个国家出现，哪个国家里就会发生战争。

他们再往东南一百里，是座求山，求水从这座山顶上发源，潜流到山下。山上有很多优良赭石。山中到处是柤树和矮小丛生的竹。山南阳面有丰富的金，山北阴面有富足的铁。再往东二百里，是座丑阳山。山上有茂密的椆树和椐树。山中有一种禽鸟，形状像一般的乌鸦，长着红色爪子。人饲养它可以辟火。

他们从丑阳山往东三百里，是奥山。山上有茂密的松树、杻树、橿树。山南阳面盛产㻬琈玉。奥水从这座山发源，向东流入瀙水。再往东三十五里，是服山。山上的树木以柤树最多，山上有丰富的封石，山下多出产红色锡土。再往东三百一十里，是杳山。山上到处是嘉荣草，还有丰富的金属矿物和玉石。

他们从杳山往东三百五十里，山上的树木，以楢树、檀树、杻树最多，草类主要是各种香草。山中有一种野兽，形状像普通的猪，却是黄色的身子、白色的脑袋和白色的尾巴，名称是闻獜。它一出现，天下就会刮起大风。

方艳红说："这些山里的野兽，或者能够带来战争，或者能够带来自然灾害，或者能够带来瘟疫，实在可怕。"

田幻想说："这是上古时期神秘观念的反映，因为上古时期人类无法解释自然灾害与瘟疫等现象的发生。"

荆山山系，一共四十八座山，行程三千七百三十二里。祭祀山神：在毛物中用一只公鸡祭祀后埋入地下。在祀神的玉器中用一块玉珪献祭。祀神用黍、稷、稻、粱、麦五种粮米。禾山，是诸山的首领。祭祀禾山山神，在毛物中用猪、牛、羊齐全的三牲作祭品，进献后埋入地下，并将牲畜倒着埋。在祀神的玉器中用一块玉璧献祭，不必三牲全备。堵山、玉山，是诸山的宗主，祭祀后都要将牲畜倒着埋掉，进献的祭祀品是用猪、羊。在祀神的玉器中，要用一块吉玉。

诸山山神的形貌都是猪的身子人的头，都说"我们这里没有《山海经藏宝图》，你们去下一个山系，碰碰运气吧。"

王丽君、方艳红、田幻想、龙小宏、黄梅、杨杨，来到中山第十二列山系——洞庭山山系之首座山，是座篇遇山。山里不生花草树木，蕴藏着丰富的黄金。往东南五十里，是座云山，不生长花草树木。有一种桂竹，毒性特别大，枝叶刺着人必死。山上盛产黄金，山下盛产㻬琈玉。

王丽君、方艳红、田幻想、龙小宏、黄梅、杨扬他们再往东南一百三十里，是座龟山，这里的树木以构树、柞树、椆树、椐树最为繁盛，山上蕴藏黄金，山下多出产石青、雄黄，还有很多扶竹。

他们再往东穿越七十里，来到丙山，有茂密的桂竹，还有丰富的黄金、铜、铁，但没有树木。再往东南五十里，是座风伯山。山上有丰富的金属矿物和玉石，山下盛产痠石、色彩斑斓的石头，还盛产铁，树木以柳树、杻树、檀树、构树最盛多。在风伯山东面有一片树林，叫做莽浮林，其中有许多的优良树木和禽鸟野兽。

他们再往东穿越一百五十里，来到夫夫山。山上蕴藏黄金，山下多石青、雄黄。树木以桑树、构树最多，而花草以竹子、鸡谷草最为繁盛。再往前，是洞庭山神仙于儿就住在这座山里，形貌是人的身子却手握两条蛇，常常游玩于长江的深水渊中，出没时都有闪光。这个时候，黄梅紧紧抓着龙小宏的手，而田幻想则紧紧抓住王丽君的手。方艳红呢，还在怀念相柳呢。

他们从洞庭山往东南一百八十里，是暴山。在茂密的草木中以棕树、楠木树、牡荆树、枸杞树和竹子、箭竹、竹、箘竹居多。山上多出产黄金、玉石，山下多出产彩色花纹的石头、铁。野兽以麋鹿、鹿、麂居多。禽鸟大多是鹫鹰。

他们从暴山往东南二百里，是即公山。山上多出产黄金，山下瑀琈玉丰富。树木以柳树、杻树、檀树、桑树最多。山中有一种野兽，形状像一般的乌龟，却是白身子红脑袋，名称是蛫。人饲养它可以辟火。

他们从即公山往东南一百五十九里，来到尧山。山北阴面多出产黄色垩土，山南阳面多出产黄金。树木以牡荆树、枸杞树、柳树、檀树最多。而草以山药、苍术或白术最为繁盛。

他们往东南一百里，是江浮山，山上盛产银、磨石，这里没有花草树木，而野兽以野猪、鹿居多。再往东二百里，是真陵山。山上多出产黄金，山下多出产玉石。树木以构树、柞树、柳树、杻树最多，而草大多是可以医治风痹病的荣草。

他们再往东南一百二十里，是阳帝山。到处是优质铜。树木大多是橿树、杻树、山桑树、楮树，而野兽以羚羊和麝香鹿最多。再往南就是里，是座柴桑山。山上盛产银，山下盛产碧玉。到处是柔软如泥的泠石、赭石。树木以柳树、枸杞树、楮树、桑树居多，野兽以麋鹿、鹿居多，还有许多白色蛇、飞蛇。

田幻想说："我们再往东二百三十里，路过荣余山。山上多出产铜，山下多出产银，这里的树木，大多是柳树、枸杞树，这里的虫类有很多怪蛇、怪虫。"

龙小宏说："这有点不可思议，矿山一般没有这么多的蛇与虫的。"

田幻想说："总计洞庭山山系，一共十五座山，历程二千八百里。祭祀山神，在毛物中宰杀一只公鸡、一头母猪作祭品，祀神的米用稻米。凡夫夫山、即公山、尧山、阳帝山，都是诸山的宗主。祭祀这几座山的山神，都要陈列牲畜、玉器而后埋入地下。祈神用美酒献祭，在毛物中用猪、羊二牲作祭品。在祀神的玉器中要用吉玉。洞庭山、荣余山，是神灵显应之山，祭祀这二位山神，都要陈列牲畜、玉器而后埋入地下，祈神用美酒及猪、牛、羊齐全的三牲献祭，祀神的玉器要用十五块玉圭和十五块玉璧，用青、黄、赤、白、黑五样色彩绘饰它们。"

诸山山神的形貌，都是鸟的身子龙的脑袋。都说："听说过《山海经藏宝图》，却没有见过。你们去其他山脉找一找吧。刚才有人来问过。"

洞庭君山

沈早晨教授、夏青教授、神话博士、黎萍导游、田幻想、龙小宏、王丽君、方艳红，还有机器人王小钢、潘小虹等人登上岳阳楼。田幻想开始背诵《山海经 · 中山经 · 洞庭山》的古文："又东南一百二十里，曰洞庭之山，其上多黄金，其下多银、铁，其木多柤、梨、橘、櫾，其草多荄、蘼芜、芍药、芎藭。帝之二女居之，是常游于江渊，澧沅之风，交潇湘之渊，是在九江之间，出入必以骤风暴雨。是多怪神，状如人而载蛇，左右手操蛇，多怪鸟。"

神话博士说："这段古文的大意是：又往东南方向一百二十里，那座山叫洞庭山，山上蕴藏很多黄金矿石，山下也蕴藏很多银、铁矿石。山上都长着许多没树叶的树木，还有许多梨树、橘子树、櫾树；山上的花草大多是荄、蘼芜、芍药、芎藭。尧帝的二女就住在山上，经常在长江和湖上游乐。从澧水、沅水两条河上吹过来的风，都吹到潇湘的湖上。也是在九江之间，在那从长江的水流入到湖里和流出湖外，经常有暴风雨。”

沈教授说：“在山的另一面，还有很多怪异的人，像神一样，头上戴着蛇，左、右手也拿着蛇；在山上还有许多很少见的、形体怪异的鸟类。从‘是多怪神，状如人而载蛇，左右手操蛇’这文中，可以这样去理解。当时，还有一个崇拜蛇的先民的部落，也就是以蛇为图腾的部落，看上去好象很怪。在马王堆汉墓出土的伏羲女娲图，也是以两个人身、蛇尾交缠的图案，也能说明这一点，也是对蛇的崇拜有关。”

田幻想说：“现在的君山是当年的洞庭山。‘岳阳楼上对君山’，‘君山独秀洞庭’。登上岳阳楼，就会发现，浩浩荡荡的洞庭湖里，有一个绿色小岛，这就是君山！”

神话博士说：“碧波荡漾的洞庭湖上，君山像一颗巨大的绿宝石，横卧在波光上。“诗仙”李白游至‘水天一色，风月无边’的洞庭，激情满怀地吟咏：‘帝子潇湘去不还，空余草色洞庭间。淡扫明湖开玉镜，丹青画出是君山。’大才子刘禹锡则用‘湖光秋月两相和，潭面无风镜未磨。遥望洞庭山水翠，白银盘里一青螺。’描绘出神奇的意境。”

黎萍说：“它面积虽仅有零点九六平方公里，最高海拔六十三米，但风景秀丽，名胜古迹甚多，涵容万象，有一墓、一寨、二楼、三阁、四台、五井、四十五亭、四十八庙、七十二峰等，并附丽着许多动人的神话传说。更因有洞庭这一浩然于天地的千古名湖，使君山不仅具有大家闺秀的风范和魅力，而且成为一种人文精神的载体。”

东南山下二妃墓。墓为石砌，前立石柱，雕的是麒麟、狮、象的形象。墓碑上刻有“虞帝二妃墓”。墓前墓后，翠竹秀拔，竹竿斑点，宛如泪痕。黎萍导游说：“这就是有名的‘斑竹’，也叫‘湘妃竹’。”

神话博士说：“说起斑竹，还有个感人的故事呢。”

——四千多年前，尧见舜德才兼备，便把帝位让与他，并将女儿娥皇、女英与他为妻。若干年后，舜帝南下巡察，二妃见夫久出未返，风餐露宿，历尽艰辛，追到君山。后得知舜帝已死于苍梧（九疑山）。二妃悲痛万分，攀竹痛哭，血泪迸流，纷纷滴在竹子上，遂成斑竹。二妃不久因悲恸而死于君山，遂葬于此。“君妃二魄芳千古，山竹诸斑泪一人。”

斑竹——湘妃竹。是刚竹的变种，湖南特产，出于君山和九嶷山。斑竹是一种情竹，它一年内两次发笋，第一次在四五月间，竹笋发在母竹的周围，如“孝儿敬母”。第二次在九月以后，大都生在母竹中间，如“慈母护儿”。斑竹特有的斑点就是第一次发笋后长出来的，一圈圈紫色的花纹，好像一滴滴珠泪。从生物学的观点来看，斑竹的花纹是真菌腐蚀幼竹而成的，是君山特殊地理环境的产物。一九八六年北京紫竹园公园曾在君山引种了十多株斑竹。今日看去，斑点已逐步退化不明显就是一个例证。

神话博士一行离别了二妃墓，来到了橘井，也就是柳毅井。柳毅井位于君山龙口的龙舌尾部。因井边原有一颗大橘树，故又称橘井。据说此井直通洞庭湖龙宫，深不可测。相传当年柳毅为龙女传书时，即由此井下水。今人进行实地测量，发现它只有十余米深。此井井壁上所雕巡海神，相传是柳毅下水时的引路者。此井五米开外有一斜道直通井中，相传柳毅即沿着它走向井里。而斜道两壁上所雕是虾兵蟹将，又相传是龙王派来欢迎他的队伍。

看到了柳毅井，田幻想说起《柳毅传书》的故事：

——唐仪凤年间，书生柳毅赴京应考落第，归经泾阳，荒郊遇到一位满脸泪痕的牧羊女，向他诉说苦情，并恳请他给龙王传信。柳毅得知牧羊女为洞庭龙王的女儿，嫁给泾川龙王二儿子后，因受其残暴虐待至此。他慨然应允。按照龙女的指点，柳毅来到君山，找到橘井，投身下去，直奔龙宫。见到龙王，递上书信，又诉龙女之苦。洞庭龙王之弟钱塘君闻之，怒作百丈赤龙，径往泾阳，杀了泾川二儿子，救出龙女，返回洞庭龙宫。

洞庭龙王为报答柳毅，要把龙女嫁给他结为夫妻，柳毅婉言谢绝；龙王送给累累珠宝，柳毅也含笑谢辞，如一片洁白的云重又回到人间。龙女爱慕有加，相思得病，饮香茶而无味，面宝镜而无光。后来，龙女变成渔家姑娘范阳卢氏，千里寻柳郎，终于与柳毅结为夫妻。一个侠义正直，重义轻身，救人危难，其诺必信，其信必果；一个善良多情，“衔君之恩，誓心求报”，其情也真，其情更醉人！

田幻想忍不住问柳毅井：“你听说过《山海经藏宝图》吗？”

龙小宏说：“你这是病急乱投医。”

井口被风一吹发出声音：“没有，没有。”

但是，沈教授、神话博士等人没有一个后悔来到这里。

田幻想说：“君山，由七十二峰组成，峰峰灵秀。故有人诗曰：‘烟波不动景沉沉，碧色全无翠色深。疑是水仙梳洗处，一螺青黛镜中心。’”

沈教授说：“君山地形独特，为洞庭湖中最大岛屿，岛上历有三十六亭，四十八庙、秦始皇的封山印，汉武帝的“射蛟台”等珍贵文物遗址。君山银针茶叶誉满中外，唐代以来就列为贡品。汨罗江畔有屈子祠、杜甫墓等。此外，景区还有慈氏塔、襟代文庙、鲁肃墓、黄盖湖、三国古战场等名胜古迹。”

黎萍说：“君山公园除了秀丽风景外，在生植物园中的珍品数目也是独霸江南的。有名贯古今的‘君山银针茶’，稀奇的‘红绿叶树’和品种繁多的斑竹、方竹、梅花竹等，动物有名贵的金龟；还有丰富的鸟类，如沙鸥、锦鸡、天鹅、鱼燕、黄鹂、杜鹃、斑鸠等三十余种鸣鸟和水鸟。环境优美，草坛翠绿，大自然风光，美丽缤纷。”

十六、泰山之雄

东岳泰山

沈早晨教授、夏青教授、神话博士、黎萍导游、田幻想、龙小宏、黄梅、王丽君、方艳红，还有机器人王小钢、潘小虹几个来到泰山。

东岳泰山在历史上被尊为“五岳之长”，称“五岳独尊”。在上古夏、商、周三代传说中，它便是后来方士所宣扬的神仙之府。到秦代以后更加受到崇拜。在这里，道家风物群有玉皇顶、王母池、王母泉、斗母宫、升仙阁、仙人桥、仙人掌、云步桥、升仙坊、万仙楼、八仙洞、玉女山、黄花洞、南天门等。每一个风物几乎都伴随着一组完整的成仙得道的解说。这些掌故都来源于汉以前方士之说及东汉以后的道家的口传。在泰山四百二十六平方公里的风物分布圈内，唯有紧靠泰安城北的六朝古刹普照寺，独具佛教圣地特色。但在泰山地方早被大量道教传承所淹没。于是，在这里单一性质的道教信仰文化便垄断了泰山风物圈。

神话博士说：“泰山自然环境上乘，得天独厚。泰山属暖温带季风区，日照充足，雨量丰富，植物生长繁茂，共有维管束植物一千一百三十六个种，隶属一百三十三科，五百五十属，其中野生植物八百一十四种，栽培植物三百二十二种。泰山植被分森林、灌丛、灌从草甸、草甸等，森林覆盖率为百分之八十。”

夏青教授用诗歌一样的语言来赞美泰山：“泰山有四大自然奇观。‘旭日东升’，霞光万丈，让人涌起无限豪情。‘晚霞夕照’，如诗如画，使人感受诗情画意。‘云海玉盘’，让人体会什么是人间仙境。“黄河金带’，让人激动什么是前途似锦。”

风景区面积一百二十五平方公里，以主峰为中心，呈放射状分布。人文景观，布局周密，形成“地府”、“人间”、“天庭仙界”三个层次。

沈教授说：“泰山雄峙于山东省中部，前邻孔子故里曲阜，背依省会泉城济南，主峰海拔一千五百四十四米，气势磅礴，拔地通天，有‘五岳之首’、‘天下第一山’之誉。”

夏青教授颇有感触地说：“山莫大于泰山，相传远古时即有七十二位君主来到泰山巡狩祭祀。自秦朝后，先后有十二位皇帝前来封禅朝拜。秦始皇登峰遇雨，留下五大夫松的传说；汉武帝八至泰山，惊叹‘高矣！极矣！大矣！特矣！壮矣！赫矣！骇矣！惑矣！’”

山海经里提到五百五十座山，其中，提到泰山。《山海经》里有：又南三百里，曰泰山，其上多玉，其下多金。有兽焉，其状如豚而有珠，名曰狪狪，其鸣自詨。环水出焉，东流注于江，其中多水玉。

这是说，再往南三百里，是泰山。山上盛产玉，山下盛产金。山中有一种野兽，形状与一般的猪相似而体内却有珠子，名称是狪狪，它发出的叫声便是自身名称的读音。环水从这座山发源，向东流入汶水。水中有很多水晶石。

考古教授说：“泰山有五岳之首的赞誉。泰山，古称大山、昆仑山、岱山，又称岱宗、泰岱、东岳。它位于广袤的华北大平原之上，巍峨峻拔，雄伟壮丽，古谓‘中央之大山’。西汉刘安《淮南子·地形训》：‘中央之美者有岱岳，以生五谷桑麻，鱼盐出焉。’其地层以二十五亿年之前的太古界泰山群为主，是一套巨厚而复杂的变质岩系：向东延伸与鲁山、沂山群相连，共同组成泰沂山脉，成为齐鲁大地的脊梁；向东南延伸与徂徕山、蒙山相接，与北来的沂山群相连，结体为沂蒙山区。”

黎萍导游介绍说：“蒙山，古称钟山、崇山、苗山、会稽山。这里是柴汶河和泗水及浚河的重要发源地。春秋时属鲁，位居鲁东，又称东蒙、东山。故《孟子》曰：‘孔子登东山而小鲁，登泰山而小天下。’它发脉于泰山，跨平邑、蒙阴、费县、沂南县境，绵亘七十五公里，素有‘九州之巨镇，巍然敦大观’之称。它怀抱古雷泽，左揽沂沭之河，右携汶泗之水，湖泊遍布，川流纵横，不仅宜于古人类生息，更宜于东夷人开发农渔畜牧及手工业。”

沈教授说：“四千一百年前分布于山东中部泰山、沂山、蒙山周围的氏族部落图腾文字画，来自司马迁难以断言的《山海经》中的神鬼怪兽。围绕昆仑山的七条大河、三个大海的合理解释：赤水即沂水或汶水，若水（弱水）即汶水，流沙即泗水，洋水即沭水，青水即肥河，黑水即小清河（今黄河下游），河水即黄河。南海即今黄海，北海即今渤海，古渤海即今巨野泽。所以，泰沂、蒙山一带古谓中土、中都、中央之国、冀州，是政治文化中心，故必是古文化的重要发祥地。”

夏青教授说：“泰、沂、蒙之山凌驾于鲁中丘陵之上，形成三角鼎立。而这三座大山的周围，便是最适应古人类熔岩穴居的古生界寒武系和奥陶系地层。同时也是后来者——东夷人躲避大洪水的“安全岛”。约在六千年前，泰沂山区为山东岛，鲁西南、鲁西北均为海和湖；在五千年前左右的大汶口文化时期，泰山、蒙山一带的自然环境，非常适宜人类的生存。”

沈教授说：“泰沂山区位于黄河下游。黄河在历史上曾多次决口、改道。仅在两汉四百多年间就决口达十六次之多。而中国第一大河的长江却与黄河相反，是一条慈善河，为全流域之人民带来了众多的利益。当黄河流域已达到相当高的文明水准时，长江流域还是一片蛮荒。长江与黄河相距甚近，而中国文明却发源在黄河，这使不少未深入研究泰沂山区自然环境背景的中外学者甚为疑惑。尼罗河泛滥后留下的是沃土，孕育了埃及古文明；黄河决口后留下的却是一片黄沙。然而就在这种艰苦的环境中，泰沂山区却孕育了古代文明。”

神话博士说：“泰沂山脉和沂蒙山区，东临大海，西襟黄河，南瞰江淮，物华天宝。正因这得天独厚的地理环境，使泰沂蒙山地区成为东夷人繁衍生息的中心地带，为华夏文化的重要发祥地，孕育了著名的东夷文化、海岱文化，并为夏、商、周三代文明奠定了基础。新石器时期，这里是三皇五帝活动的中心，泰山成了东方的总代表，成为大山崇拜、东方崇拜、太阳崇拜、天地崇拜、生命崇拜、道德崇拜的结合体。”

夏青教授说：“按阴阳家之说，泰山是阴阳交泰之处；按天人合一之论，泰山是天地相交之地，‘泰山为龙，华山虎’。所以泰山当然就成为中华民族的象征，中国传统文化的载体，被誉为‘五岳独尊’。中国社会科学院考古研究所原所长苏秉琦在《加强泰山大文物的研究》中认为：‘泰山是个大文物，是东方部落原始文化的神山。’清代方志学家阮元在《泰山志·序》中言：‘山莫大于泰山，史亦莫古于泰山。’”

黄梅高兴地赞美：“我们学院曾经多次组织我们美术专业学生来泰山写生，夏季泰山，满山遍野，青翠欲滴；层层林海，茫茫云雾，万壑千峰；微风乍起，松涛阵阵，有如天籁。好一个‘中国第一山——泰山’，蓬勃的生命张力，处处流溢。难怪乾隆大帝发出‘岱宗最佳处，对松真绝奇’的咏叹。泰山的秋天，是色彩最丰富的季节。远望，层林尽染，黄栌、五角枫、花楸叶红似火。近看，松柏青翠，银杏、紫椴叶黄如金。栎树、水榆、槭树，依然不凋；虽然色彩不够鲜艳，却给泰山秋色壮声色丰富层次。松柏衬托卫矛，万绿丛中一点红；深藏夏季曾不露声色的藤本爬山虎，进入深秋，敢于跳出来与卫矛媲美，调子高昂，或红满一石，或紫盈一沟。浓墨装扮泰山，分外妖娆。泰山的冬天，别有韵味。松柏不凋，顶风傲雪，屹立山巅；竹林挺拔，团团翠绿，沁人肺腑；雪后初霁，整座大山，银装素裹；绿树、红墙、黄瓦、白雪，色彩斑斓，难得的清新和宁静，游客置身其中，心旷神怡。”

神话博士说：“文人雅士对泰山仰慕备至。孔子‘登泰山而小天下’传为佳话；杜甫‘会当凌绝顶，一览众山小’成为千古绝唱。巍巍泰山‘高而可登，雄而可亲；松石为骨，清泉为心；呼吸宇宙，吐纳风云’，既是‘天然的山岳公园’，又是‘东方历史文化的缩影’。一九八七年被联合国教科文组织列为‘世界自然历史文化遗产’。”

导游王丽君来过泰山，她说：“松拱一天翠，草生万壑青。春回大地，万物更生。泰山四季，别具风味。泰岱春晓，游人无数。踏青赏春，花香袭人。花白如絮，花红似火。柳条迎春，缀满枝头。整座泰山，花的世界。”

沈早晨对王丽君进行鼓励：“讲得好！”

方艳红问：“沈教授，历代帝王和芸芸众生何以独尊东岳泰山呢？”

沈教授说：“这还要从开天辟地的盘古说起。因为盘古开天辟地，造就了世界，后人尊其为人类的祖先，而他的头部变成了泰山。所以，泰山就被称为至高无上的‘天下第一山’，成了五岳之首。”

不识泰山

夏青教授说："'有眼不识泰山'是经常挂在人们口头的成语，关于这个成语有一段传说，虽然有迷信色彩，却能够广泛流传，说明泰山的重要，与中国人对名字的重视。"

——很久以前，泰山岱宗坊附近住着一对年轻夫妇，小两口很恩爱，婚后一年他们生下了个白白胖胖的儿子，可是儿子不到一岁就病死了；又过了一年，他们生下了个女儿，可是刚过三天就夭折了。孩子接连夭折，给了这个家庭巨大的打击。一位过路人听说了这件事，对他俩说："孩子病死，是名字起得不吉利。今后如再添丁，孩子父亲要在当天深夜到外边走走，碰到什么东西便起个什么名字。"

一年后，这对夫妇又生下了个儿子。当天夜里，丈夫就走出家门，从王母池走到斗母宫，却什么也没碰到。回家后，丈夫失望地对妻子说："除了脚下踩的和眼前看的泰山，什么东西都没碰到。"

妻子是个聪明人，她忙说："泰山不是最吉祥的东西吗？我看孩子就叫泰山。"

于是，两口子商定孩子叫泰山。泰山长到十岁就去和鲁班学木匠活。泰山除学习木匠外，心思主要用在雕版刻石上。一年后，鲁班见他木工长进不大，就提早解除师约，让泰山回家。泰山回来后并没有气馁，自学成才，雕版刻石遂成拿手好戏。几年后鲁班到泰山买柏木做云梯，在岱庙前看到卖雕版刻画的，深为折服。当他看清眼前之人正是自己的学生泰山时，禁不住脱口感叹道："我真乃有眼不识泰山！"

这个传说广泛流传在泰山一带，故事曲折，引人入胜。先是泰山的父亲不识"泰山"，后是鲁班不识自己的徒弟"泰山"。"泰山"在这里被人们巧妙化用。"有眼不识泰山"见于民间传说，着实别有风味。

夏青教授讲完故事。沈早晨说："你们听过东岳大帝吗？东岳大帝是道教因袭民俗崇奉的泰山神。泰山古称东岳，自古受着人们的崇拜。其后，人们将其拟人化，给他取姓氏名讳，定婚配子女。历代帝王出于神道设教的需要，一方面，十分重视对泰山神的祭祀，甚至亲登泰山封禅祭拜；另一方面，不断崇封泰山神爵。道教亦很早崇奉泰山神。旧时各地皆有东岳庙，大都以道士奉祀香火。传说三月二十八日为东岳大帝生日。该日，各地皆于庙中举行盛大庆典。"

田幻想问："为什么司马迁要说'重于泰山，轻于鸿毛？'"

神话博士刚要回答，王小钢抢先一步："先生们，女士们，你们好！机器人王小钢给你们讲解司马迁与泰山。"

——司马迁是西汉著名的历史学家、思想家和文学家，对泰山的钦敬之情，是众所周知的。

西汉元封元年，汉武帝第一次封禅泰山。司马迁的父亲作为史官，本应来泰山参加封禅，但是他却因故留在洛阳。他将参加封禅视为他政治生命中的一件大事。不能东行参加封禅大典，令他异常遗憾和失望，终于忧愁成疾，卧床不起。

这时，恰好司马迁外游归来与父亲相见。于是，他父亲握着司马迁的手流着泪说："我们的祖先是周朝的官吏，远祖还有大功于夏，是百官之长，后世逐渐衰弱。难道天将灭绝于我吗？你如果能继任太史官职，那就能继承祖业了。现在汉朝的天子继承了数千年来封禅泰山的大统，封禅于泰山，而我却不能随行，这是命中注定的呀！我死之后，你一定会继任太史官职的。做了太史，不要忘了我所渴望的著书立说的意愿。"司马迁从父亲的话语之中，体会到参加封禅泰山的大典的重要。司马迁没有辜负父亲的愿望，即使在受了宫刑之后，仍矢志不移，决心忍辱完成父亲未竟之业。他在给好友的《报任安书》中，表达了他受刑之后的痛苦心情，并提到写作《史记》的意图和完成的决心。就在这篇著名的书信之中，司马迁把泰山融入千古名句："人固有一死，或重于泰山，或轻于鸿毛。"可见，在司马迁的心目中，泰山是一个庄重、威严、雄伟可亲的象征。后来，人们使用"泰山""鸿毛"这两种轻重反差极大的物体来比喻轻重悬殊的两种事情。

方艳红觉得太奇特了，她问："神话博士，机器人怎么什么都知道？"

神话博士说："科学家在制造这个机器人的时候，在里面设置了计算机芯片；还有，机器人具有电脑的搜索功能，计算机芯片没有的知识，机器人可以自行进行网上查询。"

碧霞元君

岱宗坊相传，当年碧霞元君为了独占泰山，用各种方法，战胜了很多对手，终于成了一山之主。

沈早晨说，虽如此，碧霞元君仍贪得无厌。这样，引起了各方神仙的愤慨，大家纷纷到掌管封神大权的姜子牙那里去告状。一天，姜子牙带着《封神榜》来到泰山，给碧霞元君划定管辖范围：从泰山极顶算起，四周各管五十里。碧霞元君嫌管的地面小，当场就和姜子牙争吵起来。姜子牙不气不火，好言劝道："元君！你若嫌地面小，咱们可以再作商量嘛！"

碧霞元君问："怎么商量法？"

姜子牙不慌不忙地说："你可以找件东西来，往山下扔。东西落到哪里，你就管到哪里，你看行不行？"

碧霞元君心想，就凭我的本领和力气，扔个百儿八十里是没问题的！便答应说："好，就这样办！不过，咱可要说话算数，谁也不许反悔！"

"一言为定，绝不反悔！"姜子牙一本正经，十分认真地说。

这时，碧霞元君弓腰拣起碗口大的石块，抬手就要往下扔，姜子牙急忙拦住，说："慢！石头遍地都有，你把它扔下山去咋能找得到？就算找到了，别家神仙不承认也不好办啊！依我看，还是扔件别人都没有的东西最好。"

田幻想说："那石头丢不得，一个石头丢个上百里，不知道会落在谁的头上。"他听说过一件事，有民兵用枪对准天空放了一枪，没有料到，子弹在两千米开外落下来，正好有一个农民蹬在菜地里解大便，落下的子弹，将他的头皮打破了。

碧霞元君也觉得这话有理，但一时又找不到合适的东西，喃喃自语道："这可叫我扔什么东西好呢？"

姜子牙慢吞吞地启示道："依我看，你穿的这绣花鞋别人都没有。你将它扔出去，既好寻找，别人也不敢不认账！"

碧霞元君听了，心想：对，我把一只绣鞋扔下山，一只拿在手中，谁敢不认账？于是便脱下一只绣鞋，用上全身气力朝山下扔去。扔完绣鞋以后，姜子牙和碧霞元君以及其他各路神仙一齐在山脚下，找到了那只绣鞋。只见那只绣花鞋跟朝上、头朝下地插在地上，形似一座小小的坊门。他们一算里程，从这地方到极顶，只不过二十来里。这时，碧霞元君才知中了姜子牙的计，但又不好反悔，只好默认了。后来，人们便在这里建起了一座坊门，取名岱宗坊，成了登泰山的起点。

泰山脚下，凡是从泰安北关登山的人，都必须以这里为起点向上攀登。甬道正中有一棵不算高大的柏树，其向南的一侧有一疤痕。据说，围着前面的扶桑石正转三圈，反转三圈，然后再往北去摸此柏树的疤缝。如果能摸准，则是吉祥之兆，向泰山神求子则得子，祈福则得福，想发财的则可发大财。田幻想、龙小宏、王丽君、方艳红几个上前去摸。此柏虽然其貌不扬，看上去也不算古老，但它却有一个十分感人的故事。

——传说，自从武则天被高宗皇帝李治召进宫后，逐渐得宠，不久便废掉了王皇后，由武则天取而代之。李治仁厚无能，上朝不能决大事，需由宰相提出建议，然后由他恩准。武则天虽为女流之辈，却精通文史，御人有术。她当了皇后以后，逐渐代皇帝批示奏折，临朝参政。太子显逐渐长成以后，对母亲干预朝政甚为不满，屡有不同政见，由此触怒了武则天而遭杀身之祸。追随太子显的大臣石忠，亦早已对武后参政十分反感。见太子被害，为了表示对太子的忠心，他拔剑剖腹而自杀，以示对武皇后的不满。石忠死后，其魂魄来到东岳泰山，面见泰山神，状告武则天任用酷吏，滥杀无辜，连自已亲生儿子也不放过，要求山神惩治其罪。泰山神感其忠心，令其化作一棵柏树，赐名"孤忠柏"，侍立殿前，日夜守护着山神。如今游人所见树南面的疤痕，即是当年石忠剖腹的剑痕。

岱庙建筑

众人来到岱庙，见到李斯的碑刻。考古教授说："我给你们讲一下，这个碑刻的传说吧。"

——在碑刻如林的岱庙里，最珍贵、最有价值的，自然是秦代的李斯碑。它刻于公元前二〇九年，虽历经百世，而风韵犹存。对李斯碑历来评价很高，鲁迅誉之为"汉晋碑铭所从出"，堪称是一件艺术瑰宝。碑上的字遒劲若虬龙飞动，其清秀如出水芙蓉，足见其艺术魅力。正因为它举世瞩目，被视为珍品，才引来它一段非凡的经历。

据说，此碑是秦丞相李斯奉秦二世胡亥之命所刻，立于泰山顶玉女池上，为其歌功颂德。明代嘉靖年间，为防止风蚀雨淋，移于碧霞祠东庑。到了清代乾隆五年，碧霞祠突然遭火，火借风势，越烧越旺，结果把碧霞祠烧了个一塌糊涂，李斯碑也因之不翼而飞，下落不明。许多人都叹为可惜。

到了嘉庆二十年，有个汪汝弼，是个喜文弄墨的人，早知李碑的珍贵，一直为不能亲睹而慨叹。他来到泰安任知县后，便下决心要把它找到。于是四处散贴告示，有告知其下落者，悬赏重金。

不久，一位九十余岁的赵氏老翁，由家人搀扶来到县衙，对汪知县说："知县大人，在下是个瓦匠，以前在山顶修玉女池时，见过一截残碑，不知是否大人所寻之物？"

赵氏老翁把碑的形状、字迹等，一一告知，说："当时被人扔进玉女池，望大人差人前往查视。"

汪知县听了赵翁的介绍，已知十有八九是李斯碑，自然喜不胜喜，也不怕山高路险，便邀前任知县蒋因陪同赴上山。果然从玉女池中找到一截残碑，冲洗后，"臣斯臣去昧死请"等字，历历在目，确是李斯真迹。于是汪知县大加庆贺，在山顶造房兴宫，于东岳庙西筑起精美的小亭，取名曰"宝斯亭"，以后又改为"读碑亭"。安放之时，还举行了隆重的仪式，重赏了赵氏老翁。算来，此碑失而复得，已有七十五年。

光阴似箭，日月如梭，一晃又过了十七个年头。到了道光十二年。东岳庙因年久失修，西墙在一场暴雨中倒塌，殃及"读碑亭"，碑亭被砸塌。新任知县徐宗干得知，忙差人从瓦砾中找出，将碑移到山下，放置于岱庙道院壁间。

光绪十六年，有一小偷，看到人们将此碑视若珍宝。心想毕此物定值千金，便在一个风雨之夜将此碑偷走。事发以后，即任知县毛蜀云下令全城戒严，大索十日，终于在北关的石桥底下发现，重新置于岱庙。真可谓千载碑文能历世，失而复得不寻常。现在李斯碑存于岱庙东御座内。我们今天能一饱眼福，目睹此碑，确是三生有幸！游泰山定要睹此碑，不睹乃一大憾事。

神话博士说："登临泰山，百感交集，到底是五岳之首。不管《山海经藏宝图》在不在泰山，这个藏宝图中一定有泰山的重要位置。"

十七、海外四经

海外南经

沈教授、王丽君、方艳红、龙小宏、田幻想、杨扬、黄梅、贾小玲休整几日，踏上海外四经中涉及的路途。他们打开魔幻背心的梦幻功能开关。沈教授说："《山海经 · 海外南经》中有：'地之所载，六合之间，四海之内，照之以日月，经之以星辰，纪之以四时，要之以太岁，神灵所生，其物异形，或夭或寿，唯圣人能通其道。'说的是大地所负载的，包括上下四方之间的万物，在四海以内，有太阳和月亮照明，有大小星辰经历，又有春夏秋冬记季节，还有太岁正天时。大地上的一切都是神灵造化所生成，故万物各有不同的形状，有的夭折，有的长寿，只有圣明之人才能懂得其中的道理。"

田幻想说："海外从西南角到东南角的国家地区、山丘河川分别如下。结胸国在灭蒙鸟的西南面，那里的人都长着像鸡一样尖削凸出的胸脯。南山在灭蒙鸟的东南面。从这座山来的人，把虫叫做蛇，把蛇叫做鱼。也有一种说法，认为南山在结胸国的东南面。"

贾小玲问："什么是比翼鸟与灭蒙鸟？"

沈教授答说："比翼鸟在灭蒙鸟的东面，它作为一种鸟有青色、红色间杂的羽毛，两只鸟的翅膀配合起来才能飞翔。也有一种说法，认为比翼鸟在南山的东面。羽民国在灭蒙鸟的东南面，那里的人都长着长长的脑袋，全身生满羽毛。另一种说法，认为羽民国在比翼鸟的东南面，那里的人都长着一副长长的脸颊。"

王丽君问："二八神人是一人，还是十六人？"

沈教授说："二八神人，手臂连在一起，在这旷野中为天帝守夜。神人在羽民国的东面，那里的人都是狭小的脸颊和赤红的肩膀，总共有十六个人。"

方艳红说："毕方鸟是什么鸟？"

田幻想说："毕方鸟在它的东面，在青水的西面。这种鸟长着一副人的面孔，却是一只脚。另一种说法，认为毕方鸟在二八神人的东面。"

王丽君说："讙头国是什么？"

沈教授说："讙头国在它的南面，那里的人都是人的面孔却有两只翅膀，还长着鸟嘴，正在用它们的鸟嘴捕鱼。有人认为讙头国在毕方鸟的东面。还有人认为讙头国就是讙朱国。"

方艳红问："厌火国是不是不喜欢火啊？"

田幻想说："不是。厌火国在它的南面，那里的人都长着野兽一样的身子，而且是黑色的，火从他们的口中吐出。有人认为厌火国在讙朱国的东面。".

贾小玲问："什么是三珠树、三苗国与三毛国？"

沈教授说："三珠树在厌火国的北面，生长在赤水岸边。那里的树与普通的柏树相似，叶子都是珍珠。有人认为那里的树像彗星的样子。三苗国在赤水的东面，那里的人是一个跟着一个地行走。有人认为三苗国就是三毛国。𢧀国在它的东面，那里的人都是黄色皮肤，能操持弓箭射死蛇。有人认为盛国在三毛国的东面。".

方艳红问："贯胸国与交胫国、不死民是怎么回事？"

田幻想说："贯胸国的人都是胸膛上穿个洞。一种说法，认为贯胸国在𢧀国的东面。交胫国在它的东面，那里的人总是互相交叉着双腿双脚。另一种说法，认为交胫国在穿胸国的东面。不死民在它的东面，那里人的都是黑色的，个个长寿，人人不死。还有一种说法，认为不死民在穿胸国的东面。".

王丽君问："什么是反舌国？"

田幻想说："反舌国在它的东面，那里的人都是舌根在前、舌尖伸向喉部。一种说法，认为反舌国在不死民的东面。昆仑山在它的东面，山基呈四方形。另一种说法，认为昆仑山在反舌国的东面，山基向四方延伸。羿与凿齿在寿华的荒野交战厮杀，羿射死了凿齿。地方就在昆仑山的东面。在那次交战中羿手拿弓箭，凿齿手拿盾牌。还一种说法，认为凿齿拿着戈。".

方艳红问："什么是三首国与长臂国呢？"

沈教授说："三首国在它的东面，那里的人都是一个身子三个头。周饶国在它的东面，那里的人都是身材矮小的，戴帽子系腰带而整齐讲究。一种说法，认为周饶国在三首国的东面。长臂国在它的东面，那里的人正在水中捕鱼，左右两只手各抓着一条鱼。另一种说法，认为长臂国在焦侥国的东面，那里的人是在大海中捕鱼的。".

狄山，唐尧死后葬在这座山的南面，帝喾死后葬在这座山的北面。这里有熊、罴、花斑虎、长尾猿、豹子、三足乌、视肉。吁咽和文王也埋葬在这里。一种说法，认为是在汤山。另一种说法认为这里有熊、罴、花斑虎、长尾猿、豹子、离朱鸟、鸱鹰、视肉、虖交。有一片方圆三百里大小的范林。南方的祝融神，长着野兽的身子人的面孔，乘着两条龙。

这些地方没有《山海经藏宝图》，似乎处处都有《山海经藏宝图》。

海外西经

沈教授说："王丽君、方艳红、田幻想、龙小宏、杨扬、黄梅、贾小玲，你们几个打开魔幻背心上的梦幻开关？看看什么是《海外西经》？由杨扬负责，让大家来体验来讨论。"

杨扬问："我们来到什么地方了，是不是海外从西南角到西北角的国家地区、山丘河川？"黄梅说："这是不是灭蒙鸟？"

杨扬说："应该是的，在结胸国的北面，那里的鸟是青色羽毛，拖着红色尾巴。"

田幻想说："大运山高三百仞，屹立在灭蒙鸟的北面。"

龙小宏惊叫起来，说："我看见了，夏后启正在大乐野这地方观看《九代》乐舞。他乘驾着两条龙，飞腾在三重云雾之上。

王丽君也喊："我也看见了，他左手握着一把华盖，右手拿着一只玉环，腰间佩挂着一块玉璜。"

黄梅说："大乐野就在大运山的北面。另一种说法认为，夏后启观看乐舞《九代》是在大遗野。"

杨扬说："大家有什么问题，可以提出来讨论。"

贾小玲问："我想了解一下，什么是三身国？"

杨扬说："三身国在夏后启所在之地的北面，那里的人都长着一个脑袋三个身子。"

贾小玲与杨扬几乎同时发出惊叫。原来，有人拍着贾小玲的肩膀，还有人拉着杨扬的手臂。他们都在说："你好啊！"

贾小玲与杨扬都看得十分清楚。可越清楚，她们越是害怕。站在他们面前的怪人是三个身子、三只手、一个脑袋。当时，她们又惊又吓，半天说不出话来。原来，这三身国的人听力很好，你只要提到三身国，就有三身国的人到你身边，以为你是在叫唤他。

田幻想、龙小宏他们几个都过来了，而且态度十分客气。这样，那两个怪人主动离开了他们。

王丽君问："什么是一臂国呢？"

田幻想回答说："一臂国的人都是一只臂、一只腿、一个眼睛。"

没有想到的是，来了一群半边人，都是一只臂、一只腿、一个眼睛。他们互相手拉着手，形成了一个巨大的包围圈，将田幻想、龙小宏、王丽君、方艳红、黄梅、杨扬、贾小玲全部围住。

杨扬到底是见过世面的导游，她说："我们也手拉着手。"

于是，他们几个也拉成了一个大圈圈。他们边跳边唱，那些一臂国的人见状，全部溃退了。事后，他们在议论原因。

龙小宏当过记者。他说："一臂国的国民手拉手，虽然能够形成包围圈。但是，他们每两个两边都有空档。当他们发现我们几个人手拉手，形成的圆圈没有空档，感到害怕了，所以，主动退出。"

田幻想说："我认为，龙小宏这样解释是合理的。当然，今天的学术界有争议。专家说一臂国、半体人在现实中是不存在的。而"半"可能是该部落的姓氏。"半"来源于"芈"氏，这是以羊为图腾的游牧民族。"半"发音为"mi"，即羊的叫声。这个游牧民族可能就是鬼方国。楚国的先祖有华胥族和苗蛮的血统，而季连部又继承了游牧族母系的姓氏“芈”，后来从蛮俗，建立了荆国。《山海经》中对于华胥族以外的帝系血统，一般比较隐晦。”

方艳红叫了起来：“哎呀！老虎又来了。”

原来，有几匹虎纹马朝着他们这边奔过来。

田幻想马上说：“这是虎纹马，不是老虎。”

方艳红紧紧靠着田幻想，胆子才壮大了一点。她说：“不是老虎，怎么与老虎身上的花纹一样？莫不是老虎变的。”

田幻想继续耐心解释说：“这不是老虎变的。虎纹马当是西域比较珍贵的一种马。李白这个中原人对于‘天马’的想象：‘天马来出月支窟，背为虎纹龙翼骨。’李白诗中提到的‘虎纹’，则表明了这种马表现出来的返祖成分。‘虎纹’就是‘鳗纹’，它实际上是马背部下方的一种暗色条纹。就如同挪威产的暗褐色马一样，鳗纹是许多原始马具有的共同特征。这种马可能有蒙古野马血统的杂交马。”

忽然，王丽君惊讶地问：“这又是什么人呢？一只胳膊，却有三个眼睛？”

杨扬说：“我来回答吧。奇肱国在一臂国的北面。那里的人都是一条胳膊和三只眼睛，眼睛分为阴阳，阴在上阳在下。骑着名叫吉良的马。所谓的三只眼，即额头上的纵目，是在小时候把额头割开，埋入枣核状的装饰物，长大后看起来像三只眼。奇肱国所骑的文马，按图形而言，是一种马，或其他动物拉的车。其地方应该在轩辕国附近，这也是一个擅长制作车的部落。”

王丽君的面前飞来一只怪鸟。说其怪也确实怪，长着两个脑袋，红黄色的身子，栖息在他们的身旁。由于刚才见的比起眼前要复杂，所以现在呢，心里不再发慌了。忽然，方艳红问：“刑天与形天是什么？”

杨扬说：“刑天，中国古代神话传说中的人物。又称形天。据《山海经·海外西经》记载：‘刑天与天帝争神，帝断其首，葬之常羊之山。乃刑天以乳为目，以脐为口，操干戚以舞。’刑天常被后人称颂为不屈的英雄。常羊山之上有炎帝陵，则刑天应该是指与炎帝同时期的一个苗裔首领。本为华胥族与苗族联姻所产生，受炎帝管辖，统领苗地。但因争夺部落联盟的领导权，为炎帝所杀。而从其装备来看，应该擅长制作兵器。刑天应为后来蚩尤族的祖先。两者的遭遇如出一辙。”

方艳红问：“女祭、女戚是什么？”

杨扬回答：“这两者应该是苗夷的女巫，以鸟为图腾，可能站在刑天一方，因而有应祸之说。”

王丽君问：“什么是丈夫国？”

田幻想说：“丈夫国指的是一个纯粹的父系氏族。在一般的母系氏族中，男性可以有一定的发言权，甚至可以作为该部落的代表。但在一个父系氏族中，女性是处于绝对的服从地位，没有发言权和选举权。对于中原人而言，当时尚处于母系氏族向父系氏族的过渡时期，对于这种父系氏族的存在，应该是比较惊奇的。”

田幻想还说，比如，四川甘孜州至今还保留着两千七百余年来以父系血缘继嗣关系的氏族组织，是藏族社会从母系制向父系社会过渡的产物。当地称为“戈巴”，或称“帕错”，意即父系集团式。戈巴成员只能是男性，只要生下来带“把”，便是戈巴成员了。稍懂事即可参加戈巴内的会议，参加决定戈巴内的一切重要事情，享受“公共权力”，并承担“公共义务”，相当民主。女性不能成为戈巴成员，也不能参加戈巴会议，但必须服从戈巴的一切决定。

王丽君说：“《后羿射日》是一个神话传说，又有所指吗？”

田幻想说：“后羿射十日的传说，实际指当时苗夷的十个部落联合起来反抗华胥族。后羿本为苗夷族的一员，但又是华胥族的联盟，他平息了这次动乱。南方的后羿族，与以后北方的应龙族，都是华胥族的强力联盟。十日指‘猰貐、凿齿、九婴’这些少数民族部落。而女丑可能是后羿族的巫师，在冲突中被杀死。所谓女丑，大概脸上涂成比较夸张的祭祀效果，或者戴了面具。”

方艳红问：“什么是巫咸国？”

黄梅这个时候说话了。她说：“巫咸国首先就是巫师聚集在一起形成的国家。其次，该国产盐，因而称为“咸”，其地理位置大致在著名的‘三峡高地’，其范围东接巫山山脉，南邻清江北支，西连嘉陵江流域，北抵大巴山。”

并封，前后皆有首，有兽，左右有首，名曰屏蓬。并封即屏蓬也。双头猪是“封豨”部落的图腾，这是被后羿打败的“十日”之一。豨指野猪，而“封”可能是一处地名或姓氏。女子国这指的是一个纯粹的母系氏族。在一般的母系氏族中，男性可以有一定的发言权，甚至可以作为该部落的代表。但这里，男性是绝对的服从地位，没有发言权和选举权。

穷山是靠近轩辕国的地方，其所在部落应该与轩辕国处于敌对关系。“诸夭之野，沃之野，凤鸟之卵是食，甘露是饮。凡其所欲，其味尽存。”诸夭之野和沃野、沃民国指一处地名。这是适合苗夷居住的一片沃土，大概是今日成都平原附近。商代有一支“沃”姓。而商代始于高辛氏，民应是高辛氏后裔。

龙小宏问：“什么是龙鱼？什么是河狸？”

田幻想说：“龙鱼是神话中的人鱼。河狸呢，是一种异常勤劳的动物。”

他们分明看见，一群河狸走过来。它们走向河边，先选择好方向，用锐利的门牙将树干啃断，让树倒向河里。接着，河狸先筑堤将水流截住，然后再在堤内造房。河狸都把房建在水中。它们对建房筑坝有独特的本领。为了防御狼、山猫、狐狸等天敌，它们造房可不容易，既要有一定的水位，还不能让水把房冲走。筑堤用的树干是它们劳动得来的。

田幻想主动设问说：“你们知道什么是白民国吗？”

杨扬回答说：“白民国应该特指金乌族、帝俊族与游牧族白人联姻所致，以其带有华胥族血统，因而以四兽即虎豹熊罴为图腾。另外，在唐朝以及五代时期，还有许多突厥人和胡人也都以白为姓。甚至，更有人“以地为氏”而姓了白。”

黄梅补充说：“最早的白姓，可能来自于西域内的白皮肤游牧民族。印欧语族中的吐火罗人与克罗马农人，均曾在今新疆地区繁衍生息数千年。龟兹、大夏、月支、楼兰都有白皮肤血统。

这是在更遥远的时候，发源于昆仑山上的草原上的游牧族与发源于印度、欧洲的其他人种交流所致。”

海外北经

沈教授、王丽君、方艳红、田幻想、龙小宏、杨扬、黄梅、贾小玲来到《山海经·海外北经》描述的地方，对追日的情节印象很深：“夸父与日逐走，入日，渴，欲得饮，饮于河渭，河渭不足，北饮大泽，未至，道渴而死，弃其杖，化为邓林。”

这是一位与日对抗的英雄。在大荒经，将夸父吸收进了巫文化，成了一个巫师：“大荒之中有山，名曰成都载天，有人珥两青蛇，把两黄蛇，名曰夸父。后土生信，信生夸父。夸父不自量，欲追日景，逮之于禺谷，将饮河而不足，将走大泽，未之，死于此。”

死于此，是说，有夸父的遗迹。这一段是对夸父遗迹的讲述。《列子·汤问》有一段评论：“弃其杖，尸膏肉所浸，生邓林。邓林弥广数千里焉。”

三处记载相类又相异。这是一个广为流传、有头有尾的故事。十日并出，天下燥热，夸父长大，捉日，关到禺谷，又让它跑了。从片断中看不出夸父捉了几个日。他喝干了黄河和渭河的水，竟至于干渴而死。

这位两耳挂了两条青蛇手中玩两条黄蛇的夸父，死后的膏肉浸润了一片邓林！这是一部久经传唱的曲折恢弘的神话。严重的干旱竟至到了河渭干渴的程度。远古的氏族人编出逐日的英雄。可以相像，黄河两岸已经是一片焦土，人烟隔绝。有老人含着泪水，传唱这位悲剧式的英雄。没有找到《山海经藏宝图》的痕迹。

海外东经

沈教授、王丽君等从《海外北经》描绘的地方来到《海外东经》描写的地方。

沈教授说：“《山海经·海外东经》中说，海外从东南角到东北角的国家地区、山丘河川分别如下。 丘，这里有遗玉、青马、视肉怪兽、杨柳树、甘相树、甘华树。结出甜美果子的树所生长的地方，就在东海边。两座山夹着丘，上面有树木。有人认为丘就是嗟丘。还有人认为各种果树所存在 的地方，在葬埋帝尧之地的东面。”

田幻想说：“大人国在它的北面，那里的人身材高大，正坐在船上撑船。有人认为大人国在丘的北面。奢比尸神在大人国的北面。那里的人都长着野兽的身子、人的 面孔、大大的耳朵，耳朵上穿挂着两条青蛇。还有人认为肝榆尸神在大人国的北面。”

龙小宏说：“君子国在奢比尸神的北面。那里的人穿衣戴帽，而腰间佩带着剑。能吃野兽，使唤的两只花斑老虎就在身旁，为人喜欢谦让而不争斗。那里有一种薰华草，早晨开花傍晚凋谢。有人认为君子国在肝榆尸神的北面。”

考古教授说：“虹霓，俗称美人虹。据古人说，虹双出而颜色鲜艳的为雄，称作虹在它的北面，它的各端都有两个脑袋。有人认为其在君子国的北面。朝阳谷，有一个神人叫做天吴，就是所谓的水伯。他住在两条水流中间。他是野兽形状，长着八个脑袋而是人的脸面，八只爪子八条尾巴，背部是青中带黄的颜色。青丘国在它的北面。那里有一种狐狸长着四只爪子九条尾巴。有人认为青丘国在朝阳谷的北面。”

田幻想说：“天帝命令竖亥用脚步测量大地，从最东端走到最西端。有人认为是大禹命令竖亥测量大地。黑齿国在它的北面，那里的人牙齿漆黑，吃着稻米又吃着蛇，还有一条红蛇和一条青蛇，正围在他身旁。有人认为黑齿国在竖亥所在地的北面，那里的人是黑脑袋，吃着稻米驱使着蛇，其中一条蛇是红色的。”

王丽君说：“下面有汤谷。汤谷边上有一棵扶桑树，是十个太阳洗澡的地方，在黑齿国的北面。正当大水中间，有一棵高大的树木，九个太阳停在树的下 枝，一个太阳停在树的上枝。”

方艳红说：“雨师妾国在汤谷的北面。那里的人全身黑色，两只手各握着一 条蛇，左边耳朵上挂有青色蛇，右边耳朵挂有红色蛇。有人认为雨师妾国在十个太阳所在地的北面，那里的人是黑色身子而人的面孔，两只手各握着一只龟。”

龙小宏说：“玄股国在它的北面。那里的人穿着鱼皮衣而吃鸥鸟蛋，使唤的两只鸟在身边。有人认为玄股国在雨师妾国的北面。”

王丽君说：“毛民国在它的北面。那里的人全身长满了毛。有人认为毛民国在玄股国的北面。劳民国在它的北面，那里的人全身黑色。有的人称劳民国为教民国。也有人认为劳民国在毛民国的北面，那里的人脸面眼睛手脚全是黑的。”

方艳红说：“东方的句芒神，是鸟的身子人的面孔，乘着两条龙。从考古学的角度讲，炎帝文化属于仰韶时期，与仰韶时期相当的海岱地区文化是大汶口文化。如果炎帝后裔从黄河中上游迁移到黄河下游的海岱地区，势必将仰韶文化带到海岱地区。”

沈教授说：“考古学证明，由一个族群和部落因迁移而形成的方国，必然留下该族群的文化痕迹。因为除了迁移时携带的生活用品之外，即使到了一个新的环境之中，本族群的文化在他们制造的生活用品上也一定会得到反应。在整个海岱地区，特别是在日照一带，已发现了大量大汶口文化和龙山文化遗址，出土各种器物。但迄今为止，并未发现有任何仰韶文化的痕迹。也就是说，海岱地区在龙山文化之前无炎帝之姜。海岱地区即使有炎帝之姜姓古国，也只能是在夏商期间迁移而来。例如《左传.昭公二十年》记载的逄伯陵。”

田幻想说：“许倬云在《西周史》中列举了包括纪国在内的众多西周封国的迁徙，然后写道：“这些封国均曾远迁数百里甚至上千里之外，则随封君迁移的族群，一定是分封的主体。以姬姓与姜姓封国迁移的路线来看，都由河南移往更东方或南方的新领土，为周室建立新的藩屏。在新的地方，这些族群叠居在原居民的上面，构成封建的统治阶层。”

沈教授说，在古人的眼中，太阳的变化是清晨日出时凉爽，尔后温度逐渐升高变得炎热直至落山，循环往复。古人对太阳在一天之内的温度变化不理解，因此产生了太阳女神羲和在甘渊中浴日，使其降温的传说。这表现在《山海经图》中，就是有一女子在甘渊中给太阳洗浴的场景。到了文字《山海经》，就成了"有女子名曰羲和，方日浴于甘渊"。根据黑齿国在"汤谷上（南）"，汤谷地望应在黑齿国之北，其地下考古所对应的是日照市的尧王城遗址。这就是所谓的"十日国"，羲和之国。而汤谷就是东夷人祭祀太阳神的圣地。

田幻想说："尧王城遗址属全国重点文物保护单位，是一个相当大的'原始城市'，也是尧王城龙山古国的'都城'。中美联合考古队调查后认为，该遗址面积（超过一百万平方米）当于两城镇遗址面积相仿。在这里首次发现了土坯房建筑，特别是奠基石的发现，揭开了中国在建筑领域举行奠基仪式的先河。墓葬的葬俗独具特色。在墓主人周围镶陶片构成方形墓框的现象是非常少见的。该遗址出土的铜渣，表明该地最先迈进了铜石并用的文明时代。"

沈教授说："山东大学东方考古研究中心与芝加哥自然历史博物馆组成的联合考古队普查发现，尧王城周边地区为三级聚落分布。从地理位置上来讲，尧王城遗址面（东）向大海，背（西）靠老牛头顶，双山，白云寺等山系，右（南）是竹子河和大寨山和磴山，左（北）为傅湍河和奎山。十足的帝王之气和风水宝地。尧王城墓葬考古表明，墓向均朝向遗址南部的磴山一带。磴山东北麓有石盆山，石盆山上有众多关于太阳崇拜和祖先崇拜的传说。现在仍然有太阳神石、石祖像、太阳神陵、鸡响响喽山、老母庙等遗迹。石盆山中的山谷为秦始皇所命名的望仙洞。根据清人王陨的记载，望仙洞中有老母庙，祭祀的是女娲和羲和。"

田幻想说："嗟丘和大人国的地望大约在江苏灌云县大伊山一带。该区域的考古文化为大伊山新石器时代石棺葬遗址。该遗址在连云港市灌云县城北的大伊山东南角山麓的青风岭上。"

沈教授说："遗址揭露面积七百平方米，清理出新石器时代'石棺墓葬'六十四座，随葬文物一百五十余件。大伊山遗址反映出典型的大汶口等北方文化的类型特征，又含有苏南文化的某些因素，是东夷文化的前沿。该区域的考古文化有如下代表：北青墩庙遗址，系新石器时代龙山文化遗址，位于城头镇青墩庙村北，为一大河湾沙滩，面积约十五万平方米。盐仓遗址，位于海头镇盐仓城村。史载为春秋莒国盐官驻地，汉代在此驻城，为一东西走向的台地，长一百二十米，宽一百一十五米，高三米。"

田幻想说："据此，王亥的困民国应该是竖亥的方国。远古时期人们的地理顺序是南、西、北、东，也就是说，《山海经图》与今天的地图恰恰相反，即上南下北，左西右东。"

沈教授说："雨师妾国可能在海曲古城一带，东海峪遗址为其代表。该遗址在二〇〇六年被国务院核定公布为全国重点文物保护单位。遗址公布面积有八万平方米，中美联合考古队进行'区域系统调查'时认为该遗址当为二十余万平方米。"

田幻想说："东海峪遗址房屋建筑分布密集，反映出这里是一处规模较大的原始村落。从'东海峪遗址'房屋的建筑看，房屋台基的出现、夯筑技术的使用，都开启了中国传统的夯筑台基式土木建筑的先河。这在中国古代建筑史上具有重要的价值与意义。房屋建筑出现"散水"设施，说明先民已掌握了较为先进的防潮技术。"

黄梅说:"东海峪遗址明显不属于尧王城古国,因为东海峪墓向多以向河山为主,而尧王城墓向多朝向石盆山。东海峪出土有陶铃,应当是雨师祭祀时用的乐器。"

杨扬以导游的口气说:"玄股国地望大约在两城遗址一带的地域。两城遗址背山面海,面积约一百万平方米。据英国版本《世界史便览》称:公元前三五〇〇年至公元前二〇〇〇年,中国山东日照市两城为亚洲最大的城市。二〇〇五年被国家文物局列入全国一百处重点大遗址保护项目。该遗址文化层厚二至五米,文化内涵十分丰富。"

沈教授说:"文化层以龙山文化层为主。这里出土了全国唯一的一件兽面纹玉锛。出土的镶嵌绿松石玉钺也是玉器中的精品。陶器的器型十分丰富,出土的器物造型几乎涵盖了此后历朝、历代的造型,而且具有丰富的文化内涵,其艺术性也极强。遗址中出土的陶鸟、太阳纹陶盆就是其中的代表,证明两城镇先民不仅是一个崇尚鸟的民族,也是一个崇尚太阳的民族。"

黄梅说:"两城镇遗址有三圈城壕,遗址是所处聚落群的一个核心,是两城镇古国的"都城"。遗址内发现了近百平方米的房址,应为祭祀或大型聚会所用。葡萄酒的发现,驳斥了中国酿葡萄酒外来说,把中国酿葡萄酒的历史提前了两千年。浮选的小麦标本是考古的重要发现,证明龙山时代中国北方。鲁东南地区是一个旱涝适宜的农作区。"

沈教授说:"劳民国可能在胶州市三里河到青岛市区一带。地下考古以三里河龙山文化遗址为代表。该遗址属山东省重点文物保护单位,位于胶州市南关街道办事处北三里河村神仙沟西,面积约为五万平方米。"

黄梅说:"遗址的地层堆集分为上、下两层。上层属龙山文化层, 下层为大汶口文化层,经两次发掘,出土文物达二千余件,是一处内涵极为丰富的古遗址。其中,薄胎黑陶器(又称蛋壳陶器)是中国龙山文化独有的文化遗存,工艺之精,实属罕见。在中国历史博物馆展出的一件该遗址出土的黑陶高柄杯,高二十厘米,重三十九克,口盘部分仅厚零点三毫米,薄如蛋壳,光亮如镜,堪称绝世佳作。另外,还发现龙山文化类型墓葬近百座,大汶口文化类型墓葬。"

沈教授说:"古莒国曾立都于胶州市三里河不远的地方——计斤。即《左传》上的"介根"。袁兆国在《莒国文明注青史激荡演义六百年》一文中说:"据有关历史考古专家推论新证:在历史上,随着莒国变迁,国都也多次转移新址。其一说约在商代莒都曾一度迁于江苏赣榆,到西周时又迁回莒地,初都莒地陵阳河大汶口文化城,继而段家河龙山城。"

田幻想说:"又一说莒国初都介根(今胶州市西南),后徙于莒。还有一说春秋莒国有三都,即莒城、渠丘、郓。莒城即今县城地;渠丘在莒城南,当在今江苏赣榆县西境;郓在莒城北东莞镇,当即袁家庄东周遗址。"

杨扬说,"东方句芒,鸟身人面,乘两龙" 本句指的是嵎夷之地(龙山尧王城类型)先民的图腾与崇拜。句芒(或名句龙)是少昊的后代,名重,为伏羲臣。死后成为木神(春神),主管树木的发芽生长。太阳每天早上从扶桑上升起,神树扶桑归句芒管,太阳升起的那片地方。也归句芒管。句芒在古代非常非常重要,每年春祭都有份。他的本来面目是鸟——鸟身人面,乘两龙。"

沈教授说:"史迹茫茫,有的已难以考证。"

他们没有找到《山海经藏宝图》的踪迹。

十八、昆仑神山

昆仑，即昆仑山，又称昆仑虚、昆仑丘或玉山。地理观念上的昆仑山，指西起帕米尔高原东部，横贯新疆、西藏间，伸延至青海境内，全长约二千五百公里。古代神话中的西方昆仑，是汉以前地理上的昆仑一名与传说中昆仑的结合。

昆仑由神话世界变为仙境，有一个过程。如《西次三经》中说，昆仑是天帝在地上的都城，那里除了有九尾虎身的陆吾神守护之外，还有一种长了四只角、有些像羊的兽，名土蝼，能吃人；那上面的鸟，样子如蜂，却大得如鸳鸯。有一种开黄花结红果的树，果子味道如李，无核，名叫沙棠，吃了能御水而不溺死。这明明是怪异的神话世界。同样是昆仑，在《淮南子·地形训》则是另一样景状：

昆仑有增城九重(一层比一层高的城池)，上有木禾，其修五寻。珠玉树、璇树、不死树在其西，沙棠琅玕在其东，绛树〈赤色玉树〉在其南，碧树、瑶树在其北。

昆仑山在神话中有了崇高的地位。《山海经·海内西经》说，它是海内最高的山，在西北方，是天帝在地上的都城。昆仑山方圆八百里，高达七、八千丈。上面长着一种木禾，高四丈，粗够五个人合抱的。山的每一面有九口井，每口井都用玉石作栏杆。每一面又有九道门，每道门都有开明兽在那里看守着。开明兽是什么样子？是位半人半兽的神，身躯有一虎那么大，九个头，长得都是人面，向着东方，立在昆仑山上。昆仑山是百神所在的地方。

昆仑山与古代的夏、周、羌几个民族的活动都有联系，在古代神话中的地位，类似于希腊神话的奥林匹斯山。《山海经》提到过几十座山，昆仑山雄踞为冠。它作为天帝的都城，自然被天帝所统治。据说，这位天帝便是黄帝。黄帝派去管理昆仑山的神叫陆吾，也是半人半兽形，人的面孔，虎身虎爪，长了九条尾巴(见《西山经》)。民间神话中，昆仑山上的主角是穆王，他乘坐八匹马拉的车子与西王母为爱而相会。周代穆王继位时已经五十岁了，在位五十五年而崩，是古代的长寿帝王。也许因为他长寿，后世便有周穆王游行四海，见到了帝台的西王母；有的说穆王西巡，有偃师求见，有的说他与西王母一同成仙而去等等。

海内的昆仑山，屹立在西北方，是天帝在下方的都城。昆仑山，方圆八百里，高一万仞。山顶有一棵像大树似的稻谷，高达五寻，粗细需五人合抱。昆仑山的每一面有九眼井，每眼井都有用玉石制成的围栏。昆仑山的每一面有九道门，而每道门都有称作开明的神兽守卫着，是众多天神聚集的地方。众多天神聚集的地方是在八方山岩之间，赤水的岸边。不是具有像夷羿那样本领的人，就不能攀上那些山冈岩石。

昆仑山的南面有一个深三百仞的渊潭。开明神兽的身子大小像老虎却长着九个脑袋。九个脑袋都是和人一样的面孔，朝东立在昆仑山顶。

开明神兽的西面有凤凰、鸾鸟栖息，都各自缠绕着蛇踩踏着蛇，胸前还有红色的蛇。

开明神兽的北面有视肉怪兽、珠树、文玉树、玕琪树、不死树，那里的凤凰、鸾鸟都戴着盾牌，还有三足乌、像树似的稻谷、柏树、甘水、圣木曼兑。另一种说法认为圣木曼兑叫做挺木牙交。

开明神兽的东面有巫师神医巫彭、巫抵、巫阳、巫履、巫凡、巫相，他们围在窫窳的尸体周围，都手捧不死药来抵抗死气而要使他复活。这位窫窳，是蛇的身子人的面孔，被贰负和他的臣子危合伙杀死的。

有一种服常树，它上面有个长着三颗头的人，静静观察着那就在附近的琅玕树。

开明神兽的南面有种树鸟，长着六个脑袋；那里还有蛟龙、蝮蛇、长尾猿、豹子、鸟秩树，在水池四周环绕着树木而显得华美；那里还有诵鸟、鶽鸟、视肉怪兽。

昆仑探险

临行前，考古教授、神话博士、黎萍、将田幻想、龙小宏、王丽君、方艳红、机器人王小钢、潘小虹召集在一起。

神话博士说："昆仑山在历史上曾是一座名山。中国古老的地理著作《山海经》《禹贡》和《水经注》对它都不只一次提到，其中大多记述都带有神奇的色彩。《山海经·海内西经》中记载：海内昆仑之虚，在西北，帝之下都。昆仑之虚，方八百里，高万仞。上有木禾，长五寻，大五围。面有九井，以玉为槛。面有九门，门有开明兽守之，百神之所在。在八隅之岩，赤水之际，非仁羿莫能上冈之岩。这是说昆仑山是"天帝的下都"，方圆八百里，高七万尺。现在让王小钢详细介绍昆仑山的情况。高智能机器人具有强大的知识储存功能。

王小钢发出清晰的声音："各位先生、女士，你们好！我是机器人王小钢，现在给你们介绍神秘而富饶的昆仑山。从远古开始，昆仑山就是中华各民族共同向往的圣地。磅礴大气、雄浑诡奇的昆仑神话，承载中华民族瑰丽的想象。有人说，昆仑山堪称中国上古神话的源头，有人说昆仑山是中华民族神话传说的摇篮。昆仑山还是中华民族的象征，古人尊为'万山之宗''龙脉之祖'，因而有'国山之母'的美称。它西起帕米尔高原，全长二千五百公里，海拔五千五百米至六千米，宽一百三十公里至二百公里，总面积达五十多万平方公里。"

田幻想说："真不敢相信这是机器人，因为机器人不能够说得这么好！"

龙小宏说："笨蛋，这是高智商的机器人，还能够谈恋爱呢！"

田幻想说："扯淡，如果能够谈恋爱，那么更不是机器人了。"

龙小宏说："这种机器人当然能够谈恋爱，我还想去勾引一下潘小虹小姐呢。"

机器人潘小虹听见了，气愤地说："龙吹吹，严肃一点！"

众人压住笑声，龙小宏却不敢声张了。

黎萍导游说："据《山海经·海内西经》说，昆仑山是海内最高的山，在西北方，是天帝在地上的都城。气势磅礴的昆仑山，从帕米尔高原隆起，屹立在青海大陆，以其奇幻神秘之姿，向世人展示着辉煌灿烂的舞姿。万壑纵横，众山连绵；群峰争姿，巍峨神奇；万仞雪峰，高耸云霄；冰川纵横，犹如玉带；凌空而下，横贯东西；驰骋千里，浩浩荡荡；江河湖海，揽入怀中。构成一幅人间仙境的美丽画卷，折射源远流长的中华传统文化。"

神话博士说："昆仑山位于中国西部或西北部，广义上西部和西北部都属于西部。长期以来，东和南、西和北部都是混用起来的。比如，'江东'经常指'江南'，要是考虑中国的地理形势，也难怪这高不可攀的昆仑山位于西部了。"

考古教授说："昆仑山是位于天地之中。特别是'日中无影，呼之无响'的记载，将'天地之中'描写得逼真。根据人类学家 Eliade 所论，无论东西古今，所有的"宗教的人间"都置身于世界之中心，经此以至通天通神。"

神话博士说："人们习惯把世界之中心当作自己居住的中心地方，以为各种神灵都位于自己生活场所的上面。很多原始部落有树木崇拜，他们以为通过向天伸出的"世界树"，能到达天上，而且天神也由此来到人间。"

他们走到一个山谷，发现这里花草繁茂，决定在此小憩。大家坐在一起，说说笑笑，喝水吃点心。王丽君一声尖叫："妈呀，我看见了，这里有动物的骸骨。"

考古教授上前细看："这是熊的骨骼。我们到了昆仑山上的'地狱之门'——死亡谷了。"

黎萍惊呼："据说死亡谷里四处布满了狼的皮毛、猎人的钢枪及荒丘孤坟，向世人渲染着一种阴森吓人的死亡气息。"

田幻想说："糟糕，这真是死亡谷，我们得赶快离开这里！"

龙小宏说："'天苍苍，野茫茫，风吹草低见牛羊'。在牧人眼中，草肥水足的地方是他们放牧的天堂。你们真是胆子小，看见几块骨头，就吓得要死。还说什么死亡谷。"

田幻想开口了："你真是个龙吹吹。你知不知道，昆仑山生活的牧羊人，宁愿没有肥草吃，使牛羊饿死在戈壁滩上，也不敢进入这个古老而沉寂的深谷。"、

龙小宏说："你是一个技术员，我还当过摄影记者，应该比你见多识广，我怎么没有听说过。"

田幻想说："你多看点关于昆仑山的书籍资料，就会知道死亡谷——昆仑山的'地狱之门'了。"

方艳红说："喂，这里好像是一头死狼。"

龙小宏低头寻找。也说："沈教授，我也看见什么动物的尸骨了。看来，我们真到了死亡谷，怎么办呢？"

神话博士说："别怕。我们穿的是魔衣、魔幻背心，遇到危险临近，会发出讯号的。也就是说，

我们暂时没有危险。”

考古教授的情绪很快镇定下来。他说：“我想给大家讲一个真实的、由新疆地矿局某地质队亲眼所见的故事。”

——一九八三年，青海省阿拉尔牧场有一群马，因贪吃谷中的肥草，而误入死亡谷。一位牧民冒险进入谷地寻马。几天过去后，人们在一座小山上发现了这个牧民的尸体，只见他衣服破碎，光着双脚，眼睛圆睁，嘴巴张大，猎枪还握在手中，十分惊恐的表情，一副死不瞑目的样子。让人不解的是，他的身上没有发现任何的伤痕或被袭击的痕迹。这起惨祸发生不久后，阿拉尔牧场附近的地质队也遭到了死亡谷的袭击。

一九八三年七月，酷热的季节，死亡谷突然下起了暴风雪，紧接着一声雷鸣电闪，炊事员当场晕倒。根据醒过来的炊事员回忆，他当时一听到雷响，顿时感到全身麻木，两眼发黑，接着就丧失了意识。第二天队员们出外工作时，惊诧地发现，原来的黄土已变成黑土，上面的动植物已全部被“击毙”。地质队得知前来考察谷地，发现该地区的磁场分布范围广，越深入谷地，磁异常值越高。在电磁效应作用下，云层中的电荷和谷地的磁场作用，导致电荷放电，使这里成为多雷区，而雷往往以奔跑的动物作为袭击的对象。

沈教授刚说完，乌云聚来，越聚越浓，魔衣、魔幻背心发出讯号：“注意，有危险临近。”

神话博士说：“有雷电来临，我们赶快打开防护功能，再启动旅行功能，离开昆仑山吧。”

一刹那间，天昏地暗，接着，电闪雷鸣，使人感觉地动山摇。他们几个腾空飞起，一串炸雷在他们头顶响起。好在他们的魔衣、魔幻背心具有绝缘功能，防护功能，才不至于被雷电劈死。一会，他们将雷电远远地甩到了身后。

忽然，黎萍导游清点人数，发现少了王丽君、方艳红。神话博士说：“赶快派人去救。”

考古教授说：“王丽君、方艳红凶多吉少。现在，派出去的人，也是凶多吉少。”

王小钢说：“我与潘小虹去吧！请放心，我们是人类智慧与机器智能的结晶，是高智商机器人。”

不一会，雷电声更大，他们几个更加担心了。谁知，王小钢带着王丽君，潘小虹带着方艳红回来了。

王丽君说：“我们刚才吓哭了，真是不好意思。主要是我们的电能没有了。”

方艳红说：“是啊。我想，我们这辈子算是交代了，没有想到还能够活过来。”

神话博士说：“遇到雷电袭击，我们打开护卫功能、接着要打开旅行功能，动作一定要快。因为，时间一长，护卫的电流就没有了，旅行功能就启动不了。”

考古教授说：“高智商的机器人是不怕雷电的。”

黎萍说：“亏了这两个机器人。不然，王丽君、方艳红遇到第二场雷电，死定了。”

王小钢说：“昆仑山是个千古之谜。传说中的昆仑山位之西北，连绵起伏数千里，高达七八千丈，风景秀丽，地势险恶，是众神聚居之地。相传昆仑山的仙主西王母，居住在瑶池。每年，西王母在此举行蟠桃盛会，众神欢聚一堂，谈仙论道。”

黎萍说：“传说中，瑶池便是昆仑河源头的黑海。这里海拔四千三百米，湖水清莹，气象万千；

草青沙白，鸟禽成群；野生动物，珍稀栖身。站在昆仑山口，东西昆仑，尽收眼底。往东看，静寂的万古雪野中，玉虚峰孤兀雄起，势压万山，造就了冰雪世界特有的自然景观。”

神话博士说：“传说，玉虚峰是西王母女儿玉虚公主的化身。这里，山峰巍峨高耸，终年云雾缭绕；山间白雪皑皑，奇峰怪石活现；飞禽走兽不时出没。不远处又有玉珠峰，相传是西王母另一个女儿玉珠公主的化身。玉珠峰终年积雪，冰川纵横，巍峨壮观。峰南地形各异，鬼斧神工，冰川末端，形成十余米高的冰琴，壮观瑰丽。”

沈教授说：“中国古典神话的源头是《山海经》，而昆仑神话是《山海经》中最完整、结构最宏伟的一个体系。中国古典神话中，上古时期众多的神仙，有共工、伏羲、大禹、周穆王、东王公、汉武帝、牛郎织女等神仙，其中多数出自昆仑。昆仑神话是以昆仑山及其相关的神话构成，有黄帝、西王母为对象的帝王神话，有嫦娥、大禹为对象的英雄神话。”

黎萍说：“昆仑山是东方的奥林匹斯山，是众神的乐园，山上住有神通广大、无所不能的神仙。在这些神灵当中，对后世影响最大的要数妇孺皆知的王母娘娘——西王母。提起西王母，人们一般知道她的后世形象，王母娘娘雍容华贵，吃蟠桃，喝玉酒，协助玉皇大帝治理天上人间。”

方艳红问：“昆仑神话中最大的天神是谁？”

田幻想说：“黄帝是昆仑神话中最大的天神。他长着四张脸，可以同时眼观六路，耳听八方。在他的周围，还有四位天帝帮忙，分别管理着东西南北四方。与昆仑山密切相关的另一位悲剧英雄就是声名显赫的共工。共工有不同凡俗的奇特长相，蛇一样的身躯上长着人脸红发。他是一个凶狠的水神，在与颛顼的斗争中，共工被打败，于是怒气冲天，一头把一座圆圆的大山拦腰撞断。人们就把这座不圆了的山叫做‘不周山’。共工怒触不周山，是昆仑神话中富有激情的故事之一。”

龙小宏说：“昆仑神话中，还有大禹治水到昆仑山、伏羲女娲婚配昆仑、女娲抟黄土造人、夸父追日到日月山、西王母盛开蟠桃会、战蚩尤黄帝统华夏、西王母营造青海湖、道教乐园与龟山金母等神话经典故事。这些磅礴大气、雄浑诡奇的昆仑神话，是中国作为文明古国的象征，也是中国早期文明的曙光。”

潘小虹说：“昆仑山在广袤辽阔的土地上横空出世、横亘东西，孕育出绚丽多彩的昆仑神话和传说，在光怪陆离的神话殿堂里，揭开了中华民族炎黄文化的创世序幕。昆仑神话波澜壮阔，以磅礴气势，将中国的神话推向顶峰，将古代人对于神话的美好愿望表达得淋漓尽致。在中国民间神话中，其核心人物是女娲、西王母，其次是盘古、伏羲、炎帝、黄帝、妈祖，再下来才是天皇、地皇、人皇、颛顼、碧霞元君等。”

黎萍导游发挥导游的作用了，她指着山峰进行讲解：“昆仑山既是中国的神话之山，也是中国的历史文化之山。这片神圣之境，美丽动人的神话传说串联而成的昆仑神话，构成了中国神话的史诗。它像母亲的乳汁，使一代又一代炎黄子孙在文化上深深打上了民族的烙印。因此，昆仑神话，这部中国神话的史诗，以其瑰丽的想象、奇特的情节、丰富而鲜活的人物形象，征服了每一个中华儿女的心灵，在他们心中留下了深深的民族文化的烙印。”

机器人潘小虹说："昆仑山在中华民族的文化史上具有'万山之祖'的显赫地位，古人称昆仑山为中华'龙祖之脉'。如李白的"若非群玉山头见，会向瑶台月下逢"的美诗，毛主席的"横空出世，莽昆仑"的华章，中国古典名著《西游记》、《封神演义》和金庸的《天龙八部》等多部通俗小说，都提到昆仑山。"

神话博士激动地说："中国上古流传下来的神话，很多都与昆仑山有关。昆仑山，堪称我国古代神话传说的摇篮。相传昆仑山的仙主是西王母，在《穆天子传》中就有"穆王八骏渡赤水，昆仑瑶池会王母"的传说。距黑海不远处，是传说中的姜太公修炼之地。"

黎萍导游说："玉虚峰、玉珠峰经年银装素裹，山间云雾缭绕。位于昆仑河北岸的昆仑泉，是昆仑山中最大的不冻泉。形成昆仑六月映雪奇观，水量大而稳定。传说是西王母用来酿制琼浆玉液的泉水。发源于昆仑山的格尔木河中游，长期侵蚀千板岩，形成了峡谷绝壁相对、深几十米的天险奇观。"

神话博士说："相传，文成公主远嫁吐蕃时，随身抬了一尊巨大的释迦牟尼佛像。当公主一行来到昆仑山下的纳赤台时，由于山高路遥，人马累得精疲力竭。于是，公主命令大队人马就地歇息。当夜做饭时，才发现附近没有水，大家只好啃完干粮，和衣而睡。第二天早上，人们醒来时，发现昨晚放释迦佛像的山头，被压成了一块平台。离平台不远的地方，一眼晶莹的泉水喷涌而出，淙淙流淌。人们一下子明白了，这是释迦佛把山中的泉水压出来的。虔诚信佛的公主为了表达对佛祖的敬意，把自己身上的一串珍珠抛在泉眼里，泉水变得更加清凉甘甜。由此，人们把纳赤台称为"佛台"，把昆仑泉称之为"珍珠泉"。

考古教授早就关注昆仑山。他说："昆仑山山口是青藏公路穿越昆仑山脉的必经之地，是世界屋脊汽车探险线的必经之地，昆仑六月雪观光的重要景点。过往旅行者来到这里后，都要在此驻足观赏一番。

一九五六年四月，陈毅副总理路过昆仑山时，诗兴大发，当即写了一首《昆仑山颂》：

峰外多峰峰不存，岭外有岭岭难寻。
地大势高无险阻，到处川原一线平。
目极雪线连天际，望中牛马漫逡巡。
漠漠荒野人迹少，间有水草便是客。
粒粒砂石是何物，辨别留待勘探群。
我车日行三百里，七天驰骋不曾停。
昆仑魄力何伟大，不以丘壑博盛名。
驱遣江河东入海，控制五岳断山横。

神话博士说："潘小虹，你介绍一下昆仑桥吧。"

正在与龙小宏谈天的潘小虹听见了，停顿片刻说："昆仑桥又称一步天险桥。位于格尔木南部的昆仑山下，距格尔木市约五十公里，是青藏公路上的一大险关。昆仑桥飞架于一步天险之上，全长只有四米多，是一钢筋水泥大桥。昆仑桥之壮观不在大桥本身，而在于桥下的悬岩绝壁和万丈深涧。”

机器人王小钢说：“发源于昆仑山中的由雪水和泉水汇合而成的格尔木河，从海拔四千多米的高山峡谷奔流而下，滔滔的河水将河谷的千板岩长期冲刷穿凿成了一条深四十多米、宽数米的石峡险谷，其中最窄处只有四米左右。昆仑桥两岸，绝壁相对，怪岩嶙峋；谷顶平坦，谷底幽深。人们站在桥上俯身鸟瞰，但见幽谷，险峻深邃，喷涌急湍，喧泻咆哮，雪浪激起，雷鸣阵阵，闻风丧胆。”

神话博士说：“神话是一个民族永远的精神故园，是我们民族灵魂永不枯竭的力量之泉。当一个民族文化中缺少了神话文学独特的光彩与魅力，缺乏它那无与伦比的诱惑力时，往往很难使人滋生对这个民族文化与文学的强烈的好奇与兴趣。而昆仑神话在中华民族的发展史中，就承载了这一切。”

神话博士说：“虽然，不能把神话当成实实在在的历史，但是，神话却是历史的一种折射，是人们在无法用文字记载的情况下对历史的一种特殊记载和表述方式。尽管神话故事看似非常离奇、虚无渺茫，想象夸张，或许荒唐，但它与历史已发生、发展、具有代表性和特殊性的人类生活密不可分。尤其人类处在无文字的原始时期，对已经发生过的重大历史事件及重要历史人物，只能口头相传。这是当时唯一记载历史的方式和方法。”

沈教授说：“昆仑神话的主体内容和基本表现形式有：一是流传在民间的各种各样的神话故事。二是渗透到人类生活中的诸多习俗。三是不断出土的诸多文物。四是大自然中残存的岩画、奇石、山川湖泊。五是存留在寺庙、道观中的壁画、雕塑。六是由人民群众代代传承的民间文艺和民间艺术，如歌谣、木刻、版画、雕塑、皮影、绘画、戏剧、民间曲艺、山歌等。七是通过大自然显现的各种美妙的气象、奇观。八是传承在民族心理、意识中的神话故事或片断，如梦幻、理念、理想、向往、追求、寄托、希冀等。九是通过戏剧、歌舞、电影、电视等手段展示神话故事。”

考古教授说：“昆仑神话至今富有强劲的生命力和深厚的群众基础。从其文化内涵、历史阶段、人文特色上看，昆仑神话这个文化大系是由若干个基本的神话体系组成。其中最核心、最重要的，是作为世界创始的盘古神话；作为生命起源，人类形成的女娲、西王母神话；作为开拓创新为特征的伏羲神话；作为统一而战和治理、发展社会为特征的炎黄神话；作为向更高文明过渡为特征的颛顼帝喾神话；作为以修行成佛为特征的佛教神话；作为以修炼成仙为特征的道教神话。”

黎萍说：“又说昆仑山有西王母的瑶池，到处是结有珍珠和美玉的仙树。有的书籍还说它是黄河的发源地，黄河是中国历史文化的摇篮，因此，昆仑山在古人的心目中一向被视为了不起的大山。起初人们并不知道它的确切位置，后来通过与西域交往，在新疆于田一带发现了玉石。皇帝根据古代的图书，错误地认为黄河发源于美玉产地昆仑山北麓，于是便把河源所出的山叫做昆仑山。”

黎萍以前来过昆仑山，比较注意昆仑山的信息。她说：“玉珠峰、玉墟峰均为青海省对外开放的山峰，是朝圣和修炼的圣地，一九九零年推出昆仑山道教寻祖旅游线。一九九二年以后，来自世界各地登昆仑、寻根问祖、顶礼膜拜的炎黄子孙组成的寻根团,多达上百个,有的台湾同胞连年在昆仑修炼,每年达数月之久。后又带家人进山朝拜,并投资兴建祭坛,十分虔诚。”

考古教授补充说:“近年来,我国地质工作者在昆仑山中发现了面积达一万平方公里的岩溶地貌。这片岩溶东起莫诺马哈雪峰,西止阿奇格库勒湖,长三百五十公里,宽二十到三十公里,岩溶地带山势峥嵘,形态多奇,有的石峰像祭天神坛,有的似群象、苍龙、卧虎,还有的溶沟形如甬道、走廊、长亭。其景色大可与云南石林、广西岩溶媲美。”

神话博士说:“由槐江山向西南四百里的地方是昆仑山,是黄帝在下界的都邑。昆仑山由神陆吾主管。他还管理着天上九域。有一种鹑鸟,它管理黄帝的各种器具和服饰。山上有一种名叫沙棠的树,形状同棠树相似,黄色花朵,红色果实。果实的味道像李子,但没有核。沙棠可以用来防御水灾,如果人们吃了它的果实就不会淹死。山中的蕡草形状像葵,味道像葱味,吃了它可以解除疲劳。河水发源于此,向南流去,然后再向东流入无达。赤水也发源于此,向东南流去入汜天之水。洋水也发源于昆仑山,向西南流入于丑涂之水。黑水也从昆仑山中流出,向西南流入大杅。这里生长着很多奇异鸟兽。形体像虎一样的陆吾神,说就是《海内西经》中的开明兽。《海内西经》中说,昆仑开明西北皆有凤凰。”

田幻想也看过相关昆仑山的介绍,早就仰慕昆仑山,没有想到,今天有机会到此一游。他说:“天上仙界山外有山,五色云雾缭绕其间,一派巍峨神圣之景。仙界之中有八处最大宫殿,依次为‘碧玉堂’、‘琼华宫’、‘悬圃宫’、‘阆风巅’、‘天墉城’、‘紫翠丹房’、‘玉英宫’和‘昆仑宫’,众仙居于其中,各司其职。昆仑山脉位于天上仙界的正下方,自古有通仙之路,被人间奉为圣山。古人尊昆仑山为‘万山之宗’、‘龙脉之祖’、‘龙山’、‘祖龙’,因而编织出了许多美丽动人的神话传说,是产生中华民族神话传说的摇篮。”

神话博士接着说:“在昆仑河中穿过的野牛沟,有珍贵的野牛沟岩画,距黑海不远处是传说中的姜太公修炼五行大道四十载之地。玉虚峰、玉珠峰常年银装素裹,山间云雾缭绕。位于昆仑河北岸的昆仑泉,是昆仑山中最大的不冻泉。形成昆仑六月雪奇观,水量大而稳定,传说是西王母用来酿制琼浆玉液的。发源于昆仑山的格尔木河中游,长期侵蚀千板岩,形成了峡谷绝壁相对,深几十米的一步天险奇观。奇峰亭亭玉立,传说是玉帝两个妹妹的化身。昆仑山在中华民族文化史上有‘万山之祖’的显赫地位。是明末道教混元派(昆仑派)道场所在地。是中国第一神山。”

考古教授沈早晨说:“一般的中国学者都主张古代的中国文明不是从西方传入的,而是由中国自己发展出来的。建国以后,中国政府重视考古研究,进行了许多考古发掘工作,而且发现了古代中国文明的自己发展过程。但是,大部分的考古发掘,都是在发扬民族精神的旗帜下,进行的一种有计划的发掘。当然,其结果是强调了中华民族的自豪感。”

神话博士提议:“《山海经藏宝图》没有找到。”

黎萍导游问:“沈教授,《山海经》里面多次提到昆仑山,是不是指我们刚才去过的昆仑山。”

沈教授说:“我以为不是《山海经》里多次提到的昆仑山,有一个是指青城山。”

神话博士说："我们去一趟青城山吧。"

神话博士的话得到大家的赞同。

神话博士介绍："千百年来，正是由于昆仑山的高远神秘，众多的神话故事皆出自于此。女娲炼石补天，白娘偷盗仙草，精卫填海，嫦娥奔月，无不是优美动听的昆仑神话。"

山幽青城

沈教授、神话博士、黎萍等带着"山海经神话考古体验游"小组的成员来到了青城山。这个青城山位于四川省都江堰市西南、成都平原西北部。都江堰风景区内，距成都六十八公里，距都江堰市区十六公里。古称丈人山，为邛崃山脉的分支。青城山靠岷山雪岭，面向川西平原。主峰老霄顶海拔一千二百六十米(二〇〇七年测到的数据)。全山林木青翠，四季常青，诸峰环峙，状若城郭，故名青城山。丹梯千级，曲径通幽，以幽洁取胜，自古就有"青城天下幽"的美誉。与剑门之险、峨眉之秀、夔门之雄齐名。青城山背靠千里岷江，俯瞰成都平原，景区面积二百平方公里。古人记述中，青城山有"三十六峰""八大洞""七十二小洞""一百零八景"之说。

神话博士说："我们沿着都江堰顺流而上，就进入了岷山山脉。根据有的专家考证，岷山就是《山海经》里所说的'昆仑山'。最近四川成都又有专家著书立说，引经据典，言之凿凿，称所谓的昆仑山，就是成都近郊的青城山。"

龙小宏说："除此之外，有人称在贵州也有一处叫昆仑的地方。晋陕地区也不甘落后，据说也有古昆仑山的遗迹。也就是说，在中国的大江南北、黄河上下，都存在着昆仑山的遗迹。真有那么多昆仑山吗？"

沈教授说："昆仑山是中国古代文明的摇篮，提起昆仑，人们的印象是在新疆南部。传说女娲就是采昆仑的五彩石补天。可我们如果深入考证，就会发现，在中国境内，昆仑竟然有十几处之多。《山海经》中多次提到昆仑。《山海经·西次三经》载：'又西三百里，约槐江之山……南望昆仑，其光熊熊，其气魂魂。西望大泽，后稷所潜也。'《海内西经》也载：'海内昆仑之虚，在西北，帝之下都。昆仑之虚，方八百里，高万仞。'《海外南经》中又提到：'昆仑虚在其东，虚四方，一曰在岐舌东，为虚四方。'"

夏青教授说："自古海内昆仑有葱岭、祁连、昆仑(今天的昆仑)、岷山、巴颜喀拉山之说。这些都说明海内昆仑在中国的大西北。"

神话博士说："所谓昆仑，就是'天'的意思，或者是'倚天之柱'的意思。这样看来，昆仑已经不是一座山的概念，它成了一种象征。'昆仑'总是和远古时期的神话传说联系在一起。在古人看来，昆仑就是天地之交的结点，一切都始于此，人类的文明就起源于此。因此，确定昆仑在何处，也是在确定人类文明的起源。从这个意义上讲，昆仑的概念就变得非常重要。"

田幻想说："我喜欢看武侠小说。青城山在金庸的武侠小说中是个大大有名的地方，也是产生道家武功的地方。"

欧阳旭说："和昆仑差不多地位的还有泰山。我们中国的古人特别会走捷径，图省事儿。他们也许是懒得在中国四处寻找新的泰山，干脆搬一块石头放到家门口，石头上刻着"泰山石敢当"，就算把泰山搬到了家里，于是可能大半个中国都有了泰山。由此也可以这样认为，九百六十万平方公里，有一种自古以来就存在的共同取向，一种民族文化的同源意识。到处都是昆仑山。"

沈教授说："《古道寻踪》反映，二〇〇五年中国科学院生态与地理研究所、中国社会科学院考古所的专家和中央电视台记者组成的科学考察队，曾对地处甘肃的祁连山山脉进行过考察。祁连山也是很多古书中所谓的昆仑山，它的很多地形地貌与《山海经》中描述的昆仑十分相像。'昆仑'和'祁连'的语义都是'天象之大'，所以祁连山还有个名字叫'天山'。唐代李白《关山月》诗中有'明月出天山'句。'天山'指的就是祁连山，而非新疆那座天山。《淮南子·坠形训》中对古昆仑还有一段描写：'昆仑之丘，或上倍之，是谓凉风之山，登之而不死；或上倍之，是谓悬圃，登之乃灵，能使风雨；或上倍之，乃维上天，登之乃神，是谓太帝之居。'祁连就是登天之梯，祁连主峰名'天梯山'。"

夏青教授一直在考虑，没有说话。这时，他终于开口了。他说："有人说'祁连'是'昆仑'一词演化来的。直到秦汉之际，匈奴侵入河西后，'祁连'这一词汇才开始出现。'祁连'是'昆仑'的匈奴语转音或意译。祁连山即古昆仑山。《山海经》叙述昆仑时曾提到羿，说'羿求不死之药于西王母，嫦娥窃以奔月。'"

神话博士说："所谓'弱水'，《山海经·大荒西经》载：昆仑之丘'其下有弱水之渊环绕之'。从这一句话可以看出，'弱水'并不是孤单单的一条河，它与周围许多条河相连，或者说'弱水河'是整个水系的主流。由此还可以看出，它在两千年以前应该是一条河水滔滔、奔腾澎湃的大河。郭璞注曰：'其水不胜鸿毛。'《十洲记》云：'鸿毛不浮，不可越也。'《玄中记》也指其'鸿毛不能载'。也就是说，这条河水流湍急，连大雁的羽毛落在水上都会沉下去。关于这方面的描写，很容易让人们想起《西游记》中唐僧与孙悟空、猪八戒经过的流沙河。也许流沙河的名字就是从这里来的。据早年记载，这条河里曾捕到过近三米长的大鱼而这条河的终点——居延海直到二十世纪八十年代，还有'年产二十万斤鱼'的记录。"

沈教授接着说："《古道寻踪》反映，古人对地域的里程概念并不像现在这样清楚。如果从中原的政治经济中心所在地算起，到祁连山脚下，至少有一千六百公里左右。如果按日行三十至四十公里的速度来算，也要走上五十天左右。试想一个连续行走了五十多天、人困马乏的队伍，当看到眼前高耸入云、雪峰绵延的祁连山时，会作何感想。他们发出：'呜呼哉，万仞山峰，舍昆仑其谁？'于是一个新的昆仑山概念就此产生了。"

神话博士问："如果说祁连山就是昆仑，那么，周穆王驾八骏去西方会王母娘娘，他的路程需要大打折扣了。周穆王真的是在祁连山脚下见到王母娘娘吗？同样是《山海经》，说王母娘娘在昆仑山宴请周穆王。周穆王离开时，西王母还送了好几车玉石。是不是祁连山下也有产玉的地方吗？"

夏青教授说："其实祁连山还真的出产玉石，最有名的就是用这种玉石做的'夜光杯'。难道说周穆王千里迢迢用八骏拉回京都的不是和田玉，而是祁连玉吗？”

龙小宏说：“在汶川大地震的时候，我们记者去参加救援活动。当地的考古学家告诉我们，岷山就是《山海经》里记载的昆仑山。由此，都江堰的河水也就是《山海经》里所谓的弱水。根据专家考证，《山海经》一书就出自蜀地。”

神话博士说：“《山海经·海内经》、《淮南子·坠形训》这些古文献讲到昆仑时，都不约而同提到‘都广’和‘建木’两个词。《山海经》等所描述的‘都广之野’据说是天地的中心，传说建木是沟通天地人神的桥梁。”

欧阳旭说：“是啊！伏羲、黄帝等众帝都是通过这一神圣的梯子，上下往来于人间和天庭的。在广汉三星堆中出土的青铜神树上，有枝叶、花卉、果实、飞禽、走兽、悬龙、神铃等。专家认为，这种神树的原型，有可能就是建木。”

夏青教授说：“我们注意到，在有关昆仑山的描述中，首先都是当时国家所能控制的最偏远的疆界。在周朝的时候，周穆王西行至昆。如果按照当时周朝的疆界来看，西部最远之处恐怕也就是祁连山了，那里就是古人认为的地之涯，天之边。到了汉朝，疆域进一步扩大，新疆天山一带，可以视为昆仑；往西南去，蜀地岷山，也可以视为昆仑。清朝的疆域就更大了，这时的昆仑也就是我们现在新疆南部的喀喇昆仑直到青海。可是在明朝末年，国力明显衰弱，所能控制的疆域也在缩小，所谓昆仑山所在地，也由新疆的南部收缩到了青海。”

考古教授说：“在古籍中，有关昆仑的记载中所涉及的河流，或者所谓的‘弱水’，是一条由南向北淌的大河。祁连山脉的黑河符合以上条件。岷山山脉中有一条岷江，其流向也有由南向北的趋势。当然，现在地图上的昆仑山，无论是白玉河还是青玉河，流向也都是由南向北的。”

黎萍说：“由于李冰治水成功，在民间就流传了许多关于李冰的故事传说。相传李冰上任之后，听说成都附近的江神年年要娶新妇，就把自己的两个女儿打扮起来，准备送给江神。但是江神毫无动静。李冰大怒，奋力拼杀，终于杀死由江神变成的苍牛。后来，李冰塑造了三个大石人放在江心，并与江神约定：水枯的时候不能低于石人的脚背，水涨的时候不能超过石人的肩头。另外，李冰还刻了五条石牛作为自己的化身，沿江放置石牛，来镇守江面，不让江中的妖怪作恶。又传说，古时的岷江中恶龙为害，李冰的儿子二郎带领海山七圣去降龙。一场恶斗下来，七圣和猎狗哮天犬全部战死，恶龙也身负重伤向南逃去。二郎追到青城山，不见了恶龙的踪影，坐在一块大石头上休息，遇到一位老婆婆。老婆婆知道他是李冰的儿子，为了捉住恶龙来到此地，就对他热情接待，烧好了面条请他吃饱肚子。不久，化作人形的恶龙也来到老婆婆的家，向老婆婆乞求食物充饥。老婆婆一眼就看出这是一条恶龙，也煮了一锅面条让它吃。谁知，面条到了恶龙的肚子里，都变成了带铁钩的链条，将恶龙从肚子里锁起来，使它不得不束手就擒。至今，青城山下还有李二郎坐过的屁股印，和恶龙打滚的‘滚龙槽’这两处遗迹。”

黎萍还介绍，在都江堰上还跨了一条安澜桥。安澜桥又称夫妻桥，民间流传着夫妻二人立志修桥的动人故事。说的是清代嘉庆年间，川西韩家坝的私塾先生何先德决心重修破败了的安澜桥。他向各方募集资金，带领百姓动工修建，触犯了摆渡口渡头的利益。渡头就勾结官府，以

"草菅人命"的罪名，把何先生抓到牢里，后来死在牢中。他的妻子决心继承夫志，继续请工匠修桥，终于建成了一座新桥。这座桥以石头和木排做桥墩，用粗竹缆为栏，每隔十米竖木板紧固栏缆，桥身安稳可靠。人们为了感谢这一对造福人民的夫妻，就把这座新桥称之为"夫妻桥"。还有人为此写了一首诗："夫妻桥上过夫妻，夫唱妻随颂夫妻；妻承夫志完大业，长虹百代跨东西。"还有人把这一对夫妻造桥的故事编成川剧，至今这出戏还在四川各地上演，甚至还到北京上海等地演出过。

黄梅到过青城山，再来青城山，旧地重游，十分感慨："青城山分前、后山。前山是青城山风景名胜区的主体部分，约十五平方公里，景色优美，文物古迹众多，主要景点有建福宫、天然图画、天师洞、朝阳洞、祖师殿、上清宫等；后山总面积一百平方公里，水秀、林幽、山雄，高不可攀，直上而去，冬天则寒气逼人，夏天则凉爽无比，蔚为奇观。主要景点有金壁天仓、圣母洞、山泉雾潭、白云群洞、天桥奇景等。"

黎萍说："自古以来，人们以'幽'字来概括青城山的特色。青城山的峰峦、溪谷、宫观，皆掩映于苍翠的林木之中。道观亭阁取材自然，不假雕饰；山林岩泉，融为一体，朴素自然，体现出道家崇尚自然的风格。青城山的日出、云海、圣灯，特色鲜明，堪称三大自然奇观。其中，圣灯，又称神灯，尤为奇特。每逢夏日，雨后天晴，夜幕降临，上清宫附近，圣灯亭内，可见山中光亮点点，闪烁飘荡，忽生忽灭，或三五成群，或成百上千，山谷辉煌，灿若星汉。"

神话博士说："传说是'神仙都会'青城山的神仙为了朝贺张天师，点亮灯笼，称为圣灯。实际上，这只是山中磷氧化燃烧的自然景象。青城之幽，文人墨客，推崇备至。唐代'诗圣'杜甫，来到青城山，留下'自为青城客，不唾青城地。为爱丈人山，丹梯近幽意'的佳句。一九四〇年前后，当代国画大师张大千举家寓居青城山上清宫。他寻幽探胜，泼墨弄彩，作品愈千幅，还篆刻图章一方，自号'青城客'。六十年代，张大千在远隔重洋的巴西圣保罗画巨幅《青城山全图》，供自己及家人卧游。晚年自云：'看山还故乡青'，'而今能画不能归'，终身对故乡青城仙山，充满着眷恋之情。"

王丽君对青城山也不陌生。她说："青城山是中国首批公布的风景名胜区之一。一九八二年，作为四川青城山——都江堰风景名胜区的重要组成部分，被国务院批准列入第一批国家级风景名胜区名单。二〇〇七年五月八日，成都市青城山——都江堰旅游景区，经国家旅游局正式批准为首批国家5A级旅游景区。"

神话博士建议："素有'拜水都江堰，问道青城山'之说。二〇〇〇年十一月，青城山与都江堰根据文化遗产遴选标准，被列入《世界遗产名录》。现在请机器人王小钢给我们介绍青城山与张道陵。"

机器人王小钢说："先生们，女士们，你们好！我给大家介绍青城山与张道陵。"

——青城山是中国著名的道教名山，中国道教的发源地之一，自东汉以来历经两千多年。东汉顺帝汉安二年（公元一四三年），"天师"张道陵来到青城山，选中青城山的深幽涵碧，结茅传道，青城山遂成为道教的发祥地，被道教列为"第五洞天"。全山的道教宫观以天师洞为核心，包括建福宫、上清宫、祖师殿、圆明宫、老君阁、玉清宫、朝阳洞等，至今完好地保存的有数十座道教宫观。在青城山景区随处可见，一个“幽”字的主形态，结合了三炷香(道教)和“山”字。青城山标志表达了道教名山的涵义和“青城天下幽”的宣传口号。

——张道陵，原名张陵，客居四川，学道于鹤鸣山中。依据《太平经》造作道书，自称出于太上老君口授，并根据巴蜀地区少数民族的原始宗教信仰，奉老子为教主，以《道德经》为经典，创立了“五斗米道”，又称“天师道”，被后世尊为天师，改其名为张道陵。传说道教天师张道陵晚年显道于青城山，并在此羽化。此后，青城山成为天师道的祖山，全国各地历代天师均来青城山朝拜祖庭。天师道经过张陵及其子孙历代天师的创建和发展，逐渐扩及全国。晋隋时期，天师道有北天师道和南天师道的兴起和地区教派的产生。青城山所传属于南天师道的正一教派。

——至唐末，著名道士杜光庭来青城山，天师道传统乃与上清道结合。上清道宣称修行得道可升“上清天”，比旧天师道理想的“太清境”更高。杜光庭后来在前蜀皇帝王建手下做官，官至光禄大夫尚书户部侍郎，封上柱国蔡国公，晚年居青城山近三十年，著书立说，对道教的发展影响很大。

黄梅说：“天然图画坊位于龙居山牌坊岗的山脊上，是一座十角重檐式的亭阁，建于清光绪(公元一八七五至一九〇九年)年间。这里风景优美，游人到此仿佛置身画中，故将其称为‘天然图画’。天然图画位于建福宫与天师洞之间，海拔八百九十三米，两峰夹峙。游人至此，可见亭阁矗立于苍崖立壁、绿荫浓翠之间，如置身画中。亭阁后面常有丹鹤成群，唳于山间的驻鹤庄；右有横石卧于两山之间的悬崖上，被称为“天仙桥”，传为仙人聚会游戏处。老君阁造像，以徐悲鸿当年在青城的遗作《紫气东来》(老子跨青牛出关图)为蓝本，经许多学者、艺术家和鉴赏家精研，并由青城山道友绘制、塑造而成。老君像高十三点六米，连牛身通高十六米。悉按古典建筑规范，用钢筋水泥浇铸，精铜包里，金光炫目，栩栩如生。自古及今，绝无仅有，乃融老子为古代思想家、哲学家及古老朴素唯物辩证相对论者之道教祖师光辉造像。”

最后，考古教授进行小结：“青城后山景区位于青城山后，都江堰市泰安乡境内。以水秀、林幽、山雄、石怪为奇观的自然风景区。景区内有神秘的溶洞、雄奇的蓥华、秀丽的味江，罕见的古墓群和大蜀王遗址、名庵古寺。此处集山、水、洞、廊、林为一体，可与青城前山媲美。景区全程二十余里，有上山索道可使游客节省一半路程，便能欣赏到青城后山大部分景观。近年还新建了各类宾馆，为游客开辟了许多全新的旅游项目。青城后山还是蜀茶的著名产地。”

“《山海经藏宝图》在青城山上没有找到踪迹。”机器人王小钢说道。神话博士不以为然：“你没有我，怎么知道呢？”

机器人王小钢解释：“刚才我沿途用探测仪搜寻了一遍，不见《山海经藏宝图》的踪迹。”

十九、海内四经

海内南经

神话博士、考古教授、黎萍导游、田幻想、龙小宏、王丽君、方艳红、黄梅、杨扬、与机器人王小钢、潘小虹分别穿着魔衣、魔幻背心，打开梦幻功能开关，来到了《海内南经》中描绘的地方。

神话博士说："海内由东南角向西的国家地区、山丘河川依次如下。瓯在海中。闽在海中，它的西北方有座山。另一种说法认为闽地的山在海中。三天子鄣山在闽的西北方。另一种说法认为，三天子鄣山在海中。桂林的八棵树很大，而形成树林，处在番隅的东面。伯虑国、离耳国、雕题国、北朐国都在郁水的南岸。郁水发源于湘陵南山。另一种说法认为伯虑国叫做柏虑国。"

他们来到枭阳国，北朐国的西面。那里的国民是人的面孔，有长长的嘴唇，黑黑的身子有长毛，脚跟在前而脚尖在后，一看见人就张口大笑；左手握着一根竹筒。兕在帝舜葬地的东面，在湘水的南岸。兕的形状像一般的牛，通身是青黑色，长着一只角。苍梧山，帝舜葬在这座山的南面，帝丹朱葬在这座山的北面。

神话博士看见：泛林方圆三百里，有很多猩猩在那里生活，神话博士走近猩猩时，听见一个猩猩喊："神话博士。"真稀奇！猩猩能知道人的姓名。这种野兽的形状像一般的猪，却长着人的面孔，生活在帝舜葬地的西面。猩猩的西北面有犀牛，它的形状像一般的牛，全身是黑色。夏朝国王启的臣子叫孟涂，是主管巴地诉讼的神。巴地的人到孟涂那里去告状。告状人中，有谁的衣服沾上血迹，就被孟涂拘禁起来。这样，就不会出现冤案。孟涂住在一座山上。这座山在丹山的西面。

丹山在丹阳的南面，而丹阳是巴的属地。窫窳长着龙一样的头，住在弱水中，处在能知道人姓名的猩猩的西面。它的形状像貙，长着龙头，能吃人的。有一种树木，形状像牛，一拉就剥落下树皮，样子像冠帽上缨带、黄色蛇皮。它的叶子像罗网，果实像栾树结的果实，树干像刺榆，名称是建木。这种建木生长在窫窳所在地之西的弱水边上。

沈教授、神话博士一行人来到了氐人国。氐人国在建木所在地的西面。龙小宏大惊小怪地叫起来:“哎呀！这里的人都长着人的面孔,却是鱼的身子,没有脚。”

田幻想也惊叫起来:“这是什么大蛇,正在吞食大象呢？”沈教授解释:“这是《山海经》中描绘的巴蛇。”巴蛇能吞下大象,吞吃后三年才吐出大象的骨头。有才能德品的人吃了巴蛇的肉,就不患心痛或肚子痛之类的病。这种巴蛇的颜色是青色、黄色、红色、黑色混合间杂的。巴蛇是黑色身子青色脑袋,在犀牛所在地的西面。

旄马,形状像普通的马,但四条腿的关节上都有长毛。旄马在巴蛇所在地的西北面,一座高山的南面。匈奴国、开题国、列人国都在西北方。

海内西经

海内西南陬以北者。贰负之臣曰危,危与贰负窫窳。帝乃梏之疏属之山,桎其右足,反缚两手与发,系之山上木。在开题西北。

王丽君说:“大泽方圆一百里,是各种禽鸟生卵孵化幼鸟和脱换羽毛的地方。大泽在雁门的北面。雁门山,是大雁冬去春来出入的地方。雁门山在高柳山的北面。”

方艳红说:“高柳山在代地的北面。后稷的葬地,有青山绿水环绕着它。后稷葬地在氐人国的西面。”

龙小宏说:“流黄酆氏国,疆域有方圆三百里大小。有道路通向四方,中间有一座大山。流黄酆氏国在后稷葬地的西面。”

田幻想说:“流沙的发源地在钟山,向西流动而再朝南流过昆仑山,继续往西南流入大海,直到黑水山。”

杨扬说:“东胡国在大泽的东面。夷人国在东胡国的东面。貊国在汉水的东北面。它靠近燕国的边界,后来被燕国灭掉了。”

黄梅说:“孟鸟在貊国的东北面。这种鸟的羽毛花纹有红、黄、青三种颜色,向着东方。”

海内北经

田幻想说:“海内由西北角向东的国家地区、山丘河川依次如下。蛇巫山,上面有人拿着一根棍棒向东站着。另一种说法认为,蛇巫山叫做龟山。这里提到了西王母。说的是,西王母靠倚着小桌案而头戴玉胜。在西王母的南面有三只勇猛善飞的青鸟,正在为西王母觅取食物。西王母和三青鸟的所在地是在昆仑山的北面。”

杨扬打开了魔幻背心的隐形功能,她看得见上古神仙,神仙发现不了她。此刻,她看见——

西王母的形状“像人”，却有豹子一样的尾巴，老虎一般的牙齿，善于长 呼短啸。头发蓬松，顶戴盔甲，是替天展现威猛严厉及降临五种灾害的神祇。她住在“昆仑之丘”的绝顶之上，有三只叫做“青鸟”的巨型猛禽，每天为她叼来食物和用品。

黄梅也打开魔幻背心的梦幻功能开关，隐身功能开关，她看见神人大行伯，手握一把长戈。在他的东面有犬封国。贰负之尸也在大行伯的东面。犬封国也叫犬戎国，那里的人都是狗的模样。犬封国有一女子，正跪在地上捧着一杯酒食向人进献。那里还有文马，是白色身子红色鬃毛，眼睛像黄金一样闪闪发光，名称是吉量。骑上它就能使人长寿千岁。

黎萍说：“鬼国在贰负之尸的北面，那里的人物是人的面孔，却长着一只眼睛。另一种说法认为，贰负神在鬼国的东面，他是人的面孔而蛇的身子。蜪犬的形状像一般的狗，全身是青色，它吃人是从人的头开始吃起。穷奇的形状像一般的老虎，却生有翅膀。穷奇吃人是从人的头开始吃。正被吃的人是披散着头发的。穷奇在蜪犬的北面。另一种说法认为，穷奇吃人是从人的脚开始吃起。”

沈教授也忍不住插话了。他说：“这个穷奇，是不是有人通过时光隧道，将其运送到现代社会？我们可查看一下。”

王丽君说：“帝尧台、帝喾台、帝丹朱台、帝舜台，各自有两座台，每座台都是四方形，在昆仑山的东北面。”

方艳红说：“有一种大蜂，形状像螽斯；有一种朱蛾，形状像蚍蜉。蟜，长着人的身子却有着老虎一样的斑纹，腿上有强健的小腿肚子。蟜在穷奇的东面。另一种说法认为，蟜的形状像人，是昆仑山北面所独有的。”

方艳红在讲述之前，田幻想将《海内北经》讲述了一遍，所以，她的讲话充满底气。

杨扬说：“阘非，长着人的面孔却是兽的身子，全身是青色。天神据比的尸首，形象是折断了脖子而披散着头发，没了一只手。”

黄梅说：“我看见了，《海内北经》的几种野兽太奇特。环狗，是野兽的脑袋人的身子。刺猬的样子而又像狗，全身是黄色。袜，这种怪物长着人的身子、黑色脑袋、竖立的眼睛。戎，长着人的头而头上却有三只角。林氏国有一种珍奇的野兽，大小与老虎差不多，身上有五种颜色的斑纹，尾巴比身子长，名称是驺吾。骑上它可以日行千里。”

龙小宏很注意黄梅。他看见黄梅讲话了，觉得应该跟上去。他说：“昆仑山南面的地方，有一片方圆三百里的氾林。从极渊有三百仞深，只有冰夷神常常住在这里。冰夷神长着人的面孔，乘着两条龙。从极渊叫做忠极渊。阳污山，黄河的一条支流从这座山发源；凌门山，黄河的另一条支流从这座山发源。”

黎萍说：“王子夜的尸体，两只手、两条腿、胸脯、脑袋、牙齿，都斩断而分散在不同的地方。帝舜的妻子登比氏生了宵明、烛光两个女儿，她们住在黄河边上的大泽中。两位神女的灵光能照亮这里方圆百里的地方。”

杨扬说：“盖国在大燕国的南面，倭国的北面。倭国隶属于燕国。朝鲜在列阳的东面，北面有大海而南面有高山。列阳隶属于燕国。列姑射在大海的河州上。姑射国在海中,隶属于列姑射。射姑国的西南部,高山环绕着它,大蟹生活在海里。"

打开梦幻功能的田幻想,看见了陵鱼,人的面孔,而且有手有脚,却是鱼的身子,生活在海里。大鯾鱼也生活在海里。

方艳红看见蓬莱山屹立在海中。大人贸易的集市在海里,兴奋得直叫:"太奇了。"

王丽君问:"怎么没有看见三青鸟?"神话博士说:"三青鸟是中国古代神话中的神鸟,色泽亮丽、体态轻盈。传说为女神西王母的使者。共三只。又称三鸟。三青鸟是凤凰的前身,本为多力健飞的猛禽。后渐传为色泽亮丽,体态轻盈的小鸟,是具有神性的吉祥之物。汉代画像砖上常见于西王母座侧。"

三青鸟是有三足的神鸟,人间既不能相见,唯望在蓬莱仙山可以再见,但是蓬莱无路,只有靠青鸟传信。传说西王母驾临前,总有青鸟先来报信。"青鸟不传云外信,丁香空结雨中愁",文学上,青鸟是被当作传递信息的使者。后人将它视为传递幸福佳音的使者。

海内东经

海内由东北角向南的国家地区、山丘河川依次如下。大燕国在海内的东北角。在流沙中的国家有埻端国、玺国,都在昆仑山的东南面。埻端国和玺国是在海内建置的郡,不把它们称为郡县,是因为处在流沙中的缘故。在流沙以外的国家,有大夏国、竖沙国、居繇国、月支国。

沈教授说:"西方胡人的白玉山国在大夏国的东面,苍梧国在白玉山国的西南面,都在流沙的西面,昆仑山的东南面。昆仑山位于西方胡人所在地的西面。总的位置都在西北方。雷泽中有一位雷神,长着龙的身子人的头,他一鼓起肚子就响雷。雷泽在吴地的西面,都州在海里。一种说法认为都州叫做郁州。琅邪山位于渤海与海岸之间,在琅邪台的东面。琅邪台的北面有座山。"

田幻想说:"另一种说法,认为琅邪山在海中。韩雁在海中,又在都州的南面。始鸠在海中,又在韩雁的南面。会稽山在大越的南面。从岷山中流出三条江水,大江从汶山流出。北江从曼山流出,南江从高山流出。高山坐落在成都的西面。三条江水最终注入大海,入海处在长州的南面。浙江从三天子都山发源,三天子都山在蛮地的东面,闽地的西北面,浙江最终注入大海,入海处在馀暨的南边。庐江也注入长江,入江处在彭泽的西面。一种说法认为在天子鄣。淮水从馀山发源,馀山坐落在朝阳的东面,义乡的西面。淮水最终注入大海,入海处在淮浦的北面。湘水从帝舜葬地的东南角发源,然后向西环绕流去。"

神话博士说:"湘水最终注入洞庭湖下游。一种说法认为注入东南方的西泽。汉水从鲋鱼山发源,帝颛顼葬在鲋鱼山的南面,帝颛顼的九个嫔妃葬在鲋鱼山的北面,有四条巨蛇卫护着它。蒙水从汉阳西面发源,最终注入长江,入江处在聂阳的西面。温水从崆峒山发源,崆峒山坐落在临汾南面,温水最终注入黄河,入河处在华阳的北面。颍水从少室山发源,少室山坐落在雍氏的南面，颍水最终在西鄢的北边注入淮水。”

沈教授说：“一种说法，认为在緱氏注入淮水。汝水从天息山发源，天息山坐落在梁勉乡的西南，汝水最终在淮极的西北注入淮水。还有一种说法，认为入淮处在期思的北面。泾水从长城的北山发源，北山坐落在郁郅长垣的北面，泾水最后流入渭水，入渭处在戏的北面。渭水从鸟鼠同穴山发源，向东流入黄河，入河处在华阴的北面。白水从蜀地流出，然后向东南流而注入长江，入江处在江州城下。”

神话博士说：“从象郡镡城的西面发源，向东流而注入长江，入江处在下隽的西面，最后汇入洞庭湖中。赣水从聂都东面的山中发源，向东北流而注入长江，入江处在彭泽的西面。泗水从鲁地的东北方流出，然后向南流，再往西南流经湖陵的西面，然后转向东南而流入东海，入海处在淮阴的北面。郁水从象郡发源，然后向西南流而注入南海，入海处在须陵的东南面。肄水从临晋武的西南方流出，然后向东南流而注入大海，入海处在番禺的西面。潢水从桂阳西北的山中发源，向东南流而注入肄水，入肄处在敦浦的西面。洛水从上洛西边的山中发源，向东北流而注入黄河，入河处在成皋的西边。”

沈教授说：“从上窳的北面流出，然后向西南流而注入黄河，入河处在皮氏的南面。沁水从井陉山的东面发源，向东南流而注入黄河，入河处在怀的东南面。济水从共山南面的东丘发源，流过钜鹿泽，最终注入渤海，入海处在齐地琅槐的东北面。潦水从卫皋的东面流出，向东南流而注入渤海，入海处在潦阳。虖沱水从晋阳城南发源，然后向西流到阳曲的北面，再向东流而注入渤海，入海处在章武的北面。漳水从山阳的东面流出，向东流而注入渤海，入海处在章武的南面。”

田幻想忽然问：“我们在《海内四经》描绘的地方，为什么不见《山海经藏宝图》的踪影？”

沈教授说：“《藏宝图》应在山洞里，不在海域，所以，不见《山海经藏宝图》很正常。”

神话博士说：“我们这次行动是为了考察《山海经》的地理与物产，很有收获，值得。”

二十、武当神山

真武大帝

沈教授说："《山海经》里提到的玄武，就是后来的真武大帝，他得道成仙之地是武当山。而真武大帝的降生很有传奇色彩。那一天，善胜皇后正在御花园里游玩观景，忽听得空中一声巨响，只见青天闪开一扇门，众位仙人捧出红红的太阳，朝下一扔，一道金光，飞到她的面前。刹那间，那太阳变成了一个红果子，'哧溜'钻进她嘴里，'咕嘟'滑进了肚里。从此，善胜皇后便有了身孕。整整怀了十四个月，到了次年三月初三的正当午时，善胜皇后忽然感到肚子疼起来，同时天地猛一亮，皇后左胁便裂开一个大口子，从里面跳出一个又白又胖的娃娃。那娃娃落地就懂人事，先亲亲热热喊了一声'爹爹'，又亲亲热热喊了一声'妈妈'。顿时引来了龙飞凤舞，百花盛开，山欢水笑。举国上下都在欢庆：真武太子降生了。"

沈早晨教授、夏青教授带着田幻想、龙小宏一行到了武当山。沈早晨教授曾经到过十多次武当山，而夏青教授曾在武当山住了一个暑假，他对武当山道教文化颇有研究。

夏青教授说："武当山，道教名山，相传是真武大帝修仙得道之地。有'非真武不足当之'之谓，故名。那么，真武又是从何而来呢？这要从他的出生说起。"

——原来天的西头，大海的那边，有一个美丽的净乐国。国王为政清廉，善胜皇后心里善良，他们把这个国家治理得太太平平。真武生来聪明，相貌出众。他饱读群书，过目成诵；他身材魁梧，武艺高强。人们都称赞他、敬仰他，说他定是将来的好国王。可是他偏偏不肯继承王位，却到处求师学道，想要成仙升天。国王和皇后都曾百般劝阻，可他怎么也不听，执意走自己选定的道儿。

有天，他来到御花园，花丛中忽然走出一位紫衣道人，对太子说："想得道成仙，得要断绝酒色财气，避开红尘世界，越过大海往东走，那里有一座武当山，是你修道的好地方。"

说罢，就不见了。原来那道人是玉清圣祖紫元君的化身。那时候，太子真武才 15 岁。他离开了娇养他的父母，舍弃了优厚的皇家生活，孤身一人，乘舟苦渡，终于来到了武当山。

善胜皇后舍不得儿子离开，太子在前面走，她在后边追，不避风雨，不分昼夜。追啊追，一直追到武当山的山坡上，眼看太子就在对面，她就大声喊："儿呀，快转来！"

喊了十八声，却下了十八步。太子在对面连应了十八声，却连上了十八步，不让母亲追上他。这地方就是现在的"太子坡"和"上下十八盘"。

善胜皇后喊不转儿子，心里急，跑得快，越追越近，到底抓住了他的衣角，拼死不放，非要他回宫不可。太子爱母亲，不愿让她伤心落泪，可又觉得修炼要紧，不肯轻易改变主意。于是，他拔出宝剑，扭回头，朝着母亲拉着的衣角轻轻一挑，割开了。皇后落了空，松开手，那衣角便腾空飞起来，随风飘荡，最后落到汉江上游的江水中，变成了"大袍山"和"小袍山"。

常言说：母子连心。看着儿子就要丢失了，皇后还是不死心，继续追赶。她越跑越快，一心要扑上去，把儿子拉住。这时候，太子举起宝剑照着身后的大山猛一劈，只听"轰"的一声震天价响，高山立刻分成了两半，中间现出一条河来，把母子分隔在了两岸。这条河就叫"剑河"。

皇后见再也追不上儿子了，恸哭不止，泪如雨下，竟在地下冲了个大坑。后来，人们就在这里修了个"滴泪池"。真武终于登上武当山，苦苦修炼了好几年，把道经念得滚瓜烂熟，倒背如流，可还是没能得道成仙。难呀！他灰心丧气，心想：深山修炼，远远不如坐享荣华富贵，还是回宫去当太子吧。便下山往回走去。

一路上，只见天气阴沉，耳边乌鸦"哇哇"叫个不停。他心里乱糟糟的感到烦恼，想找人说说心事，商量商量。可是，这里是荒山野坳，不见人烟，能和谁去商谈呢？

说来也巧，这时候，前边不远处突然出现了一个老太太。她低着头，双手抱个铁杵，正在井边的石头上，不紧不慢地磨呢。太子觉得奇怪，上前问道："您磨这大的铁杵做什么呀？"

老太太头也不抬，边磨铁杵，这回答他说："想磨成一根绣花针哩！"

太子觉得好笑，说道："您太迂腐了。只怕到您入土，也磨不成针呢！老太太呀，我看您就别费这种冤枉工夫啦！"

老太太既不生气，也不泄气，还是不紧不慢地磨着铁杵说："磨一下，它就小一点，只要工夫深，自会磨成绣花针嘛。"

真武心里猛然一亮，想："修仙求道，不也和这铁杵磨针的道理一样吗？"

想要感谢老太太的指教时，那老太太已经升上云头了。她真诚说道："聪明人，一句嫌多；糊涂人，百句嫌少。"哈哈一笑，就不见了。

原来，那老太太又是紫元君来点化真武，紫元君留下的两根铁杵，至今还放在"磨针井"大殿门口。

真武省悟了，复回山中，住在南岩认真修炼。他从早到晚，静心端坐，任凭鸟儿在头上做窝、生蛋、孵化，也一动不动。身边的荆棘由小长大，通过他的脚板，又沿着脉络，从胸口长出来，开花结果，他依然聚精会神地修道。他常年不吃五谷，肚子和肠子在肚里闹腾。他就把肠子和肚子抓出来扔了。就这样，他整整修炼了四十二年。

那一天，是九月初九，天上布满祥云，空中散着天花，林间仙乐缭绕，谷里异香扑鼻。真武只觉心里特别明，眼特别亮，胸中恍若水晶，一尘不染；身躯像是流云，随时都可飘飞。他知道，这是要升仙了，准备腾空飞去。这时候，忽然有一个绝代美女来到面前。她手捧金盘、玉杯，娇声娇气，请真武用茶。真武丝毫不为那女子所动，只是觉得她轻浮、讨厌。他“嗖”的一声拔出宝剑，喝道：“你要是良家女子，就该庄重、自爱。再敢轻举妄动，定斩不饶！”

这时候，龙小宏心动了，说：“深山老林，难得遇一美女，这个真武真傻。”

夏教授没有理睬龙小宏，继续讲故事。

——那女子又怕又羞，满脸通红，简直无地自容。于是，她纵身一跳，扑下了万丈悬崖。真武后悔起来，觉得不该逼人丧生；认为只有赔她一条性命，才不愧这修行四十二年的功德。于是，便也随着她朝崖下跳去。

这个时候，田幻想也发话了：“又不是你逼她跳的，何苦自己来赔她一条性命，更傻。”

没有料到，真武落下时，却被五条龙捧住，又见那女子也站在云头上。原来她还是紫元君变的，是最后来试他的心的。“徒弟，你到底得道成仙了！”

夏青教授接着讲：“紫元君非常高兴地说。说着便引真武升上天宫。后来，人们就把这个地方叫‘飞升崖’。真武被五龙捧住，来到玉皇大帝御案前，被封为亚帝，并命他坐镇武当，镇守北方。成为后来道教信奉的北方之神。”

王丽君笑话起他们两个来了：“从这个故事来看你们的态度，一是在事业成功之际，缺乏定力，好色。二是在出现危机的时候，缺乏责任，怕死。”

龙小宏也给王丽君帮腔，分明是在讨好王丽君：“王丽君能够做出这样的分析判断，说明她实在高我们一筹。”

田幻想挖苦说：“量她是一个女子，男不与女斗。量你是个兄长，我表示沉默。”

沈教授说：“为了考查我们在武当山进行‘山海经神话体验游’的学习成绩，每个学员要细心观察，搜集神话传说，并且要求一人讲一个神话传说故事。行吗？”

神话博士在心底默默地念叨：《山海经藏宝图》现在还没有踪迹，真武有灵，能否告诉我们呢？

龙小宏说：“我曾到武当山，拍摄过龙头香的照片。我想，给大家讲一个发生在龙头香上的故事《贞节寡妇》”

贞节寡妇

在南岩万寿宫外的绝崖旁，有一雕龙石梁，悬空伸出二点九米，宽约零点三米，上雕盘龙，传说是玄武大帝的御骑。玄武大帝经常骑着它，到处巡视。龙头顶端雕一香炉，被称为“龙头香”。

有些香客为了表示自己的虔诚，每次来朝武当，冒着生命危险去烧龙头香，坠岩而亡者不计其数。清康熙年间，川湖部院总督下令禁烧龙头香，并设栏加锁，立碑告诫。碑文说，神是仁慈的，心诚则灵，不一定非要登到悬崖绝壁上烧香才算是对神的崇敬。所以，不要再蹈前辙，毁掉宝贵的生命。

如今人们在此依栏俯视，仍倍感奇险。游客来南岩游览，一般都要观看此险。

沈早晨等，来到龙头香，田幻想、龙小宏提出要去烧香。沈教授说："你们穿上魔幻背心吧，我来给你们遥控旅行功能。记住，心不要慌，万一摔了下去，更要沉得住气。"

龙小宏追求王丽君，知道王丽君佩服有真正本事的男人。还没走两步，很快又折了回来，说头忽然发晕。

田幻想冷笑一声，很快走了过去，又平稳地走了回来。他毕竟有点武功，定力又好。

接着，方艳红提出要试一试。刚走出几步，忽然看见下面太陡峭，身体一晃，摔了下去。看来，她的魔幻背心上的旅行功能没有打开，眼看就要粉身碎骨，人们无不惊叹："完了，又一个生命遇难了。"

田幻想这时候飞身而下。他已经打开了魔幻背心的旅行功能。机器人王小钢也跟着飞了下去。有几个女游客闭上了眼睛，一个老太婆还哭了起来。没有想到，不一会，田幻想与王小钢一人拉着方艳红的一只手，从谷底往上升腾。原来，方艳红忘记打开魔幻背心的旅行功能，快落到谷地的时候，赶上来的田幻想与王小钢一把将她抓住，然后，一起升腾起来。他们三人像老鹰一样，飞了上来。

龙小宏说："祝贺你们凯旋归来。"

方艳红说："你做男人，应该向田幻想看齐。"

神话博士对沈教授、夏教授说："几个女性，还有我们几个年纪大的，就不用试了。"

沈教授说："为了考查我们进行'山海经神话考古体验游'的成绩，我们继续讲述神话传说故事。行吗？"

王丽君带头响应："怎么不行！我看见了龙头香。我想给大家讲一个贞节寡妇与龙头香的故事。大家可以扣上魔枕亲临其境。"

——武当山下有个又漂亮又年轻的寡妇，她的名字叫秀英。她和公爹两个人过苦日子。本来，婆婆得病死了几年，与她刚结婚几个月的丈夫出去做生意，掉进湖泊里淹死了。像她这样年轻就死了婆婆，死了丈夫，侍候一个长年害病的公爹，够凄凉了。

方艳红问："如果是你，打算怎么样？"

王丽君说："希望你不要打断我的故事，好吗？如果是我，那么我肯定改嫁。正因为，秀英寡妇的行事我做不到，我才佩服她，想给大家讲她的故事。"

——秀英这样年轻漂亮能干的媳妇是不愁再嫁人的。

田幻想说话了："如果是我，就要娶这样的寡妇来做老婆。"

王丽君没有理睬田幻想，继续讲故事。

——秀英寡妇是不愁再嫁的，随便挪个窝，就是好人家。只因寡妇孝顺，她一走，留下这个长年害病的老爹，谁侍候呢？不饿死也得冻死。好多媒人上门劝说："秀英呀，人往高处走，水往低处流，我劝你另找一个好人家。"

寡妇说："我不能走。我要侍候公爹，孝敬他老人家。给他老人家养老送终。"人们一见她，都吓呆住了。大家放下寡妇的尸体，揭开布一看，原来是一块大木匾，上面写着："公媳同眠，贞节万年。"

轮到田幻想讲故事了。他说："这个神话传说的题目是《笛子洲》。你们几个打开魔幻功能吧。"

笛子洲

从前，武当山下有个穷秀才。那天，他到姨姨家去借钱，中途路上，遇着个老鹰正抓住一条白蛇要吃哩！秀才拣块石头，把老鹰打走了。那条白蛇还未死，它向秀才点了三下头，便钻进草窝去了。

好些年以后，白蛇成精了。它给秀才托梦："恩人啊，明天，你到山洞里来，我给你准备了无数的冰片，报答你的救命恩情。"

第二日，秀才进了山洞。洞中卧着一条比桶还粗的白色大蟒。大蟒向他点三下头。秀才扒了几挑冰片回家，卖了很多钱。他东庄置地，西庄买田，盖起转角楼的房子，成了员外之家，还接了漂亮老婆。

第二年，皇帝传下圣旨，各州府县贴出榜文："谁能献出夜明珠，带进皇宫，就当下封官。"秀才很想当官。他知道白蟒有夜明珠，就来山洞和白蟒商量。白蟒说："我修行几千 年，就得了这颗夜明珠。为了报答你的救命恩情，我只好送你。"

秀才把夜明珠献给了皇帝。他从此就住进官府，当了太爷了。过了些日子。娘娘大病才好，想吃龙肉，皇帝下道圣旨：谁能办到，封为进宝状元。秀才想：当这普通官，不如当状元。帽插金花，闻名天下。他知道白蟒的肉胜过龙肉，就又跑进山洞，对白蟒说了。白蟒很为难，它说："夜明珠给了你，我千年道行，减去一半。今日又来割我的肉，怎么忍受得了？"

秀才说："我不会忘掉你的好处，就再打扰你这一次吧！"

秀才抽出一把明晃晃的宝剑，在白蟒的尾巴上割了一刀。白蟒疼得龇着牙，摇摆着，眼泪一滴滴淌下。秀才欢欢喜喜把肉献给娘娘。他当了状元，享受了人间的荣华富贵。

皇帝宣秀才上殿："你要能为我割块龙肝，把病治好，我招你做东床驸马，搬进皇宫，永享荣华富贵。"

秀才又去找白蟒商量，他说："皇帝害了一场大病，限三日之内，要我献块龙肝。办得到，招东床驸马；办不到，推出午门斩首。白龙啊，你看我熬上这一步多不容易啊！我求求你，让我割块肝子，以后我就再也不来和求你帮忙了。"

"这怎么行呢？"白蟒说。"我为你丢了夜明珠，道行去了一半；我为你舍掉身上肉，大伤了元气；如今再把肝子割掉，那我就难活命了。"

"白龙啊！"秀才为了招驸马，什么也不顾了，"想当年我不救你，你早被老鹰吃了，能有今日吗？你还是让我割一块肝子吧！"

白蟒被问住了。它只好张大了血口，让秀才进去。秀才手执钢刀一把，爬进白蟒肚里，摸着肝子，"卡喳"一刀。白蟒疼得尾巴乱摆，浑身发抖，实在支持不住了，不由地"咚"一声，把嘴闭了。

白蟒半天才醒过来，知道秀才被闷死在肚里，觉得这一下恩也没了，情也没了，自己千年道行完了，命也活不成了。它又恨又气又疼，山洞里怎么也卧不住了，"嗖"的一声出了山洞，飞上云霄，终因没了肝子，又掉下地来，死在汉江河中，变成一条细长细长的大沙洲。年代久了，因这沙洲很像笛子，人们便叫它笛子洲。

神话博士颇有感触："秀才救蛇，是行善积德，是传统美德。蛇呢？知恩图报，也是传统美德。遗憾的是，秀才后来服从皇上，变得贪婪无厌，才形成了最后这种悲惨的结局，给我们留下的是思考。"

神话博士、沈教授在游览武当山的时候，走遍所有的山洞，寻找《山海经藏宝图》的踪迹。

雷神显灵

夏青教授带着田幻想他们来到雷神洞与石门洞，颇有感触地说："《雷神洞和石门洞》的传说表现出惩恶扬善的思想。还是让田幻想、龙小宏打开魔幻背心的梦幻功能去体验一下，其他的人就听我来讲述故事。"

——武当山展旗峰上有个雷神洞，里边住着雷神；蜡烛峰下还有一个石门洞，里边关着皮狐精。雷神曾在这附近把皮狐精降伏住，留下一个故事。传说，宝珠峰下有个员外，请了一个放牛娃。放牛娃每天到坡下放牛，还要割一大捆青草回来，再给牛下夜草，垫牛圈，一天到晚，辛辛苦苦，一点儿闲空也没有，累得眼睛皮子光打架。放牛娃走路都可以合上眼皮，发出轻微的鼾声。

那一年天旱，几个月不下雨，泉水干涸了，溪水断流了，井水见底了，山坡下草黄树枯，莫想找到一片绿叶子。放牛娃坐在干枯的山坡上哭泣。田幻想顺着哭声找上去，他问："你叫什么名字？你哭什么？"

放牛娃说："我叫黑娃。我没有找到青草，回到家里，就得挨员外的打。"

说着，黑娃亮出他手臂上的伤痕，背上的伤痕。田幻想看了，眼泪在眼眶里打转。这黑娃看来不到十岁，比自己的儿子还小。龙小宏看了，气得骂了张员外一顿。他最喜欢打抱不平。

原来，张员外担心他的牛会饿瘦，便对放牛娃管得更严。他每天晚上提条皮鞭站在牛圈门口，见放牛娃没割回青草，举鞭就打，打得他前伤压后伤，日夜泪不干。

这次，天黑了，到处找不到草。田幻想劝黑娃一起回家。田幻想与龙小宏两个护送放牛娃回家。看见放牛娃手上没有青草，张员外举起手中的鞭子，上去劈头盖脸，就要往黑娃身上打。龙小宏打开魔幻背心的护卫功能，只一脚，就将张员外弹出了十多米远。田幻想上前对从地上爬起来的张员外说："你问我们是什么人，告诉你吧，我们是现代人，也是黑娃的干爹。因为，我的儿子比黑娃大十岁。”

张员外手下的两个狗腿子仗着自己身材高大，手上还有棍棒，举起来，就往龙小宏身上打。龙小宏会气功，加上魔幻背心的护卫功能已经打开。他摆出了一个不还手的架势。谁知，那两个狗腿子的棍子落在龙小宏身上，一弹，正好两个棍子都弹到了张员外的身上，张员外被打得鬼哭狼嚎。龙小宏对那几个狗腿子做了一个打的动作，吓得那两个狗腿子抱头鼠窜。大概是张员外平时得罪的人多，不少村民都出来看热闹。田幻想觉得我们这些现代人总要离开这里，那么，黑娃就难免吃苦。他对张员外说：“你只要欺负了黑娃，被我知道了，你有苦头吃的。”

张员外低着头：“我不敢了。”

第二天，田幻想与龙小宏带着放牛娃在武当山上找青草，从山顶找到山脚，岩上找到岩下，终于，找到了一小块巴掌大的青草。这里有一块大石头，样子像一个大圈椅，正中间是一块土坪，湿润润的，肥得流油，长有小筛子大一块青草，绿茵茵的，非常茂盛。田幻想说：“黑娃，你干脆把青草割下来。”

黑娃割下的草刚好只够一把，黑娃拿在手里，才绑好草把子，那割过的草蔸又长出了又肥又嫩的青草。黑娃再割一把，草蔸上又长一把。黑娃紧割紧有，慢割慢有，不到一袋烟工夫，黑娃就割够一大捆了。黑娃对田幻想、龙小宏说：“谢谢大伯。”

这回，黑娃回到员外哪里，张员外看见了青草，黑娃没有挨打了。其实，就是黑娃没有找到青草，张员外也不敢打黑娃了。黑娃的妈妈看见儿子没有挨打，又喜又惊，问他是什么原因。放牛娃说：“我碰见了两个好人，张员外打我，他们帮我打了张员外。他们还陪同我漫山遍野去找青草，后来，我们找到一个地方，那个地方的草才割下，马上又长出来，割一次长一次。”

妈妈一听，嘱咐儿子说：“你明日带把挖镢去，看里边有什么东西，给我拿回来。小心，别让员外知道了。”

第二天，放牛娃上山，遇见了田幻想、龙小宏，他们一起去挖那草蔸，下边只有一个烂瓦盆。田幻想说：“这是镇山之宝，挖回去，要小心保护，免得导致后患。”

放牛娃将烂瓦盆挖来给妈妈。晚上，他妈在烂瓦盆里放了一颗米，过了一夜，就是满满一盆米。他妈又在盆里放了一个铜钱，过了一夜，就是满满一盆钱。他妈知道这是一件宝贝，便将盆子放在土墙的窗台，外面用土坯砌住，谁也找不着。有了这个盆子，放牛娃不给员外放牛了，日子慢慢地好过了。

田幻想、龙小宏看见黑娃没有挨打了，就又回到了现代社会的武当山。夏青教授还在继续讲故事。

——放牛娃挖走盆子以后，原来长青草的地方，每天狼烟火冒，武当山上云雾腾腾。蜡烛峰下有个皮狐精，一看那云雾就知道展旗峰的镇山宝贝——聚宝盆被放牛娃挖走。它很想要这个聚宝盆，就变成一个很灵性的姑娘，朝放牛娃家走来。

皮狐精经过太子洞，真武大帝在那洞里修行，看到了，就将雷神喊来，吩咐说：“你瞄着这个妖精：做好事，莫管它；做坏事，不能容情。”

雷神按吩咐，在太子洞上边的岩洞里住下来，看着皮狐精。从那以后，这个洞就叫“雷神洞”。

皮狐精到了放牛娃家，要给放牛娃当媳妇。放牛娃的妈说：“一来放牛娃还没有长大，二来要明媒正娶才行。”

皮狐精没法，只得先住下。皮狐精的嘴很甜，一会喊声“妈”，一会喊声“哥”；皮狐精的手很巧，做的饭有滋有味，做汤也很鲜。这娘儿两个，喜得团团转。皮狐精在放牛娃家中混熟了，知道聚宝盆放在墙里边。有天夜里，更深人静，它悄悄偷了聚宝盆，又口吐妖火，想烧烂草房。一个轰天炸雷，打灭了妖火，打得它现出原形。

真武大帝为了人们不再受害，把皮狐精关进蜡烛峰下的洞里，洞口堵上一块大石板，说是要等到竹子发杈，长成一条根两棵尖时，才能放它出来。从那以后，这个关皮狐精的洞就叫“石门洞”。这条山沟就叫“石门沟”。

《山海经藏宝图》在里面没有踪迹。

夏青教授讲完了《雷神洞和石门洞》的故事，问：“龙小宏、田幻想，你们去这两个洞，发现了《山海经藏宝图》没有？”

龙小宏说：“没注意。”

天幻想说：“我找了，没见到。”

二十一、大荒四经

大荒东经

神话博士、黎萍带着黄梅、杨扬、王丽君、方艳红、田幻想、龙小宏，沿着《大荒东经》指引的途径，来到上古时期的波谷山。据说，有个大人国就在这山里。有大人做买卖的集市，就在叫做大人堂的山上。有一个大人正蹲在上面，张开他的两只手臂。

神话博士觉得，在大人面前，自己变成了小人国里的小人了。

田幻想说："这些大人给我的感觉就像是高山，而我们有点像土坡。"

他们又来到一个小人国，那里的人被称作靖人。这回，神话博士一行觉得自己成为了巨人。

龙小宏说："小人国里的小人在地上，给我的感觉比起蚂蚁来大不了多少。"

有一个神人，长着人的面孔，野兽的身子。见神话博士来了，主动发问："你们来干什么？"

黎萍导游说："我们是来寻找《山海经藏宝图》的。"

神人说："黎萍，心诚则灵。"

黎萍十分惊讶："我没有见过您，怎么您知道我的名字？"

神人说："我不知道你的名字，就不是神人了。"

有座潏山，杨水就是从这座山发源的。

忽然，龙小宏说："快跑，老虎来了！豹子来了！"

神话博士一看，果然，迎面来了几只老虎、豹子。黎萍眼睛很敏锐，她说："老虎后面有人。"

神话博士一听，说："我们不用怕。这里的人，吃的是黄米，与我们没有多少差别。可是，他们居然能够驯化驱使四种野兽：老虎、豹子、熊、罴。"

果然，几个人带着几只老虎、豹子过来，很温和地从他们身边路过。

他们来到合虚山，看见太阳从这里升起，看见月亮也从这里升起。向一位老太婆一打听，才知道，这个地方叫中容国。帝俊生了中容，死后儿子继位，便以名字为国名。中容国的人吃野兽的肉、树木的果实。他们个个都是驯化、驱使四种野兽的好手。

他们来到东口山，发现那里的人，穿衣戴帽，而且腰间佩带宝剑。

田幻想觉得肚子饿了，在那里的小饭店里买面条吃。没有想到，一个男子说田幻想插了他的队。田幻想与他争执了几句。那人拔刀相见。后来，被黎萍扯开了。小饭店的老板告诉他们，这里是君子国。而君子国的人争吵却动刀子。违反了君子动口不动手的规矩。

田幻想说："有个国家叫司幽国。帝俊生了晏龙，晏龙生了司幽。司幽生了思土，思土不娶妻子；司幽还生了思女，而思女不嫁丈夫。司幽国的人吃黄米饭，也吃野兽肉，也能驯化驱使四种野兽。

杨扬说："大荒当中有一座高山，叫做明星山，是太阳和月亮初出升起的地方。有个国家叫白民国。帝俊生了帝鸿，帝鸿的后代是白民。白民国的人姓销，以黄米为食物，也与中容国民一样，能驯化驱使：老虎、豹子、熊、罴。"

黄梅说："有个国家叫青丘国。青丘国有一种狐狸，长着九条尾巴。有一群人被称作柔仆民，他们所在的国土地很肥沃。"

王丽君看见这个国家的人与老虎、豹子竟然在一起散步。很奇怪地问："这里的人怎么不怕猛兽？"

方艳红说："听说这就是黑齿国。帝俊的后代是黑齿，姓姜，这里的人吃黄米饭，能驯化驱使猛兽。"

田幻想说："有个国家叫夏州国。在夏州国附近又有一个盖余国。有个神人，长着八颗头而都是人的脸面，老虎身了，有丨条尾巴，名叫天吴。"

神话博士忍不住了，他说："在大荒当中，有三座高山分别叫做鞠陵于天猇、东极山、离瞀山，都是太阳和月亮升起的地方。有个神人名叫折丹，东方人单称他为折。从东方吹来的风称作俊，他就处在大地的东极，主管风起风停。东海的岛屿上，有一个神人，长着人的面孔鸟的身子，耳朵上穿挂着两条黄色的蛇，脚底下踩踏着两条黄色的蛇，名叫禺猇。黄帝生了禺猇，禺猇生了禺京。禺京住在北海，禺猇住在东海，都是海神。"

黎萍也忍不住了，说："有座招摇山，融水从这座山发源。有一个国家叫玄股国，那里的人吃黄米饭，能驯化驱使四种野兽。有个国家叫因民国，那里的人姓勾，以黄米为食物。有个人叫王亥，他用两手抓着一只鸟，正在吃鸟的头。王亥把一群肥牛寄养在有易族人、水神河伯那里。有个易族人把王亥杀死，没收了那群肥牛。河伯哀念有易族人，便帮助有易族人偷偷地逃出来，在野兽出没的地方建立国家，他们正在吃野兽肉。这个国家叫摇民国。另一种说法认为帝舜生了戏，戏的后代就是摇民。"

田幻想说："海内有两个神人，其中的一个名叫女丑。女丑有一只听使唤的大螃蟹。在大荒当中，有一座山名叫孽摇頵羝。山上有棵扶桑树，高耸三百里，叶子的形状像芥菜叶。有一个山谷叫做温源谷。汤谷上面也长了棵扶桑树，一个太阳刚刚回到汤谷，另一个太阳刚刚从扶桑树上出去，都负载于三足乌的背上。有一个神人，长着人的面孔、大大的耳朵、野兽的身子，耳朵上穿挂着两条青色的蛇，名叫奢比尸。有一群长着五彩羽毛的鸟，相对而舞。天帝帝俊从天上下来和它们交友。帝俊在下界的两座祭坛，由这群五彩鸟掌管着。”

杨扬说：“在大荒当中，有一座山名叫猗天苏门山，是太阳和月亮初升起的地方。有个国家叫壎民国。有綦山、摇山。又有䰠山、门户山。还有座盛山、䰠待山。还有一群五彩鸟。在东荒当中，有座山名叫壑明俊疾山，是太阳和月亮初出升起的地方。这里还有个中容国。东北海外，又有三青马、三骓马、甘华树。还有遗玉、三青鸟、三骓马、视肉怪兽、甘华树、甘柤树。是各种庄稼生长的地方。”

方艳红说：“有个国家叫女和月母国。有一个神人名叫鳧，北方人称作鳧。从那里吹来的风，他就住在大地的东北角以便控制太阳和月亮，不使它们错乱地出没，掌握它们升起落下时间的长短。在大荒的东北角上，有一座山名叫凶犁土丘山。”

王丽君说：“应龙就住在这座山的最南端，因杀了神人蚩尤和神人夸父，不能再回到天上。天上因没了兴云布雨的应龙，而使下界常常闹旱灾。下界的人们一遇天旱，就装扮成应龙的样子求雨，能得到大雨。”

田幻想说：“东海当中有座流波山，在进入东海七千里的地方。山上有一种野兽，形状像普通的牛，是青苍的身子却没有犄角，仅有一只蹄子。出入海时就一定有大风大雨相伴随，它发出的亮光如同太阳和月亮，它吼叫的声音如同雷响。名叫夔。黄帝得到它，便用它的皮蒙鼓，再拿雷兽的骨头敲打这鼓，响声传到五百里以外，用来威震天下。”

神话博士自言自语地说：“《山海经藏宝图》在里面还没有踪迹。”

大荒南经

神话博士、沈教授、黎萍、贾小玲、王丽君、方艳红、田幻想、龙小宏、杨扬、黄梅沿着《大荒南经》指引的途径，来到上古时期的不庭山。荣水最终流到这座山。这里有一种人长着三个身子。帝俊的妻子叫娥皇，这三身国的人就是他们的后代子孙。

王丽君说：“这里有一个四方形的渊潭，四个角都能旁通，北边与黑水相连，南边和大荒相通。北侧的渊称作少和渊，南侧的渊称作从渊，是帝舜洗澡的地方。又有一座成山，甘水最终流到这座山。有个国家叫季禺国，臣民是帝颛顼子孙的后代，吃黄米饭。”

贾小玲说：“还有个国家叫羽民国，这里的人都长着羽毛。不知道能不能够飞。”

王丽君说：“有个国家叫卵民国，这里的人都是从卵中孵化生出。”

方艳红说：“大荒之中，有座不姜山，黑水最终流到这座山。”

贾小玲说：“有座贾山，汔水从这座山发源。还有三座山，言山、登备山、恝恝山。”

王丽君说：“有座蒲山，澧水从这座山发源。有座隗山，它的西面蕴藏有丹雘，它的东面蕴藏有玉石。”

杨扬说:“往南有座高山,漂水就是从这座山中发源的。又有座尾山。还有座翠山。有个国家叫盈民国,这里的人姓於,瞧,有人在吃黄米饭,有人正在吃树叶。有个国家叫不死国,这里的人姓阿,吃的是不死树。在大荒当中,有座山叫做去室山。南极果,北不成,去室果。”

王丽君说:“在南海的岛屿上,有一个神,是人的面孔,耳朵上穿挂着两条青色蛇,脚底下踩踏着两条红色蛇,这个神叫不廷胡余。有个神人名叫因乎,南方人单称他为因,从南方吹来的风称作民,他处在大地的南极,主管风起风停。”

方艳红说:“有座襄山。又有座重阴山。看,有人在吞食野兽肉,名叫季厘。帝俊生了季厘,所以称作季厘国。有一个缗渊。少昊生了倍伐,倍伐被贬住在缗渊。”

黄梅说:“有一个水池是四方形的,名叫俊坛。有个国家叫臷民国。帝舜生了无淫,无淫被贬在臷这个地方居住,他的子孙后代就是所谓的巫臷民。巫臷民姓朌,吃五谷粮食,不从事纺织,自然有衣服穿;不从事耕种,自然有粮食吃。”

杨扬说:“这里有能歌善舞的鸟,鸾鸟自由自在地歌唱,凤鸟自由自在地舞蹈。这里又有各种各样的野兽,群居相处。还是各种农作物汇聚的地方。”

神话博士忍不住插话了:“在大荒当中,有座山叫做融天山,海水从南面流进这座山。有一个神人叫凿齿,羿射死了他。有座山叫做蜮山,在这里有个蜮民国,这里的人姓桑,吃黄米饭,也把射死的蜮吃掉。”

沈教授说:“请看,有人正在拉弓射黄蛇,名叫蜮人。这座山叫做宋山,山中有一种红颜色的蛇,名叫育蛇。山上还有一种树,名叫枫树。枫树,相传是蚩尤死后所丢弃的手铐脚镣变的。”

王丽君说:“瞧,有个神人正咬着老虎的尾巴,名叫祖状尸。有一个由三尺高的小人组成的国家,名叫焦侥国。那里的人姓几,吃的是优良谷米。在大荒当中,有座山名叫涂山,青水最终流到这座山。还有座云雨山,山上有一棵树叫做栾。”

方艳红说:“大禹在云雨山砍伐树木,发现红色岩石上忽然生出这棵栾树,黄色的茎干,红色的枝条,青色的叶子。诸帝就到这里来采药。”

杨扬说:“有个国家叫伯服国,颛顼的后代组成伯服国。这里的人吃黄米饭。有个鼬姓国。国中有苕山、宗山,有姓山、壑山,有陈州山、东州山。还有白水山。白水从这座山发源,然后流下来汇聚成为白渊,是昆吾的师傅洗澡的地方。”

黄梅说:“有个人叫做张宏,正在海上捕鱼。海里的岛上有个张宏国,这里的人以鱼为食物,能驯化驱使四种野兽。有一种人,长着鸟的嘴,生有翅膀,正在海上捕鱼。”

杨扬说:“在大荒当中,有个人名叫驩头。鲧的妻子是士敬,士敬生个儿子叫炎融,炎融生了驩头。驩头长着人的面孔而鸟一样的嘴,生有翅膀,吃海中的鱼,凭借着翅膀行走。也把苣、穋、杨树叶做成食物吃。”

田幻想说:“于是,有了驩头国。帝尧、帝喾、帝舜都葬埋在岳山。这里有花斑贝、三足乌、鸥鹰、老鹰、乌鸦、两头蛇、熊、罴、老虎、豹子;还有朱木树,红色的枝干、青色的花朵、黑色的果实。有座申山。”

黎萍说:“在大荒当中,有座山名叫天台山,海水从南边流进这座山中。在东海之外,甘水之间,有个羲和国。这里有个叫羲和的女子,正在甘渊中给太阳洗澡。羲和这个女子,是帝俊的妻子,生了十个太阳。”

他们来到了盖犹山,山上生长有甘柤树,枝条和茎干都是红的,叶子是黄的,花朵是白的,果实是黑的。在这座山的东端还生长有甘华树,枝条和茎干都是红色的,叶子是黄的。有青色马,还有红色马,名叫三骓。田幻想看见一个不到桌子高的矮人,说:“这就是菌人。”菌人说:“你们是寻找《山海经藏宝图》吗,可以到其他山脉去看一看。”龙小宏说:“怪了,菌人怎么知道我们在寻找《藏宝图》呢?”王丽君说:“这个菌人可能是仙人,有灵气。”

大荒西经

神话博士、沈教授、黎萍、贾小玲、王丽君、方艳红、田幻想、龙小宏、杨扬、黄梅沿着《大荒西经》指引的途径,来到大巫山。方艳红问:“咦,这是什么鸟?样子很怪!”

黎萍说:“这是一种青鸟,身子是黄色的,爪子是红色的,长有六个头,名叫鸀鸟。”

王丽君说:“我们到了金山。在西南方,大荒的一个角落,有偏句山、常羊山。”

神话博士说:“《山海经》之‘大荒’,如果能确定其地理方位,也能破译史前文化的密码。”

沈教授说:“远古先民对沙地的概念,一代一代流传下来,就是对“大荒”的记忆。”

神话博士说,《山海经》在展开“大荒西经”记述之初,首先陈明“大荒”在“西北海之外”,这是一个重要的地理方位信息,如果“海”指渤海,那么“西北海之外”一定是指“红山文化区”。

沈教授说:以“海”为视点和以“大荒”为视点,所视之区域为同一区域,只有一种可能,那就是从渤海看和从科尔沁沙地看,西部是同一区域,即红山文化区。《海外西经》记“夏后启”,《大荒西经》记“夏后开(启)”;《海外西经》记“三身国”“一臂国”、“奇肱国”、“无右臂”人。

黎萍说,《大荒西经》记“三面一臂人”、“一臂民”、“有人反臂”、“长胫国”;《海外西经》记“女祭女戚”、“女丑之尸”“女子国”,《大荒西经》记“女祭女”女丑尸”、“女娲之肠”、“女子国”;“海外西经”记“丈夫国”,“大荒西经”记“丈夫国”。”

神话博士说:“依上所述,“大荒西经”记述的,就是西拉木伦河、大凌河、老哈河红山文化区域在古代先民中发生的物事。”

“《山海经藏宝图》在这面应没有踪迹。”沈教授说。

大荒北经

神话博士、沈教授、黎萍导游、贾小玲、杨扬、黄梅、龙小宏、田幻想、方艳红、王丽君和机器人王小钢、潘小虹等到《大荒北经》里反映的地方。

他们来到东北海之外，大荒之中，河水之间，附禺之山。

神话博士说："帝颛顼与九嫔葬在这里吧？"

王丽君叫起来："你们看，竹林的南面，为什么湖水是红色的？"

田幻想说："这是上古时期的仙人湖吧，名叫封渊。"

方艳红仰起头来观看眼前的大树，说："怪啊，这是桑树吗？为什么不长枝条。"

龙小宏说："这种桑树有三棵，都不生长枝条，高达一百仞，给人的感觉是长到云朵里面去了。"

王丽君说："卫丘的西面，怎么还有水啊？"

田幻想说："那里有个沉渊，是帝颛顼洗澡的地方。"

黎萍说："有个胡不与国，这里的人姓烈，吃黄米。"

杨扬说："大荒当中，有座山名叫不咸山。有个肃慎氏国。有一种能飞的蛭，长着四只翅膀。"

杨扬的话还没有说完，一条蛇悄悄地滑在她的脚下，接着，仰起头来。杨扬一看，眼睛吓得闭上了。

沈教授说："杨扬，别怕，蛇已经走了。这是一种怪蛇，野兽的脑袋蛇的身子，名叫琴虫。"

杨扬问："沈教授，你为什么不怕蛇呢？"

沈教授说："我的外婆在山区里住，我小时候经常去玩。有天晚上，我准备上床睡觉。家里点的煤油灯不是太亮。我就掀开被子往床上钻。摸到一个圆滚滚的东西、冰凉的感觉。你们猜，它是什么东西？"

神话博士说："还用得上猜吗。肯定是蛇吧。"

沈教授说："对了，是蛇。我们山区的蛇多。当时，我怕得要死。外婆告诉我一个道理。蛇进入了家庭，一般能够与人和平共处。就是在野外，毒蛇一般不主动攻击人。"

王丽君问："如果毒蛇主动攻击人呢？"

沈教授说："那是因为毒蛇以为人会攻击它。比方说，人走山路的时候，不小心踩到了蛇，这个时候，蛇是会还击的。"

方艳红说："有座榆山。又有座鲧攻程州山。"

王丽君说："大荒当中，有座山名叫衡天。又有座山叫先民山。有一棵盘旋弯曲一千里的大树。"

田幻想说："有个叔歜国，这里的人都是颛顼的子孙后代。"

龙小宏说："还有个北齐国，这里的人姓姜，能驯化猛兽，为人所用。"

王丽君说："大荒当中，有座山名叫先槛大逢山，是黄河水和济水流入的地方，海水从北面灌注到这里。它的西边也有座山，名叫禹所积石山。"

方艳红说："有座阳山。又有座顺山，顺水从这座山发源。有个始州国，国中有座丹山。"

杨扬说："有一大泽方圆千里，是各种禽鸟脱去旧羽毛再生新羽毛的地方。"

龙小宏说："有个毛民国，这里的人姓依。"

田幻想说："传说大禹生了均国，均国生了役采，役采生了修鞈，修鞈杀了绰人。大禹哀念绰人被杀，暗地里帮绰人的子孙后代建成国家，就是这个毛民国。”

杨扬说：“有个儋耳国，这里的人姓任，是神人禺号的子孙后代，吃谷米。在北海的岛屿上，有一个神人，长着人的面孔鸟的身子，耳朵上穿挂着两条青色蛇，脚底下踩踏着两条红色蛇，名叫禺强。”

机器人王小钢说：“大荒当中，有座山名叫北极天柜山，海水从北面灌注到这里。有一个神人，长着九个脑袋和人的面孔鸟的身子，名叫九凤。又有一个神人，嘴里衔着蛇，手中握着蛇，他的形貌，是老虎的脑袋人的身子，有四只蹄子和长长的臂肘，名叫强良。”

机器人潘小虹说：“大荒当中，有座山名叫成都载天山。有一个人的耳上穿挂着两条黄色蛇，手上握着两条黄色蛇，名叫夸父。后土生了信，信生了夸父。而夸父不衡量自己的体力，想要追赶太阳的光影，直追到禺谷。夸父想喝了黄河水解渴，却不够喝，准备跑到北方去喝大泽的水，还未到，便渴死在这里了。”

王丽君说：“应龙在杀了蚩尤以后，又杀了夸父。因他的神力耗尽，上不了天，就去南方居住。所以，南方的雨水很多。”

方艳红说：“又有个无肠国，这里的人姓任。他们是无继国人的子孙后代，吃鱼类。”

黎萍说：“共工有一位臣子名叫相繇，长了九个头而是蛇的身子，盘旋自绕成一团，贪婪地霸占九座神山而索取食物。”

神话博士忍不住打断黎萍的话：“相繇就是相柳，他的故事我想以后再讲。”

王丽君说：“有座岳山，一种高大的竹子生长在这座山上。”

潘小虹说：“大荒当中，有座山名叫不句山，海水从北面灌注到这里。”

杨扬说：“有座山叫系昆山，上面有共工台，射箭的人因敬畏共工的威灵而不敢朝北方拉弓射箭。有一个人穿着青色衣服，名叫黄帝女妭。蚩尤制造了多种兵器用来攻击黄帝，黄帝便派应龙到冀州的原野去攻打蚩尤。”

沈教授说：“黄帝战胜蚩尤的故事，我们在前面讲过。”

他们发现，有一群人正在吃鱼，名叫深目民国，这里的人姓朌，吃鱼类。

他们路过钟山。见到一个穿青色衣服的女子，名叫赤水女子魃。

他们路过融父山，顺水流入这座山。有一种人，名叫犬戎。黄帝生了苗龙，苗龙生了融吾，融吾生了弄明，弄明生了白犬。这白犬有一公一母而自相配偶，便生成犬戎族人，吃肉类食物。有一种红颜色的野兽，形状像普通的马却没有脑袋，名叫戎宣王尸。

他们路过齐州山、君山、鲜野山、鱼山。

他们看见一种人，长着一只眼睛，这只眼睛正长在脸面的中间。有人认为他们姓威，是少昊的子孙后代，吃黄米。

他们看见一种人，称作无继民，姓任，是无骨民的子孙后代，吃的是鱼类。

他们看见西北方的海外，流沙的东面，有个国家，这里的人是颛顼的子孙后代，同样吃黄米。

他们来到一个名叫赖丘的国家。还有个犬戎国。有一种人，长着人的面孔兽的身子，名叫犬戎。

他们来到西北方的海外，黑水的北岸，看见一种长着翅膀的人，名叫苗民。颛顼生了驩头，驩头生了苗民。苗民人姓厘，吃的是肉类食物。还有一座山，名叫章山。

他们来到大荒当中，途经衡石山、九阴山、灰野山，看见，山上名叫若木的树木，红颜色，青色的叶子，红色的花朵。

他们知道，有个牛黎国。这里的人身上没有骨头，是儋耳国人的子孙后代。

他们知道，在西北方的海外，赤水的北岸，有座章尾山。有一个神人，长着人的面孔蛇的身子，全身是红色。身子长达一千里，竖立生长的眼睛正中合成一条缝，他闭上眼睛就是黑夜、睁开眼睛就是白昼，不吃饭，不睡觉，不呼吸，只以风雨为食物。他能照耀阴暗的地方，所以称作烛龙。

“《山海经藏宝图》怎么还是不见一点踪迹？”方艳红叹气说。黎萍说：“我们不能够灰心丧气，要继续寻找。”机器人王小钢说：“我刚才与潘小虹用探测仪搜寻了一遍，没有《藏宝图》。”

二十二、普陀显灵

佛教名山

神话博士、沈教授、黎萍导游、贾小玲、杨扬、黄梅、龙小宏、田幻想、方艳红、王丽君、机器人王小钢和潘小虹等来到普陀山。

沈教授说："唐代大中年间，有一名印度僧人来到这个岛山，为了苦修烧掉了自己的十个手指；随后他说他亲眼看到了观音菩萨现身说法，还赐给他七色宝石等法物。从此，这座岛山便成了观音显灵的说法道场。"

黎萍说："普陀山是国务院首批公布的四十四个国家级重点风景名胜区之一，是中国的佛教名山。这里气候宜人，是旅游观光的好地方。普陀山位于杭州湾东西的莲花洋中，是东海舟山群岛中的一岛，长约八千六百米，宽约五百米，面积十二点五平方公里。山上石洞奇古，寺庙众多，素有'海天佛国'、'蓬莱仙境'之称，是我国四大佛教名山之一。"

杨扬说："普陀山是舟山群岛一千三百九十个岛屿中的一个小岛，形似苍龙卧海，与舟山群岛的沈家门隔海相望，素有'海天佛国'、'南海圣境'之称。二〇〇七年五月八日，舟山市普陀山风景名胜区，经国家旅游局正式批准，为国家 5A 级旅游风景区。"海上有仙山，山在虚无缥缈间"，普陀山以其神奇、神圣、神秘，成为驰誉中外的旅游胜地。

方艳红问："我发现，四大佛教名山中的普陀山，实际上是一个不大的岛屿。"

黎萍导游说："普陀山虽然不大，也有独到之处，四面环海，风光旖旎，幽幻独特，山石林木，寺塔崖刻，梵音涛声，被誉为'第一人间清净地'，皆充满佛国神秘色彩。"

沈教授说："后经历代兴建，寺院林立。鼎盛时期全山共有四大寺、一百零六庵、一百三十九茅蓬，四千六百五十四余僧侣，史称'震旦第一佛国'。"

神话博士说："宋元两代，普陀山佛教发展很快。宋乾德五年（公元九六七年），赵匡胤侍（太监)王贵来山进香,并赐锦幡首开朝廷降香普陀之始。元丰三年(公元一〇八〇年),朝廷赐银建宝陀观音寺(即今前寺)。当时,日韩等国来华经商、朝贡者,也开始慕名登山礼佛,普陀山渐有名气。”

黎萍导游说:“岛上树木丰茂,古樟遍野,鸟语花香,素有‘海岛植物园’之称。全山共有六十六种百年以上的树木一千二百二十一株。除千年古樟,还有被列为国家一级保护植物珍稀濒危物种普陀鹅耳枥。”

黄梅说:“我是一个美术工作者,喜欢普陀岛。你看,四周金沙绵亘、白浪环绕,渔帆竞发,青峰翠峦、银涛金沙环绕着大批古刹精舍,构成了一幅幅绚丽多姿的画卷。”

龙小宏说:“岩壑奇秀,磐陀石、二龟听法石、心字石、梵音洞、潮音洞、朝阳洞等。名胜古迹,都与观音结下了不解之缘,流传着美妙动人的传说。它们各呈奇姿,引人入胜。普陀十二景,或险峻、或幽幻、或奇特,给人以无限遐想。”

黄梅看了一眼龙小宏,自从黄哥回去复婚后,黄梅一直十分苦恼,她发现龙小宏在追求王丽君,而王丽君却暗恋田幻想。现在,田幻想与方艳红的关系得到发展,王丽君有失落感,她与王丽君有同病相怜的感觉。后来,她发现,这个龙小宏很有摄影才华,觉得,自己能够与他走在一起,倒有可能。

想到这里,黄梅想与龙小宏多沟通一下。她提问故意去掉了龙姓,直呼:“小宏,我来问你,这个岛屿难道没有渔民吗?”

龙小宏回答说:“绍兴元年(公元一一三一年)宝陀观音寺主持真歇禅师奏请朝廷允准,易律为禅,山上七百多渔户全部迁出,普陀山遂成佛教净土。嘉定七年(公元一二一四年),朝廷赐钱万锣修缮圆通殿,并指定普陀山为专供观音的道场,与五台山(文殊道场)、峨眉山(普贤道场)、九华山(地藏道场)合称为我国四大佛教名山。”

黄梅说:“普陀山凭借其特有的山海风光与神秘幽邃的佛教文化,很早就吸引众多文人雅士来山隐居、修炼、游览。据史书记载,早在两千多年前,普陀山即为道人修炼之宝地。普陀山作为中国古代海上丝绸之路始发港的重要组成部分,早在唐代就成为日本、韩国及东南亚国家交往的必经通道和泊地。至今山上仍留有高丽道头、新罗礁等历史遗迹,流传着韩国民族英雄张保皋等事迹。”

龙小宏是摄影家,经常与书画界人士接触,所以,谈起艺术来也能够滔滔不绝:“自观音道场开创以来,四方游客,观光览胜,络绎不绝。宋代文豪陆游、明代名士董其昌等,都先后登山游历。历朝名人雅士、文人墨客,或吟唱,或赋诗,诗文碑刻,十分珍贵,使普陀山文物古迹极为丰厚。”

黄梅说:“唐宋元明清五朝近二十位帝王为了祈求国泰民安,特遣内侍携重礼专程来普陀山朝拜观音。明太祖朱元璋、清圣祖康熙还多次召见普陀山高僧,赐金、赐字、赐佛经、赐紫衣,礼遇有加;新中国历任中央领导人也都亲自莅临普陀山视察、指导工作。五朝恩宠,千年兴革,佛国香火,由是鼎盛,赫赫声名,广播远扬。”

龙小宏与黄梅两人越谈越投机,真有相见恨晚之意。

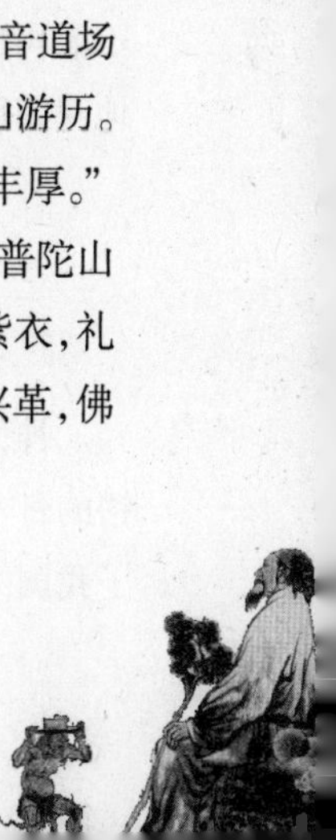

神话博士、黎萍、考古教授三人正在这边畅谈普济、法雨、慧济三大寺的兴起与发展。

两个机器人居然一跃而下，在海水里面相互追逐，捉鱼摸虾。

田幻想与方艳红两个肩并肩、手挽手在普陀山景点边逛边谈。

王丽君、贾小玲两个则坐在石头上，望着大海聊天。

片刻，神话博士要黎萍将大家召集在一起，介绍普陀山的各名胜古迹。黎萍在大家聚集后开始给大家讲解："这是现今保存的二十多所寺庵中最大的。普济禅寺始建于宋，为山中供奉观音的主刹，建筑总面积约一万一千多平方米。法雨禅寺始建于明，依山凭险，层层叠建，周围古木参天，极为幽静。慧济禅寺建于佛顶山上，又名佛顶山寺。"

神话博士说："奇岩怪石，著名的有磐陀石、二龟听法石、海天佛国石等二十余处。在山海相接之处有许多石洞胜景，最著名的是潮音洞和梵音洞。岛的四周有许多沙滩，主要的是百步沙和千步沙。千步沙是一个弧形沙滩，长约三里，沙细坡缓，沙面宽坦柔软，是一个优良的海水浴场。夏天去游览，可带上游泳衣在这里畅游。"

黎萍导游说："岛上树木葱郁，林幽壑美，有樟树、罗汉松、银杏、合欢等树。大樟树约有一千余株，其中有一千年的古樟，树围达六米，荫遮数亩。还有一株"鹅耳枥"，是我国少见的珍贵树种，列为国家二等保护植物。普陀山流传着许多有关佛教的故事。其中，普陀山观音传说已经被列为国家非物质文化遗产。黄梅，你与田幻想讲解这几个景点的神话传说，好吗。"

黄梅爽快地说："我先给大家介绍一下《短姑圣迹》。相传有姑嫂二人渡莲花洋来朝山进香，船靠码头时，不巧小姑'月经'来了，自愧不洁，不敢下船入山。其嫂责备她无福朝圣，叫她呆在小船中等她，便独自进山拜佛去了。时近中午，潮水大涨，小船与岸相隔，小姑坐在船中，饿得发慌。正在此时，只见一村妇拎着饭篮走到码头边，向潮水里投下一些石块，踩着这石块来到小姑船上，说是其嫂进香托她捎来的，说罢，放下饭盒便离船而去。过了不久，其嫂进香归来，问起这件事，感到奇怪。忽然想起刚才拜佛时，瞻仰莲座，只见观音大士衣裾湿了一片，心里顿有所悟，原来这是观世音菩萨做的善事。因其嫂曾在码头'短其姑'，从此，姑嫂泊舟处即被称作'短姑道头'，大士送食时投向潮水里用以踩脚的石块，称为'短姑圣迹'。"

他们来到"二龟听法石"旁边，龙小宏开始给大家讲解《二龟听法石》的传说："一传，观音菩萨在说法台上讲经说法，东海龙王知道以后，派了他的两个龟相来听经，没想到两相听得入了迷，不愿再回龙宫。龙王知道后非常生气，就将他们化为了石头。二传，这是雌雄两只乌龟，因在圣地戏闹而被惩罚变成了石龟。"

不肯去观音

神话博士带着众人来到一个小庵堂——不肯去观音院，说："相传唐咸通年间，有位名叫慧锷的日本和尚来到中国，游历了许多名山大川，朝拜了许多古刹。这天，他风尘仆仆，健步登上了我国第一佛教圣地五台山。五台山是个好地方，灵岩、古松、涧水、百花，寺院隐现于深山密林之间，十分幽静。慧锷和五台山的方丈一起念经讲法，参禅下棋，成了莫逆之交。”

黄梅很熟悉这个故事，接着说：“有一天，慧锷在大殿后院，见到有尊檀香木雕成的观音佛像。那佛像神态安详，鬓发眉毛均极细腻，栩栩如生。慧锷站在观音佛像前，看了又看，赞了又赞，连方丈来叫他吃饭都没听见。方丈见状，便问道：‘法师认为这尊观音佛像雕得如何？’慧锷连连称赞道：‘好，好！我这么大岁数了，还是第一次见到哩！这佛像刻功细巧，把观音大士的神态都雕了出来。真是一尊活的大慈大悲的观音菩萨啊！’方丈见他喜爱，便笑眯眯地说道：“如若法师喜欢，就送你供奉吧！”

龙小宏也熟悉这个故事。抢着说：“慧锷听了，慌忙合十顶礼。他接过观音佛像，喜不自胜，打算回日本去建寺供养，让日本众生都来朝拜。慧锷离开五台山，又游九华山，最后从五台山下来，从灵江口扬帆回国。这天，船到普陀山洋面，突然刮起了大风，船东倒西歪，直打转转。慧锷没法，只好把船驶进普陀山的一个山岙里，抛锚落帆，等大风平息后再走。”

黄梅接着说：“第二天，风息了，浪平了，慧锷扬帆起航。可是船刚驶出山岙，洋面上突然升起了一团灰白色的烟雾，越升越高，像顶帐帘，正好挂在船头前面，挡住了去路。慧锷惊奇地站在船上，抬头望望，头顶是一片蓝天；左右看看，烟雾两边都是清晰明亮的大海。慧锷只好调转船头，绕着烟雾朝前驶。可是帆船驶向左边，烟雾飘到左边；帆船驶向右边，烟雾也飘到右边。船在海上绕来绕去，最后，还是回到了普陀山的洋面上，慧锷想想没有办法，只好再次把船驶进山岙里，抛锚落帆，等烟雾消散了再走。”

龙小宏说：“第三天早晨，红彤彤的太阳从海面上升起，光芒四射，霞光万道，慧锷走进船舱，抬头一看，但见彩云中间，有幢巍峨绚丽的彩色牌楼，仙女往还，珠光宝色，耀人眼目。他心中喜悦，合十顶礼，马上扬帆起航。奇怪的是，船一出山岙，天上的奇景就突然消失了，乌云遮住了太阳，海风掀起了巨浪。慧锷发了急，想想在这里已经耽搁了好几天，老是这样下去，什么时候才能把观音请回日本啊？这点风，这点浪，算得了什么！开船，赶快开船！”

黎萍开口了：“慧锷请船家把船驶出山岙，顶风破浪朝前驶去。风更猛了，浪更大了。但是慧锷心不慌，意不乱，稳稳地合十站在船头，诵经念佛。风浪虽然慢慢平静了下来，可是没等驶出多远，帆船突然停住了，好像生了根一样，进退不得。他低头一看，只见海上飘来一朵朵铁莲花，帆船被团团围在中间。慧锷大惊。心想，一次一次开船，都是风浪阻挡，今天又有铁莲锁舟，难道是观音大士不愿去日本么？他回到船舱里，跪在观音佛像面前祷告说：‘如若日本众生无缘见佛，我一定遵照大士所指方向，另建寺院，供养我佛。’”

杨扬说：“话音未落，忽听得‘轰隆’一声，从海底钻出一头铁牛。铁牛一边往前游，一边大口大口地吞嚼铁莲。一会儿工夫，洋面上就出现了一条航道，正好能够通过一条帆船。帆船跟在铁牛后面，沿着这条航道前进。不久，又是‘轰隆’一声响，铁牛沉入海底，满洋的铁莲也无影无踪了。慧锷定神一看，原来帆船又回到了普陀山的一个山岙里。”

龙小宏将话头接了过来，说：“云散了，天晴了，太阳高高挂在天空。这时，有个渔民从山上走下来，对慧锷说：‘这几天的事情，我都亲眼看到了。你走不成了。还是请法师到我家里住几天再走吧！'慧锷见他这样热情，便答应了。"

黄梅说："他手捧着观音佛像，跟着渔民爬上普陀山。放眼一看，但见金光闪闪的沙滩上，海潮时退时涨；郁郁葱葱的山峰周围，是一片茫茫无际的海洋。晨观日出，夜听潮声，与五台山相比，真是另有一派风光。他心想，既然观音菩萨不愿去日本，就在这里造座寺院，让观音菩萨定居在普陀山吧！周围的渔民听说要建寺院，都来相助，没多久，就造成了一座小庵堂。庵堂造好了，佛像供上了，慧锷朝暮参拜。从此，这尊檀香木雕成的观音佛像就留在普陀山了。那座小庵堂，就叫不肯去观音院。"

龙小宏忽然跪拜观世音菩萨，说："观世音菩萨，您知道《山海经藏宝图》在什么地方吗？"

说着，龙小宏不知不觉地迷糊了一会，还发出了鼾声。一觉惊醒，他对沈教授、神话博士说："我好像听见观世音在说什么峨眉，峨眉。"

神话博士说："好吧，我们下一个目标是峨眉山。我先让黎萍给大家讲《观世音脚踏鳌鱼》的神话故事，然后，大家在海上游泳，明天一早出发，到峨眉山去。"

黎萍导游问："你们知道，观音菩萨为什么要脚踏鳌鱼呢？好，田幻想、黄梅你们两个举手了，看来，你们以前到过普陀山，比较熟悉普陀山。我现在给大家讲《观音脚踏鳌鱼》的故事，请你们打开魔衣、魔幻背心上的梦幻开关。"

脚踏鳌鱼

——佛经上讲，"苦海无边"。观音脚踏鳌鱼，为的是救苦救难，在汪洋大海中四处巡游，普度众生出茫茫苦海。另一种解释是：古人认为地是浮动的，它被搁在巨大的鳌鱼背上。这就是所谓"鳌鱼托大地"之说。如果鳌鱼翻动，则会发生地震，给人间带来灭顶之灾。观音菩萨大慈大悲，脚踏鳌鱼以镇邪，给人们带来了平安。

黎萍的话语十分清晰，后来渐渐模糊起来。这是因为他们几个已经看见了观世音菩萨。菩萨说："鳌是海中的大龟。当年共工失败后，怒气冲天，用头触不周山，把用以撑住天的柱子撞断了。眼看天就要塌下来，女娲便斩断鳌足，作为顶天立地的四根柱子。鳌足如此之大，鳌的体形就可想而知了。虽然鳌被我踩在脚下，可它还不时翻身，引起大地震动呢！幸好有我在。才没造成大的伤亡。"

"关于女娲断鳌足的神话，古籍中颇多引述。"黎萍说。

汉代著名思想家王充在《论衡.谈天》中说："且鳌足可以柱天体，必长大不容于天地。女娲虽圣，何能杀之？"这些叙述，既对远古传说的保留，也有对用鳌足"柱天体"的怀疑。

据《观音得道》一书记载，鳌鱼似鱼非鱼，似龟非龟，头和龙相似，但没有须，身披一重厚甲，也有四只脚。平时藏身水底，觅食时浮出水面，大如船只，行动极快。它既能在水中游泳，也能上岸爬行，凭着锋利的牙齿和坚厚的甲壳，敢于肆无忌惮地横行于世。它不仅要吃牛羊猪狗，而且特别喜欢吃人。沿海居民要打打不死它，要避避不开它，实在拿它没办法。

观音菩萨得知此事，便找了十万八千根蚕丝结成一个羂索，又取宝瓶中的杨柳削成九个倒刺钩儿，贯在羂索的一端，再取海滨的沙土捏成一个人形，九个倒刺钩儿藏在泥人腹内。看到此鳌出现，便将泥人迎头摔去。那鳌鱼一见有人吃，便张开血盆大口，囫囵吞下。那泥人一入鳌腹，立刻融化开来，羂索上的九个倒刺钩儿扎在它心脏四周，痛得它在沙滩上直打滚。观音菩萨道："孽畜在人间已久，不知残害了多少生灵，理当诛灭。我本慈悲之旨，度你到南海去修行，忏除夙孽。你愿也不愿？"

说着放松了手中的羂索。那鳌鱼毕竟有点灵通，连连点头。于是观音菩萨踏上鳌背，航海而去。观音菩萨脚下的鳌鱼，也是诗人常见的题材。唐代大诗人李白在《猛虎行》中吟道："巨鳌未斩海水动，鱼龙奔走安得宁！"

唐代著名诗人刘禹锡，也喜欢引鳌入诗。他在《白舍人自杭州寄新诗因而戏酬》一诗中有这样两句："鳌惊震海风雷起，蜃门嘘天楼阁成。"

方艳红听了黎萍的讲述，十分感叹："连观世音菩萨都喜欢普陀山，难怪普陀山称为佛教四大名山的。"

海上救援

神话博士、沈教授他们晚上在普陀山宾馆里住下。黄昏，他们脱掉了魔衣、魔幻背心，穿上游泳衣，游泳裤，一起到海边游泳。神话博士、沈教授、黎萍、贾小玲都在近水游泳，龙小宏与黄梅两个却朝远处游去。一群机器大渔船过来了，掀起了巨浪。沈教授发现龙小宏与黄梅两个朝着一群机器大渔船游去，他喊："不要靠近机器渔船！危险。"

龙小宏带着黄梅靠近机器渔船，接着，一个巨浪打过来，龙小宏沉下水去。黄梅却举手高喊："救命！"

好在机器人王小钢、潘小虹也在海里游泳，他们以最快的速度，应该说是射箭的速度，冲了上去。王小钢从水底捞起了龙小宏，潘小虹救起了黄梅。两个机器人很快将他们送上了岸。

原来，黄梅与龙小宏都常在长江里游泳，水性不差。只是太巧，黄梅的两腿在水里忽然抽筋，龙小宏拼命拖着她。船上有人发现了他们，放下竹竿，黄梅、龙小宏因体力消耗太大，没有抓住渔民放下来的竹竿，一个浪头将龙小宏打到了船底。龙小宏看见了螺旋桨，慌得呛了几口水。幸亏机器人王小钢、潘小虹救援及时，不然，黄梅、龙小宏就命归大海了。

王小钢对龙小宏进行人工呼吸，很快，龙小宏吐了几口水，睁开了眼睛。黄梅的脸色发白，但无大碍。事后，黄梅说："亏了龙小宏，亏了机器人，不然，我已经死在江里喂鱼了！"

黄梅终于暗暗发誓，要嫁就嫁给龙小宏这样敢于舍身救人的男人。

谁知道，他们正在谈论时，有几个流氓冲了过来，抢了他们的魔幻背心、魔衣就跑。神话博士、沈教授顾不上换衣服，穿着游泳裤就追。越追离得越远。机器人王小钢反应过来，比奔驰轿车启动还快，一眨眼就追上了。几个流氓，穷凶极恶，举起匕首，挥起砍刀，围攻机器人。机器人让他们扎几刀，皮肉没有丝毫受损，可刀子全给折断了。

几个流氓说："这人什么功夫，刀砍不伤，赶快掏枪。"

一个流氓举枪就打，没有想到，子弹弹了回去，将流氓击倒在地。有流氓喊"遇到鬼神了，快跑。"这一下，几个流氓扔下魔衣、魔幻背心就跑。潘小虹追了上去，手一指，一股电流，将四个流氓全部打翻在地。

一个流氓跪在地上喊："神仙饶命。"

他们认为，如此功夫，肯定是神仙了。神话博士打电话给 110，一会，几个警察开着警车来了，将这几个流氓带走了。

他们几个人找了一个地方坐了下来，一边喝水，一边休闲。神话博士说："我怀疑，我们被熟悉我们底细的人盯上了。会不会是王冬生、李英豪、相柳、穷奇指使的？"

沈教授与神话博士商量了一下。宣布："我们寻找《山海经藏宝图》的下一个目标——峨眉山！"

二十三、天下峨眉

峨眉来历

神话博士、沈教授带着一行人与机器人王小钢、潘小虹打开魔衣、魔幻背心的旅行功能开关来到峨眉山。神话博士说："峨眉山，在《山海经·西山经》中也有记载，古称皇人山，《山海经》中描绘的双头蛇，在今天的峨眉山也曾见到，《成都商报》有报道。"

田幻想说："峨眉山，尽人皆知，曾被郭沫若品题为'天下名山'。然而，峨眉之名，起于何时，已不可考。目前，所知最早见于文字的，是西汉扬雄的《蜀都赋》：'南则有犍、嫱、夷、昆明、峨眉。'尔后，西晋左思《蜀都赋》有：'带二江之双流，抗峨眉之重阻。"

黎萍导游说："我当导游去过峨眉山两次，听说峨眉之名的历史难已说清。其中，最常见的有两种：一是北魏郦道元《水经注》引《益州记》说：'平乡江东迳峨眉山，在南安县界，去成都南千里，然秋日清澄，望见两山相峙如蛾眉焉。'二是'蛾眉'在古时是用来形容女子容貌的。如《诗·卫风》："螓首蛾眉"，即女子的代称。所以有人干脆直书"娥眉山"(《四部丛刊》本《抱朴子》)。

峨眉山是我国的四大佛教名山之一，位于四川中南部，四川盆地西南边缘的峨眉境内，距成都约一百六十公里，在峨眉山市西南七公里处。与山西五台山、浙江普陀山、安徽九华山并称为中国佛教四大名山，是举世闻名的普贤菩萨道场。有山峰相对如蛾眉，故名。包括大峨眉、二峨眉、三峨眉、四峨眉。主峰三千零九十九米，高出成都平原二千五百至二千六百米。为褶皱断块山地，断裂处河谷深切。一线天、舍身崖等绝壁高达七百至八百五十米。山势雄伟，隘谷深幽，飞瀑如帘，云海翻涌，林木葱茏，有"峨眉天下秀"之称。山上多佛教寺庙，向为著名游览胜地。

这座绵亘一百二十里长的名山上，到处都是佛教风物圈的领地。这里占绝对优势的佛教遗迹，是以普贤菩萨的道场风物为中心的。例如，"洗象池"景观，是记述普贤菩萨在此处洗浴他的坐骑大象的显灵故事的。"普贤石"，在佛教传承中是普贤休息的地方。"金顶"被认为是普贤显现佛光的地方,宋元以来,因看到佛光而坠"舍身崖"的人,大多笃信普贤菩萨普度众生的佛教传说。

机器人王小钢主动介绍:"一九八二年,峨眉山以峨眉山风景名胜区的名义,被国务院批准列入第一批国家级风景名胜区名单。一九九六年,峨眉山与乐山大佛共同被列入《世界自然与文化遗产名录》,成为全人类自然和文化双重遗产。二〇〇七年,峨眉山景区被国家旅游局首批正式批准为国家5A级旅游风景区。"

机器人潘小虹接着介绍说:"峨眉山景区面积一百五十四平方公里,包括大峨、二峨、三峨、四峨四座大山。大峨山为峨眉山的主峰,通常说的峨眉山就是指的大峨山。大峨、二峨两山相对,远远望去,双峰缥缈,犹如画眉。这种陡峭险峻、横空出世的雄伟气势,使唐代诗人李白发出'峨眉高出西极天'、'蜀国多仙山,峨眉邈难匹'的赞叹。峨眉山以多雾著称,常年云雾缭绕,雨丝霏霏。弥漫山间的云雾,变化万千,把峨眉山装点得婀娜多姿。峨眉山层峦叠嶂、山势雄伟,景色秀丽,气象万千,素有'一山有四季,十里不同天之妙喻'。"

他们来到峨眉山清音阁。黎萍导游开始讲解:"登临金顶,极目远望,视野宽阔,景色壮丽。观日出、望云海、拜佛光,赏晚霞,令人心旷神怡。西眺,皑皑雪峰,山连天际;南望,万佛云涛,气势恢弘;北瞰,百里平川,如铺锦绣。置身峨眉之巅,真有"一览众山小"之感叹。下面请机器人王小钢介绍峨眉山佳景吧。"

王小钢发话了:"先生们,女士们,大家好!清代诗人谭钟岳将峨眉山佳景概括为十种:金顶祥光、象池月夜、九老仙府、洪椿晓雨、白水秋风、双桥清音、大坪霁雪、灵岩叠翠、罗峰晴云、圣积晚钟。现在人们又不断发现和创造了许多新景观,如红珠拥翠、虎溪听泉、龙江栈道、龙门飞瀑、雷洞烟云、接引飞虹、卧云浮舟、冷杉幽林等。峨眉新十景为:金顶金佛、万佛朝宗、小平情缘、清音平湖、幽谷灵猴、第一山亭、摩崖石刻、秀甲瀑布、迎宾滩、名山起点,无不引人入胜。进入山中,古树参天,叠嶂重峦;涧深谷幽,路转峰回;桥连云断,一线天光;万壑飞瀑,泉声潺潺;仙雀争鸣,彩蝶起舞;灵猴戏嬉,琴蛙弹奏;五彩缤纷,别有洞天。逢春,万物萌动,百花争艳;入夏,奇花铺径,郁郁葱葱;临秋,满山红叶,姹紫嫣红;至冬,冰天雪地,银装素裹。"

贾小玲问沈教授:"机器人王小钢、潘小虹真是妙语连珠。"

沈教授说:"到底是计算机的芯片加上人的大脑。"

机器人潘小虹开始接着讲解了:"先生们,女士们,机器人潘小虹开始讲解:峨眉山高出五岳,秀甲天下。最高峰万佛顶海拔三千零九十九米。山体南北方向延伸,绵延二十三公里,面积一百一十五平方公里。长久以来,峨眉山以其秀丽的自然风光和神话般的佛教胜迹而闻名于世。其山脉,千岩万壑、巍峨媚丽;瀑布溪流、绵亘曲折;古雅神奇、奇秀清雅,故有"峨眉天下秀"之美称。因为登山路线几近百里,近年来建成了登山索道,方便普通攀登者的登临。而游客登上极顶——金顶,可以俯瞰万里云海,欣赏'日出'、'云海'、'佛光'和'圣灯'四大绝景。"

田幻想找到发言的机会了。他说:"峨眉山上共有佛寺数十处,寺内珍藏有许多精美的佛教瑰宝。许多笃信佛教的老人不辞艰苦,一步一歇,历经十数日登上山顶。还有更多的海外游客远涉重洋，几经周折，登临峨眉山。”

龙小宏一见方艳红赞扬田幻想，他也不甘示弱：“我到峨眉山拍摄到佛光。佛光是峨眉山最壮美的奇观。峨眉山优美的自然景观、良好的生态环境，使它成为人们探奇揽胜、求仙修道的理想处所。”

龙吹吹得意地笑了，说：“要不要裸体与佛光合影。”

方艳红不知道怎么回答。神话博士说话了：“不行，这样是对佛教的大不敬。”

夏青教授说：“我想在这里照一张照片，龙摄影家，给我来一张。”

龙吹吹忙不迭地举起他的尼康照相机，正准备拍摄，突然，一只老猴走到老教授身边，要求一起合影，这举动，让在场的人都哈哈大笑起来。照完了相，老猴子伸手找夏青教授要东西吃。夏教授将裤兜里的水果糖掏了几粒，给了猴子，这样，才落得了一个安静。

黎萍导游说：“我先给你们讲一讲猴子的祖先的故事，好吗。”

峨眉灵猴

黎萍讲故事的时候，田幻想、龙吹吹将魔幻背心上的梦幻开关打开了。

——很久以前，有一位心地善良的女孩叫阿巧。由于家境贫穷，很小的时候就被送到富贵人家当佣人。有一天，阿巧到后院菜圃中浇菜的时候，突然，有一位衣服破烂、全身肮脏、臭气冲天的乞丐出现在她身后。“这位好心的姑娘，我已经好几天没吃饭了，请你施舍一点东西给我吃吧！”乞丐求阿巧。阿巧看到乞丐这样可怜，于是就把自己的午餐偷偷留下一半，送给乞丐，乞丐非常感激地走了。第二天，当阿巧在洗衣服的时候，那个乞丐又出现了。阿巧正准备去拿吃的东西给乞丐时，正好被女主人看到了。她对阿巧大喊：“阿巧，你在做什么？还不快去洗你的衣服。”

阿巧只好回去洗衣服。女主人一看到乞丐就把他推向门外，一边推还一边骂：“你这个臭乞丐，还不快给我滚！这里没有东西给你吃，快滚。”

乞丐光着脚，对阿巧说：“好心的姑娘，你就好人做到底，帮我把脚上水泡中的脓挤出来。我已经痛了好几天了。”

田幻想说：“别理这个乞丐，太欺负人了。”

龙吹吹也说：“说不定是个流氓乞丐呢。”

好心的阿巧一句话也没说，就把乞丐脚上的脓给挤了出来。脓溅得阿巧整脸和整身，但阿巧一点也不嫌弃，反而问乞丐：“现在好多了吧？”

乞丐说：“幸亏你没听这两个臭男人的，让我的脚不疼了。好多了！好多了！姑娘，谢谢。”

乞丐说完，就笑嘻嘻地走了。乞丐走了之后，田幻想说：“阿巧，你真不该给这个乞丐弄脚的。你看，是不是，弄得满脸都是脓水。”

龙吹吹说：“你还不快去洗脸。”

阿巧说:“谢谢你们两位哥哥。”

说完,阿巧来到水槽边,把手脚和脸洗干净。忽然,田幻想说:“哎呀呀,怎么变了。”

原来阿巧已经变成一个如花似玉的美人!女主人非常羡慕,就问阿巧是什么原因。阿巧告诉了女主人。女主人找到了乞丐,不但请他吃饭,还帮他挤脚上的脓包。结果女主人不但没有变得比以前更漂亮,反而比以前更丑了。而且她的脸上、身上还长出毛来,好像一只野兽。女主人伤心地大哭起来。乞丐就拿了一块火热的瓦,对她说:“如果你要拔掉身上的猴毛,就坐到这块瓦上吧!”

女主人一听,赶紧坐在瓦片上。谁知道,不但没有把毛弄掉,反而把屁股烧得通红,痛得她哇哇大叫。从此以后,女主人再也没有脸在镇上住下去,一个人跑到山中隐居起来。据说,这就是猴子的祖先。

王丽君当导游带旅行团来过峨眉山。她说:“我想给你们介绍峨眉山的灵猴。田幻想、龙小宏,你们继续打开旅行开关。”

——峨眉山生态猴区位于峨眉山清音阁、一线天至洪椿坪之间,为一段狭长的幽谷,占地二十五公顷,是目前我国最大的自然生态猴保护区。峨眉山猴种名藏酋猴,属国家二级保护动物,色泽棕青,短尾,个大,又称四川短尾猴、大青猴。因长期生活在佛教名山,故妙号“猴居士”,野生状态中的猴以采集植物的叶、花、果为食。猴区内现有三支家族式野生猴,约四百余只。

峨眉山灵猴是峨眉山的精灵,嬉闹顽皮、滑稽可笑又极通人性,见到龙小宏、田幻想,不但不惊,反而同他俩嬉戏,与游人同乐,给他俩带来许多乐趣。与群猴玩耍,给猴子喂食,观赏其千姿百态,了解其生活习性,跟它们亲密接触,成为游客到峨眉山旅游不可缺少的项目。

每天早上九点左右,峨眉山生态猴区就像集市般热闹。同人类一样,峨眉山猴也实行“朝九晚五”上班制。随着管理员打锣、吹哨声,猴儿们便在猴王的率领下,扶老携幼、拖儿带女地来到猴区游山道和栈道旁“上班”,与人同乐,直到下午五点以后,在管理员的催促和吆唱下,才告别游人“下班”。

峨眉山猴过着长期的群居生活,每群数量有十五只到六十只不等,一般由一只猴王、十五只成年雄猴、数只雌猴和小猴组成。猴王统一指挥社群所有活动,成员之间分工明确,相互协作、保护,内部不准以强凌弱,不准擅自离群活动,绝对服从猴王的号令等。猴群一般都在固定的地盘上活动,不准其他猴入侵,并用武力捍卫自己的“领土”完整。猴王享有“一夫多妻”制的特权,所有雌猴都是猴王的“妻妾”,它不但威猛雄壮,并且多吃多占,不可一世。但猴王通常四、五年换届一次,当其年老体衰、不能胜任繁衍后代和管理猴群的任务时,便会被淘汰下来,由其它强壮的雄猴所取代。

龙吹吹接着讲一个猴子幽默的小故事。他说:“我曾见过。”

有个驯猴子的人召集四个大小猴子,给它们四顶帽子,一顶黑色的,一顶蓝色的,一顶红色的,还有一顶绿色的。三个猴子分别将黑色的、蓝色的、红色的帽子戴上,唯独那顶绿色的帽子被冷落。驯猴子的人气了,用鞭子教驯那只不肯戴绿帽子的大猴子。大猴子与驯猴子的人开始对抗,它灵活地抢走了驯猴人的鞭子,推得驯猴人站立不稳。最后,大猴子掀掉了驯猴人头上的草帽,当做篮球扔上了篮球筐。最终,乘那驯猴人不注意,将一顶大大的绿色的帽子,扣在驯猴人的头上。

于是,有观众议论。本来,驯猴人是在捉弄猴子,没有想到,聪明的猴子,反而捉弄了驯猴人。也许,驯猴人本意是希望大猴子戴上绿色的帽子,而聪明的猴子,听见观众的笑声,知道戴绿色的帽子不好,故将绿色帽子扔给驯猴。或者,训猴人,有意思培养猴子不戴绿色的帽子,让猴子进行抵抗,让观众体会一种幽默的快乐。这里有个前提,就是,人们都知道绿帽子不好戴。

沈教授说:"我们不谈猴子了。我想给你们讲一个《峨眉四女》的故事。你们可以打开魔幻背心上的梦幻功能开关。"

峨眉四女

沈教授的话语,让大家看见了一个梦幻的场景。

——从前,峨眉县城西门外,有一个西坡寺。有一年,一个白发苍苍的老画家,千里迢迢的来到这里,要求住在寺里,西坡寺的主持和尚收留了他。主持和尚自幼喜欢书画,天长日久,就和老画家结下了深厚的友谊。一天,风和日丽,绿柳低垂,画家邀请和尚同游乐山乌尤寺。和尚笑着推辞说:"这里离乐山有几十里路,来回要一天时间,很不方便。"

画家见和尚不去,便独自去了。不到半天功夫他就回来了。还带回来几张乌尤寺的画送给和尚。和尚自幼喜爱字画,心里十分高兴。老和尚说:"你的脚真快,不到半天就游完乌尤寺回来了。"

画家笑着没有回答。龙小宏说:"这个谜和尚一直猜不透。"

田幻想说:"这还不明白?这画家是仙人。"

又过了几天,画家来向和尚告别,并付给食宿费用。和尚坚持不收。画家见和尚不愿收钱,猛然想起和尚喜欢画,便拿出纸笔墨砚对和尚说:"你不收钱,那我就画几张画送给你,"

和尚听了,满心欢喜。不一会,画家就画好了四幅画。每一幅上画的是一个美丽的姑娘。田幻想说:"第一幅画的是一个身穿绿衣绿裙,头上披一条白色纱巾的姑娘。"

龙小宏说:"第二幅画的是一个身穿红衣红裙,头上披一条绿色纱巾的姑娘。"

田幻想说:"第三幅画的是一个身穿蓝衣蓝裙,头上披一条黄色纱巾的姑娘。"

龙小宏说:"第四幅画的是一个身穿黄衣黄裙,头上披一条红色纱巾的姑娘。"

田幻想说:"因为古时候称美丽的姑娘叫娥眉,所以画家把四幅画题名为《娥眉四女图》。"

王丽君说:"你们怎么知道的?"

方艳红说了一句聪明话:"他们两个都知道这个故事的内容。"

画家把画交给和尚,说:"你把画放在箱子里,等过了七七四十九天以后再拿出来挂。"画家走后,和尚想,这样好的画放在箱子里太可惜了,何不挂出来让大家观赏观赏呢?于是就把这四幅画挂在客堂里。

有天，和尚从外面回来。忽然看见有四个姑娘坐在客堂里说说笑笑哩。和尚看着这几个姑娘很面熟、又觉得很奇怪，刚才出去时并没有见到过这几个姑娘呀！就问："你们几个姑娘是来游庙还是拜佛呀？"

龙小宏说："废话，和尚是不是男人，如果是男人，哪个不喜欢女人？"

方艳红有点向着田幻想，她挖苦龙小宏说："你这是说的什么话？这是对佛教的大不敬。"

王丽君也说："这龙吹吹满嘴邪话。"

这时，和尚已经追上四妹，抓住了她的裙角，要拖她回去。龙吹吹禁不住拍起巴掌来。四妹见不得脱身，就喊："大姐、二姐、三姐，快来救我！"

三个姐姐见四妹被和尚拖住不放，就生气地骂："这和尚真不害羞！"

四妹因为隔得远，只听到"不害羞"三个字，以为姐姐们在骂她，羞得满脸绯红，无地自容，便立刻变成一座山峰。

和尚没看见姑娘，到处寻找。他看见龙小宏、田幻想走来，问："你们看见一个姑娘没有？"田幻想说："她已经变成山了。"和尚抬头一看，面前果然出现了一座大山。和尚喊道："你变成山，我也要在旁边守着你，反正不能放走你。"

三个姐姐见四妹变成了一座山，也变成三座山等着她。后来，和尚死在山旁边，变成了一个瓷罗汉，仍然守着山。人们在那里修了一个庙子，就叫"瓷佛寺"。四姐妹变成的四座山峰，一座比一座美。

后来人们就把娥眉的"娥"字改写成山傍的"峨"字。大姐就叫大峨山，二姐就叫二峨山，三姐就叫三峨山，四妹就叫四峨山。至今，大峨山、二峨山、三峨山，还并肩站在一起，只有四峨山隔了一段距离。

龙小宏发话了。他终于找到机会反击了："我觉得那个死皮赖脸的和尚有点像王三。"

田幻想明白了，嘻嘻哈哈："你是说王三像和尚一样要留住王丽君。"

王丽君也听明白了，说："龙吹吹，田瞎子，你们瞎说什么。"

王丽君发火了，龙小宏才感到害怕。因为，他毕竟爱着王丽君。

神话博士指着前面的一个石头说："请看，那是天门石。贾小玲讲的《天门枯叶》就是说的这个天门山。"

沈教授说："峨眉山高峻美。唐代大诗人李白曾写诗赞道：'峨眉高出西极天。'在民间也流传着'四川有座峨眉山，离天只有三尺三'的说法。但是，峨眉山上离金顶不远的地方，有两块大石头，却比峨眉山更高。这两块石头形状相似，相对屹立，相距不到一丈，石壁很陡，就象刀削的一样。据说这石头原来是一块，爬到上面就能摸到南天门，所以人们叫它'天门石'。不知道《山海经藏宝图》在里面有没有踪迹。"

黎萍说："峨眉山神话很多。我也给你们讲一个桫椤花开的故事吧。"

龙小宏举起照相机，忽然说："奇怪，好像《山海经藏宝图》在佛光里一亮。"

田幻想说:“你这是走火入魔了。”

龙吹吹给方艳红照相了,又给王丽君照,一连照了好几张。

田幻想说:“我给你们讲一个关于佛光的故事,好吗。”

佛光吉祥

——“佛光”这个名称的由来有个传说,那是几千年前的事了。相传东汉永平年间,在峨眉山的华严顶下面,住着一个姓蒲的老人,大家都叫他蒲公。蒲公祖辈都是靠采药为生,一年到头在峨眉山上到处采药,认识了宝掌峰下宝掌寺里的宝掌和尚。天长日久,两人的交情越来越深。蒲公采药,常去宝掌和尚庙里歇脚,宝掌和尚也常到蒲公家里谈古论今。

一天,蒲公正在一个名叫云窝的地方采药,忽然听见天空中传来了音乐声。他忙抬头一看,只见了一群人马脚踏五彩祥云,直往金顶方向飘去。其中有一人,骑了匹既不像鹿又不像马的坐骑。蒲公心想,这些人能在天上驾云,莫非是神仙。于是跟着那片祥云,往金顶追去,想看看究竟是些啥子人。

蒲公来到金顶,见舍身岩下云海翻卷,彩虹万道。在五彩光环中,有一人头戴束发紫金冠,身披黄锦袈裟,骑了一匹六牙大象,头上有五彩祥光,脚下是白玉莲台。蒲公认不得是哪个,就赶着回来问宝掌和尚。刚到家里,就见宝掌和尚早已在等他。见他回来就问:“今天你到哪里采药去了?怎么一去就是半天?”

蒲公把在金顶看到的事告诉了宝掌和尚。宝掌和尚一听大喜,忙说:“哎呀!那是普贤菩萨嘛!我就想见普贤,求他指引佛法。走,我们再去一趟!”

说完,拉着蒲公就向金顶跑去。走到洗象池,宝掌和尚指着池旁边一片湿象蹄印说:“你看,这不是普贤菩萨骑的白象在这里洗过澡么?”说着加快了脚步。不一会儿他们就到了金顶。宝掌和尚到舍身岩上往下看,只见岩下一片茫茫云海中,有一团七色宝光。宝掌和尚说:“那七色宝光就是普贤菩萨的化身,叫做佛光。”

这时,蒲公忽然看见光环中又出现了普贤的金身,就连忙叫宝掌尚看。可是等宝掌和尚看时,光环中却只出现了自己的身影。蒲公感到很奇怪,就问宝掌和尚:“怎么光环中只出现你的影子?”

宝掌和尚对他说“你每天采药,救人苦难,为大家做了许多好事,所以感动菩萨,向你现了金身。我做的好事还不如你多,所以不能看见菩萨的金身,只能看见菩萨头上的宝光。”

以后人们就把能看见佛光当作一种吉祥的象征。并且给它起了个名字叫“金顶祥光”。

神话博士说:“《佛光吉祥》的故事告诉我们,看见金身是做了大量好事,看见佛光也是做了善事,这对于人们有激励作用。”

沈教授说:“我们是否到雁荡山去寻找《山海经藏宝图》?《山海经》里提到雁荡山。这雁荡山也是中国名山。”

二十四、雁荡奇山

莲花成山

神话博士、考古教授带着众人来到雁荡山。《山海经·西海经》里的雁荡山和雁门关等，在现在的中国地图里还能找见。

黎萍导游说："我给大家讲一个故事。这个故事还得从《山海经》中的女娲补天说起。请大家打开梦幻开关。"

神话博士、沈教授面前出现了人头蛇身的巨神。曾经炼五色石补天的女娲氏，正在巡视四方。她来到西北高原上的大泽旁边，只见四周芦苇丛生，泽内荷花盛开，美丽极了。女娲氏绕过沙滩，伸手采摘了两朵金色莲花和一朵五色荷花，插在髻旁。她正要走时，忽然一阵大风吹来，把她髻上的三朵花儿一齐吹向天空，直向东南海边飘去。花儿飘呀，飘呀，飘到了大海边上落下来。两朵金色莲花就变为金华山和天台山华顶峰；那朵五色荷花则变为一座"芙蓉山"了。因为"芙蓉"也就是荷花，所以才有这个雅称。这朵五色荷花有一百零八瓣，"芙蓉山"也刚好有一百零八峰。但其中有几个是双峰并立的，只取了一个名，因此人们只说是"百二奇峰"。

女娲氏见三山落成，满心欢喜。过了许多年以后，一天，她偶然遥望东南，不禁大惊失色。原来，那座美丽的"芙蓉山"不知在什么时候已被怪兽"凿齿"咬了三十六个大洞和许多小洞，地面上也被挖掘了几道深坑，正在滔滔地流着水哩。女娲氏知道，这"凿齿"的门齿，足有三尺长，像凿头般锐利，厉害非凡，很难对付。她只好求玉皇大帝帮忙除害。这玉皇大帝是天皇氏的化身，就命令雨姊和风姨前去除害。雨姊、风姨迅速跟随女娲氏来到了凡间。霎时间，狂风怒号，大雨如注，地面上洪水横流。

那"凿齿"便被这场洪水驱逐到远方去了。从此之后，"芙蓉山"便留下了四十六洞、十七瀑、七溪、一涧和十三坑，山顶上也出现了一个碧水粼粼的大湖。女娲氏把"凿齿"赶跑之后，还不放心，怕它日后重来为害，就到大泽边采了几枝芦苇，围在“芙蓉山”周围，像是砌了天堑城墙一样，把“芙蓉山”与世隔绝开来。岁月飞逝。这座美丽的“芙蓉山”矗立于东南大海的边上，不觉已过了十万零八千年，依然不为世人知晓。到后来，山外围的芦苇渐渐消失，山径也就逐渐开出来了。只有山顶的大湖畔仍旧芦苇丛生，南归的秋雁都纷纷在这里停留栖宿。于是，人们便把这座“芙蓉山”改称为“雁荡山”。

“民间传说，雁荡山、天台山和金华山是女娲娘娘丢下的三朵莲花变成的。雁荡山原是莲花之山，后来才变为鸿雁之山。”沈早晨说：“请大家继续打开梦幻开关，听我来介绍雁荡山，我曾去过两次。”

雁荡山

——雁荡山，万山重叠，群峰争雄，悬嶂蔽日，飞瀑凌空，是全国十大名山之一。一九八二年被国务院列为首批国家重点风景名胜区，一九九九年荣获“国家文明风景名胜区”称号。北京时间二〇〇五年二月十二日，联合国教科文组织世界地质公园专家评审会在巴黎宣布，中国浙江雁荡山等四家国家地质公园被评为第二世界地质公园。因“古火山立体模型”著称的雁荡山成功跻身世界地质公园行列，使浙江从此结束了没有“世界名山”的历史。雁荡山形成于一亿二千万年前。

雁荡山位于中国浙江省温州市乐清市境内，部分位于永嘉县及温岭市。距杭州约三百公里，距温州七十公里。始于南北朝，兴于唐，盛于宋，素有“袁中绝胜，海上名山”之誉，史称东南第一山。总面积四百五十平方公里，五百 多个景点分布于八个景区，以奇峰怪石、古洞石室、飞瀑流泉称胜。其中，灵峰、灵岩、大龙湫三个景区被称为“雁荡三绝”。特别是灵峰夜景。灵岩飞渡堪称中国一绝。因山顶有湖，芦苇茂密，结草为荡，南归秋雁多宿于此，故名雁荡。

雁荡山系绵延数百公里，按地理位置不同，可分为北雁荡山、中雁荡山、南雁荡山、西雁荡山、东雁荡山。通常所说的雁荡山风景区主要是指乐清市境内的北雁荡山。由于处在古火山频繁活动的地带，山体呈现独具特色的峰、柱、墩、洞、壁等奇岩怪石，称得上是一个造型地貌博物馆。

雁荡山造型地貌，也对科学家产生了强烈的启智作用。如北宋科学家沈括游雁荡山后得出了流水对地形侵蚀作用的学说，这比欧洲学术界关于侵蚀学说的提出早六百多年。现代地质学研究表明，雁荡山是一座具有世界意义的典型的白垩纪流纹质古火山——破火山。它的科学价值具有世界突出的普遍的意义。清人施元孚游寝雁荡山十年后提出“游山说”，说的是中国古代游览山水活动中回归自然，与大自然精神往来的精神文化活动的经验总结。这与清末学者魏源提出的“游山学”是一致的，也是值得总结的山水文化遗产。主峰百岗尖海拔一千一百五十米。宋时曾有十八古刹，十六亭，十院之盛。

南雁荡山山顶有泥塘沼泽，秋季有大雁在此栖息，且与北雁荡山遥望相对，故名南雁荡。南雁荡的开发早于北雁荡。五代时高僧愿齐就率门徒三百在此开发。南雁景区面积九十七平方公里，群峦叠翠，怪石峥嵘，飞瀑溪潭，幽洞石堑，景色无比瑰丽。共有六十七峰、二十八岩、二十四洞、十三潭、八潭、九石，向称"浙南第一胜景"。有东西洞、顺溪、畴溪、石城、东屿等景区。其中，东西洞景区景点最为密集，景色雄奇，蔚为壮观。在半平方公里范围内，有始建于宋代儒教会文书院、仙姑洞道观和唐代的观音洞寺院，三教荟萃，国内罕见。

东洞高十米，宽五点六米，深一百余米。洞口丹崖翠壁，巍然挺立，人称"五色屏风"，亦叫"石天门"。在东北洞壁上方，有一笔直如柱，高四十多米的华表峰。下面有一石梁横空，呈半圆形门，酷似古牌楼，上刻"东天门"，入内便是"会文书院"。原是北宋时陈经正、陈经邦兄弟读书之处，后来朱熹曾率弟子多人在此讲学。清光绪重建。晚清著名学者孙衣言为此题联："伊洛微言持敬始，永嘉前辈读书多"。至今尚存。

书院右侧山上悬崖下，便是南雁荡山著名的观音洞。洞高二十一米，宽四十五米，有古刹依洞而建，别具风格。四周峰峦叠翠，怪石嶙峋，有普陀峰、蝙蝠峰、卓笔峰等景点。右侧"一线天"由大悬崖凌空夹峙而成，高百余米，中间空隙仅一米，登一百六十级石阶方可抵达绝顶。

西洞又称"仙姑洞"。相传南宋时，闹村朱氏，名婵媛，十六岁时出家为道姑，遁居此石洞"辟谷二十年"，常采药为人治病，下药立愈，后不知去向。人们在洞口建道院以纪念。洞高十八米，宽四十四米，深二十九米，建有七间三层楼阁，屋宇大部与洞连接。洞内有十八进士洞、连环洞等。洞外有珍珠泉、石斧岩、玉液池、怡心院、三台道院、朝天鲤等景点。在洞前眺望，十二峰错落有致，各以形赋名。有蝙蝠峰、文笔峰、玉女峰、老人峰、三台峰、会仙峰、美女梳妆峰等。

中雁荡山原名白石山，距乐清市西南十公里，距温州市区二十公里。辖玉甑、西漈、三湖、东漈、凤凰山、杨八洞、刘公谷等七大景区。中雁荡山总面积九十三平方公里，景点三百余处，境内以峰雄嶂险、飞瀑流泉、洞幽寺古、湖光山色、潭碧林 翠著称。历代文人雅士慕名而来，留下大量珍贵的墨迹，为山色增添光彩。南朝谢灵运诗云："千倾带远堤，万里泻长汀"。宋朝王十朋也写道："十里湖山翠黛横 两溪寒玉斗琮琤"。这些都是对中雁荡山的称赞。

中雁荡最为著名的当属是西祭和玉甑景区。行程若从温州出发，可先到乐清白石，然后沿山而行至石门。西祭的地貌似北雁荡山，有二十一胜景。全山峰峦陡峭，洞谷深邃，溪碧泉清，景奇石怪，兼有雄奇和清幽之长。玉甑峰，海拔高五百多米，峰下有玉虹洞，誉为"天下第二十一洞天"，洞内有玉屏禅寺，雕梁画栋，古意盎然。与玉虹洞隔峭壁相望有白龙洞，洞内也有楼。这中雁荡洞洞相套，趣味横生。

中雁荡的名气虽不及北雁荡，但不少温州的名人颇为青睐。如南宋王十朋《登白石山》，有过"十里湖山翠黛横，两溪寒玉斗琮 。路从飞鸟头上过，人在白云深处行"的描述。中雁荡游山玩水，有三种选择，一是沿大路看水；二是傍水而行，路途较为艰险，但奇景比比皆是；三是上山沿路蛇行，下山顺溪而下，可兼得山之乐、水之乐。这里的水极清，树绿得浓酽。中雁荡山穷水尽处，常有一泓清泉相迎。峡谷幽深，杂花生树，清潭照人，别有洞天。

东雁荡山又称半屏山。民谣曰："半屏山，半屏山，一半在台湾，一半在大陆。"大陆半屏山即此。景区面积零点九五平方公里。东雁荡山东部沿岸断崖峭壁，犹如刀削斧劈，山成半片，直立千仞。连绵数千米的绝壁,依次展开惟妙惟肖的迎风屏、赤象屏、孔雀屏、鼓浪屏等巨幅岩雕画屏,是目前发现的全国最长最大的海上天然岩雕,被誉为“神州海上第一屏”、“海上天然岩雕长廊”。景区还建有“海上岩礁园”,听涛观礁,海上攀岩,堪称奇绝。

雁荡山是环太平洋东海边上的一座白垩纪流纹质古火山。它记录了中生代古火山发生、演化的历史,也展示了一亿年来地质作用所形成的深谷、峰林,有“造型地貌博物馆”之称。

雁荡山开山凿胜,始于南北朝,兴于唐,盛于宋,积淀了丰富的历史文化。从唐宋以来,行旅如云,山中摩崖累累,古刹遍布,诗文、画卷、故事、传说俯拾皆是,堪称是一座“文史宝库”。

有一个传奇故事。相传在一千年前,观音洞里有很多岩石,还长着刺藤,住着狐狸、蜈蚣精和狼,都很凶暴。

一日,一个老和尚来到观音洞口。那时,他已经筋疲力尽了。他看到观音洞,想进去念《法华经》,当时他忘记了口渴,忘记了饥饿,一心要进洞去念经。一条条刺藤划破了老和尚的脸。但他毫不觉得痛,还是不断前行。老和尚终于进了观音洞,开始念经。岩石上的水滴一点一点地滴下来,老和尚称他为“清泉”。老和尚念了一天一夜,住在这观音洞里的狐狸、蜈蚣精和狼都戏弄老和尚,可是老和尚还是管念自己的经,不去理他们。狐狸和狼他们让蜈蚣精用毒液污染“清泉”给老和尚喝,隐身的田幻想喊:“不能喝。”狐狸说:“是谁在说话?”狼到处寻找说:“没有谁呀。”老和尚喝了泉水。被老和尚称为“洗心”的喷泉把老和尚的肠胃给洗了。他们捉弄了老和尚几天,也都累了,便坐在老和尚的旁边日日夜夜听老和尚念经。老和尚喊着:“善哉!善哉!”他们也受到了感化。

狐狸一心想要改过,就让野狐狸们把这些岩石给搬走。蜈蚣精也想要改过,就让毒蜈蚣们把这些刺藤咬断。老狼呢!他让狼群把这些石头推下山。

《山海经藏宝图》在里面没有踪迹。

仙姑洞

神话博士、考古教授带着众人来到雁荡山的仙姑洞。这是南雁荡山的主要风景点之一,又名“西洞”。洞口朝西,高二至十米,深二十四米,宽十四米,四周岩石是以流纹岩为主的火成岩。洞内建筑是一座七间三层的古式楼台,为砖木结构。为宋朝所建,在清光绪二十五年(公元一八九九年)和一九三八年重修。

仙姑洞楼高十七点五米,宽四十四米,长二十九米,上中两层飞檐高耸、飞梁画栋、气势巍峨。仙姑洞正面黄色的粉墙上有著名篆刻家方介堪题写的“福生无量天尊”六个大篆体字。大门踞座一对庄严的石狮。

进入洞中,有一放生池,上有“福禄寿喜”图及一副对联:“山异平沙何雁落,池非深水有龙灵”。后来由于旅游开发,来往游客看到池内的龙嘴,产生了往龙嘴里丢硬币的想法。于是,放生池又有了一个别名——许愿池。在清澈的水池内,人们可以看到聚集在池底的许多硬币。还有少数幸运的游客，将硬币投入了龙嘴里。

前殿称大罗宝殿，后殿称仙姑祠。前半间有椽屋顶，后半间即以洞壁遮天。殿中供奉的是朱氏仙姑坐像，身着红装，端庄娴静。左右两边还分别供奉着九天玄女娘娘和送子观音。殿内还有著名数学家苏步青教授所题对联："仙姑环佩去千年香火馨赤壁，雅客舟车来万里灵山净红尘"。

神话博士说："关于这个美丽的朱仙姑，还有一个令人心动的传说。"

——北宋年间，南雁山脚下有一村庄名闹村。那里有户官员其女名朱嫦媛。因从小受母亲周氏的教导与影响，她洁身自好、不慕名利、处幽守家、念经学道。在她十六岁时，因为逃避父亲的逼婚而出家遁居于此修炼，常上山采药为乡人治病，赢得大家的尊敬与景仰。一次，她上山采药，好几天没有回来。村民们以为她失踪了，万分伤心，于是就集资建了这座仙姑洞以纪念她。可是没想到过了一段时间之后，仙姑居然平安回来了。

她看到村民们为她修的仙姑洞，既高兴又伤心。高兴的是人们如此喜爱她，建了仙姑洞纪念她，伤心的是她以后不能再住在这里了。为了不辜负村民的好意，她悄悄地离开这里。在离开之前，她把从山上采来的草药磨成粉末，涂在洞里的石柱上。这样一来，到仙姑洞祈福的人们就会闻到空气中散发出来的草药味，可以有病去病，无病消灾。结果，人们惊奇地以为这是羽化成仙的朱仙姑显灵了。此后，朱仙姑的故事也在南雁荡山地区盛传开来。

此外，仙姑洞里还有两处景点。一处为"十八进士洞"，另一处为"望天洞"。十八进士洞述说的是有关科举的故事：相传当年会文书院有十七位学子进京赶考。那场考试因为缺了一位考生，于是主考官就拉了在门外看行李的会文书院书童进来考试。出人意料的是，放榜的结果是这十七位考生连同顶替人数的那位书童同时中了进士。意外中进士的那位考生十分欣喜，回到书院之后，十分虔诚地拜谢了他们的老师。后来，这十八进士为探险，带着一只狗爬进仙姑洞里面的地下溶洞，用尽了十八盘纱绳和十八担蜡烛，还是没能出来。最后，还是那位书童进士在狗的带领下才得以出来。后来有人问这名幸存的进士，当时有没有想到要去救其他人出来？他只说大家都在里面走散了，没有办法找到，只好自己出来了。这个故事虽然只是一个传说，但竟然又有了后续故事，因为确实曾有人为了探寻这洞里面的秘密，进去了，可是再也没出来。为了防止类似事件再发生，仙姑洞的道长封死了洞口，并立了一尊塑像，以警告游客不要去冒险。所以，仙姑洞里这个神秘的溶洞，就成了永远的秘密。

方艳红说："我们应该去一下望天洞了。"

王丽君说："石博士、沈教授，我们想去看看望天洞。"

神话博士说："不知道《山海经藏宝图》在里面有没有踪迹。我给你们先讲《望天洞》的故事吧。"

望天洞

——最奇特的地方就在于，每年只有八月十五这天，月光才会透过这个洞口照进来，其他时间都不会出现。而这一规律，大概是与其独特的地理位置有关。以前，顽皮而又矫健的男孩子们会沿着这个洞口往上爬，一直通到洞的外面。

从前，雁荡山有个叫阿宝的后生，熟人见到他，总作兴学他口吃的样子："阿宝，现在牵羊顺……顺当乎？"他咧开嘴笑笑。阿宝十三四岁时，家里弄了只大白羊。每日天未亮时，他就牵着羊到半里外的坟坛去放。这片坟坛很冷清，每到黄昏时，鬼声呼呼地叫，鬼火飞来晃去，煞是吓人！阿宝经常听人这么讲。但他有个倔犟的脾气：自己没有亲眼看见的，决不相信。

一日下午，他又把羊牵到坟坛，拴在一树桩上，自己同小伙伴小锤去池塘玩水。两人正玩得痛快，突然乌云滚滚，雷鸣电闪，眼看天就要下雨了。阿宝三步一跳，一口气跑回坟坛，只见羊跺着脚"咩咩"直叫，他赶紧去解羊绳。忽然"轰隆"一声，一个响雷炸得坟坛发抖，紧接着，槐豆大的雨点从天上落下，直落得坟坛四周冒起一层白烟。风刮着树，发出"喔，喔"的叫声。这时的阿宝被吓呆了，他以为鬼真的赶来了，不管三七二十一，抓住羊绳用力一扽，就往家里跑。

过一下，雨停了。小锤也独自往回走。他路过阿宝家时，见阿宝站在羊棚边，一手捏着羊绳，一手打开棚门，嘴里念着："进去！进去！"小锤忍不住笑出声来。阿宝听见笑声，回头一看，自己手里拉着的竟是一条羊绳！阿宝"啊"的一声，结结巴巴地讲："怪——怪不得，这么顺当！"

原来，阿宝慌里慌张解羊绳时，用力过猛，把羊绳给扽断了，羊还留在山上哩！

俗话说："一人传十十传百"。阿宝牵羊的笑话，很快传遍了整个雁荡山。于是，"阿宝牵羊——顺当得很"这句话，也便成了这一带老百姓乐于引用的歇后语了。

阿宝的羊在山上到处乱跑。它跑呀，跑呀，一直跑到了方岩顶。不小心一只角撞在岩壁上，岩壁被撞了个羊角的大窟窿。从那以后，老百姓就把这窟窿叫做"羊角洞"。

机器人王小钢说："雁荡山的洞很多，有的洞我们没有时间进去，不知道里面有没有《山海经藏宝图》。"

机器人潘小虹说："我们运用遥感技术来扫描吧。"

王小钢与潘小虹手牵手飞上雁荡山山顶。然后，他们的眼睛里发出蓝色的光芒。两人几乎异口同声说："雁荡山没有《山海经藏宝图》。"

神话博士说："也罢，我们去庐山找吧。"神话博士还说："有关庐山来源的传说非常多，美丽动人，勾起了无数中外游客对庐山的向往之情。我这里也有一个离奇的传说，也许会引起大家的兴趣。"

二十五、风云庐山

神话博士建议："我们共同讲讲庐山传说吧。我先说。传为大禹时所作的《禹贡》及稍后的《山海经》，都提到了庐山。"

神话博士说，庐山传说——说的是秦始皇统治的时期。始皇帝残暴凶蛮，徭役繁重，调动全国民力修筑万里长城。百姓长年累月肩担背驼，怨声载道，大批的民工累死在工地上，真是惨不忍睹。这件事惊动了南海观世音菩萨。一天，她变成一个老太婆来到工地上，看到百姓们肩担重担，唉声叹气，就每人发一根绣花用的红线，叫他们把线缠在肩担头上。民工们依话而做，顿觉肩上陡然轻松，就像没有担子一样，不觉高兴得边走边唱了起来。

田幻想说，再说始皇帝这天也同往常一样视察工地，意外地发现民工们不像往日那样愁眉苦脸，更没有唉声叹气，连"杭育杭育"的劳动号子都没有，大家脸上都露出高兴的神情，感到莫名其妙。仔细一看，他才发现每人扁担头上都缠着一根花线。于是他找来几个民工，一问，才知道是花线使他们减轻了负担。这时，秦始皇心想，要是用这些花线拧成鞭子，用它到海边去赶一座陡峭的山峰放在长城之处，不是一座天然的屏障吗？真是太好不过了。他想到做到，当时就找来监工，把民工们的花线全部收笼来，织成一条五色鞭子。他拿起鞭子抽石头，石头飞跑；抽大树，大树移动，威力真是大极了。

黎萍说，秦始皇得到这个鞭子后，就亲自来到南海边，选一座似刀削的有点像驴子一样的高峰挥鞭就赶，日夜兼程，前往北方。一天，始皇帝赶着高山来到九江一带，当地郡守忙着准备隆重迎接皇帝陛下。

龙小宏说，这位郡守是一位清正的官吏，他早就抱怨皇帝的荒淫无道，滥用民力，知道皇帝修万里长城主要是为了使自己毫无顾虑地胡作非为，因此十分反对。这次听说皇帝得到一根宝鞭，他在不久前往咸阳，朝见皇帝时还亲眼看见。心想，暴君若是把山赶到了目的地，那不是可以为非作歹，塗炭生灵吗？后果一定不堪设想。由于这个缘故，这位为民着想的郡守终日眉头紧锁，唉声叹气。他的女儿知道这件事后，就对父亲说："我们何不想个办法把暴君的鞭子偷过来呢？"

王丽君声情并茂地说，郡守回答，傻孩子，暴君把鞭子当成宝贝，终日拿在手上，就连晚上也抱在怀里睡觉，你能拿得来吗？女儿一时也想不出办法。过了一会儿，又说："我们就按那鞭子的样子编一个，再想办法换过来！"郡守深知女儿心灵手巧，定能编得一模一样，于是他连连点头。父女二人如此这般地商量了一番。

方艳红说，过了几天，始皇帝赶着山来到了长江边上，郡守率领官员隆重地将他迎往官府，设丰盛的酒宴款待皇上。酒菜都摆上桌了，郡守和女儿一左一右坐在皇帝身边陪酒。只见坐的凳子很特别，固定在离桌子有两尺多远的地方，要添菜就得站起来。始皇帝将鞭子坐在屁股下，以为万无一失。万万没有想到，就在他添菜的时候，鞭子被小姐调换了。

神话博士说，吃完饭后，皇帝又拿起它鞭山，可是将山抽了无数下，山也没有动半毫分，直到把鞭子抽烂了，山还是纹丝不动。这时郡守站在旁边绘声绘色地解释道："陛下，兴许是这驴子山看到鄗郡风光好，不想走了，您就开恩让它留下吧！"

王丽君说，始皇帝无可奈何地丢掉了手中的烂鞭子，煞有介事地说："就依爱卿之言，让它留下，寡人赐它名为'驴山'！"

考古教授说，郡守连忙叩头谢恩。秦始皇刚走，观音菩萨就来到郡守家，收回鞭子，仍旧将花线发给民工。不过这回民工们有了经验，把花线放在衣服内肩膀上，也再不在脸上表现出高兴的样子。庐山就是这样得来的，直到今天，赣北一些乡村，还称庐山为"驴山"呢。

庐山瀑布

考古教授、神话博士带着王丽君、方艳红、龙小宏、田幻想参观庐山瀑布，驱车从庐山南麓栗里出发东行约五公里，抵达归宗寺遗址。抬头望见金轮峰直插云天，石镜峰拔地而起，其上的悬崖间，便是那"何必丝与竹，山水有清音"的玉帘泉瀑布。

神话博士说："我来讲玉帘瀑布与三叠泉瀑布，也提到了秦始皇的神鞭。"

"玉帘铺水半天垂"。玉帘泉瀑布高达数百丈，阔八九丈，远远望去，真如一幕玉珠水晶串成的垂帘。玉帘泉与庐山瀑布群中的其他瀑布有着明显的不同，它并不像石门涧瀑布那样水势汹涌，声响吓人，也不像乌龙潭瀑布那样玲珑妩媚，婉转流淌，而是属于那种数尺之上尚是水，数尺之下全是烟的瀑布。

玉帘泉瀑布在半空之中，便化为缕缕散丝，阵阵烟雾，因风作态，随意飘扬。阳光照射下，霓虹隐现，玉帘变成五彩珠帘，跌入潭中，如大珠小珠落玉盘，瀑声清脆悦耳。此番景色，不禁使人联想起著名的雁荡大龙湫瀑布来了。相比之下，玉帘泉瀑布别有一番妩媚柔姿，惹人爱怜。

昼夜流淌的玉帘泉瀑布，似乎还向游人诉说一个久远而美丽的传说：

相传在玉帘泉发源的石镜峰顶上，有枚锃亮明净的圆石，平滑如镜，可照见游人须发。这块圆石，便是玉真仙子用来梳妆打扮的宝鉴变来的。有一天，玉真仙子将宝鉴悬挂在峰顶上对鉴梳妆，那知鉴中竟映出山南群峰叠嶂，清溪泉瀑。玉真仙子喜出望外，便迅速唤来其他众仙子共赏鉴中之美景，可哪知一瞬间功夫，宝鉴不复存在，变成了一块圆石嵌在山崖之上。当地群众因此将这座嵌有宝鉴的山峰，取名为石镜峰。从此，石镜峰声名大振，各地名流高僧纷至沓来，李白、王羲之等亦曾到此游过。

今日玉帘泉瀑布之下的深潭旁边，有一个天然石洞，可容十余人。洞口有石屋残迹，传说是晋代著名书法家王羲之曾在此读书习字。那轻盈漫洒的玉帘泉水飘下而汇成美丽的石镜溪。宋代诗人王十朋有《石镜溪》诗赞曰：

山上有镜石为台，云雾深藏未肯开。
别有一溪清似镜，不须人为拂尘埃。

溪流中有段养鹅池，王羲之当年曾在此放养群鹅，以此为乐。王羲之每天在溪边池畔留连，细细观察着群鹅戏水之千姿百态，大概想从中悟出书学之道。有时还依照鹅在戏水的动人姿态，画上几幅栩栩如生的群鹅戏水图。那知白鹅跃出画面，凌空飞翔而去。于是放鹅洞之名由此得来。洞中据说还有一个斗大的"鵞"字，为王羲之亲笔所书。近代有人还说在草丛苔壁中，发现了斑驳难辨的"鵞"字。弄得后来的游人，每到此洞便四处寻觅。其实，这字今已不复存在了。

此外，在玉帘泉瀑布风景区，还流传着杏林春暖，复生松等许多优美动人的传说。

庐山瀑布群是有历史的，历代诸多文人骚客在此赋诗题词，赞颂其壮观雄伟，给庐山瀑布带来了极高的声誉。最有名的自然是唐代诗人李白的《题庐山瀑布》，已成千古绝唱。庐山的瀑布群，最著名的应数三叠泉，被称为庐山第一奇观。旧有"未到三叠泉，不算庐山客"之说。

三叠泉瀑布之水，自大月山流出，缓慢流淌一段后，再过五老峰背，经过山川石阶，折成三叠，故得名三叠泉瀑布。站在三叠泉瀑布前的观景石上举目望去，但见全长近百米的白练由北崖口悬注于大磐石之上，又飞泻到第二级大磐石，稍作停息，便又一次喷洒到第三级大磐石上。白练悬挂空中，三叠分明。正如古人所云："上级如飘云拖练，中级如碎石摧冰，下级如玉龙走潭。"而在水流飞溅中，远隔十几米仍觉湿意扑面。

庐山除三叠泉瀑布外，还有开生瀑、石门涧、玉帘泉、黄龙潭和乌龙潭瀑布等。庐山瀑布群便是以不同的风貌向世人展示她的万般风情。相传秦始皇在为自己建造陵墓的过程中，曾得到一根威力无穷的神鞭，那神鞭所到之处，山崩地裂。秦始皇将神鞭向骊山的一角抽去，只见骊山的那一角变成了一座脱离秦岭的孤山。秦始皇向再庐山瀑布连抽几鞭，不料把那山就赶到了长江南岸的鄱阳湖畔。此时日暮黄昏，天色渐暗，秦始皇决定暂作小憩，等第二天天一亮再赶山下海，铺平去蓬莱神境的道路。

那知，当夜失去神鞭的南海观音闻讯赶到，乘秦始皇酣醉之时，换走了神鞭。第二天，秦始皇醒来，便举鞭赶山下海，那知山岿然不动。秦始皇一气之下，竟在山上连抽九十九鞭，直打得那山满身鞭痕，汗如雨下，可仍纹丝不动地屹立在原地。秦始皇无可奈何，只得将鞭子扔下，垂头丧气地回京都去了。从此，那山便在鄱阳湖畔扎下了根，这就是今日的庐山。由于秦始皇抽了九十九条鞭痕，后来就变成九十九道锦乡深谷；秦始皇扔下的赶山鞭，变成了龙首崖外高耸入云的桅杆峰；那满身流淌的汗水，也化作了群山之中的银泉飞瀑了。

然而，三叠泉瀑布的发现，在庐山众多的瀑布中，是比较晚的。直至宋光宗绍熙二年（公元一一九一年）始被一个砍樵人的发现。当时朱熹正在五老峰下的白鹿洞书院，听说三叠泉奇景，梦寐不忘，可年老多病，无法亲自观赏，便请人画了一幅三叠泉瀑布图欣赏，仍然感到非常惋惜，不禁叹曰："天下美景，未能亲临观赏，遗憾呀。"

所谓秀峰，实际上是香炉、双剑、文殊、鹤鸣、狮子、龟背、姊妹诸峰的总称。著名的庐山开先瀑布就在鹤鸣、龟背二峰之间，它是同源异流的东西两瀑。东瀑从鹤鸣、龟背两峰之间奔流而出，由于受到两崖窄隘迫束，瀑布跌落过程中，水流散开，形若马尾，故名马尾瀑。西瀑自黄岩山巅倾泻下来，跌落在双剑峰顶的大龙潭中，再绕出双剑峰东，缘崖悬挂数百丈，名黄岩瀑，渐与马尾瀑合流经青玉峡狂奔至龙潭中。李白著名的《望庐山瀑布》的诗两首，就是描绘这里的瀑布景观。其一曰：

西登香炉峰，南见瀑布水。
挂流三百丈，喷壑数十里。
欻如飞电来，隐若白虹起。
初惊河汉落，半洒云天里。
仰观势转雄，壮哉造化功！
海风吹不断，江月照还空。
空中乱潨射，左右洗青壁。
飞珠散轻霞，流沫沸穹石。
而我游名山，对之心益闲。
无论漱琼液，且得洗尘颜。
但谐宿所好，永愿辞人间。

其二则更为世人所熟知：

日照香炉生紫烟，遥看瀑布挂前川。
飞流直下三千尺，疑是银河落九天。

龙小宏望着瀑布，眼前产生了幻觉。他好像看见了恒山。于是，他对神话博士、沈教授建议："我们去恒山看一看吧？"

二十六、北岳恒山

北岳恒山

神话博士、沈教授、贾小玲、黎萍、王丽君、田幻想、龙小宏、方艳红、黄梅、杨扬等来到北岳恒山。黎萍导游介绍："恒山，古称常山为五岳名山之一，位于山西省浑源县城南。《山海经》中称恒山为"北岳之山"。恒山山雄地险，横贯塞上，西衔雁门关，东连太行山，南接五台诸峰，北控塞北盆地，山峰绵延，奔腾起伏，横跨二百五十千米，号称一百零八峰。主峰位于山西浑源县之南，由两座山峰组成，东为天峰岭，西称翠屏山，海拔高达二千零一十七米，为五岳之最，号称"人天北柱"。两峰对峙，耸入云天，万年的沉默，摒弃人世诸般滚滚红尘；两旁绝壁，刀削斧劈，天工开物终显造化之伟力；中间为金龙峡，浑水从峡中奔流，歌唱着大自然本真清纯的生命韵律。峪谷极为幽深，蔚为天险奇观。"

神话博士说，恒山，作为道教的活动场所，由来已久。相传，我国神话中的古代道教八洞神仙之一的张果老，就是在恒山隐居潜修的。恒山主峰，居于浑源县城南，海拔二千零一十六米，为五岳的第二高度。恒山以道教闻名、据《云笈七签》卷二十七记载，为道教三十六小洞天中的第五洞天。曾入山隐居修炼数载；八仙的之一的张果亦曾修道于此。

沈教授说，古有十八胜景，今尚存朝殿、会仙桥、九天宫十余处。古往今来，以奇险吸引着游人。据传，四千年前，舜帝巡狩四方，来到恒山。看到这里山势险峻，峰奇壁立，遂封恒山为北岳。秦始皇时，封天下十二名山，恒山被推崇为天下第二山。历史上，秦皇、汉武、唐宗、宋祖，都曾到恒山巡视、祭奠。以后的历代帝王，也差不多都差使臣到恒山朝圣。历代名人、学士，诸如李白、贾岛、元好问、徐霞客等人，也都游览过恒山胜地，并留下吟咏恒山的诗章。

田幻想说，西汉初年，恒山就建有寺庙。现在飞石窟内的主庙，始建于北魏，又经过唐、金、元代重修的古建筑。明、清时恒山已经寺庙群居，规模很大，人们称之为"三寺四祠九亭阁，七宫八洞十二庙”。可惜后来遭到破坏,所剩不多。恒山以自取景色美而著称,历来有恒山十八景之说。明代旅行家吗,地理学家徐霞客游恒山后,把在恒山的见闻录入其文集《徐霞客游记》中。古人由此赞叹恒山“危峰过雁来秋色,万里黄沙散夕阳。”

黎萍说,边关要塞,古城峰烟。恒山因其险峻的自然山势和地理位置的特点,成为兵家必争之地。在春秋时,代国靠恒山而存天下;战国时,燕、赵凭恒山而立天下;两汉时,匈奴利用恒山争天下;东晋时,慕容氏踞恒山威天下;北魏时,拓跋氏依恒山而分天下;宋仗恒山守天下;金恃恒而鞭天下;元灭天下,清统天下,凭借的也是以恒山为主体的长城沿线天险。许多帝王、名将都在此打过仗,这是恒山在五岳中最可引以为自豪的。并且将古代关隘、城堡、烽火台等众多古代战场遗迹保存了下来。

龙小宏说,气势壮观,风景如画。恒山山脉似自西南向东北奔腾而来。一座座海拔达二千米以上的山如比肩而立,重重叠叠,气势异常博大雄浑。因此,北宋画家郭熙说:“泰山如坐,华山如站,嵩山如卧,常山如行。”其风景特色可概括为“行”:群峰奔突,气势磅礴,这是恒山自然景观的宏观特征。唐代诗人贾岛诗云“岩峦叠万重,鬼恒浩难测”,点出了恒山的地貌特征。

黄梅说,登上恒山,苍松翠柏、庙观楼阁、奇花异草、怪石幽洞,构成了著名的恒山十八景。十八胜景,各有千秋,犹如十八幅美丽画卷,展现在游客面前:磁峡烟雨、云阁虹桥、云路春晓、虎口悬松、果老仙迹、断崖啼鸟、夕阳晚照、龙泉甘苦、幽室飞窟、石洞流云、茅窟烟火、金鸡报晓、玉羊游云,紫峪云花、脂图文锦、仙府醉月、弈台弄琴、岳顶松风。再加上世界一绝的天下奇观悬空寺,整个恒山景致如诗如画,令游客如置身于世外桃源,流连驻足。历史上,许多著名学者对恒山都有过动人的描绘。汉代历史学家班固有“望常山之峻峨,登北岳之高游”的描绘。唐代贾岛《北岳庙》——诗中有“天地有五岳,恒山居其北。岩峦叠力重,诡怪浩难测”的赞叹。唐代大诗人李白则在恒山留下墨迹“壮观”二字。 273

沈教授说,中华国度好以中心论天下。中华,就是天下中心最美好的地方。古人认为天下中心的标示是中轴线,而中轴线的位置就是国都的所在地。与今天人为确定格林尼治作为地球的本初子午线是同一个道理。以此而论,古代国家秩序的中心、政权中心的划定,并非以疆土国界的地理位置来判断,而是随着不同历史时期国都位置的不同而不同。

沈教授又说,“历史上每一个政权的疆域或都城时有伸缩,政区划分时有变革,治所时有迁移,地名有时改易”。在历史发展的进程中,朝代的更迭变迁,以国都为中心确定五岳的方位,而且很少随之变化,当然,特殊现象也有。尤其到了明代,国都迁移到北京后,由于京都的易位,朝廷又几度人为的使北岳恒山失去了准确的地理方位,使偌大的、有着悠久历史的北岳恒山竟然失去了明确的祭祀地点,真的是找不到“北”了。在史料清晰、祭祀地点明确的情况下,还要争执百余年。如此的争来吵去,此情此景,不能不说这是朝廷政治表现在历史文化间的一种尴尬局面。

杨扬说,在周、秦时代,以京城定五岳方位的观念就已形成,秦汉以后成为一种礼制。一直到隋不曾有因改都而改祀岳的。历史上有:太史公所谓秦称帝都咸阳,而五岳四渎皆在东方;西汉、唐朝建都长安，并没有因西岳华山在京城以东而改易；南宋都杭州，也未因东岳泰山在西北而改封；明初建都南京，东岳泰山也在其西北而不曾改变。明永乐年间及清初建都北京以，北岳恒山在其西南都没有变动。所不同的只是，明代朝廷里提出是否北岳改祀，而且一直争论不休。

神话教授说，司马迁《史记》中有“昔三代之君皆在河洛之间，故嵩高为中岳，四岳各如其方”的以国都为中心论的记载。但是，纵观我国历史，历代的战争硝烟大都来自北疆。恒山因其险峻的自然山势和雄踞北方的地理位置等特点，自然成为兵家必争之地。地处北方的北岳恒山，也就随着历代战火的蔓延而多次经受考验。因此，恒山山神作为奠基北方之神，就有着比其它四岳更多一点的军事保护神的色彩和功能。

田幻想说：“中国的三山五岳中，除了北岳恒山外，都有山门。为什么恒山没有山门呢？”

神话博士讲。

——民间有这样的传说。不知在哪一个朝代，河北曲阳县有一个孝顺父母的秀才。一天，秀才的母亲得了重病，请来许多名医也不见好转，秀才十分着急。一天晚上，他的母亲做了一个梦，显示正北偏西方向有一座大山，山上有一个人能治她的病。秀才找人询问，知道正北偏西方向的大山是山西的恒山。于是他立即前往恒山求药。

到了恒山，他烧香许愿：如果能让我的母亲身体康健，我将一步一步从曲阳磕头磕到恒山。许愿后向庙里的道士讨了几副草药。秀才赶回家中，将草药煎好给母亲服下。几副草药喝下，秀才母亲的病果然好了。

见母亲病已经痊愈，秀才决心实践自己的诺言，他背着干粮一步一磕头向恒山方向走去。他的孝心感动了恒山山神，便使用神力把一块刻有恒山二字的巨石抛到了曲阳县。秀才还没走出曲阳县城门，就见一块巨石落在脚前，上面刻有恒山字样。秀才于是捐钱在巨石落地之处盖上了一座寺庙，名曰北岳庙。庙门上挂着一块匾曰北岳恒山门，意思是到了曲阳县，就算是到了北岳恒山的第一道门。

黄梅朗诵了贾岛的一首诗《恒岳庙》：

天地有五岳，恒岳居其北。
岩峦叠万重，诡怪浩难测。
人来不敢入，祠宇白日黑。
有时起霖雨，一洒天地德。
神兮安在哉，永康我王国。

考古教授说，北岳恒山很早就被载入史册，注了“岳籍”。《尚书·禹贡》中说：“太行恒山，至于碣石，入于海。”《周礼·职方氏》中又言：“北曰并州，其山镇曰恒山。”《山海经》中称恒山为“北岳之山”。而真正在历史上为恒山“定位”的，还是汉朝著名的历史学家司马迁。他在《史记》中写道：“北岳，恒山也。”因为它位居北方，为万物所伏，系恒常之所，故称之为恒山。相传远在四千年以前，舜帝北巡到浑源，见此山气势雄伟，若北天之门，遂封为“北岳”，成为北国万山之宗主。

独特的地势和悠久的历史，使恒山留下了众多的文化奇迹，成为举世闻名的风景胜区。

神话博士说，恒山因何得名，《尚书·帝典》曰："有舜十有一月朔，巡狩至北岳。北岳即指古北岳的恒山。《尚书·禹贡·导山》记载秦始皇东巡时过"太行、恒山，至于碣石，入于海"。秦始皇走太行、恒山到碣石，时至今日，太行、恒山的名称依然如此，说明北岳之山横亘绵长。《禹贡》曰"太行恒山"。

沈教授说，《周礼·职方氏》记载：当时天下"九州各有镇山，恒山，正北并州镇山"。《尔雅·积山》也有关于五岳的记载，且称"恒山为北岳"。《汉书·地理志·常山郡》载："恒山北谷，《禹贡》恒水所出，东入滱（今唐河）"。这一记载准确说明了汉代北岳恒山与相关河流的关系。秦汉时期设恒山郡，就是因北岳恒山在其辖区内而得名，而且由于皇帝文化中的"避讳"制度，把"恒山"改作"常山"。

田幻想说："郦道元在他的《水经注》中描写：'恒山为北岳，在中山上曲阳县西北。由东北至西南走向，它西控雁门雄关，东跨冀北原野，南接五台山，北临大同盆地，连绵数百里。当年古人登临此山，可以俯视河北、山西两省，山势苍茫，气象万千'。又说：'古者天子巡狩，常以岁十一月至于北岳，侯伯皆有汤沐邑，以自斋洁。周昭王南征不还，巡狩礼废，邑郭仍从。秦罢井田，因以立县，城在山曲之阳，是曰曲阳'。"

杨扬说："秦始皇朝封天下十二名山，恒山被推崇为天下第二山。"

沈教授说："中华十二山的出处，《汉书·地理志》解释是这样的：'尧时分天下为十二州，各州各有镇山'。所以，在这里恒山为第二也就好理解了。历史上所说的恒山，泛指河北西部连绵不绝的太行山。"

田幻想说："现在，地理学把河北唐县、涞源、阜平直到山西浑源一带的山脉称为恒山山脉。"

沈教授说："对于北岳恒山的史料记载零零星星，隐藏在书海之中。即便如此，还是有人大海捞针，对此进行过整理研究。清代顾炎武的《北岳辩》尤为突出。"

黄梅说："恒山松，风格别致，形状奇特。其中，有四株形状奇特的唐代古松，人称这为'四大夫松'。这四株古松，根部悬于石外，紧抓岩石，傲然挺立，气势不凡，别具风格。恒山庙，以北岳庙为首，稳坐于西峰之上，苍松之间，或隐或露。悬空寺，为恒山第一景。"

神话博士感慨万分："民谚有'悬空寺，半天高，三根马尾空中吊'的说法。恒山的云，变幻无穷。晴日明朗，洞口寂静，阴雨来临，洞口便游出缕缕白云，引人遐思。"

恒山爷

神话博士说："我给大家讲一个恒山爷故事。"随着神话博士的讲述，田幻想、龙小宏、王丽君、方艳红等几个都打开了幻觉开关，进入了幻觉中。

——很久以前，路旁有一条小蛇，是被人打伤，龟缩在那里。

王丽君说："哟，这条蛇好可怜啊。"

有一个年轻货郎，担着货担路过恒山脚下。货郎看见小蛇可怜，就给小蛇裹上伤口，放在货郎担里，精心喂养。

方艳红说："这真是个善良的人。"

一晃十年过去了，小蛇长成大蟒，货郎挑不动了，就把它放归山里，说："你已经长大，自己独立生活去吧。"

龙小宏说："这叫做放生，一种生态文明行为。"

又过了几年，货郎从外地回来，听当地人说，恒山出了一条巨蟒，又吃牲畜又吃人，把山里吃得路断人稀。

货郎自言自语："该不会是自己救过的那条蛇吧？要是那样的话，我可就造孽了。"

田幻想说："这叫做教育责任感。我们今天，有的青年犯罪，他的父母老师应该有这样的教育责任感才好。"

货郎坐不住了，第二天天刚亮，就手持一条扁担，前往山里。到了山中，突然一阵阴风刮来，吹得地汗毛倒竖。风停后，只见一条巨蟒从树丛中窜出，头有斗大，眼如铜铃，张着血盆大口向他扑来。

货郎一眼看出正是他收养的那条蛇，于是大喝一声："畜牲，你要干什么！"

巨蟒听了，朝货郎望了望，好像认出了他，掉头就跑。货郎在后紧紧追赶。追啊，追啊，追到一个山洞前，那蟒哧溜一下钻进了洞中。货郎手持扁担，一屁股坐在洞口。

待到人们听说后赶来，货郎已经坐化，成为一尊塑像。从此，那蟒再没有出来过。人们感激货郎舍身救人的行为，把他奉为神，盖寺庙供奉在里边，称为"恒山爷"。现在那庙还在，一百零三级台阶，雄伟壮观。

最后，轮到神话博士进行小结："货郎坐化，牺牲精神可嘉。至于被称为冷血动物的蟒蛇呢？这个时候值得表扬，因为它毕竟是放下屠刀，立地成佛了。"

田幻想说："我们去拜望恒山爷吧！"

他们一行到了恒山庙。说："恒山爷啊，您好！您知不知道，《山海经藏宝图》在哪里？"龙小宏说完，虔诚地跪在地上，竟然迷迷糊糊地睡了片刻。一觉惊醒。他说："我梦见蟒了。也梦见了恒山爷，他建议我们去见张果老。"

神话博士恍然大悟，说："对了！恒山有张果老。我想给大家讲一讲八仙过海中张果老的故事。你们几个继续打开梦幻开关。"

张果老

——张果老作为八仙之一，是中国妇孺皆知的神话人物。然而，历史上的确有张果老其人，他是八仙中唯一"名留青史"的人物，可以说他是一个真实的神话人物。张果老神话，盛行于唐代，拓展和完善于宋元。宋元时两代统治者崇尚信仰、扶持道教，助长了崇拜神仙道术的社会风气，同时在城市兴起、商业发达、市民阶层扩大、民族文化融合的社会背景下，使得张果老神话注入了更多的世俗内容，宗教文化的发展又为其传播发挥了巨大的推动作用，使张果老神话作为重要组成部分的"八仙"神话，成为中国民族传统文化的瑰丽奇葩。

田幻想说："这个倒骑毛驴的张果老，到底是哪里人，他究竟是什么样的人，他为什么被国人顶礼膜拜到如此虔诚的地步，这都是值得思考的。"

张果老是哪里人？并不为人熟知，这主要是因为最早记载张果老的《旧唐书》、《新唐书》两部史志中均未有明确的籍贯，前者说其"不知何许人"，后者说"晦乡里"，而唯一确切记载的是"隐中条山，往来汾、晋间"。这就在其籍贯问题上给后人留下了想像、猜测和推断的极大空间。谁不想沾仙人的光呢？

王丽君说："张果老的仙迹地在中国还有很多处，各地都懂得'有仙则名'的道理，都会谋求名人效应，为发展旅游业叫劲加温，张果老的籍贯必然成为各旅游地激烈抢夺的'仙牌'。"

方艳红说："张果老的年龄也是一个谜。"

龙小宏说："张果作为'八仙'中年龄最长者，由此得名张果老。"

——根据传说，他的年龄几百岁、甚至上千岁，以至达到扑朔迷离的程度。关于上千岁的夸张源于唐玄宗与张果老的一段故事。有一次，唐玄宗打猎，捕获一只大鹿。此鹿与寻常鹿并没有多大差异。厨师正要开刀宰鹿，张果老上前连忙阻止，说这是仙鹿，已有一千多岁了。当初汉武帝狩猎时，他曾随后。汉武帝虽捕获此鹿，但后来将它放了。唐玄宗问，天下鹿多得是，时迁境异，你怎么知道它就是你说的那头鹿？张果老说，武帝放生时，用铜牌在它左角下做了标志。玄宗让人检查，果然有一个二寸大小的铜牌，只是字迹模糊不清。玄宗又问，汉武帝哪年狩猎？到今已有多少年了？张果老说，至今有八百二十五年了。玄宗令人核实，果然无误。

此事引起了当时唐代著名诗人李颀的迷惑和极大好奇，登门谒拜张果老，并即兴赋诗曰："先生谷神者，甲子焉能计。自说轩辕师，于今几千岁。"此诗后人收入《全唐诗》。这样，张果老也就成几千岁了，牛皮也吹到天外，张果老果真成"仙"了。

田幻想说："张果老真有一招啊，能够以假乱真。"

方艳红问："那么，张果老的年龄究竟有多大？"

田幻想说："根据明清《太原府志》和《交城县志》等资料研究，张果老是唐代中叶人。张果老的年龄应有两种可能：一是按最早公元六一八年生，至唐玄宗时几次"死"，以最后一次，以唐玄宗末年七四二年卒算，应不超一百二十四岁；活到百十来岁，是很有可能的。"

龙小宏说："这不是张果老吗？我们问他本人不就得了。"

张果老见到田幻想、王丽君、方艳红、龙小宏时，说："哎呀，我们见过面。"

龙小宏问："张果老啊，我们现在正在研究你的年龄。"

张果老说："在八仙里面，我的寿命最长。"

田幻想说："张果老，你能够死而复活吗？"

张果老说："不能够，不过，装死可是我的绝活。"

武则天派人召他出山时，张果老以“死”回绝，“死”在“妒女庙”前。时值盛夏，不一会，他身体腐烂，而且长了许多蛆。武则天无奈，只好作罢。但后有人在恒山再次见到张果老。

至开元二十三年(公元七二五年)唐玄宗继续派人招张果老来朝，他故伎重演，“辄气绝朴，久乃苏”。但唐玄宗欲求长生不老之术心切，又令近臣裴晤、徐峤携玺书去请他，在“三顾茅庐”下，张果老只好进了京师。

唐玄宗尽管盛情款待，还是没有讨到任何长生术，反而遭张果老百般捉弄。他先是喝酒戏弄，后又敲掉牙齿长出白牙，白发变乌发等。最后，当唐玄宗要把玉真公主嫁给他，并拜为银青光禄大夫，赐号通玄先生时，他以“年老多病”为理由，回到中条山，不久又施“死”术。不死心的唐玄宗派人验尸，却发现棺里空空如也。这也将张果老的“死”，渲染到了登峰造极的地步了，张果老也就最“神”了。

田幻想说：“这些动人故事，在《旧唐书》、《新唐书》、《明皇实录》、《八仙出处东游记》、《初刻拍案惊奇》等书中均可找到。不过，我们透过神话的虚构特质，揭开神话的神秘外衣，便可以看出所谓“仙迹”，其实在都是骗人和愚弄人的把戏。”

方艳红问：“张果老，你为什么不敢见武则天呢？”

张果老回答说，自己迟迟不敢见武则天，道理很简单，因为武则天是个精明人。见了面，他的江湖术就难保不露出马脚。如果骗术一旦被她揭穿，他的脑袋非搬家不可。而张果老身体腐烂生蛆，只不过是身上养些益虫卵，夏天借着身上的体温和汗水的湿润，在很短时间内使它孵化生虫。这个小计是任何凡人都可以“照办”的。

王丽君问：“张果老，你为什么敢见唐玄宗呢？”

张果老说自己深知唐玄宗不是明君，是个糊涂皇帝。如骗唐玄宗“仙鹿”时，其实汉武帝时方士少翁早就表演过这套把戏。少翁在绸帛上写上“天书”，让牛吃进肚里，然后宣扬这头牛肚里有“天书”，让汉武帝剖牛解腹取出书，最后骗术败露，遭到杀身之祸。这一点，张果老是比谁都清楚的，他接受了前辈的教训，采用了些更高明的骗术，把戏耍得得心应手，“神”得淋漓尽致。然而归根结底，是谁把一个大言欺人骗世的方士捧成神仙，是谁使“神话”达到了极致，理应归“功”于唐玄宗。

田幻想问：“张果老，您给我们出个主意，怎样才能够找到《山海经藏宝图》？”

张果老说：“你们去五台山看一下如何？”

告别了张果老，王丽君、方艳红、田幻想、龙小宏回到了现实社会。

神话博士对张果老的故事进行点评说，张果老的神话传说，在民间不断被丰富完善，思想内容上也增添了许多积极因素。他嘲弄王权，抨击富贵、世态炎凉，劝化世人，必然地成为民间喜闻乐见的神话人物。尤其是他“不是倒骑驴，万事回头看”，蕴涵着深刻的哲理，是中国朴素的哲学辩证思想表现，也是中国宝贵的文化财富。

二十七、五台名山

五台山

沈教授、神话博士带着部分山海经神话考古体验小组成员打开魔衣、魔幻背心的旅行功能，按张果老的指点，登上五台山。中国有四大佛教名山，它们分别是五台山、峨眉山、普陀山、九华山。传说这四座山分别是佛教中四大菩萨文殊、普贤、观音、地藏的修行地，因此都有悠久的宗教文化渊源，同时它们也是中国著名的风景名胜区。现在的五台山，《山海经》中是“高是之山”。

黎萍导游说：“我现在给大家介绍五台山。”

五台山位于中国中部山西省境内，由五座山峰环抱而成。五座山峰的顶端平坦宽阔，好象土砌的平台，分别称为东台、西台、南台、北台、中台，合称“五台”。五台山是华北海拔的最高点。

早在公元五十八年前后的东汉时，这里就建有寺院。据佛教传说，五台山和印度古天竺灵鹫山酷似，便把这里的古寺也称作大孚灵鹫寺。以后又兴建了五十多座禅寺，成为驰名中外的佛教圣地。

五台山灵鹫峰上的“菩萨顶”是佛教风物的代表性标志。五台山在佛教传承中被确定为文殊菩萨道场，菩萨顶被传为文殊菩萨的住所，那里建有文殊寺。明代以后，这里又成了藏传佛教黄教喇嘛寺庙的代表。在五台山，文殊菩萨佛法无边的多种遗迹，构成了佛教文化版模的核心。

神话博士接着说：“‘镇海寺’、‘海底泉’的佛教传言，是指文殊菩萨得知龙王九子通过此泉兴风作浪，泛滥成灾，侵害百姓，便从天降下一口大锅紧紧扣住这个海眼，镇住了孽龙。百姓为感念此事，便建寺名‘镇海’，并留下了‘海底泉’遗迹。又如‘狮子窝’遗迹，据传，古来有人在这里看到成千上万只狮子玩耍嬉戏，人们都知道狮子是文殊菩萨的坐骑。既然狮子在这里现形，文殊菩萨也一定在此处当空显现法身，于是，才在这里建了文殊寺。但是，这里的僧俗群众，仍旧按照佛教传承，称此处为狮子窝。在五台山方圆五百里的文殊菩萨风物圈中，至今还没有发现任何非佛教风物遗迹。足以证明，佛教文化版模在这里根深蒂固，并形成了自己特定的宗教传播的范围和传承线路。”

打开梦幻功能开关的神话博士、沈教授、田幻想、龙小宏来到神话传说中的五台山。

龙小宏说：“怎么这样热呀，像火炉一样。”

神话博士说：“传说中的五台山，与今天的五台山不一样。”

——相传五台山原名五峰山，气候异常恶劣。冬天滴水成冰，春天飞沙走石，夏天酷热难当。农民们根本无法到田里种庄稼。文殊菩萨碰巧到这里传教，看到人们遭受苦难，决定改变这里的气候。

田幻想说：“东海龙王那里有一块神石，可以改变五台山上的环境气候。”文殊菩萨说：“那块石头是歇龙石吧。”再说，文殊菩萨了解到东海龙王那里有一块神石叫“歇龙石”，可以把干燥的气候变得湿润，于是变成一个化缘的和尚，到龙王那里借歇龙石。文殊菩萨来到东海，见龙宫外面果然有一块巨石。还没有走到跟前，已经感觉到一股凉气迎面扑来。文殊菩萨见到龙王，说明来意。龙王很抱歉地说：“大法师借什么都行，唯独这块歇龙石不能借。因为它是花了几百年工夫从海底打捞上来的，清凉异常。龙子们每天工作回来，汗水淋漓，燥热难耐，便在上面歇息养神。你若借去，龙子们就没有歇息的地方了。”

文殊菩萨反复说明自己是五峰山的和尚，是为了造福于人间，特地来求援的。龙王心里不愿意把神石借人，又不便直接回绝文殊菩萨的请求。估计这位老和尚一人无法将石头运走，龙王勉强答应说：“神石很重，没有人能帮助你。如果能拿得动，就拿走吧！”

文殊菩萨谢过龙王，走到神石跟前，口念咒语，立刻使巨石变成了小小的弹丸。文殊菩萨将弹丸塞进袖筒，飘然而去。老龙王惊得目瞪口呆，后悔莫及。

文殊菩萨回到五峰山时，正是烈日当空，因为久旱不雨，大地干裂，人们遭受着深深的苦难。文殊菩萨把神石安放在山中间的一条山谷中，奇迹发生了：五峰山立刻变成一个清凉无比的天然牧场。于是，这条山谷被命名为清凉谷，人们又在这里建了一座寺院，起名叫清凉寺，五峰山也改名，叫作清凉山了。至今，五台山又叫清凉山。 五台山是国家级风景名胜区。这里既有以佛教为背景的众多人文景观，又有瑰丽奇特的自然风光。景区现有古代寺庙四十二座，其中南禅寺和佛光寺建于唐代，至今已有一千二百年历史，是中国现存最早的木结构建筑。它不仅反映了中国古代宗教和宗教艺术发展的历史面貌，也集中反映了古代建筑艺术的成就。

作为国家级自然风景区，五台山到处是奇峰怪石、涓涓细流，植被覆盖良好。因为台顶常年积雪，即使是盛夏季节，这里的气候也非常凉爽，是极佳的避暑胜地。传说五台最早是道家的地盘。《道经》里称五台山为紫府山，曾建有紫府庙。《清凉山志》称佛教的文殊菩萨初来中国时，居于石盆洞中。石盆洞在道家的玄真观内，这说明当时五台山为道家所居。

佛教最初传入我国时，只有少数人奉行。公元前二年，大月支国（原居我国新疆西部伊犁河流域的少数民族，西迁中亚后建立的国家）国王的使者伊存来到当时中国的首都长安（即今西安），他口授佛经给一个名叫卢景的博士弟子。这是中国史书上关于佛教传入中国的最早记录。

佛教传入五台山，普遍的说法始于东汉。史籍记载，永平十年(公元六七年)十二月，汉明帝派往西域求法的使者同两位印度高僧摄摩腾和竺法兰来到洛阳。

永平十一年，摄摩腾、竺法兰从洛阳来到五台山(当时叫清凉山)。由于山里很早就有阿育王的舍利塔，再加上五台山又是文殊菩萨演教和居住的地方，故二人想在此建寺。但由于当时五台山是道教的根据地，二人颇受排挤，因此奏知汉明帝。汉朝廷为辨别佛教与道教的优劣高下，让僧人与道士表演、说明、验证，因此双方达成协议——约期焚经，以别真伪(相传，焚经地点在今西安焚经台)。焚经的结果，道教经文全部焚毁，佛教经文却完好如初，故他们获得建寺的权利。台内山多地广，河流纵横，何处适合建寺?

相传二人不仅发现此足迹，而且还发现佛“舍利”。此外，营坊村这座山的山势奇伟，气象非凡，和印度的灵鹫山(释迦牟尼佛修行处)相似。由于这三种原因，故决定在此建寺。寺院落成后，以其山形命名为灵鹫寺。汉明帝刘庄为了表示信佛，乃加“大孚”(即弘信的意思)两字，因而寺院落成后的全名是大孚灵鹫寺。大孚灵鹫寺是现今显通寺的前身。从那时起，五台山开始成为中国佛教的中心，五台山的大孚灵鹫寺与洛阳白马寺同为中国最早的寺院。

南北朝时期，五台山佛教的发展出现第一个高潮。北魏孝文帝对灵鹫寺进行规模较大的扩建，并在周围兴建了善经院、真容院等十二个寺院。北齐时，五台山寺庙猛增到二百余座。到了隋朝，隋文帝又下诏在五个台顶各建一座寺庙。即东台望海寺、南台普济寺、西台法雷寺、北台灵应寺、中台演教寺。也因为五台山是文殊菩萨演教的地方，所以这五个台顶上的寺庙均供奉文殊菩萨。但五个文殊的法号不同：东台望海寺供聪明文殊、南台普济寺供智慧文殊、西台法雷寺供狮子文殊、北台灵应寺供无垢文殊、中台演教寺供孺童文殊。从此以后，凡到五台山朝拜的人，都要到五个台顶寺庙里礼拜，叫做朝台。此时，五台山之名已在北齐史籍中大量出现。

龙翻石

沈早晨带着大家来到中台顶山腰，看见地上有几堆放大大小小的石头。这些石头，好像刚刚炸开似得，一块块锋棱锐角，简直可以做斧子，做刀子。千百年来，谁也没有动过它。沈早晨说：“这些石头是怎样产生的呢？还要从两个没名没姓的陌生人说起。请龙小宏、田幻想、王丽君、方艳红打开梦幻功能开关。”

——有年夏天，庙会眼看就要到了，台怀镇上的买卖人家都忙碌起来，有的搭凉棚，有的整铺面，有的在货架上增绸补缎，有的往瓷缸里添醋加油。田幻想、龙小宏随着人流到处观看，十分兴奋。

特别是那些开饭铺的，卖干货的，早已生了炉灶，麻花子一条一条摆出来了，堆得像一道岭。油饼子一筐子一筐子煎出来了，摞得像一座座佛塔。再过一两天，朝台的僧尼，礼佛的香客，还愿的善人，游山的学士，就要从四面八方蜂拥而至了。为期一个月的大戏，也将要开演。来这么多人，谁不吃？谁不喝？再说，过庙会，本地人也总要买点东西，让老人们尝一尝，让孩子们吃一吃。王丽君、方艳红也在人流里穿来穿去。

这一天，人们吃过早饭，陆陆续续来到台怀镇，想早些买点东西，免得人多了拥挤。可是，到市面上一看，堆成山的麻花没有了，像塔的油饼也没有了。这是怎么回事呢？听卖货的小伙计说，天刚破晓，就从凤林谷来了两个人，买多少吃多少。这一来，人们议论开了。有的说，那一定是神仙；有的说，也可能是妖怪。大家问小伙计："这两个人是什么样儿？"

小伙计说，一个穿绿的，绿里透红，好像是暗红的点点儿；一个穿黑的，黑中套紫，好像是淡紫的条条儿。帽子的颜色同各自的衣服差不多，形状都是三角形的。这就怪了，台怀镇从来没有见过戴三角帽子的人呀！

大家都在议论，掌柜们却眉开眼笑。几天的买卖，一转眼就都做完了，这一年的利润肯定比往年高。他们吩咐小伙计把柜子里的钱串起来。小伙计拉开钱柜一看，立时傻了眼，满柜的铜钱变成了树叶。这家发愣，那家议论，都觉得有点蹊跷：放进去的明明是铜钱，怎么会变成树叶呢？忍不住叫骂。消息很快传开了，人们都说这不是好兆头，店铺纷纷关门。看庙会的人匆匆回家去。一个热热闹闹的台怀镇，霎时变得冷冷清清。王丽君问："田幻想，你见多识广，这是怎么回事？"

田幻想说："我看，出了妖怪。我们应该去寺庙里转一趟。"

正好，有些人相邀，准备到五台山去，他们便一道去了。五台山是个佛教圣地。台怀镇周围，坡坡梁梁，沟沟洼洼，到处修盖着寺庙。镇西有道山谷，叫凤林谷，谷口有座寺庙，叫文殊寺。文殊寺的住持，法名慧海，自打七岁出家，一直在这里修行，已经五十多岁了。众人将台怀镇的稀奇事传到文殊寺，慧海和尚听了大吃一惊。他掐指一算，由不得"啊呀"了一声："想不到它们两个下山来了！"

众人问他怎么回事，他一句话也不说，只是双手合十，急忙忙走进文殊殿，跪在菩萨面前祷告："我佛无量，恕它无知。为佛弟子，岂能见恶不阻，见死不救？容弟子度化于它。阿弥陀佛，阿弥陀佛……"

回到方丈院，慧海把一个叫照临的执事僧人喊来，吩咐道："明天早上，那两个人还要到台怀镇去。你拿上我的禅杖到镇上，见面就说：'仙凡两界，各有清规，急尔危难，慧海有请。'他们跟你回来，我自有安排。"

照临应声去了。行善积德是慧海的座右铭，就连一个小小的毛虫，他也不肯随意残害。这一天，慧海一夜没合眼。天刚破晓，他照常在方丈院的菩萨面前焚起香，点起灯，念起经来。这时，照临拿着禅杖把客人引来了。慧海很不客气，一不寒暄，二不让座，张嘴就问："你们不在岩谷修行，却来到台怀镇上骚扰，弄得人心惶惶，市面冷落，你知道损了功德要报应吗？"

田幻想、王丽君、龙小宏看见这两个人，同台怀镇小伙计说的一模一样。他们满脸怒气，刚要发作，见禅杖立在那儿，便忍了忍，没有吭声。慧海和尚仿佛消了火气，诚恳地说："你们百年修炼，毁于一旦，实在可惜。贫僧要留在你们在寺中，待庙会结束，再归山岩。"

客人想说什么，慧海摆了摆手，让照临给他们安顿住处。慧海吩咐，待客人进去以后，要把禅杖立到门口，客人的吃食，每天一顿，每顿斗米，一不用请，二不用叫，天天要照临一个人去送，不许他人顶替。每当东方染红、太阳出山的时候，必须把饭送到，不可提前，不可推后。送到饭时，要先敲门，后进屋。客人在，不许接言；客人不在，不许呼叫。对于这样奇异的客人，田幻想、王丽君、方艳红发现大家偷偷议论了几天，后来也就习以为常了。台怀镇上，日复一日，安然无事，渐渐恢复了先前那热闹的景象，人们受了一场虚惊。

再说慧海和尚，原有一个师父，法名慧山，早外出云游去了。现在，慧山法师去峨眉，当了一寺之主，邀请慧海和尚前去讲经。五台山的七月庙会刚刚过半，慧海和尚惦记着两位客人，本不想远行，然而，兄命难违，只好收拾起程。临行时，他要照临把田幻想、龙小宏、王丽君、方艳红叫到面前，再三嘱咐："你们几个也是施主，一定想知道这两位客人的身份，但我不便直说。我要告诉你们的是，这两位客人非同小可。我走之后，你们几个不要去那房间。照临你呢？照前行事，不可有违。切记，切记！遇到危险，快焚香。"

照临是个老实本分的僧人，手脚勤，心眼软，说话和和气气的。一天，做完早课，东方的山头上露出了一线红光，该为客人送饭了。这时，伙房走来两个小沙弥，抬起饭筐就走，急急忙忙向客房奔去。原来，这是两个机灵鬼，只是由于生活贫困才出了家。他俩早就在暗地里嘀咕："那两个客人，怎么一顿就吃得下一斗米呢？"

他们总想瞅个机会，看个究竟，便抢先一步送饭去客房里，客人还没有起"床"，只是滚动了一下粗壮的身躯，只见阳光射进来，又饥肠辘辘了。这时，小沙弥来到门前，见立着一柄禅杖，觉得有点碍脚，便悄悄放到远处。他们没有敲门，推门而进，只听"啊呀"一声，就再没有出来。住在对面房间里的田幻想，听见几声尖利的惨叫，知道，事情不妙。赶快去找照临。

再说照临做完早课后，又接待了几位香客。及至来到伙房，听说小沙弥给客人送饭去了，就有几分不放心。等了好大一阵子，不见小沙弥回来，他有心前去探望，但送饭时间已过，不能去了。这一天，从早到晚，他始终没有看见那两个小沙弥，心中十五个吊桶打水，七上八下，坐卧不安，好像要有什么大祸临头了。

第二天，他照常去送饭，发现立在门口的禅杖不见了。待到晚上，寺内有两个人失踪了。文殊寺笼罩在恐怖气氛中，照临不知如何是好。田幻想建议："快焚香呀。"

照临一听，慌忙登上文殊殿，点起两盏灯，焚燃三炷香，扑通一声跪地，祷告起来。你看那三缕香烟，也真有些意思，窜出殿门后，直冲天际，一缕飞向中台，一缕直指西南去了。

峨眉山上，慧海和尚正在讲经，忽见一缕香烟眼前飘过，掐指一算，家中出事了，便辞别慧山法师，赶回五台山来。后来，田幻想、王丽君、方艳红等听慧海和尚说明情况时才知道，这两位客人是两条大蛇，栖息在中台山腰。前些年，它们在山野里捕食野兔和山鸡，常常是十天九挨饿，一天吃半饱。后来，又吞食牧坡上的羊、牛、驴、马，胃口越来越大。今年，台怀镇一股一股的油香飘来飘去，两蛇实在饥饿难忍，便化作人形，窜到台怀镇上。

它们估计，自己的根基也不浅了，到台怀镇上吃几天，有何不可。谁想，没过两天，慧海和尚的禅杖就把它们拘到文殊寺来了，圈到屋里，一步也动不得。它们正在滚来滚去，发泄着怨恨，小沙弥拿走了禅杖，又推门进来。两条粗大的蛇，一条乌黑，黑中套紫，紫色为条环；一条菜绿，绿里透红，红色为斑点。两个沙弥进得门来，看见两条大蟒蛇，早已经吓得晕头转向，尖叫一声倒在地上。由于没有禅杖的威胁，两条大蟒蛇已没有顾虑，便张开血盆大口，将两个沙弥生吞了下去。

文殊寺里，香客都躲进禅堂，一时手脚无措。照临也瞠目结舌，没了主意。这时，忽见慧海和尚归来，一下子有了主心骨，不禁悲喜交集，涕泪交流。慧海说："大家不要慌，快随我到文殿去！"

善有善报，恶有恶报。中台顶上，文殊菩萨云游来此，远远望见了中台山麓乌云密布，电闪雷鸣。刹那间，狂风暴雨大作，地动山摇。红色的光、黄色的光、绿色的光、白色的光，横来竖往，上下交错，不多时，雷住了，雨停了，风也不刮了。凤林谷口，洪水推着石头，石头捣着蛇节，一涌而出，浪头有几丈那么高。遇墙墙倒，遇崖崖塌，遇到文殊寺，却一左一右分开了。阳光普照大地，一切都平静了下来。凤林谷口，洪水落下去，露出了节节蛇身，黑色，绿色的，粗一截，细一截，压在石头下，没入沙土中……从此，中台山腰出现了那一片石头，人们叫做"龙翻石"。

神话博士说："这个神话故事讲述了龙翻石的来历，又是积德行善的主题。在五台山，有许多石雕狮子。它们或雄踞于山门前两旁，或是蹲坐在寺院内，雌雄相对，遥相呼应，鬈鬣巨口，庄严浑厚，凶悍而又妩媚，威武而又敏捷。许多旅游者喜欢偎依狮身摄影留念。由此，我想给大家讲断舌石狮的来历。"

断舌石狮

——在古代，石狮子是势力强大的象征，将它放在寺院门前起着镇魔避邪的作用。另外，由于佛教称佛陀说法为狮子吼，其座为狮子座，所以石狮子又被尊为护法的灵兽。瞧它，目光远射，仰天震吼，神态凶猛，表现了一种寺院守卫者的雄姿。唐代以后，石狮更广泛地安置在寺庙之中，成为建筑的艺术组成部分，是珍贵的历史文物和文化遗产，它反映我国源远流长的文化传统，值得我们观赏和珍惜。在五台山有难以计数的石雕狮子，当然都有舌头，唯有在"灵峰仙境"牌楼右侧蹲卧的一座石狮子，却没有舌头。对此，还有一个传说故事。

公元一七一四年，相传立这座"灵峰仙境"牌楼时，做饭的和尚每天要做五十个人的饭。牌楼竣工后，在雕琢石狮那几天，出现了怪现象。每天三顿饭，吃饭的人数不变，下锅的米数也不变，唯有早晨这顿饭，总是不够吃，不是差一点，而是差很多，逼着做饭的和尚不得不做第二次。每天早饭都是如此。谁也说不出这是什么原因。

龙小宏问："田幻想，我与你打赌，你看是什么原因？"

田幻想说："是狮子吃了，这还不明白！还是当记者的。"

龙小宏："我认为是妖怪吃了，后来，用石头狮子去镇邪。"

田幻想说："石头狮子的舌头为什么断了呢？"

龙小宏说:“那是因为狮子与妖怪搏斗。”

有一天,做饭的和尚发现锅台上有兽蹄的爪印,他这才恍然大悟:“每天早饭不够吃,原因在这里。”

一天,和尚做好饭后,躲在水缸后偷偷观看。工夫不大,只见两只狮子一前一后走了进来。走在前面的那只狮子扒拉开锅盖,就大口大口地吃起来;走在后面的那只狮子四下望了一眼,也就跟着吃起来,一吃就是半锅。做饭的和尚将见到的情况告诉了管事的老僧。翌日,管事的老僧将一把特制的锐利刀片藏在饭锅里。当狮子将头伸进锅里,就听见“嗷”的一声嚎叫,转身就跑,另一只也跟着夺路而逃,可是走在前面的那只狮子的舌头已被刀片割掉了。

当天下午,管理的老僧来到“灵峰仙境”牌楼下,看见右侧蹲卧的石狮子的舌头没有了,就笑哈哈地对它说:“原来偷吃饭的就是你呀!”

那只石狮子羞答答地点点头,承认了偷吃的错误。可是没多久,这两只石狮子还是照样下来偷吃。后来,在一百零八级石阶前面修建一座照壁,才挡住它们偷吃的去路,因此那只没有舌头的石狮子,也就“饿着肚子”守候到如今。

田幻想说:“这个故事寓意是,人民财产的守护神,首先要自律,要廉洁奉公。否则,也会受到法律的制裁。”

龙小宏忍不住去摸了这断舌头的石头狮子一把:“你真是不简单的,能够将功补过,‘饿着肚子’守候到现在。我想问你:‘《山海经藏宝图》怎么寻找。’”

田幻想听了,哈哈大笑:“旁边那个没有断舌头的狮子不问,偏问一个哑巴狮子。”

断了舌头的石头狮子忽然起身,一声“谁是哑巴?”扑了过来,吓得田幻想转身就跑,一脚踏空,摔下几级石阶。还好,只是破了点皮,没有伤筋动骨。

事后,田幻想问:“龙小宏,你看见石头狮子动了没有?”

龙小宏说:“我问话以后,就一下迷糊了,好像在做梦一样,我听见石头狮子要我们去长白山寻找《山海经藏宝图》。后来,我一转身才发现你摔倒在地上。”

当时,只有他们两个人在场,谁也说不清楚,田幻想看见石头狮子扑过来,是不是幻觉。

二十八、北长白山

巍巍长白

长白山因其主峰白头山多白色浮石与积雪而得名。它位于欧亚大陆东端、吉林省东南部、中朝两国边境上，是中国东北最高的山地。

神话博士、黎萍、沈教授、贾小玲和机器人王小钢、潘小虹来到了长白山。

沈教授对贾小玲说："《山海经.·大荒北经》中有'大荒之中，有山，名曰不咸。这个山，就是我们今天的长白山。"

黎萍十分感慨地说："巍巍长白山是一座令人神往的山，有着神秘的森林，奇特的山峰，无尽的宝藏。气势磅礴的飞流瀑布，巨大的高山湖泊，一望无际的原始森林，奇异的火山地貌，珍贵的动植物，堪称是一座天然博物馆。"

沈教授说："有着悠久历史的长白山，深得历代帝王所关注。尤其是金、元、清朝，视其为祖先发祥地，是吉祥列祖龙兴的象征，对其又是封山，又是祭神，并划封禁地，从而留下了许多历史遗迹。"机器人王小钢说："长白山是一座休眠的火山，因其独特的地理构造，造就了绮丽迷人的景观。长白山的湖、谷、池、山、泉、林、峰，无一样不是为世界所罕见，无一样不是秀丽动人。"

机器人潘小虹说："长白山不仅风光美丽迷人，而且资源丰富，动植物种类繁多，是欧亚大陆北半部最具有代表性的典型自然综合体，是世界少有的"物种基因库"和"天然博物馆"。据统计，这里生存着一千八百多种高等植物，栖息着五十多种兽类，二百八十多种鸟类，五十种鱼类以及一千多种昆虫。以天池为中心的长白山保护区为中国最大的自然保护区，具有较高的科研、保护和旅游价值。于一九八〇年列为联合国教科文组织"人与生物圈"，是中华乃至世界人民的一块瑰宝。"

机器人王小钢说："长白山旅游资源也十分丰富，在原有的基础上，逐步开展以天池为中心的方位，主体交叉式的边境游、跨国游、森林探险游，还增设了冬季旅游项目等，真可谓‘人生不游长白山，实为一大憾事！’”

机器人潘小虹说：“长白山是一座神奇的山，也是一座秀丽的山。每当春风乍暖，山下万树含烟，众绿齐发，山顶却依然白雪皑皑，宛如一位玉骨冰肌的仙女，亭亭玉立在茫茫林海；犹如一朵春蕾绽开的雪莲，嫣然怒放于万绿丛中。长白山古木参天，遮天蔽日。在密林深处，有数不尽的物华天宝。”

夏青教授、黄梅、杨扬随后也赶来了。黄梅说：“长白山经过大自然漫长岁月的雕塑，群峰竞秀，万态千姿，有的像直插青天的宝塔，有的似虎豹雄狮，有的如仙人驾鹤翱翔，有的似雄鹰衔石，其景致极为壮观。长白山连绵千里，势如蛟龙，充分展现了大自然的奇迹。它隐居于茫茫林海之中，却又突兀于崇山峻岭之上，它有时显得壮阔、粗犷，有时又极为绚丽动人。长白山有其自然的美姿和丰富的资源，为亚洲东方别具一格的名山和引人入胜的旅游胜地。”

夏青教授说：“巍巍长白山，不仅以其雄伟壮观的景色闻名中外，更由于它具有得天独厚的自然环境：一望无际的林海以及栖息其间的珍禽异兽，使它于一九八〇年列入联合国国际生物圈保护区。从长白山山麓到山顶，可以看到从温带到寒带的不同植物的类型。植物的分层分布情况，十分清楚。

夏青教授停顿了片刻接着说：“在这混合林带，树木品种繁多，不同季节的风霜雨雪，使大森林的景观，变化多端，千姿百态。海拔一千至一千八百米之间，是针叶林带。这里山高林密，生长着最有经济价值的各种针叶树。这些树，树干笔直，生机盎然。再上到近海拔二千米处，是岳桦林带。岳桦树为适应高山寒冷潮湿的严酷气候，躯干短曲多枝，树皮节理斑纹极富图案趣味。二千米以上，就没有树木，是苔藓地带了。每年六七月间，这一带盛开着各种颜色的鲜花，景色瑰丽。”

黄梅兴致勃勃地说：“长白山既神奇又壮美，有许多美妙动人的诸如‘神女浴躬池’的传说故事，其垂直自然景观更为绚丽多姿，真乃‘一日可历四季景’。冬游长白山已不再是神话，一年四季都吸引海内外无数游人前来览胜。长白山有九大名景：天池、乘槎河、长白瀑布、聚龙泉、长白湖、地下森林、岳桦林景观带、高山苔原景观带、黑风口。我的油画作品里面，画过海南三亚的天涯海角、南山寺、海口的火山口公园、定安的文笔峰，还画过长白山的天池、长白山瀑布。”

田幻想、龙小宏、王丽君、方艳红等人也追了上来。

田幻想说：“长白山，有语言和文字留传下来的历史，上溯到早期有四千多年。长白山大峡谷王治水时所经过之地。在蒙古语中是神仙之意，在东北居住的各少数民族——慎慎、沃沮、扶余、鲜卑、高句丽、蒙古、契丹等，都对东北境内这座最大的高山景仰和神化，许多有关天女不孕而生的神话都寄托在这里，因此，都称这座山为仙山。那部记载着域内域外名胜山水的先秦著作《山海经》，也将长白山称之为不咸山即神仙山。”

夏青教授说：“我在东北读大学时，不止一次游长白山，就像神话博士经常游览武当山一样。长白山天池位于长白山主峰火山锥体的顶部，是一座火山口，经过漫长的年代积水成湖。长白山天池海拔二千一百八十九米，比新疆维吾尔自治区的天山天池高二百零九米。天池略呈椭圆形，南北长四点四公里，东西宽三点三七公里。集水面积二十一点四平方公里，水面面积九点八二平方公里，水面周长十三点一公里，平均水深二百零四米，最深处达三百七十三米。总蓄水量二十点四亿立方米。天池水温为 0.7℃——11℃，年平均气温 7.3℃。”

黄梅说：“天池像一块瑰丽的碧玉镶嵌在雄伟的长白山群峰之中，它是中国最高最大的高山湖泊。是东北三条大江——松花江、鸭绿江、图们江的发源地。柔美的天池白云缭绕，五色斑斓，波光岚影，群峰环抱，蔚为壮观。天池上空气候多变，多云、多雾、多雨、多雪，云、雾、雨、雪把天池不仅装点得美丽动人，而且更加虚幻神秘，迷迷茫茫。我画了十多张长白山天池，还觉得没有画好。”

神话博士说：“长白山富有神话的色彩。盛夏季节，风雨不定，变化频繁。有时一日之内，甚至一小时之内，就可能发生几次变化。刚刚还是骄阳直射、焦灼烤人，忽然间狂风大作，黑云滚滚，电闪雷鸣，大雨倾盆。山峰、湖面顷刻间淹没在风雨之中了。一会儿又风和日丽，山峰、湖面又重新展露出来。”

龙小宏举起照相机照了几张照片。他说：“雨后，天池景色格外迷人，池边，群峰竞秀，山野如洗；池上，霞光万道，长虹当空；池中，奇峰倒映，波光粼粼。天池上空，经常云雾缭绕，置身其中，使人顿觉腾云驾雾一般，白云在脚下飘逸。给人一种神秘莫测、飘飘欲仙的美感。有时，还会出现池东日出池西雨、山上大雨山下晴的奇异景观。”

田幻想学的是勘探专业，他却喜欢文学、科普。他说：“近百年来‘水怪’的传说始终是一个悬而未解的谜题。无论是苏格兰的尼斯湖，还是我国的长白山天池、新疆的喀纳斯湖以及四川的列塔湖等等，‘水怪’出没的传说一直不绝于耳，却又始终扑朔迷离、难辨真伪。”

沈教授说：“在科学气息浓郁的二十一世纪，应该不会有谁轻易相信神鬼的谬论，可是现实生活中确实发生着一些令人匪夷所思无法解释的怪事。在中国已有多处水域发现水怪之事。那些目睹过水怪的人，除了惊奇还有恐惧，那些肇事的湖水，也因此披上了神秘的面纱，那么，这些水怪到底是什么？目击者都看到了什么呢？”

夏青教授说：“天池水怪其实可能是一种类似‘翻车鱼’的海洋鱼类。长白山天池是活火山，与日本海临近，极有可能有一条通往日本海的隧道，所以翻车鱼就从隧道进入天池。这不是没有可能的。又因为长白山天池是活火山，湖地有火山活动，矿物质丰富，这为翻车鱼提供了食物。同时火山活动使湖地气候温暖，所以适合翻车鱼生存。但最重要的是，根据水怪目击照片和录像显示，水怪有打转的习惯，它还可以越出水面，这都与翻车鱼极其相似。因此，水怪极有可能是翻车鱼。”

龙小宏说：“长白山天池四周奇峰环绕，北侧天文峰与龙门峰之间有一缺口，池水由此缺口溢出，穿流在悬崖峭壁之间的乘槎河（又称白河、天河）向北流经一千二百五十米处的断崖飞流直下，以雷霆万钧之势，夹带着震天的吼声，跌向深深的谷底，形成落差六十八米高的瀑布。这就是蔚为壮观的长白瀑布，它是长白山的第一名胜。”

黄梅说："夏日，晴空万里。远望瀑布，似锦缎从天抖落，在阳光照耀下，非常耀眼。飞瀑下落，袅袅娜娜，飘逸曼妙。近临瀑布，则浪花翻腾，在阳光的照射下，发生折射和反射，水汽弥漫，横空出彩虹，绚丽夺目，似虹霓霞雾、珠垂玉坠，令人叹为观止。来到瀑布旁边，可以听到瀑布的巨大吼声，好似千鼓齐鸣，万雷争吼，又像金戈相击、铁马互奔的声音。飞瀑溅起的层层水雾，仿佛是两军拼搏扬起的阵阵烟尘。"

龙小宏说："穿过缭绕的云雾，但见浪花翻滚，飞浪四溅，细雨蒙蒙，似雨雪交加。停立瀑边，白云从身边绕过，仿佛置身于云天之外。乘槎河水流不大，但水势湍急：它上与天池相接，下通二道白河，是松花江的正源。"

杨扬说："长白山主峰由于海拔较高，气温要比山下低得多，且天气变化无常，夏季常常多雨多雾，晴天紫外线较强。游客在上主峰前要带上必要的保暖衣服和防雨防晒用具。传说：咱这东北早先原来是一个大沙漠。我当导游年数不长，发现游客对长白山感兴趣。我现在想给大家讲一个故事。田幻想、龙小宏，可以打开梦幻功能。"

白蛇哥哥

——有个叫蒙根呼的年轻人，家里有一个老额吉。他家世世代代给王爷当奴隶。他虽然黑天白日的给王爷干活，可还是吃不饱穿不暖。

有一年的三伏天，太阳像火球一样把草原上的野花烤的耷拉着头，绿草也干了叶。龙小宏说："这么闷热，我被烤干了。"田幻想也说："太热了。"蒙根呼觉得自己好像在蒸笼里，浑身冒热气，嘴里渴得直冒烟。人坐在地上，腰间的水壶只剩下几滴水了，刚要喝时，发现一条小白蛇趴在他的脚下，都热得昏过去了。他一看，挺可怜的，就把水给小白蛇喝了。不一会儿，小白蛇苏醒过来了，感激地向他点了点头，就爬到草棵里面去了。

蒙根呼回到家，发现老额吉病了，病情很危急，可没钱请额木其喇嘛（喇嘛大夫）。没有办法，他只能到草原上去寻找草药。走呀走，也不知走了多久，又来到救小白蛇的地方了。那里坐着一个穿白袍的小伙子，向他打招呼，还拿出一个包药给他，告诉他，这药能治额吉的病。

蒙根呼愣住了。那个穿白袍的小伙子解释说，我就是被你救过的小白蛇，来报答你的救命恩情。以后遇到什么困难，到这里来喊三声"白蛇哥哥"，我就会来帮助你。

蒙根呼高高兴兴地提着药赶回蒙古包。他把小白蛇给的药给额吉吃了，额吉的病很快就好了。一眨眼，又过了好几年。这一年草原上又出现了可怕的旱灾。牛渴得"哞哞"直叫唤，人渴得眼前直发黑。蒙根呼想起了小白蛇的话，就赶着牛羊去找小白蛇。天热得像火燎，地干得直冒烟。蒙根呼走着走着，眼前一黑，倒在了地上。不知过了多久，蒙根呼觉得一股清凉的东西从嘴流到肚子里，立刻觉得心里特别舒服，脑袋也清亮。他睁眼一看，原来是一个穿白袍的人正在喂他水。蒙根呼一见小白蛇哥哥，高兴得坐起来，向他叙述草原上的灾难，请小白蛇给想想办法。

小白蛇想了又想，最后说："好吧。晚上你和伙伴们同来，带着锹镐，看到哪块草地上有两点绿光，就到哪块刨土，准能刨出水来。”

蒙根呼回到蒙古包里和穷苦牧民们一说，大家都很高兴，当即准备了锹镐、到了夜里，人们来到茫茫的草原上，果然望见草地上有两点绿灯一样的光亮。他们盯准两个地方，到那就刨。刨得不深，水就“哗哗”的流出来了。人们喝下这水，立即有了精神，有病的人马上就好了。大家都说这是小白蛇送给穷苦牧民的宝水。

可是不久，这事传到王爷的耳朵里，阴险贪婪的王爷知道，这草原上的绿光据说是世间少有的珍宝夜明珠，要是把它弄到手，那可是无价之宝啊！于是命令家丁四处捉拿小白蛇。可是家丁们的靴子都磨掉底儿，也没见到小白蛇的影子。王爷一看这样不行，就又打了一个鬼主意，命人把蒙根呼抓到王爷府。

王爷一见蒙根呼就奸笑了几声，说道：我的蒙根呼呀，你从小就给我放羊，我一直想抬举你，但是一直没有机会。如果你能把小白蛇的眼睛弄来一只献给我王爷的话，就不愁没有好日子过。蒙根呼摇头不干，王爷便吩咐家丁毒刑拷打。没想到，蒙根呼是个软骨头，开始还能挺住，后来再坚持不住了，竟答应了王爷。

第二天，蒙根呼来到了救小白蛇的地方，连喊了三声蛇哥哥，小白蛇便来了，问他有什么难处。他说王爷抓住他，限他三天之内找到夜明珠，要是找不到，就砍了他的脑袋，请小白蛇千万救他一命。

小白蛇想了一想说：“兄弟呀，夜明珠是我的眼睛。可兄弟又救过我的命，今天兄弟有大难，大哥没说的，兄弟就抠一只去吧！”

小白蛇说完闭上一只眼睛，蒙根呼走上去，伸手抠出一只来。然后拿到王府里，献给了王爷。可是天长日久，王爷和福晋（王爷夫人）都争着要这个夜明珠，为了这还打起来了。王爷怕老婆，只得把夜明珠让给了福晋。可他并不甘心，又命人把蒙根呼叫到王府来，笑吟吟的对他说道：“我的蒙根呼呀，你如果能把另一只夜明珠献给王爷，我就赐给你十群牛羊，百两黄金，而且还叫你骑上快马跑七天七夜，凡是你圈的地方全都给你。从此以后，你就用不着放羊，可以娶妻成家，享受荣华富贵了。”

一席话说得蒙根呼动了心。王爷一看有门儿，马上又说道：“草原是王爷的，草原上的一切财宝都归王爷所有，你不趁此机会立功，如果别人弄到手献给我，后悔就晚了。”

听了这话，蒙根呼一想：是呵，草原上连一根草都是王爷的，如果真能跑马圈地，还愁没好日子过吗？于是又一口答应下来，并且想出一个恶毒的计策，去抢夺夜明珠。田幻想对蒙根呼说：“夜明珠抢不得。”蒙根呼说：“少管闲事！”龙小宏说：“抢夜明珠会送命的。”蒙根呼不听，一意孤行。

第二天，蒙根呼带上了王爷家的所有家丁，悄悄地埋伏在小白蛇出现的地方。蒙根呼又连喊三声白蛇哥哥，小白蛇又来了。小白蛇刚一出现，蒙根呼和王爷的家丁一拥而上，把小白蛇团团围住，要剜掉他的另一只眼睛。小白蛇一看，立刻大怒，把头一摆。一瞬时，草原上狂风四起，黑云弥漫，雷鸣电闪。只听得惊天动地一声巨响，顷刻之间，风也停了，云也散了。小白蛇化成一座白色的山峰，把蒙根呼和王爷府的家丁全都压在山峰底下。

虽然小白蛇化成了山峰，但还惦记着草原上穷苦牧民和没有制服的旱灾，便把剩下一只眼睛化成一泓清水，流出一条江水来。这条江水一直流过草原。后来人们就把这山叫长白山，把山顶的一池清水叫天池，把从天池中流出的江水叫松花江。因为有了水，人口越来越多。从此以后，肥沃的草原上水草丰美，牛羊肥壮，牧民们过着幸福的生活。

神话博士听了，对《白蛇哥哥》这个神话给予好评："这个故事有文化内涵，富有哲理。说的是'善有善报，恶有恶报'，'人可以做好事，也可能做坏事'。'人能够是好人，一念之差，也可能成为坏人。"

夏青教授说："社会发展到较高阶段所表现出来的状态，人们统称为文化，它是人类在社会历史发展过程中所创造的物质财富和精神财富的总和，如文学、艺术、教育、科学等。同一个历史时期中的不依分布地点为转移的遗迹、遗物的综合体。坐落在东北境内的长白山，不仅以其自然天工、神奇博大而称著于东北亚，而且她所孕育的民族文化，也同样旖旎多彩，充满了勃勃生机，不愧为民族精神的象征。因而她是满族人民心灵中的圣山。

神话博士说："在研究长白山文化时，对神话传说的研究，也是一个十分重要的方面，不可忽视。神话传说的流传，显示着客观事物存在的合理性，记录着先人改造自然、利用自然的成果，展示着人们对真、善、美的追求和赞誉。因此说，神话传说这种文化状态，是长白山文化的一个非常重要的组成部分，是长白山文化产生、发展的基础、源流。神话传说对深入研究长白山文化必将起到不可替代的作用。所以，在研究长白山文化时，也应很好地把神话传说作为一个课题，认真收集，整理、考察、研究，定会收到良好的效果。"

龙小宏说："我刚才迷迷糊糊地又睡了一觉，好像听见白蛇哥哥在说话，我问他《山海经藏宝图》是不是在长白山。他说，去张家界找一找看看！"

神话博士问沈教授："奇怪，为什么他总是瞬间做梦？"

机器人潘小虹听见了，说："龙小宏大脑中有一个金属。"

神话博士问："龙小宏，你头脑中为什么有一个金属呢？"

龙小宏说："我去神农架拍摄照片时，正将镜头对准一个白熊，听见一声枪响，身上发麻，原来是一个偷猎者正准备射击那白熊，散弹枪打出的一把铁砂子，有几颗打在我的身上，其中一颗打击了我的头部。我住进了医院，医生取出了我身上的散弹，就是不敢取我头部里的铁弹，说，既然不危及生命，如果开刀，可能会伤及大脑。"

沈教授说："因祸得福！龙小宏比我们普通人多一点机器人的敏感，他的头脑能够接受无线电波信息。"

二十九、游张家界

沈教授、神话博士带着山海经神话考古体验小组部分成员来到张家界考察。神话博士说，张家界早先并不叫张家界，叫青岩山。那时，青岩山上也没有姓张的人家。为什么后来又叫它张家界呢？这事儿，还得从汉留侯张良说起呢！相传，汉高祖刘邦平定天下后，滥杀功臣。留侯张良想到淮阴侯韩信死前讲的那句话："狡兔死，走狗烹；飞鸟尽，良弓藏；敌国破，谋臣亡"，不禁打了几个寒战，便想效法当年越国范蠡，隐匿江湖。

可是到那里去好呢？入江淮，乃刘氏腹地；至留县封国，不能久安；秦岭、巴山，虎豹成群，不是养生延年之处；西北方，匈奴骚扰……他思来想去，只有到南方，找赤松子仙师去！昔日三闾大夫屈原被放逐，曾游荆州、武陵，还给沅、澧二水诸名山留下了许多诗句："沅有芷兮澧有兰，思公子兮未敢言"，"广开兮天门！纷吾乘兮玄云"……

想那里必有人间仙境，必有养生乐趣，于是，他便循着赤松子的足迹，上了天门山。以后，又辗转登上了青岩山。这里别有天地，正是张良要寻求的"世外仙境"！从此，他便在这里隐居下来，修行学道，并留下了一脉张氏子孙。据说，张良为了让青岩山水更美，曾在青岩山南侧植了七棵银杏树。这七棵银杏树长得又高又大，就像七把巨伞，撑在半山腰。

许多年后的一天，一个叫张万冲的朝廷官吏，穿起长袍马褂，乘起八抬大轿，带着妻室儿女，上青岩山游玩。当他看到这七棵银杏树，像巨人般立在那里，顿起邪心，便想以这七棵树为界，把青岩山这块神奇的土地，通统划为己有。于是，他请来一名雕刻匠，要他在每一棵树上雕刻一个大字。这雕匠刻呀、雕呀，七七雕了四十九天，才刻成七个大字："指挥使张万冲界"。

字刻完后，张万冲偏着脑壳看了又看。他一边看，一边念，一边笑："嘿嘿，这下好了，万古千秋，归吾所有！"

当下，他贴出门板大的告示，规定以七棵银杏树为界，方圆五十里，从锣鼓塌至黄石寨，从朝天观到止马塌，一概禁止通行，违者砍头。并将山寨上所有张氏家族都赶走，他张万冲一脉要在这仙山福地繁衍生息！他的这道禁令，害得周围的百姓连打柴放牧都得绕道走，害得张氏族人携儿带女，流离失所。

有一天,猎户张家雄进山赶老虎,恰从七棵银杏树下路过。他见每棵树上都流着黄水,哭成泪人一般。张家雄最初感到惊奇,不知道银杏树为什么会流泪。后来他看到了“指挥使张万冲界”七个大字,才恍然大悟,顿时火冒八丈,猛地拔出猎刀,“嚓嚓”几刀,将“万冲”二字,改成了“家雄”。又“嚓嚓”几刀,把那块告示牌劈得稀巴烂!

张家雄的这一举动非同小可,寨里寨外的人们齐声叫好,只有张万冲气急败坏,暴跳如雷。他调来三百亲兵,把青岩山一带围得水泄不通。他四处抓人,八方搜山,捉不到张家雄,就在寨民头上出气。他把寨民赶到银杏树下,声言要用大家的人血染红那七个大字。正危急时,只见树上闪光,树口吐云,树枝嘶叱,树干上突地喷出七股桶大的黄水,直朝着张万冲的人马射来。

霎时,狂涛巨浪,铺天盖地,把张万冲三百兵马一齐卷进金鞭溪去了!寨民们见此情形,吓得一个个对着银杏树作揖叩头,呼天叫地,求苍天保佑。这时,猛听得云头上有人发下话来:“寨民们听着:此地本是天造地设,人间仙境,哪能容得张万冲这个不肖子孙横行!吾神已令白果仙人将他葬入海底。此地现归张氏共同所有,永世永代生息!”

说罢,他将拂尘往七棵银杏树上一指,只见七棵银杏树上立即现出了“人间仙境张家界”七个金灿灿的大字。众人抬头一看,只见那仙人一副书生模样,头挽高髻,身穿麻衣,鹤须童颜,一派仙风道骨。人群中有几个懂学问的长者,一见大吃一惊说:“那不是跟赤松子大仙同游天门山、青岩山的子房公公么?”

众人听了,忙一齐伏地礼拜。那仙人轻甩水袖,笑盈盈地隐人茫茫云海,向黄石寨方向飘然而去。因为是张良仙人赐名,此后,人们便把青岩山叫做“张家界”。

沈教授对这个神话故事进行点评说:“巧妹为了穷苦老百姓敢于牺牲自己,表现出来坚忍不拔的毅力。说到人的毅力,对于人的成功太有作用。我讲一讲自己的经历给你们听吧。当年,我是六十八届初中生,作为知识青年下放农村,没有电灯,我们点的是煤油灯,晚上照样看书学习。”

方艳红说:“现在有电灯了,我们都不想读书,要么看电视剧,要么打麻将。沈教授,难怪你能够成功,你确实有毅力。”

沈教授说起自己的学习成长经历。他说:基础好的,不愿意刻苦学习,也不能够取得成功,而基础不好的,笨鸟先飞,最终能够得到胜利。他作为知识青年上山下乡,后来,调进工厂当车工。同车间有个老大哥叫张大山,他是六八届高中生,下放后不到一年参军。他在部队当通讯员。当时,他的文章写得比沈早晨流畅,毛笔字也比沈早晨好。他喜欢下象棋,喜欢喝酒聊天,写文章呢。对豆腐块文章不屑一顾。他只攻电影剧本。至今,他没有发表一个字。

而沈早晨呢,初中读了一年,文化大革命开始,以后下放农村。可是他刻苦,经常深更半夜地起来写文章,虽然写的诗歌、小说、散文、电影剧本,寄了出去,或者石沉大海,或者退了回来。可是,沈早晨能够坚持不懈地学习数理化方面的知识,以后考取大学,读了硕士学位,再攻读博士学位。

沈早晨现在成为著名的考古专家,他出版了几本考古的专著,其中,有一本女尸研究的专著。

还有，社会学专著，考古与旅游结合的专著。

沈早晨从一个初中生读到博士学位，从工人到教授。一年春节，在一位老朋友家里吃饭，竟然遇到在工厂退休的老大哥张大山。他坦荡地笑着说："当时我讽刺你，说你小子的文章没有我写得通顺，怎么还敢去投稿。没有想到你现在成了考古专家、教授。哎，我忽略了你的坚韧毅力。"

张大山这番话沈早晨听了十分感动。没有想到，这张大山多喝了酒后，话变得刺耳难听。他说："遗憾啊，凤凰掉毛不如沈早晨这样的鸡子。"

当时，有人劝他别再说话，可张大山还要说："我这样的聪明鸟失误在于保守，不敢去展翅飞翔。而沈早晨这样的笨鸟敢于飞翔，三更半夜去早飞。"

田幻想问："沈教授，您的坚韧毅力是从哪里来的？"

田幻想的问话打断了沈早晨的回忆。

沈教授说："我的坚韧毅力是从上述这样的神话故事教化而来。我喜欢读毛泽东主席的《愚公移山》，遇到困难想愚公。事实上，我们有愚公的精神，就有坚韧的毅力，还有什么困难不能够克服？还有什么矛盾不能够解决。"

欧阳旭说："妹夫，难怪我们好多博士、教授，没有你的成果多。我要向你这位妹夫学习，学习你严谨治学的精神与坚忍不拔的毅力。"

欧阳旭说沈早晨是他的妹夫，这是在抬举沈早晨的时候，不忘在另一个领域压一下沈早晨，也套个亲戚的近乎。

他们一行人不知不觉到了黄石寨。黎萍用导游的口吻介绍起黄石寨来。

——话说汉留侯张良隐居张家界青岩山后，专心炼丹修仙。忽一日，坡脚山民禀报：武陵郡太守接吕后密诏，要捉拿他。张良听罢，气极了，丢了丹葫芦，率领徒弟、山民，挑运粮草，赶着猪羊耕牛，直奔青岩山最高最大的山头，安营扎寨，设关堵卡，造刀造箭，誓与武陵郡太守血战到底。

没几日，果然武陵郡太守领兵三千围打山寨。张良据险迎战，严密把守关卡，滚岩飞箭，打得太守兵将不敢拢边，围攻了七七四十九天，仍打不开卡门，捉不到张良。太守急了，砍倒树木，铺放干草，采用火攻。

哪知绝壁很高，火焰窜不上去，火攻失败。太守领赏心切，不甘撤兵，眼睛几眨，又下令包山围困，整整围困了三个月，想把张良的人马饿死在山上。这一招，果真厉害，运上山的粮食吃光了，猪羊杀完了，最后不得不杀耕牛充饥。一切能吃的东西都吃光了，张良只好叫大伙搜来猪牛羊的骨头，放在火中烧，碾成骨粉冲水吃。最后，骨头也吃光了，再也没有东西可吃了，有的饿倒地上爬不起来了。

在这十分危急的时刻，张良想起他赠兵书的黄石公公。只有请教师傅，看如何解围。于是，他点燃香烛纸钱，双膝跪地，面对苍天作揖求师。说也奇怪，他拜罢三拜，地下突然冒出一股白烟，烟中腾起一个白胡子老人。只见他手拿拂尘，在空中挥拂几下，又从白烟中慢慢缩下去。白烟散尽，老人也不见了。跪在地下的张良，正痴痴不解其意，突然有人欣喜若狂地跑来报告：山上的三口小池里跳出三条鲤鱼，每条有八十多斤重。

张良好生奇怪，比牛卧澡的水潭大不了多少的池塘，怎么会跳出八十多斤重的鲤鱼呢？他急忙跑去一看，果见三条大鲤鱼被大伙抬到岸上。眼睛饿得发花的几个徒弟，欢天喜地地说：“师傅，弟兄们都饿倒了，把三条鲤鱼煮熟吃了吧！”

张良沉思片刻，摇头摆手说：“不可！”

弟兄们惊诧得睁圆双眼问：“怎么！这鱼不能吃？”

张良没做任何说明，命令似的抬手一指说：“把三条鱼甩到崖下去！”

田幻想也在一旁说：“吃不得，吃了就没有生路。”有一弟兄问：“你是谁？”田幻想说：“我是现代人，知道这个故事。”

饿得奄奄一息的弟兄们，恨不得咬几口生鱼吃，张良喊甩下崖，谁也不明白为什么要这样干，可不敢违抗，抬起活鲜鲜三条鲤鱼，朝悬崖走去，一条接一条地甩下去了。鲜鱼“啪”、“啪”、“啪”落在崖下，惊得围守的兵丁飞报太守。太守赶来一看，就像吹鼓的猪尿泡挨了一锥，嗤地泄了气。他脸色煞白，浑身瘫软，失魂落魄地挥挥手说：“别围了，撤……”

兵丁们惊疑地问：“怎么不围了？”

太守失望地说：“寨上还有七八十斤重的活鲤鱼，能围困死人家吗？”

崖上防卫的人见太守的兵马撤了，又惊又喜地禀报张良。张良高兴地说：“你们不知道，是我的师傅黄石公公，赐给天鱼，救助我们的！”

这时，弟兄们才恍然大悟，深深佩服张良的大智大谋。雨过天晴。青岩山人又过上安居乐业的日子。张良为纪念他的师傅黄石公公，便把无名的山寨取名黄石寨。

龙小宏说：“黄石公公，我们如何去寻找《山海经藏宝图》呢？”

迷糊了片刻，龙小宏耳边响起了一个声音：“请去天下第一仙山。”

龙小宏问：“天下第一仙山在何处？”

田幻想说：“安徽黄山。”

三十、黄山探胜

沈教授、神话博士带着“山海经神话考古体验游”小组的同志来到黄山。沈教授说：“请机器人王小钢介绍一下黄山。”

王小钢掷地有声地说：“各位先生，你们好！我是机器人王小钢，现在向你们介绍黄山。中国安徽省的黄山，号称中国‘第一魔山’、‘第一仙山’。巍峨的黄山群峰，色如墨玉，峻如斧劈，云雾缭绕，以其雄伟、优美和神秘，享有人间仙境之美誉。黄山的怪松、奇岩、云海、温泉，乃黄山四绝。首先，黄山松天下无双，每棵松树，造型奇异，各不相同。你看，黄山一劲松树从悬崖绝壁上破石而出，倔强问天。异彩纷呈的黄山松，树龄多在百年以上。其中，著名的迎客松、连理松等古松，更是饱经沧桑，绵延千年。‘奇、雄、险、幻’四字，勾勒出‘天下第一奇山’的绝妙。”

神话博士说：“再请潘小虹介绍一下黄帝与黄山。”

潘小虹说：“以黄帝之号命名的山峰有‘轩辕峰’与‘容成峰’，两峰相连。峰下有紫芝源，黄帝在黄山炼丹之时，常于源中采紫芝，至今仍有紫芝生长；峰顶有仙石座，传说是黄帝的坐处；峰下有神仙洞、紫云溪，常有紫云聚而不散。三十六大峰之一的仙人峰，峰顶有两个石人，宛如对坐。据说，浮丘和黄帝曾到此游览，乘龙上升之后，双石芦化为峰，高约十丈。其石壁高五百余仞，相信就是猿猴想攀缓，也颇为艰难。正如李白诗云：‘猿揉欲渡愁攀缓’在松林峰西北的芙蓉峰，峰下有白马源，溪下有马蹄石，石上有马蹄迹二三十个，深者一尺，浅者二三寸，宛如泥印。此石名‘马迹石’。相传，是黄帝骑马来游玩时留下的马行迹，古人有诗描述曰：‘寂寞淡无云，芙蓉插天碧。洞口瑶花开，谁是采芝客？千古留孤趾，石开工行迹。’”

沈早晨到过几次黄山，熟悉黄山的传说，他与考古研究所的副所长夏青教授、欧阳旭副研究员、神话博士石小林、黎萍导游、贾小玲边走边聊，沿途介绍黄山的雄与奇。他指着远处的一处处景观说，那是“金鸡鸣天门”，那是“松鼠跃天都”，那是“巨猿观沧海”，娓娓道来，让人感叹什么是鬼斧神工。

夏青是安徽人，对黄山十分熟悉。他说：“黄山的奇岩峻峰，不胜枚举。或像人形，或似鸟兽。与苍松翠柏相得益彰，构成一幅幅妙趣横生的画卷。不由使人感叹大自然的造化与神奇，衍生出一个个优美的神话，令人击掌称奇。石门峰畔的棋石峰，高七百余仞。传说，为轩辕黄帝与浮丘公下围棋之所。但此棋石时隐时现，只有仙人方知，凡人很难看到。古人诗曰：'传闻拱石在中峰，曾有樵夫得一逢。自后世人无处见，云溪花洞几重重。'位于布水峰东北有一高峰，名曰'石床峰'，此峰顶上有一石床，长一丈二尺，宽五尺，如玉琢成。传说，此床乃轩辕黄帝与容成、浮丘憩息之所，上有碧石枕三枚，紫石床三张；下有石空源，石室如屋，深约十余丈。"

欧阳旭为了在几个教授面前显示自己广博的知识面与情趣，主动开讲："《山海经》中的公孙轩辕黄帝是否来过黄山？是否在黄山升天？这个问题历来被看作是神话传说。但是，我们在追索历史的时候，仍然有一些蛛丝马迹在告诉我们，黄帝在黄山的活动并非是空穴来风，远古时期因没留下任何历史文献，使我们无法确证曾有过的历史事实。黄帝的时代离我们太远了，无论是古人还是今人，都是靠口头传说去认识黄帝的，传说的真实与否，只能依据传说的合理性去判断。"

沈教授说："我以为，我们可以体验一下黄帝以及黄帝文化究竟是什么样的历史面貌。另外，像白龙桥上首的'药铫'、'药臼'、'丹井'等遗迹，莲花峰下的'容成拜轩辕'等奇景，浮丘、容成、仙都、望仙等诸峰，都与轩辕在黄山采药炼丹。乘龙而去的神话传说密切相关。这一神话，就像仙人撒下的一层五光十色的轻纱，使'震旦国中之第一奇山'更加增添了神奇的色彩。加之黄山兼有泰岱之雄伟，华山之峻峭，衡岳之烟云，庐山之飞瀑，峨眉之清凉，雁荡之奇巧，一年四季雾蒸霞蔚、云海翻腾，奇峰卓立如芙蓉初开，千壑竞秀似佳人起舞；因而，人们很自然地用'第一魔山'、'第一仙山'、'天下第一奇山'等美妙词语来对她加以尽情的讴歌和赞颂了。"

夏青说："一部古老的神话总集《山海经》，把中国的大小古名山(真实的和虚拟的)几乎都用奇异的神话塑造完毕。昆仑山和海上三神山是众神居住的神山；三神山之说出自齐国人徐市。他为讨好秦始皇而上书说海上有"蓬莱、方丈、瀛洲"三神山，山上有众仙人和长生不老之药。登葆山、灵山、华山、日月山，都是众巫登天与神沟通的天梯或天枢；巫山、云雨山生长有不死神药，许多山和奇异的神禽神兽有关。使山岳文化从遥远的神话时代走到今日。"

考古教授说："陕西黄陵县的黄帝陵，是在汉武帝以后才被命名的，是依据黄帝在黄河流域的活动范围所选择的一个地点。而把黄帝当作中华民族的人文始祖正式进行祭祀，则开始于晋朝。黄帝在中国更多的是种文化概念，而不是具体的历史人物。要认识黄帝的本来面貌，我们只能依据伟大的历史学家司马迁在《史记》中的记录和描述。司马迁在《史记·五帝本纪》写道：'黄帝者，少典之子，姓公孙，名曰轩辕。'这说明黄帝不是神，是个有名有姓的人。"

神话博士说："关于黄帝的出生地，司马迁并没有告诉我们他出生在哪里。关于黄帝的死，司马迁在《史记》里除了说'黄帝崩，葬桥山'外，也没有告诉我们黄帝究竟在何地逝世。"

夏青教授说："在《史记·封禅》里有这样一段记载：'黄帝采首山铜，铸鼎于荆山下。鼎既成，有龙垂胡须下迎黄帝。黄帝上骑，群臣后宫从上者七十余人。'这似乎说明黄帝在荆山铸鼎成功后得道升天。但前面已说葬于桥山，这又是怎么回事呢？《史记·封禅》又作了解释："上曰：'吾闻黄帝不死，今有冢，何也？或对曰：'黄帝已仙上天，群臣葬其衣冠'。原来葬于桥山仅只是个'衣冠冢'。这里说的'首山铜'是一种铜矿石的名称。黄帝把从首山采来的铜运到荆山去铸造铜鼎，荆山应是黄帝升天的地方。”

考古教授说：“荆山以‘荆’而名，这是指长江以南的‘荆蛮’之地，也可看作是古时的黄山。黄山自古以来就有‘吴头楚尾’之说。战国晚期，楚国统一了整个长江流域以及以南大部分地区。中原人有可能称‘大楚’之奇山黄山为“荆山”。可以有把握地讲，黄帝是在南方某地采集铜矿时逝世的。因此，我们从司马迁论黄帝的言语中可得出一个结论：黄帝逝世的地方不在北方或中原，北方只有黄帝的衣冠冢。”

神话博士说，从司马迁《史记·五帝本纪》的描述中，我们可以知道黄帝的家系包含了西北和东南两大族群，上古的夏商周三代不同的政治族群都是与黄帝有关的亲缘氏族。周族的一支“吴泰伯”就是从西北来到长江流域，并长期居住在南方荆蛮地区的一个大部族，最后形成了古吴国。我们知道古吴的核心基地主要是在南陵县大工山一带。这里有数千年以前的铜矿遗址。黄山恰好是古吴发源地青弋江流域的源头。因此黄帝到黄山无论是逻辑上，还是史实上，应该说都是可以成立的。

考古教授说：“我们以前很少思考黄帝文化为什么会出现于黄山。为什么轩辕黄帝要来黄山？庞大的华夏民族之所以可以形成，上古时期，存在着部落战争和文化征服战争。因为不停的战争与媾和，形成了多民族的融合，以至于形成了占据幅员辽阔的国土面积的华夏古族。炎黄时期，两个大族轮番做主。《史记·五帝本纪》曰：‘轩辕之时，神农氏世衰，诸侯相侵伐，暴虐百姓，而神农氏弗能征。’黄帝与炎帝打了三场战争，并建立了征服天下的信心。黄帝来黄山的主要目的，是进一步征服蚩尤和炎帝的部落。”

一直听人们议论的机器人王小钢说话了：“轩辕黄帝所处的是青铜时代，尤其是与蚩尤大战后对铜资源的需求显得格外强烈。我们知道史书记载了蚩尤当年铜头铁身的传说。实际上，是蚩尤部落已经使用了金属兵器和金属盔甲。黄帝战蚩尤，付出了极其沉重的代价。因此，黄帝南征江南目的是寻找铜矿和冶炼铜的技术。我们知道黄帝在黄山的民间传说讲的是在黄山随浮丘翁学习‘炼丹术’的故事。道家所讲的炼丹术实际上就是古代的金属冶炼技术。”

黎萍导游来过黄山两次。她介绍说：“黄帝祭祀由来已久。在黄山的七十二峰中，东方第一大峰——轩辕峰有关轩辕黄帝的历史遗迹和传说随处可见。如，始建于晋代的‘黄帝宫’和唐代天宝年间的‘轩辕古刹’、传说的黄帝炼丹台和修炼用的‘神仙洞’、黄帝洗药的‘鼎湖’、黄帝居住的‘黄帝宫’以及祭祀黄帝的‘黄帝坑’等等。在这些石刻中‘黄帝天位’头像牌位式石刻显然是祭祀黄帝的牌位。但在黄山西北麓的郭村乡，一直流传着祭祀周文王和周武王的大型祭祀活动。”

神话博士说：“我在海南考察，像黎族的《黎母山传说》，正是以信奉本民族祖先神黎母为主要内容的。传说雷公经过海南岛带来了一颗蛇卵，壳破以后，从中跳出一个女孩，靠吃野果长大，与大陆来岛上采沉香的一个青年成婚，繁衍了子孙后代，进行捕捞、种植山兰旱稻。这女子被尊称为黎母，子孙后代成为黎人。这则风物传说的地理分布应当在海南岛思河的峒一带；但是，由于黎族对民族祖先神黎母的信奉有普遍性，所以由这则风物传说引导出的黎族民间信仰文化圈，已经远远超越了该峒范围。黎族关于五指山的传说有几种异文，但也都紧紧围绕着对雷神或大力神的信仰而传播。”

黎萍导游说：“其中有两种说法最为广泛。一种说雷公兄弟杨叉为了镇压天翻地覆，堆起了五座岭，另一种说是射日月的大力神的巨手五指化成。前者以黎族普遍传播信奉雷神的传说为特征，后者以黎族普遍流传的大力神的传说为特征。因此，五指山传说形成的民俗文化圈带有黎族全民族性。值得注意的是，因本民族信仰而构成的风物传说圈，往往与本民族的民俗文化活动及其范围相互联系，使风物传说呈现具有生命力的活泼状态，迅速向更广远的范围传播，形成了人文特征很强的民族文化圈。”

沈早晨、夏青、神话博士、黎萍、贾小玲、王小钢、潘小虹来到排云亭。贾小玲说：“我好像感觉脚下云雾在翻江倒海，感觉云雾的气息扑面而来。”

神话博士说：“黄山的云雾变化多端，幻化无穷，有时好比汪洋云海，将崇山峻岭，隐没其间。云消雾散，黄山复峥嵘；云蒸霞蔚，黄山更磅礴；黄山之美，实在难于言表。”

沈早晨兴致勃勃，滔滔不绝：“中国山岳的自然美是大自然所赋予的，但中国人偏偏用自己的民俗文化美描绘自然美，让中国的山岳具备各种各样的民俗性格，展现千姿百态的民俗风貌，反映了丰厚深刻的文化内涵。在古老的山岳神话中，山岳是令人崇拜的大神。高大险峻的山，都是上天的梯子，或是天神下界的必由之路。”

夏青说：“黄山是至高无上的，藏族崇拜的贡嘎山。山名的藏语含义就是‘至高无上’；蒙古族崇拜的腾格里山，山名的蒙古语含义是‘天’。这些山，都具有原始崇拜的文化内涵。在中国的多民族中，广泛残留着恭祭山或山神的习俗，正是这种原始文化的遗存。”

神话博士说：“在《礼记·祭法》中记载：‘山林川谷丘陵，能出云，为风雨，见怪物，皆曰神。’其中山神居多。仅《山海经》中的《五藏山经》就记载近四百尊山神之多。”

夏青说：“上古时期就发展起来的‘相地’之术，首先以相山为重。”

沈早晨说：“古人以龙形为山岳连绵起伏地貌之相 。这种神话思维的古代巫术，使中国产生了许许多多以龙为名的山岳，并从此发展了风水术。以山岳的逶迤曲折为来龙去脉，选定吉祥宝地。如辽宁朝阳、湖北江陵、河南宝丰、山西浑源都有山被称为龙山，被崇拜为灵山。东晋慕容氏以现在的朝阳柳河之北龙山。以南为福德宝地，筑龙城为首都，建和龙宫，龙翔祠。古人说‘水不在深，有龙则灵’。把大小山岳嵌入龙文化版模，也同样有灵。”

神话博士说：“中国的大小山岳几乎都成为美妙传说的造型，并把那些造型作为传说的依托和可印证的信物。山岳的自然景观于是拥有了民俗文化属性。山岳的民间传说造型大体上有两类：一类是山岳象形的奇异故事，甚至是精怪故事。像我国海南、台湾、河北承德都有的五指山，以及不少地方都有的龙山、虎山、猴山、龟山、蛤蟆山、鸡冠山、帽山、鼓山等，都有象形的民间传说作证。”

沈教授说：“除了象形的神奇传说附着于山岳外，最具有人文价值的是另一类人物传奇故事，与山岳的水乳交融。例如，传说舜帝南巡驾崩于九嶷山上，追赶舜帝的二妃娥皇和女英，在洞庭湖中的君山闻舜帝已死，攀竹而哭，泪滴竹上化成泪痕斑斑的湘妃竹。于是，九嶷山和君山成为名山。苏州缥缈峰林屋洞，因传说大禹入洞取《水经》治理百脚河道而扬名。浙江的莫干山所以成为名山，据传说是因为春秋时期曾有干将和莫邪夫妇在此山铸造名剑而得名。新疆天山的博格达峰之所以有名，是因为传说山上的天池是西王母的居所，曾经在这里宴请过游览天下的周穆王。”

神话博士的眼光却被黄山怪石所吸引。黄山怪石，星罗棋布，点缀在波澜壮阔的黄山峰海中。它们形态别致，或大或小，争相竞秀，意趣无穷。黄山怪石，有的酷似珍禽异兽，诸如“猴子望太平”、“松鼠跳天都”、“鳌鱼驮金龟”、“乌龟爬山”等。

有的宛如各式人物，诸如：“仙人下棋”、“天女绣花”、“夫妻谈心”、“童子拜观音”。有的形同各种物品，诸如“梦笔生花”、“笔架峰”、“仙人晒靴”、“飞来钟”。有的又以历史故事、神话传说而命名，有“苏武牧羊”、“太白醉酒”、“武松打虎”、“达摩面壁”等。

谈起石头，神话博士兴致勃勃，他喜欢收藏石头，对黄山的石头如数家珍。他说，怪石因观赏角度改变，景致随之变化，具有移布换景的奇趣。如天都峰侧的“金鸡叫天门”，由天门坎再回首东望，石景变成了“五老上天都”；石门溪旁的“喜鹊登梅”，若从皮蓬的入口处观之，则又变成了“仙人指路”。他边走边说，这些巧石，或叫怪石，大的就是一座山峰，如仙桃峰、笔锋，老人峰等，这些亦峰亦石的景观，它们之所以能成为称奇于世，盖由于这些峰上形象生动的怪石而得名；小的如同盆景古玩如“猴子观海”上的“猴石”，“鳌鱼吃螺蛳”中的“螺蛳石”等，块石大小均在三米以内，如雕如塑，妙趣横生。

龙小宏到过黄山摄影，对于黄山石不陌生。他一直想在王丽君、方艳红前面表现自己，待她们来了，他说：“黄山怪石个个巧夺天工，或形似，或神似，惟妙惟肖，妙趣横生。黄山有名称可指的巧石多达一百二十余处。它们以酷似的形态和优美的神话传说结合在一起，使得个个有画的蕴含，诗的韵味，可谓形神兼备，给人以艺术美的享受，令人神往。黄山怪石的命名，既各具不同的含义，也饶有趣味，主要体现了形似或神似的特征。石名或与宗教互相依联，带有浓重的仙家色彩；或以禽兽形象或以物件状态、人物行为、历史故事和民间传说为题材，对各种形态毕肖的怪石作形神兼具的命名，给静态的石景赋予了活力。”

谁知道，田幻想不甘示弱。他说，黄山石名，体现了中华民族传统文化的道德观念。龙吹吹，你知道“关公挡曹”讲的是什么？讲的是“义”。“周王拉车”体现的是什么？体现的是“礼”。“孔明借东风”体现的是什么？体现的是“智”。“武松打虎”体现的是什么？体现的是“勇”。“介子背母”体现的是什么？体现的是“孝”。“苏武牧羊”宣扬的是什么？宣扬的是“节”。这些寓教于游的石名，能给人们的认识以深刻的启迪。

这回轮到龙小宏有点尴尬了，黎萍导游也佩服这田幻想读的文化类型的书多。

王冬生的手机响了，他说出了自己的位置。一会儿，几个漂亮的女青年来了。她们是江城宾馆女子保安王晓雪、刘菲、李小塔。

她们一见到贾小玲就高喊：“贾小玲，这么久没见到你，想死你了！王总准许我们游黄山，才有机会见你与沈教授。”

王冬生叫王晓雪、刘菲、李小塔三人去准备饭菜。王冬生邀请沈教授一起在一家餐厅就餐。这家餐厅的老板好像认识王冬生。他们一行人吃完饭，来到黄山北海景区散花坞，看见一孤立石峰。王冬生发话了："请看，这山峰形状如同笔尖朝上的毛笔，峰顶巧生奇松如花，故名《梦笔生花》。"

贾小玲说："我们能不能够与李白见上一面？我们穿上魔幻背心。"

沈教授经不住老婆的怂恿，笑着说："我的美人儿，我答应你了。我们穿上魔幻背心吧。"

沈教授穿上魔衣，打开时光穿梭功能，他一只手拉住夏青。神话博士穿上魔衣，一只手拉住王冬生。贾小玲穿上魔幻背心，一只手拉住王晓雪，一只手拉着刘菲。黎萍穿上魔衣，一只手拉着李小塔。田幻想、龙小宏、王丽君、方艳红和两个机器人，他们跟着后面，打开时光穿梭功能，飞行了一段彩色的时光隧道，终于在狮子林禅院前驻足。看见了一位老者，在昂首向天，高声吟诗。原来是诗人李白来到黄山，见到北海山峰竞秀，景色奇美，禁不住诗兴大发。这声音惊动了狮子林禅院的长老。他走出山门，细细一看，只见一位白衣秀士，风度潇洒，便上前施礼："请问尊姓大名。"

白衣秀士说出自己的姓名时，田幻想好不激动："这就是大诗人李白！"

长老望着沈早晨、神话博士、黎萍、田幻想等人："你们是谁？是李白的朋友吗？"

沈早晨说："我们是现代人，你们的子孙的朋友。我们现在还在读李白的诗歌呢，最崇拜李白与杜甫。"

李白非常有礼貌地对沈早晨、夏青、神话博士、黎萍、王冬生、王晓雪等人说："我们一起进去坐一坐吧。"

沈早晨说："不，你们坐吧，我们到里面转转。"

长老说："也行，我与李白大师单独谈谈。"

他急忙吩咐小和尚抬来清泉酿制的米酒，还拿来一些文房四宝。长老急忙盛满一杯酒，双手捧上，敬给李白。李白慌忙还礼，双手接过，一饮而尽。二人席地而坐，纵谈诗文，开怀畅饮。李白深感长老待人诚恳，意欲草书诗作相赠，以作答谢之礼。长老大喜，小和尚们忙着研墨的研墨，铺纸的铺纸。李白趁着酒兴，奋笔疾书。

沈早晨、夏青这时走了过来，与长老及小和尚们分别站两旁，目睹那遒劲的大字，赞叹不已。李白写毕，还有三分酒意，便将毛笔顺手一掷，那毛笔翻翻摇摇，从空中落下插入土中。他这才告辞长老而去。长老送走李白，回过头来，不禁大吃一惊，刚才李白掷下的毛笔已化成一座笔峰，笔尖化成了一棵松树，矗立在散花坞中。这就是如今见到的"梦笔生花"。

李白问："你们现代人这么喜欢读我的诗歌？我太兴奋。听说你们在寻找《山海经藏宝图》，是吗？我建议：如果黄山找不到，你们可以去武夷山看看。"

田幻想提出："我们想找个亭子打扑克谈天。行吗？"

神话博士想给他们留下一个空间，于是与沈教授商量。贾小玲说："好吧，干脆让田幻想、龙小宏、方艳红、王丽君、黄梅、杨扬他们几个找一个地方去打扑克，还可以自由自在地交谈。"

沈早晨听见魔衣发出警报声，说：“李白大师，谢谢，我们的魔衣电量不足了，我们要赶快回到现代社会去不然，就走不了啦！”

他们一行人，打开时光穿越功能，进入了彩色的时光隧道，回到了现实社会。

沈早晨说：“我们还有个地方应该去没有去，这就是《海内经》指的地方。”

三十一、英雄神话

海内经

随着沈教授的讲述，黎萍、黄梅、杨扬、田幻想、龙小宏、王丽君、方艳红等几个都打开了梦幻功能开关，进入了幻觉中。黎萍说："在东海以内，北海的一个角落，有个国家名叫朝鲜。还有一个国家叫天毒，天毒国的人傍水而居，怜悯人慈爱人。"

杨扬说："在西海以内，流沙的中央，有个国家名叫壑市国。在西海以内，流沙的西边，有个国家名叫氾叶国。"

黄梅说："流沙西面，有座山叫鸟山，三条河流共同发源于这座山。这里所有的黄金、璿玉瑰石、丹货、银铁，全都产于这些水中。又有座大山叫淮山，好水就是从这座山发源的。"

田幻想说："在流沙的东面，黑水的西岸，有朝云国、司彘国。黄帝的妻子雷祖生下昌意。昌意自天上降到若水居住，生下韩流。韩流长着长长的脑袋、小小的耳朵、人的面孔、猪的长嘴、麒麟的身子、罗圈着双腿、小猪的蹄子，娶淖子族人中叫阿女的为妻，生下帝颛顼。"

龙小宏说："在流沙的东面，黑水流经的地方，有座山名叫不死山。在华山青水的东面，有座山名叫肇山。有个仙人名叫柏高。柏高由这里上去下来，直至到达天上。"

王丽君说："在西南方黑水流经的地方，有一处叫都广野，后稷就埋葬在这里。这里出产膏菽、膏稻、膏黍、膏稷，各种谷物自然成长，冬夏都能播种。鸾鸟自由自在地歌唱，凤鸟自由自在地舞蹈，灵寿树开花结果，丛草树林茂盛。这里还有各种禽鸟野兽，群居相处。在这个地方生长的草，无论寒冬炎夏，都不会枯死。"

方艳红说："在南海以内，黑水青水流经的地方，有一种树名叫若木，而若水就从若木生长的地底下发源。有个禺中国。有个列襄国。有一座灵山，山中的树上有一种红颜色的蛇，叫做耎蛇，以树木为食物。"

贾小玲说:“有个盐长国。这里的人长着鸟一样的脑袋,称作鸟民。”

夏青教授说:“有九座山丘,都被水环绕着,名称分别是陶唐丘、叔得丘、孟盈丘、昆吾丘、黑白丘、赤望丘、参卫丘、武夫丘、神民丘。有一种树木,青色的叶子紫色的茎干,黑色的花朵黄色的果实,叫做建木。高达一百仞的树干上不生长枝条,而树顶上有九根弯曲的桠枝丫,树底下有九条盘旋交错的根节,它的果实像麻子,叶子像芒树叶。大皞凭借建木登上天,黄帝栽培了建木。”

沈教授说:“有一种窫窳兽,长着龙一样的脑袋,能吃人。还有一种野兽,长着人一样的面孔,名叫猩猩。西南方有个巴国。大昊生了咸鸟,咸鸟生了乘厘,乘厘生了后照,而后照就是巴国人的始祖。”

黎萍说:“有个国家名叫流黄辛氏,它的疆域方圆三百里。这里出产一种大鹿。还有一座巴遂山,渑水从这座山发源。又有个朱卷国。这里有一种黑颜色的大蛇,长着青色脑袋,能吞食大象。”黎萍刚说完,一巨蛇张开巨口,正吞食一只大象。

沈早晨他们几个迎面走来一位巨人,长着人的面孔而嘴唇长长的,黑黑的身上长满了毛,脚尖朝后而脚跟朝前反长着。贾小玲胆大,盯着这巨人看,这巨人看见人就发笑,一发笑嘴唇便会遮住他的脸面,沈早晨当时招呼几个人趁机逃走。”

机器人潘小虹说:“还有一种黑人,长着老虎一样的脑袋禽鸟一样的爪子,两只手握着蛇,正在吞食它。有一种人称作嬴民,长着禽鸟一样的爪子。还有大野猪。有一种人称作苗民。这地方有一个神,长着人的脑袋蛇的身子,身躯长长的像车辕,左边右边各长着一个脑袋,穿着紫色衣服,戴着红色帽子,名叫延维。人主得到它后加以奉飨祭祀,便可以称霸天下。”

神话博士说:“有鸾鸟自由自在地歌唱,有凤鸟自由自在地舞蹈。它一出现就会使天下和平。又有一种像兔子的青色野兽,名叫菌狗。又有翡翠鸟。还有孔雀鸟。”

王丽君说:“在南海以内,有座衡山,有座菌山,有座桂山。还有座山,叫做三天子都山。”

方艳红说:“南方有一片山丘叫苍梧丘,还有一个深渊叫苍梧渊,在苍梧丘和苍梧渊的中间有座九嶷山,帝舜就葬埋在这里。九嶷山位于长沙国零陵境内。”

田幻想说:“在北海以内,有座山叫蛇山。蛇水从蛇山发源,向东流入大海。有一种长着五彩羽毛的鸟,成群地飞起而遮蔽一乡的上空,名叫翳鸟。还有座不距山。巧倕便葬在不距山的西面。”

龙小宏说:“在北海以内,有一个反绑着戴刑具、带着戈而图谋叛逆的臣子,名叫相顾尸。”

杨扬说:“伯夷父生了西岳,西岳生了先龙,先龙的后代子孙便是氐羌,氐羌人姓乞。”

黄梅说:“北海以内,有一座山,名叫幽都山,黑水从这座山发源。山上有黑色鸟、黑色蛇、黑色豹子、黑色老虎,有毛蓬蓬尾巴的黑色狐狸。有座大玄山。有一种玄丘民。有个大幽国。有一种赤胫民。”

机器人王小钢说:“有个钉灵国,这里的人从膝盖以下的腿部都有毛,长着马的蹄子而善于快跑。”

机器人潘小虹说:“炎帝的孙子叫伯陵。伯陵与吴权的妻子阿女缘妇私通,阿女缘妇怀孕三次,这才生下鼓、延、殳三个儿子。殳最初发明了箭靶,鼓、延二人发明了钟,作了乐曲和音律。”

王小钢说:“黄帝生了骆明,骆明生了白马。这白马就是鲧,相传是大禹的父亲。”

潘小虹说:“帝俊生了禺号,禺号生了淫梁,淫梁生了番禺。这位番禺最初发明了船。番禺生了奚仲,奚仲生了吉光,这位吉光最初用木头制作出车子。少皞生了般。这位般最初发明了弓和箭。”

王小钢说:“帝俊赏赐给后羿红色弓和白色矰箭,用他的射箭技艺去扶助下界各国,后羿便开始去救济世间人们的各种灾难。帝俊生了晏龙。这位晏龙最初发明了琴和瑟两种乐器。帝俊有八个儿子,他们创作出歌曲和舞蹈。”

潘小虹说:“帝俊生了三身,三身生了义均。这位义均便是所谓的巧倕,从此开始发明了世间的各种工艺技巧。后稷开始播种各种农作物。后稷的孙子叫叔均。这位叔均最初使用牛耕田。大比赤阴,开始受封而建国。大禹和鲧开始挖掘泥土治理洪水,度量划定九州。”

王小钢说:“炎帝的妻子,即赤水氏的女儿听訞生下炎居,炎居生了节并,节并生了戏器,戏器生了祝融。祝融降临到江水居住,便生了共工。共工生了术器。术器的头是平顶方形,恢复了祖父祝融的土地,从而又住在江水。共工生了后土,后土生了噎鸣,噎鸣生了十二个儿子,都以岁命名。”

潘小虹看见,洪荒时代到处是漫天大水。鲧偷拿天帝的息壤用来堵塞洪水,而未等待天帝下令。天帝派遣祝融把鲧杀死在羽山的郊野。禹从鲧的遗体肚腹中生出。天帝就命令禹最后再施行土工,制住了洪水。

女娲造人

一天,沈教授、夏青教授、神话博士与“山海经神话考古体验游”小组成员在一起,谈到英雄神话的时候,机器人潘小虹发话了:“我想讲一讲《女娲造人》的故事。请大家打开梦幻功能与隐身功能。”

神话博士的面前站立一位人头蛇身的巨神。沈早晨叫起来了,这不是女娲吗!只见女娲放眼四望,山岭起伏,江河奔流;丛林茂密,草木争辉。天上百鸟飞鸣,地上群兽奔驰;水中鱼儿嬉戏,草中虫豸跳跃。这世界,按说也点缀得相当美丽了。但是她总觉得有一种说不出的寂寞,越看越烦,孤寂感越来越强烈,连自己也弄不清楚这是为什么。与山川草木诉说心中的烦躁,山川草木根本不懂她的话;对虫鱼鸟兽倾吐心事,虫鱼鸟兽哪能了解她的苦恼。女娲颓然坐在一个池塘旁边,茫然注视池塘中自己的影子。忽然一片树叶飘落池中,机器人王小钢顺手将一根小树枝扔进水池。静止的池水泛起了小小的涟漪,女娲的影子也微微晃动起来。她一回头,发现了什么,当然,女娲不可能发现隐身的沈早晨、石小林与机器人王小钢等,突然觉得心头的死结解开了。是呀!为什么她会有那种说不出的孤寂感?原来是世界是缺少一种像她一样的生物。

想到这儿，她马上用手在池边挖了些泥土，和上水，照着自己的影子捏了起来。她感到好高兴。捏着捏着，捏成了一个小小的东西，模样与女娲差不多，也有五官七窍，双手两脚。捏好后往地上一放，居然活了起来。女娲一见，满心欢喜，接着又捏了许多。她把这些小东西叫作“人”。

这些“人”是仿照神的模样造出来的，气质举动自然与别的生物不同，居然会叽叽喳喳讲起和女娲一样的话来。他们在女娲身旁欢呼雀跃了一阵，慢慢走散了。女娲那寂寞的心一下子热乎起来。她想把世界变得热热闹闹，让世界到处都有她亲手造出来的人。女娲不停地工作，捏了一个又一个。但是，世界毕竟太大了，她工作了很久，双手都捏得麻木了，捏出的小人分布在大地上仍然太稀少。她想，这样下去不行，就顺手从附近折下一条藤蔓，伸入泥潭，沾上泥浆向地上挥洒。结果点点泥浆变成一个个小人，与用手捏成的模样相似，这一来速度就快多了。女娲见新方法奏了效，越洒越起劲，大地就到处有了人。

女娲在大地上造出许多人来，心中高兴，寂寞感一扫而空。她觉得很累了，要休息一下，到四处走走，看看那些人生活怎样。一天，她走到一处，见人烟稀少，十分奇怪。俯下身仔细察看，见地上躺着不少小人，动也不动。她用手拨弄，也不见动静。原来是她造出来的小人，这时已头发雪白，寿终正寝了。

女娲见了这种情形，心中暗暗着急。她想到自己辛辛苦苦造人，人却不断衰老死亡。这样下去，若要使世界上一直有人，岂不要永远不停地制造？这总不是办法。结果女娲参照世上万物传宗接代的方法，叫人类也男女配合，繁衍后代。因为人是仿神的生物，不能与禽兽同等，所以她又建立了婚姻制度，使之有别于禽兽乱交。后世人就把女娲奉为“神媒”。

夏青教授说：“《风俗演义》中就有女娲造人之说。凡有女娲庙的地方，都盛行到女娲庙求子的习俗。虽然这是没有科学依据的，却浸透着一种原始生殖崇拜文化。原始时代，部落战争十分残酷、频繁，而且全靠人力对抗，死亡者众多。所以，人们期望女性大量生育，使氏族人丁兴旺，才能避免灭亡的命运。”

神话博士说：“在《女娲补天》神话中，女娲所补的天，是自己头上的天；所撑的地，是自己脚下的地；所创造的是一个让人类和平生存的世界；所反映的是大无畏的浩然气概。但是，从另一个角度看待，我们又可以发现，这个神话中包含着比较浓厚的保守思想。女娲其实可以去‘载覆’之地求生存，不必花巨大的力气补天平地。”

女娲补天

机器人王小钢发话了：“先生们，女士们，你们好！机器人王小钢给大家讲述《女娲补天》的故事。”

——这也是《山海经》中一篇感人的神话故事。原文是这样的：“往古之时，四极废，九州裂，天不兼覆，地不周载；火爁炎而不灭，水浩洋而不息；猛兽食颛民，鸷鸟攫老弱。于是女娲炼五色石以补苍天，断鳌足以立四极，杀黑龙以济冀州，积芦灰以止淫水。苍天补，四极正；淫水涸，冀州平；狡虫死，颛民生。”女娲在天台山顶堆巨石为炉，取五色土为料，又借来太阳神火，历时九天九夜，练就了五色巨石三万六千五百零一块。然后又历时九天九夜，用三万六千五百块五彩石将天补好。剩下的一块遗留在天台山中汤谷的山顶上。”

黎萍说：“《竹书纪年》、《淮南子·览冥训》也提到了女娲补天：女娲炼五色石以补苍天，断鳌足以立四极，杀黑龙以济冀州，积芦灰以止淫水。”

神话博士说：“《女娲补天》的神话家喻户晓。但是，女娲是神话中最早出现的天神，而故事里提到的共工应该比女娲晚很多年。可以说，女娲补天应该是在共工撞倒天柱以前。因为，女娲补天时，共工还没有出世。共工以后撞倒的天柱，应该是女娲补天后的天柱。”

沈教授说：“有关资料，目前国内有五处女娲墓，山西省内有两处，一处在芮城县的风陵，一处在洪洞县的赵城。查《文献通考》、《寰宇记》、《九城志》等古籍，都说女娲墓在赵城；而且历朝历代祀典女娲也都在赵城。此外，浮山县也有女娲庙和女娲补天处。神话中所说之冀州，是指今山西、河北交界地。因此，说《女娲补天》神话起源于山西，是有根据的。”

机器人王小钢说：“女娲补天神话的内核可能是华夏先民烧瓦覆盖房顶的防漏措施，反映的是女娲发明瓦的事迹。女娲氏时代是陶器发明并被广泛使用的时代。陶器的发明源于房屋建造中的涂泥技术，首先被用来防止透风，以后又逐渐发现涂泥还具有防火防漏等重要作用，在大量使用葫芦的伏羲时代后期，先民们把这一技术应用到葫芦上，在葫芦底部涂泥防漏并防止葫芦被火烧毁，以便烧煮食物，结果泥层被烧结成坚硬如石的陶质，从而发明了陶器。先民还进一步发现，经过烧制的陶器完全不会漏水。屋顶漏雨时，聪明的人因此想到用破碎的陶片盖住屋顶破损处，并由此得到启发，烧制专门用来覆盖屋顶的陶片，以彻底解决屋顶漏雨问题，从而发明了瓦。”

机器人潘小虹说，“瓦”字与“娲”字读音相同，都是模拟陶器摩擦时发出的“嘎嘎”声，其实至今在一些地方称陶片为“瓦片”。以瓦称呼陶器，如“瓦罐”、“瓦盆”等。瓦坚硬如石，不同土质烧制的瓦颜色各有不同，可以称之为“五色石”。屋顶漏雨是因为屋顶有缺陷，有裂缝，浓云密布时，如先民居住的简陋房屋的草顶。先民可能因此认为，天上雨水也是从云盖缝隙中漏下。所以，当阴雨连绵，给人们的生产生活带来不便时，先民会设想像用瓦覆盖屋顶那样，炼五色石以补破漏的苍天。这样的事业非人力所能及，只有神人才能做到。这个神人自然就是女娲，神话就这样诞生了。

机器人王小钢说：“还有一种可能是，最初的传说只是女娲烧瓦覆盖屋顶的故事。在流传过程中，这一故事被一次又一次地添枝加叶，渐渐变形，‘烧瓦’演变为‘炼五色石’，‘覆盖屋顶’演变为‘补天’，最终被层层包裹在神话的华丽外衣之中。如同《淮南子·览冥训》中记载那样，除了补天事迹本身，又增加了补天的原因，以及补天之后的断鳌、杀黑龙、积芦灰等系列事迹，造就了女娲氏整理天地的伟大事业。”

机器人潘小虹说：“一说女娲是一个真实存在过的历史人物，主要活动于黄土高原。她的陵寝位于山西洪洞县赵城镇东的侯村。女娲陵的存在时间可能在三千年以上，同黄帝陵一样，也是中国古代皇帝祭奠的庙宇。当地在每年农历三月初十前后，均举行长达七天的大型庙会和祭祀活动。"

神话博士说："有人认为，女娲是一位善良的神，她为人类做过许多好事。比如说她曾教给人们婚姻，还给人类造了一种叫笙簧的乐器。而使人们最为感动的，是女娲补天的故事。还有人认为，盘古开辟了天地后，女娲用泥捏了人类。娲继承了皇位。镇守冀方的水神共工十分不满，就兴风作浪，女娲即令火神祝融迎战。经过殊死搏斗，共工大败。他恼羞成怒，一头向擎天柱不周山(今长子县境内，另说昆仑山西北)撞去，竟将擎天大柱撞折了，霎时天塌了个大窟窿。天地相通，脉气失常，洪水泛滥，大火蔓延，人类陷入灾难之中。"

机器人王小钢说："女娲补天后，洪水归道，烈火熄灭，天地定位，普天同庆。人们在天台山迎女娲归朝。女娲也十分欢喜。到天台山后，大家看天下的儿女们生活安然，高兴地吹起了笙箫。"

机器人潘小虹说："某些史前事件虽以民间传说或神话的形式存在，但却有着事实依据。黑海的水下考古探测就曾发现圣经中记载的'世纪大洪水'有事实依据。'大禹治水'虽无准确的文字记载，但该神话的事实被普遍认为是治理古代水患。那么，比'大禹治水'更为古老的一个神话——'女娲补天'是否也存在着这种事实基础呢？中国地震局第一监测中心研究员王若柏提出，'女娲补天'的神话实际上可能是远古时代的一次陨石雨灾害。"

田幻想说："依据地质地貌方法对近代陨石撞击的研究，有人推测，这次撞击发生的地域非常广，从晋北一直到冀中，甚至可能延伸到渤海湾附近。发生的时间大概在史前的某一时刻，最有可能是距今四千至五千年间。推测当时的情景是，一颗小型彗星进入地球轨道，在山西北部的上空冲入大气层并在高空爆炸。"

考古教授说："分析女娲补天传说的内容，和一次规模巨大的天外来物(陨石雨)的撞击事件极为相似。女娲补天遗迹的地理分布位置，恰恰位于王若柏研究员提出的撞击区的南部和西部附近。自然环境对早期人类发展的影响极为重要。各种文化区的分界，往往都是自然地理环境的分界线。但是，他们在研究这一问题时发现，河北平原的中部，即白洋淀地区既不是山脉纵横，也不是荒漠分布，应当是一个十分适合远古人类生存和繁衍的湖塘和洼淀地区，但在新石器时代晚期却留下了一个古文化的空缺区。"

田幻想说："在一个极短的时间内，落入从晋北到冀中这一广大地区，形成规模宏大的陨石雨。在平原地区形成了大量的撞击坑，后经地面流水的侵蚀和先民的改造，多个较大的撞击坑群最终形成了白洋淀。其余的较小者形成了积水洼地，逐渐成为了该地区主要的居民点。部分这种洼地被地表水冲蚀破坏，但是河床间的高地上保留了大量的撞击坑遗迹——'碟形洼地群'。"

沈教授说："考古学研究表明，相当于仰韶文化时代的新石器时代晚期文化非常缺少，而更晚的龙山文化遗迹几乎是空白。实际上，《中国自然地理》(历史自然地理)一书早已经提出，'不论是新石器时代或是商周以至春秋时代，(河北)平原的中部都存在着一片极为广阔的空无聚落的地区'。著名的历史地理学家谭其骧先生也指出'河北平原是一片榛莽，荒无聚落的景象'。"

黎萍导游说:“这次灾害就是陨星雨撞击事件。巨大的撞击灾害来临后,造成了大量人员的死亡和外迁,使当地繁盛的古文化从此中断。灾害过后的若干年,又逐渐形成了新的古代文化。这一灾害历经一代又一代的传说,一个美丽的神话——‘女娲补天’便诞生了。”

黄梅说:“《女娲补天》成为了画家、雕塑家进行创作的题材,与这些题材给人的美感分不开。女娲是中国神话中的创世女神。是原始社会母系氏族时期流传下来的一位伟大女神形象。”

神话博士说:“女娲神话的内容主要有两方面。一个是造人。传说女娲揉团黄色泥土创造了人类。后来因为繁忙便引绳入泥浆拖拉甩动,飞溅的泥点变成了很多的人。另一个是补天。此外,还传说女娲曾经作过笙簧,这与后来中国西南民族所吹的芦笙相似,女娲也可以说是音乐的女神。也有传说说女娲替人类建立了婚姻制度(《风俗通义》),让青年男女互相婚配,繁衍后代。她又是婚姻的女神。”

夸父逐日

神话博士说:“我们前面讲过夸父了。现在,我还想请大家讨论一下夸父逐日的伟大精神。我想,我们有了这种精神,是可以找到《山海经藏宝图》的。实在没有《山海经藏宝图》话,我们也可以绘制一部伟大的《山海经藏宝图》来。请大家打开梦幻功能与隐身功能。”

——远古时候,在北方茫茫荒野之中,有一座巍峨雄伟、高耸入云的高山。在山林深处,生活着一群力大无穷的巨人。他们的首领,是幽冥之神“后土”的孙儿,“信”的儿子,名字叫做夸父。因此这群人就叫夸父族。他们身强力壮,高大魁梧,意志坚强,气概非凡。而且还心地善良,勤劳勇敢,过着与世无争,逍遥自在的日子。

我们仔细研究夸父。发现,他之所以成为英雄的形象,具有非凡的性格特点。一是夸父非常勇敢。远古时候,大地荒凉,毒物猛兽横行,人们生活凄苦。夸父为让本部落的人能够活下去,每天都率领众人跟洪水猛兽搏斗。夸父常常将捉到的凶恶的黄蛇,挂在自己的两只耳朵上作为装饰,抓在手上挥舞,引以为荣。二是夸父十分善良。有一年的天气非常热,火辣辣的太阳直射在大地上,烤死庄稼,晒焦树木,河流干枯。人们热得难以忍受,夸父族的人纷纷死去。

夸父看到这种情景很难过。他仰头望着太阳,大声说:“太阳啊,你实在太可恶。我要追上你,捉住你,让你听人类指挥。”黎萍听了,忍不住劝阻:“千万不要去追太阳,人会被烤死、累死的。”夸父问:“是谁在说话,怎么不见人呢?”

族人听后纷纷劝阻。有的人说:“你千万别去呀,太阳离我们那么远,你去追,会累死的。”

有的人说:“太阳像火球一样,你会被烤死的。”

夸父决心已下,发誓要捉住太阳,让它听从人类的吩咐,为人民大众服务。他看着愁苦不堪的族人,说:“为大家的幸福生活,我就是冒着生命危险,也一定要去!”

田幻想、龙小宏、王丽君、方艳红等一个个打开了魔幻背心的梦幻开关,于是,大家眼里出现了一个雄浑的场景。

太阳刚刚从海上升起,像一个巨大的彩色轮子悬挂在空中。夸父告别众人,满怀雄心壮志,从东海边上向着太阳升起的方向,迈开大步,开始他逐日的征程。

火红的太阳,在空中飞快地移动,精神抖擞的夸父,在地上疾风一般,拼命地追呀赶呀。他越过一座座大山,跨过一条条河流,他的脚步,踏得大地发出"轰轰"的响声。

夸父跑累的时候,微微打个盹。他将鞋里的土抖落在地上,形成新的土山。夸父饿的时候,摘下树上的野果充饥,夸父也煮饭。他用三块石头架锅,这三块石头,就成了三座鼎足而立的几千米高山。

夸父追着太阳跑,眼看离太阳越来越近,信心也越来越强。越接近太阳,就渴得越厉害。

但是,他没有害怕,并且一直鼓励着自己,"快了,就要追上太阳了,人们的生活就会幸福了。"

遗憾的是,夸父还没有跑到大泽,就在半路上被渴死了。夸父临死的时候,心里充满牵挂。他牵挂着自己的族人,于是将自己手中的木杖扔出去。木杖落地的地方,顿时生出大片郁郁葱葱的桃林。这片桃林终年茂盛,为往来的过客遮阴,结出的鲜桃,为勤劳的人们解渴,让人们能够消除疲劳,精力充沛地踏上旅程。

神话博士说完这个故事,大家你一言我一语地议论起来。

沈教授说:"远古时期,任何一个部族在一个地方定居了相当长时间,其原始的,破坏性的劳动,必定会使那里的资源受到破坏并趋于枯竭。土地肥力下降或盐碱化,狩猎和捕鱼范围增大而获得的数量却减少,诸如此类都是不可避免的,能获得的食物和其他物资只会越来越少。在这种情况下,只有一种选择,部族迁徙,移居到新的,更好的地方。"

夏青教授说:"夸父遇到这个问题时的决定是:向西,去太阳落下的地方——禺谷。这个决定,在现代人看来是不可思议的,因为我们知道,大地是球形的,围绕着太阳运转,太阳根本不会落入地球,更何况向西迁移,不是被高山挡住,就是进入沙漠,适于人类居住的地方不多。"

黎萍导游说:"现在科技发达,人们尚且难于很好地生活在沙漠中,至于远古时代的闯入者,生活下去几乎是不可能的。但对夸父族这样的一个内陆部族来说,作出这个决定却是正常的。大地是球形的,地球绕太阳运转以及我国西北部的地理状况,他们一无所知。他们最多可能从靠近黄海、渤海的部族哪里知道:东面,就是大海,太阳从海中升起。至于西面,尽头是禺谷——太阳落下的地方。"

田幻想说:"夸父部族应当是以农业生产为主,他们肯定已经认识到了阳光决定了季节,决定了农业以及其他的生产活动。那么,在太阳落下的禺谷里,阳光是最充足的,对于因资源不足而面临困境的夸父族人,迁移到那里去是一个最好的选择。不幸的是,他们却走进了沙漠。沙漠之中,到处是黄色的沙丘,寸草不生。白天一片酷热,又十分缺水,干渴令人难以忍受。从记载上看,他们在沙漠中找到了河流,并把这条河的主干叫河(黄河),源头的分支叫渭(渭河)。这种河是在夏季由远处高上的冰雪融化汇集形成的,是季节河。"

杨扬说:"随着时间的推移,由夏入秋,气温下降,冰雪融化减少,河流就会变浅,干涸。当夸父族人发现河水突然迅速变浅,水面变窄,水量不断减少时,他们明白赖以生存的水源就要消失。

是坚持前进，还是退回去？夸父决定：留一部分人在绿洲，其他的人在夸父率领下，向北，去寻找大泽。很有可能，他们看到了海市蜃楼。但不管是什么原因，结果是一样的：向北走，还是沙漠。沙漠是严酷的，又是漫无边际的。在跋涉中，体力迅速下降，又没有足够的水。最后，夸父和他所率领的族人都倒在沙漠之中。”

黄梅说：“这就是夸父逐日传说中的实际情况。人类在远古时代是以破坏自然环境为代价，才能够生存下来。居住一处，就会破坏一处。所以，迁移、拓荒是较为频繁的。而夸父逐日，由于其非凡的胆略，成为中华民族历史上第一次被记住的因水源不足而造成的拓荒行动。”

龙小宏说：“夸父的失败，使远古的人们认识到征服西北的无比艰难。从此，水，而不是战乱，决定了中华民族只能向南发展。几千年来，南方一直在移民开发，原始森林、荒芜之地不断变为繁华的城镇，而西北部至今还是地广人稀。反映了远古时人们同大自然竞争的精神。所以，我们要不断地去奋斗。这表达了古人想要探索自然，征服自然的强烈欲望。”

机器人王小钢说：“不管褒义也好，贬义也好，这篇神话传说中的夸父是人民群众所推崇的“盗火英雄”，是中国的普罗米修斯。普罗米修斯在希腊神话中，是泰坦神族的神明之一，名字的意思是“先见之明”。普罗米修斯教会了人类很多知识。宙斯禁止人类用火，他就帮人类从奥林匹斯偷取了火，因此触怒宙斯。宙斯将他锁在高加索山的悬崖上，每天派一只鹰去吃他的肝，又让他的肝每天重新长上。”

潘小虹说：“夸父逐日的故事，给人以丰富的想象，也给人以深刻的启迪。如何理解这个故事，已不仅仅是学术界关注的问题，而它积极的意义在于，人们以各自不同的理解，去认识这个世界，去实现自己美好的追求。”

神话博士说：“《山海经》里提到的武夷山，我与黎萍去过，搜集了一些武夷山的神话传说吧。我想让黎萍讲一个武夷山的神话故事给大家听。”

黎萍说：“我讲一个《观音挥瓶伏猛虎》的故事。田幻想、龙小宏、王丽君、方艳红，请打开魔幻背心上的梦幻开关。”

《山海经藏宝图》会不会在武夷山呢？

三十二、南武夷山

观音挥瓶伏猛虎

——从前，武夷山仙掌峰与隐屏峰一带，嵯峨矗矗冲霄汉，峦削巍巍碍碧空。怪石乱堆如坐虎，苍松挂崖似飞龙。寒鸦拣树无栖处，可叹行人难进步。在这奇险无比的峻岭中，有十数只猛虎出没，尤以那只花斑母虎最为凶悍，常是花斑母虎前头走，大小恶虎尾后跟。原来这花斑母虎非同寻常，乃是住在凌霄峰南边的虎啸岩洞中的一只老虎精。

田幻想说，俗话说，物以类聚。这只母虎精专跟黑心黑肠的铁板鬼学歪门邪道，还常躲在酒坛峰上偷听八仙聚会，也学了些本事。仗着这些本事，在群虎中争霸称王。带着虎群窜进村中食人叼畜，无恶不作，唬得黎民百姓叫苦连天。有一天，村中来了位手执钢叉、腰悬弓箭的陌生汉子，声称专以打虎为生，捕捉蛇虫过活。此次前来，为的是解除乡民虎患之苦。

王丽君说，我看见了红日西沉，汉子只身上山探虎，乡民们都为他捏了一把冷汗。谁知次日清晨，汉子又平安归来。说来也怪，自汉子进村后，从未发生过恶虎伤人之事。

方艳红也说，我看见了，一天半夜，汉子忽然精神一抖，拎了只布袋就要上山。乡民们也拿刀提棍，跟着汉子来到仙掌峰的巨石旁潜伏着，等候恶虎出现。汉子安置好乡民后，自己登上巨石顶，盘腿而坐，闭目养神。

龙小宏说，我也看见了，到了三更时分，忽听北廊岩方向冷风嗖嗖，饿了几天的群虎早已按捺不住了，咆哮剪尾而来，振裂山川惊鸟兽。那汉子把布袋迎风轻轻的一展，喝道："孽畜，哪里走？"

田幻想说，乡民们闻得数十声虎吼近身压来，慌忙舞刀弄棍，汉子一指鼓囊囊的布袋，笑道："尔等莫慌，除那只花斑母虎外，其余恶虎已装入袋中。"

乡人求追。汉子曰："勿急，我自会惩治。"转眼便不见了。众乡人抬头见云端现出南海观音，托了净瓶杨柳。原来汉子乃是观音变化，喜得乡民无一不跪地拜祷。

再说那只花斑母虎吓得落荒而逃，在武夷山二曲仙榜岩被观音截住去路。观音用手一指，一块巨石化为一个小花瓶，落到掌心，随即又从头上拔下一枚金簪插到瓶中，顿时变为一枝丹桂。观音一扬手，花瓶从空中飞落，只听得一声山响，把花斑母虎压服在地。恶虎痛不可忍，泣声求饶："观音菩萨，弟子有眼无珠，不识您广大法力。求您饶我性命，再不敢恃恶了。"

观音哀其可怜，手向上一挥，那花瓶又回到手中，谁知这母虎恶性不改，竟凶相毕露，张牙舞爪朝观音扑去。观音将花瓶往下一掷，喝声"着！"花斑母虎便被重如泰山的花瓶压得再也动弹不得了。后人为铭记观音的恩德，便在观音收虎的岩石上刻下了"伏虎"二字，以示后世子孙。

神话博士解说："这个神话说明，观世音在人们的印象中的是救苦救难的大菩萨，每当人们危急之时，都是希望观世音来救苦救难。这个神话也说明，当时的武夷山上的猛兽多，人们手上的武器是落后的。所以，人们将猛兽当做最可怕的敌人。"

黄梅说："'山海经神话考古旅游体验游'结束后，我打算与龙小宏准备到武夷山去画画摄影。我先去过武夷山，我也讲一个武夷山的神话故事吧。这个故事的题目是《丽娘与夫子》。"

丽娘与夫子

——南宋淳熙年间，朱熹辞官回到武夷山，住在清隐岩下的茶洞旁。这里，奇峰秀水，丹岩翠壁；天游峰上，道道瀑布；哗哗流淌，银花飞溅；纷纷扬扬，片片雪花。他在碧水萦绕的五曲溪畔，建起了武夷精舍。四方学子，慕朱夫子大名，纷纷前来，求学听经。

龙小宏说，山泉流淌，岩茶碧绿；山风吹过，沁人肺腑。朱熹在秀丽的水光山色里专心做他的学问。他饿了，吃一块冷地瓜；渴了，喝一杯浓岩茶；冷了，跺跺脚取暖；困了，舀一瓢泉水洗脸提神。每天著书到深夜。

黄梅说，日落月起，花开花谢。朱熹年复一年，文不离口，笔不离手。他读呀，写呀，蘸干了十几缸墨汁，写出的稿卷，堆满了整个书房。弟子们谁不敬佩朱夫子刻苦用功、博学多才呢！

龙小宏说，可是，朱熹独居深山，在幽静中也感到寂寞。早晨，他送走了一团团飘过窗口的云雾。晌午，他目送着一只只飞过门前的山雀。晚上，他静听着一阵阵刮过屋顶的山风。冬去了，春天又来了。月缺了，十五又圆了。朱熹在寂寞中更加怀念起早逝的妻子。他把盏对着明月，遥祭刘大人，不时又自饮几盅，借酒来浇愁哩！一天黄昏，日头刚落，朱熹正对着满天晚霞，吟诗作赋，忽然听到门外传来银铃一般的呼唤声"先生，先生"。朱熹忙出门一看，茶洞外面，独木桥上，亭亭玉立，一位女子，笑吟吟地，朝这边走来。那女子一步一颤的，震得独木桥吱扭吱扭地响。忽然，朱熹看那女子脚下一滑，差点儿绊倒，就急忙上前扶着她从桥上走了下来。

田幻想对龙小宏与黄梅打成一片有想法。他说："你们别卖弄，我也知道这个故事。这时，朱熹有点紧张，忙问，你是何人，家住哪里，为何来到此地?女子说，我姓胡，名叫丽娘，家住在五曲河对面，因仰慕先生的才学，特来拜夫子为师，请受学生一拜。说完，丽娘深情地望着朱熹，向他施礼参拜。朱熹又惊又喜，心想：我平生虽有弟子数百，却从未收过女流。但这女子端庄识礼，又如此求学心切，想来并非俗人，还是不妨收下她吧。朱熹扶起丽娘，问过她平日的读书情况，就将她引入书房，向她讲授起四书五经来了。"

黄梅没有在意田幻想的做法，继续讲故事。她说："这丽娘确实机灵，聪明过人，不一会儿，就把先生讲的全都记住了，而且能背会诵，对答如流。朱熹一时高兴，搬出自己的一大叠诗稿给丽娘看。丽娘见诗稿上密密麻麻地写了许多绝句，画了许多红圈红杠，知道先生为了学业沥尽心血，很是感动，就说：'先生，就让学生把诗稿誊写一遍吧！嗯？'"

田幻想继续插话说："丽娘见朱熹笑着点了点头，就磨墨提笔，在纸上刷刷地写了起来。丽娘书法，行云流水，龙飞凤舞；笔触潇洒，字字娟秀，比起我们的龙小宏的鸡扒字好看多了。朱熹默默站立一旁，不禁呆住了：这女子果有才气，今天不收为门生，以后会后悔的。丽娘誊写，专心致志，刚抄完一篇，无意抬头，见朱熹正凝神看着自己的胸口，那颗心立时提上了胸口。她脸也红了，轻轻地喊了声'先生'，便羞涩地低下头来。朱熹心头一热，马上察觉出自己举止有失，慌忙支支吾吾地走开了。"

龙小宏说："毕竟是男人，他怕控制不了自己的情绪吧？"

龙小宏差点要说出些难听的话来。这个时候，黄梅有所察觉。她毕竟爱上了龙小宏，要维护自己将来这个丈夫的形象。于是，黄梅装着生气的样子。她说："我讲，还是你们讲啊。"

龙小宏忙说："好，我不讲了。"黄梅继续将故事讲下去，让龙小宏、田幻想打开梦幻开关。

——从这以后，丽娘风雨无阻，天天晚上，来到朱熹的书房。她读遍了四书五经，替朱熹誊写了很多很多的诗文，还常常陪先生吟诗作画到深夜哩。丽娘聪明贤惠，不但才学过人，而且非常温柔多情，体贴先生：

朱熹饿了，她悄悄地端来一碗竹笋香菇面，热腾腾的。

朱熹渴了，她轻轻地送来一盘武夷山桃李，甜蜜蜜的。

六月酷暑，她为先生摇扇送凉。

早春寒夜，她又为先生点火取暖……

这一来，朱熹的著述越来越多，文思越来越敏捷。丽娘的心像浸在桂花蜜里，从外到里都甜透了。丽娘的柔情体贴，使朱熹感到温暖与欢乐；偶尔思绪缕缕，在灯下写了这样一首七绝：

川原红绿一时新，暮雨朝晴更可人，

书册埋头何日了，不如抛却去寻春。

话说朱熹爱丽娘的才学风貌，爱她的温柔多情。每天一早，丽娘走了，他就觉得孤单，总是巴望着日头快落山，月儿早点升起。这天傍晚，朱熹因思念丽娘，去平林渡口散步等她。忽听得有人唤了声"朱夫子"，回头见是摆渡的乌老头两口子，忙停了脚步。

这两口子长着三角脑袋，鼓着两只金鱼眼睛，男的又高又大，女的又矮又小，一身穿戴，黑不溜秋的，活像一对丑八怪。乌老头朝朱熹瞅了瞅，摇摇三角头，伸长又黑又细的脖子说："哎呀，朱夫子，看你这气色不好，定是中了邪呀！"

田幻想说："朱夫子，别理乌老头。"

龙小宏却说："乌老头，你在瞎说什么？"

乌老头朝田幻想、龙小宏说："你们是什么人，少管闲事。"

乌老婆子扯着嘶哑的喉咙，阴阳怪气地叫道："朱夫子呀，你别听这两个人的话，你中了邪呀！这邪气入骨，要大难临头啰！"

朱熹问："此话怎讲？为什么不让我听这两个人的话？"

乌老头说："你可知每天晚上到你书房的女子是谁？"

朱熹反问："你说她是谁？"

乌老头说："她是武夷山的狐狸精哩！"

"啊！"朱熹大吃一惊，又急忙问道，"狐狸精到我书房为何？"

乌老婆子又拖长嘶哑的喉音接上话说："吸你的精血，狐狸精还要谋你祖传的玉碗！"

朱熹听了心里纳闷：自从来了丽娘，我精神抖擞，笔下生花，学业精进，这与她的相助是分不开的呵！那祖传的玉碗么？丽娘每晚都要擦上几遍，小心地供在香案上；她岂有谋财之意呢？好端端一个正经女子，怎会是狐妖？

朱熹义正辞严地说："真是一派胡言乱语！"

朱熹拂了一下袖子，走回书房。推门一看，灯下的丽娘，正在为他缝补衣裳。他心里感到一阵温暖。仔细端详，丽娘秀丽端庄，脸如芙蓉，眼似明星，一双巧手，飞针走线，嘴角含笑，脉脉含情。朱熹禁不住轻声唤"丽娘！"

丽娘见先生深情地打量自己，脸泛红晕，心头欢跳。她忙站起，将补好的衣服，披在朱熹身上，然后挑亮灯芯，摆好诗书，准备听先生讲课。可是，朱熹哪有心思讲课呢？他虽不相信丽娘是狐狸精，但摆渡佬的话像毒蛇一样死死缠着他，咬着他，搅得他心神不定。

丽娘一看先生脸色不好，忙问："先生，看你这脸色，是不是不舒服了？"

朱熹慌忙摇摇头。

丽娘问："那你……？"

田幻想说："丽娘，朱夫子今天遇到摆渡人了。"

朱熹遇到摆渡人，丽娘暗暗一惊，心头像被铅块猛击，又沉又痛。好久好久，她才抬起头来，颤抖地对朱熹说："先生，刚才这位先生说的是真的吗？你不要听信谗言呀！"

朱熹见丽娘眼里滚下两串亮晶晶的泪珠，忙上前劝说："是的，丽娘，我不信那些谗言，我们要结为夫妻。"

从这以后，朱熹和丽娘结成了一对恩爱夫妻。但好事多磨，在欢乐中也隐藏着祸患。一天，朱熹出门散步，就觉得有人在他背后嘀嘀咕咕。走进学堂，又见弟子们在议论狐夫人。朱熹正闷闷不乐，又遇到那两个尖头三角脸的摆渡佬。

乌老头说："大胆妄为的朱熹，老生好言相劝，你非但不听，反而背叛圣贤礼教，与狐狸结为夫妻！"

龙小宏忍不住了，说，你这个乌老头真是缺德。

乌老婆子又怪声怪气地帮腔："哎呀，唉唉，朱夫子别听这两个陌生人的话，我们毕竟是熟人，怎么会害你呢？你不信，不妨照我的老头的办法试一试……"

王丽君也忍不住了。她说，这乌老婆子真阴险。

乌老头两口子在朱熹耳边叨咕了一阵，转眼不见了。真是大晴天响起霹雳，六月里降下大雪。朱熹听愣了，心如乱麻地回到家里，在床上翻来覆去的，怎么也睡不着。他只好拿起硃笔，坐在案前批改文章。

丽娘见先生没有入睡，温存地陪着他坐到天明。一连两夜都是这样。到了第三天晚上，丽娘实在困极了，上下眼皮一直打架，只好伏在书案上睡着了。

四更天时，朱熹打了个瞌睡醒来一看，就被眼前一片光亮惊呆了：果然，一对碧绿透明的玉筷从丽娘的鼻孔里伸了出来！他慌忙上前想喊醒丽娘，只听得"咣当"一声，玉筷被碰落地上，闪出一只狐狸的影子，一晃就不见了。接着丽娘乍醒过来，顿时觉得天旋地转，心痛欲裂，浑身颤抖得站也站不住，眼泪像断了线的珠子簌簌簌地滚了下来。她哭道："先生，我们要分别了，我虽有心陪伴夫子终身，但事到如今，也不得不走了……先生，丽娘走了，无人问寒问暖，无人添衣送茶，你要自己珍重，珍重呀……"

朱熹心如刀绞，紧紧地抓住丽娘的手说："丽娘，你不能走，不能走呀！"

丽娘摇摇头，痛苦地说："先生，我是武夷山修炼千年的狐狸精。因为仰慕先生的才学，知道先生的寂苦，所以每晚渡河来到书房，照料先生起居，陪伴先生读书。不料，平林渡的摆渡佬，那一对害人的乌龟精，想谋先生的玉碗和丽娘的玉筷，跟我斗法。他们恶言中伤，拨弄是非，暗里调唆，使我俩分散，生离死别，……先生，如今丽娘千年道行已破，玉筷离身，归宿洞穴，我该到南溟靖里长眠去了……先生呀，丽娘不能跟你百年到老了，只能在高高的南溟靖里把你相望……"

丽娘泪水涟涟，与朱熹难分难舍。忽然空中"隆隆"滚过一阵闷雷，在一阵旋风里闪过一对黑影。丽娘泣不成声，指着窗外黑影喊道："先生，是它们，毁了丽娘，就是它们……拆散了我们恩爱夫妻呀！……"

朱熹气得咬牙切齿，浑身打战，抄起硃笔扔向窗外，只见硃笔像燃烧的箭直飞而去。两个摆渡佬立时"啊"地叫了一声，现出一对乌龟的原形，慌忙地往九曲上游逃去……等朱熹回过头时，丽娘已经不见踪影了。

朱熹发狂似地追出房门，对着空旷的山野大声喊着："丽娘！丽娘！你在哪里！……"

可是，丽娘一去不复返了，不是她不愿归来，是她回不来了呀！山谷里只留下一阵阵断肠的回音……

天渐渐地亮了，朱熹沿着崎岖的山路，急匆匆地爬上隐屏峰顶。啊！高山的林涛在哀鸣，雪花泉的流水在哭泣，只有南溟靖门口开满了五颜六色的山花，花丛里静静地躺着一只美丽的狐狸。她紧闭的嘴唇，像蕴含着心里的愤恨，她深情的眼睛，还含着两颗晶莹的泪珠！

朱熹痛似肠断，他采一朵鲜花，哭一声；哭一声，又采一朵鲜花，慢慢地用眼泪和花儿把狐狸掩埋在南溟靖里。传说，他还在洞前立了一个“狐氏夫人”的石碑。从此，武夷人就把南溟靖叫做“狐狸洞”了。直到如今，凡是往来武夷山的游客，都一定要爬上狐狸洞去，看一看那位多情的丽娘！

至于那两只慌忙逃窜的乌龟精，刚爬上八曲水狮旁边，再也爬不动了，变成一对石龟。这就是我们现在乘竹排游九曲时所见到的上、下水龟。那小龟歪歪斜斜地趴在大龟背上，传说那是矮小的乌老婆中了硃笔后，骨头变软了，跑不动了，就由乌老头背着跑。到了水狮地方，一头栽倒溪里，就死了。至今还一上一下趴在水里哩！田幻想喊：“龙小宏，给我拍一张照片。”龙小宏说：“我来给你照相。”龙小宏手中的相机“咔嚓”一声，龙小宏喊：“照了三只龟。”

神话博士说：“这个故事，歌颂真善美，歌颂的是人间真正的爱情。讽刺假丑恶，讽刺的是人间卑劣的行径。我们今天，由于有的人注重物质条件，而忽略了精神品质，所以，很难见到真正的爱情。”

田幻想说：“我也想讲一个故事。题目是《文物迷失足悬崖》。”

文物迷失足悬崖

——相传五百年前，大约在明朝成化年间，武夷山有个青年人，嗜好收集古董，被称为文物迷。他走在山间，山民门前的砖头，他都要研究一番。他不想种田，不思经商，却日日做着收集奇珍异宝的发财美梦。

他听说武夷山九曲溪畔的洑峭壁洞里，有古人遗留的架壑船棺。那船棺乃古柏楠木所制，属稀世罕物。有人在夜里亲眼看见，藏棺处金光灿灿，想必其中藏有稀世异物。文物迷闻得这般奇异，便心痒难熬。他想，若能盗得一具船棺，不用费心劳力，便可家资万贯，良田千顷，骡马成群，猪羊无数。有吃不完的米谷，穿不尽的绫罗，使不完的金银。一生一世，自自在在，享尽荣华。

文物迷不顾妻儿涕泪相劝，像中了邪一样，直奔藏棺壁洞。文物迷倒了小藏峰脚，抬头仰望，只见崖深岫险，柏苍松翠；八面崔巍，四围险峻。山顶嵯峨摩斗柄，树梢仿佛接云霄，文物迷不由打了个寒噤，可一想到财富即唾手可得，哪里还顾得性命安危。

文物迷把削好的竹签敲插入岩罅间，攀岩逐级往上爬。文物迷无意间朝下一看，顿觉寒气透人毛发冷，岚气绕身梦魂惊。他吓得手足俱颤，额汗津津。纵然心慌脚软，文物迷却仍顽性不改。

好不容易攀上壁洞，果见一具形似船样的棺木，两端窄小微翘，棺中宽而阔，表面虽已风化，木质却仍完好。棺内并无尸骸，却是金盏玉盆，银杯晶碗……文物迷大喜，解下腰间囊袋，就往里装。

当文物迷把鼓囊囊的布袋往肩上一扛，忽然从壁洞里飞出数只白蝙蝠来。文物迷只觉手背上一阵刺痛，手一松，布袋便落下了万丈深崖。文物迷趴在洞中捶胸顿足，哭天抢地。终于失足掉下山崖，丢了性命。

龙小宏说：“从古到今，都有这样贪财的人。王冬生是这样的人，李英豪也是这样的人。”

沈教授说：“我们考古工作者要讲社会道德，社会责任，要有时代精神。”

神话博士说：“我们这次进行的‘山海经神话考古体验游’，就是社会道德、社会责任、时代精神的体现。”

在场的夏青教授、欧阳旭、王丽君、田幻想、龙小宏、方艳红、机器人王小钢和潘小虹、杨扬、黄梅、贾小玲，也一一发表了自己的感受。

神话博士对沈早晨说，王冬生、李英豪带着相柳、穷奇经常玩失踪，有犯罪迹象，我们与他们之间的最后较量不可避免了。

考古教授说：“考古神话体验，简单一点，别搞斗争哲学一套。”

三十三、最后较量

古墓探秘

星期五的晚上，考古学教授沈早晨与妻子贾小玲坐在沙发上，收看电视新闻，湖北省电视台的一条新闻引起了他们的注意。新闻报道：湖北荆州某个村庄的农民，在打井时发现了古墓陪葬的冥器，其中，还有上古时期的文物。

沈教授说："从这些陪葬冥器来看，古墓规格很高。"

贾小玲说："我们去看看那个古墓吧，也许能够淘点什么值钱的东西。"

沈教授说："古墓属于文物部门管理，我们去淘宝，是违法的事情，做不得。"

贾小玲说："我冲着你是考古专家，才嫁给你的，你不能够整天都沉醉于《山海经》研究中，总应该在收藏方面给我一点满足吧。我们可以去看看，那一带的农民家里也许有什么古董，我们可以收藏。"

沈教授说："好吧，我以为，那一带应该有新的古墓群。如果发现了，我们考古研究所也算是为文物保护做了贡献。如果有上古时期的文物，对于我们研究《山海经》也许有所帮助。"

沈早晨教授已经秃顶，椭圆的脸上却不见皱纹，泛着光亮。他的眼睛总是眯成一条线，给人的感觉是一脸笑相。沈教授经不住老婆的怂恿，便笑着说："好吧，我的美人儿，我答应你，我们带上魔衣、魔幻背心去吧。"

贾小玲说："你原来承诺过要带上王冬生、李英豪的，我给他打一个电话吧？"

沈早晨点头，贾小玲给王冬生、李英豪分别打了手机。沈早晨又给神话博士、黎萍导游打电话。一会，神话博士、黎萍导游和机器人王小钢、潘小虹他们第二天一大早就带上干粮与水壶，从江城大学招待所出来，在校门口等候。王冬生开着一辆别克商务车来了，车厢里坐着李英豪、穷奇和相柳。沈教授让神话博士、黎萍、贾小玲、机器人王小钢、潘小虹上车后，自己也上车了，坐在副驾驶的位置上。王冬生驾驶商务车一路疾驶，来到发现古墓的地方停车。这里，人流一群群的，他们都是奔着古墓来的。有的，痴迷其中的文物；有的，垂涎其中的宝藏；有的，为了了解历史知识；有的，为了丰富旅游经历。

“要想富，挖古墓。”这句话流传于陕西民间，几乎人人皆知。确实，曾经有十三个王朝在古长安，就是今天的西安建都。古墓自然不会在少数，大大小小的王陵遍布于省内各个角落。最富神秘感的乾陵，最宏伟的秦始皇陵，这些是妇孺皆知的。虽然，荆州远远不及西安，但是，毕竟是古城啊。因此，“要想富，挖古墓。”这句话在荆州也不为人感到陌生。

他们顺着一条田间小道往前走，大约走了半个多小时，看到一个半圆形的土坡，旁边有新土，这里插着一块牌子，上面写着：“文物保护地段”。

沈教授说：“这是提醒人们注意，不能够去破坏现场。”

贾小玲指着远处的山坡说：“那么，我们去那边看看。”

他们换上了魔衣、魔幻背心，健步如飞，很快来到山脚下，接着，几个人直往山坡上爬。贾小玲走在最前面，沈教授、神话博士、黎萍导游、王冬生、李英豪、王冬生的两个朋友、机器人王小钢、潘小虹跟着她的后面。神话博士十分担心，生怕发生什么意外。贾小玲轻松地爬上了坡，沈教授也爬到了上坡。沈教授虽然穿的是魔幻背心，还是觉得有点劳累。他找了块石头，铺了报纸，坐在上面。

忽然，沈教授的魔衣的报警功能响了一声，他马上提醒贾小玲：“这附近有危险。”

突然，穷奇手一招，贾小玲脚下蹿出两只黄鼠狼，吓得贾小玲一声尖叫。不由自主地往后闪了一下，不慎脚下一滑，整个身子就顺着脚下的沙子滑了下去，滑到了一个洞口，洞口一下塌了，贾小玲身子下去了一半。沈教授伸手去拉，结果，双双一起掉了下去。王冬生探头往洞里看，没有想到，他探头的时候，身体往前一倾，脚下一滑，掉到洞里去了。两个机器人、神话博士与黎萍则主动飞进洞里。他们发现，已经落在一个深井一样的深洞里，沈教授从背包里掏出一只手电筒，照见前面一条石头板铺就的路，大家伙顺着这条路走了一阵，他们发现地上有骨头，好像是人的头骨。考古教授说：“好像里面有古墓，有人将古人的头骨丢弃在这里，显然，这是盗墓人干的。

神话博士说：“有臭味，好像有人死在里面了。”

他们有点胆寒了，谨慎地向里面一步步地走着，出现在眼前的是一个半圆形的门洞！这一看就知不是烧砖瓦的窑洞，一定是古墓。他们小心地向里面探了探头，这里面黑漆漆地，是有些恐怖。担心踩着什么，还担心碰见什么人。如果是碰见了有凶器的盗墓贼，就很可怕了。因为，对方如果得到了文物之类，想杀人灭口。

洞内光线微弱，只有借助电筒的光亮，他们再往前走又发现洞里还有一个长方形的石门！这个发现让他们又兴奋，又恐惧。王冬生用手拉开门闩，推开石门，他想让王冬生相柳和穷奇他们走在前面，忽然，大家发现这两个人不见了踪影。他们借助电筒光，感觉洞里很宽敞，他们完全站立，洞顶距离头顶很高。他们用手摸着这个古墓里的墙壁，又走了一会儿，能感觉出这面墙上有些石刻的碑文，越摸越想往深处走，再走了几步，看到地上是一具具干枯的尸骨。

他们不知不觉地已经走到了第二道石门的面前，这个石门做工明显要比刚才那个精细，打开石门，电筒一照，发现门口下面有个黑乎乎的东西，仔细一看，是一具穿着登山服的死尸。沈教授分析："这可能是个盗墓者，他进不去，又退不回，因为他没有我们这种可以飞翔的魔衣，在这里饿死了。"

沈教授走到了这具死尸跟前仔细观察，王冬生用钩子去试探，登山服腐烂了。王冬生继续用钢铲挑开死尸的衣物，恶臭扑鼻。原来，那死尸身上的肉极度腐烂。贾小玲见了，当场呕吐起来。

"沈教授，这具尸体死了多长时间？"

沈教授说："应该很长时间了。"

贾小玲说："喂，好像尸体在动，估计这死尸肚子里面有老鼠、毒蛇什么的。我们被这老鼠、毒蛇咬上一口很危险，赶快走吧。"

王冬生说："我反对，我们好不容易找到一个古墓，怎么能够半途而废呢。"

神话博士说："可能是恐怖片看多了，我看着这些尸骨，感觉洞里阴森森，凉索索的。"

黎萍导游不知是感觉洞里有风，还是心里有些害怕的原因，不由地倒吸口冷气，冰冷的石壁，脚下有些站不稳了。

神话博士说："对于死尸，并不觉得害怕。我不怕死尸是因为我的爷爷埋在武汉的扁担山，后来，搬迁坟墓的时候，我与我父亲去找爷爷的坟墓，发现各种各样的尸骨。我还悄悄地捡了一块头骨，藏在书包里，经常拿出来，吓唬女同学。有个女同学被我吓得不敢来上学了，老师知道了，通知我父亲来打了我一顿，头骨被扔掉了。"

他们边说边走，眼前出现了一条石板路，他们顺着路前行，见到一个石门，厚度差不多有一尺厚，自己目测石门高度应该不到两米，因为自己要弯一下腰。石门上有一个铁环，上面雕刻着一些蛇的形态，有文字，像篆书，模糊难认。沈早晨兴奋起来，他说："根据文字来看，这应该是汉代以前的古墓。"

沈教授嘱咐大家："我们大家请打开魔衣、魔幻背心的防护功能。古墓里可能有毒蛇与蝙蝠。"

王冬生将石门打开一条缝，沈教授魔衣的护卫功能已经打开，发出"滴滴"的警报声，这说明，周围有危险在靠近。果然，石门缝里，钻出一条大蟒蛇，张开血盆大嘴，向他们扑来。机器人王小钢的手臂一下变得很长，伸出有力的拳头，对着蟒蛇的头打去，蟒蛇一闪消失了。这时，一条狼向他们恶狠狠地扑了过来，人们正在惊讶，这古墓里哪里来的狼时，机器人潘小虹大显身手，一阵拳脚，打得狼几声惨叫，狼一闪，也无影无踪了。

一会儿，相柳出现了，头上有几个肿块。穷奇现身了，脸上有明显的淤伤。

贾小玲问："你们怎么啦？"

他们说："撞到古墓里的石头上了。"

相柳与穷奇向古墓外走去。

梨萍导游悄声对沈教授、贾小玲说："奇怪，相柳与穷奇刚才消失了，现在又出现了，而且他们的头脸明显有肿块与淤伤，我怀疑刚才的蟒蛇、恶狼是不是他们两个变的。"

神话博士说："如果蟒蛇与恶狼是他们变的，那么他们就真是上古的凶神相柳与穷奇。"

沈教授说："别瞎说。"

神话博士与考古教授在对待相柳与穷奇的问题上发生了分歧。他们几个人继续往前走，发现了一个地宫，里面有很多珍贵的随葬品。

考古教授说："我们过几天，带着文物部门来发掘。"

话刚说完，突然，无数蝙蝠，向他们扑了过来，沈早晨、黎萍、神话博士、贾小玲动用护卫功能，他们周身被一种神秘的电网保护了，蝙蝠就集中火力往李英豪身上扑。神话博士上前一把抱住李英豪，一边用防护功能抵挡住蝙蝠，一边撤退，他们打算下次穿上全副防护服装，再来探寻古墓里的秘密。

他们终于来到刚才掉下来的地方，仰望着高高的山洞口露出的蓝天，神话博士、黎萍导游、带着王冬生、李英豪和王冬生的两个朋友飞上去了，接着，考古教授飞上去了。贾小玲，仗着自己有两下功夫，还有魔幻背心护身，走在最后面的。她没有想到，几条比猫子还大的老鼠张牙舞爪地冲了过来。这贾小玲不怕拿刀的流氓，就怕蛇呀、狼呀、老鼠呀。她吓得哭了，但是，她很坚强地挥舞着皮带赶走了一只只大老鼠，迅速地飞出了洞口。

考古教授大发感叹："如果不是政府组织的专门勘察队，进入古墓实在危险。"

他们在餐馆吃饭时，又看见了电视新闻报道：介绍一个农民，发现了一具古代女尸，穿着华丽，香味扑鼻，这女尸当然也是非常漂亮。这个农民，居然将女尸背了回去，让女尸陪自己睡觉，结果，一天后，女尸的华丽衣服变成了碎片，女尸漂亮的脸部成为尸骨。这个农民，不得不将女尸进行掩埋，自己却得了一种怪病，浑身皮肤烂得流水，不治身亡。

贾小玲说："太可怕了，我再也不敢去古墓了。"

沈教授说："注意用科学的方法勘测古墓，还是安全的，怎么能够……。"

贾小玲打断考古教授的话，说："你又要说'一朝被蛇咬，十年怕井绳'吗。"

神话博士、贾小玲忍不住笑起来。

王冬生用车将神话博士、考古教授、贾小玲、黎萍导游、机器人王小钢、潘小虹送到江城大学。然后，王冬生用车带着李英豪、相柳、穷奇走了。

神话博士看着远去的别克商务车，对考古教授说："最后的较量开始了。"

几天后，考古教授带着文物部门重新来到古墓，发现古墓地宫里的什么陶器、铜器等文物已经不见了。

文物部门的几个人说："这里面的文物怎么会不见了呢？除了你们谁还知道这个古墓。"

神话博士说："还有王冬生、李英豪他们知道。"

田长江说："我明白了。"

文物抢劫

那天，王冬生带着李英豪、相柳、穷奇来到一家娱乐城的大舞厅，随着音乐的节奏，彩色灯光闪烁，相柳、穷奇坐在里面没有跳舞，王冬生、李英豪他们两个跳了一曲。曲子停了，有人上前来问王冬生："老板，有人问你在不在？"

王冬生说："你问他有什么事情，然后就说老板不在。事情急的马上来找我，不紧要的事，你们看着处理。"

正在这时候，有人在舞厅里打闹起来。原来，舞厅里跳舞的一对舞伴中，有一个女人曾经是一个老板的情人，他们不愉快地分了手。现在，他们在舞厅里碰见了。老板去羞辱那个昔日的老情人，没有想到，那个女人正陪伴一个黑道人物在跳舞。出言不逊，两边动手打起来。穷奇冲上去，将啤酒瓶子乱扔。啤酒瓶子、花瓶在空中飞来飞去。一些舞伴吓得抱头鼠窜。王冬生过去了，拉住了穷奇的手，并马上打电话，先来了几个黑道人物，马上，两边，握手言欢。接着，又来了几个警察，秩序已经恢复正常。

一天晚上，三个黑影飞过博物馆的高墙，这几个黑影迅速撬开了博物馆的一道大门，他们拖着文物准备离开的时候，警报器响了。马上，保安发现了他们，接着，电话通知来了特警，这三个歹徒被包围，他们如果想逃走，比较容易，可是他们想带着沉重的文物离开实在太困难。这样，他们被堵住了。其中，两个歹徒逃走了，还有一个高个子黑脸大汉拖着文物没有走，他用手枪射击特警，特警还击，发现，子弹不管打在对方的什么部位，都无济于事。怎么办，捉他捉不住，打他打不死，难道让他带着贵重的文物离开？正在危急之时，两个机器人赶到了。它们逼近这个高个子劫匪。顿时，他们开始了搏斗。一时空中，一时地下，两个机器人始终无法征服他，只是转移了罪犯的注意力，让贾小玲他们协助特警，抢回了被抢劫的文物。

最终，那个黑脸大汉迅速逃离。机器人王小钢迅速分析："罪犯不是现代人，好像是上古时期来到今天的怪兽。"

潘小虹分析："这罪犯好像是上古的相柳、穷奇。上次去探古墓，这两个人怪怪的，古墓的宝物不见了，应该就是他们两个干的。"

考古博士问："你怎么知道？"

潘小虹说："我们在上古社会见到大禹时，他说：'他曾带着天神去诛杀相柳，谁知，应该见到相柳的地方，没见到相柳。在上古社会我们也没有见到穷奇。'"

王冬生、李英豪带回的那两个人是不是相柳与穷奇呢？

神话博士说："很有可能是相柳与穷奇。"

某日晚九时四十分许，某市最繁华的街道上的各商铺已经陆续打烊。就在这时，两名自称是警察的陌生男子，闯进了珠宝金行，保安和店员上前询问之际，这两人突然拔出手枪，逼迫女员工交出货柜钥匙，并用宽胶带封缠住店员的嘴和手脚，将摆放在货柜的大量钻石和白金首饰洗劫一空，杀人灭口后逃之夭夭。第二天，人们发现，三个店员倒在血泊里，被咬得血肉模糊，惨不忍睹。

神话博士给安全部门的田长江打电话说："这个案子好像是王冬生、李英豪带的那两个人干的。"

"引蛇出洞的时候到了。"田长江说。他立即吩咐两个机器人带上电子武器去搜寻罪犯。

禹杀相柳

神话博士、沈早晨、机器人王小钢、潘小虹、贾小玲、黎萍登上上古时期的一个山坡休息。没想到，王冬生、李英豪、相柳、穷奇也来了，相柳口里喷出一种迷雾，人们一下就迷迷糊糊地睡着了。王冬生在沈早晨、神话博士随身带的背包里，搜寻《山海经藏宝图》。王冬生在寻找的过程中，将自己的背包放在李英豪手上。这时，穷奇一把从李英豪手里夺过背包，反手将李英豪打倒在地，接着，将背包递给相柳。说时迟，那时快，相柳在背包里搜出那还魂药，一口吞下，瞬间，相柳肚子疼痛难忍。他在地上打了几个滚，现出原形，接着张开血盆大嘴。穷奇也现出原形，变成有点像狼的怪物。

这时候，王冬生惊呆了，吓得掉头就跑，神话博士、考古教授也跟着一起跑。由于他们打开了旅行功能，所以，他们都不觉得累。谁知道，他们跑了半个小时，依然看得见现出原形相柳的庞大蛇身。沈教授知道，这相柳十分残忍，当初他手下养着六百多号门客，谁知，暴虐的相柳，将这些门客养得胖胖以后，九个巨头，同时张开血盆大嘴，将这几百人全吞于腹中。

忽然，他们感受到后面有风，相柳的九个头中的一个头转过来了。将他们伙同旁边的山坡一口吞了下去。他们一下感受到闷热、黑暗、腥臭。意识到他们几个已经被相柳吞于腹中。他们打开随身带的强光电筒，发现有一个山洞，他们马上钻进了山洞之中。这样，相柳要消化他们还有一个山洞抵挡。

正在焦急之中，机器人王小钢、潘小虹拿出激光手枪，这是上级部门看见他们要探险给他们配备的一把。王小钢、潘小虹将激光手枪对准洞外射出，大概是将相柳的头部打得疼痛难忍。相柳张开血盆大嘴，将他们一下喷射出来。他们随着泥土在空中飞行，不知道飞了多久，他们一个个落入了大海里，他们穿的魔衣与魔幻背心，使他们的衣服不至于打得透湿。

他们爬起来的时候，正好碰见了九个大力神在大禹的带领下与相柳发生了激烈的搏斗。他们看见，雷雨交加，九个大力神正举起九把宝刀，将相柳的九个头斩下。相柳的污血像洪水一样滚滚而来。神话博士对考古教授说："我们赶快离开此地，打开时光穿梭功能吧。"

他们便打开了时空穿梭功能，飞进了彩色的时光隧道中。他们不知道飞了多久，飞回了现代社会。降落在一个海岛上。

西沙群岛

神话博士、沈早晨、机器人王小钢、潘小虹、贾小玲、黎萍等人，飞到了云雾中飘逸的西沙群岛。由于特殊的战略位置，西沙群岛至今还是未曾开放的隔世秘境。军舰、珊瑚、落日、海浪、台风、沙滩、棕榈，有限的几个词语，构成了人们对西沙群岛的全部幻想。翻开中国地图册，在南中国海那片蔚蓝大海深处，在红色珊瑚礁和蓝色海水的图标后面，藏着一个叫做西沙群岛的地方。这里是我国南海中部陆域面积最大的珊瑚岛群，位于海南岛与中沙群岛大环礁之间，由三十二座岛屿、八座环礁、一座台礁和一座独立的暗礁组成。由于地处海南岛东南约三百三十公里的海面上，长期以来人迹罕至，所以这里有保存完好的海洋生态系统。

神话博士说："我们到西沙群岛的感觉真好。"

考古教授却闷闷不乐，他心里说："我后悔自己为什么不相信神话博士的话，不相信相柳与穷奇就是上古的怪兽。

对于久居内陆的人来说，西沙简直就是海天外的最后秘境！西沙群岛最大岛屿——永兴岛。透过炽热的阳光，西沙如此近地进入视野。西沙群岛是中国内陆到东南亚和印度洋海上航线的必经之路。千百年来，无数满载着陶瓷、丝绸、香料、胡椒等货物的商船经此驶过，这一航线又被冠以"海上丝绸之路"、"陶瓷之路"、"香料之路"和"香药之路"的美称。据史料记载，西沙等南海诸岛古称"崎头"、"珊瑚洲"。

西沙群岛属热带海洋性季风气候，炎热湿润，独特的地理位置和气候造就了西沙群岛丰富的动植物资源。永兴岛是一个椭圆形的小岛，椰子树、棕榈树、羊角树、琵琶树、马凤桐、美人蕉构成了永兴岛典型的热带雨林景观。南中国海的波浪一波一波地冲上沙滩后又退去，周而复始，沙滩白得耀眼，滩边生长着热带植物。一些植物从岸边蹿出来，似乎要长到海里，使得远看沙滩仿佛是绿色的。

沈教授、神话博士他们逃脱了血腥的场面，来到美丽的西沙群岛，有死而复生的感觉，万分兴奋。他们一边欣赏美丽的海洋风光，一边回味大禹杀相柳的英雄举动。

王冬生、李英豪呢，面如土色，他们的全盘计划已经失败了，他们得知，公安部门对他们与相柳、穷奇去抢劫博物馆、珠宝店的犯罪活动发出了通缉令，他们将受到严惩。王冬生、李英豪是聪明人，两人一商量，觉得应该自首。他们向神话博士、沈教授谈出了自己的打算。神话博士与沈教授一商量，给当地的公安部门打了一个电话。片刻，一架直升机降落在岛上，带走了王冬生与李英豪。

他们在沙滩上走着走着，突然几个炮管从岸边的植物里伸出来，直指蓝天，在岛上随时都可能遇到这样的军事设施。守岛官兵每两年一换，而工作人员则半年换一次，官兵、居民人数到底有多少，据说是军事秘密，即使问，也不会有人回答你。大大小小的四十多个岛屿分布在五十多万平方公里的海域上，这里海洋动植物十分丰富，主要有鱼类、甲壳类、软体类、爬行类动物。鱼类可分大洋性鱼类和珊瑚礁鱼类，共四百多种，其中经济价值较高的鱼类约二百多种，名贵鱼类数十种。贝类和海参分别有二十多种，甲壳类动物中的海龟和玳瑁是西沙的特产。西沙海水透明度达二十至三十米，透过清澈的海水可以看到海底的石头、海草和鱼，鱼是五颜六色、形状各异，有的成群结队在水底游来游去、有的一条两条独来独往、有的干脆趴在水底不动，它们构成了一幅绝妙的游动画面。

海水像块蓝宝石晶莹剔透，在梦里都难得一见，人间最灵巧的画工、最天然的染料，也都调不出它的颜色。那种蓝绿色的渲染，让你相信，海底一定堆满了熠熠生辉的珠宝，世上没有任何东西可与它媲美。

红珊瑚，细腻柔韧，光泽滋润，线条优美，树状纹理极为清晰。这些珊瑚虫堆积成的珊瑚环礁，有的绵延几公里，组成了一个个美丽神奇的海底动物乐园。在石岛看珊瑚，海水清澈透明，阳光可以直透海底，形态各异的珊瑚花在阳光照耀下五彩缤纷。这里可以说是中国海底潜水观光的最佳场所，海水清澈，没有任何污染。

神话博士说："目前《山海经藏宝图》虽然还没有寻到，我们要回到南海科学院去商量下一步的工作。"

沈教授提议："这次我们组织的'山海经神话考古体验游'活动，收获非常大。我们还是到武汉的江城大学去召开'山海经神话考古体验游研讨会'吧。"

神话博士、沈早晨、一行人打旅行功能，飞到了武汉。

三十四、尾声

江城大学考古研究所会议室的墙壁上,悬挂着一条"'山海经神话考古体验游'研讨会"的红布横幅。

江城大学副校长王大桥教授亲自主持工作会议,南海科学研究院徐龙院长、国家安全部门的田长江工程师参加了会议。

王大桥副校长说:"沈早晨教授、石小林博士、夏青教授,你们带着'山海经神话考古体验游'小组进行体验考察,十分辛苦。当然,目前,《山海经藏宝图》没有踪影,给我们留下了一点遗憾。但是,我认为,我们对于《山海经》中的奥秘进行的探索,还是非常有意义的。下面,我们可以围绕《山海经》来谈。"

徐龙院长说:"只要《山海经藏宝图》事实上存在,我们终究是有办法找到的。一旦我们找到了《山海经藏宝图》,对于我们挖掘《山海经》反映的上古社会的人文地理、动物植物、文物矿藏、神话传说十分有价值。"

沈早晨说:"我们到《山海经》中介绍的各个山系去旅游、体验、考察,发现很多山川的生物与矿藏很相似,说明了山系的规律性,有好多国家的国民,有的小,有的高,形态区别很大,但是,吃的是黄米,能够驯化四种猛兽,也反映了这些国家的个性的区别与共性的一致。还有,有的山有丰富的黄金,是指金矿。有的山有丰富的玉石,与我们今天认识的玉石不一样。上古人眼中的玉石包括花岗岩、大理石与各种花纹石。"

田长江说:"我们在'山海经神话考古体验游'活动中,有效地扼制了王冬生、李英豪与相柳、穷奇的破坏行为,打击了邪恶。实在值得赞扬。"

神话博士教授说:"经过实际考证,名山大川的神话传说,实在丰富多彩,但是,大多神话传说来源于《山海经》中。"

王大桥副校长说:"《山海经》里的动物,有的是一只腿,一只眼睛,一只翅膀;有的是蛇头人身;有的是人头蛇身。根据我们考察体验的情况,有的实际上就是动物的怪胎,有的是返祖现象,有的是客观存在。时过境迁,物种变迁,昨天有的生物不复存在,但是,对于我们研究人类的进化史大有作用。”

夏青教授说：“关于《山海经》描述的地理位置，有的说是写以今天的中国为中心的古亚洲的地理，也有的说是写古日本的地理，还有的说是写北美科罗拉多大峡谷的地理。对书中‘古昆仑’位置的讨论也如同人们探寻詹姆斯笔下的‘香格里拉’一样，众说纷纭，难以定论。这种悬念，多少年来启迪着无数好奇心强的人们探索到底的决心和信心，也给这部奇书增添了无限的魅力和神秘的色彩。”

沈教授说：“揭开《山海经》之奥秘，本来就不是一件不容易的事，正因为如此，才需要我们去勇敢而不断地探索。既然《山海经》记述的是数千年前的地理，相信只要探索的方法和途径得当，就会有揭开奥秘的一天。”

神话博士说：“有的学者主张，把着眼点放在古书中记载的那些万年不变的东西上，并从综合性和整体性的角度，去寻找和发现与现实相吻合的地理环境条件，不失为一种值得借鉴的方法。日出东方，日落西山。用日月升起和降落来确定东南西北四个方向，是最简单易行的方法，说明《山海经》所记述之方位与现代地理方位是一致的。”

夏青教授说：“《山海经》是我国最古老的书籍之一，成书年代尚无定论。近代学者多数认为，不是出自一时一人之手，其中十四篇是战国时期的作品，《海内经》四篇则为西汉初年的作品，成书于公元前四七六年至前二〇〇年。”

神话博士说：“也有学者认为，《山海经》成书于夏禹时代至商朝初期，即公元前二〇七〇年至前一五〇〇年，因为该书属于‘夏文化’的范畴。”

田长江说：“无论如何，有一点是人们的共识——《山海经》是一部记述远古时期古昆仑山及其周围山川、民族、物产、药物、祭祀、巫医和神话等内容的综合性的地理书，也是一部从上古流传至今的绝无仅有的奇书。”

沈教授说：“《山海经》是一部后人记述先人记忆的著作，主要是新石器开始之后到国家形成之间，古代先民对其生活状态及其环境的记忆遗留。这些关于先人的神话传说式的记载，暗示了那个时代的特征。所以，研究红山文化时期的地理、民族以及其图腾、文化意识离不开《山海经》。

夏青教授说：“而且更关键的是：《山海经》之‘海’，如果能确定其地理方位，就能破译红山文化、其他史前文化的密码，也能基本破译这本承载史前信息经书的密码。经作者多年研究，认定《山海经》之‘海’指的是渤海。由此推原《山海经》‘海外西经’篇记述的就是大凌河、老哈河红山文化区域在古代红山先民时期发生的物事。”

田幻想学的是地质勘探，他对地理却很有兴趣，他说：“首先，‘海’，指渤海在古文献中是约定俗成的。如曾经亲自实地探求黄帝事迹的司马迁，说黄帝‘东至于海，登丸山。’《地理志》云：丸山，郎邪朱虚县（即今天山东省）。这里说的‘海’，是指渤海。司马迁自己去访求，‘西至空桐，北过涿鹿，东渐于海’，这进一步说明当时人们所说的‘海’是指渤海。其他古代文献，凡提到‘海’，一般是指渤海。

沈教授说：“围‘海’而成南、西、北、东四个方位（即海外南经、海外西经、海外北经、海外东经),在中国版图上只有渤海能形成这样的方位格局。其他,如黄海、东海、南海则不能构成这样的格局。”

夏青教授说,《山海经·海外西经》称:“龙鱼陵居在其(诸夭之野)北,状如狸(鲤),一曰鰕(鲵),即有神圣乘此以行九野。’这是说这里发现有外形像鲤鱼,也可以叫作“鲵”的鱼类化石“龙鱼”。古人把石头大的山称为“山”,小而尖的山称为“岭”,夹在大山中间的小土山称为“丘”,大土山称为“陵”。众所周知,牛河梁红山文化遗址正处在一个大土山上,称其为“龙鱼陵居”是最贴切不过的事情了。

神话博士说:“《山海经》记述‘刑天与帝争神’(蚩尤与黄帝战争)在这一带发生,与其他史书所记一致,即发生在与大凌河牛河梁毗邻的河北北部。《山海经》又记这里有轩辕之丘、轩辕国,这些事项在牛河梁都对上号了。冀北、辽西位于渤海之西,古人用‘海外西经’来记其物事是自然的事情。由此也可以反证,《山海经》之‘海’为渤海。”

夏青教授说:“《山海经》历来被大多数人认为‘荒诞不经’。连敢于打破《尚书》束缚,将中国上古史推至炎黄二帝的史学家司马迁都说‘至《禹本纪》、《山海经》所有怪物,余不敢言之也’。形成这种看法的原因似乎与《山海经》由图到文字的成书过程有关。”

沈教授说:“是啊,根据《山海经》先有图后有书的成书过程推测,《山海经图》上在君子国的北方画有一个彩虹的‘虹’字,表示该地经常见到彩虹。当时的图像文字应该类似甲骨文的虹字,是彩虹的图像。而后来古人根据《山海经图》著《山海经》时,时间已经过了几百年,而著者并不见得一定是文字学家。这时彩虹的虹字已经成为‘工虫’的样子,因此将彩虹描述为虹虹,并望文生义将其描述为‘各有两首’,使后人无法知道到底叙述的是天边的彩虹呢,还是描写一只有两个头的怪物。”

田幻想说:“也正因为《山海经》的所谓荒诞不经,几千年来该书既不为正史所载,也不为诸子所传,因而也很少被后人改动,在很大程度上保留了原书的风貌和许多珍贵的远古资料和信息。”

黎萍说:“帝俊这个人物,在《山海经》里面,东西南北,无所不至;古代重要的大发明,差不多全出于他的子孙;包括姬姓、姜姓、姚姓在内许多氏族,都是由他分出;太阳是他的儿子,月亮是他的女儿,岂止规格够高?到顶了。”

沈教授说:“在古今中外众多有关长江文明的专著中,对这条神秘的大江有着许多深入的研究与详尽的论述。还有,国内外许多专家、学者认为,《山海经》是记载中华远古人类社会地理山水、自然风光、历史人文、神话科幻的百科全书。”

夏青教授说,中国著名学者、《山海经》研究专家蒙文通先生在二十世纪五十年代所写的论文《略论〈山海经〉的写作时代及产生地域》中,就以大量详实而令人信服的考证指出:“《山海经》部分的写作时代当在周室东迁之时……部分的写作年代当在西周前期。但它们所记载的文化遗产,则当是更古更早的东西……。”

黎萍说,《山海经》中所描述的“天下之中”(远古文明中心),与中原文化所说的“天下之中”

迥然不同,“它所指的是巴、蜀、荆楚地区或者只是巴楚地区”。甚至,《山海经》本身,“可能就是古巴国……古蜀国的作品”。

田长江说,当代著名学者胡太玉先生在《破译山海经》一书中更进一步指出:“《山海经》不仅是以巴、蜀、荆楚为天下之中,更以其详记岷江中上游水道而引人注目,当属古巴蜀文化……所说的天下之中,是指四川西部地区……古代的巴蜀……很可能便是古代中国的政治文化中心。

神话博士说,《山海经》所记载的主要内容,可能就是以远古四川地区为中心的中华长江文明。另一位当代著名学者俄洛。扎嘎更是大胆推断:“中华总先妣西王母、造人的女娲氏、号称人文初祖之伏羲、黄帝对婚之族蜀山氏、夏系先祖鲧及禹、周先祖后稷……无不与长江上游岷山有关……所以令一些史学家断言:中华文明肇自蜀山。”

沈教授说:“从地理形态上来看。长江与黄河发源于青藏高原,从地球最高的第三级台阶上昂首而下,冲出第二级台阶的高山峡谷地段,流经第一级台阶的丘陵平原区域,最后奔向广阔无垠的大海。而整个中华民族乃至世界人类文明的诞生与发展,正是从高山峡谷,到丘陵平原,逐水而迁,依水而建,傍水而居,据水而强。最终发展壮大,汇入海洋文明,跻身为世界民族先进之列。”

神话博士说:“从文化形态上来看:根据国内外众多专家学者的研究考证,当今世界人类的历史文化,大都起源于远古神话传说中的一座‘天帝神灵之山’。如古希腊的‘奥林匹司神山’,古印度的‘须弥神山’等等。中华民族远古神话传说中的‘天帝神灵之山’,则是‘昆仑神山’。在浩如烟海的众多中国古籍中,有着许多关于‘昆仑神山’与‘昆仑神话’的记载与描述。例如《山海经》所载“海内昆仑之墟在西北,帝之下都。昆仑之墟,方八百里,高万仞。上有木禾,长五寿,大五围。面有九井,以玉为槛。面有九门,门有开明兽守之,百神之所在……西南四百里,曰昆仑之丘,实惟帝之下都。”

他们正在讨论,机器人王小钢、机器人潘小虹、龙小宏他们三个急急忙忙赶来。

龙小宏说:“我们刚才三个都睡着了,梦见了西王母与陆吾天神,他们说在昆仑山上的一个山洞里面发现了《山海经藏宝图》的秘密。要我们派八个人去,才能够同时打开山洞门口的八把大锁。”

神话博士激动万分:“《山海经》,真是天下第一奇书。昆仑山,真是天下第一神山。”

沈教授说:“派谁去取呢?”

田幻想与方艳红说:“请派我们两人去。这次活动,我们已经确立了恋爱关系。”

龙小宏与黄梅说:“也派我们去吧。我们两个是志同道合的情侣。”

机器人王小钢与机器人潘小虹说:“我们两个也去吧,我们之间虽然谈不上爱情,但是,彼此间有了感情。”

杨扬与王丽君也说:“我们两个也去吧,我们真心祝福方艳红与田幻想成为恋人,我们真心祝福黄梅与龙小宏成为恋人。”

神话博士、考古教授、徐龙院长、李大平总经理几个商议:

神话博士说:“他们真的能够见到《山海经藏宝图》了吗?”

考古教授说:“他们能够取到《山海经藏宝图》吗?”

机器人王小钢说:“我们在西王母娘、陆吾天神的帮助下,能够找到那个山洞。但是,取得《山海经藏宝图》的任务并没有完成,因为,山洞门口有八把神秘的大锁,必须依靠八个人的团结,才能够同时拉开这门上的石锁。我们知道,田幻想追求方艳红,而方艳红追求的是龙小宏,龙小宏追求的是王丽君,而王丽君追求的是田幻想。黄梅介入,他们之间的关系发生了变化。他们经常有争执,经常有嫉妒,需要重新协调关系,和谐共处。”

考古教授、神话博士、徐龙院长、李大平总经理、黎萍导游、杨扬等听后,帮助王丽君、方艳红、龙小宏、田幻想、黄梅他们之间重新协调好了情感关系。

方艳红彻底地爱上了田幻想,对龙小宏只剩下了友谊,于是,方艳红也从内心地祝愿黄梅与龙小宏的爱情。

龙小宏呢?他对王丽君有了纯洁的友情,对黄梅却产生了爱情,他不再嫉妒田幻想,这个男人使他追求的王丽君目标落空。因为,王丽君曾一度喜欢田幻想。现在,龙小宏真诚地祝福方艳红与田幻想的爱情。

田幻想呢?他是不经意地获得了王丽君的青睐,而伤害了龙小宏。他追求的是方艳红,偏偏方艳红开始的爱情目标不是他而是龙小宏。于是,他对龙小宏曾经有怨恨情绪,认为是龙小宏夺取了方艳红的爱情。现在,他与方艳红真诚相爱,这个时候,他的情绪得到调整,不再怨恨龙小宏,反而祝福龙小宏与黄梅的爱情。

王丽君呢?她第一个爱的是田幻想,而田幻想却喜欢方艳红。因为她认为是方艳红夺取了田幻想的爱情。于是,对方艳红耿耿于怀。王丽君追求的第二个目标是龙小宏。谁知,黄梅也插上了一杠子。这样,她对黄梅也有怨恨之情。现在,她终于明白了,田幻想喜欢的是方艳红这样的女子,龙小宏与黄梅是志同道合的恋人。所以,她祝福龙小宏与黄梅,也祝福田幻想与方艳红。

他们的关系得到调整后,心态正常,没有了嫉妒,没有了怨恨,有的是真挚的爱情,有的是纯洁的友情。所以,他们决心齐心协力、团结一心、众志成城,去拉开那神秘山洞门口的八把大锁。

沈教授、神话博士、夏青教授、徐龙院长、李大平经理、黎萍导游、贾小玲女士、杨扬等人摆酒为他们践行。

沈教授说:“等你们取得成功后,我们再来喝酒祝贺。”

李大平说:“到时候,喜酒与庆功酒一起喝。”

徐龙院长喊道:“机器人王小钢、潘小虹出列,田幻想、方艳红出列,龙小宏、黄梅出列,杨扬、王丽君出列。目标,上古时期的昆仑山;任务,取得《山海经藏宝图》。期盼你们凯旋归来!”

掌声雷动,八个身影一跃而起,进入了彩色的时光隧道。

后记

暑假回武汉，我一边照料可爱的孙子，一边对科幻神话长篇小说《山海经神游》进行最后的修改与润色。我忽然发现，稿件内容几十处神秘地串行了，百思不得其解，开始我以为是电脑病毒在作怪，后来发现是四岁的孙儿容天活泼好动，他动了我的手提电脑。我只得重新进行润色。所以，我这部书稿交到武汉出版社的时候，数不清已经修改了多少遍，直到在进行《山海经神游》清样最后校对的时候，还在做最后的打磨润色。

我之所以对科幻神话长篇小说产生了兴趣，这是因为，我以为现代社会是一个神话辈出的年代。宇宙飞船天宫一号，昂首问天，九十分钟能够绕地球飞上一圈。科考探险潜艇，敢进龙宫，能够深入到一万多米的深海。在我们的生活中，可以感受昨天"顺风耳"的神话今天变成了现实，昨天，千家万户曾经看不到一部电话机，今天，平常人家，人手一部手机，这是通讯的神话。在我们的生活中，可以感觉"千里马"的神话今天成为现实，昨天，二十多小时都难以达到的路程，今天，高速公路、高速铁路几个小时可以通达目的地，这是交通的神话。

今天的科技发展，激发了新的科幻神话的产生。当然，现代社会充满矛盾：既是一个科幻神话的想象力萎缩的时代，也是一个科幻神话空前发展的时代。说其萎缩，是因为我们今天的科技十分发达，征服大自然的力量强大，想象力在发达的科技面前就显得苍白无力。不像上古人类，面对大自然人类感到恐惧与束手无策，只有凭借丰富的想象力来征服大自然，所以，上古人类的想象力实在丰富。说其发达，是因为我们今天的科技发达，与古人相比，现代人类已经开阔了眼界，无论怎样发挥想象力去构思离奇的科幻神话故事，人类的科技发展都留下了足够的发展空间。

《山海经》是上古的百科全书，我为什么偏偏要写一部揭示《山海经》奥秘的科幻神话长篇小说呢，说来话长。一九九〇年，武汉工业大学出版社出版了我的《奇石与欣赏》，武汉工业大学出版社与武汉科普作协联合召开研讨会。武汉工业大学常务副校长兼武汉工业大学出版社社长陶景飏教授、省科普作协的秘书长参加了研讨会。国际上享有盛名的学者、诗人、书法家、湖北省文史馆吴丈蜀馆长专程参加了我的作品研讨会。吴老说他喜欢《奇石与欣赏》，故为此书题词、撰写评论。我感动地发言，大意是说，我要写一部反映祖国名山文化的专著。

谁知道，这一承诺二十一年没有兑现，因为，名山文化实在是博大精深。当然，我在二十一年的时间里，在几家报刊社当过编辑、记者与副主编，在几家协会担任过秘书长与副会长，工作一直忙忙碌碌。但是，我的写作从来没有停止过，至今，已经发表了近七百万字的作品，其中有散文、杂文、诗歌、短篇小说、报告文学；有科普电视片、电视专题片、论文；有合著的三部图书；有十五部个人专著。但是，真正考虑撰写一部反映祖国名山文化专著的时候，是我出版了科幻神话长篇小说《南海神话》以后。

二○一一年五月，我出版科幻神话长篇小说《南海神话》，获得了意外的成功，这要感谢我的学生、海南新远文化传媒公司总经理李晓蒙的支持。《海南日报》《长江日报》《海口晚报》《国际旅游岛商报》《南国都市报》等报刊刊发了评论与消息。中国作家网、中国网、中国日报网、中国网络电视台、网易、凤凰网、新民网等四十多个网站多次以"中国首部科幻神话长篇小说出版开创旅游文学"为题转载消息与评论。《南海网》还连载了《南海神话》三分之一的章节。

南海出版公司有位编辑竟然对我说，她读小学三年级的女儿一口气读完了五十万字的《南海神话》。有位在武汉一家医院工作的朋友也对我说，他收到《南海神话》后，医院的几个护士争相阅读。我大妹与大妹夫刚刚退休，他们一般不看长篇小说，也读完了这部小说。一位八十多岁的老人，说他一口气读完了小说。一位中学老师，说她读了三遍。

于是，我信心百倍地将《南海神话》赠送给中国科普作家协会、湖北省作家协会、海南省作家协会。海南省作家协会孔见主席通过友人水雄君向我转达了对《南海神话》赞扬，著名评论家毕光明也给予肯定。我的堂弟军桥作为电视剧制片人认为，《南海神话》如果能够拍成电视剧，对于国际旅游岛文化建设有推动作用。海南省国际文化交流中心向台湾的大学推荐了《南海神话》。海南省新华书店支持发行。友人想林认为，有必要通过宣传扩大发行。

想当年，华中科技大学、武汉大学、中南财经大学的博士生导师、著名学者张培刚、李崇淮、李贤沛三位教授，还有军事经济学院院长、博士生导师韩锡敦将军、丹江管理局局长高敏智，支持我到海南一边从教，一边围绕科普进行文学创作。华中师范大学博士生导师、著名文艺理论家王先霈、中国工程院院士文伏波、著名音乐家程云则给我的科普作品题词，鼓舞了我进行科普文学创作的决心。

海南大学、海南师范大学、海口经济学院的多位教授则希望我围绕旅游文学，继续进行科幻神话长篇小说的创作。为此，我开始构思一部反映名山大川的科幻神话长篇小说。我去过世界自然遗产——神农架；我登过世界文化遗产——武当山，我攀过国际名山黄山、庐山，我也熟悉张家界、雁荡山、普陀山、武夷山、千山等名山的景观。傅治平教授是著作等身的国内著名学者，他提醒我围绕《山海经》来写。

海口经济学院的德富君、国荣君、生力君、金良君看了《山海经神游》部分稿件，他们认为，比《南海神话》更有韵味。此前，他们对《南海神话》赞不绝口，认为其是文化小说。

谈到科幻神话长篇小说创作的开始，还得益于自己的科普系列专著，得益于《海南旅游文化》

专著的写作，得益于超星名师讲坛的尝试，二〇一一年四月，全国报刊工作会议在海南召开，我的《旅游神话审美》作为礼品书发放给各省市的新闻出版局领导，这对于我进行科幻神话系列专著的创作是个鼓励。

记得创作劲头正猛，中央电视台百家讲坛兰编导打通我的电话，他说他看了我在超星名师讲坛的讲座，希望我提供讲述《山海经》神话的视频资料。海口经济学院常务副院长张龙庭教授十分关心，设备处给予支持，曹扬博士也提出自己的建议。最终，兰编导认为，讲述很好，但是不符合百家讲坛的特点。虽然合作没有成功，但却启发我从另一个角度去认识《山海经》。

我的科幻神话长篇小说，由于涉及的《山海经》是上古奇书，所以，我感觉创作的难度很大，但最终还是完成了创作。难忘，民建海南省委会施耀忠主委及吴明哲、曹成伟副主委对我创作旅游神话给予支持。海南省企联会展公司总经理张洪德同我去东郊椰林体验生活，琼海胜达公司总经理陈丁胜陪我体验农家旅游，民建临高县总支主任郭忠泽伴我多次去临高角考察，文笔峰江国松道长让我体验道教文化。这些，都为我的创作打下了坚实的基础。

尤其不能忘记的是武汉新闻出版局局长、武汉出版社社长彭小华对我的支持，他早在二〇〇〇年的时候，就对我出版《科技创造未来三部曲》表示支持，现在，他一如既往，特别询问了《南海神话》的发行情况，还询问了《山海经神游》的创作情况。还有，武汉出版社副编审李俊，我的几部专著都是她的责任编辑，她精心编审书稿，耐心核查资料，并善于帮助作者进行选题策划。还有我的朋友、武汉出版社副总编邹德清编审，也关心我的创作。

在此，我要对关心我创作的海口经济学院董事长曹成杰教授和中国石油大学原院长、党委书记、海口经济学院院长、博士生导师李秀生教授及海口警备区原政委、党委书记张文瑞教授与海南工商职业学院董事长曹也科教授表示感谢。对于关心我进行科研的省社科联党组书记赵康泰和著名学者、主席迟福林及著名学者、副主席彭京宜、曹锡仁教授，专职副主席张学泮、秘书长詹兴文同志表示感谢。

最后，向关心我创作的广大读者、同事同学、亲朋好友与家人表示感谢。武汉锦虹世纪公司刘星执行董事、海南省企联会展公司张洪德总经理、海口经济学院王艳辉教授，参与了本书的策划，一并说明。

刘荆洪

二〇一一年十月于海口经济学院